中国抗战题材小说丛书

太行人家

孟皋卿◎著

TAI HANG REN JIA

中国言实出版社

图书在版编目（CIP）数据

太行人家 / 孟皋卿著 . -- 北京 : 中国言实出版社，
2020.7

ISBN 978-7-5171-3488-6

Ⅰ . ①太… Ⅱ . ①孟… Ⅲ . ①长篇小说—中国—当代
Ⅳ . ① I247.5

中国版本图书馆 CIP 数据核字（2020）第 103529 号

出 版 人 王昕朋
责任编辑 郭江妮
责任校对 王战星

出版发行 中国言实出版社
　　　　　地　　址：北京市朝阳区北苑路 180 号加利大厦 5 号楼 105 室
　　　　　邮　　编：100101
　　　　　编辑部：北京市海淀区花园路 6 号院 B 座 6 层
　　　　　邮　　编：100088
　　　　　电　　话：64924853（总编室）　64924716（发行部）
　　　　　网　　址：www.zgyscbs.cn
　　　　　E-mail：zgyscbs@263.net

经　　销 新华书店
印　　刷 北京中科印刷有限公司
版　　次 2020 年 8 月第 1 版　　2020 年 8 月第 1 次印刷
规　　格 710 毫米 ×1000 毫米　1/16　23.25 印张
字　　数 370 千字
定　　价 58.00 元　　ISBN 978-7-5171-3488-6

CONTENTS
目录

第一章

逃 命

军阀混战暗无天，
兵荒马乱人不安。
土匪趁火恶抢劫，
平民百姓遭大难。

————民谚

一

太行山鼻端一座陬山背南河南省林县吴家寨村，于军阀混战兵荒马乱的年月，在一个深秋漆黑的夜里，村东头突然响起了"砰砰""叭叭"的枪声，村里人乱喊乱叫着，惨叫着："快逃命呀，快逃命——"

村西头有个叫吴志华的青年农民，听到这突如其来的乱喊乱叫，急忙披上衣裳，奔出家门去看。一瞭，不好了，惊呆了！他定睛一看，有的穿着国民党军队的军装，有的身着警察的黑警服，歪戴帽子斜穿衣，还有看不清的蒙面人，有的举着火把，有的端着上了刺刀的大枪，冲着家户门踢开大门就放枪，砸明火抢东西。

吴志华见势不妙，急忙转身回到自家院里，着急地对家人喊道："爹、妈、冬梅，赶快起来，土匪来砸明火抢东西了，眼下就在村东头抢呢，咱们赶快跑吧！"

爹、妈和冬梅，听到杂乱的打枪声和人们的乱喊乱叫声，已经穿上了衣裳。他们听到吴志华的叫喊声，急忙奔到院子里来。

爹爹忙问儿子说："志华儿，咱们赶快走吧，可是往哪里跑呀？"

吴志华急着说："村东头都是土匪，还有拉东西的车马，村西头土匪还没到，咱们就往村西头跑吧！"

爹爹在前头走着，妈妈手里拎着个小包袱，拉着冬梅急步走出家门，回头望了望，问儿子说："志华儿，咱家的街门还关不关？"

吴志华急着说："家都顾不了啦，还关什么街门！逃命要紧，咱们赶快跑吧！"

冬梅拉着妈妈，吴志华拉着爹爹，快步走出去，连走带跑往村西头跑。

恰在这时，突然刮起了大风，下起了瓢泼大雨。霎时雷鸣电闪，划破了漆黑的夜空，甚是瘆人。他们一家四口人，借着闪电的亮光，向西北方向的太行山急走快跑。

一阵狂风暴雨过后，风渐渐小了，可雨还在淅淅沥沥地下个不停。一家人被雨淋得像落汤鸡似的，浑身觉得软弱无力，又冷又饥又渴，既不知道走了多少路，也不知道跑到了什么地方，爹、妈走起路来显得更吃力了。

冬梅借着偶尔闪电的亮光，忽然瞅见山脚下有一处石房子。她拨拉了一下脸前淌着雨水的眉眼，急促促地对吴志华说："哥，你看那前方的山下，像是处石房子，不知能不能避避雨，让爹妈歇一歇？"

吴志华顺着冬梅手指的方向定睛一看，果然是处避雨阁。他忙搀着父亲说："爹，前边有处避雨阁，咱们先到那里歇一歇，避一避雨，你看行吗？"

爹爹忙攥了攥他的胳膊说："行，行！"

吴志华搀扶着爹爹，招呼着妈妈、冬梅，不多时便走到了避雨阁前。这时天色已经微明，也能看见眼前的景物了。他们走进避雨阁一看，原来是一处专为行路人搭的躲避暴风雨的避雨处。避雨阁没有门，里墙靠着山根当内墙，两边用石块砌的石墙，阁顶上用树木棒棒搭架了个顶棚，顶棚上用树枝条条、高粱秸子压着，在上面抹了一层泥巴，泥巴上压了些青石板板和石块块，不漏雨防风刮。再往地上看，依着三面墙前，各摆着一条石板凳，是专供躲雨歇脚人坐的。

爹爹走到里墙的石板凳前，边坐边说："冬梅她妈，这儿雨淋不着，快坐下来歇一歇吧！"

妈妈"唉"了一声，便坐在了他左手的那条石板凳上，拨拉了拨拉身上的雨水，拉了下冬梅也坐下。

吴志华见爹妈、冬梅都坐下了，自己也坐在了靠爹右手的那石板凳上，也掴打了掴头上身上的雨水，喘口气儿。

妈妈气恨恨地说："这武装土匪比盗贼还厉害、还可怕，不光打家劫舍抢东西，还杀人放火烧房屋，简直是无法无天，这成什么世道了？"

爹爹也说："这都是军阀混战作的孽，他们一打仗，搅得昏天黑地，到处打砸抢，欺压老百姓，到头来，倒霉受罪的还是咱们这些穷苦的老百姓。"

吴志华同情地看着爹妈说："谁说不是呢，前些天就听说，离咱村不远的村子里，被武装土匪抢了，遭害了，打死打伤不少村民，真是无法无天、横行霸道！"

二

正当吴志华和爹妈说话的时候，忽然气喘吁吁地走进来一位约莫四十岁上下的老农。他从腰带上取下烟袋荷包来，装了一锅子烟叶，噌棱划着了一根洋火点着，吸起旱烟来。

吴志华忙站起来给他让着座说："大叔，你来坐下吸吧！坐下歇一歇。缓缓气。"

那大叔站着，吸着旱烟说："好侄子，你坐吧，我不坐，我吸一锅子就赶路。"

吴志华走到他身前看着他说："好大叔你贵姓？听你说话的口音，好像离此地不远，不知你从哪里来，又要到哪里去？"

那大叔拉着吴志华的手说："我姓耿。"说着话和吴志华坐在了刚才坐的那条石板凳上，"我家离这里不远，就在壶关县魏家庄。我是从林县合涧俺闺女家来，由这里往家走。这太行山是座连亲山，山前山后两个省，山南山北两个县，虽然隔着省和县，攀亲投友近眼前。"他吸了几口旱烟，"这避雨阁就是省、县的交界处，山南面是河南省的林县，山北面就是山西省的壶关县。俺大女儿就是嫁到林县柳林村的，离这里也不远。听说那一带有的村也被武装土匪砸明火抢了，家里人不放心，我去看了看，想让她回娘家来躲一躲。我女儿说，看看再说。"

吴志华寻思着说："说起来咱们还是连州市的乡亲呢！俺们是从河南省林县吴家寨村连夜跑出来的，吴家寨村也被武装土匪抢了，把俺村里的房子也烧了，打死打伤不少村民，太凶残了。耿大叔，你听说了吗？"

耿大叔心直口快地说："路上听说了，说是黑夜刮大风下大雨时抢的，路上还有逃出来的乡亲们，说是村里变成了一片火海了，全都烧毁了。"他吸了几口旱烟，"那帮土匪还没有走，正在村口打谷场上停着汽车、大马车分财物、装东西，看来三天两头还走不了，就是走了，也没法回去了。"他看看吴志华、两位老人和冬梅，"那你们就是从吴家寨逃出来的？"

吴志华爹爹忙说："谁说不是呢，想不到遭了这么大的祸殃！"

耿大叔忙问："你们逃出来以前什么信儿没听到？"

吴志华妈妈忙说："逃出来以前什么也没听说，睡在半夜里听到打枪声和人们的惨叫声，才赶紧起来往外跑。"

耿大叔又问："那你们四个人逃出来，什么东西也没带？"

吴志华妈妈急着说："逃的工夫很紧急，哪还有心思带东西，要是再跑得晚了，怕是命也保不住了呀！"说着说着，急得便掉下泪来。

耿大叔看着他们四个人，两手空空，一贫如洗。一阵怜贫惜老的同情心油然而生，他从腰带上解下一个小包袱来，说："大爷、大妈、好侄子，一家有难大家帮，我身上没别的，这小包袱里是俺闺女给我带的两个玉茭面菜团子、一个发面饼子，留给你们充饥吧！"

吴志华爹爹忙站起来说："这怎么好呢，你路上吃什么呢？"

耿大叔说："俺家离这里只有三十多里路，很快就到家了。我不饿，路上不吃。"

吴志华妈妈忙站起来说："太谢谢你了，耿大叔，你真好！"

耿大叔听到这感激又亲切的话语，一时迟疑了。心想，帮人就要尽力而为。他灵机一动，跑到山前刚收割过的玉茭地里，在那玉茭秸子里拨拉着翻了翻，不一会儿翻腾出五六个玉茭穗子来，两手抱到吴志华跟前说："这是在已经收割过的庄稼地里捡的，给你拿着，实在饿得慌时，用柴火烧烤烧烤也能充饥。"

吴志华接着那玉茭穗子说："耿大叔，太谢谢你了，你真是好大叔！"

吴志华妈妈急忙把耿大叔送他们的小包袱解开，取出两个玉茭面菜团子和一块发面饼子，忙让冬梅将包袱皮递给耿大叔。冬梅双手拿着包袱皮叠了叠，递给耿大叔说："耿大叔，谢谢你，给你包袱皮。"

耿大叔看看冬梅，看看两位老人和吴志华说："这包袱皮也留给你们吧，你们什么也没带，还能包点东西。"他走出避雨阁扭回头来，气恨恨地说："军阀混战暗无天，兵荒马乱人不安，土匪趁火恶抢劫，平民百姓遭大难。"

三

吴志华和耿大叔从避雨阁里走出来，吴志华望着耿大叔从避雨阁旁边的一条羊肠小道上走去，由山下向山上攀去。

这时，天已经大亮了，雨后的太行山显得格外清秀壮丽。他想，如果往山西逃和耿大叔一样爬上去，折过岭，就到壶关县境内了。想到这里，他转身又回到避雨阁里。

爹爹看着妈妈说："刚才听耿大叔这么一说，才知咱们已经来到了河南和山西的交界处，心里有点儿数了。身上觉得冷丝儿冷丝儿的，肚子里觉得也有点儿饿了。"

妈妈看着丈夫说："志华他爹，你的身子骨不好，身上又觉得冷，肚子里又饿，你得先吃上点。"随手把耿大叔给他们那块发面饼子让冬梅递给他。

爹爹忙用手推着说："饿是有点儿饿，可不太饿，就是身上觉得有点儿冷，暖和暖和就好了。咱们出门在外，人生地不熟，说不定这块发面饼子和那两个菜团子，是咱们的救命食呀？非到不得已的时候，不能轻易吃。"

吴志华忙说："爹，妈，跑了一夜，雨淋了一夜，你二老年岁大，身体又不好，又没有走过这么多的路，总得多少吃点东西，要不咱先烧烤上两穗老玉茭，充充饥？"

爹妈说："那行！那行。"

冬梅摸出两个玉茭穗子来，剥开皮，用手指甲掐了掐说："哥，这玉茭穗不太老，还能掐出点水来呢！"

妈妈寻思着说："耿大叔送给咱们这六个玉茭穗子，也不能一下子都吃了，咱们要省着吃。我看先烧烤两穗，你和你爹吃一穗，我和冬梅分吃一穗，先垫补垫补，留下四个穗子以后再吃。"

吴志华看着妈妈说："妈说的是，我这就找些柴火来！"他奔出避雨阁，跑到收割了大秋作物的地里，抱来些干草、干玉茭叶子，堆在了避雨阁的墙犄角，用手一摸身上，连根洋火也没有，忙问："爹，妈，你们身上带着洋火没有？"

爹爹摸揣了摸揣身上说："我没带。"

妈妈摸揣了摸揣衣兜说："我也没有。"

冬梅也摸揣了摸揣衣兜说："怎么就没想到带上盒洋火呢？"

吴志华着急地说："没有洋火点不着火，这可咋烧烤？"

正在全家人为难之时，耿大叔突然又走回来了。原来他猫腰攀山时，右手一摸衣兜儿，摸出身上带着的半盒洋火来。由此想到，吴志华他们逃出时什么也没带的困境，很可能连根点柴火烧烤玉茭穗子的洋火也没有，于是他拿那半盒洋火急步返回来，忙对吴志华说："我估摸着你们逃出来走得急，也许连根洋火也没带，我身上还有半盒洋火，也给你们留下，好点火烧烤玉茭穗子。"

吴志华感激不尽地说："这真是雪中送炭呀！刚才我们还发愁没有洋火点不着柴草，连玉茭穗子也没法烤。这真给我们逃难人顶上大用项啦！谢谢耿大叔！"

爹爹急忙站起来，双手攥住耿大叔的两手，无比激动地说："耿大哥，你是我们全家的恩人，你真好！日后一定报答你的恩情。"

耿大叔也很激动地说："折过山梁去，就是山西壶关县，我家就住在壶关县魏家庄，离这里三十多里路，日后要是到了魏家庄村西头，一提耿金锁，便能找到我，俺家也是苦人家。"说罢，复向避雨阁后的山上走去。

吴志华他们望着耿大叔的背影，望了很久。

四

吴志华他们在避雨阁烧烤了两个老玉茭穗子，分吃后，身上有了点劲儿。他们围着柴火烤了烤淋湿的衣裳，便上山去了。

冬梅挽扶着妈妈，吴志华挽扶着爹爹，让爹爹拄着耿大叔丢下的那根打狼棍，向山上走了一段路。吴志华看爹妈爬起山来有些吃力，可能有些累。看见山道旁有几块爬山人坐过的石头，便让爹妈和冬梅坐在石头上歇一歇。

妈妈伤感地说："这想不到的恶灾横祸，可把咱们家坑害苦了，毁了。咱们爬在这荒山野岭，前不着村，后不着店，投亲没有亲，找友没有友，往后可怎么活呀？"说着说着又掉下眼泪来。

丈夫安慰她说："光着急也没用，眼下，想回咱村吴家寨是回不去了。上天无路，入地无门，找亲戚投朋友一个也没有，咱们万般无奈只有讨吃要饭熬日子了！"

妈妈流着眼泪说："眼下也只好这样了，这也是没有办法的办法呀！"

为了不使爹妈过于伤心着急，吴志华便安慰他们说："车到山前必有路，天无绝人之路，耿大叔是山西省壶关县魏家庄人，人家对咱们很憨厚，我想魏家庄的人也错不了，要不咱们爬过山梁，就奔魏家庄去。"

爹爹看着吴志华忙说："走一步说一步吧，也只有逃荒要饭求活命了。"

吴志华一家四口人吃力地爬上山折过岭，来到了壶关县边远的一个小村。村子虽不大，可在这两省两县的交界处，来来往往的行人很多。有骑马、骑驴、坐轿的，也有衣衫褴褛拄着讨吃棍沿村乞讨的。吴志华见有一棵槐树底下放着几个石碡子，在那里歇着的人刚走，忙说："爹、妈，走累了吧，要不到那里歇一会儿？"

一家人便坐在石碡子上歇着。

吴志华看看日头向西斜了，估摸着已经到了大晌午，便问妈妈说："咱们爬了大半天山，你和爹也很累，一口水也喝不上，你看咋办呀？要不我再找点柴火烧烤两个玉茭穗子，咱们先垫补垫补？"

妈妈忙说："饿是饿了，渴又渴得慌，可耿大叔留给咱们的救命食，非到不得已的工夫不能吃，我看咱们到村里家户门要一回饭，试一试，看能不能要出来？"

吴志华看着妈妈说："妈，那咱们走，去试一试。"

冬梅搀着妈妈，吴志华搀着爹爹，来到一处不大不小的家门。门半敞着，妈妈用手抹了一把脸，向院里喊着说："大爷，大娘，院里有人吗？俺是逃难的，饿得实在走不动了，舍给俺们一点吃的吧！"

不多时，一个约莫三十多岁的妇女手里拿着点吃食出来说："给你们个玉茭面菜团子，还有半瓷盆糠面糊糊，将就着吃上点吧！"

冬梅把那吃的接了过来，细心端着。

屋里像是有个大娘的说话声："海儿他妈，你和谁说话呢？"

那媳妇忙说："河南来了四个逃难的，和咱家要点吃的。"

那大娘走出来，问清了他们逃难的来由，说："看你们两老两少怪可怜的。"给那媳妇递了个眼色，"你再把那个菜团子拿来，快让他们吃上点喝上点吧！"

那媳妇很快拿来四个笨碗和一把勺子，把那半盆糠面糊糊匀了四半碗，又把那菜团子递给了吴志华。吴志华把菜团子掰了一大半，递给爹爹，自己留了一小半，妈妈将那个菜团子掰成两半，给了冬梅一半大的，自己留了一半小的，四个人吃着菜团子，喝着糠面糊糊，一会儿就吃喝完了。

妈妈看着那大娘说："你也是个人心善良的好人家，太谢谢您老人家了！"说着就要给她作揖下跪。

那大娘忙说："大妈，这可使不得！你们这是要到哪里去呀？"

妈妈忙说："想到壶关县魏家庄去。"

那大娘又说："魏家庄离这里还有二十多里路，天不早了，你们赶路吧！"

吴志华忙将盛糊糊的瓷盆递给大娘说："大娘，给你瓷盆。"

那大娘看他们什么也没有，便说："瓷盆你们带着吧！寻点吃的也用得着。"说着，又让媳妇拿来一个柳条篮子，递到冬梅手里说，"天不早了，你们快赶路吧！"

吴志华向大娘、媳妇鞠了一躬说："谢谢好大娘、好大婶！"

五

吴志华一家四口人赶路，走了约三十里路，天黑的工夫赶到了壶关县魏家庄，累得不知该怎么处。冬梅抬头望见村西边有座庙宇，他们便走进去瞅了瞅。一看，破庙里空空荡荡，既没有供奉什么神，也没立着什么神像，也不知是什么庙。屋顶上还塌着个大窟窿，能瞭到天上。吴志华看着妈妈说："这黑灯瞎火的，也没个去处，我看就在这破庙里歇一夜吧！"

爹爹也说："就在这里歇歇吧！人家耿大叔和咱们素不相识，对咱们那么好，咱们不能再麻烦人家去了。"

吴志华忙说："我去抱些柴草来垫在地上，防一防潮湿，咱们好在柴草上躺一躺，睡一会儿。"

妈妈说："冬梅，跟着你哥一块去，多抱些柴草来，好垫上歇着。"

吴志华和冬梅很快抱来两捆玉茭秸子和谷草，分别垫了两处。他和爹爹躺一处，冬梅和妈妈躺一处，累了一天了，囫囵身倒头便睡了。

次日清晨，吴志华早早就起来了，他站在破庙大门眺望魏家庄，绿树成荫。房屋林立，看来是个不小的村庄。再看看村外的土地，虽说已经割完大秋作物，可那荞麦、大葱、萝卜地一块一块地长得很茂盛，心里暗想，这可能是个富村，兴许能要出点吃的来。他把看到的这些景象，回到庙里给爹妈、冬梅说了说，看看爹妈的意思。

爹爹寻思着说："咱们走到了这一步，只得去讨饭要吃求活命，咱们四个人一块去，还是分头去讨，看你妈咋个儿说？"

妈妈琢磨着说："我看去讨饭要看个时辰，在人家吃了午饭的时候去，比较适宜。这么着吧！我和冬梅一块去。志华你也去要吃的，顺便问寻一下，看能不能给人家干活挣点吃的？你爹就待在庙里歇着，他身子骨不好有病，就不要出去了。"

吴志华理了理衣裳，快步走出去了。

妈妈领着胳膊上挽着柳条篮子的冬梅，前后脚也出去了。

爹爹一直患有哮喘病，这两天逃难要饭一折腾，有时喘起来憋得胸闷难受，甚至喘不上气来。他灵机一动，挂上那根打狼棍，便到村里去看看。心想，能不能寻点药吃？碰碰运气。走进村，忽见一家红漆大门，甚是排场，步上台阶一看。那两扇大门上贴着的对联还能看出："福如东海长流水，寿比南山不老松。"便叩着门环叫了叫门："院里有人吗？俺是河南逃难的，向你这高门大户寻点药吃？"他叩了两次门环，叫了两次，听没人应声，便扭头步下石台阶，想离去。

就在这时，那红漆大门"咣当"一声开了，一个头戴红珠子小帽、身穿长袍马褂、肥头大耳、留着八字胡的人，吹胡子瞪眼睛气势汹汹地骂道："你真给我败兴，讨吃要饭也不看个地方，快给我滚！"

那家院里有一条大黄狗，一看主人生气骂人，便"汪汪汪"地狂吠起来，接着向他猛扑过来，吴志华爹吓得丢了手中的那根打狼棍就跑，那黄狗紧追狂咬，几下便把他抓倒了，在一条大腿上咬了个大口子，痛得他

"哎呀，哎呀"直叫唤，在地上乱打滚，鲜血直往外流，那主人冷冷一笑，"黄儿、黄儿"把狗叫回去，"咣当"一声关上了门。

吴志华爹一时昏死在地，不省人事了。

讨饭人被那家恶狗咬伤的惨景，立刻惊动了魏家庄，人们忙跑来看个究竟。

吴志华妈妈听到后，一看是自己的丈夫被恶狗咬了，鲜血流了一地，立时扑在他身上，死去活来嚎啕大哭起来。

冬梅急得把手中的柳条篮子一扔，讨的两个菜团子滚落地上，也扑倒在爹爹的身上，大哭大嚎起来。

这时，那心地善良行好事的耿大叔，闻声急忙跑来，急得团团转。

吴志华闻声也赶了来，他一头扑在爹爹的身上，叫哭着说："爹爹，让你在庙里待着，你出来做甚，看遭了这么大的横祸！"

耿大叔见此惨景，湿润着两眼往起拉着吴志华说："志华侄子，听大叔一句话，快把你爹抱到庙里再说！"

吴志华双手抱着爹爹，走进了庙里。

耿大叔着急地说："你们到魏家庄来，也不给我说一声。那家财主姓巫，人称'巫赖鬼''鬼难拿'。他是魏家庄独霸一方的大恶霸，专门欺压咱们这穷苦老百姓。咱就是饿死也不能到他家去讨饭。他家那条黄狼狗可厉害了，咬伤咬死过好几条人命，都没有地方说理。"

妈妈忙说："耿大叔，你看遭了这场横祸，真急煞人了！这可怎么办呀？"

耿大叔说："咱们赶快看看大爷的伤怎么样了？"

妈妈凑过去一看，左大腿被狼狗咬了个大口子，右小腿也被狼狗咬伤了，伤口止不住地流着血，想给他包扎一下，什么也没有。丈夫只是微微出着点气儿，奄奄一息了。

吴志华、冬梅都紧紧地攥着爹爹的胳膊，连连叫着："爹，爹！你快醒醒！"

他俩叫了好几遍，都没听到他老人家的回音。

过了一会儿，爹爹突然睁着两只血丝麻麻的眼睛，紧盯着妻子痛心地说："他妈，赶快离开这鬼地方，志华往南逃，你和冬梅往北去，也许能逃个活命！快，快！"说罢，双手一摊，就咽气了。

夜深了，前来围看着的人，已经渐渐离去。只有耿大叔和几个善良的大叔还没走。耿大叔忙向吴志华妈妈说："大娘，你听清了吗？听懂他说的意思了吗？"

吴志华妈妈忙说："俺听清了，也听懂了。可他这死身怎么埋葬呀？"

耿大叔可怜同情地说："你们在这村不能久留！事不宜迟，咱们趁黑夜别人不知道，大家帮着你们用席片卷一卷，把老人家埋在庙后头，越快越好。这事要是让'巫赖鬼'知道了，不用说让你在这里埋死人。恐怕你们三个人谁都走不了啦！"

吴志华妈妈着急地说："就按耿大叔说的办，赶快埋了他爹，俺们就赶紧走！"

不多时，耿大叔他们帮着在庙后头挖了一个土墓，将吴志华他爹的尸体用席片卷起来，埋进了土墓里，回填好土。吴志华妈妈和吴志华、冬梅跪在坟前，哭泣着磕了几个头。耿大叔悄悄地对吴志华他妈递耳说："老大娘，我就不能送你们了，你们趁天黑赶快离村吧！"

耿大叔等人走后，妈妈急中生智，将她唯一的体己、手腕上那只银镯子摘下来，使劲掰成两半，眼泪汪汪地递给儿子、女儿各半只，心痛地说："小狗儿、丑闺女，这就是你兄妹俩日后相认之物，一定要随身带着它，千万不能丢了！"

吴志华手里拿着那半只银镯子，忙跪下给妈妈磕了一个头，站起来想走又舍不得走，忙和妈妈、冬梅紧紧地抱了抱，愣怔着。

妈妈抹了一把眼泪，向他摆了摆手说："志华儿赶快往南跑，听天由命吧！"

吴志华流着眼泪急步跑走了，妈妈拉着泪涟涟的女儿冬梅，静悄悄地向村北走去。

第二章

石柱娶媳妇

一杆唢呐呱唔吹，
二人抬"轿"送春妹，
姐姐陪妹入洞房，
石柱笑着把亲娶。

——民谣

六

做梦也不敢想成亲的李石柱娶媳妇了，这可是件罕见的新鲜事儿。

太行山脚下的王家峪村，阳光晖照、春色宜人、明花暗柳、郁郁葱葱。随着那暖人的春风，飘散着山花的幽香。

一天上午，在村的西尽头，有个五十岁上下的老大娘，胳膊上挎着个破柳条篮子，手拄着根讨吃打狗棍，领着个十七八岁的大闺女，来到一家破烂不堪的大门前，停住脚。

一个年轻后生约莫二十四五岁，从大门里扛着把镢头走出来，向那老大娘打招呼说："大娘，你又来了，等我给你端碗糠面糊糊来！"

那大娘说："不用了，他李大哥。我想到你家喝口白开水。"

那后生忙说："快进窑里来吧，好吃的没有，开水有的是！"

那后生叫李石柱，是王家峪村顶老实本分的人。

大娘和她闺女跟着李石柱走进土窑里。李石柱从大火[1]旁提起把铁茶壶来，给她俩一人倒一碗白开水，递到了她俩手里。大娘眨着眼想着事儿，喝了几口白开水说："石柱侄子，大娘有句心里话，不知当说不当说？"

站在李石柱身旁的弟弟李玉柱，不等石柱开口就说："大娘，你有啥难处只管说，俺弟兄都是受苦人，能办的一定帮你！"

大娘喜滋滋地看着李石柱，鼓了鼓勇气说："好侄子，我和俺闺女在你们村里，要了数日饭，打听到你人品好，只要你不嫌丑，大娘有意把小妹留给你成亲，不知你乐意不乐意？"

李玉柱一听是这事情，憨笑着直挠头皮。

李石柱一听也呆了，他常年给地主家打短工，连饭都吃不上，哪有心思敢想娶媳妇呢。可听大娘要把她闺女留给自己成亲，一时愣住了，他停了一霎说："老大娘，俺家穷得没吃没喝，眼看着连糠面糊糊也吃不上了，哪还敢娶亲？这……这我可不敢做主。"

李玉柱看这事不大好说，又不想说脱，就说："老大娘，要不把俺姐姐叫来说说？"

大娘问："你姐姐是谁家？"

李玉柱说："就是上小岭坡靠左手垅东头那家于家，俺姐姐叫李冬梅。"

大娘寻思片刻，想起来了，就是常给她俩吃喝的那一家。她想，他姐姐叫李冬梅，俺闺女叫吴冬梅，名儿重了不好。随即暗暗给女儿换了个"春妹"的名儿，说："那你叫她来，咱一块儿说说也好。"

不一会儿，李冬梅进来了，李石柱站起来忙让她坐下。她兴冲冲地看着老大娘，又瞅瞅她那喜人的俊闺女，浓眉大眼，不高不矮，圆长脸，脑后耷着一根又粗又长的辫子，辫梢上还扎着红头绳儿，人长得实在是好。可她捧着两手也为难起来说："大娘，不瞒你说，俺兄弟实在是穷得没吃穿，哪还敢娶媳妇成亲呢？"

大娘看着她说："他姐姐，俺把闺女留给石柱成亲，可不是图吃穿，要是图吃穿，就不找你们这小门小户了，俺在河南老家也是吃糠咽菜地熬苦日子，俺就是看石柱人好！"

---

① 当地人做饭用的煤火，用时捅开添上炭，不用时以煤泥封之，常年不灭。

几句话说得李冬梅再不好说别的了，她便叫李玉柱去唤他叔叔李德来和近邻如福爷爷他们来。

没一袋烟工夫，李德来叔来了，紧跟着如福爷爷、舟大婶也来了。李冬梅忙起身让他们坐下。吴大娘欠起身也想起来，舟大婶忙按住她，回头看着那喜人的大闺女，左手攥住她的胳膊，右手摩挲着她黑油油的辫子。笑着说："看看多秀气的大闺女，老婶子，她叫啥名儿？"

大娘回答说："小妮子叫春妹，今年刚十八。"

舟大婶看着大家说："我看咱石柱有福气，找上门来的大闺女，还不留下？"

如福爷爷乐呵呵地说："老嫂子，咱这道边除了王进财一家，都是好人家，就是缺吃穿，老人家既把闺女领了来，就不要再领出去了，这也是千里姻缘！"

话说到这火候，李冬梅有些坐不住了，她忙问她叔李德来："叔叔，你看呢？"

李德来赞同着说："留下就留下，说句不好听的话，俺们饿不死，也决不能饿死你闺女！"他看看李冬梅，"冬梅，你是石柱的亲姐姐，你说呢？"

李冬梅欢喜地说："俺叔和大家伙都说了，我琢磨着也是这个理，今儿个算碰巧了，真是不巧不成双啊！"

舟大叔没等石柱开口就说："依我说，要留下就办喜事，石柱也二十好几了。我给咱叫个吹鼓手，你从家里给她换身衣裳，骑上毛驴，再不就坐把椅子，抬过来就成亲了。"

舟大叔这几句话，说得大家都乐了。大娘满心欢喜地说："蛮好，蛮好！就这么着吧！太行人心眼好，你们都是好人。"

当天中午，李冬梅招呼石柱留大娘吃过饭，大娘起身便要走，众人留不住，只好让春妹送她娘上路。

大娘和她闺女春妹走到村边的小岭坡上，她把讨吃打狗棍掖在胳肢窝，双手紧紧攥住了闺女的胳膊，心热得一颗一颗泪珠儿止不住地滚下来。女儿望着妈妈说不出话来，一头扑进妈妈的怀里，呜呜地哭了。母女俩哭了一阵子，大娘双手把女儿扶起来，说："孩子，妈的好闺女，要学会疼石柱兄弟，好好过日子。"

女儿春妹仰起头来，泪汪汪地望着妈妈，会意地点着头说："妈，我懂了！"

妈妈用衣襟揩着眼泪，又嘱咐了女儿几句话，仰头望了望太行山，便走了。女儿用衣袖擦干眼泪，目不转睛地望着妈妈走去的背影。

当天傍晚，太阳刚刚落下山去，李冬梅给春妹绞了绞脸，把大辫子梳成了个盘朵儿①，穿了件海蓝色布衫，纯蓝布裤，让她坐在一把红漆椅子上，舟大叔和于贵柱抬着，李冬梅跟着，前头有个吹鼓手，"呱唔，呱唔"地吹着唢呐，迎着晚霞，向李石柱家走去。

沿街门口有三三两两的乡亲们出来看热闹，路经王进财家大门口时，王家的管账先生刁菱新，从半掩着的门缝里探出头来瞅了瞅，又像乌龟脑袋似的缩回去了。

吹唢呐的吹着走进石柱家院里，舟大叔和于贵柱把春妹抬到大门口撂下椅子，李冬梅和李德来的儿媳姜秋菊扶着春妹进了院，走到破旧的供桌前，先拜了天地，后拜了神祖，扶着她走进窑里，入了洞房。

舟大婶在窑里迎接新娘，她轻轻掀起新娘头上的那块遮脸红布，让她靠石柱坐在了炕沿上，递给他俩一碗红糖水，一递一口地喝着。于贵柱和舟大叔背挎着空椅子，拎着扁担笑着走了。李冬梅、姜秋菊、舟大婶和新娘、新郎说着吉利话儿，李玉柱忙前忙后地张罗着。

天黑了，李冬梅点着一盏小麻油灯，把捻儿拨得亮亮的。她和姜秋菊、舟大婶祝福了新郎、新娘几句贴心话儿，各自回家了。

春妹绯红着脸，从衣兜里掏出个小红布包儿来，取出半只银镯子让石柱看，说："俺嫁到你家来，就带来这么点体己，别的什么也没有。"

李石柱自谦地说："俺家连半只银镯子也没的，就是祖上给留下两处破土窑和门前那棵老槐树。"

窗外听房的孩子们叽叽嘎嘎笑着说："听快听，小两口说悄悄话哩！"

李石柱和春妹听得说，甜滋滋地吐了吐舌尖尖，石柱攒着春妹的胳膊，扑哧一声把灯吹灭了……

三日不出门，五日不下地，这是当地做新媳妇的一种习俗。可是一般庄户人家娶媳妇，多是讲究不起的，有的刚过门一两天，就得下地干活

---

① 指媳妇们脑后梳的发髻儿。

了，春妹清晨起来就打扫窑里和院子，她把打扫出来的脏土扫进簸箕里，端起来要往外走，还没出门被李石柱看见了，石柱便想唤住她。

李石柱张口想唤春妹的名儿，可那是有钱人、读书人用的时行话，自己是个土生土长、土里土气的受苦人，怕被别人听见了笑话。但又没什么好字眼儿来招呼她，于是他笑着"喂"了一轻声，看着春妹。

春妹听到后，觉得很亲切。她立时意识到石柱是在唤她，便停住了扭回身来，笑着看着石柱。

李石柱笑着走到春妹身跟前，伸手去拿她手中的簸箕说："你歇一会儿，我来吧！"

春妹觉得自己的丈夫疼自己，就笑着把簸箕递给了石柱。

第二天，春妹一心要跟着石柱兄弟俩下地帮着干活去。天一发亮，她早早就起来了，她熬好一锅菜糊糊熏在大火边，看看石柱还没起来，便往铁洗脸盆里舀了半盆水，找来把缺齿少牙的旧木梳，第一次亲自梳洗打扮扎盘朵，她为学会扎盘朵，小心翼翼地先解开黑线网，抓着头发照原样松开，再照原样缠起来，免得解开盘朵梳不起来，当她松开头发用旧木梳拢头时，一不留神，木梳磕打在铁洗脸盆边沿上，噌棱棱响了一声，她赶紧捏住了洗脸盆，怕惊醒了新婚的丈夫。

李石柱听到脸盆声响，像动听的秋虫儿的奏鸣曲，立刻钻进了他的耳门里。他瞅瞅身边，春妹不在了，便轻轻翻身仰起脸，寻春妹。睁眼一看，见春妹正在梳头，为不打扰她，又照原样伴躺下。

春妹扭回头来瞧瞧，见丈夫仍睡着，便把盘朵扎起来，系上网，将姐姐李冬梅送她的铜簪子别在盘朵上。她想看看盘朵梳得好看不好看，便想照照镜子，可连块破镜片片也没有，她一心想照照，免得梳洗不好出笑话，无意中，她瞅见脸盆水里能看见她模糊不清的面庞，便轻轻端起脸盆来，顺着窗棂透进来的亮光找影儿，终于在门犄角瞅清了自己的面容。头梳得还好，只是刘海留得长了点。于是她轻轻撂下脸盆，找来剪子，对着盆里的水当镜子，把刘海剪得适中了，才满意地笑了。

李石柱伴睁着两只眼，虽没完全看清她在精心地梳头。可是细心地听着她那梳洗声，也猜知八九，她是在梳洗打扮呢。他听她梳洗完了，也就赶快起来了。

李玉柱为给新婚的兄嫂一些方便，他和兄嫂一起喝完了饭，说了声

"哥、嫂，我先走了"，就下地去了。

李石柱扛着镢头往外走，扭回头看了看春妹，从心眼里笑在脸上，喜在心头。

春妹喜滋滋地跟在他后边，她想唤石柱名儿，怎么也说不出口。想称他孩子他爹，刚结婚一两天，哪来的孩子。她为难了一霎，鼓了鼓劲儿说："喂，俺也要下地去！"

李石柱见春妹跟着他，可怜舍不得让自己的新娘子婚后刚一天就出门下地。他笑着扭回身来疼爱着说："你不要去了，以后再去。"

春妹笑着，拗着说："俺不，俺要去！"

李石柱还是不答应，劝她说："谁家闺女刚当了新媳妇，哪有下地的？不怕人笑话。"

春妹的腮骨肚上显出了两个小酒窝，她睁着两只动人的大眼睛，看着石柱说："俺不怕！"

李石柱一听，更激起他对春妹的爱慕。"俺不怕"三个字，包含着多么深情的爱，他顿时心里觉得热乎乎的。春妹本来就长得挺俊的，可此时此刻他目不转睛地看着她，从心里感到她更俊更美了。她那受看的刘海要比别的媳妇的刘海更别致。尽管她的脸庞有些瘦，可她那动人的双眼皮，那乌光闪亮的黑眸眸，她不说话像在和他说知心话似的，惹他喜爱。他劝春妹回去，春妹硬是不肯。春妹说不，石柱硬往回拦，一直拦到了窑门口，两人胸挨胸，脸挨脸，鼻尖快碰着鼻尖了，石柱心潮奔放，春妹扭身跑回窑，推上了门，假顶着，石柱急不可待，把手中镢头丢扔一旁，使劲推开窑门，激动地说："世上的闺女有千千万，俺石柱就喜欢你一个！你跑——"他兴冲冲地追着春妹跳到窑炕上，紧挨着春妹，抑制不住地亲她。

春妹笑着不应，硬是往远些推他，她敌不过他，便用两手扭他的腮骨肚，扭了两道红棱棱，又痛又痒。石柱摸摸，痛在脸上，痒在心里。你推我拉，没一会儿，两人就甜到一块儿了。

两人玩了一阵子，李石柱便下地干活去了。春妹送他出大门口，她望着瞅不见石柱的背影时，便仰起脸看那棵高大的老槐树。突然，身后冷不防地有人唤她："石柱家，你当了新媳妇了，也不去见见大东家？大东家惦记你们，让我给你送点心来了，还不赶快接过去！"

春妹立时扭过脸来，一见是王进财家的管账先生刁荽新，就皱眉头。

她虽不认识他，但也听说过他。于是便说："我不认识你，这不明不白的东西我不收。"

"抬举你，你倒拿起架子来了。狗皮帽没反正，来吧，快去见见东家去！"刁萎新说着伸手就拉扯春妹的手。

"你……你要干什么！"春妹用力挣脱开刁萎新，急忙进了院，哐当一声，关上了大门。

刁萎新讨了个没趣，提着那包点心走了。当他走进王进财家大院后，李石柱的表侄子杨直理，也拎着一盒子点心走来了。他走到石柱家大门口，推了推，门关得死死的。心想：家里没人，便拎着点心朝李冬梅家走去。因为石柱结婚时没来得及告诉他，他听说后才赶来看看。

过了十个多月，春妹头胎就生了个大胖小子。石柱、玉柱兄弟俩高兴得不得了，李冬梅和于贵柱喜欢得了不得。到了腊月二十七，正是春妹头生婴儿的一月生。穷人家虽没钱做满月。可也显得很热乎。

李冬梅抱着一只大母鸡，于贵柱抱着儿子铁锁，早早就来给春妹祝福。如福爷爷拎着半篮子鸡蛋和一包红糖，李德来叔叔背着半口袋小米，李德来的儿媳姜秋菊提着一篮子红枣儿，杨直理肩搭着一小口袋白面，还有左邻右舍的乡亲们，都来给石柱媳妇贺喜做满月。

李石柱乐得合不上嘴儿，说："如福爷爷、叔叔、姐姐、姐夫，给孩子起个吉利的名字吧！"

李冬梅笑着说："好！大爷、叔叔起的名儿成器。"

李德来叔叔谦虚地推让着说："如福爷爷起的名儿多，起的名儿好，就请如福爷爷起吧！"

如福爷爷风趣地说："有钱人家生了男孩，叫'弄璋之喜'；生了女孩，叫'弄瓦之喜'。咱这庄户人家不讲什么璋啦瓦啦的，反正带把的沙茶壶①总比瓦片值钱。"说得李冬梅她们几个都咯咯笑了。他看看孩子长得黑黑实实，两只眼睛又圆又大，瞪起眼珠子来有小牛犊似的虎实劲儿，见景生情地说："我看像个小铁牛，就叫铁牛吧！"

大家伙笑着说："这名儿起得好，活像个小铁牛儿！"

这样，铁牛从咿呀咿呀学话起，一直长到好几岁，再没起个大名儿。

---

① 当地的一种特产，用陶土和沙烧成的壶，熬药用。

七

四年后的端午节。

天一扑明，春妹早早就起来了。她轻轻地一推开窑门，窑洞的两只家燕扑棱棱，呢喃、呢喃地像箭一般飞了出去。

她迈出窑门一看，无数的小家雀儿，在土垅上、树枝上啾啾地叫着，跳跃着。霎时，东方的鱼鳞发白了，蔚蓝色的天空像海一样清新，蓝澄澄的一眼望不到边。

春妹拿起一把笤帚来，猫着腰扫院子。她的丈夫李石柱和小叔子李玉柱扛着镢头给王进财家下地干活去了。春妹拾掇完院子，回到窑里洗了脸，正在梳头，姐姐李冬梅的儿子于铁锁，手里攥着一把艾①，兴冲冲地跑进窑里来。他把艾递给了春妹说："妗子，今儿个是五月端午，俺妈让我给你送艾来啦！把这艾在人的头上、家门上和街门插上一枝，说是吉利！"

春妹赶紧接过艾来，微笑着说："还是你妈想得周到，啥也忘不了俺们。"说着，她把艾放在靠墙的那张黑旧的小桌子上，手里拿起那把缺牙少齿的旧木梳梳头。

铁牛睁着眼，还躺在被窝里，铁锁把手伸进铁牛的被窝说："铁牛，快起来！太阳都快晒着屁股了，还不起来？等小晌午，咱好到如福爷爷家看蛤蟆含锭去！"

"看啥呀？"铁牛眨巴着眼忙问。

"就是把今儿个捉到的蛤蟆，往它嘴里楔上一根墨，死干了以后，谁长了疮疙瘩、疖腮，用这锭墨在疖腮疙瘩上画一画，凉生生地过几天就好了。"说着，他用两只手直捅小铁牛的腋子窝。

铁牛生来有痒肉，就怕别人捅他的腋子窝，铁锁这么一捅，他就叽叽嘎嘎地扑棱起来，小肚子上戴着那红兜兜儿，光着身子躲到了墙犄角。

春妹见儿子十分逗趣的模样儿，笑得嘴也合不上，乐呵呵地说："看你们小哥俩，一见了就亲得不行，牛儿，快穿衣裳起来！"她边说边给小铁牛穿衣裳，"起来，洗把脸，吃点饭，咱好赶紧上地去，小晌午回来，你好和你铁锁哥看蛤蟆含锭去。"

---

① 一种中草药，多年生。当地人以此避邪除灾。

铁锁高兴地望着春妹说："妗子，我走了，晌午，我来叫铁牛！"

"铁锁，吃了饭再走吧！"春妹望着他说。

"妗子，不吃了，俺回家走了。"铁锁高兴地跑着走了。

春妹给铁牛舀上饭，让他去吃。她随手拿起铁锁送来的那把艾，先掐了一枝给小铁牛别在耳根上，接着，又在窑门上插了一枝，手里还剩下两枝，她到街门上插了一枝，一扭头，看见了大门前那棵又粗又直又高又大的老槐树，凝视片刻，便走了过去，也给老槐树上插了一枝艾。

老槐成荫，高大挺拔，亭亭玉立，直顶天际。在槐荫树下立着二十二岁的春妹。匀称的身材，显得那样苗条。穷人家没有什么好穿戴，虽说是补丁的旧衣衫，可补得顺眼，洗得干净。她那圆圆喜人的脸，浓眉底下闪着一双机灵的大眼睛，前额上留着一排短短的刘海，后脑勺上扎着一个与头相宜的发髻儿，更显得大方、俊秀。村里人说起来，都说她做了媳妇比做闺女时更美了。此刻，她插完了艾，回到窑里吃了几口饭，三五两下把锅碗瓢勺拾掇完，拎着丈夫和小叔子的饭罐罐，抱着小铁牛往地里送饭去了。

天小晌午，春妹抱着小铁牛从地里回来，刚走到家门口，忽听身后铁锁喊着她跑来了，兴冲冲地说："妗子，人家如福爷爷快给蛤蟆嘴里楔锭了，铁牛和铁蛋还没看见过呢，俺领上铁牛叫上铁蛋去看看，一会儿就回来！"

春妹一见铁锁那个欢喜劲儿，忙把铁牛放下说："牛儿，你跟铁锁哥去看吧，看完了就回来吃饭，可不要跑远了！"

铁牛望着母亲说："妈，我跟铁锁哥去，看完了就回来。"

铁锁拉着铁牛的手儿，走过西井台，拐进舟大婶家去叫铁蛋。铁蛋忙告诉了妈妈一声，就出来了。他们三个小孩子奔如福爷爷家去了。

于铁锁、李铁牛和舟铁蛋，连走带跑赶到如福爷爷家。进门看到如福爷爷正站在院子里，便七嘴八舌地喊着说："爷爷，爷爷，俺们来看蛤蟆含锭了！"一个个睁着一双乌光闪亮的黑眸眸，笑嘻嘻地望着如福爷爷。

如福爷爷一看，三个活蹦乱跳的小孩，心里欢喜地微笑着，左手捋顺着胡须，右手一个一个地摸了摸他们的头顶说："看吧，看吧，我就等你们来看哪！铁锁去年来看过一回，铁牛、铁蛋还没看过哩！今儿个我捉了四只蛤蟆，都能含墨锭。"他指了指背阴地上放着的那个铁盆，说："你们看，这四只蛤蟆又大又壮实，正好给它含墨楔锭。"

铁锁、铁牛和铁蛋围着大铁盆，蹲在了地上，一个个睁大了眼睛，流露出喜悦、好奇和神秘的神色，直盯盯地瞅着那四只大蛤蟆。那蛤蟆在一盆清澈透明的水里游动着，时前时后，忽上忽下，像是在戏耍，又像互相追逐，有的钻到水底下又浮上来，露出头来吐出一串一串小水泡泡，它们那圆扁扁明闪闪的眼珠子，像宝珠似的闪着亮光，很使孩子们喜爱。

如福爷爷的眼笑得眯成了一条柳叶，他躬着腰端起水盆来，迈着八字步将盆端进了窑里，放在靠窗户透亮的地上，左手抓起一只蛤蟆来，右手拿过一锭墨，卡住它的脖子，蛤蟆张大了嘴，将那墨楔进了它的嘴里，一直塞进肚子里，只听着那蛤蟆发出吱儿、吱儿的痛叫声，直翻眼珠子。

铁牛看见蛤蟆挺难受的样儿，忙向如福爷爷说："爷爷，蛤蟆嘴里楔上锭，疼得它直叫唤哩！"

如福爷爷说："一锭墨插到它的嘴里咋不疼哩，可为你们小孩儿治疮疙瘩、痄腮，也就顾不得它疼不疼了。要是拿它当菜吃，用油炸了吃，或是把它身上的皮剥了，切成肉条条炒着吃，比这还疼哪！"

铁牛、铁蛋和铁锁齐声说："那含了墨锭比吃了好，爷爷！"

铁锁他们三个小孩子，看完了四只蛤蟆含锭，既心疼小蛤蟆，又知道了小蛤蟆挺有用处，怪有意思地，唤了几声"爷爷"，便欢喜地走出大门。

春妹望着铁锁拉着铁牛走了，她走进夏天做厨房用的破土窑，捅开了大火，洗了把手，便去挖面做饭。她伸手摸了摸放玉茭面的瓦瓮，面没有多少了，只剩下个底底儿了。她端起瓦瓮来，一只手拍了拍瓮帮儿，倒出来约莫有半斤玉茭面。她又伸手去挖莜面①，莜面也没有了，索性把莜面瓦瓮也翻了个底朝天，结果倒出来还没少半升。"这点面咋够做呢？"她心里说着，于是又揭开一个大一点的瓦瓮，挖了一瓢糠面，三合一和了起来，捏了五个大窝窝，还剩下一小疙瘩面。

"妈妈，我和铁锁哥、铁蛋看了如福爷爷给蛤蟆含锭啦！有四只蛤蟆含了四根大墨锭，那蛤蟆翻着明闪闪的眼睛，还'吱儿、吱儿'地叫唤哩！"铁牛高兴地说着。

春妹看看儿子的欢喜劲儿，摸摸他的头也很高兴。她想今儿个过端午节，也该让孩子欢快欢快。她把剩下的那一小疙瘩面攥在手里，一边叫铁

---

① 高粱面。

牛，一边捏着窝窝说："牛儿，今儿个是端午节，咱家包不起粽子，妈给你捏个小狗窝窝，你喜欢不？"

"喜欢，喜欢！"铁牛听得说，便高兴地依在妈妈身边，看着妈妈捏那小狗窝窝。只见她捏了个长嘴巴，两只尖尖的小耳朵，用两粒黑豆摁了两只黑眼睛，又在屁股后头捏了个弯弯的小尾巴，活像一只小狗儿。铁牛高兴得拍着小手儿直叫："妈妈真好！妈妈手儿真巧！"

三合一面的窝窝蒸上了，瓦笼床缝"吱吱"地冒着热气，满院飘散着杂合面窝窝的清香。

铁牛在大门口耍，抬头一见爹和叔叔，连蹦带跳跑进院里告妈妈说："妈妈，爹和叔叔回来了！"

春妹抱着铁牛迎了出来，她把小铁牛递给了石柱说："快找你爹去。让爹亲亲！"顺手接过了石柱扛着的锄头。

李石柱一把接过铁牛来。直亲他那圆圆的小脸蛋儿，他那短胡茬茬儿扎得小铁牛痒痒的直推他的脸。石柱连亲带说："让爹好好亲亲，让爹好好亲亲！"说着，双手掐住铁牛的腰上下悠了起来，逗得小铁牛"叽叽咯咯"直乐。

春妹又接过了玉柱弟的锄头放下，给他弟兄俩端出来一盆洗脸水。他俩洗了手脸，帮着春妹端上锅、拿上碗筷，走到大门口老槐树底下，放在了一块长方形石板桌上，春妹端来了一砂锅绿豆汤，用勺给他俩舀着。

李石柱揭开瓦笼床屉，见窝窝中间有个小狗窝窝，心想一定是春妹特意为小铁牛过节做的，便拿起来在小铁牛眼前一晃，铁牛一见，伸手就要，谁知早被叔叔玉柱攥在了手里。铁牛见叔叔拿去，便一下子蹿在叔叔背上，两手搂住叔叔的脖子，嚷着说："叔叔给我，叔叔给我，小狗窝窝是我的！"

李玉柱把小狗窝窝举得老高，小铁牛费了很大劲骑在叔叔肩膀上去够，将要抓到手时，又被玉柱"哈唔"一大口假意地吞进嘴里。小铁牛使劲儿地才从他嘴里掏出来。

李石柱在对面看着，只是个笑，春妹笑着抱过小铁牛来放下说："看你，你叔就是喜欢逗你，你净和你叔闹腾，也不知你叔动弹了一前晌多累！"

不一会儿，一家人说笑着吃罢了饭。李石柱回窑里歇晌去了。李玉柱高兴地哄着铁牛耍着。春妹拾掇起碗筷，坐在木墩子上乘凉片刻。李玉柱仰起脸来，望着蓝澄澄的有几片白云的天空说："嫂嫂，今天过端午节，天气真好，东半天起了几片白云，你看有雨没有？"

春妹抬头望了望走着的云彩说："他叔叔，这是乏云彩，我看没有甚雨。"

李玉柱在槐荫底下歇着凉，心里也觉宽慰些。他从腰带上解下破旧的小烟袋荷包来，装了一锅子烟抽着，高兴地和嫂子春妹叙谈几句话。他说："嫂嫂，不要看咱这庄稼人不识字，可看天上的云彩、风向，也能看出刮风下雨来！"

春妹用右手理了理头发，往后脑勺撸了撸发髻儿，看铁牛在一旁耍得挺欢，遂问玉柱说："咱这里咋个儿看呢？"

李玉柱抽了几口烟说："咱这儿说，'云彩往东，十有九空；云彩往西，雨点大如簸箕；云彩往南，雨点大如笸箩①。'他望望春妹，"嫂嫂，你们河南老家咋个儿说哩？"

春妹会意地看了看他，说："他叔，俺河南老家也和这儿差不太多。那儿说，'云往东，刮伤风；云往西，关公骑马披蓑衣；云往南，瓢泼大雨往下翻'。下不下雨也能看出来。"

他俩对答了好多观察天候气象的农谚，接着说起看虹来。

李玉柱说："东虹忽雷，西虹雨，起了南虹卖儿女！"

春妹说："东虹日头，西虹雨，起了南虹变天气！"

她说完了看虹，眨眨眼又想了想，觉得辨风向、看天候，还有别的地方能观察，便说："他叔，要是在山上看石头、看草，也能看出下不下雨来，你看过没有？"

"噢？"李玉柱听得说，觉得嫂子说得挺稀罕，他高兴地又把铁牛背在了自己的脊背上，说："那你告俺咋个儿看呢？"

春妹喜在心头，笑在眉梢，说："像那石头底下出了汗，节节草儿发了白，也要下雨哩！"

李玉柱听嫂子这么一说，像发现了什么秘诀似的欢喜，他悠晃着铁牛说："还是嫂嫂比我有见识，你这一说，我也学会看石头、看节节草，也能看出下雨来了！"

---

① 用荆条编的扁形圆筐，挑煤担土用。

第二章 石柱娶媳妇

23

第三章

想不到的意外

王进财偷看春妹，
贪色的贼心不死。
春妹憋在了心窝，
一家人蒙在鼓里。

——民谣

八

春妹抱起小铁牛，仰望着老槐树，不禁神往着。

那老槐树，根深叶茂，又高又大，绿油油的叶子长了满枝头，活像一把高大的绿伞，撑在了春妹家的大门口。俗话说，大树底下好乘凉。春妹抱着铁牛在树荫底下歇凉，觉得比头上撑着把伞还凉爽。徐徐的清风吹来，随着树枝的轻轻摇晃，像把大扇子似的给她和牛儿扇着凉，她和牛儿汗津津的脸，霎时觉得舒畅凉快多了。春妹将牛儿的脸贴在自己的脸上，亲了亲他那黑油油的脸蛋儿，放在地上让他耍个儿，她高兴地仰起头打量着土垴上的花鸟儿。

她从垴西头往垴东头看，那无数的小蜜蜂飞来飞去，忙个不停；小鸟儿叽叽喳喳跳跃着，叫个不停；两只家燕嗖嗖地飞上飞下，在窑里筑巢，飞个不停。她瞭得高了兴，笑着从自家的土垴上，看到了舟大婶家的土垴上，瞭那密密麻麻的酸枣蓬。她一扭脸，一仰头，怪巧，正和王进财的两只小眼睛，蓦地形成了一条交叉的直线。王进财像猫捕老鼠似的，直盯盯地贪婪地瞅着她。春妹立时低下了头，身转背后。

今天虽是端阳节，王进财照例起得晚。他吃了早饭高了兴，便溜达到土垅上去晃悠。他晃到舟大婶家的土垅上，一眼瞅见春妹在槐荫树下乘凉，他想看春妹的前身，春妹却背朝着他，怎么也瞧不见。他便停住脚，斜着身子，紧盯着春妹不放。当春妹望舟大婶家的酸枣蓬时，王进财射着两眼蓝光，直射到春妹的瞳仁上，和春妹的视线对射了一刹那，接着观其全身。尽管在这一瞬间，他却把春妹的五官相貌、人形身材看了个全。由于他全神贯注地盯着春妹瞅，脚刺溜一下滑下去，一趔趄，蹬落下一片土来，险些儿没掉下土垅。

春妹被王进财那贼一样的目光一射，像是被一种什么毒蜂蜇了似的，羞涩的脸上随之浮起片片红云。她打心眼里觉得很不舒服，忐忑了一会儿，不高兴地抱起铁牛走进大门。她是个细心稳重的人，尽力掩饰着自己那种不安的神色，轻步走回窑里去，不使自己的丈夫李石柱和弟弟李玉柱觉察，由此而引起不快来。

王进财笑眯眯地迈着八字步，倒背着手儿，摇晃着捣蒜锤似的脑袋，哼着浪荡小调儿，走下土垅来。他回到他住的窑里，撩起东套间窑门的竹帘子乜了一眼，他的正房太太江瑞兰躺着眯着了。他放下帘子退出来，得意扬扬地在八仙桌旁太师椅子上坐下，抽起水烟来。他家的管账先生刁萎新见他进了窑，也随后走进来。王进财摆摆手让他坐在一旁说："萎新，李石柱家从河南来的那媳妇，你看见过没有？"

刁萎新说："我见她不是一次面儿了。咳！一个穷要饭的讨吃鬼媳妇，没啥好看的。"

"话不能那么说吧，总是你没细看她？"王进财还是想问问他对春妹的看法。

"大东家，不瞒你说，我到她家算工钱，见过她好几次面，那小娘们还长得真不劣哩！"刁萎新绘声绘色地说，"那小娘们儿，脸有脸盘，身有身条，圆圆的脸，双眼皮，大大的眼睛，黑黑的眉，人不留意她笑起来，一笑就是两个酒窝窝儿。那个子不高又不矮，身条不粗又不细，又窈窕来又结实，人家不穿好衣裳不打扮，就够漂亮的哩！"

"这话还差不多，那小模样儿长得倒是挺不劣的。"

"有人说她生了孩子，比做闺女时更受看了，大东家你见过没有？"

"就今日上午见了一面。"

"在她家？"

"不，在土坡上……"

刁萎新一愣神，他想说什么，却没说出口。这时，王进财家的佣人陈妈提着铁开水壶进来了，她撂下水壶，从茶几上取来王进财喝水用的扣碗茶碗，掀了盖儿，往茶碗里捏上西湖龙井茶，倒上开水沏上，端到王进财坐的桌子边，用抹布擦拭着茶几上沏茶滴落的水滴。王进财和刁萎新说着话儿，也不忌讳她。

王进财想着春妹俊秀的模样儿，说起了春妹家大门口那棵老槐树。他说："李石柱家那棵老槐树，虽没咱家门前的老槐树那么多年头，可人家的树长得实在是旺，笔直直的是棵好成材。"

刁萎新熟知王进财贪色好财，也随声附和地说："李石柱家那棵老槐树，是他爷小时候亲手栽下的，到今年恐怕有一百几十年了，树又长在西井台旁边，长得就是好。就是出钱买人家的，恐怕也难？"

王进财问："那是为什么？"

刁萎新说："人家三个大人常年在地里干活，虽说吃糠咽菜的，可人家谁家也不该，哪家也不欠。就你大东家来说，还压着人家的工钱呢。"

"过两天你试试，就说有人出钱想买他家的老槐树，可不要说我说的，看他卖不卖？"

"那好说，我碰见他兄弟的时候，随便问问就知道了。"

王进财今日晌午显得很兴奋，他没等刁管账和陈妈问他准备什么菜饭，便主动地对刁萎新说："今日过端阳节，你东家心里高兴，想多喝几盅儿好色酒，多做几道儿好菜，痛痛快快喝一喝。"

"那随你的心意，大东家！"刁萎新奉承着说，"色酒由你挑，好菜由你点。厨房里正准备佐料、菜码、肉丁丁，只要你说句话，就手到拎来了。"

"那是自然。"王进财亲自点了如意的酒菜，刁管账去吩咐家厨——预备去了。陈妈也跟着出去了。

九

王进财逍遥自在地呼噜噜、呼噜噜抽水烟。他是个四十出头的人：一曰，爱财；二曰，贪色；三曰，嗜抽。

王进财撂下水烟袋，从窑里走出来。走到他家大门口，仰望着门前那棵有三搂粗的高大的老槐树，荫遮门庭，依然如故。他仔细瞧着前年夏天被雷电劈了的那棵树，打断了的碗口粗细的树枝，还连着茎皮树杈倒吊着，显得有几分逊色。他若有所思地转过身来，抬头望那高大的红漆大门楼，门楼上挂着的那块"福禄呈祥"四个金字的大横匾，油彩虽已不很明显，但字迹和年月日还能看得十分真切。他正看得出神，刁娄新也尾随出来，低头哈腰地对王进财说："大东家，多日了没出来转悠转悠，今天有兴散散心？"

王进财说："端阳节嘛，出来晃晃，心里倒也高兴。"

刁娄新看王进财瞅那两扇红漆大门过年贴的"生意兴隆通四海，财源茂盛达三江"的对联，大红色还有几分成色，随口夸赞说："不要看日本军侵占了东三省，中央军撤到了大西南，可我王家大院平安无事。"

王进财点了点头，走进大门里的甬道走廊，步至二门前的前庭院。看着前庭院两厢，各长着一簇茂盛的紫金花，也叫苦丁香。那枝梢长出了墙院高，虽已过了丁香奔放香飘满院的季节，但他看着丁香似乎闻到了花儿的清香似的，惋惜着说："这两簇丁香盛开的时候，真是清香扑鼻，幽香满院，我很喜欢！"

刁娄新为讨好王进财，便借机美言道："大东家的家业如同丁香树，虽说花已经开过了，但丁香树长得却茂盛，不愁来年不开花。"他跟着王进财四下扫视着，看看摇摆着的丁香枝叶西端那处三间大磨坊，磨坊南端是三间房大小的茅厕。另一簇丁香树的东端三间大耳房，是赶牲口的长工放骡鞍马套的地方。他俩说着话走进二门，绕过筑有土地爷龛楼的高大的花砖影壁，便进了中庭院。东西两侧各有一幢厢房，西边是三间大西房，东边是三间大东房，衬托着院落，很是适中。王进财指着中院的布局："娄新你看，一进二门，这里院就显得宽敞多了。"刁娄新说："是宽敞多了。"他看看中院的北端，是用蓝砖砌成的大花池，栽着绿油油的开着各色花朵的月季花，"要像往年，这院子一年就得修饰一次，光大门、二门就得上几道油漆，房檐滴水也得修整一番。如今这兵荒马乱的年月，像这样看着倒也不太扎眼。"

王进财点着头说："那倒是！要不是'九·一八'事变有战事，我王某还得大大地修饰一番。"

刁萎新顺水推舟地说："那当然！大东家在阳城有铺子，在乡下有土地；二东家在太原府阎督军那里做事，县衙门里有故交，商业界里有朋友，莫说整修了院子、油漆门楼、粉刷墙壁、盖几套厢房，就是弄个大买卖，拿他个三顷二顷的土地，也是十拿九稳顺手牵羊的。"

王进财听得高兴，露出了得意的笑容。

王进财的三姨太古淑芳从西套间窑里走出来了，她刚二十挂零，是从劈山沟村嫁过来的。她见王进财坐在太师椅子上，就在他身边扭怩着说："大东家，今天是端阳节，还不好好喝几盅雄黄烧酒，痛快痛快？"她又想了想，"他进宝叔能回来不？"王进财说："过端阳节了，要乐和乐和，我已让刁管账到厨房预备去了。等瑞兰和呈海起来，咱们好好快活快活。"他也想了想，"啊，对了！进宝弟已经来信了，说他公事忙，脱不开身，不回来了。"

他们正说着话儿，王进财正房太太江瑞兰和三少爷王呈海也来了。江瑞兰三十五六岁，她拉着六七岁的王呈海从东套间窑里走出来，见古淑芳站在王进财的身边，就阴阳怪气地推着王呈海说："你老爹早想你了，还不快找你老爹去。"王呈海撒开江瑞兰的手，"爹——爹——"地叫着，一扑扑到了王进财的怀里。

王进财高兴地攥着王呈海的手说："海儿六岁多了，也没开过斋，今天爹也让你喝盅雄黄酒，冲冲肠。"王呈海耍着懒，扭着身子，两只脚在地上乱蹬跶。

刁萎新提着紫铜酒壶进来了，问："大东家，大太太和三姨太，还有三少爷都来了，啥时候开桌？"

王进财看看江瑞兰、古淑芳说："我到土垅上游转了一遭，也有点儿饿了，现在就开吧！"

王进财喝了几盅雄黄酒，又喝白酒。江瑞兰因体弱多病，不喝白酒，只是时而陪着夹菜吃。古淑芳从小在娘家学会了喝酒，她陪着王进财一块儿喝白酒。王进财喝得白脸绯红。

江瑞兰时而睁着那关切的眼睛看着王进财，王进财喝酒从来没有像今天这么高兴过。刁萎新一盅一盅给他满，古淑芳一盅一盅给他劝，他连连喝了数大杯子白酒，喝得满脸通红，醉意十足。加之，黄酒有后劲儿，又喝了数盅白酒，就有些醉醺醺的了。说起话来舌根里有点儿发梗。他给三少爷王呈海酒盅倒了一盅白酒，有些不适地说："海儿开了斋，就学着爹爹喝吧！他妈的，老子英雄儿好汉，老子糊涂儿捣蒜，人要不坏了肠子办不了大事，往后得学着点儿。"

王呈海的嘴里也有点儿辣滋滋的，他抿了抿嘴儿说："这酒他妈的越喝越辣，喝得头也有点儿晕了，怨不得人家说这是喝猫尿呢！"

江瑞兰听王呈海说赖话，就向他努了努嘴。又见王进财说起胡话来，便对古淑芳使了个眼色，示意不要让王进财再喝了。王进财夹起一筷子元鱼肉来对江瑞兰、古淑芳说："老大、小三，快夹着王八肉吃，吃了能壮身子，夜里睡觉有劲儿！"江瑞兰乜了他一眼，古淑芳"咯咯咯"地笑起来。

王进财晕晕乎乎的，江瑞兰和古淑芳扶他回西套间窑歇着。刁菱新也去搀扶着。王进财自言自语地说："他妈的，今晌午可开了眼了！嘿嘿……我的眼睛里有个大美人，在老槐树底下……"说着，摇晃着脑袋，"咯咯、咯咯"地怪笑起来。

江瑞兰不知他说的是谁？便骂他说："人老心不老，不觉死的老东西！"

古淑芳皱眉蹙额睐了他一眼，猜不出他说的是啥意思。

十

次日晌午，李石柱、李玉柱兄弟俩在窑里歇晌。小铁牛在院里耍着，春妹在一边给石柱兄弟俩洗衣裳。

五月的天气，正是百鸟争鸣、百花斗艳的火红季节。窑顶上的一道土垅上，酸枣花、喇叭花、山丹花，和那五颜六色的野菊花，开得满土垅。这野花花，红里透黄，紫里润白，颜色娇艳，散发着诱人的清香。随着丝丝的轻风浮动，犹如一条五光十色耀眼夺目的大花毯，搭挂在土垅上。

小铁牛自个儿和泥土玩耍，他仰起头来看看花毯似的土垅上。小鸟儿不停地啁啾着，蜜蜂儿嘤嘤地哼着，啄木鸟在院旁一棵椿树上笃笃地啄着。两只家燕呢喃地你来我往，穿梭不停地衔泥筑巢。小铁牛看燕子筑巢看得出了神，他抓着把和好的泥土堆在磨盘上，想帮一帮燕子让它们衔去搭窝呢。

春妹坐在洗衣裳的大铁锅旁边，她怕铁牛乱跑掉到茅厕里，便一边在石板上噌啦、噌啦揉搓着，一边搭讪着问铁牛说：

"牛儿，你咋耍哩？"

"妈妈，我和泥土耍哩。"

"你和泥土做啥呀，牛儿？"

"我和泥土帮着燕子垒窝呀！它垒好窝又快孵小燕子了，妈妈。"

"牛儿，你知道燕子有啥用呀，小燕子好不好呀？"

"妈妈，燕子可有用啦！它一回来天气就暖和了，它一走天气就要冷了；妈，我愿让它来，不愿让它走，我可喜欢小燕子啦！"

春妹有意地搭着话儿，为的是不让他走远。又说："你知道燕子还会做什么呀？牛儿！"

铁牛出着满头大汗，还是和着泥土说："妈，我知道燕子能叼着虫儿喂小燕子哩！"

春妹满意地笑了笑，瞅了瞅他，还在吭哧吭哧和泥泥，帮着燕子垒窝呢。

小铁牛小小的纯洁的心灵上，看到燕子叼着虫子喂小燕子，就那么喜爱燕子。他若知道燕子还有很大的益处、本领，那就更喜欢小燕子啦！

李石柱和李玉柱起了晌，各自喝了一碗凉白开水，又下地干活去了。

春妹还在洗衣裳。小铁牛不歇晌，也不觉累。他看着燕子不停地飞舞，便天真地问母亲说：

"妈妈，这大热天燕子光飞也不歇一会儿，要是把燕子累坏了，可就搭不成窝了呀？"

"牛儿，燕子可辛苦了，累不坏，一到天黑看不见了，它才肯歇着呢，总能搭上窝。"

正在这时，如福爷爷走进来了，他手里托着一盘江米枣糕。春妹见他来了，急忙站起身来打招呼："如福爷爷，这大热的晌午天，你也不歇着。"

如福爷爷说："歇了一会儿。"他看看铁牛累得满头大汗，伸着两只泥巴掌，忙将那盘江米枣糕递给了春妹，攥起铁牛的胳膊，"牛儿，你这是干啥呀？"铁牛仰仰头说："我帮燕子搭窝呀！"如福爷爷想了想说："好牛儿，牛儿是个好孩子。"

春妹寻思着说："牛儿可喜欢燕子了，燕子也真辛苦。"

如福爷爷说："燕子是一种很好的候鸟，秋去春来，返回老窝，有的四五年都能飞回来。一到过冬可辛苦了，八九月开始往南飞，每天差不多要飞三百来里路，千辛万苦越过太平洋，远的还要飞到澳洲。过了冬往回返，差不多二月能飞到广州，三月飞到福建、江西一带，四月飞到黄河流域，五月初就返回咱们太行山了。"

春妹听得也入了神，便问："如福爷爷，那燕子回来就衔泥筑巢，一年能孵几窝燕子呢？"

如福爷爷说："一只母燕能产蛋四五个，一对燕子每年能孵小燕二次。喂养一对小燕子，一天要喂一二百次，捉害虫四五百只。从四月到九月算起，一百八十天就能吃掉五十万到一百万只害虫。吃的都是些蚊子、蝇子、蝗虫、螟蛾、蝼蛄什么的，都是些糟害庄稼的害虫，燕子可是好益鸟啊！"

"如福爷爷，原先我也不太清楚，听你这么一说，我也长了不少见识。"春妹欢喜着说。

"我也知道个大概，再详细就说不来了！"如福爷爷谦虚地说。

他说着，拉着铁牛在铁洗脸盆里洗干净泥手，春妹把那盘江米枣糕递给如福爷爷，她给铁牛擦干净手说："看，快成了个泥猴儿了。"

如福爷爷将那盘江米枣糕在铁牛的眼前晃了晃，问："牛儿，这是啥东西？"

铁牛没见过粽子，也没吃过江米糕，还以为是粽子呢，便高兴地说："爷爷，这是粽子。"

如福爷爷把那盘江米枣糕递给铁牛说："这不是粽子，是江米枣糕。"他抚摸着铁牛的头发，"看孩子牛儿多亲！让牛儿吃了吧。这也是人家外村送来的，分给孩子们吃了吧！"

春妹说："人家送给你的，你舍不得吃，又送给了我们。"

如福爷爷说："人老了，吃不吃没意思了，让小孩儿们尝个新鲜。"他看了看春妹，"春妹你忙吧，我走了！"

"如福爷爷你慢着点走，大热天，回家歇歇吧！"

春妹拉着小铁牛，和如福爷爷说着话，陪着如福爷爷出了大门。

十一

五黄六月的天气，太阳正红。后晌的日头虽已往西挪了挪，但灼得人还是火辣辣的，炽得人几乎喘不过气来。

春妹抱着小铁牛，神情上不如往常那样自然，自从王进财在土埌上偷瞧她以后，似乎在她的心灵之窗上罩上了一层阴影。过去她路过王进财家大门口总是低着头，今天她仰着头走过去，绕过东井台，走进王进财家的地里干活去了。

这是一片十亩方圆大的小谷地，春妹一眼看见李石柱和李玉柱头顶烈日、蹲蹴在土地上猫着腰拔小谷苗。他俩头上无片云遮日，地上无只枝遮阳，被火毒毒的日头烤焦着，像在滚烫的地上直跳。她急忙把小铁牛抱进她叔李德来家那片桑树林里，把他拴在一棵桑树下，给他从桑树下折上一枝黑红红的桑葚来，递给他让他吃着耍着，自己握着把小锄也去拔谷苗。

李石柱在前边打头。他光着头，在浸着汗水的脖颈上，搭着条破旧的羊肠手巾，右手握着把小锄。他左手拔苗，右手锄地，猫着腰一脚一脚往前挪。挨着左手旁边落下有三四步的弟弟李玉柱，和他同样地拔着苗、锄着地，春妹挨在了李玉柱的左手旁边，也同样地拔起苗来。

李玉柱和李石柱望望在桑树林里的小铁牛，见他吃着桑葚耍着，喜欢地笑了笑。李玉柱见春妹在他左边打着下手活，说："嫂子，这大热的天，你咋不和牛儿多歇一会儿，我和俺哥哥多干一会儿就有了。"春妹榜着谷埌说："他叔，在家也没甚事，来咱扑闹上干点，咱和你哥早完早回家歇着。"

春妹跟着石柱兄弟俩干了有两个多时辰，春妹抬头看看在桑树底下拴着的小铁牛，只见他额上冒着亮晶晶的汗珠儿，上身戴的红兜兜儿，汗水湿得贴在了肚皮上。他虽不哭也不闹，可是由于天气过于燥热，阳光晒到了拴着他的树底下，他腿上拴着的绳子短又走不远，热得他用手直抓挠额门，"妈——妈妈！"不由得唤了起来。

春妹怕把小铁牛晒着了，又怕丈夫李石柱着急心疼孩子，便把小锄撂在地垄上，对玉柱说："他叔，你憩不？我去给牛儿挪挪地方，陈瞭他。"

"嫂嫂你去吧，我不累，等一会儿和俺哥一块再息憩。"玉柱抬头看了看小铁牛，他左手握起春妹那把小锄来，左右开弓，一人锄两人的垄，仍和石柱保持着应有的间距。

石柱扭回头来看看玉柱弟，一人带着春妹留下的两垄紧赶着，便在前多锄了玉柱的两垅，分担些弟弟的劳累。

春妹抱起小铁牛，坐在了棵遮阴的桑树下，又折了枝桑葚，递在铁牛的小手里，给他头上擦着汗。

她经常想念和她从河南逃出来的妈妈和哥哥，这五六年了杳无音信。不过她和石柱结为夫妻后，你疼我，我爱你，两口子相处得实在是好。尤其是生了铁牛之后，石柱格外心疼她，石柱宁肯自己多干活多受累，也不愿累着自己的媳妇春妹。有时过年过节，他给人家干活，人家送他一个馍馍、一块花糕什么的，他也舍不得吃一口，留着给她带回家。这五六年过去了，小两口没有拌过一句嘴，也没吵过一次架，甚至高声说话红脸的时候也没有。那时春妹怀上小铁牛后，李石柱下地干活回来，见水瓮里水不多了，便撂下锄头挑起水罐去担水，春妹看见了疼他舍不得让他去，争着把水担杖夺过来，夫妻俩面对面地都笑了。

小叔子玉柱看着哥嫂相处得那么好，心里也很喜欢，干得也很起劲儿。

春妹望着玉柱弟，也很疼爱他。虽说弟弟比她大几岁，可很尊敬她，总是以对待哥哥那样对待她。原来，玉柱和石柱兄弟俩，早年丧了父母，在地里干活倒不发愁，就是衣裳破了缝缝补补的，觉得挺费手劲儿。有时他俩缝不了，就找姐姐李冬梅给补裰补裰。自从春妹和石柱成亲后，家里有了个内当家的，缝缝补补的，不用自己张口，春妹就给他俩缝补了。因而，玉柱对嫂子春妹有着深厚的敬爱之情。

玉柱这种心情，印象最深的是在春妹临产小铁牛前的那年冬天，浑身肿得动活不了，就是身累赘得这样不方便，也是给弟兄俩做饭、缝衣服。还挤着空儿，找了点零碎的碎布头，给玉柱弟做了个装旱烟叶的小荷包。那小荷包的两面还针绣了两条小金鱼，一条是金黄色的，一条是黑褐色的，还刺了几条蓝水纹。远远望见，那两条小金鱼像是在水波中游荡似的，和真的一样，实在是好看。

春妹把小荷包绣好后，放在了黑旧的书柜上。玉柱弟从地里回家看见了，拿起小荷包来看了又看，爱不释手，笑眯眯地问春妹说：

"咦！嫂嫂，这小巧玲珑的小荷包，你是给谁做的？"

"谁喜欢它，就是给谁做的。"

"我可喜欢小金鱼啦，那这小荷包给我啦！"

"你要喜欢，就送你吧！"

两个人都会意地笑了笑。

玉柱手里拿着小荷包，看了正面，又瞧反面。他笑着对春妹说："嘿！嫂嫂的手真巧，这两条小金鱼绣得真好，像活的一样，我真喜欢它！"

春妹微笑着对玉柱说："你喜欢你就别上吧，我早想给你缝一个，老是挤不出空儿来！"

玉柱听春妹这么一说，高兴地把小荷包和小旱烟袋拴在一起，别在了裤腰带上，狼吞虎咽吃了点饭，笑着又去干活去了。

春妹想着，想着，放下铁牛来，想再到地里去干活。只听得玉柱弟忙唤她："嫂嫂，你先回家做饭吧！俺哥说，俺两人再拔一会儿，就回家。"春妹笑着说："哎，那俺和牛儿先走啦！"她抱起小铁牛来，攥着他的小手儿，让他望着爹爹和叔叔，摆了摆手，便往家走了。

第四章

暗 算

暗算，暗算，
地主漆黑的心肠，
老财毒辣的手段，
时时扒拉着——
坑害穷人的鬼算盘。

——俗语

十二

李石柱和李玉柱兄弟俩手拎着小锄头，肩上搭着破小布衫边走边说话儿。两人带着满身的泥土气息，露着那出了满身汗水的黑黝黝的脸膛、胳膊，越显得是那种老实巴交的庄稼人。他俩刚走上小岭坡，忽听身后有文绉绉的声音在唤他俩：

"石柱兄弟，你俩下地回来了，这火辣辣的大热天，在地里干活真够受的，回家好好歇息歇息。"

李石柱扭回头一看，是王进财家的管账先生刁荽新，便客气地说："嘀，是管账先生。这么热的天还忙着出来办事情，也很累吧！"

刁荽新说："不累，不累！比起你们来是微不足道的呀，不足挂齿！"他年纪三十六七岁，细长白净脸，戴白凉帽，身穿丝绸凉袍，脚穿千层底圆口鞋，是个贼鬼油滑的买卖人。

李玉柱听哥哥和刁萋新搭话，听刁萋新也没说句正经话，只是睁着他那双黑黑的大眼睛，看了看刁萋新，也没搭理他。

李石柱兄弟俩走得挺快，想把刁萋新甩在后头。而刁萋新想要和他俩说的话，还没说出口来，就又紧跟上去，露出一副关照人的神态，问他俩说："石柱兄弟，这五黄六月干活真较劲儿，你家里的粮食还能吃到秋吗？"

李石柱实打实地说："管账先生，你也不是不知道，俺这受苦人家，劳累一年弄不下几斗粮食，早就没吃的了，哪还能吃到秋！"

李玉柱不高兴地说："吃到秋，米面瓦瓮早就底朝天了，哪还有啥粮食吃？这几年过端午节，哪一年吃过顿面饭？不用说包江米粽子了！"

刁萋新听得说，忙从袍兜里掏出一盒大婴孩烟，抽出两支来，给李石柱递着说："石柱弟，下地挺累的，吸支烟，解解乏。"

李石柱伸出手向他递烟的手推了一下，说："管账先生，我不吸。你也不是不知道，我不会吸烟！"

刁萋新不得劲儿地把拿烟的手缩回去，自圆其说地说："看，我的脑筋不记事，只顾说话了，也忘了你不会吸烟了呢。"

"这没什么！"李石柱搭着话说。

刁萋新一转身，滑稽地笑着，把烟递到李玉柱面前说："玉柱弟，这我可没有记错吧？你会吸烟。人常说，'吸支烟，解心宽'。来，吸一支，消消累。"说着，就伸着烟往他手里塞。

李玉柱紧走着说："刁管账，我不吸。我抽旱烟抽惯了，从来不吸那洋烟卷。"

刁萋新碰了一鼻子灰，只好又把手缩回来。这时，李石柱兄弟俩已经走到东井台。刁萋新紧走几步追上来，说："石柱、玉柱弟，我有一言，不知投你俩心不投？"

李石柱有些不耐烦地说："刁管账，你有话，就袖筒里伸胳膊，照直说吧！能办的事就办，不能办的事就不办。"

李玉柱说："刁管账，你是个肚子里有墨水手头上耍笔杆的人，有甚事你就直说，不要拐弯抹角来回绕圈子，俺这庄稼人听不出！"

刁萋新听了他兄弟俩的话，觉得他俩急着要问什么事，他俩又是全家的主事人，就婉转地说："我知道你们家也很紧巴，眼下的粮价也很高，有人打听想出点钱买你家门口那棵老槐树，不知你们出手不出手？"

李石柱一听，说要出钱买他家大门前那棵老槐树，就有点儿不高兴。又觉得刁萎新今天来回绕弯子，不知他葫芦里装的什么药，就想问个清楚，说："刁管账，俺家门前的那棵老槐树，是俺爷亲手给俺家留下来的，俺从来也没想过这事，但不知谁家打听的？"

刁萎新结结巴巴地说："这，这……"他支支吾吾一时说不上来了。

李玉柱见刁萎新子午卯酉地不说实话，也不耐烦地说："俺家那棵老槐树，是俺爷小时候亲自栽下的，就是俺爹死了后尸首埋在土墓里，也没让锯祖上传下来的这棵老槐树，俺就是吃糠咽菜揭不开锅，压根儿也没想到这树。你不说是谁家打听的，那你就转告他，他不要做梦娶媳妇，想了个美！不论钱多少，俺就是不出手！"说罢，径直往家里走了。

刁萎新听得说，白瞪了白瞪眼冷笑着。他直盯着李石柱兄弟俩走进家门口，才走进王进财家的大门里。今天，碰了这钉子，心里很窝火，他咬了咬牙，心里说：穷小子倒拿起架子来了，你不出手，我也要帮着大东家把树弄过来。我表妹盖房子还急着找不到木料呢？屎壳郎在月光下走，咱也沾点光！他跨进二门，走进中庭院，还没抬头，就被站在正窑门前的王进财叫住了：

"萎新，回来了！你到正窑里来吧。"

"大东家，我就来！"

刁萎新几大步迈上了砖台阶，走进正窑里，见了王进财就说："大东家，你让我到阳城县衙门里，给你老朋友的侄子送的厚礼送到了。他留我吃了几顿美餐，还看了几场包厢戏。"他忙从袍兜里掏出一封信来，递给王进财，说，"他让我回来向你转告，谢谢东家！这是他的回信。"

王进财接过信随手打开，瞧着瞧着不由得摇起脑袋来，两只淡眉毛要飞起来，高兴地说："好，好！你给我办的事，就让我高兴痛快！这事办得不错。"

刁萎新也迎合着说："这是大东家会理事，我只是跑跑腿儿，给大东家送个礼、传个话就是了。"说着说着，忽觉有些扫兴。他想，趁大东家高兴，正是捉弄李石柱家那棵老槐树的好机会，又说，"大东家，让我问李石柱家那棵老槐树的事，给问崴泥了，没有办漂亮。我好说歹说给问砸啦！李石柱兄弟俩又不耐烦又生气，左说右说人家就是不出手！"

"你怎么问他来？你问的谁？"

"我从县府回来，走到小岭坡，正碰上李石柱兄弟俩，就顺便问了问他俩。说真格儿的，李石柱是咬定不出手。那李玉柱更拿架子，他说，不管钱多少，俺就是不卖。你不说谁家打听的，那你就转告……"话说到半截儿，他不好意思说出来。

王进财听刁萎新说得吞吞吐吐，忙问："转告什么？怎么话到嘴边又咽回去了？你跟我还有什么不好意思说的，这窑里也没别人，他们怎么说，你就怎么说，实话实说吧！"

刁萎新哈了哈腰，有些拘谨地说："大东家，那我说了你不要生气。李玉柱说，'那你就转告他，'也就是让我转告你，'不要做梦娶媳妇，想了个美！'"

王进财一听，喜欢地打了个喷嚏，嘿嘿嘿地怪笑着，不由得心里又想起了春妹……他说："你到县衙门里送礼的事办得好，有来有去有回信，我满意！可这问树的事捅了一下，没办漂亮！"

刁萎新有些不解地问："他兄弟俩都是当家主事人，路上也没旁人，还不是说话的当当儿？"

王进财站起来，鬼头鬼脑地瞧着刁萎新，冲着他的脸说："俗话说，当家不主事，主事不当家。你光问他兄弟俩怎么能问好？"

刁萎新没等王进财把话说完，他挤眉弄眼地说："噢，噢！看我缺心眼儿了，没到他家去问，这好说，回头我当着他们三个人的面问一问。就是了。"

"这还差不多，你就忘了，什么风硬？那枕头底下的风才硬着呢！"

"你这一说，我全明白了。大东家！"

王进财急切地问："你明白什么了？"

刁萎新像猜着了似的说："当着他家三个人的面，把树买过来就是了。"

王进财不高兴地一甩搭袖子，说："你明白个屁！"他睖了刁萎新一眼。

刁萎新忙问："大东家，你不是要买他家那棵树吗？"

王进财白了他一眼说："像我王某，家大业大，骡马成群，我那山坡坡、地边边有的是好槐树，谁还稀罕他家那棵老槐树呢。醉翁之意不在酒噢！我是金钩钓'鱼'，她不上钩也得让她上！"

"我真有点儿不明白，那为啥还问他家那棵老槐树呢？东家，你有啥事直说就得了。"刁萎新还是猜不透地问。

"我问他家的树是虚，想他家的春妹是实。像他家那棵老槐树，是他们家的命根子，比他兄弟俩都值钱。问树好比如来佛的紧箍咒，一念孙猴子就脑袋疼。我拿他家那棵老槐树当紧箍咒，让春妹来我家让我好好看看，也许能来了。"

刁萎新恍然大悟说道："嗨！是这事情呀！他家穷得叮当响，咱家的狗食都比他家人吃得好，打着灯笼找不到的好地方，她还求之不得呢！"

"这你又外行了不是吗！她要有心来早来了，干吗老躲着我不见面，让她来也不是那么容易。"王进财寻思着说。

"原来是这样，这回我懂懂过来了。我就按你的意思问，我看她不会不来吧！"刁萎新狡猾地笑了笑。

陈妈忍住笑，给王进财又倒了一杯水，扑哧一乐，出了窑门。只听得王进财和刁萎新哈哈、哈哈，乐个不停。

十三

夕阳西下时分。春妹和弟弟李玉柱在大门前的石板桌旁说着话。李石柱抱着小铁牛从院里走出来，把铁牛递给了春妹。一家人在槐荫底下歇歇凉。

小铁牛偎在妈妈的怀里，听妈妈、爹爹和叔叔老叨念老槐树，究竟叨念老槐树做什么，为这棵老槐树又有什么事，他是听不大懂的。不过都说老槐树，他也想到了头上那棵老槐树。于是他就挣脱开妈妈，跑到槐树跟前，伸展开两根小胳膊，去搂那粗大的老槐树。他搂了几搂搂不住，便转着圈儿搂，也不知搂了几圈儿，累得他头上出了汗。

就在这时，刁萎新颠跶颠跶地走来了。

春妹一眼瞅见刁萎新来了，忙将小铁牛抱在怀里，低声对石柱、玉柱说："他爹，他叔，刁管账朝咱这儿来了，是不是又要找咱们的茬儿来了？"

李石柱、李玉柱忙扭过头去看，刁萎新紧走几步赶到了他们的身跟前。他寒暄了几句客套话，让他坐，他又不坐，可他又不离开。他看看李石柱和李玉柱，都蹙着眉头不说话。又看看春妹，蔑视着两眼瞧着他。一时觉得很颓丧，只好厚着脸皮没话找话说："石柱兄弟，你家这棵老槐树长得是真好，可是棵成材的好树，要是能出手，说不定还能卖上大价钱呢？！"

李石柱白了他一眼说："这棵老槐树的事，不是早给你说过了，这树是俺家的树，你何必这么来麻缠！"

李玉柱冷冰冰地瞥了他一眼说："刁管账，是不是你想琢磨俺家这棵树？要不是，你不要狗拿耗子，多管闲事！"

刁萎新一听，又有了说话的茬口了，说："打问你家这棵树的人，真不是我。不过我不得不告诉你们，打问这棵树的人，可是在咱村说话占地盘的，就为这，我才又来和你们说。"

春妹见石柱、玉柱踌躇不语，心里也很烦。她的两眼射着道冷光，冲着刁萎新说："他说话占地盘，也不能不讲理！人家好好地长着一棵树，也可出手，也可不出手。"她沉思片刻，愤愤地说："他不要存心做梦，癞蛤蟆想吃天鹅肉，想了个美！"

李石柱站起来一甩手说："刁管账，你就告诉他吧！俺家这棵老槐树，死说活说就是不出手，他就死了这条心吧！"说罢，回院里去了。

李玉柱烦躁地看着刁萎新说："俺哥哥、俺嫂嫂都说了，问树的这事就当咱没说，算了，反正俺家这树就是不出手！"

刁萎新霎时觉得灰溜溜的，可他一歪脑袋想了想，又说："嗳！差点儿忘了，想给石柱弟说呢，他又走了。那就给你俩当面说吧，听说石柱媳妇心儿灵、手儿巧，炕上地下都会干活。大东家有意让她到家里做几天活计，这可乐意吧！"他耍了个鬼脸，等玉柱、春妹的回答。

春妹刷一下满脸绯红，她冷着眼看了一眼刁萎新，紧紧抱起铁牛来一跺脚，没好气地回院里去了。

李玉柱见嫂子春妹如此烦躁生气，站起身两眼紧盯着刁萎新冷冷地说："一会儿你问俺家的树，一会儿你又琢磨俺嫂嫂，我看你是狗嘴里吐不出象牙来，你真不是块好料！"

刁萎新见李玉柱也要走，便说："不愿意，就拉倒。那也好，那也好！"他说着就走了。

李玉柱冷眼望着刁萎新走去的背影，呸地唾了一口唾沫，生气地甩搭了下烟袋荷包，急步走进院里。

刁萎新匆匆回到了王进财家的西套间窑，向王进财回话。

王进财正躺在炕上抽大烟，古淑芳在一旁给他烧着泡儿。王进财以买李石柱家那棵老槐树为钓饵设下圈套，意欲让李石柱的媳妇春妹到他家里去当佣人，可李石柱家既不卖树春妹也不到他家里去。而刁萎新想趁火打劫，把那棵树锯了给他表妹盖房子。这样伤天害理、钩心斗角地迫害李石柱家的一场争斗，从此便展开了。王进财见刁萎新进来了，挤眉弄眼地问："萎新，这回问得怎么样？"

　　刁萎新哭丧着个脸说："大东家，马尾称豆腐，不能提了，说不得了呀！"

　　王进财足足抽了一个泡儿，来了精神，盯着刁萎新说："什么不能提，什么不能说？不能提你也得给我提，不能说你也得给我说，他们怎么说来？"

　　刁萎新添油加醋七诌八扯地说："我树也问了，人也请了。李石柱兄弟俩一口咬定，树决不出手，春妹也不来！"

　　古淑芳一听愣了，她马上坐起来插嘴便说："让那讨吃鬼媳妇来干什么，也不怕败坏了咱家的门风！怪不得你端阳节说眼里有了个大美人，那臭要饭的春妹你也看得上，狗屎堆里还能长出鲜花来！"

　　王进财用手甩了下古淑芳："你不要乱打岔！"他心里又想起了俊秀的春妹，古淑芳既然把他想春妹的事捅破了，也用不着回避她，"那春妹吱声来没有？"

　　刁萎新忙说："吱声来，吱声来！不用说见个笑面看个酒窝窝了，她说的话更难听，更不能说呀！"

　　王进财较真起来："我倒是要听听那小娘们到底说的什么话？你快说！"

　　刁萎新皱了眉，露出一副失意懊丧的样子说："大东家，我说你可不要生气，那小娘们的嘴更厉害，她说：'你就死了那条心吧！不要癞蛤蟆想吃天鹅肉，想了个美'！"他说着脚一趔趄，"不能说了！"

　　王进财听得好不耐烦，直愣愣地坐起身来说："什么不能说，我就要说！"他左手托着古淑芳，右手狠拍了下大腿，"那棵老槐树他们死活不出手，我死活非弄过来不可！"他瞪着两只小眼睛，直盯着刁萎新和古淑芳。

　　古淑芳狠狠翻了一眼王进财，说："太不像话了，那一棵树还用得着那么麻缠！"她瞅瞅王进财，"什么癞蛤蟆想吃天鹅肉？那你是癞蛤蟆呀，我是天鹅肉。"

王进财转怒为笑，用手指捅了下古淑芳的胳子窝说："癞蛤蟆兴许是我，可这天鹅肉可不是你这酸东西！"

"进财，什么癞蛤蟆天鹅肉的，想吃就能吃就得了。"江瑞兰走进来，说着坐在椅子上，她微微嘲了嘲牙，"那树长在咱家十亩园的地边上，树不就是咱家的！看他出手不出手，看那小媳妇来不来？！"

刁萎新帮着腔调说："大太太说的是，那树是长在大东家的地边上，说是东家的，可不就是东家的了。"

王进财瞪着两只冷眼，射着逼人的光说："刁管账，你再给我去李石柱家，就说那棵树是我大东家的，我要锯！"

刁萎新缓缓气说："我刚去回来，马上又去不好开口，是不是明天再去？"

王进财生着气说："明天一定给我去说，你怕他个屎。"

古淑芳在一旁懒洋洋地奸笑着。

十四

大清早，侯兴西踉踉跄跄，一晃一晃地晃到了王进财家的大门口。他左手托着一扇门，支撑着耍了一夜钱的懒腰，有气无力地拨浪着尖下巴颏瘦长长的脑袋，头上戴着一顶小凉草帽，喘了喘气，嗝、嗝，吐了几口喝过猫尿的臭臊水，用右手当啷、当啷扣了几下门环，叫了叫门。

王进财家喂牲口老汉开门一看是侯兴西，便让他进了院里。他走进二道门，碰见了管账先生刁萎新，说了几句客气话，便陪他走上砖台阶，到了正窑门前，侯兴西问刁萎新："刁管账，天都这会儿了，不知俺表姐和俺表姐夫起来了没有？"刁萎新看了看阳光照射的房影子，说："看时辰差不多了，估摸着快起来了，可没听大东家唤什么？"

"刁萎新——你和谁说话呢？是谁来了呀？"这是古淑芳酸不拉唧的腔调儿。

刁萎新忽闪着眼："三姨太，是表弟侯兴西来了。"

古淑芳听得说，睁巴了睁巴长着眵目糊的眼睛，伸着露在被头外边白净净的胳膊手，略微推了推王进财说："进财，进财！天都快小晌午了，怎么还醒不来？"

王进财躺着轻轻地骨蠕了骨蠕，微微"嗯"了一声，没说什么。

古淑芳，人唤她"小辣椒"是有由头的。她的脸形像辣椒，脚形像躺辣椒，长得又有点儿矬，故而送她的外号叫小辣椒。乡里人这样称呼她，还有更深一层的意思，说她心眼狠，手段辣，鬼点子一心窝，坏水灌了满肚。她那下牙床上镶了两颗"二狗把门"的小金牙，一龇嘴儿就显出了赖呆相。她又推了推王进财，王进财还是迷里迷糊地没吭声。她为讨王进财喜欢，每次在她窑里过夜的时候，总是要比在大太太窑里住的时间长些、起来得晚些。甚至王进财有时想早起来，她也献媚弄眼地缠磨他。

王进财像只公耗子似的猥亵着古淑芳，微微揪了揪被口儿。用手揉了揉他那困倦的小眼睛，张了张发困的尖嘴巴，伸伸懒腰要起来。古淑芳用右手摁住他的左手说："兴西，你进来呀！窑里光我和你姐夫，没有旁人。"

侯兴西听表姐唤他，伸了伸身上的懒筋骨，轻轻撩起竹帘推开门，蹭进身去，又将门关上。他两眼闪着巴结的目光看着王进财，又看看炕头前放着的盖着花垫子的搪瓷尿盆，便猫下腰去端那尿盆。

古淑芳一见表弟要亲自给他俩端尿盆，嘴不说心里也很高兴，说："兴西，你挺累的歇着吧，你把尿盆放在里窑门口，一会儿陈妈就拾掇出去了。"

侯兴西更显得殷勤起来，他把尿盆端出去后，回窑又把古淑芳和王进财脱下的衣裳往近处拿了拿，眼巴巴地望着他俩。

古淑芳懒洋洋地问侯兴西说："兴西，你今天是从哪里来的呀，是从咱家来的不是？"

"我是从……"侯兴西口将言而嗫嚅，欲前而趑趄，吞吞吐吐，又想说又没说出来。

古淑芳见侯兴西支支吾吾不好开口，便开导他说："有你姐夫在这儿，有啥事你只管说，有难处你只管讲，姐夫也好给你想法子呀！"她说着话儿，轻轻抹了抹王进财的胳膊肉。

王进财的身上，似乎麻嗖嗖地触了一丝儿电，吁着细细的气说："有什么难处你就说，这七村一镇八滩滩，地是咱们家的地，天是咱们家的天，怕尿甚！"他得意地紧紧靠古淑芳。

侯兴西听表姐和表姐夫对自己说了如此体己的话，又知表姐夫爱抽大烟，便从表姐的梳妆台上，把烟具拿到王进财的枕头边，搬过一个凳子来坐下，从大烟盒里捏出个大烟泡子来，装在烟枪上递给王进财："姐夫，给！"

王进财对着烟灯"吱溜——吱溜——"地吸了一个泡子，觉得身上挺得劲儿，把烟枪递给侯兴西说："兴西弟，昨天黑夜太累了，再给姐夫来个泡！"说这话的工夫，竟然把"表"字去掉了呢。

侯兴西听王进财如此亲昵地唤他，他手疾眼快地又给他烧了个泡儿，亲热地递给王进财说："来，姐夫，起床一锅烟，赛过活神仙！你再吸上这个泡儿，浑身的精气神就来了。"

王进财又吸了几口。浑身得劲地连连说："兴西弟，这烟土是你进宝弟从太原府捎回来的好烟。烟的成色好，抽了劲头儿大，真过瘾！"他说着把没吸透的那锅烟，递给了侯兴西。

侯兴西是个见了大烟没命的大烟鬼，他在一旁给王进财烧泡闻烟味儿时，早就馋得往嗓子眼里咽烟味儿了。他把王进财的烟枪接过来，急不可待地"吱溜——吱溜——"几大口就吸尽了。他的烟瘾大，吸了不到半个儿，很不过瘾，就无拘无束地边烧泡子边嘴甜地说："姐夫，真是过瘾的好烟土，我再来一个泡儿！"

"能来你就来吧，姐夫有的是！"王进财边起身穿衣裳边拍了拍古淑芳的肩膀，眯着眼笑着说："你淑芳姐就会给我上洋劲儿，可连个泡儿也呛不了，享不了这个福。"

陈妈端走里窑门外的尿盆，听着王进财和古淑芳起来了，赶紧给他俩端来刷牙、洗脸水，轻手轻脚地在炕上给他俩叠被褥。

古淑芳见王进财嬉皮笑脸地正洗脸，她觉得是说话的当当儿，用脚尖踢了一下侯兴西的小腿肚儿，递了个眼色，让他趁机会有话快说。

王进财洗着脸问："兴西弟，你昨天到哪里去了？"

侯兴西这才开口说："姐夫，我昨天黑夜真倒霉，在'一点红'家耍钱推牌九，推了一黑夜'闭十'，把兜里的钱都输光了。我想捞，越捞越输，输了个一塌糊涂。我没钱，她们把我浑身的衣裳剥光了，不让我走，非让我当面答应不可！"

"让你答应什么？"王进财问。

"要我十块光洋，挑三间西房顶的木料……还说，有你那个东家财神爷姐夫，这点点钱和木料还不是小意思！硬逼着我答应了，才放了我。"侯兴西无可奈何地说。

王进财擦完了脸，扑哧一笑说："我当是什么大事呢，十块光洋和几间房子的木料，算个屁！光洋，你淑芳姐先拿上十块；挑三间房子的木料，锯了李石柱家那棵老槐富富有余……"

陈妈正端起了洗脸盆往外走，她一听锯李石柱家老槐树的事，心里扑通吓了一跳，端着的洗脸盆也颤抖了一下，但她佯装若无其事的样子，匆匆走出窑来。当她听到窑里古淑芳的奸笑声，又止步片刻侧耳听了听。

古淑芳拍了下侯兴西的肩膀，怪笑着说："兴西弟，你姐夫待你不错吧，亲姐夫也不过如此。"

侯兴西点头哈腰地说："俺东家姐夫，比亲姐夫还亲，待我真没有说的。"

古淑芳又说："那锯树你可得卖卖力气啊！"

侯兴西马上说："那当然，我把吃奶的劲儿也要拿出来！"

十五

晚上，半圆形的月牙儿高挂在天空上。在银色的月光下，李石柱、李玉柱、春妹三个人在老槐树底编织荆条筐篮。若是在往日编织，他们兄弟嫂叔三人，又说又笑，说笑不停。今天可能是因为王进财家谋算他家树的事，他们只是暗中使着劲儿编，谁都不说话。

石柱和玉柱各编织一个，春妹给他俩捋顺着荆条条，一把一把地放在他俩手头前，小铁牛在春妹身边也帮着妈妈挑选荆条，一家人配合得很默契，小铁牛拿着荆条，这儿捋捋，那儿顺顺，也挺忙活。

小铁牛的眼大、眼圆、眼儿尖，他一扬头，瞅见村东头有个人影在晃动，晃悠着向这里走来，忙喊道："妈，你快看，有人向咱这儿来了！"

春妹站起来一看，不是别人，正是王进财家的佣人陈妈。陈妈虽是王家的一个常年佣人，吃饭穿戴也不劣，可和刁菱新不一样。刁菱新狗仗人势，经常给王进财拨拉着坑害穷人的鬼算盘，尽谋划些嫌穷人不死的鬼主意。而陈妈她"身在曹营心在汉"，时时惦记着左邻右舍的穷人家，她只要听到王家要谋害穷人家的事，便想方设法给送个信、传个话，还使王家觉察不了，巧妙地不露马脚。她迈着小碎步走到春妹和石柱、玉柱身跟前，春妹他们正要给她说话，她立时摆了摆手。低声说："春妹，我有要紧话，咱快到窑里说吧！"

春妹一看陈妈那紧张的神情，知道她一定有急事，马上拉起铁牛的手说："陈妈，那咱快窑里去说！"

李石柱猛然一愣，立刻丢下编织的筐篮，二话没说，跟着春妹和陈妈就往院里走。

李玉柱唰啦一下，把手里攥着的一把荆条撂在石板上，看了看村东头，也跟着进了院，扭回身来关上了大门。

窑里亮着一盏小麻油灯，春妹陪着陈妈坐在炕沿上，李石柱、李玉柱在地上站着，望着陈妈。

陈妈用手理了理她那有些蓬乱的头发，看着他们说："为你家那棵老槐树的事，本来我早想来告诉你们，可过端阳节那两天王进财和刁管账说，想伐你家那棵树是假的，他是想拿伐树吓唬你们，想让春妹到他家里去干活，那老鬼想上春妹啦！"

春妹听了，脸上红丝丝的，眼前恍惚地晃动着王进财在土圪上偷看他的身影。

李石柱、李玉柱都觉得怪不好意思的，腼腆地都垂下了头，沉思不语。片刻，李玉柱抬起头来问："陈妈，那他现在想怎么样呢？"

陈妈为难地抄着手说："那刁管账来回挑拨，添油加醋地杠火了王进财，引诱王进财锯这树，他想给他表妹用这树盖房子。前日三小婆的表弟侯兴西来找王进财，他在一点红家输了钱，也盘算上这棵树啦，他要用这棵树给一点红家挑房顶，王进财也答应了。"她寻思一霎有些发急地，"看来，这棵树怕是保不住了。"

李石柱气恨恨地说："王进财真欺侮人，王家没有好种儿！"

李玉柱一噘嘴说："树是咱家的，反正咱不能让他锯！"

春妹思索着说："咱们光着急也不顶用，得赶快想个办法。"

陈妈站起来说："春妹说得对，人多主意多，不行快把你姐姐和你叔叫来，大家伙商议商议。"

李石柱说："也是。"

陈妈说："那你们商量吧，我走了。"

春妹送走陈妈回来叹息着说："陈妈也够可怜的，十几年前人家也是个俊媳妇，刚生了个大胖小了，王进财的三少爷王呈海缺奶吃，王进财硬把人家霸了去给他少爷当奶妈，气死了陈妈的丈夫、饿死了陈妈的儿子还不算，王进财那老狗还把陈妈的身子给糟践了，王进财尽干些丧尽天良的坏事，什么坏事他都能做得出来！"

李石柱、李玉柱听了春妹的话，他俩的情绪更显得紧张起来，他俩正想说什么，隔院的舟大叔、舟大婶过来了，稍议片刻，石柱看着春妹说："牛儿他妈，你在家盯着，我去叫咱叔去，玉柱叫咱姐姐去，快把他们叫来好商议！"

舟大叔忙说："石柱，你是全家的主事人，你不能离开。玉柱也不要离开，有了事和你哥好商量。"他想了想，"这么着吧，让你大婶叫你叔去，我去远路叫你表侄儿去，路过小岭坡告你姐姐一声，他们就都来了。"

李石柱感激地说："舟大叔，太好了，那你和大婶辛苦了！"

舟大叔出门低着头走了没几步，一抬头，看见刁管账领着人朝这里来了。他急速转回身快步走进石柱家说："石柱，不好了，刁管账领着人来了！你们先应付一下，我赶快叫他们去。"

李石柱忙说："那你快去吧，舟大叔！"

舟大叔前脚走，李石柱、李玉柱他们刚出了窑门，刁萎新手里提着一盏椭圆形贴有"王府"二字的黑字白纸的纸灯笼，身后跟着两个家丁进院来了。

李石柱、李玉柱和春妹猛然一愣，睁着一双双愤怒的眼睛，紧盯着刁萎新他们。

刁萎新把手中提着的灯笼递给一个家丁，瞪着两只猫眼睛，悠荡着两手说："李石柱，大东家有话让我来给你们传一传，门前那棵老槐树长在他家十亩园的地边上，这是大东家王家的地产，往后你们就不要操心这棵树了，说话大东家就要派人来锯树！我先给你们通告一声。"

李石柱听了刁萎新突如其来的挑衅言辞，心口窝霎时觉得很憋气，唰地一下变了脸色。他的两眼盯着刁萎新说："刁管账，你不要瞎胡诌！俺爷爷年轻时亲手栽的这棵老槐树，全村人谁不知道，你怎么来瞎胡说！"

"我怎么是来瞎胡说！"刁萎新翻脸不认人说："这是大东家的意思，那棵树长到了他家的地界上，树就是他王家的，那还有什么说的！"

李玉柱听得很不耐烦，说："刁管账，你是个识字先生，今儿个你要是说句要话也就算了，你要是说真格儿的，咱们就得评评理！这树明明是俺爷爷亲手传下来的，你怎么昧着良心胡说八道！"

刁萎新听了石柱兄弟俩的话，一时搭不上话来。他抓耳挠腮，结结巴巴地说：“你兄弟俩要起哄是咋的？我这不过是给你们传个话、送个信，这也碍不着我姓刁的什么事！”

春妹抱着小铁牛在一旁听得很闷气，她实在憋不住了，看了看石柱兄弟俩，对刁萎新说：“前几天，你不是还说有人出钱要伐俺家那棵老槐树？树要不是俺家的，那你还三番五次来打问什么？你不能红口白牙说昧良心的话！”

李石柱、李玉柱听了春妹这很有道理的话，直问刁萎新：

“刁管账，你说！”

刁萎新支支吾吾地说：“这——这——”吞吞吐吐说不上来。他呆了一霎才又说，“反正这是王家和李家的事，我只是替王家传话办事情，如果你较真是你家的，我回去禀告大东家就是。”

李玉柱噘着嘴说：“你告就告，有理不在高言，山高遮不住太阳！你就是告到马王爷那里也不怕！是俺家的树就是俺家的，好模好样的一棵树怎么就成了你们东家的了？”

李石柱也说：“刁管账，你不要仗势欺人，人要尽干昧良心的事，迟早没有好报应。你告诉东家，门前那圪垯土塄是俺家一辈一辈传下来的，土塄上那棵老槐树是从俺爷爷手，传到了俺爹爹手，俺爹爹又传给俺们，树是俺家的，就是俺家的！”

小铁牛在春妹怀里，直盯盯地瞅着刁萎新，他听爹妈和叔叔都说老槐树是自己家的，他也憋出来一句话：“老槐树是俺家的！”春妹攥了攥他的手。

刁萎新一看李石柱和李玉柱，还有春妹，都气呼呼地站在那里盯着他，小铁牛的两眼冷光也射着他，他理屈词穷再没什么话说，就灰溜溜地边走边说：“好，好！我回话东家！……”

　　昧树，锯树，

　　锯的不是树？

　　剌的是穷人血，

　　割的是穷人肉，

　　一桩奇冤临头，

　　穷人冤，哪里诉？！

　　　　　　　——民谚

十六

　　刁萎新懊丧地从李石柱家门口往回返，一个家丁打着灯笼给他照着亮，一个家丁跟着他，匆匆回到王进财住的正窑里。

　　王进财正靠着八仙桌抽水烟，古淑芳托着他的肩膀偎在一旁。她一见刁萎新气急败坏地进来了，便撒开了手。

　　刁萎新走到王进财的身边，毕恭毕敬地说："大东家，不好了！我给李石柱家说了东家要锯那棵老槐树，李石柱、李玉柱兄弟俩说什么也不让锯。"他使了个鬼脸儿，"他们不光不让锯，还硬说那树是他爷亲自栽下的，这还不算，他们的眼里压根儿就没有东家，还说……"

　　"还说什么啦？"王进财急问。

　　"还说告到马王爷那里也不怕！"他气恨恨地说："太呛人了，太呛人了！"

王进财越听越气恼，气恨恨地把黄铜水烟袋往八仙桌子上一撂，说："我还没听过蝲蝲蛄①怎么叫唤呢？今天我就要听听辣辣蛄叫唤是什么样儿的腔调！"

古淑芳在一旁给王进财摩挲了长长的衣袖说："他们真不知道天高地厚，你还不给他们穷小子个脸色看看！"

王进财左手一撩袍说："刁管账，走，前边看路。"

刁萎新马上拎起一挂灯笼，给王进财前边打着亮，陪着王进财出了大门，两个家丁各提着一把大锯，急促促地向李石柱家走去。

李石柱和春妹、玉柱说话的工夫，不觉得天已经大黑下来了。天，阴沉沉的，满天的乌云压下来。春妹看看天色不早了，就去厨房里端饭，出窑门透过破烂不堪的墙壁，一眼瞭见刁萎新他们提着灯笼在门前晃，看情形有好几个人。她忙到破墙根前瞅瞅听听，一看是王进财领着人来了，急转回身进到窑里告诉了丈夫和小叔子：

"牛儿他爹，牛儿他叔，不好了，刁管账领着王进财来了！"

"在哪儿呢？"李石柱、李玉柱忙站起来问。

"就在大门口！"春妹忙说。

石柱兄弟俩听后，急忙走出大门来。春妹抱着没睡醒的小铁牛，也跟了出来。一家人都站在大门口，小铁牛紧揉眼里的眵目糊。

王进财拄着根文明棍，他轻蔑地扫了一眼李石柱他们，蛮横地对那拎着大锯的两个家丁说："这树是我姓王的，给我锯！谁敢说个'不'字，我王某敢和他东衙门进去，西衙门出来，我要看看到底谁厉害！"这话是朝着李石柱家说的，也是故意让他们听的。

李石柱他们心里窝着火，肚里憋着气，气呼呼呆站在那里。小铁牛�’着嘴，盯着他头一次看见的王进财。

"你厉害也不能锯，你们不能不讲理！"李石柱的姐姐李冬梅和几个乡邻赶了来，站在春妹的身边，忙阻拦着说。

李玉柱见姐姐李冬梅赶来拦挡，他挺了挺胸脯对王进财说："大东家，这树明明是俺爷爷亲手栽下的树，你怎么就随便锯俺家的树？！"

---

① 蝼蛄，直翅类，居土中，前足能掘土，翅短，能发声。

王进财说："你爷亲手栽下的，谁亲眼看见的？"

李石柱往前挪了挪，盯着王进财说："如福爷爷他爹、舟大叔他爷都亲眼看见过！"

王进财挺了挺脖根子说："亲眼看见过又怎么样？死人还能作证，空口无凭，不足为证。"他手里拄着文明棍，指了指老槐树，在地上指点着说："这树说是我的，就是我的，我就要锯，谁也管不着！"他说这话时，特意瞥视着春妹的眼神表情，他曾在土垅上看到的春妹那种喜容笑貌全消失了，只见春妹的脸色灰白，冷冷地瞪着两眼盯着他。王进财的身子往后晃了晃。

这时，来了不少乡亲，顿时围了一大圈，一个个面面相觑，怒不可遏，敢怒而不敢言。正在这时，忽见村南头和村东头有两盏马灯一晃一晃地朝这里来了。随着那马灯的往前晃动，又来了不少乡亲。刹那间，在人群中闪出两个人来。

一个六十多岁的老年人，他是从南川沟村来的李石柱的叔叔李德来，村里人俗称他德来大叔。他高高的个子，长方脸，留着不很长的黑胡子。淳淳朴朴，刚直不阿。他碰到不公道的事，敢于挺身而出，直言不讳。今天遇到是为他亲侄子李石柱抱不平的事，他的心里更冒火。他急步挤进人群中，冲着王进财高声喊道："住手！你们不能锯树。"

刁萎新溜着尖沙的嗓子问："你是谁？竟敢如此放肆！"

德来大叔左手提着马灯，挺着胸脯说："我是李石柱他叔李德来，俺李石柱家这棵老槐树，是俺爹亲眼看俺爷栽下的，村里人谁个不知、哪个不晓，这树是俺李家的，你们凭什么要锯俺李家的树！"

说话间，村东头有个二十一二的年轻后生提着马灯跑来了，他是卧虎山村的杨直理，李石柱的表侄子。他长得身高、腰粗、个头大，胳肢窝能夹一二百斤重的麻袋，夹起就走。他身大力不亏，俗称"力不亏"。他好给乡亲们说句公道话，评个理。有理的人喜欢他，没理的人讨厌他，耍赖的人不敢惹他。他冲着王进财高声喊道："快住手！你们不能锯俺表叔家的树。"

王进财冷着眼问杨直理："你凭什么说这树是你表叔家的，有什么证据？你说！"王进财像是满有理似的，要问住杨直理。

杨直理耸了耸肩膀，气愤地说："这树是俺表爷爷亲手栽下的，全村人都知道，全村人就是证据！"

王进财直愣着两只小眼睛，正想教训李德来和杨直理，他定睛仔细一瞅，围着他的人里三层外三层，前前后后都是人。一双双冷冰冰的眼睛都盯着他，虽然他们都没说话，但从他们那种不满、愤恨的表情上看，好像都在诅咒他、反驳他、唾弃他，甚至攥住拳头要揍他。

刁蒌新一看这情景不妙，他给王进财递了递眼神，摇晃着灯笼让他走。他想当下锯掉这棵树，围着这多人，天又黑，真要出了娄子可要白吃亏。于是，他晃悠起灯笼来对王进财说："乡亲们都回去吧，今黑夜天黑不锯了，以后再……"

王进财看出了刁蒌新的意思，但他觉得他说的那几句话，有失王家的门庭。他右手提了提文明棍，挺着脖根瞪着眼睛说："今夜天黑不锯了，改日再来锯，这棵树，我非锯倒不可！"说罢，怒气冲冲地往前走了。

十七

王进财他们走后，有些人散了，有些人跟着德来大叔、李冬梅和李石柱他们回到窑里。

窑洞里静悄悄地沉默了一会儿，杨直理出着粗气说："王进财太欺侮咱们穷人了，他诈了东家诈西家，霸了这村的园，又霸那村的地，眼下连俺表叔门前的树也霸起来了，这回他锯树，不管他咋个儿横竖找茬子，他一点理也没有！"

有位大叔说道："他太糟践咱穷人了，咱这穷人家也不能干吃这哑巴亏，咱到乡公所去告他！"有位老大爷接着说："他是七村一镇的大乡长，你告谁，谁断理？"杨直理站起身来，双手叉在他那罗汉似的腰间，又说："乡里管不着，咱到区里告；区里管不着，咱到县里告。我看咱到县衙门里去告他，总有个说理的地方！"

李德来大叔早想说话，他觉得是说话的火候了，就说，"大家伙都是一片好心、一番好意。我也说几句，说了大家伙再琢磨琢磨。"他将了将胡子，"听王进财的说话，看王进财的架势，俺李家的这棵老槐树，他是横了心非锯不可了，可咱穷人非得保住这棵树不行！俺李家祖上留下来的一棵树，好好长了一百多年，他一说是他的就成他的了，那咱穷人往后还能活？"

在窑里坐着站着的人跟着说："德来大叔说得对，是这么个情由。德来大叔你接着说！"

李德来大叔拧着眉毛说："王进财拿咱穷人连鸡狗都不如，想啥时候杀就杀，想啥时候宰就宰，咱穷人不能干等着挨横刀。一人有事大家帮，一家有祸大家挡！我看咱好汉不吃眼前亏，直理孙儿说得对，咱就到县衙门里去告他，非把他告下来不可，要不然往后咱穷人没法活！"

"嘿嘿，嘿嘿"，李玉柱听得高了兴，变怒为喜。他兴冲冲地飞着浓眉站起来，喜着两眼看着他叔李德来说："俺直理侄儿说得在理，俺叔说得好，还是长辈们有见识，句句话儿都说到我心坎上了，我就是茶壶里煮鸡蛋，有话倒不出来！"他这几句话说得人们锁着的眉头松动了，有的人忍不住笑了笑。

李石柱说："俺叔说得对，咱就告他，非把他告倒不行！"

李冬梅寻思着说："告，咱就要横下心告他！"她用手捋了捋头发，"你姐夫不在家，没有来。告状打官司的事，咱这是头一回。石柱、玉柱又不识字，拿不了笔杆，没人会写状纸，咋个儿去告？"

李德来大叔站起来，看看李冬梅和大家说："写状纸倒不难，我知道后山凹村有个晋老先生，他给人家写过状纸，不过人家不让说。"他又瞅瞅李石柱，"人倒是不难求，就是不白写，还得送点东西。"

有个坐着的人忙问："德来大叔，那看送啥东西，看咱有没有法子弄？"

杨直理说："我听说，送老母鸡、大公鸡、鸡蛋、白面、黄米、小米都行！"

李石柱听得说，觉得有了办法，但又有些为难地说："这办法好是好，可眼下家里不用说黄米、白面了，怕连升小米也没有。"

春妹看看李石柱说："牛儿他爹，兴许还有半升来的小米，我一直留着舍不得吃，可这点点米够干啥的？"

杨直理扫了一下窑里站着坐着的人，求助大家似的说："咱大家伙尽力想法凑一凑，三把五把也可，四两半斤也行，咱只要凑起来，就好求晋先生写状纸告状了。"

李德来大叔说："直理孙儿说的是个法子，我看行！众人添柴火焰高，咱们都凑一凑。"他想了想，"可凑得太杂了，也不好送人家，是不是咱就凑上一宗粮食——小米，我和直理孙儿，还有玉柱侄子，背上去找晋先生，石柱、冬梅你看怎么样？"

李石柱应着说："叔，我看行！"

李冬梅正要张口说话，她的丈夫于贵柱一阵风似的进来了。他头上急出了满头汗，用手巾擦着。李冬梅着急，有些责怪地说："家里不出事，你老守在家；家里一出事，你老不在家。石柱弟家真的出了大事啦，你知道不知道？！"

"我刚到家听铁锁说了，就赶紧跑来了！"

"算了，算了！不要数落他了，他出去也是为了扑弄点吃的！"有人劝着说。

李石柱心急火燎地把刚才的事给姐夫于贵柱说了说，也问了问他。

于贵柱说："事到如今，也只有到县衙门里去告他，反正咱们理直气壮，不过咱得把事情办得稳一点，咱拉屎攥拳头，暗中使劲儿。"

李冬梅出窑看了看天色，天黑压压的一颗星星也没有。她估摸着时辰不早了，回窑就问李德来："叔，看天都快大半夜了，大家伙干了一天活都挺累的，看咱啥时候凑米，啥时候去后山凹？"

杨直理没等李德来开口，马上就说："我看事不宜迟，赶早不赶晚。趁黑夜人静咱把米先凑起来，连夜赶到后山凹，天也差不多快亮了，好求人家写。"

李德来大叔说："那咱就分头凑米吧，凑了就赶快拿来！"说着，便走出了窑，别人也跟了出来。

不一会儿，李冬梅和舟大婶端着一大升米进来了，如福爷爷送来一小布袋米，镇街上的黄大娘也送来一大升米，李老汉送来一升，王大娘送来半碗，李德来大叔也背来了一小布袋。李冬梅和春妹说着感激的话，把凑来的米装进口袋里，足足有一大斗。

十八

隔了几天的一个后响，王进财在正窑里看着县法院赖科长派人给他送来的判决公文，看着看着高了兴，连连说了几声"好"，便把那纸公文放在八仙桌上，拿起水烟袋来，吹着纸捻儿，咕噜噜、咕噜噜抽起水烟来。他吐着袅袅缕缕的烟云，用手指轻轻地嘣噔、嘣噔噔弹敲起发亮的桌子面。

江瑞兰听到正窑里有弹桌子声，便欠起身来。她是从后山凹村一家有房、有地，有骡、有马的地主老财家嫁过来的。她嫁来的那年不到二十岁，人长得白净，打扮得俏。说起话来伶俐、婉转，做起事来排场大方。她满以为嫁过来后，给王进财生儿育女，荣耀门庭。谁想到，头年回娘家过元宵节，坐在轿里突然肚子疼，从此断了月信，得了干血痨的病，怎么治也治不好。成天价没一点儿精神，今晌午她睡了个好觉起来，比往日的精神好。她猜想王进财又有什么高兴事儿，便搭讪着问他："进财，你和谁说话呢？"

王进财听江瑞兰问他，也很高兴，说："瑞兰，没旁人，就我自家一个。"

江瑞兰拉开门，撩起帘子走出来，坐在王进财右手的椅子上问："今天有什么喜事儿，那么逍遥、自在、高兴？"

王进财欢喜地抚摸着江瑞兰那干瘪的手说："我独自一人暗想了半天，锯李石柱家那棵树，还真有点儿文章呢！"

江瑞兰扑哧一乐说："锯那么一棵树，又不是锯檀香木，锯就锯吧，还有什么文章呢？"

王进财不耐烦地说："那天晚上树没锯痛快，心里真窝气，穷小子们要反了！"

江瑞兰听了，给他出谋献计地说："进财，你是七村一镇的大乡长，锯树就得锯个排场，杀就要杀他个威风。我看，上次锯树你就不该那样莽撞，树没锯成还找了那不自在。"她得意地瞟了一眼王进财，"眼下，你手里攥着公文，就在咱家祠堂门口鸣钟集会，宣文锯树，煞一煞穷鬼们的邪气，岂不更好！"

王进财听了觉得很投机，他哈哈大笑说："还是瑞兰有高见，大户人家的女子经得多、见得广，说出话来不一般。要不是你身体不好，我总想和你琢磨些事儿。上次锯树，还是三姨太淑芳推着我去的呢！"

江瑞兰翻着白眼珠子斜了王进财一眼，说："小三家，她要有那么大的见识，还给人家当小的？我看她是小耗子的眼睛，一寸长的光，什么事情就看近那么一点点，她就是想着快些把那树锯了，给了她表弟侯兴西。小老婆的心肠还不是那么两三寸，不用说能盛个斗了，连个小捣蒜锤也塞不下！"她撇着嘴儿，露出一副瞧不起古淑芳的神色。

王进财听得说，扑哧哧大笑起来，高兴地又揉搓了揉搓江瑞兰那白净净没血色的手，说："还是原配夫人疼东家，瑞兰虽是没有进过学堂念过书的人，可说起话来倒像有学问的人那样有见识，真是肚子里的玩意儿可不少呢！"

江瑞兰扭怩了一下身子，卖着乖说："我肚子里的玩意儿不少，也没小三家肚子里的玩意儿多！"

两口子说得叽叽咯咯狞笑起来，笑得身子前仰后合。

王呈海头上戴着个猪八戒脸的面具，肩上扛着把玩具黑齿耙子，在院子里玩猪八戒吃西瓜。他听见他爹王进财和他大妈江瑞兰在窑里的狂笑声，高兴地跑进窑里问："爹，妈，咱家又有了什么欢喜的事，看你俩笑得快把窑笑塌了，笑得眼也睁不开了呢？"说着，便偎在了江瑞兰的怀里。

江瑞兰搂着王呈海说："海儿，小铁牛家门前那棵老槐树判给咱家了，今天后晌一锯倒，全村在咱家地边边上的树，都是咱家的。往后想锯那棵，就锯那棵；想砍那棵，就随便砍那棵，这还不是欢喜的事！穷鬼们的地边边、坑沿洞上长的那些果木树，结的那杏、桃、梨、柿、山里红，你撒着手随便摘，敞着口随便吃，谁敢说个'不'字，那果木树都是咱家的，要不就把它砍了、锯了！"

王呈海又问："那土垅尽西头，陆家的那片果树园，也成咱家的了？我也可以随便摘、随便吃？"

王进财忍住笑说："咱村里就那片果树园不能去，那是人家县城里陆先生家的园子，别的果园就无妨了。"

王呈海听懂了似的，说："噢！那零散的果树可多了，有的一棵树上还结着两样果子，在海棠树上还结苹果呢！"

江瑞兰说："海儿，你看着哪棵树上长的果子好，你就摘着吃，谁家不让摘，咱就叫它姓了王！"

"姐夫，那棵老槐树啥时候锯？快锯了算了！"侯兴西攥着绳子，拎着大锯走了进来。

"你们慌什么，老是那么毛手毛脚的！一棵槐树就急得你那个样子，真没见过世面。"王进财睖睁着两眼生气地说："你给我把刁管账叫来！"

刁菱新来了问："大东家，叫我有甚事？"

王进财出着粗气挺挺胸脯说："今天后晌就要把李石柱家那棵老槐树

锯掉！上一回锯树扫兴，这一回要锯出威风来，你告诉看祠堂的老汉，到磨太阳的工夫，他就拉钟，让兴西弟领着人去锯树，你跟着我到祠堂去，宣布判决公文！"他挤着眼睛咬咬牙，"气死人不偿命，今天我不光锯树，要气死他几口子才痛快！"

江瑞兰在一旁也说："进财说了，就按进财说的办。锯就锯出个样儿来，不煞煞穷鬼们的邪气，那还了得！"

十九

春妹因告状的事一直没有消息，便闷闷不乐地和牛儿待在家里，察看动静。她听见大门口有人说话，便走出窑来。抬头一看，猛然看见嘉山庙上空起了虹。那虹，从外圈到里圈紫得出奇，煞是吓人。她看着虹打了个冷战，心里觉得是个怪现象。她走出大门去瞭看，侯兴西领着人已在槐树上拴上了绳子，两个人在树下按上了大锯，眼看就要锯树了。她心想，不好！许是官司打输了；要是官司打赢了，王进财家不敢又派人来锯树。她急忙抱起小铁牛，去地里找李石柱和李玉柱。

春妹走到地头上，急忙把王进财锯树的事，告诉了兄弟俩。他们刚走到村头上，忽听王家祠堂的那口钟"当啷——当啷——"敲响了。

李石柱忙对春妹说："牛儿他妈，你先和牛儿回咱家看着点儿，我和玉柱弟到王家祠堂去看看，倒是咋回事。"

王进财站在祠堂的台阶上，硬硬脖子，放开那阴尖尖的嗓门，手拿着公文说："李石柱家门前那棵老槐树，长在王进财家的地界上，树就是王进财先生家的地产，别人不得过问！"他耸了耸肩膀，"众乡邻，你们都听见了吧！"

围拢着的人都知道这树判得不公，不由得一阵惊慌，可又不敢说什么。

李玉柱气得有些站不住，他睁着红线麻麻的眼睛，甩开李石柱和李冬梅的手，从人群里挤到台阶上，盯着王进财说："大东家，俺是个不识字的睁眼瞎，这判决公文能不能让识字的人看看？"

"看吧！我宣读判决就是让大家知道，你找个识字人来。"王进财毫不在意地说。

李玉柱瞅了半天才瞅见诚实的霍先生，霍先生看了说："念的和判的一样。"他这才信了，气得他白了脸色，两手直颤抖。

王进财一看把李玉柱气坏了，高兴地对刁萎新说："走！锯树去。"

天已经黑下来了，王进财在前边走，刁萎新给他打着灯笼，后边跟着家丁，还有挤着的人群，一下拥到了李石柱家大门口。

王进财站在土坡上，吊高嗓门说："开锯！给我大东家锯树。"霎时，两个锯树的"剌啦、剌啦"的锯齿声，甚是吓人。

李石柱、李冬梅、李玉柱和春妹抱着小铁牛都挤了过去，吓得小铁牛哇哇地直哭叫。顿时在李石柱家大门口，显出了一种难忍、气愤、不平和阴森可怕的场景。

李玉柱挣脱开李冬梅，蹿到槐树底下，两腿紧绷绷地盘着树，两只手手咬手地紧紧搂着树，李石柱、李冬梅往起拉他，他死活不起来。

李石柱扑簌簌地流着泪，李冬梅披散着头发淌着泪，春妹噙着泪抱着哭号的小铁牛，都往起拉李玉柱。李石柱说："玉柱起来，听哥哥话，咱先回家！"

李玉柱两眼淌着泪，还是不起来。他那一肚子冤气憋成了一肚子火气，全身的血管就要崩裂了，身上烧起了一团火。他松开手，伸出两只有力的胳膊，往前猛一推，将那两个锯树的推滚到一旁，把那大锯也扯出了树旁边，腾一下站起来，揪住刁萎新的衣领说："刁萎新，我今儿个再问你一句话，你凭良心说，这棵老槐树到底是谁家的？你说！"

刁萎新贼鬼油滑地看着李玉柱说："说良心话，这槐树真是俺大东家的，一点也不错！"

"你放狗臭屁！"气得李玉柱浑身直打哆嗦，颤抖着说："刁萎新，你红口白牙尽说昧良心的话，你要锯锯我李玉柱，锯我李玉柱，也不能锯俺祖上留下的这棵树！这，这棵树……"直气得他七窍生烟，仰面朝天倒在了明晃晃的大锯上。

"玉柱，玉柱！你怎么啦？"李石柱、李冬梅、春妹急忙过去扶李玉柱，小铁牛嚎啕大哭直喊："叔叔……"

如福爷爷看着这悲惨的情景，实在看不下去了，忙鼓了鼓勇气，迈着沉重的双脚，走到王进财身前说："大东家，我活了七十多岁，从来没有向你开过口，今儿个我给石柱家求求情，看在我这把老骨头的份上，请你抬抬手，这树就不要锯了？"

不说不要紧，一说王进财火气更大，他瞪起眼来说："不行！谁讲情也不行。我今天非把这棵树锯倒不可，要不锯倒我就不姓王！"

这时，李石柱的表侄子杨直理从卧虎山赶来了，他蹲蹴在躺在地上的李玉柱身边说："玉柱叔，我来迟了一步，看看把俺叔气成了这样儿！"他说着，止不住地吧嗒、吧嗒掉下眼泪来。他气得额上暴起了青筋，挺着胸脯走过去，一手拎起侯兴西扔在一旁，一手推倒刁娄新起脚踢出三丈远。

侯兴西爬着喊："力不亏打人了！"

刁娄新疼得叫："娘唉，踢死我了！"

王进财高声喊道："谁敢动手打我的人，给我站出来！"

"好汉做事好汉当！是我——杨直理。"杨直理喘着粗气走到王进财跟前说："你太欺凌好人了，你锯俺叔叔家一棵树，简直要逼出人命来！今儿个我从卧虎山赶来就问你一句话，俺叔叔家这棵树，你还锯不锯？"

王进财毫不在意地说："锯！是我王家的树，我就要锯，谁也管不着！"

气得杨直理瞪圆了眼珠子，他八叉着两条沉重的腿，伸着他那暴着青筋的右臂，指着王进财的鼻子说："王进财，你真可恶；王进财，你真霸道！你丧尽天良糟蹋穷人，迟早不得好——好死……"他一肚子的冤气没地方出，忍着揪心的疼痛憋回去，杨直理的正气出不来，霎时面如墙皮，两手刷白，身子一晃，瘫在地上了。

这时的空气异常紧张，围看着的人七嘴八舌地忙喊：

"李玉柱气倒了！"

"杨直理气瘫了！"

"气得都说不出话来了！"

恰在这时，李德来刚从县城赶来，他见此情景忙喊道："不要愣怔了呀，快把他俩架到俺石柱家缓缓气，救人要紧！"他喊着忙和李石柱他们一起，把杨直理、李玉柱抬架回家去，扭转回身来，冲着王进财气恨恨地说，"王进财，你无法无天！我到县里告不倒你，等我卖了蚕茧到省府衙门去告，我非把你王进财告倒不可！"

第六章

茫茫夜

茫茫夜，

漫长长；

看不见月亮，

瞅不见星光——

夜茫茫。

路难上；

穷人那苦哟，

泪水流成江——

——民歌

二十

夜幕垂临了。看不见月亮，瞅不见一点儿星光。黑咕隆咚的夜色，像在人们头上扣了一口大铁锅，又黑又憋气。

李石柱家院子里仍黑乎乎地挤满了人，人们进进出出，个个流露着惊恐、难忍和悲戚、不平的神色。不知谁又伤感地说了句："王进财真可恶，王进财真霸道！"

李德来大叔不耐烦地说："光说那些唉声叹气的话有什么用，眼下有两个后生倒在炕上不省人事，这才是急煞人的事呀！"大家听了他的话，才都把注意力集中到炕上躺着的人身上。

西窑里微微闪着小麻油灯亮。在窑炕上左边躺着李玉柱，他半睁着两只眼，微露着白眼睛，一动不动。炕的右边躺着担惊受怕哭号病了的小铁牛。铁牛的炕前坐着浸着泪水的春妹。李玉柱的脚旁边坐着泪汪汪的李冬梅。李冬梅和春妹见李德来叔叔又站在了窑地上，忙欠身让他坐，他轻轻摆了摆手，没高声说话。他探过身子去，伸手摸了摸李玉柱的头，额门儿森森凉，时断时续地喘着微微的气息。他又摸了摸小铁牛的脑门儿，头烧得厉害，迷迷糊糊地半睡着。李德来叔叔心疼着急地对李冬梅和春妹说：

"把俺玉柱气成了这样儿，把铁牛也吓病了！"

李冬梅和春妹止不住地扑簌簌流着泪说：

"叔叔，这可咋办呀？"

"你俩着急，我比你俩更急！你俩先照看着他们，我到东窑去看看直理孙儿！"

李德来叔叔走进东小窑，窑里也挤着不少人。人们给他闪了个空儿，他爬到炕上去看了看杨直理。杨直理呆愣愣地睁着两只大眼睛，瘫在了炕上。他的嘴微微动了动，却说不出半句话来。于贵柱、李石柱和舟大婶守在了炕上，痛苦地看着杨直理，不知该怎么处？于贵柱见李德来叔叔来了，慌忙退下炕来，站在地上。他看看地上围着的人，又瞅瞅炕上的杨直理说："叔叔，想不到出了这么大的事情，把两个铁罗汉似的硬汉子，气倒了，气瘫了！"

李德来叔叔惋惜着："我一看见他俩气倒了，气瘫了，心里就疼得慌！"说着说着，这位从来没有落过泪的刚强老汉，也扑簌簌落了满腮泪珠儿。

守着杨直理的人和窑地上站着的人，一听于贵柱、李德来大叔这番感触颇深的话，心里更加难忍。有的人情不自禁地落泪，有的人悲愤地抽泣，有的人用衣襟擦着泪，陷入了惊恐之中。

李石柱的两腮泪如雨下，他伸手摸了摸杨直理的额门，杨直理一动不动，还是那样儿呆愣着。他从炕上挪到地上，看了看于贵柱，又看看李德来叔叔和舟大叔他们，伤感不已地说：

"我看到直理侄儿气成这样儿，心疼得像刀割！人家直理侄儿忙前忙后为俺家凑米写状打官司，大远远地走来，又大远远地回去，连碗茶也没喝，饭也没吃一口，俺们虽说是表亲，可从心里总是过意不去。今儿个把人家这么个彪形铁汉子气瘫了，俺的心里着实难过。他爹在槐树铺当铁匠不在家，家里只有他个年轻的媳妇和三四岁的孩子，这可怎对人家说呀？我简直没法交代呀？"说着说着，他惊慌地两手捂住两眼，哭着蹲在了地上。

"如福爷爷来了！快让如福爷爷给瞧瞧！"不知窑地上站着的人谁说了一句，如福爷爷就走进来了。他走到炕沿边趴在炕上，伸手先摸了摸杨直理的脉，又摸了摸他的额门，翻着眼皮看了看眼睛，又两手拨着嘴唇看了看，从药盒子里取出几粒中药顺气丸，给他填在了嘴里。

李德来叔叔忙问："如福爷爷，你看他是啥症候？"

如福爷爷说："我看他是大伤了元气了！气逆横回，气瘫了。"只见他攥着杨直理的两只胳膊活动了活动，那胳膊像两根木头棒似的，扑腾扑腾掉在炕上，他又抱起他的腿来挪动了挪动，也没有知觉了，像两根石碌碡，扑腾扑腾掉在炕上，"唉！王进财真恶，把他气激得全身瘫痪了！"

于贵柱一听，惊魂失魄，他蹲到了炕上，急忙问如福爷爷说：

"如福爷爷，哪倒是有法治没？能不能治过来呀？"

"男人气为主，他伤了元气了，得这种病的人多数是治不全好的，不过他的身子底子好，如果有好药调治，好好养，兴许能治过来。可是心里出不了这口气，也是不容易好的。"

李石柱着急地忙说："如福爷爷，只要能治好直理侄儿的病，我给咱拼死拼活地下地干活，让春妹给人家做饭、洗衣裳、看孩子，我们全家人上山打柴、割荆条编筐篮，也要给他治好病！"停了停又问，"就是不知道得多长时间，才能治好？"

如福爷爷说："少则二三年，多则七八年，治养得能走路就不错了。"

李石柱着急地看了看于贵柱说："姐夫，这可咋办，这可咋个儿好？反正咱得给他治！"

李德来叔叔说："事到这步田地也没甚好法子，那直理孙儿家是正派人，根子不斜，只要咱把事情慢慢说清楚，虽说有些急人，可总比见不到自己的亲人强。依我看，咱们就得很快把人送回家。不然，媳妇、孩子见不到人，更着急！"

于贵柱说："这黑灯瞎火的，那咱啥时候去好？"

李德来叔叔说："最好马上就走！"他看看如福爷爷说，"如福爷爷，你看呢？"

如福爷爷说："庄稼打圪垃的人，以实为实。把事情说通了，人家心里也明白。"他看看李石柱他们说，"那咱就连夜把人送回去！"

刁菱新在一旁不时地抽着洋烟卷，在漆黑黑的夜里，那时照时熄的烟噆头，像将要熄灭的鬼火，红了又暗了，暗了又微微明了明。他时而显出了那灰暗的身影，偶尔支支嘴，并不动一动手。

侯兴西盯着那棵老槐树"刺啦、刺啦"地快锯倒了，就忙颠趷过去拉拴在树上那两根粗绳子。"咔嚓，咔嚓，咔嚓嚓"连连响了几声，那棵老槐树就被他和两个家丁拉倒了。一棵繁茂的老槐树，从根底锯断，直挺挺地倒在地上。

没多大工夫，这棵老槐又被锯成了长短不一的树身身、树柱柱、树棒棒了。

二十一

李石柱他们一行六人，四人抬着担架，如福爷爷和李冬梅替换着提着马灯，时前时后给照着亮。

来到了杨直理家门口，如福爷爷就叫开了门。杨直理的媳妇穿得整整洁洁，一见是如福爷爷来了，欢喜地招呼道：

"如福爷爷，你可有些时没到俺家里来了。快进窑里坐，快进窑里坐！"说着，就把他们让进了院里。

"喜妮子，这晚了还没睡？"

"直理这晚了还没回家来？孩子也有点儿不乖！"

喜妮子和如福爷爷搭着话，从自家住的窑里，拿出一串钥匙，开了一间窑门，把他们让进了窑里，她像接待客人似的说："我看你们走得挺累的，先给你们开一把茶壶，喝碗水暖暖身。"

"喜妮子，你先不要忙了。以前来我是给你孩子瞧病，这回来是有事给你慢慢说说，说了……"

李石柱神情紧张地站在如福爷爷身旁，他看如福爷爷很难张口说出来，又看见眼前这个精明强干的媳妇，很有礼貌很懂事，心里更觉得不忍心。他再憋不住了，哆嗦着两手，噙着两眼泪水，称了声"直理家！"一条腿便跪在了喜妮子的面前，泣不成声地说：

"直理家，因为俺家那棵树，给你家闯下大事啦！俺一家人也没法向你交代呀……"

喜妮子一听，就有些惊慌失色。她从他们的神情上看，一想就是出了事了，但是究竟出了什么大事，一时还猜不出，追问他们说：

"是直理他……"

"就是王进财霸李石柱家那棵树，直理赶着去替他家讲理，被王进财那恶霸给气……"

喜妮子一阵惊慌，她以为把直理气倒在王家峪，说不定没气了呀？她着急地马上站起来，拉起李石柱说："表叔，那我收拾一下，赶紧去看看？"

如福爷爷说："人我们倒是抬回来了，就是怕你过于着急，把你急坏了，没敢直出直入地对你说。"

喜妮子说："只要有人在，我不急！快把俺直理抬进来！"

她说着便奔向门外。李冬梅紧跟着招呼着她。李石柱、如福爷爷和李德来大叔一起跑到门口，没等喜妮子掀开盖着杨直理的被子，就把担架抬进了院里。

如福爷爷问喜妮子说：

"他憋气了，得静养静养。你看架在哪处窑？"

"就架在俺公爹这处窑吧，俺公爹不在家，还静一些。"

她定睛一看，自己的丈夫杨直理，睁着愣痴痴的两只眼睛，像傻了似的，一句话也不说，手脚一动不动。急得就直哭，她的两手抚摸着杨直理的脸颊，又把脸挨在他的腮骨肚上，嘴对着他的耳朵说："直理，直理！你咋啦？你咋不说话呀！"说着说着，她的眼泪流到了杨直理的腮骨肚上。

喜妮子呜咽一声大嚎着，她欲扑在杨直理身上，又收回身来，痛苦地悲恸着，一扑扑在了李冬梅的怀里，气得喘不上气来。大嚎着说：

"大姑，一个铁罗汉似的人，走时好好的，回来成了这个样！俺和孩子可怎么过？俺咋个儿向公爹交代呀……"她哭得死去活来。

李德来大叔觉得时候不早了，又留下如福爷爷、李冬梅照看，就对荆喜妮说："直理家，要是没甚事，俺们先赶回去，石柱侄儿家还躺着一口子，也是王进财给气躺下了，嘴里还呛得吐了血！"

"那又是谁呢？"

"就是他兄弟李玉柱！"

荆喜妮有些发急地说："是俺二表叔，咋不早说呢？你看耽搁了这长时候！"

李石柱感激地说："家里有你姑父和你表姊照料他。"

荆喜妮问如福爷爷："玉柱叔吐了血，敢不敢喝萝卜汤？"

"敢喝！敢喝！就是得先顺气，活血脉！"

荆喜妮再没多说，出得窑去，拿来一大包萝卜丝，看着李石柱说："玉柱叔也是被那王进财恶霸气倒的，这是去年秋后直理晒的白萝卜丝，带回去给他熬碗萝卜汤。"

李石柱湿润着两眼甚是感激，但自歉地又不好意思，激动得一时说不出话来，舟大叔睁着敬佩的双眼，看着荆喜妮，又看看李石柱，很是激动不已。

荆喜妮拿着那大包干萝卜丝塞到李石柱手里，爽朗地说："我听直理说过，那王进财不是个正经东西！咱要挺得住，争这口气，回去也要把玉柱叔的病设法治好。"

李石柱听荆喜妮说着，一股暖流涌上心头。他接着那大包干萝卜丝激动地说："直理家，你的话说到我心眼里去了，我心里也是这样想的。"

如福爷爷从褡裢掏出两包白胡椒和五服中草药，说："石柱，你带回这包白胡椒，给玉柱熬上碗萝卜丝胡椒汤，让他喝上顺顺气。"

荆喜妮看着五服药放在了立柜上，便问如福爷爷说：

"如福爷爷，这药也是治气瘫病的？"

"也是消气顺气活血的药。"

"那玉柱叔有这药没有？"

"我没来得及给他送去呢？"

荆喜妮说："那这么着吧，如福爷爷，有药分着吃，有病都得治，我说给玉柱叔带回三服，他吐了血病重，给直理留下两服！"

如福爷爷说："我看这么着吧，直理离得远，给直理留下三服，给玉柱带回两服，这都是些中草药，吃了我再配。"

说得大家都觉满意。荆喜妮把两服药装进褡裢口袋里，李石柱接过褡裢来，又把那包干萝卜丝和白胡椒也装进去，搭在肩上和他们走出窑门来。他一看李德来叔叔要去抬担架，就赶紧把褡裢搁在担架上，忙和舟大叔抬起担架来。

舟大叔因这种事遇得还不多，一直没有多说话，他和石柱抬起担架来说："如福爷爷、贵柱家、直理家，你们都不要出来，照顾病人和孩子要紧。俺四个人架着副空担架，一会儿就赶回去了。"

当他们刚出了大门，荆喜妮又提着那盏马灯追到门口说："表爷爷，你们提上这盏马灯，好走路！"

李德来大叔看了看天，说："快过三更了，不用了。"舟大叔对荆喜妮说："直理家，你是个明白开通人，往后你到了王家峪，就到俺们家里来，俺往后来了卧虎山，就到你家里坐，咱们都是一家人，你们回去吧！"

德来大叔鸣冤，

凌晨栽倒他院；

是谁下的黑手？

昏迷有口难言。

　　　　　——民谣

二十二

李德来叔叔和李石柱他们四个人，抬着一副空担架，从卧虎山村走出来。李德来叔叔仰头看看黑乎乎的天空，时而晃晃地闪闪微亮。他瞅了瞅前抬右扛那个王家庄的乡亲，和李石柱说："石柱，咱们两个人抬担架吧！天也很晚了，这儿离王家庄也不远了，让他抄近道回家吧，免得家里惦记他！"

"叔叔，行！一副空担架也不沉，俺一个人扛架就行了。"

李石柱感激地对那后生说："好兄弟，你也帮了大忙了！要不是俺叔、如福爷爷想得周到，你和舟大叔摸着黑帮忙，把直理侄儿妥妥善善送回家，还不又出啥大事情呢？你回家去吧，给家里带声好！"

"德来大叔、石柱哥、舟大叔，俺就回家走了！"那后生说罢，扬长而去。

那后生刚走，李石柱才想起问个名儿来，他扭回头喊着问他说：

"喂！王家庄的好兄弟，你姓甚？叫甚名字呀？兄弟！"

"石柱大哥，俺姓王，叫小旦，村里人都知道。俺村有三个叫小旦的，一提小小旦就是我。要提大小旦或老小旦，就知是中年小旦或上了年纪的小旦了！天这晚了，你们快给家走哇。"他扭头瞭了瞭，拐弯走下了坡道。

舟大叔看看德来大叔说："这后生真好！也是个热心肠的人，看人挺实在的。"

"哦！我想起来了，我听说过，他就是王银汉的二小子，大的叫小狗，二的叫小旦，中间是个女孩子，名叫丑闺女。名字叫得丑，人长得实在是美。七年前，流杯池嘉山庙唱大戏、赶大会，那王银汉带着他们兄妹三人来看戏，被王进财恶鬼看上了那苗条的大闺女，黑夜骗到一点红家给糟蹋了。那闺女觉得没脸见人，深夜悬梁自缢了。一点红把王进财悄悄打发走，叫起王银汉和他兄弟俩来，编了一套瞎话。他父子仨忍痛受屈，哑巴吃黄连，有苦说不出来。无奈，连夜把吊死的闺女抬回了家……"

"哦！原来他家也被王进财害过命！"

"要不，人家大远远地来给咱抬担架！"

李石柱听得说，肚子又气得嘣嘣响，对李德来大叔说：

"大叔，王进财那恶鬼霸财欺人、贪色害命，在王家峪这七村一镇，不知道坑害了多少人家，害死了多少人命！真是无法无天！唉！咱这穷人家就活活受他糟践？！"

"糟践？这一回不能再放过他！他霸树害人就是犯罪；他私通衙门为非作歹，更是罪上加罪。咱就把他这些霸财害命的事，再写上详细的状纸，到省府大衙门去告他！我就不信，就遇不到个说理的断案官？！"

"德来大叔，这回到县衙门里去告状，就破费了乡亲们不少粮食，也费了不少钱，再到省府衙门去告，哪能告得起呀？"

舟大叔也很气恼地说："我看，咱一不做，二不休，推倒葫芦洒了油。不豁出来鸣不了这个冤，往后咱穷人也没法活！我想，咱们还是和乡亲们凑一凑，勒紧裤带也要出这口气！"

德来大叔斩钉截铁地说："今个黑夜，我已对王进财说了，豁着我的一季春蚕就算没养，把蚕茧卖了，也要到省府打这不忍冤的官司！"

"叔叔，不能那样儿办！"李石柱说："俺振山哥在阳城矿上当工人，也是干受累，没进项，振山嫂又拉着个孩子，你年纪这样大，还给王进财家打短工，不开工钱不给粮，每年就靠祖上留下的那坡桑树林，养季蚕还能贴补点儿。家里生活紧巴巴的也挺拮据，说啥也不能那样儿办！"

李德来叔叔又说："没甚要紧！我那小孙女也大些了，糠菜能顶半年粮，夏天、秋天总比冬天好过，多挖些野菜吃就熬过去了！"他又看了看舟大叔，说："石柱，那一言为定，咱就那么办！你和春妹，还有你姐夫、舟大叔、舟大婶，把王进财霸树的事再想一想，把咱们的冤枉事再好好凑一凑，茧，我已晒在窑顶上，等一干了就去卖，今年的春茧个儿大、成色好，能卖上个好价钱，咱们带着状纸一块儿到太原府。到省府的衙门里去告王进财，不把王进财告倒，就没咱穷百姓的活路！"

舟大叔抬头一看，只顾说话，不觉得已走上了小岭坡，说："德来大叔，说着话走路，比低着头走得快，不大一会儿就到家了。"

李石柱说："叔叔，天这晚了，你回家歇着吧！我先把你送回家！"

李德来叔叔蛮有精神地说："我不再看看玉柱侄儿，总是放心不下，走，再瞅一眼，我就回家！"

他们三个人走进李石柱家大门，那棵老槐树已经被锯掉了，锯下来的好成材也不见了，地上只散落着些小树枝和乱叶子。李石柱伤感地又簌簌落下泪来。李德来叔叔气恨恨地说："王进财，你就是穷人的祸害！硬把俺家这棵老槐给毁了。"他们进了院，轻轻地把担架撂在地上，走到西窑门口。窑洞里那盏小麻油灯，忽忽闪闪晃着微弱的亮光。于贵柱坐在地上的一个草墩子上，困乏地托着脸颊靠墙眯着了。春妹坐在炕沿边上，疲乏地忽掂着脑袋直打瞌睡。李德来叔叔见李石柱要唤春妹，摆了摆手不让他唤。他走到炕沿边探看身子瞅了瞅李玉柱，仍和去卧虎山前那样，瞪着两只眼躺在炕上，一动不动，他又瞅瞅铁牛，咻呼咻呼地睡在炕上，不时地长出几口气。他扭过身来要走，无意中蹭了下春妹。春妹猛然一惊，说：

"谁？"她用力睁了睁困倦的眼睛，一看是李德来叔叔、石柱和舟大叔回来了，忙下炕来，说："叔叔，你们回来了，快坐下歇一歇！"于贵柱醒来也说："叔叔，快坐下！"李德来叔叔问了问他玉柱的身体，再没多说话就走出窑门来。于贵柱和春妹要送他，他把他们推了回去，照看玉柱、铁牛。他见石柱和舟大叔还在门口，就对舟大叔说：

"舟大叔，你帮人办事多，又和买卖人打过交道，等明后天我把蚕茧拣择好了，你帮我到阳城去卖一趟。六七十斤茧要是能赶上行情，还能卖些钱。回来咱就写状纸打官司，去趟太原府！"

"德来大叔，你放心！这事我能帮你办。有工夫我就摸摸茧价，心里有个数，到时候也好还个价！"

二十三

侯兴西打着灯笼，和几个家丁把破成材的木料，六人抬，四人抬，二人抬，使背背，用肩扛，一直送了五六趟，才把那些木料都送到一点红家院子里。一点红和她的独女小红，十七八岁，也忙忙碌碌帮着卸木料，累得呼哧呼哧直喘气。当把木料卸完了，一点红只让抬木料的那几个家丁喝了碗淡茶水，侯兴西就打发他们回王进财家去了。他们刚一走，一点红拿一条白羊肚手巾，递给侯兴西说：

"兴西叔，快洗把脸，喝两盅，太累了，喝了好受用受用。"

"为你挑三间瓦房顶，快把我累趴下了；今儿个得多喝两盅。还得让小红给我满！"

一点红嬉笑着说："是让小红给你满，而且还是让小红给你温的酒、炒的菜呢！这还不行？"

"行哇，行哇！"

侯兴西高兴得上身脱了个精光，连头脸胸脯大洗了一阵。快洗得差不多了时，他拿着涮好的手巾递给小红说："小红，快给叔儿擦擦背，凉快凉快！"小红拿起手巾来，在他后背上上下下抹了抹，抹得侯兴西身上挺熨帖。他洗涮完了，穿上衣裳，便走进一点红房里，盘着腿儿坐在炕上。一点红给他面前摆了一张红漆方桌，用抹布揩干净。小红给端上来已炒好的两盘菜，接着把连着温罐的酒壶端上来，给他在圆酒盅里斟了满满一盅酒说："兴西叔，热乎乎的，快喝吧！"

"喝！喝！红儿满的酒更得喝！"侯兴西端起酒盅一饮而尽。小红又给他满上。他喝着这老烧酒，似乎有一种特别的味道，辣滋滋地多少还有点儿甜。他一盅一盅地喝，小红一盅一盅给他满。他喝得痛快、吃得香，越喝越吃越兴浓，连连喝了二三十盅。差不多喝了二斤来酒的工夫，头有些发晕，身上也觉得烧了些，便把穿着的褐色外衣脱下来，上身只穿件白丝绸背心，又喝了十来盅，他喜眉笑眼地瞅着一点红说：

"红！今儿个太累了，咱该受用受用了吧？"

"兴西叔，那十三块光洋拿来了？我紧等着用呀！"

侯兴西一看，一点红的手已伸在了他的大腿板上，伸着手要接钱，他随手摸了摸衣裳兜没有摸出来，支支吾吾搭讪着说："这，这……"

"这什么？"一点红不耐烦地说："我早就听说了，你姐夫早说啦，让在刁管账账上取！"

"咦！我忘了。明儿个一准给你送来！谁糊弄你谁就是小狗大王八？"

"我不管你是小狗，还是乌龟大王八！你就是会诓骗人！"一点红见侯兴西没有把十三块光洋带来，就有些扫兴。又听说那发誓骗人的话，更是气恼。她咬了咬牙，给小红瞥了一眼，母女两人下到地上，一点红把他的褐色外衣递给他。两人拉扯着侯兴西，连扯带搡拉出了屋门，接着连搡带推，推出了大门。

一点红母女俩"哐啷"一声把大门推上，上了锁，挂上了吊，又抱起木杠横挡穿进门墙两头的挡臼，把个大门关得严严实实的，说："侯兴西，你不拿十三块光洋来，就不用想再来我炕上受用！没有那么便宜的事，少一块也不行！小红，咱们回家睡觉去，白让他喝了一顿猫尿，没良心的东西！"

侯兴西踉踉跄跄晃荡到大门口的椿树跟前，手托着椿树有些儿不耐烦。他想，一点红太不近人情了，没有带来光洋就把我推出来！可又一想，一点红和小红对自个儿那么好，说了不算数的事也不是一回两回了，觉得似乎也该把他推出来。他借着夏夜的爽风待了片刻出了一头汗，散散酒气，头就不那么昏晕了。就在这时，李石柱送他叔李德来到桑树林旁边道口上，他隐隐约约听李德来和李石柱说卖蚕茧告状的事，但说的什么，也没全听清楚。他的神情马上兴奋起来，就躲到椿树背后，听他俩还说些什么，可他偷听时就什么也听不见了。他瞅见李石柱返身回家转，李德来顺着南川河往家走了。便瞅着李德来大叔的身影，顺着南川河的一溜石坝，跟了一段路。他见姜秋菊给李德来开了门，探着身子看了看，回去关上门。他就又回到椿树跟前，背靠树坐在石板上。他想再叫一点红家的门，一点红把他推出来了，不会开。他想去王进财家，深更大半夜又不便打搅。无奈懒洋洋地蹲坐在石板上，不由得打起盹来。

刚才，他看见李德来在窑顶上看那晒着银白色的一席茧时，骤然想起了李德来当面对王进财说过，卖了蚕茧要去省府告王进财状的话，他的脑子一阵紊乱，他的耳际一阵轰鸣。他暗想这可不是小事情，要是真到省府里告中了俺姐夫，这不光俺姐夫要败大兴，我还得把木料掏出来！他越想觉得越不对劲儿，别人不怕，可这李德来老汉真有点儿棘手！"事不宜迟，得赶快告诉俺姐夫！"

侯兴西匆匆走到王进财家大门口，轻而有力地"当当当，当当当"扣了扣铁门环。喂牲口老汉开了门，忙告诉了刁荽新。刁荽新在中院把他迎了进去。给他打开西厢房门，让他先歇歇。说："他兴西舅，你先歇着吧！有甚事明天再说！"

"刁管账，我有要紧事，得马上给俺姐夫说！等不得明早晨，说迟了就晚了。"

"那我给你姐夫说去，他就宿在你表姐的套间窑！"

"不用了，刁管账。我有几句紧要的话，给他说说就行！你困了你就歇着吧。"

"那就自便了。有事明天再说吧！"

刁荽新听侯兴西一再支他去睡觉，心里有点儿疑惑。倒是有什么背他的事，连我也不想让知道，又捣什么鬼？我得探听探听。他装着困倦的样子，嗯嗯哈哈、咳咳嗽嗽地从正窑台阶上走下来，拐到后院装着去睡觉，刚走进去又悄悄返回身来，蹑手蹑脚地没丝儿响声，蹴在古淑芳住的套间窑的窗台下，窃听他们到底鬼弄些什么事。

"姐姐，你快捅醒俺姐夫，我有紧要事对他说！"

"等天亮，到明天再说吧！"

"来不及！等急了我就不来了，你快推醒他！"

古淑芳只好推着王进财说："进财，快醒醒！兴西弟来了，有要紧事对你说，快醒醒！"

王进财实际上也没睡太死。不过，他往往遇到这当儿，醒着也是装睡着。他在今日黄昏时候，锯李石柱家的树，气倒李玉柱，气瘫杨直理，回到窑里来，痛饮了好色酒，吃了营养丰富的好菜，回到古淑芳的套间窑，抽足了大烟，坦坦然睡了一大觉。刚才，侯兴西进了院，和刁荽新说话，又进窑来和古淑芳说话，他都听见了，就是没吱声。这时他诧异地想，这么晚了他来做什么？要不就是锯下来的树，被穷小子们弄走了？还有啥事？没屌啥？他懒洋洋地睁开眼，伸了伸胳膊说：

"兴西弟，又有啥了不得的事，这么毛躁！嗯——"

"姐夫，不好了！李德来那老狗和李石柱都说了，一半天把蚕茧卖了，真的要到省府衙门去告你！说你贿赂衙门，罪上加罪！"

王进财紧跟着问："你什么时候又听说的，这话你没有听错？"

侯兴西编着法儿地说："就是大半夜，他们把杨直理送回卧虎山回来，李石柱送到他桑树林道口上，一再叮咛说的。人家成心要告你，我听得清清楚楚，一点儿也没错。"

"好你个李德来，你要拿鸡蛋碰石头，硬要和我过不去！"他说着，便穿上内衣坐起来，"他要是真的去告，可对咱这官司不利！"

"是不利，进财！进宝叔在阎督军那里做事，这事要传到省府里，官司输赢不说，他那脸上也挂不住！"

王进财听古淑芳这么一提醒，更觉得事情有些棘手，说：

"是急事！淑芳这么一说，这倒是件大急事！要是真让他们去了省府给咱们告状闹腾，可就把咱王家的名声抹黑了。"他系着衣裳的疙瘩扣子，"咱不管怎么样，就不能让他去，去了就要给咱王家败兴坏事！"

侯兴西说："姐夫，那咱得想个招儿？你封不住人家的嘴，拉不住人家的腿，人家过一半天卖了那几十斤好茧，就要到省府去，你怎么能不让人家去呢？"

王进财拧着眉毛紧瞪眼睛，说："他家都谁在家？他住在哪处窑？"

侯兴西眨巴着眼说："刚才我瞅见他到窑顶上头看茧来着，看了看又爬着梯子下去了。他住的是那间北窑，他儿媳妇和他小孙女住在门旁边的小西房，他儿子李振山在阳城煤矿当工人，常年不在家，别的就没什么人了。"

王进财咬了咬牙说："咋没摔死老狗？要是摔死这倔老头，他就不用想到省府告状了。"

古淑芳骨蠕了骨蠕身子，看着侯兴西说："你看见他上了窑顶上，咋不去把他推下来，摔死老狗不就告不成状了？"

侯兴西圆着话说："姐姐，我离得远，站在一点红家门口瞭见的，赶不及呀？"

王进财坐在了床沿边上，他狡猾地看着侯兴西说："你到门外看看，院里有人没有？"

侯兴西轻手轻脚地到门外看了看，回来对王进财说："姐夫，刁管账和喂牲口老汉都睡了，院里没有人！你有什么话就直说吧。不要紧。"

王进财盯着侯兴西说："兴西弟，我看咱这么办，你到厨房拿上一把宰猪刀，悄悄地进到李德来住的窑里，往心口窝捅他一刀子就完了，他死不了也活不成，趁天黑快去！"

侯兴西一听王进财让他拿宰猪刀去杀人，心里觉得倒也痛快。不过，他一想起李德来，却有些害怕了。他知道李德来虽说年纪大了些，可庄稼打坷垃的身子骨，也是刚强有力的好身架。莫说一个侯兴西，就是两个后生也扳不倒他。他有些缩手缩脚地说：

"姐夫，捅李德来，我倒是愿意干！就是李德来是个犟老汉，我一人敌不过他，他反咬一口就要出大事，这可咋办好？"

"那让刁管账和你一块去！两个人还擒不住一个老头？"

"姐夫，这杀人灭口的事，不能让外人干！再说，你捅了他冒上一身血，被别人看见捉住，那可就败大兴了。"

王进财听话已说到这个地步，甚是着急，但一时又想不出别的招儿来。倒背着手儿，只是来回踱步。

古淑芳仰脸看看王进财说：

"进财，这杀人灭口的事，就得自家人干，外人使不得！不然，走漏了风声倒腾出来，就要败大兴。捅杀他也不是办法，我看还是杀人不见血！把他骗到窑顶上，推下去就完了，又省事，也不用动刀子！"

"要摔死了好说，摔不死可就麻烦了。"他看着侯兴西说，"这招儿倒挺绝！"

侯兴西像是有了绝妙的法儿，他盯着王进财说："我看见过窑顶上摔下来的人，能把人摔死，就是得让他头朝下，倒栽葱！"他又想了想，那李德来家院是青石地面，脑袋撞到青石上，好比鸡蛋往石头上撞，摔不死也活不了！

"那谁去？"

"就咱俩！"

"那怎么能把他诓到窑顶上？"

"我抓上两只猫，让它在蚕茧上乱折腾，那李德来听到猫祸害他的茧，一急准上来！"

王进财觉得这招儿又绝又妙，冲着侯兴西说："走！我就不信，两个人擒不住一个丧老头儿！"

二十四

在王进财和侯兴西将要出窑的当儿，刁萋新猫着腰悄悄地溜回了他住的厢房里。他知道下黑手杀害李德来，是件杀人灭口、行凶犯法又冒风险的勾当，也就没有沾这事的边儿。再说，王进财、古淑芳和侯兴西也回避着他，不想让他知道，他也就随之把这事脱开了。虽说他没有参与这事，可是他回屋里并没有睡觉。他听着王进财和侯兴西走出大门，就暗自在院墙上瞭着他俩，朝李德来家的方向踮踮去了。

侯兴西把手中的两只猫递给王进财攥着。他猫下腰蹑手蹑脚地爬到窑顶旁边，抓起一把沙土来，轻轻地扬到了李德来的窑洞那小窗棂上，扬得那窗纸沙拉沙拉地响。在窑炕上躺着的李德来，刚迷瞪了一下。听到窗纸响，仰头看了看没甚动静，就又躺下。侯兴西扎着耳朵听得好像窑里有人翻身的声响，就轻轻地回到草蓬旁，把那两只猫抓来，让两只猫碰了碰头，便相对地放到那席茧上。同性相背，异性相引。那两只异性猫早想走食，一撒到席茧上，"咪唔，咪唔"就对斗起来。

李德来老汉听得窑顶上猫叫唤，没有点灯，轻轻掀开门，站在门口往窑顶上瞭了瞭。夜，漆黑漆黑的。伸出手去，只能恍惚地看见黑乎乎的黑手，不见五指。李德来老汉在明处，侯兴西在暗处。他一瞅见李德来出来，就缩进草蓬里，拿起一根枝条，就赶那只母猫。不料，母猫一急，嗖喽猛一蹿，往土垅后头就跑了。那公猫也急了，"咪唔"一声，猛一蹦、一蹿，蹿向土垅后，撒腿追那只母猫去了。李德来老汉听着两只猫扑棱扑棱都跑了，又轻轻回到窑里推上门，躺在了土炕上。

王进财在草蓬旁瞅得很着急，他怕愣怔时间长了，害不了李德来，反而出岔子，又看看天色快扑明了，就悄悄对侯兴西说："猫跑了，坏事了，引逗不上他来了？"侯兴西急中生智，他张了张嘴，咽了一口气，对王进财说："我会学猫叫，学猫走食打架学得像。"王进财说："那你就快叫吧！只要把他骗上来就行！"侯兴西捏了捏喉咙说："这就叫！"

侯兴西钻在草蓬底下，又爬到地上，大伸开两只胳膊，两只手摁在那雪白的茧子上，假装着两只猫，就学着猫叫起来。"咪—唔，咪—唔"，两只手在蚕茧上扑腾了扑腾，"喵—唔，喵—唔"，两只手在蚕茧上扑腾了扑腾，"喵—唔—唔，喵—唔—唔"，两只手又在蚕茧上扑通了扑通。侯兴西皱着眉梁鼻，龇牙又咧嘴，"喵唔—喵唔"，假装着两只猫在蚕茧上胡乱折腾咬架似的，两只手在那蚕茧上乱抓腾，像两只猫在蚕茧上折腾得甚激烈。遭害得那摊晒着的蚕茧，扑落扑落地掉在院地上。侯兴西在小时候，专爱玩猫耍，久学猫叫和猫咬，学那两只猫叫唤咬架，学得可真像。

黑蒙蒙的夜色什么也看不见。李德来老汉也多少有点儿耳背，听到窑顶上那猫叫猫咬声，又轻轻地掀开门，站在了门口。一听两只猫在窑顶上乱咬乱折腾，不觉得一阵烦躁。刚才跑走了，咋格儿又跑回来了？这不成心要遭害我这茧！撵狗日的去！他往窑顶上投了一块土坷垃，两只"猫"稍停了一会儿，可还是不走，接着又咬腾起来。他蹬上梯子，上了窑顶。他刚一站，定睛瞅猫时，却不见猫的踪影。他两眼瞅瞅捣乱的茧子，烦懑地也觉得有点儿怪。我在窑底下你乱折腾，我一上来没瞅见就跑了？正在烦闷不快的当儿，侯兴西皱眉蹙额，猛一下从草蓬里穿出来，冷不防在背后拦腰抱住了他。

李德来不知是谁，只觉他的身架不很宽厚。他憋气使劲一挣脱，两只胳膊猛一甩，将侯兴西甩到了蚕茧上。他睁着两眼一看，不是别人，是坏到底的侯兴西！你真是侯赖鬼，你敢下黑手谋害人？！可我是个硬老汉，你是个囊泡蛋！莫说你一个，你两个侯赖鬼也是白搭！

侯兴西像饿狼似的又扑上来，拦腰抱住了他。张着那饿狼似的嘴，狠咬李德来的肩膀。李德来一格晃，蹭蹭一脚蹬到了梯子上端，身子马上又仰回来。那靠着窑墙的梯子，离墙晃了晃，又靠了墙，甚是惊险。这时，侯兴西爬下钻在了李德来的两脚间，用手一搂他的两脚脖子弯，立刻将李德来扳倒在茧上。

王进财距李德来有咫尺之远，他一见李德来被扳倒，即时猛穿过来，像牲口炝蹶子似的，炝起一只脚，猛踢李德来的小腹。踢着踢着竟将一只鞋踢落在院子里，踢得李德来肚子疼得直打滚。

李德来只是应敌侯兴西，并没有发觉还有王进财。突然被王进财踢疼了小腹，腹中阵阵剧痛，实是难忍，力不从心了。他忍着剧痛，瞪着两只火眼，强扭头一看，抱住他的两只黑手竟是王进财！他吭吭哧哧地说：

"王……王进财，你敢存心作恶！"腹痛使得他又趴下了。

王进财见李德来已经认出了他，就狠狠地抱住他的身子，侯兴西使尽全身的力气，两只胳膊紧倒搂住他的两条腿，他俩把疼昏过去的李德来老汉，吊着搂到窑顶旁，将他头朝下，往上一举，狠狠地来了个倒栽葱！"吭噔"一下，瞬息间，将李德来大叔扎到青石院地上了。侯兴西一脚蹬开梯子倾倒院子里，他和只穿着一只鞋的王进财，急蹿而去！

二十五

在沉睡中的姜秋菊，被李德来大叔一头扎倒院子里的撞击声和梯子的倾倒声，惊醒了。她一斜身从炕上爬起来，蹬上裤子，穿上衣裳，"晃啷"一声开了小西房门，紧扣上衣扣，走出来。这时，天虽蒙蒙亮，但因阴云密布，仍显得朦朦胧胧。同时，还笼罩着一层薄雾。姜秋菊眨巴着眼一瞅，在正北窑青石院地上，躺着一个老汉像是公爹的身影。靠窑墙的那架梯子斜倒在身影旁，只有咫尺远近。她不由得一阵惊慌，心怦怦乱跳。随即大步奔到了那躺着的身影跟前。一看，果然是公爹李德来。她惊恐万状地急呼道：

"爹！你咋啦？咋个儿从窑顶上摔下来啦？咋个儿摔成了这样儿！"

她双膝跪在地上，定睛仔细一看，李德来躺在青石地面上，脑额上渗着血，眼、鼻、嘴、耳七窍流着血，两眼眶翻着白眼珠子愣着。浑身上下瘫软着，动弹不得。只是嘴里还细微地喘着点儿气，奄奄一息了。她看见公爹摔成了这样儿，忍不住内心的悲痛，恸哭起来，泪如雨下。他用手摸了摸李德来的连鬓胡子的脸颊，又摸了摸他的胸脯，觉得他的心脏还在微微跳动。她的两手撑在李德来的臀下和背下，立时想把他托回窑里。可用双手抬了抬，托不起挪不动。她恸哭流涕地站起来，看见梯子倒在了一旁，院地上还乱撒着零零落落的蚕茧。她扫了一下四周，在块垂布石旁边，发现了一只崭新的千层底春服呢圆口鞋。她吃惊地"哎呀"了一声，拿起那只鞋来看了看，不是庄稼打坷垃的人穿的鞋，便疑惑起来：俺爹许是被人暗害的，为啥丢下了这只鞋？遂将鞋又放了原处。她思索到这里，忍受着剧烈的伤感和疼痛，没有大哭大叫先声张。先轻轻开了大门，去找邻居家唤个人来。

姜秋菊刚一出门，见南川沟一个十几岁的男孩子，背着粪筐手握粪铲在道上拾粪。她便几大步跑过去，让他到王家峪找如福爷爷、李石柱、于贵柱和舟大叔他们来，末了，她又嘱咐着说："他们谁能来，就先来一下，越快越好！"那男孩子跑着走了。姜秋菊又回到院子里，轻轻推上门。急走到小西房，把莹莹叫了起来："莹莹，你爷爷从窑顶上摔下来了，像是被人暗害的。你看了先不要哭叫，一会儿你如福爷爷、石柱大叔他们来了，咱再计较。"莹莹揉着眼说："妈，我就看我爷爷，我不哭叫。"

当莹莹一看爷爷的脸上黑血糊糊的，白瞪着两只眼睛不动弹，真是吓人。她害怕得捂住了眼睛。但一想起平日爷爷疼爱她的慈祥面孔，马上一点儿也不胆怯了。她撒开双手，睁着她那泪涟涟的眼睛，一扑扑在了爷爷的胸脯上，她的脸贴在了爷爷那连鬃胡子的脸上，双腿跪在青石上，"呜—呜—"地哭，"嗷—嗷—"地号。

姜秋菊想劝拉莹莹，此时此刻再也控制不住自己了。她也跪在地上，伏在李德来的身上，嚎啕大哭起来。

这时，天已经大亮了。邻居家有个经常早起捡粪放空气的张老大爷闻声赶来，他曾在河北高阳县一家染布店当过几十年染工，前些年辞工回了家。一见李德来出了事，止不住地落下泪来。正在他弯下腰去劝拉姜秋菊的工夫，于贵柱、李石柱、舟大叔跑步赶来了。他们三个人奔进院里，蹲跪在李德来的身旁。一看，李德来大叔的头摔成黑血糊糊的，五官相貌儿几乎都看不清楚了，情不自禁地淌着两眼泪，跪在了他的身旁。李石柱心疼地哭嚎着说：

"叔叔，回家来不大一工夫，咋个儿就摔成了这样儿！"哭着，说着，就大嚎起来！于贵柱也嚎，舟大叔也哭。围着的人简直哭成了一团儿。都为这个正直刚强的老汉痛心流泪。而那张老大爷微微镇静了些，他站起来，拉起李石柱、于贵柱和舟大叔，还有姜秋菊和莹莹，说："看来不是自伤，是他伤！咱们光嚎不是办法？咱得先看看现场，商量商量咋报案？！"

他们一听张老大爷说的话有分量，一个个揉着泪眼站起来。看着这院子里的一切。舟大叔搬起梯子想到窑顶上去看，张老大爷对他说："梯子先不要动，你拐到土垅上去看看再说。"舟大叔走出大门绕到窑顶上去看，于贵柱也跟着去了。李石柱一扭头，看见在垂布石旁有一只千层底儿鞋。忙说："张大爷，这旮旯儿有只鞋！"张老大爷说："这可不要弄丢了，你快把它拿进来！"说着，就走进德来大叔的窑里。接着，李石柱和姜秋菊他们几个人，也忙跟了进去。

这时，院里围了不少人。于贵柱和舟大叔从窑顶上看完现场走下来，从挤看的人群里走进窑里。他俩看看，姜秋菊拉着莹莹在窑里"呜呜"直哭。就说："有人把窑顶上的蚕茧踩得乱七八糟，看那折腾的印儿，像是有人暗害的，可又不像是一个人干的！"

"我在垂布石那旮旯儿捡了一只千层底春服呢圆口鞋。"李石柱手里拿着鞋让站在窑里的人看，说："这鞋还是一崭新的，没有穿几天！"

"这只鞋像是谁穿的？"舟大叔拿过鞋来打量着，他一只手摸了摸后脑勺说："我想起来了，这和王进财在祠堂门口宣布判决公文时，穿的那双鞋一模一样！你们看是不是？"

于贵柱、李石柱和姜秋菊又都看了看，很像是王进财昨天穿的那双鞋，都说：

"我看像！"

"我看也像！"

舟大叔又说："可是王进财力不过德来大叔，不是一个人干的，那还有谁呢？"

李石柱泣着，急得对于贵柱说："姐夫，俺叔叔被人害成这样儿，这可是家里的大急事，俺振山哥又不在家，咱快和振山家商量商量，快去叫振山哥回来？！"

姜秋菊点了下头，忙说："我也急得想把她爹马上叫回来！"

张老大爷说："是得赶快把振山叫回来，还得要赶快到阳城衙门去报案！"

李石柱说："那我给咱叫振山哥去！"

舟大叔说："我去吧！我去过他那地方。玉柱在家里又昏迷不醒，你得照管玉柱。"

李石柱急着说："救人如救火！我得去。玉柱在家里有他嫂子，还有俺姐夫。"

于贵柱说："不要再争了，那俺俩一块去，有事情好碰着点儿。把那只鞋带上，报案的时候有用！"

张老大爷见他俩起步就要走，忙说："你俩少停一步，我马上就来！"

不一会，张老大爷来了。他在包袱里包着两个玉荽面饼子，递给于贵柱，又从衣兜里掏出一块钱来，摁在他手里说："一人有难，众人帮。拿上这一块钱，报案写状纸用得着。事不宜迟，要快去，告诉振山千万马上报案！"

于贵柱和舟大叔急着走了。张老大爷、姜秋菊、李石柱看看德来大叔还躺在地上呻吟着。姜秋菊痛哭着说："张老大爷，把俺爹架回窑来，青石上印得那一摊血，有没有说辞？"张老大爷说："他在地上流的血，摔倒的印儿，不要让人踩踏了。"李石柱说："那用木棒棒拦上它！"姜秋菊说："拆下一扇大门来盖上它，就不怕踩踏了。"

二十六

于贵柱和舟大叔出得村去，急步向阳城煤矿疾走。他俩大路不走，走抄道，爬山梁，穿山沟，四十多里地走了两个多钟头，就赶到了煤矿机械厂。当时工人刚上班不久，工厂门房的看门先生，让他俩到工棚窑去等，再有三个小时才下工。当他俩给他说明家里出了不幸的急事等不及时，看门先生说，他有时出来领料解手，让他俩在门口瞭着他。

这时，薄雾起了，天放晴了。他俩瞭见厂院的左侧，有个年轻的姑娘在晒图架旁晒着图。她梳着时行的剪头发，长得很俊俏，穿一身紧身的旗袍。她翻翻晒图架晒一会儿，就坐在身旁的椅子上歇一会儿。正在她微露着大腿在椅子上憩着的当儿，有个头戴白凉帽，耳架褐色眼镜，嘴留八字胡，手摇着扇子的五十多岁的人，坐在了她的身边，边扇扇子边和她聊，聊着聊着就嬉皮笑脸地拍打她的肩膀。他不顾来往走动着的人乜视他，竟伸手拍她的大腿，戏耍她。那姑娘的脸红一阵、白一阵，羞得就快要哭了。别人看见既生气，又恶心！正在这时，李振山走来了。于贵柱想喊他，还觉得有点儿远。李振山并没有看见他俩来。他一瞧见戏耍女晒图员的那人很恶心，气愤地瞪着眼对那人说："大把头，你怎么那么缺德？要是你闺女让别人随便戏耍，你愿意不？欺侮人欺得太不像话了！"大把头吹胡子瞪眼说："李振山，你敢放肆！"李振山说："你欺凌人，我就敢说！"大把头追将过来说："你竟敢捣乱，你给我滚！"他马上唤来管工先生说，"马上给我开除，让他给我滚！"这样，李振山被开除了。当李振山走到厂门口，这才看见了于贵柱和舟大叔，因遇到这扫兴的事，不便多说，随跟着他到了工棚窑，才把他爹李德来被害一事，缓缓地说给了他。当他卷好行李正要走的时候，有几个工友来看他，有的师傅给他凑了点盘缠，有个师傅从怀里掏出一封信来。来信人也是个被大把头开除的正直师傅，回到晋南临汾一家铁厂当铁匠，让有愿去的工友到他那里去。李振山刚被开除无投处，家里又遭了祸事，随把信给了李振山让他去……

李振山谢了师傅，揣上来信和盘缠，肩背上行李，和于贵柱、舟大叔出来，急步赶到了阳城，托人写了状纸，到衙门报了急案。接案人说："你们先回去，随后派人去。"他就和于贵柱、舟大叔三人，一口气赶到家里。李石柱、姜秋菊，还有莹莹，哭得泣不成声，他们紧围着李德来大叔那血淋淋的面孔和死沉沉的身躯，甚是悲愤。李振山见爹被摔成这样子，两眼像开了两道河，哭号着止不住地淌下泪来。张老大爷说："振山侄子，你们伤心流泪，我心里也痛得慌！俺家在王家峪住了好几辈，没有看见过像你爹那样见义勇为、为人正直的好老汉！"他流着两眼泪说，"可咱光干号也不济事，要是法警、法医来了，咱咋个儿把害人的黑手揭出来，这可是要紧事！往日，我和如福爷爷经常早出来拾拾粪，今日个天阴我起来晚了，如福爷爷又不在村里，也不知道有没有别人看见？"他们听了张老大爷的话，遂缓缓克制着大哭声，寻思着寻找黑手的事。

衙门的一个法警和一名法医，被差出来检验现场。他俩骑着两匹马，晌午，来到了王家峪乡公所，乡公所的秘书冯者宗，给他俩在饭馆叫了好酒、好菜、好饭，足足吃喝了一顿，歇好了晌，才骑着马来到南川沟。那法警和法医下马进院看了看现场，进窑验了李德来摔伤的头部和身部。又看了看那只千层底鞋，说："只凭一只鞋，无法捉凶手！你们又没有证人！摔伤李德来，又没有看见行凶人，怎么能证明是他杀？"法医的几句话，说得他们马上对答不上来。

李振山急得红着两只眼，他站在爹爹李德来的脸跟前，用手巾给他揩了揩眼角的血迹，哭泣着对他说：

"爹！我是振山，我回来了。县衙门的法官到了，是谁的黑手害的你？你快说出来，咱好捉凶手！"

李德来在昏迷中，似乎听懂了儿子李振山的话。他立时微微睁了睁眼，看了看李振山，又看了看姜秋菊、莹莹和李石柱他们，最后看看法医，他十分艰难地强张了张嘴，说：

"王……王进……财！还……还，还有侯……"头一歪，眼一合，就断气了。

李振山恸哭着对法医说：

"法医官，你听见了吧！这是俺爹亲眼看见的，凶手就是王进财！那只鞋就是他掉落的证据！还有侯兴西！"

"你爹是受害者，这只是受害者一方，并无旁证。再说他吐字不真，侯什么也没说出来。"

"那俺眼下能不能找个证人问一问？"

"那行！那你赶紧找去问，我们不能再耽搁！"

李振山叫上舟大叔，两人跑到了王进财家大门口，李振山让舟大叔把刁萎新叫到门外来，李振山瞪着两只牛眼睛，直盯着刁萎新，右手猛揪住他的袍领口，急着问他说："俺爹被人暗害死，你听说了没有！"

刁萎新战战兢兢地说："我才听说了。"

"我今天大远远从矿上跑来，只问你一句话！俺爹已经都说了，你说侯兴西去了没有？"

"振山老弟，我真的不知道！不过，侯兴西，谁不知道他是个大懒鬼！反正这事与我无关，我什么也不知道。"

"什么也不知道？只就怕你知道了不说！"李振山搡了他一下撒开手，见刁萎新惊慌地跑到门里去，对舟大叔说："凶手就是王进财和侯兴西！可是刁萎新知道不作证，别人又没看见，没法证了。"他和舟大叔又赶回窑里来，李振山痛苦而刚强地对法医说："证人不找了，这冤枉的官司不打了，你们回衙门交差去吧！愿吃愿喝，你们再到乡公所去吃喝吧，俺这里没甚好招待！"

法医、法警瞪了李振山一眼走了。于贵柱、李石柱、张老大爷、姜秋菊都诧异地问他说：

"振山，这么大的人命冤枉案，咋个儿就不告了呢？"

"俺和舟大叔已经问了刁萎新，听他的话音，凶手就是王进财、侯兴西。可是，他和他们都是穿着连裆裤的人，咋能给咱作证人？咱乡亲们又没一个人看见。只有吞恨含冤料理丧事了。"说着，他恸哭地泣不成声了。

第八章

玉柱疯了

玉柱疯了！玉柱疯了！
乡亲们见了都这样说，
多好的个年轻壮后生，
气疯了呀实在太可怜！

　　　　　　——众语

二十七

　　夕阳西下时分，李振山、姜秋菊和张老大爷、于贵柱、李石柱、舟大叔他们商议，看着凶手不能抓，再想计较别的办法，来不及也不可能。只好在乡亲们的帮办下，着手料理丧事。

　　李振山的家里，也是紧巴巴的很拮据。他被煤矿机械厂开除，分文没给。手头只有工人师傅给他凑的去晋南的盘缠，也寥寥无几。因家境贫寒，就想在他娘墓的左侧，刨个土墓窑窑埋了，了此父丧。可乡亲们不依，都念李德来大叔为人正直憨厚，一辈子没说过一句昧良心话，没做过一件缺德事。为冤鸣不平，患难勇相助，都情愿帮他料理丧事。遂之，乡亲们东凑西凑地凑了起来。有的人家给凑了点钱，有的人家给送来了木头板板，还有的人家给糊了孝幡。孝帽、孝衫没钱卖布做不起，就在别人家借了几尺白布，给李振山、姜秋菊、莹莹、李石柱、春妹、小铁牛，在头上缠了条孝帽箍，黑鞋上绷了块白布脸。于贵柱和多少会做点木匠活的人，东凑西拼，左掂右称，凑凑合合扎了顶薄薄的棺材。舟大婶给李德来大叔净了脸，她和姜秋菊给他穿了身干净的补丁衣裳，入了殓。

灵柩停了两日。到第三天，李振山为不耽误乡亲的工夫，择在那天晌午出殡。李振山拄着孝棒，打着孝幡，在棺材前头穿着一双白布鞋约灵，姜秋菊拉着莹莹挨在他的右手。儿子、儿媳、孙女和近亲们，悲恸不已，泣不成声。舟大叔走过来问了李振山后，悲痛地哭着喊了声“起灵！”于贵柱含着泪在棺材盖上“叮叮”钉了几斧头，盖棺钉木后就起灵了。

就在这时，春妹抱着小铁牛，哭号着赶来了。她站在姜秋菊的身边，哭泣地连话都说不上来。她见姜秋菊拉着莹莹，也把铁牛放在了地上拉着。猛然间，昏迷不醒躺了六七天的李玉柱，撒腿拼命地撞了进来。他眼无泪，既不哭，也不号。好像李德来叔叔没有死，这里也没有发生这一切。他挤过围着的哭号着的人群，奔进窑里去找他叔李德来，喊着：

“叔叔！俺找俺叔叔！”

李石柱、于贵柱和舟大叔在棺材旁边哭着，难以对他说，只是眼泪汪汪地瞅着棺材，又瞅瞅他。

李玉柱直愣着两只大眼睛，也把视线转移到棺材上，他莫明其妙地说：

“你们弄这长木匣匣干啥？你们说呀！”

“玉柱弟，咱叔叔死了！”

李玉柱听李石柱缓缓对他说，不由一时惊慌起来。只见他紧绷着脸，瞪着眼，噘着嘴，惊异、疑惑地说：

“哥哥，我就不信！夜来后晌还好好的，咋个儿就死了呢？”

李石柱痛哭怜怜地望着于贵柱说：“姐夫，他想咱叔叔想得不行，把棺盖掀开，最后让他看一眼吧！”当于贵柱哭着把棺盖掀开后，李玉柱伸下两手就去抱李德来大叔，并连连说：

“叔叔，快起来呀！起来咱到省府告恶霸王进财！”他面色憔悴，四肢无力，往起抱了几下没有抱起来。定睛一看，李德来大叔面如茄皮，七窍仍然渗着黏糊糊的血浆浆，黑发斑斑。这时，他才懵懂过来，他叔叔真的死了。他傻乎乎地扑腾一下，跪在棺材旁，“哇”的一声，发出了惊天动的恸哭声：

"我的亲叔叔呀——你不能走呀——咱要到省府去告呀……"

当李德来叔叔的灵柩抬到流杯池旁边的小山坡时，李玉柱猛然挣脱了于贵柱，"扑通"跳进了流杯池里，采了一朵乳白色的睡莲花，浑身水湿淋淋地往上爬。于贵柱跑过去才把他拉上来。搀着他又回到了灵柩前。当棺柩抬到了李振山家紧挨北山坡桑树林那块小坟地时，让李振山、姜秋菊拉着莹莹看了打好的土墓后，舟大叔招呼着人往墓里卸棺入葬。

李振山、姜秋菊和莹莹，跪在了奠墓石的两侧，哭得起不来。春妹拉着小铁牛挨着姜秋菊和莹莹，也痛哭在了地上。李玉柱恸哭着走过来，也跪在了奠墓石前，将手中的那朵雪白的睡莲花，放在了平平的青石当中。他像疯了似的，"呜——呜——"地大嚎了几声，两唇紧闭着，然后龇出上门牙，无情地痛苦地恨恨地一咬，咬破了下嘴唇，那红色的鲜血一滴一滴地滴在了雪白的睡莲花蕊上，那花蕊被鲜血滋润，红里衬白，白里透红，十分娇艳。他以艳红的鲜花，来默念这位可敬可爱的亲叔叔——李德来。

于贵柱在一旁哭着没有留意，别的人也只顾低头哭泣没瞅见。小铁牛用小手揉眼泪的偶然间，看见李玉柱的嘴里在流血，血滴在了睡莲花瓣上。心痛地一阵惊怕后，他猛地挣脱开春妹，跑到了李玉柱身边，左手搂着李玉柱的胳膊，仰头望着叔叔的血嘴直喊："叔叔嘴里流血了！妈，叔叔又吐血了……"

春妹和于贵柱听到小铁牛的哭喊声，惊愕地急忙过来看玉柱，只见他呆瞪着两只可怕的眼睛，眼眶里滚动着血丝斑斑的泪珠儿，止住了哭声，呆呆地盯视着土坟丘，嘴里一滴一滴地滴着鲜血！春妹搂住李玉柱的胳膊，惊慌地忙问他："他叔，你咋个儿啦？你又吐血了！"

李玉柱好像没有听见这问话声，仍然跪在那里，目不转睛地瞪着土坟丘，一动不动。

春妹和于贵柱见他嘴里流着血，又有些发呆愣的样儿，急忙把他搀扶起来。小铁牛紧揪着他的衣襟。李石柱也急忙跑过来。

李振山、姜秋菊和舟大叔，还有送葬的乡亲们，被这突然的意外惊愣了，遂放低了泣声，把视线转移到了李玉柱身上。李振山忙过来扶着李玉柱，对李石柱说：

"石柱，玉柱吐血了！快把他扶回家！"

二十八

李石柱和于贵柱把李玉柱搀扶着回了家，扶着他坐在了炕沿边上。李石柱在一旁扶着，于贵柱察看着他。是胃出血，还是怎么吐出来的血，吃惊地望着，一时弄不清。小铁牛守在他身旁搂着他的胳膊，仰着脸惊恐地打量着他那心爱的叔叔。

春妹用笨碗给他倒了一碗温温的白开水，端在他的前面，递在他的嘴边说：

"他叔，喝上一口水，漱漱吐出来！"

李玉柱呆愣着两眼看了看，也没大理会。

小铁牛领会了春妹的意思，发急地轻轻晃了晃他的胳膊说：

"叔叔，你漱嘴！喝上口水漱漱吐出来！"

李玉柱似乎才听懂了他说话的意思。他的嘴唇贴着那笨碗喝了口水，也没漱口就吐出来了。接着喝吐了数口，涮走了那口腔嘴唇的血迹，嘴里显得干净了些。春妹用手巾轻轻地给他擦了擦嘴唇、嘴角边，仔细一看才看出来，不是从五脏里吐出来的血，是他气急地把下嘴唇咬了个大口子，她忙对于贵柱说：

"姐夫，牛儿他爹，你看，他气恨地把嘴唇咬破流的血！"

于贵柱和李石柱看看，轻轻吁了一口气，紧张的神情松了松。

在春妹的精心照料下，李玉柱逐渐增加了喝稀饭的次数，而有时也能吃块干粮了。过了五六日又见好，就不再躺着睡觉了，有时还和小铁牛要一要。

在李玉柱能吃饭后的第六天晌午，春妹为让他换换脑子散散心，在瓦笼床蒸三合一面窝窝的时候，又蒸了个小狗窝窝。蒸熟以后就端在了土窑门前，想再拿这小狗窝窝唤起他在过端午节逗铁牛的那种欢喜气儿，就再好不过了。可是她把碗筷和瓦笼床放在黑旧的小桌上，又拎来四个草墩子，李石柱已经坐下，让小铁牛叫他时，他一动不动，两眼透过坍塌的院墙，直愣愣地盯着门前老槐树那搭儿。

春妹和李石柱看到李玉柱这种凝视的神情，一想就猜到他又想到老槐树底下去吃饭。春妹在想，绿树成阴的老槐被王进财霸走了，锯掉了。大门口空荡荡的，再不能在那棵大树底下吃饭歇凉了。槐树底下的小石板桌也被恶人们折腾得歪斜倒塌了。要让玉柱再在石板桌上吃饭，又怕他看不见老槐急气着他。可是，自己又不知在哪搭儿吃好？于是，她就向李石柱说：

“牛儿他爹，你看玉柱弟坐在门槛上不动弹，饭，在哪格儿吃好？”

“在哪格儿吃呢？他想在哪格儿吃，咱就在哪格儿吃吧！”李石柱也没说出在哪儿吃。

小铁牛在窑门口还拉着叔叔，他听爹爹也没说出在哪儿吃，就天真地想起了端午节在槐树底下石板桌上吃饭的情景，他噘了噘小嘴说：

“爹，俺和叔叔愿意在小石板桌上吃！”

李玉柱一听这话，“唷唷”了一声，扑哧哧憨笑了一下，就又收敛了。

李石柱对春妹说：“要不就在大门口石板桌上吃一回试一试，长了这么大他老是愿意在那石板桌上吃饭！走，牛儿他妈，咱先把石板再架搭起来。”

春妹明白李石柱的意思，跟着他走出大门，两个人把垫石板的石头又垒搭了垒搭。正在这当儿，李玉柱拉着小铁牛走出来，也伸出手去搭石板。搭好了石板，又放好了草墩子，李石柱还按过端午节坐的位置坐下。李玉柱也坐在了哥哥的对面。小铁牛依在他一旁。春妹把瓦笼床端来，放在那时放的地方。又把碗筷取来，给他们一人盛了一碗稀米汤。她微微掀开瓦笼床盖子，给李石柱递了个眼色，让他在瓦笼床里拿那小狗窝窝。

李石柱会意到了春妹的意思，慢慢地伸手去拿那小狗窝窝，暗自喜欢着等着玉柱夺去逗小铁牛。可是，李石柱拿着小狗窝窝，在玉柱眼前晃了一阵子，李玉柱看着小狗窝窝，却好像没有看见似的，一声不吭，未加理睬。李石柱见此失趣的情景，便将小狗窝窝放在了小铁牛的面前，让他自个儿去拿。

小铁牛噘着嘴，见叔叔玉柱没有抢他的小狗窝窝逗他，似乎觉得这小狗窝窝也失去了它的吸引力，他伸着小手把小狗窝窝轻轻推了推，扫兴地说：

“叔叔，这是小狗窝窝！和端午节的一样！咋不‘哈唔’我的小狗窝窝了？”他还想叔叔玉柱把小狗窝窝吞在嘴里逗他，他趴在叔叔的身上憨耍呢？

李玉柱听得说，看着小石桌，瞅了瞅小狗窝窝，眄睐着锯掉那棵老槐树的树墩子，瞪圆了两只痴呆呆的眼睛："哈——哈哈哈哈——哈——哈哈哈哈——"地大声狂笑起来，喝了两口米汤，拿来半块糠面窝窝傻咬着，没好好吃饭，就自个儿回窑里去了。

小铁牛惊叫道："俺叔叔咋啦？"春妹没法给他说。

李石柱见玉柱弟那样儿，也吃不下去饭了，喝了一碗米汤，吃了半块窝窝，再没心思吃了。他对春妹说："玉柱的心里还是憋着出不来的那口冤枉气呀！我看到他那样儿，心里就难受！"他以眼神和春妹商议着说："这几日忙咱叔的丧事了，也没去卧虎山看看直理侄儿，我想去看看他。再把咱叔被暗害的事，告诉一下姐姐和如福爷爷，想替回如福爷爷来给玉柱弟弟看看病？"

春妹会意地说："姐夫和振山哥去看去了，说不定一擦黑能赶回来！要是如福爷爷能回来，就让他再给玉柱弟弟瞧瞧！过几日你再去看直理侄儿。我也想着把姐姐替回来，看看妞妞，瞭瞭家！"

"那行！那等姐夫和振山哥回来再说吧！我今后晌先不去了。"

"那也好！"

天一抹黑，于贵柱、李振山跟着如福爷爷匆匆地走了进来。如福爷爷一进到窑里，两腮上滚着亮晶晶的泪珠儿，痛心地想着李德来大叔说："多好的一条硬汉子，被王进财杀害了！卧虎山的人都听说了，就是没敢告诉杨直理！我和贵柱家守着他，没能来赶上给他送殡。可俺俩一听到这戳心的信儿，心疼得几夜都没合上眼。不过他也有点儿太大意了……"他伤感地说着，泪珠儿串串地滚了下来。

他们几个人悲泣地沉闷了一会儿。情绪缓转过来时，春妹点着小麻油灯给如福爷爷照着亮，如福爷爷给李玉柱摸了摸脉，看了看他的舌苔和眼睛，又借着灯亮看了看他的头发。说："我一会儿到振山家看看，回来我再给他配几服药，吃着看看。尽量让他静一些多歇息。"

春妹着急地问如福爷爷说：

"如福爷爷，玉柱弟这格儿不好，倒是啥病症？"

"你们出来一下，咱们到玉柱窑去说说。"

如福爷爷不便当着李玉柱说，他把他们叫到李玉柱从前住的东小窑里说:"玉柱和杨直理虽说都是被王进财霸树气急的,都是伤了气,可病的症候不太一样,杨直理是瘫症,玉柱弟怕是疯症。依我看,把他气急得神经错乱了,很可能是严重的神经分裂症,要治不过来容易疯。"更深一步的病情,再没多给他们说。

李石柱、于贵柱、春妹听了,不由得一时有些惊慌。如福爷爷安慰他们说:"咱们尽力设法给他治,病情也有变化;可最要紧的是要让他分散精力。"

这时,舟大叔匆匆地走进来了。他看见他几个人都在窑里,又知李振山是个出门在外心胸开朗的人,就十分关切地对李振山说:"正好你们都在这里,现在有件事情可得要防备,听在'一点红'家要钱的王小六说出:侯兴西和他在'一点红'家喝酒猜拳喝醉了酒说:鼻梁凹凹一点红,一个大红加小红。你就给叔儿满吧!过几天我就给你家寻人盖房子。有俺姐夫在没有办不了的事,我让你李德来到省府告俺姐夫,从窑顶上栽下来把脑袋瓜就给碰碎了,'嘿嘿'完了。你李振山回来还想报仇?法医都给俺姐夫说啦,李德来在咽气时候还说出了凶手是俺姐夫和我,顶屁用!俺姐夫贴着耳朵给我说了,过不了几天,让你一家人都鬼吹灯!"舟大叔说着说着,气呼呼地直出粗气,"我听了简直把我气崩了,恨不得豁上条命拿把菜刀宰了王进财!"

如福爷爷听得说,闪了闪他那善于想事的眼睛,说:"你说的这些话,这可是要紧事!俗话说,酒醉吐真言。王进财说得出来,也干得出来!这咱得很快思量拿主意。"他停了一霎,看着舟大叔,"你和咱穷兄弟一片好心,这是谁都知道的。不过,往后说话要谨慎些,说出来的事,就要做,做不到的事,就不要随便说!和咱们说没啥,对别人说可要留神。"

舟大叔说:"对!如福爷爷,我记住了。"

于贵柱解开头上箍着的手巾疙瘩说:"如福爷爷,振山已经被煤矿机械厂开除了,有个被开除的老师傅在晋南一家铁工厂约他去,你看振山这事咋个儿谋划好?"

"依我看,挪挪地方也好。王进财谋害人,说得出,他就做得出。我看还是先躲躲好!振山你说呢?"

李振山听了也正合他意:"如福爷爷,我也是这么想。我的主意已定,就到晋南去!我走了剩下秋菊和莹莹,也不放心。我想明几个一清早,就把她俩送到她娘家的姨姨家，住些个月再计较。"他看看他们说，"我送走他俩以后，就直接去晋南了。等事情有个着落眉目，就给你们捎书信来！"

如福爷爷很赞同他的打算，连连说："这样办，甚妥！"

二十九

第二天清晨，天刚蒙蒙亮，春妹就早早起来了。这些天来，玉柱身体不好有病，铁牛也烧了几天，她一直守着他们照料着。夜来黑夜，李石柱守着玉柱，让春妹和小铁牛住在了玉柱原来住的东小窑，歇了歇。春妹起来后，就脸盆里那点水，抹了几把脸，草草拢了拢头，就到西窑里，去叫李石柱。他推开门一看，李石柱还在呼哧呼哧睡着。她推醒石柱说：

"牛儿他爹，天扑明了！振山哥他们今早要走，咱得快去送送他！"

"牛儿他妈，我这就起来，我这就去！"

"这几天来，你一直也没睡觉，要不你在家看着玉柱弟，我去送送他们。看咱叔叔为咱申冤鸣不平，遭了这场横祸，把一家人害得人亡家破了。我的心里总是过意不去，再想去看看振山嫂和莹莹！"

"还是我去送送好！你昨天不是去看了，帮着她们拾掇东西了。我还没有去看看呢？"他穿好衣裳下到地上，有些难为情地看着春妹说："要不是玉柱病着，咱就一块儿去送送！"

春妹不好意思再说什么，她见李石柱边理衣裳边往外走，就从窑里拿出一双绣着紫红色石竹花的绣花鞋，追着递给他说：

"牛儿他爹，这是前些时我抽空给莹莹做的一双鞋，针角粗略些。你拿去带给振山嫂，让莹莹穿了吧！"说着，两眼又抹起泪来。

李石柱把那双绣花鞋夹在腋子窝，看着春妹说："这双鞋做得蛮不劣，挺秀气！我这就带给他！"他到振山家一看，他们正在拾掇东西。他把那双绣花鞋递给姜秋菊说："振山嫂，这是牛儿他妈给莹莹做的一双鞋，针角粗了些，他守着玉柱来不了，让我带给你让莹莹穿呀！"姜秋菊接着鞋，湿润着两眼说："春妹真是个好媳妇，确是个有心人！俺走到哪儿也忘不了她！"这时，如福爷爷、张老大爷、于贵柱也来了，舟大叔也跟着走进来，边说话，边起身。李石柱给挑起了筐篮担，筐篮里装着锅碗瓢勺和杂七杂八的东西。于贵柱肩上给挎了个行李卷，相继出了大门。走出村去一段路，张老大爷和几个近邻还要送他们，被李振山、姜秋菊婉言辞劝左推右推才推回来。

如福爷爷嘱咐着李振山、姜秋菊说："你去晋南做事也好，秋菊和莹莹到她娘家去也好，心里要想开点，眼要看得远一些。俗话说：'留得青山在，不怕没柴烧。'王进财作恶多端，迟早不得好死！咱们穷人家谁不盼他总有一天要倒大霉！就我知道的，从陈胜、吴广揭竿而起；迎闯王不纳粮，林则徐禁烟到广东，太平天国洪秀全；到八国联军侵入中国，义和团手持戈矛刀枪起来反抗，都是不愿当牛做马、任人欺压。我就不信，普天下的穷人再没有起来反了的？穷苦百姓就没个出头的日子！？"

于贵柱他们都说："我想也不能没有？可是，咱这接二连三的横事祸灾没个完，逼得穷人没法活呀？咱啥时候能盼到那一天！"

李振山伤痛地说："如福爷爷年纪大，经见过的事情多，想事想得周全，办事办得扎实。我爹被王进财谋害死，也怨他太倔强，他见了强人就不喊一声、不叫一声！黑天暗地的一个人再强，也敌不过他们两个呀！我在家的时候，他常对我说：'王家的祠堂，王家的大院，王家的家产地亩，不知道用了多少穷人的血汗垒起来的呀！王家一块块的地，不知道穷苦人用攫头给他家刨了多少砂石坷垃立礓猴，荆棘树根疙瘩头。你们要知道王进财的心是黑的呀！手是毒的呀！'可是，事情碰到他身上，就不机迷了。"

李石柱痛心地说："俺叔叔是个好大叔，他说话做事公正耿直，村里的人都很尊敬他，也很信得过他！那笑里藏刀的王进财和那坏到底的侯兴西，还不知使啥法子把他诓骗到窑顶上的去呢？反正往后咱们也得多提防！"

舟大叔眨着眼说："如福爷爷说了，振山说了，石柱也说了，往后遇事咱就多加小心，多长个心眼，多提防着点儿！"

于贵柱听他们说着，又联想起好多话要说。可是眼下送振山走，如福爷爷还要回卧虎山去，就拣紧要的说了几句。他说："德来大叔被王进财害死，可他那刚直不阿见义勇为的精神和那倔强耿直的性格，我们要经常想着他，我们要像他那样活着，再机迷一点儿，就算没白活！"

李振山浸着两眼泪珠，紧紧攥了攥如福爷爷、李石柱他们的胳膊手，说："说心里话，我也是想俺爹想得不行！"姜秋菊接过莹莹来抱着又大哭起来。他俩都劝如福爷爷不要再送了。李振山看看如福爷爷说，"往后我走得远了，俺爹也去世了，遇事你多帮着他们点儿。玉柱的病尽力给他设法治一治，俺家窑顶上那六七十斤蚕茧，也被强人们踩坏了。不管钱多少，让舟大叔给卖了，给玉柱治病。石柱家紧巴，可不要蹋窟窿背账。我看见遇事你们能商量在一块，也是放心的……"

三十

春妹把早饭做好了。她给石柱、铁牛做了一砂锅糠面糊糊，用乡亲们凑来的点杂面，给玉柱做了一小锅杂和饭，饭里煮了点擀得又长又薄的杂面条。李玉柱今儿个也坐起来了。他还是有些傻愣愣的，一句话也不说。小铁牛吃着糠面糊糊说："叔叔快吃吧！杂和饭热乎乎的，吃了就好了。"

李玉柱似乎听懂了牛儿的话，挤挤眼一笑，马上又呆愣起来了。他看看杂和饭，又瞅瞅牛儿的糠面糊糊，愣瞪着眼不肯吃。

李石柱看在眼里，对春妹说："你给牛儿舀上勺杂和饭吧！他看着牛儿喝糊糊，他咋个儿能吃得下去！"

春妹顺手给牛儿舀了一勺，递给了小铁牛。李玉柱用眼打量着他，让他吃。小铁牛望着李玉柱说："叔叔你吃！你不吃，我也不吃！"李玉柱听得说，端起碗来就吃，他看见牛儿也吃起来，便狼吞虎咽地把一碗杂面条喝完了。春妹又给玉柱盛了一碗，递给他。玉柱等牛儿喝完了，看着牛儿又不吃。春妹没法子，只得把他碗里的杂和饭拨到了牛儿的小碗里一些，李玉柱这才和牛儿都吃完。

李石柱吃完了饭，看看玉柱弟能吃东西了，在炕上搂着小铁牛坐着，便对春妹说：

"牛儿他妈，自从锯树后这几天老出事，我一直没干活，干别的没门也不会。我看从今儿个起，还是给王家下地吧！"

"我想他叔也能坐起来了，要不我也去下地，留牛儿和他叔在家，晌午就回来？"

"就我一人去，你不用去了。玉柱刚坐起来，你还得给他熬药，你和牛儿留在家照料他，只要他的病能好起来，比什么都强！"

"那也是。那过几天看看再说！"

李石柱没别的生计，还是扛着锄头给王进财家地里干活去了。他走后，春妹给李玉柱煎好了药，看着他喝了。见他愿意和牛儿坐在炕上待着，就让牛儿陪着他。她拾掇了拾掇家，又想起舟大婶。前几天她想看妞妞，还有铁蛋，舟大叔忙前忙后的不在家。听说铁蛋有点儿不乖，她的身子也有点儿不适。她看看玉柱和牛儿坐得好好的，就对铁牛说：

"牛儿，你和你叔好好在窑里，我去瞭瞭舟大婶和铁蛋，一会儿就回来！"

"妈，你去吧！我和俺叔在窑里耍个儿！"

春妹看看铁牛那湿湿的脸膛，又见他叔玉柱用手挽着他，心里觉着没甚事，就出来了。

在春妹走后不多时，李玉柱待着待着兴奋起来了。他瞪大了两只眼睛，来回转，不由得皱眉蹙额拧起眉毛来。他耸了耸肩膀，抖了抖胳膊拿起架子来。究竟他在想什么，怎么如此表情，小铁牛是揣摸不透的。小铁牛自然还是股孩子气，看见叔叔的可笑样儿，像是逗他耍。他想，自从王进财家来锯树，把叔叔气得吐了血，就再没看见他那能逗他的笑容了，就高兴地说：

"叔叔又给我耍了！叔叔又耍笑了！"

李玉柱似乎没听到小铁牛说什么，他直愣愣地瞪着两只眼睛，还是没有笑。他从炕上站起来，也让小铁牛站起来。还是瞪着他那核桃大的两只眼睛，紧盯着小铁牛，也不知在想什么。呆了一会儿，他把一个小红旧被，给小铁牛披在身上，让他走动了走动。铁牛高兴地说："叔叔给我耍了！叔叔给我耍了！"

一会儿，他按按小铁牛的肩膀不让他动。他自己下到地上，到厨房里找了一口做饭的铁锅，摸了一手锅底黑，回到窑里对着春妹用的一块缺了角的小镜子，将锅底黑涂在了他的脸上、眉宇间、鼻子上、嘴角旁，在他那脑门楼间，从黑中缺出来一块小小的月牙形。他用一块黑揩布拴两耳根，吊搭在嘴唇上。然后又回到炕上，身上披上了那条黑旧棉被。黑乎乎的黑头发、黑脸膛、黑胡须、黑龙袍，手持笤帚当笏板，活像个黑老包似的，眦瞪着小铁牛，狠儿打了几下想要把小铁牛要咋了似的。

小铁牛看看叔叔玉柱这脸谱、这装扮、这架势，惊喜交加。他害怕又不敢哭出来，想笑又不敢笑出来。愣怔了一刹那，他惊怕了。他两手一撒，抖掉了身披的旧红小被，两手托炕，蹬跶着两腿，"蹭蹭蹭"下了炕，跑到院里奔出大门，直到舟大婶家里，气喘吁吁地说：

"妈，俺叔叔给我大耍了，耍的可厉害了！圆滴溜溜地瞪着两只眼可怕人啦!"

"那他和你咋耍哩?跑出去了没有?"

小铁牛缓下来说:"没有!还在窑炕上。他抹得黑乎乎的脸披着黑被像黑老包,让我披上小红被耍哩!"他说着见铁蛋病躺在炕上,就挪到了铁蛋的身旁,和铁蛋说说小孩话。

春妹不安地欠起身来,想回家里去看看。舟大婶拦着她说:"不怕,他叔心闷得慌,能把那憋着的气散出来,也许就好了。"春妹不好意思马上走,就又坐下和她说了一会儿话。

原来,李玉柱全神贯注地扮作了包拯,他让小铁牛披小红被扮西宫曹妃冒充正宫国母,他瞪着眼学着铁面无私的包拯,痛打西宫曹妃。他是多么想官府能有像包拯这样的清官断案,甚至他做梦也想"包青天"这样的清官呀。在他受着严重创伤的心灵世界里,此时此刻,唯有"包青天"能唤起他的希望了!他在扮演包拯怒铡国舅曹儿和杨豹。可扮西宫曹妃的小铁牛跑了,他也松了劲儿,两手一撒,抖掉了披着的黑旧被,坐在那里呆愣着。牛儿上哪儿去了呢?他下得炕来到院里去找,找不见,便走出大门。

他两眼一瞥,又盯住了那节被锯掉的老槐树的树墩子,瞪视起来。一棵高大笔直的老槐树,又浮现在了他的眼前,老槐根深叶茂,绿树成荫。每年春天,他们一家四口人,在树荫下吃饭、歇凉、聊家常,和牛儿逗耍,是多么欢快啊!一到麦收前后,槐树枝上长出了一滴溜一滴溜含苞未开的槐花籽籽,像那初结的小葡萄串儿似的,挂了满枝头。他和嫂子春妹用空隙时间,在竹竿头上绑上个杈儿,将槐花籽籽拧下来,晒一晒,去作颜料的原料去卖,还能卖点钱买点零碎东西呢!自从春妹生了小铁牛,在每次卖了槐花籽籽的时候,就给小铁牛买几个糖回来给他吃。可是在今年五月端午以后,刁萎新要出钱买树,王进财来霸树、锯树,到把树活活地锯掉,来回折腾了好些日子,连槐花籽籽也没了,祖辈们留下的一棵宝树,眨眼之间就不见了,他是多么想念这棵宝树呵!这时间,他扑腾一下坐在了树根底,两腿盘着树墩子,两只胳膊搂着树墩子,眍眍地睁着两只可怕的眼睛,盯着眼前晃着的恶霸王进财,想着刚强正直的叔叔李德来……

晌午,太阳像火球,着实爆烤。他盘腿坐在树墩下,头上失去了遮晒的槐荫，他也忘记了。他被炽灼得满头大汗，身上汗流浃背，不多时就被晒晕了，他晕得半仰着，但两手仍然紧紧地搂着那树墩子，不肯松手！

快做晌午饭的时候，春妹抱着小铁牛从舟大婶家走出来。一到西井台，小铁牛一眼看见了李玉柱搂着树墩子晒在那里，就挣脱开春妹惊唤着：

"妈！你看叔叔出来了！"

"快！牛儿，拉你叔叔去！"

春妹也同时看见了李玉柱，她急忙撒开手把小铁牛撂在地上，和铁牛俩赶紧去拉。春妹用力拨弄开李玉柱的手，发急地说："他叔，你咋个儿坐在这里干晒着？看看晒晕了！"李玉柱只是微微地翻着眼，徐徐喘着气，悱恻着不说一句话。当春妹和小铁牛吃力地把李玉柱搀扶进院里的当儿，李石柱也下地回到了家。他急忙撂下锄头，和春妹一起把玉柱架搭在了炕上。

李玉柱被晒得软弱无力坐不住，李石柱忙扶着他。小铁牛也在一旁托着他。春妹给他端来一碗凉白开，他咕咚咕咚几大口就喝下去了。李石柱才把他放倒躺下。

小铁牛惊奇地对李石柱说："爹，俺叔叔抱树墩子去了，晒得可厉害啦！我和俺妈才把他搀回来！"

春妹忙自谦地说："牛儿他爹，舟大婶忙累得病了，小铁蛋也有点儿不乖，我去看了看他们。从窑里出来的时候，牛儿和他叔待得好好的，不知他啥时出来搂树墩子去了！差点儿出了事！"

李石柱体谅着春妹说："他还是想着那棵老槐树，往后还是看着他点！"

三十一

"妈妈，俺叔叔又尿裤子了！"

小铁牛在窑里自个儿耍着，时而望望里窑顶上两个燕窝。那两只家燕喂育着一对刚出生的小燕子，飞进飞出，忙个不停。自从李玉柱病了以后，窑里虽然经常不断人，可没人遭害它，它们好像也熟识了门，习惯了家，不停地飞来飞去，毫不介意。小铁牛看着一只家燕趴在窝边上，"唧儿，唧儿"地喂了小燕子飞走后，一看李玉柱站在窑地上，愣怔着两眼，似乎也没甚感觉，吱吱吱尿了一裤裆。

春妹在院子里，正给李玉柱洗尿湿了的裤子。他刚把洗净的一条裤子涮干净，两手拧了水，唰嗒唰嗒抖开，将要往晒衣裳绳子上搭的工夫，小铁牛喊着向她跑来了。她一听说，他叔叔又尿裤子了，就赶紧把抖开的裤子搭在了晒衣绳上，在她那黑旧的小围腰上擦干了手。疼爱地摩挲着小铁牛的头，说：

"牛儿，你叔叔有病，不由得他，我这就去看看。"

一个多月之后，李玉柱的分裂症越来越明显，他有时发愣，有时发傻，有时发痴，有时发呆。愣愣傻傻，痴痴呆呆，身不由己了。不光在裤子里乱撒尿、瞎屙屎；有时还解开裤子就往地上尿尿，蹲在地上就在裤兜里拉屎。后来发展到往碗里尿尿，往盆里拉屎了。并用手抓着屙在盆里的屎，往书柜上抹，往墙上糊。虽然春妹紧跟着给他拾掇洗涮，可是，这儿还没有弄干净，他那儿又尿又拉了。弄得窑里臭烘烘的，苍蝇滚着蛋儿在窑里乱飞乱爬。引得那茅厕里的绿头苍蝇也"嗡——嗡——"地飞进来，爬在屎上吃"食"了。

乡亲们听说李玉柱疯得不知到茅厕屙屎尿尿了，就三三两两地来看他。有的人难过怜悯地来到窑里和他说话，可是他傻傻呆呆、痴痴愣愣，时而苦笑，时而狞笑，时而像哭，时而像号。甚至对着来人的面，蹲在地上也屙屎，抓起屎来也在墙上乱抹。来看他的人惋惜倍至，唉声叹气地说：

"玉柱疯了！玉柱是疯了！"

"多好的个年轻壮后生，被气疯了！"

"活活被气疯了呀，实在太可怜！"

来看的街坊邻居惋惜地伤感地缓缓离去了。李石柱和春妹拉着小铁牛，睁着感激的目光送走他们。回到窑里驱赶苍蝇，清整窑里，为李玉柱病情的变化，苦思苦想着，叨念着。

正在他俩计较着的时候，如福爷爷肩背褡裢手挂白蜡杆，李冬梅怀里抱着小妞妞，身后跟着小铁锁，手里拎着包点心，欢快地先后进了窑。李石柱和春妹见他们回来了，热情地忙招呼他们坐下。李石柱从如福爷爷的肩上取下褡裢来，放到炕上。他把手中的白蜡杆依在一旁。春妹忙从李冬梅怀里接过小妞妞来，亲昵地抱着。小铁牛忙拉着于铁锁的手，依在春妹的身旁。如福爷爷忙伸出手去给李玉柱摸脉，接着看他的舌苔、眼睛和头发，不由得沉思苦想起来。从他为难的神情上看，李玉柱的病显然是加重了。

李冬梅有一个多月没见李玉柱了，想念的心情更切。她一进窑把妞妞递给春妹后，忙问春妹和李石柱："玉柱弟好些了吧？看病瘦得这样儿了，一个多月没见面，模样儿也变了好些个！"李石柱说："姐姐，他吃饭倒是能吃点，有时也能睡会儿觉，就是行游举动越来越不由他。近些天来，随便在窑里屙屎尿尿，有时还到处乱抹乱糊呢，还是一句话也不说。"李冬梅着急地说："看他还赶不上直理侄儿见好了呢？人家直理侄儿能说话、能吃饭、能睡觉，就是四肢瘫了不能动！"

如福爷爷精心诊着脉，李冬梅和李石柱低声说着话。如福爷爷诊完了脉，听他们说话中几次提到杨直理被气瘫了，要是李玉柱知道了，对他的神经分裂症更不利，就把话题引到了杨直理他爹回来后感人的情景。他说："直理他爹杨玉山，可是个慷慨、憨厚、明事理的人，他接到信当时脱不开身，前几天才回家来，一点儿也没埋怨咱们，还说咱们都是受欺凌的人，把这仇恨都记在王进财的账上！还过意不去地感谢我们俩端屎端尿，熬药服药照料直理呢！回来后就把他亲家母叫来了，一再让我们回来照看玉柱，人实在是好。"

李冬梅接着话儿说："直理侄儿他爹今儿个一再要来看咱玉柱。我和如福爷爷过意不去，才把他左推右推推回去。"她指了指书柜上放着的那包点心，说，"临回来时，非让我们带回来一包点心！"

李石柱也很激动，说："气着直理侄儿，我一直还担着心呢？这回缓些了。"

春妹听了，再没继续说什么。她从如福爷爷的表情上看，好像猜着了他的心思。就说："姐姐，让玉柱在这儿静一静，咱到东小窑和如福爷爷再说说他叔的病？"

李冬梅说："石柱，那咱过去好好掂对掂对！让铁锁、铁牛和玉柱先在这儿待一会儿。"他们几个人到东小窑坐下来，春妹把李玉柱的病变详细给如福爷爷说了说。如福爷爷听了后，又从他今儿个的脉诊断看，说："杨直理是瘫症，没伤神经，脑子清清楚楚的；玉柱没有瘫，可是神经极度分裂了。据医书上说，这两种病都是难治症，而精神分裂比瘫痪还难治！不过我给他再添几味药，再加大些剂量，尽力治治看！"

李冬梅会意地说："如福爷爷，一个多月你把直理侄儿的病治得见好了，你也得想法子把咱玉柱的病治好呀！"

如福爷爷恳切地说："俗话说：'远亲不如近邻！'咱们相近相邻的，这还有啥说的！杨直理表面上见好，实际上瘫症没见效；要能见效，至少也得一年半载。咱玉柱的病着实是重，我把实际的话给你们说说，你们心里也有个底儿！"

李石柱听得说，心里很焦急。不过他尽力抑制着自己，急切地望着如福爷爷说："如福爷爷，无论如何你也得设法把玉柱的病治好！"

如福爷爷寻思着说："一方面我尽力给他治，另外，我再问寻问寻哪里有治疯症的高手、偏方，咱多想想办法。"

第九章

带血的荷包

带血的荷包，

染着仇和恨。

血迹斑斑呵，

无情的罪证！

——民谚

三十二

李石柱家的土垅上，五光十色的野花开了满垅头。花儿淳朴、鲜美，璀璀璨璨，散发着醇人的幽香。在那鲜艳的花丛中，小蜜蜂儿"嗡嗡嗡"地趴到花蕊上采蜜，忙个不停；各色各样的蝴蝶儿翩翩飞舞，舞个不停；在荆棘上爬着叫蝈蝈"喳喳，喳喳"地叫着，鸣个不停；两只家燕飞来飞去，捕食育雏，从清晨忙碌到黄昏。在窑里守着李玉柱的于铁锁和李铁牛，小哥俩一个多月没见面，思绪连绵地说着话儿，却无意出来欣赏这大自然的美景。

于铁锁紧贴在二舅李玉柱的右身，他时而抹抹他的右臂，攥攥他的右手，两只眼急切地望着他。唤了他几声二舅，玉柱却不吱一声。小铁牛紧挨在叔叔李玉柱的左身，他和铁锁一样，时而摸他的左臂，攥攥他的左手，亲切地唤他，疼爱地望着他，却听不到他那清脆亮堂的话音。铁牛看看铁锁，这一个多月在王家峪发生的不幸事件，尽管他看得不透，理解得不深，可在他那小小的心灵里，有许多话要对他说。然而，思绪万端，又不知从何说起。他想着，低声地拣铁锁没有看见的事和他说起来：

"铁锁哥，埋葬咱大爷时可吓人了！德来大爷躺在棺材里，他的脸黑血糊糊的。俺心里又害怕又舍不得他，就不怕了。把咱们的好大爷给摔煞了！"

"铁牛，咱德来大爷被摔死的那天早晨，俺撂下家也悄悄去看了看。不是说振山大叔到衙门报了案，还来法警检验官，不知道把坏人查出来了没有？"

小铁牛把话声放得低了些，他机警地瞭了瞭院里，认真地对铁锁说："那坏人就是王进财老狗日的和侯兴西，还掉在院里一只千层底儿鞋。就是没人亲自抓住他，要是亲手抓住狗日的就好了！"

"王进财那老狗是个大坏蛋！他霸了咱家的树，气坏了俺二舅，气得直理表哥瘫痪了，又害死了咱德来大爷，咱长大了一定和老狗日的算账，揍老狗日的！"

"咱和铁蛋一起揍老狗日的！"

"咱也叫来小儿子，他也四五岁了，长得也有你和铁蛋来高。"

于铁锁寻思了一霎，又问李铁牛说：

"那埋咱德来大爷的时候，你去了没有？看的人多不多？"

"俺跟着俺妈去了，送的乡亲们可多啦！从院里到坟地尽是人。"

于铁锁和李铁牛守着李玉柱低声说着话儿，看样子李玉柱也没有听清他俩说什么。只见他用手揣摸裤腰带上拴着的小烟袋荷包。铁锁看见后对铁牛说：

"二舅要想抽烟？来，我给他装一烟袋锅！"

"从王进财锯了咱家的树，叔叔再没抽过烟！"

"我给他装一袋试一试？"于铁锁从李玉柱手里轻轻取过烟袋荷包来，给他装了一锅烟。李铁牛给他擦着了一根曲灯，铁锁递给他烟袋。铁牛给他点着火，李玉柱嘴里含着烟袋却不吸。等燃着的曲灯烧着铁牛的指头了才扔掉。铁牛说："铁锁哥，好些天他不抽了，他不'吸'！"铁锁说："俺二舅心里不痛快！"

李玉柱嘴里叼着烟袋，在烟袋上系着的金鱼荷包左右摇摆地晃了起来。他叼着烟袋干嘬了几口，两眼直瞅那金鱼小荷包，随手把烟袋从嘴里取下来，把荷包拿在手里，翻过来，掉过去，借着阳光的透亮，他看看那条金黄色的小金鱼，红里透黄，闪烁着金光；他又瞅瞅那条浅褐色的小金鱼，黑里透着银灰，灰褐色中闪烁着银光。他看得出了神。突然来了兴儿，从水瓮里往铁洗脸盆里舀了半瓢水，他攥着烟袋杆吊着小荷包，在盆水中游荡着。

于铁锁和李铁牛，见李玉柱玩金鱼小荷包有兴趣，心里也挺喜欢。这一个多月来，他不说一句话，看不到他有一丝儿笑容，更看不到他那惹他们的欢乐。今儿个有心思玩金鱼小荷包，小哥俩也有兴陪着他玩起来。铁锁拿起葫芦瓢来说："二舅，水太少，漂不起来，我再给你舀一瓢！"说着，舀了一瓢水倒在洗脸盆里。铁牛挨着李玉柱蹲在洗脸盆旁边，微眯着眼睛瞧着。开始瞧着，那小荷包上绣着的两条小金鱼很鲜亮，可是游着游着混沌不清了。小荷包里的碎烟叶儿，溜到了水盆里，浮了一盆面。荷包也黄乎乎的了，小金鱼也看不清了。

李玉柱觉着没意思了，竟拎起烟袋荷包来，丢在了一旁。自个儿站在院里直发愣。小铁牛也跟着站了起来，睁着两只惊恐不安的眼睛，仰头看着李玉柱。铁锁比铁牛大两岁，他猜测着李玉柱的心事，把盆里模糊不清的水倒掉，又舀来一瓢水，把烟荷包倒翻出来，干脆涮干净。又将荷包正面翻过来，拿着给李玉柱看着说："二舅，这小金鱼不是又好看啦！"李玉柱闪着那呆愣愣的目光，打量着涮干净的小荷包，又瞅见了荷包上闪亮的小金鱼。他往眼前瞅了瞅洗衣裳的大铁锅，转身走进了厨房里。铁牛和铁锁紧跟着去看。

"吭哧，吭哧"，李玉柱提着一桶水，撇着大八字步游荡过来，拎起来倒进了洗衣裳的铁锅里。他拿着荷包又在铁锅水里游起来，铁锁说："二舅，水太少，游不起来？"李玉柱也不吭声。铁牛说："要不再舀些，水多就好游了。"铁锁拿着大瓢，铁牛拿着个小瓢，从那粗而短的水瓮里，你一瓢我一瓢地往大铁锅里舀。小哥俩手儿勤、腿儿快，不大一工夫，就把一小瓮吃水掏干了。舀进大铁锅里的水涨到了多半锅。

水多了，好游了。李玉柱还是攥着他的小烟袋杆，吊着心爱的金鱼小荷包，在大铁锅的水里，啧啧地游乐起来。铁锁和铁牛用手指着那游荡着的荷包说：

"二舅，那小金鱼多好！像活的一样。"

"叔叔，小红金鱼上来了，小黑金鱼又下去了，小金鱼又活了！"

"小金鱼又活了？"小铁牛说的这句话，不知怎地钻进了李玉柱的耳朵里。他马上停止了小荷包在水里的游动，拎着烟袋荷包站起来，睁着眼看了看小红金鱼，又看看小褐色金鱼，忽闪着眼痴瞪了痴瞪，猛然张开大嘴，想大笑而没笑出声来，痛苦地紧皱眉头鼻梁儿，想大哭而又没哭出来。呆瞪着两只冷冰冰的可怕的眼睛，淌着止不住的泪水，将手中的小烟袋荷包掷在大铁锅水里，骤然转身回到窑里。

李玉柱神色突变，铁锁和铁牛正看得出神，陪着李玉柱玩得正兴浓，被这突如其来的举动怔住了，一时不知所措。铁锁自言自语地说："二舅又咋啦？玩得好好的也没烦他啥？"铁牛只是被惊吓得噘着嘴，也没说什么。

如福爷爷让春妹看着给玉柱配了三服好中药。他为了给玉柱治好病，把自己采集的放了多年的一点老参，也给配在了药里。并告诉春妹让她给玉柱用小火多煎煎，一服药吃三回。春妹拎着这加剂量又配着老参的好药，高兴地走进了院里。一看，外甥铁锁和儿子铁牛惊恐地站在铁锅旁愣瞪着。洗衣裳的铁锅里倒了多半锅滤水，玉柱的那条小烟袋倒吊着金鱼小荷包，沉在了锅底。通过清澈透明的水，荷包上那条小红金鱼，惚惚动动。就问铁锁和铁牛说：

"铁锁，铁牛，你小哥俩在这格儿咋耍哩？你二舅上哪格儿去了？"

"俺二舅在洗衣裳铁锅里，游着荷包耍金鱼哩！耍得可高兴啦！"

"俺叔叔和俺俩耍了半天，不知他咋恼了，愣瞪着眉眼可怕了，掷掉了烟袋荷包回窑里去了。"

春妹听得说，揣摸不出是咋回事。但她熟知玉柱弟最喜欢这个金鱼小荷包，耍得挺高兴，咋个儿就扔了呢？她手里拎着药走进窑里。瞅瞅玉柱躺在窑炕上，合着眼睡了。

三十三

第二年深秋的一个午后。

窑里的两只家燕，带领着一对小燕子，恋恋不舍地离开这栖身的老巢，向东南飞去，开始了艰辛而远征的航行。春妹把厨房里的水缸挑得满满的，和小铁牛回到了西窑里。小铁牛看了看窑顶上的两个燕窝，富有感情地对母亲说：

"妈妈，大燕子带着小燕子又飞走了，天气又要冷了！"他想了想，"我真不愿意让它们走！"

"牛儿，燕子到南方过冬去了，飞出去老远老远的。可辛苦了！"

春妹理了下蓬散着的头发，看看寒风吹落的树叶杂草，又惦记着玉柱弟的病，对铁牛说：

"牛儿，你去东小窑看看你叔叔在窑不？和他在窑待一会儿，不要让他出去！"

"妈妈，我就去！"

小铁牛跑进东小窑，见玉柱叔愣瞪着两眼坐在炕上，拿着金鱼小荷包看了看，躺在炕上又睡下了，便去告诉了妈妈。春妹不放心，亲自去看了看，见玉柱的确睡在炕上，便轻轻把门掩上，回到了西窑里。

这两年来，自从玉柱吐血疯了以后，全家人总是忧心忡忡，郁郁不乐的，一家四口人，只李石柱一人干活，生活紧巴巴的再没一点别的进项，苦日子越过越艰难。对春妹来说，精神上的负担，更重于生活上的压力。玉柱弟虽然不经常随便拉屎尿尿了，可是近来他任意出走往外边跑，春妹时时担心会出事，已成为一种负担。

春妹给玉柱煎好了一剂药，倒在碗里凉温了些，端着药碗递在玉柱嘴边，亲眼看着他喝了，才放心。她看着玉柱躺在炕上歇着了，才又倒拉上门走出来。

"呵呀！坏了，如福爷爷让我给南川沟张老大爷捎的两服药，忘了送去了。唉！咋个儿心里这么不记事了呢？"她责怪自己没有把那捎的药及早送去。玉柱的病魔，家事的缠累，使她再不像从前那样机灵了，时时思绪紊乱，竟忘起事来了。

于是，她拎起那两服药对铁牛说："牛儿，你叔叔吃了药刚躺下，你在院里陪着你叔叔，哪儿也别去！"他自信地撇了撇嘴儿，看着母亲说："俺叔叔喜欢我，我能不让他跑出去！"

春妹会意地拎着药走了，小铁牛天真地坐在了大门的门槛左侧，看隙着叔叔李玉柱。

小铁牛看李玉柱也多了个心眼，因为他稍不留心李玉柱曾跑过好几次，这回格外地小心。他刚一扭头朝外看了看，"嗒嗒嗒"李玉柱几个箭步从西窑里蹿出来，蹦出大门，席地而坐，两腿又死死地盘住了槐树墩子，痴痴地呆在那里。小铁牛慌得着急起来，他迈了几个小箭步，跑到李玉柱的跟前，使劲地拽着他的胳膊说："叔叔，快回家！明年槐树就又长起来啦！"他哄着叔叔李玉柱，费了九牛二虎之力，才把他拉回西窑里。小铁牛又让他躺在了炕上，轻轻拿起门里的了吊，倒挂上了门，复坐到了门槛上。

晚霞已抹下山去，天近黄昏。寒冷的西北风，不时地卷着黄尘落叶。到处飘扬。小铁牛虽然还穿着破旧的小布衫，却不觉得怎么冷。在风尘中，他模模糊糊地好像听到西窑门上的了吊"晃荡"响了一下。他不知道，是风刮得门上的了吊响，还是叔叔拔开了门？便跑进西窑去看。一瞅，李玉柱果真不在窑里了。他惊讶地"呵呀"了一声，跑到东小窑去找，也不在。他到哪儿去了呢？是不是到茅厕解手去了？他到茅厕里去看了看，也没有。急得他抓耳又挠腮，眄睐着两只眼慌了神，一眨眼的工夫咋个儿就不见了？他惊恐得快要号出来。

小铁牛着急地唤着"叔叔"，从院里走到大门口，睁大眼，东瞧瞧，西望望，找不见。便顺着大门前那条弯弯曲曲的小径，向西走去。当他走到靠土垅西头一片收割过玉茭的地里时，不由得感到一阵荒凉空旷，到处是片片凄凉黯淡的景色。那土垅上、山坡上的野花早已不见了，蜜蜂、蝴蝶早已无踪无影了，也听不见叫蝈蝈的叫声了。入穴冬眠的虫蛙，早已潜入地下。只有那钻入深窝里的蛐蛐儿，偶尔发出那微弱的"唧唧幽，唧唧幽"的枯燥无味的叫声。小铁牛在风尘叶飘中喊着"叔叔"，因害怕找不到叔叔出了事，就顾不得畏惧别的什么了。他走到地坑边，看见眼前一只饿狼，耷拉着长尾巴，不时地张张锯齿似的獠牙尖嘴巴，吓人地蹲到土垅下卧在了地上，直盯着小铁牛。

小铁牛从小听说过狼，但没有亲眼见过，他看着眼前的那只饿狼，还以为是只野狗呢？因而也没在意。只是破开嗓门连连地喊叫着："叔叔——叔叔——"继续找叔叔。当他走着走着，正要从那块地边往土垅边的蜈蚣小径上走时，那只饿狼忽掂着扫帚似的尾巴，一蹿一蹿地朝他奔来。他这时心里有些胆怯了、害怕了，惊恐失色地喊起"妈妈"来。

"妈！妈妈——"小铁牛痴愣在那里，泣着不敢动弹了，好似脚下有块吸铁石似的，吸住了他的脚，动不了啦！眼看着那只狼就要蹿到他的身跟前，吓人的情景十分惊险！

"狼！狼来了——"一个走抄道的行路大叔，恰在这伤人性命的节骨眼儿上，很快地跑过来，手握白蜡杆，在那狼面前猫腰一撩，那狼一惊，猛抖了抖身子，夯拉着长长的尾巴跑走了。

那大叔赶走了狼，立刻将小铁牛抱起来。周围农家的猎狗，听到那大叔喊"狼来了"的呼喊声，纷纷奔出门来，"吠吠吠"地狂叫着，朝着那狼逃走的方向追逐着。在猎狗奔跑狂吠声中，那大叔抱着这个可怜的孩子，看他穿得破衣烂裳，在寒风中给他揪了揪露体的衣裤。自言自语地说："这是谁家的孩子？差一点儿没被狼吃了，真危险！"

"好大叔，这是俺的孩子！"春妹追来惊呼着接孩子。那大叔回头一看，是位衣衫褴褛三十岁上下的妇道人家要孩子，忙把孩子递给了她说："狼一到这个季节，就要下山找吃的了，险些儿伤了孩子！往后可不要让孩子一个人出来乱跑了。"春妹抱过小铁牛来，闪着感激的目光看着那大叔点了点头，说："我让他在门口看着他叔叔来，不知咋个儿跑出来了？"小铁牛揉着他那惊恐的眼睛说："妈，叔叔又跑了！东小窑、西窑、茅厕里都没有他，我出来寻叔叔！"

春妹一听又慌了神，说："那咱赶紧快找你叔叔！"

那大叔是杨家沟的杨大叔，也听出了是找被气疯了的李玉柱，说："我也帮你找！"说着，他和抱着小铁牛的春妹，走上土垅西头的那条蜈蚣小径去找李玉柱。

"石柱家，垅后头树下盘坐着一个人，是不是李玉柱呀？"在土垅后北道上走着的乡邻说着，也朝垅后头走来。春妹急得把抱着的小铁牛撂在地上，抓着枯树枝、荆条条要下垅去。杨大叔说："石柱家，你瞭着孩子吧！你不要下去了。"他拄着白蜡杆刺溜到土垅间，滑到了李玉柱盘腿搂树的树跟前，和趴上土垅间的那个乡邻，两个人才把疯疯傻傻的李玉柱搭架到土垅陡坡底下，又从坡底下搀扶到小铁牛刚才找叔叔的土坑上。

春妹抱着小铁牛从土垅上快步走下来，一见把李玉柱搀扶到了土垅上，立即放下小铁牛，她的右臂伸进他的左胳肢窝里，紧扶李玉柱。

李铁牛见找见了叔叔，便停止了哭泣声。他在李玉柱的膝下，一手揪着妈妈的衣襟，一手紧拉着叔叔，连连唤着："叔叔，叔叔！"

那杨大叔看几个月没剃头的李玉柱，长着长长的头发，还有毛乎乎的胡子，病魔缠得他的身躯消瘦得像个骨头架，两相的颧颊骨突起。看不到腮骨肚上有啥肉，下巴颏显得又尖又长，两只大眼睛陷入了眼眶内，呆呆愣愣，早已失去了他那炯炯发光的眼神。

三十四

小铁牛找叔叔，险些儿没被狼吃了！叔叔李玉柱瘦得不成人样儿了！这使人担惊后怕的话，马上传遍了王家峪。左邻右舍不少的乡亲们，都来看看个儿。有的媳妇抱着娃娃来了，有的大妈拄着拐棍进了院，有的大叔、大婶拉着小孩子走进大门，他们都到西窑里来看。

李玉柱背靠墙圪蹲在炕上，两只手交叉地搂着胳膊，一声不吭。只见他痴呆呆地睁着两只可怕的眼睛，时而瞧瞧这个，时而瞅瞅那个，不时皱皱眉头，间忽苦笑笑。他动动嘴唇悱悱着，想说话，却一句也说不出来。

那位拄着拐棍的大娘，在炕沿边上挪了挪，两眼亲热地看着李玉柱，伸手摸了摸他的额门楼，揣摸了揣摸他的胳膊，说："玉柱，我是镇街上的黄大娘，还认得我不认得？想起来想不起来？"急等着他能吱一声，说句话，或有什么理会的表示。但他好似没有听到这亲切的问话，毫无表情，仍旧是傻呆呆地蹲坐着。

春妹坐在李玉柱的斜对面，对来的乡亲们的如此关照，很是感动。她往前挪了挪身子，用稍重的语音对李玉柱说："他叔，这是镇街上的黄大娘，她拄着拐棍看你来啦！"李玉柱还是那样子，纹丝不动，既无话，也无表情。

小铁牛看得也很着急，他睁着两只黑眸眸，瞅瞅黄大娘，又看看窑地上的人，一双双眼睛都注视着叔叔李玉柱，便挺起身来跪着两条小腿，小嘴儿递到李玉柱的左耳边，使劲地对他说："叔叔，这是镇街上的黄家娘娘，来看你啦！"

李玉柱两只胳膊松动了松动，眨巴了眨巴眼，看了看黄大娘。

在地上站着的一位大婶看得出，他往前蹭了蹭，说："牛儿的话，他听进去了。他的眼动换了动换，两只胳膊还活动了活动呢！"一双双目光仍然打量着李玉柱。

黄大娘又细细看了看李玉柱，怜惜地问春妹说：

"玉柱得的这病，咋个儿就不说话了呢？"

"从王进财锯那树吐了血，去给俺德来叔送殡咬破了嘴唇，回来后再没听他说过一句话！"

"王进财真歹毒，看把玉柱气激地不成个人样儿了！那恶鬼在王家峪糟践了多少人！"

"黄大娘，谁说不是呢？！"

"王进财是个大烟熏黑了心肠的人，心铁得厉害，身子斜得很！"

站在窑地上的人，因地方小，人来得多，有的人坐在草墩子上，有的人站着，有的人进进出出，不知谁插了一句："黄大娘，说话小声点儿，不要让王进财家的人听见了！"

"听见了就听见，怕什么！我已经活了七十多岁了，见了他我也敢说！"

黄大娘这样不在乎，别人心里也明白，只是说说解气的话，其实也顶不了甚事。这时，黄大娘又把话题转到了小铁牛身上，他摸摸小铁牛的头，攥攥小铁牛的手，说："牛儿几岁了？看牛儿多亲！他给他叔说话，他叔心里还是机迷的！"

春妹说："牛儿五岁多了，他叔起小走坐不离地喜欢他，眼前连句话也不能给孩子说了！"

黄大娘说："牛儿敦敦实实的，可吃喝不上长得瘦骨伶仃的！"她瞅瞅春妹从衣兜里掏出来一个小糖瓜①，递给小铁牛，"我攒几个零钱买了三个小糖瓜，给了我那小孙儿一人一个，给牛儿带来一个，让牛儿吃了吧！"

"他大娘，他不吃。你留给小孙儿吃吧！"春妹不好意思地推让着。

小铁牛的眼扫了下糖瓜，又望着叔叔。他听妈妈春妹的话，很少接要别人的东西吃。

黄大娘拿着小糖瓜硬塞到小铁牛手里，说："春妹，让牛儿吃了吧，不要那格儿不好意思的。"

春妹看着铁牛说："牛儿，光会拿糖瓜，还不叫声娘娘！"

"娘娘！"小铁牛憨憨地笑了。

小铁牛手里拿着小糖瓜，当着窑那么多人，显得有点儿腼腆。他用手举起那个小糖瓜，给李玉柱手里递着说："叔叔你吃吧！"他使劲儿地拨弄李玉柱的手，怎么也拨不开。

在地上站着的一位大叔说："铁牛，你把糖瓜掰成两半，给你叔一半，看他吃不吃？"小铁牛听了，两只小手紧掐着小糖瓜，使劲儿地"咯嘣"

①用玉茭小米做的一种瓜形的糖，中心空，外形似瓜。

一掰，把那个小糖瓜分成了两半，一半稍大一点儿，一半稍小一点儿。他是最喜欢叔叔的，莫说让他吃一半儿，就是让他整个儿的都吃了，他的心里也是高兴的呀！他拿着稍大一点的那一半儿，往李玉柱手里塞。李玉柱的手还是紧抱着胳腋盖，一动不动。小铁牛见他还是不动手，忙把那一小半儿往他手里递，并睁着渴望的两眼看着李玉柱说：

"叔叔，你不吃大半儿的，给你吃小半儿的，你不吃，我也不吃！"

李玉柱似乎听懂了小铁牛的话，他睁着两眼瞅了瞅小铁牛，"哈唔"一口就把那一小半糖瓜吞在嘴里，像前年过端午节逗铁牛吞吃小狗窝窝那样儿，吞得那样逗趣。

三十五

九秋过后，严冬来临。一格晃就到了腊月二十九。

清晨。天一扑明，李石柱就早早起来了。他睁眼瞅了瞅李玉柱，见他睁巴着两眼躺着，夜里没有往外跑，心里还多少松了口气。他穿着件破衣衫，轻轻推门出来一看，变天了。"嗖—嗖—"地刮着西北风，还飘落着棉絮似的雪花。

他解完手从茅厕里出来，地上已经下了一层棉绒似的雪。他的身上也挂满了雪花。他回到窑门前，摩挲了摩挲头上的雪，掸打了掸打身上的雪花，走进窑里。从黑旧的书柜上，拿起昨晚姐姐送他的写着"逢凶化吉"四个字的小过梁，看了看，放下。走到炕沿边瞅了瞅，好像缺了李玉柱。他急忙到炕上看了看，玉柱弟真的又不在了。他的心慌得突突直跳，便几大步走到东小窑去问春妹。

春妹也急得顾不得给牛儿穿衣裳了，她对李石柱说："那咱赶紧去找吧！也许走不远。"李石柱说："那咱快找吧！"

春妹跟着李石柱进西窑找了找，没有他，出来到夏天作厨房的破小土窑寻了寻，也没有。他俩不由得有些慌神，毛手毛脚地走到院里。四下张望。

小铁牛身上穿着件破小布衫，衣扣还没有扣上，就从大门里奔出来。他似乎不知刮风，也不觉得下着大雪。揉了揉眼里的眵模糊，望着爹妈说：

"爹、妈，寻见俺叔叔没有？"

"牛儿，没有！西窑、厨房、茅厕都没有他？"

小铁牛机灵着两只眼看了看雪地上，瞅见有一溜不很整齐的脚印儿，忙对李石柱说："爹，这雪地上有脚印印，或许是叔叔留下的！"

春妹定睛仔细一瞅，能瞅出来。她和李石柱顺着脚印往前看，脚印已经迈出了大门。忙对李石柱说："牛儿他爹，他叔总是又跑出去了，咱赶快顺着脚印去找吧！这还不知道又跑到哪里去了呢？"

李石柱说："那咱快找吧！"他低着头仔细地瞅着那脚印，从大门口出去向西边的一条小道走去。春妹在大门口蹲在牛儿身边，给他扣上衣扣，哄着让他在家看家；牛儿说啥也不依，便跟着妈妈也去找叔叔。她和铁牛赶到李石柱站在南川河通往流杯池的交叉路口时，李石柱停住了。下着的雪花把脚印盖得瞅不见了，是进西头南川沟去找，还是往南山上流杯池找，他犹豫起来了。春妹急着说："牛儿他爹，天这样儿冷，雪又这样大，他叔的身子已经不行了。可不要把他给冻坏了！"李石柱说："地上的脚印看不出来了，咱快分头找吧！我到流杯池上去找，你和牛儿进南川沟去找，找见了咱快把他弄回家！谁先找见了谁喊一声。"春妹说："行！咱分头赶紧找。"李石柱朝流杯池的方向走了。

春妹抱着小铁牛，在茫茫的风雪中，进了南川沟。大清早，又是个大风雪天，人还没起来，路上也没行人。她边走边看，问牛儿："这大风雪天，你叔叔跑到哪儿去了呢？"

小铁牛赤着脚踏在雪地上，冰凌楂刺进他那脚上的裂口子里，疼得他来回直打转转。他机灵着两眼到处瞭叔叔。无意中，他瞭见嘉山庙中古老戏台对面墙犄角石棱上，像是蹲着一个人。因为身上撒落着雪花，他看不清是不是人，更瞅不清是不是他叔叔。忙用手指着对春妹说："妈，你快看！看像不像俺叔叔？"

春妹忙拔了拔遮挡眼眉的散乱的头发，瞪大眼直盯盯地瞅了瞅，像是蹲坐着一个人。她想，要真是人，一个好着的人，这样的大雪天，不会蹲在那里，或许是玉柱弟？于是她急步奔上嘉山庙。仔细一看，不是别人，正是李玉柱。只见他瞪着两只发笑的眼睛，脖子上拴吊着小烟袋系着的金鱼小荷包，像看过瘾的好戏似的，目不转睛地盯在戏台上，蹲蹴在那里。他的两只胳膊交叉地搂着架在露腔的膝盖上，一动不动。头上、身上披了满头满身的雪花，眼睫毛上还凝结了冰凌楂。春妹急着喊他说："他叔！他叔！你咋格儿坐在这儿来了？！"李玉柱仍旧是那么笑着不说话。她急忙伸出手去摸他的脑门儿，脑门儿有些冰凉凉的；她拉拉他的胳膊，他双手搂着膝盖的胳膊有些发僵了，不动了呀！急得春妹的两眼浸着泪花，费了很大劲才强拉开他的胳膊时，用自己的嘴对着他的心口窝，吐着热气哈了哈，才哈得李玉柱的嘴唇微微动了动，艰难地蠕动着嘴唇说了声："包——青——天——"就再不动弹了。

初三下午，寒风嗖嗖吹，雪花零乱飘。就在风雪的年节里，给李玉柱起灵送葬了。打帮埋葬的人和来送殡的人来了很多，挤得院子里、大门口都是。在快要起灵的工夫，平素和李玉柱相处好的人，又走到棺材跟前，痛心不舍地最后看李玉柱一眼。一个个看见李玉柱露着苍白的脸，两只眼微露着半拉白眼珠子，在胸前耷拉着小烟袋和血迹斑斑的荷包，从他的惨死，想到了他的过去，更加悲痛地抹着眼泪走出来。

舟大叔手里拿着个寻人做的孝幡来了。他走到棺材前，问了问噙着泪水的于贵柱，又往起拉着哭号着的李石柱，春妹抱着小铁牛，李冬梅抱着小妞妞，旁边站着于铁锁，他们哭着最后看了一眼李玉柱，他手握把斧子，就要钉棺起灵。

就在这时，李石柱在别人哭号没留意的当儿，急忙把李玉柱胸前搭着的小烟袋荷包取下来，掖到了自己的裤腰带上。这血迹斑斑的荷包，就是王进财的罪证！得保存下来，说不定在日后有用。他把那烟袋荷包掖好后，才让舟大叔钉上了棺材盖。舟大叔喊了声"起灵"，就起灵了。帮着抬棺材的几个人，不费劲地抬着棺材走出来。舟大叔打着孝幡往外走着说："俺玉柱活了二十多岁，也没娶个媳妇留个后，我给他打孝幡！"

春妹抱着小铁牛只顾伤心地哭泣，也不知舟大叔从那里拿来的孝幡，这才想到打孝幡的事，就哭着对李石柱说：

"牛儿他爹，就让牛儿给他叔打孝幡吧！"

"牛儿他妈，快让牛儿给他打！我的心疼得像刀剐！"

春妹把小铁牛抱在棺材前，从舟大叔手中接过孝幡来，让小铁牛打着，她拉着他走出了大门，李石柱也走到灵前来，他走在小铁牛的左手，和牛儿合拉着绑着孝幡的孝棒，春妹在牛儿的右手，拉着他的小手。于贵柱、李冬梅抱着小妞妞，跟着小铁锁走在灵后头。随后还跟着一些人，走上嘉山庙右侧的山坡上。在那寒风雪飘的山坡上，小铁牛脑门上箍着条白布条，手里打着孝幡，李石柱和春妹在他的两旁扶拉着他，走在灵枢前头，后边有两人抬着口白生生的棺材，棺材后跟着李冬梅他们和送葬的人，都哭泣着……

第十章
半只银镯子

一只银镯子，

母与儿女分。

母兄今何方？

女在苦中吟。

——春妹语

三十六

李石柱、春妹和小铁牛，几日来为埋葬李玉柱，又伤心，又痛苦，吃不上，喝不上，又饿又累连轴转了三四天，都气累得病倒炕上了。

初三夜里，春妹做了一个恶梦：王进财将她摁在地上，搂住她的肩膀，乱咬乱啃她的脖子、喉咙。咬得她动弹不得，喘不上一口气来，拼命挣扎着呼喊起来：

"救命呀——救命！救命呀——快救命！"随着这急迫的求救声，她的身躯在炕上扑腾扑腾就颠簸起来。

在深夜里，她这么一喊挺瘆人。吓得李石柱和小铁牛猛然惊坐起来。李石柱忙惊问她："牛儿他妈，你咋啦？窑里进来什么啦！"小铁牛惊喊道："妈，妈妈！狼来了？"他紧搂住春妹坐起来。李石柱赶紧把小麻油灯点着。一看，春妹披头散发、惊恐失色地坐在炕上，像疯了似的愣瞪着两只可怕的眼睛。李石柱不知是咋回事，他害怕得伸出两手紧攥住了她的两根胳膊，问她说："牛儿他妈，你咋啦？可把人吓坏了！我当是来了什么了呢？"

春妹拨弄了下蓬乱的头发说："我做了一个恶梦，可把我惊吓坏了，心怦怦直跳！"可是她回避说王进财，就拐了弯儿说："俺梦见俺妈妈也遇上饿狼了！"

"那你又想起老人家来了。可也是，这好几年了也杳无音信，咋不想她呢。"

"这五六年了一点儿消息也没有，俺就是想她呀！"

她说着，扑簌簌的泪水，"吧嗒吧嗒"地掉在了小铁牛的胸脯上。她有些呆愣了，她那有神的两眼，再不像从前那样有神了，似乎失去了光泽。身子瘦弱了，额上显出了几道浅浅的皱纹，也显得年纪大了些。

她和李石柱结发后，尽管吃糠咽菜过日子，可是觉得这苦日子里头，有一种甜的滋味。尤其是生了小铁牛以后，孩子扑扑实实倒挺乖。他爹李石柱喜欢得不得了，他叔李玉柱高兴得了不得。一家四口人，过得挺热乎。住的虽是透风的黑土窑，坍塌的破院墙，可窑里不显得空，院里不觉得荡。大门口的那棵老槐树，越长越茂盛。在炎热的夏天，他们在槐荫树下吃饭、喝水、歇凉，玉柱弟喜欢给牛儿逗耍，一家人快快活活，心里有一种美好的向往，苦日子好像有了甜蜜的盼头。可是就在这两年多的时间里，不幸的事件一桩接一桩，无情的打击和折磨，接踵而来。她想来想去，就想赶快离开这个吃人的地方——王家峪，去找她的妈妈和哥哥，止不住地又落下泪来。

她瞅了瞅身前的铁牛，他那天真活泼的儿时劲儿也逊色了。那两只牛犊似的大眼睛也失去些光泽。个子长高了些，身上却瘦多了，再不像从前那样欢腾了。在他那幼小的心灵上，罩上了一层忧愁的阴影，精神上的创伤，已给他心坎上留下了较深的痕迹。她抹了抹自己的眼泪，也摸了摸铁牛的头，看了看他。

她睁着两只浸着泪水而痛苦的眼睛看着李石柱。她知道玉柱弟的死对他来说，是莫大的精神痛苦。他失去胞弟玉柱，就像失去了一根臂膀、一条腿似的。精神上的折磨，苦难的劳累，沉重的压力，使他的额门上刻下了明显的皱纹。身上瘦多了，脊背也熬累得起弓了，显得老面了。

她越看越想，恨不得马上离开这个地方。要出走，牛儿跟着她那是没啥说的；可是几辈子久住王家峪的李石柱，愿不愿走，舍得舍不得离开这个家，还是个问号。她为唤起丈夫的同情，同意她去找她的妈妈和哥哥，她抹着眼泪从黑旧的书柜里，取出那个小红布包来，解开捆着包儿的红头绳，拿出那半只银镯子，翻过来掉过去地端详着。这半只银镯子，是她和她哥在壶关县魏家庄大庙前分手时，她妈妈从胳膊上摘下来的一只银镯子，一狠心掰成了两半，给了她哥一半，给了她一半，日后相见时，以半只银镯子为信物。她想，如果现在能找到他们，莫说有这半只银镯子，就是没有也能认得出来。可是，怎么能找到他们呢？

小铁牛攮着黑黑的小手，揉了揉哭号的红丝丝的眼睛，蛄蛹到春妹的怀里，瞅着半只银镯子，问妈妈说：

"妈妈，你老愣瞪着做啥呀？手里拿的这是啥物件？"

"牛儿，这是银镯子，是在女人们手腕上戴的。"

"妈，那你咋格儿不戴呢？"

"牛儿，囫囵的一只才能戴，折断了的半只就戴不得了。"

小铁牛觉得有些惊奇，说："哦！妈妈，我还没有见过哩！拿来我看看！"他从妈妈手里拿过去，钻进了被窝里。

春妹见小铁牛爬在被窝里，看那半只银镯子，怕惊着他，给他披了披小红棉被。

小铁牛好奇地看着这半只银镯子，摸摸这头，又揣揣那头，看出了掰断的茬口儿，又问春妹说：

"妈妈，好好的一只银镯子，咋格儿就给掰断了呢，把两朵小梅花也掰成两半儿了？"

"牛儿，不知咋格儿就掰成两半儿了？"春妹不便对他说说不清的话。

可是，小铁牛又问春妹说："妈，咋就这半拉儿？那半拉儿呢？"

春妹又没法对她说清楚。只是说："牛儿，那半拉儿不知上哪格儿去了。"

小铁牛攮着那半只银镯子，看着妈妈浸着泪珠儿的两眼，又望了望爹爹那痛苦而沉思的表情，对春妹说："妈妈，唉！好好的一只银镯子，咋格儿给掰成两半儿了，不囫囵了，戴不得了？"

春妹又揩了揩噙着泪水的眼睛说："牛儿，妈心里头难受得慌！"

李石柱一直没有多说话，他在冥思苦想着，他既想春妹她妈，更想玉柱弟，悔恨自己没有把玉柱弟带好，没有把祖辈上传下来的一棵老槐树保留下来，痛恨地攥着拳头直捶自己的脑门儿，说："都怪我，都怨我，都怨我！没有把玉柱弟照看好，一碗水泼到地上收不起来了呀……"

春妹忙攥住他的手，不让他砸脑门儿，哭泣着说："都怪我没有看好他！"

小铁牛听懂了爹、妈的话，也一把鼻涕一把泪地钻到爹爹的怀里说："我没有看住俺叔叔，我没有看住俺叔叔！"

李石柱觉得很痛心，再说，他已经被折磨得不成人样儿了，疯得也不由他呀！人已经埋在土里了，再说什么也活不回来了呀！他痛苦了一阵子，说："害死咱德来叔，逼死咱玉柱弟，气瘫直理侄儿，都是王进财太恶了！成天家坑害得咱穷人家人亡家破没法活呀！"他缓了缓气，看着小铁牛手里拿着的那半只银镯子，就从牛儿的手里要过来说："牛儿，给爹这半只银镯子，让爹好好看看！"

小铁牛把半只银镯子递给了李石柱说："爹，给你看看个，镯子上还刻着两朵小梅花呢！"

李石柱用袖子擦了擦眼泪，仔细地看着这半只银镯子，就更意识到春妹很想念她的妈妈。于是，就安慰她说："牛儿他妈，看到这半只银镯子，就想起咱那老人家，也不知她现在转悠到什么地方了呢？"

春妹听到李石柱说到自己的妈妈，更加泪如雨下。她哭泣着说："要是能找到她老人家，在一起照管着点咱们，总比不在一块儿强！可这五六年了连个音信也没有？"她想找妈妈去离开这儿的念头又涌上心头，说，"王家峪这地方是王进财家的天下，这里没有咱穷人站脚的地方，我想咱还是赶快离开这个吃人的狼窝！"

小铁牛听着爹、妈说话，都提到老人家，不知指的是谁？便插上来问李石柱、春妹说：

"爹，妈，谁是老人家？"

"老人家就是你老娘！"李石柱看着镯子对他说。

小铁牛不解地"哦"了一声，在思索着，他听春妹说了句老人家，又说了句她妈妈，琢磨了半天还是不明白，就又问春妹说：

"妈，老人家，你妈妈，到底是谁？俺咋个儿就没见过？"

小铁牛刨根寻底地问，问得春妹不好意思起来，脸上微微泛起一层红润，微露着笑容瞧着李石柱说：

"那工夫还没有你呢？你咋个儿能看见！"

"噢！"小铁牛眨巴了眨巴眼睛，似懂非懂。

李石柱的两眼也直盯盯地望着春妹的脸，好像看到了刚娶她那工夫的面容，又听春妹说小铁牛"那工夫还没有你呢？"就想到和春妹刚成亲时那种亲昵的容颜，想到了老人家，想到了和春妹的情感，他激动地噙着两眼泪花说：

"牛儿他妈，咱打听了多年也没打听着，你估摸咱妈妈兴许在什么地方？"

"牛儿他爹，要按她离开这村说的走法，要是现在还在世，说不定就在山西、河南交界地那一带呢？"

李石柱充满了激情地说："牛儿他妈，俺和你成亲时候说过：'世上闺女有千千万，俺李石柱就疼春妹你一个！'你能打河南来王家峪，俺李石柱也能打王家峪去河南。咱俩带上牛儿，三人一块儿，逃荒要饭也要找老人家去，这鬼地方没咱啥想头盼头！"他想了一霎，"不过咱们走，也得给姐夫、姐姐说一说，商议商议咋个儿走法。"

春妹听了很是激动，她的两眼闪着感激的泪花，连被子带人把小铁牛紧紧地搂在怀里说："这就行了！那咱就快些个给姐姐他们说一说，尽早离开这鬼地方！"

说着姐姐，姐姐李冬梅就来了。她惦记他们睡不着觉，夜里又来看看他们。李石柱、春妹把想出走的事给她说了后，她也很体谅、很赞同。并说，那地方要比这地方好，他们也愿去。就是眼下冰天雪地，气候寒冷，不忍心她们马上离开，等开春后再走。石柱、春妹说也行。

三十七

正月初三，就是埋葬李玉柱的那一天。早饭后，晋如康穿着一身崭新的新衣帽，一手提着盒高级点心，一手拎着一篓鲜货，给王进财家去拜年。他走到王进财家大门口，那大门上沿用了旧对联的字句，贴着新的宽宽的红过梁，长长的红对子。那大门半开着，他轻轻推开门进去，见那墙上土地爷龛龛的上端和两边，也贴着窄窄的红过梁，红红的一条。而且，都有插香的香炉。正窑门上，不只贴了红过梁、红对子，还在风门玻璃窗上和东西套间窑的玻璃窗上，贴着圆圈的大红月廓（剪纸），甚是精致。他一走上砖台阶，王进财就给他微微掀开了风门，让他进去。他把手里提着的点心和鲜货放在八仙桌子上，向王进财拱手作揖磕头说："给大叔拜年，恭喜大叔发财！"

王进财左手拿着白铜水烟袋，忽悠着右手搭讪着说："如康侄儿，来就行了，不用拜了！还提啥东西，快坐下。"晋如康坐下说："大叔，这是我给你在阳城鲜货栈选了点苹果、梨，年下吃腻了开开胃口！"王进财点点头和他说："去年当铺长钱多吗？"

"还行，还行！就是有几件值钱东西，还没有过期。要是过了期卖掉它，能赚一批大钱！"

"当铺，当铺嘛！就是穷人上当的铺，一本万利的买卖，一到年下就是好营生！"

他想了想，说："如康侄子，听李冬梅家透出风来说，那春妹想拉着李石柱离开王家峪，他们想走，我叫他走不了！我叫他一家三口给我当大长工、女长工、小长工，我看你小娘们还往哪里跑！"

王呈海穿着一崭新的丝绸长袍马褂、头戴红珠子小帽，右手拿着一柱燃着的点鞭炮的粗香，左手拎着一串红鞭炮，气喘吁吁地跑进来说："爹，俺二叔回来啦，后头还跟着一辆大马车！"

王进财说："海儿，快叫刁管账，赶快接一接！"

晋如康听二叔也回来了，也不便待着。随跟着王进财出了大门，也去迎接。

王进宝在前边走着，身后跟着一辆三套大马棚子车，停在了大门口。王进财忙打着招呼，刁萋新、晋如康都给王进宝作着揖说着"新年好！见面发财"之类的拜年吉利话，刁萋新就要唤人来卸车，听王进宝说不用了，车上跟着有人，也就没有再张罗。晋如康见插不上手，说了句客气话，也就走了。

那辆大马车在大门口停下来，车把式拉着驾辕马缰绳刹稳车。王进宝指点着，从车上跳下两个晋军士兵，车上还有两个晋军，一起卸车。车上的一个士兵先递给王进宝一个鸟笼子，笼子周围还罩着一层蓝绸棉套，旁边还有两个小门帘儿。王进宝把那鸟笼子递给王进财说："这是只伶俐的小八哥，通红的嘴唇，黑黑的羽毛，挺会学人说话，我特意给你带来的！"

王进财高兴地说："这可是件稀罕东西，我挺喜欢！"王进财提着笼子刚上门台阶，古淑芳穿着一身古式风流的绸缎衣裳出来了，她眉飞色舞地向王进宝招呼道："二叔，你回来了！恭喜你，新年好！见面大发财！"

古淑芳的拜年话，说得王进宝笑得龇出了两颗大金牙，还耸了耸肩膀，不知说什么好。连那卸车的大头兵和赶车的把式，也忍不住地都笑了。刁荄新见两个士兵抬架着皮箱很吃力，就忙去打帮手。王进宝紧跟在后头说："小心点，不要磕碰了，里边有怕磕碰的东西。"他看着把皮箱抬进正窑里，轻轻放在地上，让古淑芳看着。走出门来，让刁荄新找来两根粗杠子和两盘粗绳子，让那两个抬箱子的士兵把绳子在地上摆好，就去卸大木箱。那只大木箱特别沉，连刁荄新、车把式、王进宝都搭了手，还是架不下来。王进宝就让那两个卸车的士兵也下来搭架，他亲自跳到大车上去推，才把那个大木箱架到地上。两根粗杠四个士兵顺肩抬，才抬进了正窑里。接着又抬完了同样的大木箱，才卸完车。王进宝对刁荄新吩咐道："刁管账，你去安排那四个大头兵和车把式，今白天吃饱了喝足了就足睡，睡好了我还有事情。让喂牲口的长工加些好草料，把那三匹马喂好，到不了明日还得赶路！"刁荄新答应着走了。

王进财看见大箱子都摆在了正窑地上，觉得有些不便当，就对王进宝说："进宝弟，今日是年初三，按乡俗正是拜年最盛的一天，估讨侯七他们今天要来，你看怎么好？"王进宝转着眼珠子想了想，说："正好他们来，我有要紧事一块说一说。这么着吧，让大头兵把箱子都架到三姨太窑里，让她守着不要出来，就说她身子不舒服，你看怎样？"王进财说："甚好，甚好！"

正窑里就剩下了王进财兄弟俩。王进宝穿着一身阎锡山军队军官的军装，领子上缀有少校军衔，身上披挂着武装带，皮带上还串着一支手枪。手上戴着白手套，脚上穿着黑皮鞋。看起来还有几分旧军官的派头。他脱去手上的白手套，将鸟笼子的棉套卸去，悬挂在正窑中的吊钩上。这大正窑，向阳，窑里生着洋炉子，长烟筒。虽然窑外刮着寒风，飘着雪花，窑洞里却是暖烘烘的。那八哥去了笼外罩，窑里又这样暖，马上就欢腾起来，嘎的一声扑了下来。王进宝见王进财看得高了兴，说："这小八哥特别会说话，大哥，你说一句试一试？"

王进财还拿了拿架子，对着小八哥说："八哥你好，进宝回来了！"那小八哥亮开那动听的嗓门，说了刚才王进财说的话，十分动听。古淑芳在套间窑里听了，便高兴地跑出来，站在王进财和王进宝中间好奇地看。随说了一句："二叔回来了！"那小八哥又同样说了一句。逗得他们直乐，正在他们玩小八哥玩得高了兴，王呈海拿着鞭炮跑进来说："爹、二叔，侯七爷他们来拜年了，侯七爷坐的是一顶蓝轿，他们三个人骑的是牲口，快到大门口了。"王进财说："海儿，你告刁管账在大门口接应一下。"王呈海听了就跑走了。古淑芳又回套间窑里去了。王进财和王进宝理了理衣帽准备迎接客人。

先进来的一位是个七十开外的人，他戴一副银框眼镜，留着长长的白胡须，头戴红珠子小帽，身穿黑缎马褂，黑绸长棉袍，脚穿千层底儿圆口鞋，手里拄着根文明拐棍。他是后山凹村的一家财主侯七，尊称七老爷。他进窑里就拱手作揖说："进财、进宝老弟，新年好！见面发财，大发大贵！"王进财、王进宝还着揖说："彼此，彼此！大发大贵！"接着进来的是宝盒山村五十多岁财主打扮的张世禄，还有年岁差不了几岁的卧虎山村的财主路开明、劈山沟村的财主田金福。他们也都说了吉利话，拜了年，几个人也都围着八哥笼子看起来，说着话让小八哥学舌说话。他们说一句什么，小八哥就学着说一句什么。侯七说："这小八哥真伶，什么话都会学，都能说。真伶！真伶！"王进宝见他们玩了一会儿，说："它在这儿还不行，一会儿咱们还有要紧事说一说，它给叫出去就麻烦了。"随将鸟笼子摘下来，提到了古淑芳住的套间窑里去。

侯七见王呈海跑进来了，忙从袍兜里掏出一个小三花脸模样儿的不倒翁来，放在八仙桌子上自身摇起来，说："光顾了看稀罕（小八哥）了，忘了给海儿掏不倒翁了。海儿，这是爷爷送给你的礼物，你喜欢吗？"王呈海说："七老爷，喜欢，喜欢！"随后，张世禄给他掏出来一个硬纸壳玻璃盒，里边放着刘海戏金蝉的泥彩塑；路开明给他掏出来几包红纸包着的鞭炮；田金福给他掏出来几盒子火花，什么"刺刺火"啦，"夜明珠"啦，"一盏灯"啦，都是呈海喜爱的玩意。说了几句客气话，王呈海就抱着玩去了。

王进财陪着侯七他们几个人，围坐在八仙桌子旁，每人喝着一碗扣碗茶，有的吸着洋烟卷。田金福端起茶碗来，一掀开盖子，就飘出来一股佳茶的幽香。他喝着茶品着味儿，还掂起茶碗来，看看其茶碗的产品出处。

侯七见田金福吊着茶碗底，以为他对瓷器有研究，随问他道：

"金福老弟，你细赏茶具，想是对茶具很有研究？今日我要考考你。你说，江西的景德镇、唐山的名瓷，就其瓷器来说，哪一种最佳？"

"七大哥，这可把我考住了，要真考我也得把我烤煳了。嘿嘿，我对瓷器还真没有研究！"他笑着说着，说得大家也笑了。他说："要是品醋，我还略知一二，因为我爱吃点好醋、香醋。"

张世禄说："金福弟，那你就说说醋吧！你说最好的好醋香醋有几种，哪一种最佳？"

田金福说："醋，过去不叫醋，叫作酢，现今才叫醋。是一种酸性的调味佳料。如果你吃着的菜咸了或淡了，略加少许就可去咸补淡，菜就显得好吃了。如果你有个头痛脑热、伤风受凉的感冒小病，不想吃东西，做上碗鸡蛋挂面汤，放上点胡椒粉和醋，一闻醋香味儿就愿吃了。吃了出点汗，开了胃口，小病也就好了。好醋名醋有：玫瑰米醋、白醋、香醋，还有麦醋、酒醋等，多了。不过，最好最香的醋，还是山西的老陈醋，吃着不猴酸，有香味儿，甚是好吃。还有，镇江出的香醋，也很香。浙江出的玫瑰米醋，也很香甜。这几种都是全国有名的调味佳料名品，别的醋就没甚名气了。"

侯七听了，高兴地饮了几口浓茶说："瓷器没有品出来，倒品出醋味儿来了。这醋品得好！我也很喜欢吃香醋好醋，可只知吃着香好吃，却不知有哪几个佳品。你这么一说，我倒清楚了，品得好！"他看着扣碗茶器寻思着说："还有哪位有高见，再品品佳瓷，我很喜欢听，进财老弟，你有兴趣吗？"

王进财还合着说："有兴儿！醋品得够味儿，有意思。我也愿听听品瓷。"

田金福用膀子轻轻靠了靠路开明的右肩，让他说说瓷，因为他听他说过什么瓷器好。

路开明的两眼闪着机敏的光，他站起来说："我现现丑，说一说。"他掀起茶碗盖儿来，捣放在他端平的左手上，右手弹着两个指头"当当，当当"敲了敲，胸有成竹地说："依我看，工艺美术不说，只说瓷，唐山瓷、景泰瓷，都不及江西景德镇的瓷好。景德镇的瓷好在声如磬，薄如纸，白如雪。"

侯七一听，异常投心，赞许着说："我活了七十六岁，一再品这三种瓷的佳品，总没有品出味儿来。今天听你这一说，一指点破了，看来，有智不在年高，无智空活百岁！"他又瞅瞅路开明说："开明老弟，那你再说说，工艺美术，哪里最佳？"

路开明坐下喝着茶说："品起瓷器来，景德镇、景泰瓷、唐山瓷，都是全国驰名的好瓷。就是景德镇的瓷较细一些。就其工艺美术来说，还是北平的景泰蓝最佳。"

侯七他们和王进财又说了一会儿话，站起来就要告辞。王进宝一掀门帘从古淑芳的套间窑里走出来，只听小八哥唤了声"宝哥哥"，谁也没在意。王进宝和王进财一再挽留他们在此吃午饭，他们都不肯。王进宝随将正窑门关上，放下棉门帘子，六个人紧紧围坐桌子旁，仰头竖耳，好像进行最秘密的会议，听王进宝说话。王进宝机灵着两眼小心翼翼地说："这回要不是有紧急的大事告你们，我就不回来过年了。"王进财忙问："什么紧急大事？"王进宝低声而机警地说："这是极机密的大事，可不能往外透。老蒋（介石）给老阎（锡山）来了密电说：红军已经突破五次围剿，爬过无飞禽走兽的雪山，走过荒无人烟的草地，很快就要进入陕西。"王进财惊问道："老蒋几十万大军追剿，怎么就没有把赤共剿灭了？"王进宝瞪了瞪眼说："他妈的中央军尽是些白吃货，光能吃，不能打仗！"侯七惊问道："那可怎么办呀？"王进宝说："阎督军已密令山西全省军警宪特，不论付出什么代价，不管采用什么手段，要全力阻止共产党红军进入山西来，进行赤化。现在正加强晋南的防河堤，要把它垒成铁壁钢墙。不用怕，他们过不来！"侯七他们听了，才松了一口气，说着客气话走了。

王进财和王进宝在当天深夜亲自监视，让那四个大头兵打开黑窑窑洞，将那两个大木箱抬了进去。然后，他兄弟俩亲自将皮箱里的金银、珠宝和数千银圆密藏在地窖里。次日凌晨，王进宝就和来人，坐着来时的大马车走了。

三十八

阳春三月花，青山雨后美。一场笤面细雨过后，青山如洗，山村显得十分清秀。村前是青山绿水，村落是明花暗柳，给人带来了一种十分舒适的感觉。

天气暖了，李石柱和春妹怀着去寻妈妈的美好向往，忙忙碌碌做着出走的准备。小铁牛虽小做不了什么，也跟着忙活着。春妹把没洗净的破衣烂裳，洗净后搭晾在晒衣绳上。

小铁牛瞅了瞅搭在绳子上的衣裳，抻抻让它晾展些。他抬头一看，有两只大家燕领着两只小家燕，"唧儿，唧儿"急着在头上飞，就拍着小手儿，欢迎似的告妈妈说：

"妈妈，咱窑里的燕子又回来了！一对大燕子带着一对小燕子，飞得可欢了！"

春妹望望燕子，一看窑门没敞开，忙对牛儿说："牛儿，快把家门推开，让燕子好进窝！"

小铁牛忙去推开门，那四只燕子就交替着飞进窝里去，紧接着就忙碌飞着捕食去了，小铁牛拿了个小草墩子，坐在春妹的面前，惋惜着和她说：

"妈妈，我喜欢的燕子回来了，可咱们快要走了，唉！我真有点儿舍不得离开它们！"

"唉！牛儿，咱这穷人还不如只燕子啊！燕子筑窝，这家不让垒，再到别家去，又自由，又自在，可咱这穷人身不由己呀！"

"妈妈，那咱们往南边找俺老娘去，能不能把燕子也领着跟咱们去？"

"牛儿，领不走！咱这地方就适合它过春、夏天，再往南去它就嫌热了。"

李石柱在前院听母子俩有意思的说话，很快修理好一把镢头，他攥着光溜溜的镢头把过来对春妹说：

"牛儿他妈，我想咱没走以前，还是上几天工干几天活，扑闹点也比闲着强！"

"那也行！我在家把破衣烂裳、破旧被子、破鞋补缀补缀，你打上几天短工，咱就赶快走！"

"今日个是刁管账订工点卯的时辰，我去点点卯，打几日短工！"

春妹会意地望了望他扛着镢头走了。看见小铁牛的头发长得太长，就用把剪子给他剪了剪头发，用盆干净温水洗了洗，脸上显得不那么泥黑了。

天小晌午，李石柱皱着眉头扛着镢头回来了，他不高兴地将镢头往窑墙一靠，有些生气地对春妹说：

"牛儿他妈，说没有咱穷人的活路，真没咱穷人的活路！我去王进财家点卯，刁萎新按单子点的名。他先点了长工名，就点短工名，等他点短工名的工夫，把姐夫、舟大叔的名都点了，就是没点我。我以为他是忘了我呢，就又等了等。可等到短工名都点完了，还是不点我。我不耐烦地扛着镢头要走时，他把我拉住说：'今年大东家已经发话了，想把地边边的塄塄整治整治，多用长，少用短。短工就刚才点的那几个，多一个也不用了。你呢？大东家念你兄弟俩久给他扛活。年前又伤了玉柱有难处，雇长灵活点。你算一个工，一年吃了喝了给五块光洋，不愿要钱可折合粮食，再者大东家家里也急用人，大太太有病得用女人伺候，三姨太四月初八赶宝盒山庙会节，回娘家住些日子，也要个女人干点零碎家务活，我看春妹手头还利索，她要愿来小铁牛也可跟着，不过就是只管吃喝没工钱。我看这倒是件便宜事，看你愿意不愿意？'"

春妹听着，心里忐忑不安，"唰"地一阵惊跳。站起来忙问李石柱说："那你咋说来？你应了没有？"

"没有！咱们要急着走，我应他做甚！我冷了他一眼就回来了。"

春妹睁着两只疼爱、信任而又伤感的目光，抱着小铁牛，给他递着眼神说："王进财家啥时候给穷人发过善心？这又是谋算人的鬼圈套。这事万万应不得！你没应就好了。反正咱主意已经拿定，和姐姐、姐夫也说好了。说什么咱也要离开这吃人的地方，咱就是出去饿死冻死也要去找老人家！"

"那还是按咱商量好的办，赶紧准备着走！"

春妹又有些担心地说："我想来想去也没别的什么事牵挂，就是你抓药时用了晋如康的一块钱，心里不踏实。"

三十九

"爹爹，咱回家！咱们回家里去！"

"妈妈，咱先回家里去！"

小铁牛哭号着往起拉李石柱，他使劲拽也拽不起来；又去哭号着拉春妹，拽着哭着也拉不起。一头扎到妈妈的怀里，和春妹哭成了一团儿。

李石柱、春妹抱着小铁牛，一家三口这种受欺凌、被讹诈受屈难忍的哭号声，使人听了既怜悯又揪心。这时路旁断断续续有了过路人，有的人扭扭头看看，有的人停留片刻。舟大叔对于贵柱说："贵柱，要不咱先回家，商议商议再说？"于贵柱点了点头。

"石柱弟，咱先回家！"

"春妹，咱拉牛儿先回家！"

于贵柱和舟大叔拉扶着李石柱，李冬梅拉着小铁牛，往起拉春妹，劝他们起来回家。

刁萎新听他们说要回去，看他们也走不了，就给晋如康递了个眼色。刚才晋如康讹了人，他尖嘴巴舌又说起昧良心的话来。他在一旁冷冷落落地看着李石柱说："李石柱，放着好事你不干，硬要出去找苦吃！大东家用你当长工，给你出大价钱。一家大小三口，有吃、有喝、有住处，这么便宜的事你还不干？我再限你三天，你不干我就用别人了！"

晋如康又扭头说："李石柱，走？你炕上走到炕下，你走不了也跑不了。你不去当长工就还钱！眼前只有一条道，也只限你三日。"说罢，一扭头："走！"他和刁萎新走了。

于贵柱和李石柱他们回到了李石柱家的西窑里，费尽心思计较了半天，也无可奈何。于贵柱、李冬梅、舟大叔也都愁眉不展地各自回了家。到了第三天，晋如康来逼讹人债，刁萎新来催应长工，李石柱万般无奈，无路可走，只好忍气吞声地点头应了。

当天下午，李石柱、春妹拉着小铁牛要去给王进财家扛长工，临走时，三人惬惬地哭泣不止。李冬梅来劝她说："春妹，你可得心宽点儿，虽说去了他家，俺们还在一个村。不过，他一家人都不是些正经东西，去了小心谨慎点儿，该做的活咱给他做了，照管好咱牛儿。咬咬牙把这一年熬下来，顶了晋如康的讹人债。到明年这工夫，还和石柱、牛儿找老人家去！"春妹揩了揩泪也就去了。

李石柱、春妹拉着小铁牛心烦意乱地走进王进财家的大门。春妹来到王家峪五六年，还没到过王进财家的深宅大院，进去看到这大门、高房、大院，身上觉得阴森森的，不禁毛骨悚然。小铁牛睁着两眼，东瞧瞧，西望望，觉得稀奇异然。刁萎新见他们三个来了，就把他们领到了正窑门前，回禀了王进财，刁萎新领着李石柱安排活茬干活去了。

江瑞兰在正窑门前一条红漆长凳子上坐着，拄着根红漆拐杖滋润身体。王进财见春妹领着小铁牛来了，就挨着江瑞兰坐在凳子上。古淑芳听得说，也怪里怪气出来，坐在王进财的身边。王呈海也从后院跑出来，看见小铁牛和春妹站在石台下，攥着江瑞兰的胳膊，撒娇地问她说：

"大妈，那不是小铁牛，他来咱家做什么？"

"海儿乖，铁牛跟着他妈学着当长工！"

江瑞兰轻蔑地说了后，见春妹一直低头站在台下，假笑了笑说："你是春妹？自你嫁到这村来，大奶奶还没见你一面呢，你抬起头来让大奶奶看一眼！"

王进财直眨巴着眼睛，古淑芳瞟着两只眼。

春妹听了江瑞兰阴阳怪气挑逗的话，脸刷一下就绯红了。红得像苹果似的，她从来没有经过这么受屈的场合，不抬头吧，大老婆已经说了，人已经来了，往后不好处；抬头吧，又怕江瑞兰褒贬自己，更讨厌王进财那两只鼠眼蓝光盯她，她犹豫了一刹那，狠了狠心，一甩头发，把头仰了一下，立刻又低了下去。

江瑞兰奸笑着瞧了一眼说："怪不得进财说你长得还是双眼皮呢！小模样长得还倒挺俊的！"说得王进财忍不住地"扑哧哧"笑了。

古淑芳动弹着胳膊靠了靠王进财，她瞥了一眼说："你还说她长得有两个小酒窝哩！那脸瘦得都成了秕塌塌的了，哪还有小酒窝窝儿！"

说着话的时候，刁菱新又回来了，随着给春妹安排了活茬处。让她做的活是和泥、打炭、烧火做长工饭，听江瑞兰使唤，在磨坊里磨面。住就住在磨坊里。说了后就干活去了。

春妹怀着熬出这一年的想头欲望，一天价带着小铁牛干活干得很起劲儿。她干起活来，手脚快，又麻利。天不亮就起来扫院子，把前院、中院、后院扫得干干净净的，把煤炭堆得齐楞楞的，茅厕也扫得很干净。尽管三少爷王呈海乱玩乱扔东西，搞得乱七八糟，春妹和小铁牛随扔随清理，没半个月的光景，院子像换了个样儿，显得雅致多了。

一天，王呈海放学不去学堂。他自个儿在正窑门前踢鸡毛毽子，他左脚倒到右脚踢，右脚倒到左脚踢。踢得不耐烦了，就想换个新样儿。他比李铁牛大两岁，个子比他高一头。他见李铁牛猫着腰，在院西头扫院子。就摆着手喊他说："铁牛，铁牛，来！来和我踢毽子玩。"

小铁牛直了下腰说："三少爷你踢吧！俺妈不让我玩。"王呈海见他不敢来，跑过去拉着小铁牛的胳膊说："咱俩少玩一会儿，有我呢，不怕！"小铁牛没法子，就被拉到正窑门前踢去了。他俩替换着踢了一会儿比谁踢得多，两人就对着踢。王呈海给他踢过来，小铁牛给他踢过去。王呈海踢得高了兴，嘴里不由得"一、二、三、四……"数起数儿来。他俩踢得越多，数儿数得越多，数声越数越高，被套间窑里躺着的江瑞兰听见了，就问："海儿，你和谁踢毽子呢？玩得那么红火热闹？"王呈海说："我和小铁牛玩呢！我俩玩得挺得劲！"

江瑞兰听得说，便不高兴地走出来。她的手接住踢着的毽子，拉着王呈海的胳膊说："他是下等人，你怎么能和他玩呢？他是你使唤的人，你和他踢不怕弄脏了手，摸脏了毽子！"她又怕王呈海不明白她的意思，就把他拉进套间窑里，细细给他进行家教，教得王呈海发出了"嘎嘎嘎"的笑声。

晌午，江瑞兰和王呈海又去偏饭。不用说是好菜、好饭。吃完了饭，王呈海拿着大半个枣花糕，腻得只掏着枣儿吃。他看见院里看家的小花狗，蹲在他的面前摇头摆尾巴，他嘴里唤着"小花，小花！"手里掰着花糕喂狗玩。他喂狗喂得还剩下一小块儿，看见小铁牛走来了，就把手里喂狗喂得剩下的那一小块花糕投到小铁牛的胸脯上，嘴里还"叭儿，叭儿"像叫狗似的唤铁牛。小铁牛没理掉到地上的那小块花糕，也没理睬他。

王呈海朝小铁牛的身后吐了一口唾沫，鄙视着小铁牛说："给你吃花糕你不吃。让你吃猪食！"

江瑞兰也从院里走出来，她怕王呈海玩得累着了，就溺爱地拉着他去睡午觉，她溺爱王呈海，其实并不是她的亲生子。她自得了干血痨病以后，既没有怀过孕，更没有开过苞生过孩子。二老婆小翠莲嫁过来后，却生了三胎，还是生的三个男孩，按"福禄呈祥"四个字往下排，大的叫福海，二的叫禄海，三的叫呈海。可惜前两个都命短，不到一周岁都病死了。唯独成活了这三儿子王呈海。可在他不到一岁的时候，他生母就病死了。大老婆江瑞兰因生不了孩子，就特别喜爱王呈海，从一岁上就跟着她。由于江瑞兰经常哄他、玩他、爱他，王呈海对她也格外亲，就"大妈，大妈"地叫起来。她拉着王呈海走进套间窑里，睡在红漆木床上。身下铺着好席、好毡、好毛毯、好褥子，身上盖得适身绸缎被，不大一工夫就迷着了。

小铁牛进到磨坊里，看春妹坐在凳旁一块黑旧板子上，"呼哧呼哧"累得直喘气，就想起了自家能歇息的窑洞。他给妈妈说了一声，就跑回去看了看。他推开大门，进到里院，看看敞着家门的西土窑，显得凄凉寂寞了。唯有那四只家燕，仍忙忙碌碌地飞进飞出。他在家门口恋恋不舍地看了一会儿燕子，怕燕子进窝不方便，把两扇门往两边推了推，在院子里走了几趟看了看，才出了大门，他把大门拉上，在大门口看了一会儿燕子，才缓缓地离去。

"呢喃——呢喃，呢喃——呢喃"，小铁牛回到了王进财家门，抬头一看，有两只家燕看上去好像是西窑里的那两只大燕子，在头上飞来飞去。是燕子对铁牛的多情，还是另觅栖身的新巢处，就由前院"呢喃，呢喃"地飞到了后院。小铁牛看着它们在院子上空飞了几圈儿，有几次"扑棱棱"就飞落在正窑门窗上。小铁牛喜滋滋地看着那燕子，像是又要找新栖处搭孵小燕子了。

王呈海听见也轻轻走出来，他睁着一对三角眼看着燕子笑了笑，问铁牛说：

"小铁牛，这哪来的燕子，飞得挺欢腾？"

"三少爷，兴许是俺家那窝老燕子搭新窝孵小燕子了！"

王呈海有兴趣似的，对小铁牛说："走！咱去看看！"

小铁牛以为他有兴趣看燕子，随跟了他去。

王呈海伸脚踢开门，进了院里，看见有两只家燕，由院上空往西窑里飞来飞去，似箭一般，穿梭不停。

小铁牛看着燕子说："小燕子可好了，我可喜欢小燕子了！"

王呈海叉了叉腰说："你喜欢，我可不稀罕！它吱儿吱儿叫得人真讨厌。"随后他在院地上拿起一根木棍来，走进西窑里去捅燕窝。棍子短，燕窝高，他伸着棍子够不着，对小铁牛说："铁牛，你快蹲下，用肩膀把我顶起来。把燕窝捅了。"

小铁牛央求着说："你捅什么都行，就是不要捅燕窝，你捅了窝，燕子就不来了。"

王呈海瞪着眼睛说："这你算说对了，我捅了窝就是不让它来呀！"

小铁牛冷瞪了他一眼说："你——"

"你什么，你顶起我来不？"

"你捅燕窝我不顶。"

王呈海生气地说："你不顶，我也要捅！"他找来个草墩子站在上面，气势汹汹地"咯喳，咯喳，咯喳"几棍子，就把两个燕窝捅掉了。他一扔棍子，走了。

小铁牛进到窑地上，弯腰捡起那燕窝的碎泥块块，仔细看看，不是整个儿的泥疙瘩，是像泥珠儿似的，一个珠儿一个珠儿垒起来的。他知道这是燕子用嘴一口一口叼着一个一个泥珠，不知道费了多少天飞了多少次才筑起来的。他拿着那泥块块出了窑门，看着乱飞乱扑没了窝的燕子，心疼地簌簌落着泪。又去舀了半瓢水，和了一把泥。丢到磨盘上，让燕子衔去好搭窝。他回到磨坊里，气愤地对春妹说：

"妈妈，三少爷把咱窑里的两个燕窝给捅掉了，燕子没窝儿了，上哪儿去栖身？"

"那他咋个儿知道咱家燕窝？"

"我看燕子往这儿飞，他问我，我对他说来！"

春妹搂着小铁牛给他擦着泪说："牛儿，三少爷是个嘎小子，往后不要搭理他！跟着妈妈学干活。"她从衣襟兜里掏出那个小红布包来，把包儿包得小了些，绳儿捆得紧了些，又装进衣兜里，说，"明年妈领着你还找老娘去！"

小铁牛说："妈妈，明年咱一准找俺老娘去！"

四十

阴历四月初八，是宝盒山的庙会节。宝盒山相距王家峪村二十多里地。相传那宝盒山，山顶是个盒子盖，山腰是盒壳壳。不知在以前什么年月，有一天夜里，宝盒山突然放起光来，盒中光芒四射，莹莹耀眼。有个砍柴晚归的樵夫，看见一个管山神，头顶上挽着银色鬃髻，银眉，银胡须，身穿一身袈裟似的褒衣，左手拿着把银仙刷，右手拿着把金钥匙，将那宝盒盖子开了。只见那盒子中卧着一条黄澄澄的金牛，那金牛睁着黑亮亮的大眼珠子转了转，浑身动了动，"哞——哞——"叫了几声。那金牛的身周围旮旯缝下，窟窿倚窗都堆满了翡翠、玛瑙和宝石，萤萤耀耀闪烁出那五光十色的宝光来，甚是好看。就在这时，被村里的一家土财主看见了，他立刻带领家里的一帮强人，扛着镢头、铁锹，手拿榔头、大锤，拼命地直奔宝盒山而去，他们一心要砸碎这条黄金牛，劫走那珍珠、宝石。就在这时，强人们被山神看见了，说："这是我管辖的山中宝，怎能让你狗财主盗走？"只见他忽摇了几下仙刷子，那掀着的宝盒"叭喳"一声就合上了，那金牛不见了，珍珠、玛瑙、翡翠、宝石不见了，那五光十色的宝光消失了。山还是原来的山，那山神踩着一朵镶着金边的白云，徐徐飘上星空。从此，这山就得名为宝盒山了。

多少年来，这山再没见掀开过。可说来也怪，人称宝山，山也就不一样了。山上苍松翠柏茂盛，各种树木和奇葩异草长得满山坡。各种药材丛生，山顶上、悬崖峭壁还长着山参、灵芝草。有人传说，脚踩了灵芝草就要迷路，下不来山了，所以，有些年轻人赶庙会到山上去玩，往往结伴成伙而行，不敢独自一人冒险。都怀着好奇心，既想看看灵芝草是啥样儿，又怕不认识踩着它，迷路下不了山。

那天早上，春妹起来得格外早。她打扫完院子又扫了扫街门口，回到了磨坊里。又出去端了少半盆洗脸水，洗了洗脸。还用她那个缺齿断牙的旧木梳，梳了梳头。额门上又闪出了那短短的刘海，甚是俊秀。她往破铺板上一坐没留意，偶然间蹭醒了小铁牛。小铁牛揉了揉眵模糊，睁眼一看，春妹今儿个起来得格外早，洗刷得挺干净，好似两年多以前过端午节在槐树下乘凉的俊模样儿，他坐起来不解地就问春妹说：

"妈妈，今个是啥喜日子，你起来得这格儿早，洗漱得挺干净？"

"牛儿，你想一想呢？你六岁多了，也该记事了！"

小铁牛抓着头皮想了想，对她说：

"妈妈，我想起来了，今儿个是四月初八，宝盒山庙会节！"

"你再想一想，还有什么呢？"

"噢，我想起来了，妈妈，今儿个是妈妈你的生日！"

"俺牛儿真亲！起来也给你洗把脸，那宝盒山上的好东西可多啦！有老山参、灵芝草，幼狄往树上爬，山兔到处跑。听说，有人还看见梅花小鹿呢？等明年咱和你爹做下工来回了家，妈和你爹领上你，也到宝盒山上赶赶庙会节，你想去不？"

"妈妈，我早想去哩，就是去不了！"

李石柱肩扛着把大磅锤进来了，他见春妹正给小铁牛洗涮手脸，就把磅锤依在墙角，坐在了破铺板上，春妹赶紧把牛儿的手脸擦干净，把他抱到李石柱的身边，自己也坐在了牛儿旁边。李石柱从怀里掏出一个点着红点儿的白面馍馍，递给春妹说："这是金牛老汉送给的一个馍馍，他给我，我硬是不要。他说，我不是送你吃的，我是送给牛儿他妈的。我知道她是四月初八的生日，这我才带回来。"

春妹接过馍馍来看看，想着，一时想不起来。就问石柱说：

"他怎么知道我是四月初八的生日？"

"你忘了？就是咱俩成亲那年的四月初八，他到咱家来问过你。"

春妹理了下头发，说："噢！我想起来了，就是那外村来的给王进财放羊的羊把式——扁金牛？"

"就是他！刁萎新让我和他住在看羊房里，那人挺憨厚，也很实在。"李石柱停了片刻，喜滋滋地望着春妹说："今儿个是你的生日，你得把那个馍馍吃了！"

春妹的脸有些面嫩了，她喜滋滋地把馍馍递给了铁牛说："这么大人了，说说就行了。让牛儿吃了吧！"

"牛儿不要。让妈妈吃了呵！"铁牛听爹说，把馍馍塞到了妈妈手里。

"这可行了吧！"春妹没法子，在馍馍上微微咬了一小口，又把馍馍塞给了小铁牛。

两个人对着笑了笑，李石柱又和春妹说了几句话，扛着大磅锤给王进财家地边垒地坝去了。

王进财一家人，今天也起得早了些。王进财说是赶庙会节，也许有别的什么事，昨天上午骑着马穿着便服也回来了。王进财和王进宝说，他们一家五口人，都要到宝盒山去赶庙会节，随让刁管账雇了四顶好蓝缎轿。他们早晨美餐一顿早饭后，让刁管账给预备好了午菜饭，王进宝、古淑芳、王呈海又在正窑里逗玩了一会儿小八哥。轿来了，刁管账就招呼他们去上路。王进财和王进宝走出正窑门来。王进财拄着文明棍抬头一看，一眼瞅见春妹喜滋滋地露着笑脸走进来，刹那间，他那两只鼠眼蓝光又和春妹的两眼荧光交织在一起，和前年端阳节他在土垅上偷视春妹那样，贪婪看到春妹那俊悄的身材和自然美的笑容，止不住地左右抽动着嘴腮奸笑笑，春妹立时低下头干活去了。可王进宝见他身上有些不自在，是不是有些不舒服，就忙和他说：

"大哥，你的身子是不是有点儿不适？要不，你就不要去了，反正山上也没有什么新鲜的！"

"我也有点儿不想去了，去了也没啥大意思！"

古淑芳穿着身紧身显眼的衣裳对他说："你去过多遍了，去了也没甚看头！还不是那些石头山、木头树，一路驴粪蛋，水往沟沟流，没意思，没意思！就在家里歇着养神吧！"这样说，有她个人的心思，王进宝和她逛庙会节，随后送她回娘家，王进财不去倒显着方便些。所以。劝他不要去。江瑞兰领着王呈海去逛庙会，王进财不去，她哄王呈海，更显得偏爱些，所以，也没吱声。王进财见江瑞兰没吱声，就说："没意思，不去了！你们上轿吧！"他看见刁萋新走来了，又说，"我身子有点儿不舒服，不去了，你陪着他们去。二东家逛完宝盒山庙，送淑芳回娘家，他们就走了。你陪着瑞兰、呈海回家来！"

"没甚事，这就走了！"

"你们走吧，去了好好玩一玩。"

王进财送他们出了大门口，王进宝上了第一抬轿，江瑞兰和王呈海上了第二抬，古淑芳上了第三抬，刁管账上了末顶轿。两人抬，四顶蓝缎子轿挨着走了。王进财望着轿走了，转回身，回到正窑里来。他在太师椅子上坐定，喝了口清香扑鼻的扣碗茶，又捏着牛毛似的黄水烟，抽起水烟来。也不知想起了什么美心事，撂下白铜水烟袋，弓着两个指头弯，在八仙桌子上"嘣楞楞，嘣楞楞"弹起桌子来。

晌午，家厨给他上了高菜、好色酒，他吃饱喝足了，又喝了几口好酽茶。他走到窑门里，透过玻璃窗看了看院里，瞅见春妹和小铁牛收拾院子，没旁人，便走进西套间窑唤春妹：

"春妹，你给我取盒洋火来！"

"大东家，我这就拿了去！"

春妹听大东家唤她取洋火，随着应了一声。她从厨房里取来一盒洋火，对小铁牛说："牛儿，你在这儿等着我，妈一会儿就来！"她抹了抹小铁牛额门上的爱毛，拿着那盒洋火急着给王进财送去。她走进西套间窑，没几步，就迈到了地当中。一看，王进财却站在西窑门里看着她。她觉得走得有点过快过急了，随往后慢慢退着，想把那盒洋火给他撂在阁几上，就出来。

王进财睁着两只偷油吃似的耗子眼，直瞅着春妹。他的鼻子似乎闻到香味儿，嘴唇上的八字胡急速抽动着，嘴馋得竟下流地流出哈喇子来。他伸出左手去拿春妹手里捏着的洋火，索性摸到了春妹的手背上，他美滋滋地觉得浑身麻舒舒地过了一次电流。

春妹看着眼前王进财那狰狞的真面目，不由地胆战心惊，她的心"扑通"猛一跳，一撒手，手里的洋火掉在了地上。这时，她才看清了王进财的丑恶貌相，像她在埋了玉柱后夜里做的恶梦，梦见王进财像条吃人的饿狼一样凶恶。惊吓得她就顺着阁几往外走，王进财却硬拦着她，她又从靠炕的那边出，又被王进财截住了她。

王进财盯着春妹，像是一个受玩弄的玩意，玩一玩她才痛快。这时，他两眼冒火，死死地闩上窑门，剥光身上的衣裳，伸出两只狼爪似的手，一掐掐住春妹的双肩，前身紧贴着她的胸脯，猛力将她摁到炕上。乱咬乱啃她的脸蛋、脖颈，简直要把春妹吃了一样，发作起兽性来。

春妹被他拦住。爪抓，想喊也不敢喊，想哭又不敢哭，气急的她噙着两眼泪，拼命挣扎了几下没挣脱，终因她身弱无力，没逃出狼爪，被饿狼王进财强奸了。

小铁牛在院里等妈妈，好大一会儿不出来。急得他想进窑里又不敢进，就趴在西套间玻璃窗前去瞅，一眼瞅见王进财，将妈按倒炕上，他的整个身子压在妈的身上，胡乱折腾妈，还听着有猫吃糊糊的声响。吓得他就要哭叫妈，但又没敢哭喊出来，心一惊，手一松，手里拎着的铁簸箕"当啷啷"一声响，掉在了地上。

王进财听见窑外铁簸箕声响，才松开手起来身，春妹才提着裤子抽泣着跑出来。

春妹看看院里没人，拉着铁牛急促促地回到了磨坊。她和铁牛一起蹲坐在破铺板上，见铁牛的眼流着溪溪泪，故作正经地问他说：

"牛儿，谁又欺侮你来？看！又要快嚎了。"

"妈妈，不是欺侮我，是大东家欺侮你来！"他的身子往紧里靠了靠妈，"我都看见了。"

"那你看见什么了？牛儿。"

"我瞅见大东家乱折腾你来！像狼吃人一样，乱啃乱咬你！吓得我把铁簸箕也丢到地上了。他是个大赖鬼！"

"牛儿，这是歹事情，千万不能对人说。不能告你爹，也不能告你姑，要听妈妈的话，谁也不能说！"

小铁牛睁着疼爱的两眼，望着春妹说："妈妈，我记住了。我谁也不对他们说!"

春妹想,四月初八,是我的生日,也是我受侮辱的伤身日,灌了满肚的冤屈,她的泪流成了两道河,她将铁牛搂在怀里,给他擦着泪说:"牛儿是好孩子,最听妈妈的话!"

四十一

傍晚,刁萎新陪着江瑞兰、王呈海,赶完了宝盒山庙会节,高高兴兴地回来了。王呈海手里拎着个新竹篮子,里边装着"不倒翁"、面塑手艺人捏的"猪八戒背媳妇"、吹糖人的手艺人吹的"刘海戏金蝉",还有其它玩的耍的玩意儿,盛了一篮子。回来后洗涮完毕,吃完了晚饭就入睡了。

深夜,春妹在磨坊里,守着入睡的小铁牛,在破铺板上想事儿。她抬头望了望窗外的淡月,掏出红小包儿解开,又瞅了瞅那半只银镯子,想起了那心爱的杳无音信的妈妈。她悔恨怅惜地"咳"了一声,用了晋如康一块钱,没有逃出王家峪。逼得一家三口人给王进财家当了长工。来王进财家没多久,终于没逃出他的魔掌,被王进财糟蹋了身子,家门前的槐树被霸掉,玉柱弟被逼疯冻死,德来叔被暗害死,直理侄儿被气瘫痪,这已经给她的心坎上,刻下了很深的伤痕。可王进财又污了她,这对她来说,更痛苦,更伤心,更怨恨,遂在她心坎上,又刻下了更深的伤痕。

她觉得这种丑事,不只给女人丢丑,给吴家、吴家寨丢脸,也给河南人丢了脸抹了黑,使丈夫李石柱、姐姐李冬梅家也挂不住脸,使自己的儿子铁牛也没脸见人,她想到这里,就想上吊死或投井自杀;但摸摸铁牛才六岁多,丈夫李石柱在苦里熬煎,又舍去了这个念头,进而想到,这丑事,除了小铁牛,别人不知道,为了儿子、为了丈夫、为了明年去找她的妈妈,就将这事隐匿下来。此后,她在表面上竭力地掩饰着,好像没有发生这事一样。

数日后的一个黎明清晨。她早早起来,打扫完了院子,就去煤炭堆旁砸了很多大小不一的好炭块,准备好往高灶上添得好燃料,她弄了两手黑,脸也弄得黑儿马虎的,回到磨坊里来瞧小铁牛。

小铁牛已经起来站在地上,他见春妹弄了一身煤黑,手黑脸又黑,蓬乱的头发上,还挂着满头黑灰尘,就问春妹说:

"妈妈,又拾掇煤堆去了?"

"牛儿。不是拾掇煤堆，是打砸了老些炭，家厨说，今儿用炭多！"

"那他家里又要作弄甚？"

"今儿个又过端午节！"

牛儿一听又是端午，又想起了两年前在家过端午节来，想起了心爱的叔叔，想起了那被捅掉的燕窝，就用手给妈妈掸打着身上的煤尘说：

"妈妈，你快洗洗手脸，咱回咱家看看个！看看咱院里咋个儿了，看看那两个燕窝垒起来了没有？"

春妹在铁洗脸盆里洗着手脸说："早晨，咱还得给王家干活，不能去。等晌午，王家睡了晌觉，妈领你回家看看！"

小铁牛应着，也没再吱声，随妈妈干活去了。

她娘儿俩走进王家里院，一看，和她俩在黑黑的磨坊里，完全不一样，王进财家一家大小，个个穿着新夏装，人人笑眉笑脸，欢腾异常，家厨叮叮当当忙碌着，自然是准备着好酒、好菜、好饭。看来，今年端午节要比前年讲究得更阔些。一来，江瑞兰身体稍好了些；二来，王进宝送古淑芳住娘家回来，说是身上有了喜，王进财很高兴，这样，家里就欢腾了，春妹为不使小铁牛看到这些，眼气得心里难过，同时，避着点王呈海，不让他找寻着欺侮牛儿，就领着他到后院，到人很少的角落干点零碎活，免得惹是生非。她领着铁牛在后院角落干了一上午活，回到磨坊喝了点剩酸菜汤，当王家一家人歇晌的空儿，领着牛儿回自家去看看。

春妹领着小铁牛，来到自家大门口，看着那被锯了树的树墩子，经风吹雨淋日晒雪浸，显得有些朽了。但那树墩根旁长出来几根嫩枝枝，既乱又微弱，小铁牛看着树墩子对春妹说：

"妈妈，王进财锯咱家这树的工夫，气得俺叔叔躺在树跟前吐了血来！"

"牛儿，就是从那工夫起，你叔叔就被气疯了、气哑了，活活被冻死了呀！"

"都是王进财老狗日恶！俺心里老想俺叔叔！"他恨着王进财，想着叔叔，两眼又湿润了。

"牛儿要记住，王进财是大恶霸！你叔叔小时最疼你！"她的眼也湿润了，想着那淳朴、憨厚、耿直的玉柱弟。

春妹转过来，再看看那土垅上的花花鸟鸟，还是和前年看土垅的那样，从垅西头往垅东头看。不过，不像那时兴致勃勃、面带笑容了。她只是睁着一双悲伤、痛苦和忧愁的目光看着这自然的景色。土垅上虽然长着还是那酸枣花、山丹花、喇叭花，可显得零落多了。色也不很娇艳了，花香自然差多了。那小鸟儿的啁啾声，蜜蜂儿的嘤嘤声，也稀落得多了。院旁椿树上常来笃虫的啄木鸟也不见了。她望着，望着，一眼又望到了端午节王进财偷看她站着的那截土垅上，王进财那狰狞的面貌又显现在她的眼帘，她恨恨地攥了下小铁牛的手，咯吱吱地咬了下牙，"呸"了一口，说："土垅，你怎格儿就不再陡一些、滑一些，没有摔死那遭害人的大恶霸！"

小铁牛随着春妹的眼神，也望着土垅。虽然在春妹气恨地望着土垅时，没有看见什么人影，更没有瞅见王进财的身影。但他马上意识到遭害人的大恶霸指的是谁？也气恨恨地说："大恶霸是王进财，他要来了就摔死他！"

春妹会意地拉着小铁牛走进院里，空旷寂寞，显得冷清多了。虽然已是初夏季节，但内心觉得阴森森的凉。又往里走了走，看不见燕子飞，听不见燕语声了。

小铁牛没等春妹说，紧攥着她的手往里走着说："妈妈，坏了！咋不见燕子飞了？咱快到西窑里看看，燕子有没有搭上窝？"

春妹拉着他走进西窑里，里窑顶上没了燕子窝。小铁牛从地上捡起被王呈海捅掉的燕子窝碎疙瘩说："妈妈，你看！这就是王呈海给捅下的燕子窝，两个燕子窝都给捅掉了，燕子也不来了！也不知它们上哪儿去了？"春妹痛苦地看着他说："牛儿，这里捅了它的窝，它就不来了。燕子又找新地方安家去了。好好的两个燕子窝，他也给遭害了。唉！王进财是个大恶鬼！王呈海是个小恶鬼呀！"春妹伤痛地流下泪来。

晌午，春妹领着铁牛又到王进财家后院去干活。干了二三个时辰，又跟着妈妈清整院子，从后院扫到中院，春妹拿着大扫帚扫，小铁牛握着小扫帚扫。他还拎着铁簸箕，来回除杂屑，倒脏土，紧跑。

王呈海在他俩身后甩着鞭梢儿玩，嘴里还嘚嗒嘚嗒赶着毛驴似的往前轰赶。

王进财、江瑞兰、古淑芳看着高兴得直乐，笑得快合不上嘴儿了。王进财掐了一朵艳艳的芍药花，在鼻子尖闻了闻香味儿，掰碎花瓣飘撒在地上，故意让春妹和小铁牛打扫。

春妹这月没来月信，生怕有了孕，近几日胸口老觉得不舒服，她一弯腰趴在地上，心烦地"哇哇"就吐了。

江瑞兰说："真臊臭！"用手绢捂着鼻子嘴走了。古淑芳说："下溅东西！"手捏着鼻子，弓腰上了正窑门前的砖台阶。王进财说："又下贱，又臊臭，快给我拾掇干净！"他走上砖台阶，见古淑芳捂着肚子难受，就忙扶着她，她中了本家外孕，害孩子也吐了。

深夜，春妹坐在破铺板上，又掏出了那小红布包，解开看了看那半只银镯子，放在了铁牛的头跟前。她被王进财奸污后怀了私孕，打不掉也取不出，羞得没脸见人了，一心想悬梁自缢，她把磨坊梁上拴吊着的铁钩拴上了套脖绳。"妈——妈妈——，我不当小毛驴，我不当小毛驴！"她听见牛儿说呓语，走回来又去看牛儿。牛儿在蒙胧中攥住了她的胳膊。过了一会，牛儿不说了，她又去上吊。当她刚攥住绳子往脖子上拴套时，牛儿更大声地说起呓语来："妈妈！快来，妈妈快来！王呈海要拿鞭子抽我了！"气得抽泣着就嚎起来。春妹唰一下软了心，又去看牛儿。牛儿两手紧搂抱着她，她怎么样也挣脱不了。天也明了，春妹又把那半只银镯子装在了衣兜里。

春妹怀了孕，因不忍心丢开自己的儿子和丈夫，又向往着明年去找妈妈，曾几次寻死未遂，她一面受着苦累熬长工期，一面暗自作孕弃胎。深夜里她不时地摁肚子，揉小腹。可也是有点儿怪，她越想摁小腹，小腹越大，她越揉搓孕胎，胎儿越大，有时掐揉得她满头大汗，她还是不停地摁，不停地揉……

过了三个月之后，她的肚子显得大了些，她为不让别人看出破绽，就把小布衫的大襟放大了些，这样不易看出来。一天晚上，李冬梅来看她，她坐得直直的，显得和往常一样。她俩说了一会儿话，李冬梅疼爱地说："苦太大了，身上累得太厉害了，熬了快四个月了，再熬八个月就快熬出去了。"春妹说："姐姐你放心，能熬出！"李冬梅走了后，黑夜她趴在铺板上硌肚子，白天推着磨杆挤肚子，一心想把私胎压下去，挤掉……

又过了二三个月，她还是想着法子去胎。王进财似乎也看出来了，他告诉刁管账摆布她，不让她再做长工饭，也不让她再出去，干院里粗粗拉拉的活，每天要磨五斗麦子的麦子面。她就早晚到院子里去干活，上下午就在磨坊里推磨磨面，咬着牙忍着疼，推着磨杆往下挤压胎孕。挤得脚粗腿发肿，肚子越发大，脸色阵阵青。王进财编着法不让李石柱和春妹见面，往累里死里给他安排活，黑夜还让他给牲口喂草料。一天夜里，李石柱悄悄来看看她，她侧着身子哄牛儿睡觉，说了一会儿话，石柱说："牛儿他妈，这王家真是吃人的无底洞，害人的阎王殿，简直要把咱累拖死。好歹咱熬出七个月来了，熬完这一年，咱就去找老妈妈。"春妹说："熬出这一年，就赶快逃出这吃人的狼窝！"

又过了二个月，已经到了腊月天，小铁牛在院里干零活，春妹在磨坊推磨磨面，走不完的驴磨道，受不完的牛马累。她忍着肚里的剧痛推，用肚顶着磨杆转，常常昏倒在磨道上，起来还拼死拼活地推。牛儿回来，也是一块受累，累得不行了就眯一会儿。她的肚子更大了，浑身发肿了，铁牛看着春妹疼爱地说："妈妈，你累得太厉害了！你累得浑身都肿了，脸也发蜡了！"春妹说："再熬几月就熬出来了！熬到这一年，说啥也要和你爹逃出这吃人的虎坑狼窝！"她爱地抚摸着他的头，认真地瞅着他说："牛儿，要记住！咱家的槐树是咋被王进财霸了的，锯了的？你叔叔是咋疯了的，咋冻死的？你德来爷爷是咋被王进财害死的？你杨直理哥哥是咋气瘫痪的？也不知道现在好了没有？不要忘了，要经常想着他们！"

牛儿说："妈，我记下了，忘不了！"

小铁牛的脸，紧紧地贴着妈妈的脸，娘儿俩都止不住地流着那痛苦而怨恨的泪水，妈妈的泪水吧嗒吧嗒地掉在儿子的泪水上，又随着儿子的泪水吧嗒吧嗒地掉着，掉着……

春妹默默地说："俺妈的一只银镯子，我和俺哥哥两人分，俺妈和俺哥今在哪？女儿在苦中泪吟吟！"

第十一章

除夕之夜

同踩一层地，
共顶一层天。
墙里寻欢乐，
墙外泪涟涟。

——石柱语

四十二

大年三十，是一夜连双岁、五更分二年的除夕之夜。

夜幕垂临了。王进财家从祖宗牌位的供堂到院子里，都点燃了长明灯。在他住的正窑里的里间窑，在黑木阁楼里，供排着祖宗的牌位。在阁楼前的长条红漆桌子上，摆着八个碟、八个盘、八个碗的"三八"席。在高粱秆上和陶瓷盘子里，摆着的和插着的大八件、小八件，什么松核桃、麻叶、枣烧饼啦，什么全家福的大花糕啦，什么红歪嘴绿叶叶的寿桃啦，凡是摆供的敬供祖先的那些讲究东西，应有尽有。在这些丰盛的供品前，大香炉里，已经烧上了王进宝从太原府捎回来的清香，幽幽地飘浮着烟云。出了正窑门，也是透明澈亮，灯火辉煌，正窑门外的两侧，点着两盏莲花纸灯，很显眼。在院墙上挂着红、粉、黄、绿、紫五颜六色的纸灯。纸灯上贴着各种古人、仙人的剪纸，有"刘海戏金蟾""吕布戏貂蝉""洞宾戏牡丹"，还有表现大地回春的杏、桃、李、果的图案，耀眼夺目。在影壁后芍药、牡丹花池前，架了一口大铁锅，锅里堆满了砍伐来的松枝、柏叶，摞得有三丈高，这是准备在四更天后烧除旧迎新年的通天火。在西厢房的墙上端，给天地爷的阁阁上，也点了盏纸灯。在二道门一进门的影壁中间，给土地爷的龛龛上，点了盏灯。出了大门，在门前的两侧，吊挂着两只宫灯式的椭圆形的红灯笼，点燃的蜡烛照得透亮。院子里的驴圈、马厩、磨坊、捶布石，也都点了木托纸灯盏。在厨房灶王爷的龛龛上，不只点了一盏纸灯，还给灶王爷供上了一盘各式各样的供品和小糖瓜，让灶王爷吃了供品和糖瓜粘了嘴，上天不说王家做恶事的真情实话，这就叫"上天言好事，回宫降吉祥"。

在土地爷、天地爷、大门、二门、正窑门及套间窑门，也都贴了红纸黑字的新对联。在窗户上，糊着雪白的新窗纸，贴着精致的红剪纸花，都和往年差不多，不同的是，西套间窑门崭新的棉门帘上，缀着一束鲜红的红绸子，这是三姨太古淑芳分娩后的喜吉兆。

在除夕之夜，凡要在家里、院里、街门口供的、贴的、挂的，都摆设得差不多了，就是厨房里原有的两名家厨和请来的两名帮厨，忙碌着准备除夕和过年的佳肴、丰餐、还愿供。

王进财告诉刁萋新，招呼着家人在烧通天火的大铁锅前，横着摆了三张红漆桌子，准备上还愿的整供。这是江瑞兰无意中许下的，去年过小年时，她和王进财、古淑芳闲聊天，说起闲话来说，古淑芳能不能生孩子？江瑞兰毫不在意地说："我向老天爷许愿，明年你要是生了孩子，我给上整供；要是大喜，我供一头猪，两只羊。"古淑芳说："咱们说了就算！"说来也巧，古淑芳真生了个小男孩，江瑞兰忘了不提这件事，古淑芳却记得清。她催着王进财给还愿，王进财叫刁萋新招呼着人上供。厨子和家人先抬出一口宰好煮熟退了毛的大肥猪，摆到了正中间的桌子上，接着，两个人背出来两只宰好煮熟退了毛的大肥绵羊，摆在了猪桌的两厢，上了还愿供。

厨子回到厨房，又忙着垛肉和切菜，准备菜饭和年三十夜里的熬年饺子，厨子们被炽热的大炭火烤得有些热，热得他们脱掉了身上的棉外衣，只穿着件薄棉坎肩，肩上搭着一条白羊肚手巾，不时地还擦把脸上的汗，他们把压酒的各种菜码、肉丝、肉片、肉丁、葱、姜、蒜切好，分盘放在一个桌子上，又把各样调料备齐。然后"叮叮当当"剁起馅、菜来，准备包饺子。菜馅分三种：王进财、江瑞兰、王进宝和王呈海吃的是三鲜馅，猪肉、海参、虾仁、玉兰片搅黄芽韭；第二种是猪肉、白菜，略撒点儿韭菜提味儿，这是给管账先生和厨师们吃的；第三种是猪肉、白菜、胡萝卜馅，这是给帮办过大年做事干活的人吃的。长工们，有的已回家过年去了，没走的等着喝剩菜汤。

厨子把馅准备好了，面也和好了，就两人擀皮儿人包。那厨子心灵，手儿巧，擀皮擀得是一口香的小圆薄皮儿，不时地还在案板上"当当当"敲打几下，那大馅饺子捏好，还带着花边边儿。在那大而圆的高粱秆算子上，摆着捏好的元宝饺子镶着边，全是圆圆儿的一圈套一圈地摆着，没有横着竖着放的。在那元宝饺子里边，摆的是匾形的边边上带有小皱纹花花儿的扁食饺子，一圈儿一圈儿又摆了几圈。在这扁食饺子圈里，摆的是折了纹的鼓肚元宝饺子，一圈儿一圈儿差不多快摆满了，当中间只剩下了只能摆一个饺子的圆心心，厨子们知道大东家和江瑞兰都喜爱三少爷王呈海，就在摆饺子中间的圆空心，捏了三个五仁带糖馅的小元宝饺子，镶在当中，填补了三算子饺子的空心。

王进财因古淑芳给添了一子，贵子临门，高了兴，他领着王呈海到院里转了转，看了看那供桌上的还愿猪、羊，到中院、前院、大门口溜达。边看边对王呈海说着话，看看大门上贴的对子，上联、下联又沿用了前年的联词"生意兴隆通四海，财源茂盛达三江"，横批，原贴是"书香门第"四个字，王进财听说古淑芳生的是个男孩子，马上叫人写了"福禄呈祥"四个字，撤去了横批贴上这新批。他看看门上的宫灯照得很亮，挺喜欢。

王呈海手里拿着个鱼鼓大炮和点炮的粗香，眨巴着小三角眼看着王进财说："老爹，俺有了小弟弟了，你不放个大炮高兴高兴！"

王进财拿过大炮去说："海儿，三姨太添了贵子了，今后你不要老不叫她！"

"那俺有大妈啦，我叫她啥？"

"你就叫她三姨妈，她是你的小妈妈！"

王呈海说："叫就叫，那你快放一个！"随把燃着的点炮香递给了他。

王进财说："叫就行！来我给你放一个，这就叫，常年不开包，开包就大喜！放一炮，一鸣惊人！"他拿着那点炮香吹了吹火头儿，把那个鱼鼓大炮竖在门前砖地上，点着后，一冒火星，"嗖——嗖——嗖——"蹿上了夜空，"嘎啦啦"一声响，烟火横飞。

"爹，你放的这一炮真响！"王呈海拍着手说。

"海儿，不响不惊人！"王进财瞅着他笑了。王呈海望着他也笑了。

王呈海高兴地跟着王进财转身走进大门，乐滋滋地走进二门时，耳闻磨坊里有呻吟声，他俩似乎没有听见，也没在意。又在院里看了看灯火、神像。

王进财领着王呈海走进厨房里去照看，他俩看了看菜码码、肉丁丁，当看到摆在算子上一口香的小饺子时，笑眯眯地挺喜欢，王进财看着算子中心摆了小元宝饺子，说："这小帽帽儿元宝饺子真好看，一宝满中。"一个厨子说："这是给三少爷包的三个五仁糖馅元宝饺子。"

"吉利的除夕迎新之夜，这饺子有何讲究？"王进财指了指填心饺子问。

"三姨太生了贵子，三少爷有了宝弟弟，这叫'三元及第'！"厨子惬意地看着王进财说。

王呈海没等王进财说啥，就高兴地拍着手笑着说："糖馅元宝饺子是我的，我喜欢！"

王进财寻思着说："饺子包得好，中也满得好；不过，'三元及第'不如'四子登科'好。我有过四个少爷，按'福禄呈祥'四个字排的，前两个'福海、禄海'都夭折了，剩下三少呈海，今又添了四少祥海，用四个糖馅元宝饺子填心，岂不更佳！"

厨子高兴地说："还是'四子登科'好！馅子有的是，再捏一算子，再满一个中！"

王进财点点头说："甚好！甚好！"

刁管账出出进进地招呼着。他见王进财和王呈海高兴地走了。时值大半夜，约莫已过三更时分。便吩咐厨子炒菜、温酒，备好除夕佳肴。侍候古淑芳坐月子的陈妈和老娘婆，也在忙碌着给古淑芳弄这弄那。在王家二门院里，到处都显出浓浓的除夕气氛。

约莫四更，王进财和晚些回来的王进宝说了一会儿话。互相争着要烧除夕香。王进财拿着一束香说："宝弟，还是我来吧！你大远远的赶回来，稍息息，还不瞅瞅三姨太！"王进宝点着头说："也好！一会儿我就去。"

王进财攥着束香，大体上数了数，在燃着的蜡烛上点燃，从祖宗的牌位阁楼前烧起。他攥着那把香先躬腰作了个揖，故意煽动的香着出黄火苗，给阁楼前香炉里插了三炷，走出窑门来，到厨房里给灶王爷，也作了个揖，插了三炷。出来，就给天地爷、土地爷都烧了三炷香。他走到大门口，给两株老槐树、朽了的两根旗杆石墩、大门上，也都插了一炷。然后，回到院里给驴圈、马厩、捶布石也插了一炷。手中还剩下三炷香，他给正窑门口、东、西套间窑的门框上，也各插了一炷香。他想去西套间窑再看看古淑芳，但在西套间窑门外，听进宝弟在窑里和她说话，便走进东套间窑和江瑞兰、王呈海寻趣逗乐去了。

四十三

就在这王进财家欢度除夕的天堂般的不眠之夜，在一墙之隔二门之外的磨坊里，却是黑洞洞的地狱般的牢房。同一个除夕之夜，却是另一个天地，另一个世界。

在磨坊里墙阁阁上，点着的那盏小麻油灯，已剩下那么一底底油了。那棉花灯捻儿燃得吱吱响，那灯头儿因油快耗干了，只能发出那极微弱的黯淡的光。在那麻油灯的墙犄角下，在一摊谷草堆上躺着的春妹，已经有气无力地挣扎不起来了。她的嘴里喘着间隙的气息，脸憋得清一疙瘩紫一块的，甚是难看，她腹中怀着的私孕折磨着她，身上像得了水臌病，浑身浮肿，肚上像衬了口茅锅，她"嗯嗯呀呀"地咬着牙，吃力地伸出右手，从衣襟里又掏出那个小红布包，哆嗦着两手才解开，又取出那半只银镯子。她左手攥着那块小红布，右手拿着那半只银镯子，睁着那血丝麻麻无比仇恨的眼睛，挣扎着看那半只银镯子，想起了她那心爱的妈妈和哥哥，滴答——滴答——的泪珠儿，一粒一粒地掉在了那半只银镯子上。在她的眼前，一切都是黑暗的，可怕的。那可怕的石磨盘立起来就要砸死她，那黑黑的粗粗的磨杆站着就要捧死她，那微弱的小麻油灯火苗给她闪着熄灭的催命火。在那熄灭火旁边，王进财像条饿狼似的糟蹋她的身影，又出现在她的眼前。她瞪着两只凶狠可怕的眼睛，咬着牙，想抓起磨杆来，举起磨盘来，捧死、砸死这条吃人的狼……

春妹瞪了瞪她那可怕的眼睛，只是微微动了动身子，怎么也起不来。她知道，眼下就是三十晚上，熬过今夜到明天，就又是一年，挺乖的牛儿就七岁了。来到王家已九个月，过了年到春三月就熬够一年了，她和丈夫石柱拉着牛儿，逃出这虎口似的王家大门，去找妈妈她老人家。她想着想着，不由得攥攥半只银镯子，五指发硬了，不听指唤了，连半只银镯子也攥不住了，喘着的气息更微弱了，那沉重的肚子压得她起不来了，就是这一夜怕是熬不过去了呀！

小铁牛见妈妈难过、伤心、流泪，神色不好，又见她浑身肿得动不了，心里吓得"嘣嘣"直跳，急得要去找他爹！可是，妈妈不让他去，说她肚子难受，过一会儿就好了，他一直守着妈妈，春妹也不让离开她，他身上憋着一泡尿，实在憋不住了，就给妈说了声，去茅厕撒尿去，妈才让他去。他出去到茅厕里解了手，悄悄从里院外的窄过道穿过去找爹爹。他到了尽后院喂牲口长工住的南房找了找没找见，又到驴圈、马厩里寻了寻也没有，就又返回来。当他走到后院通前院的岔道口时，冷不防碰见了握着玩具砍刀的王呈海。王呈海举起刀来，杀气腾腾地朝他盯着唬唬道："穷小子，你再给我乱窜我砍死你！"说着，就握着刀砍着撵他。他只好又从窄过道里出来，回到磨坊里去守妈妈。

院里的门灯、壁灯透透亮。磨坊里的小麻油灯，越来越黯淡，小铁牛看不清春妹的脸庞，觉得磨坊里很疹人，又听不见妈的呻吟声，他又惊又慌，心里"扑通扑通"直跳，但想到王进财糟践他妈妈屈辱难忍的情景，他又胆壮起来，他去找爹爹李石柱没找见，又着急起来，他悄悄地出来走到大门洞里，想去找姑姑李冬梅，门闩得严严实实的，关着的暗门他怎么也拨不开。他急得哭了，跑回磨坊，跪坐在春妹身跟前，问了问妈妈，说了几句话。春妹蒙蒙胧胧也搭了几句话。

小麻油灯的灯捻儿吱吱啦啦快要烧尽了，灯亮儿越来越黯淡无光了。小铁牛又惊又怕，听着那墙里"噼里啪啦"的鞭炮声，像村里来了强盗打、砸、抢的遭害声；那点燃的松柏树枝闪着的火焰，像强盗点着了民房似的乌烟瘴气，又惊人，又吓人，又危人。他战战兢兢地急得对春妹说：

"妈妈，我到后院寻俺爹，没有见！大年下啦也不让爹来看一看你！"

"哦！那你爹上哪格儿去啦？"

"不知道！"他见春妹不时翻眼珠子，手攥那半只银镯子，想要往起坐。他急忙抱了一抱草，垫在了她的脊背后，扶着她微微往起坐了坐。

春妹微坐起来，恍惚地有了点精神，又瞅了瞅手中攥着的那半只银镯子，有些急切地对他说："牛儿，妈怕不行了，快叫你姑姑来！"

小铁牛着急地噙着泪说："妈妈，大门都闩死了，我想出去拔不开闩！"

春妹听了，一时很紧张。她的脸红一阵紫一阵，她的眼愣瞪着，她左手把牛儿拉到自己的身边，紧紧搂着他，生怕别人抢走了她那唯一的儿子，疼爱地问他说：

"牛儿，妈好不好？"

"妈妈好！"牛儿搂着妈妈看着她说。

春妹扭了扭头，疼爱地看着牛儿说："牛儿，想妈不？"

小铁牛紧紧搂了搂妈妈，眼巴巴地看着妈妈说："妈妈，我心里老想妈！我不离开妈！"

"牛儿，告你爹，俺姓吴，你大舅——也有这半只——银镯子——"她的脸往左边一晃，两眼闭合，再也睁不开了。从她那发青的嘴角边，徐徐地流出黑血来，流在了那半只银镯子上……

小铁牛儿吓得"妈！妈！"连连推了几下春妹，叫不应也推不醒。他惊恐万状，眼圈里浸着泪，可没敢大哭出来，他想喊，又没敢喊出来。小磨油灯也不亮了，一闪一闪地也快完了。他噙着两眼泪，左手攥起那带黑血的半只银镯子，奔出磨坊，又去找李石柱，他哭泣着一出门，正想要从窄道里去，被从二门里走出来的刁菱新瞅见了他。刁菱新见他抽抽泣泣，忙吓唬他说：

"铁牛，你站住！你往哪儿跑？大年三十你哭哭啼啼，真给我败兴！"

"刁管账，俺妈断气啦！我得快找俺爹格儿呀——"小铁牛急得跺着脚，身上抖动着忍受不了的痛苦嚎着还要去。

"什么事？谁敢给我哭叫！在大喜的日子，真给我活败兴！"

王进财在二门里院，正在观赏那火舌吞天的大隆隆火和那又折跟斗又冒烟的飞溅火星的鞭炮。

刁管账说："大东家，是他妈的铁牛在哭！他说，他妈过去了。"

王进财疾步走过来，瞪着两只三角眼，眈眈地盯着李铁牛说："你妈过去好！阳间添一个，阴间也得补一个，去得好！"他见铁牛还是浑身战兢兢地哭着，气急得不行，他唬着两眼举了一下手咻赤道，"大喜的日子，你敢再给我哭！你再哭我非砸死你个狗杂种！"他看了看刁管账，说，"刁菱新你快打着个小灯笼去看看，不行，趁天黑快把尸首先送回他家锁起来，把他俩锁在后院小南房，等大喜过了三天再让他俩回去。"他走了两步又返回来，对刁萎新叮咛着，"送回去也不能给我哭，要声张出去，我要你爹儿俩的命！"

刁萎新低头哈腰地说："大东家，我知道了，我这就办！"

王进财扫兴地生着气走了。

刁萎新叫家人给他找来一盏纸灯笼，他俩带着李铁牛，走到后院的驴圈旁，去找李石柱。

小铁牛跟着刁萎新和一个家人跐跑到驴圈旁，见爹爹李石柱正端着一筐箩料草从小南房走出来，他上气不接下气"哇"的一声哭了说：

"爹！不好啦！俺妈妈断气啦——"他嚎着就向爹爹扑去。

李石柱一听，"嗡"的一声就气炸啦！他两手一撒丢掉了手中的筐箩，那筐箩在地上滚转了几个圈儿倒在一旁，那筐箩里的料草溅了一地，也溅在了刁萎新的新衣裳上些，他正在掸打着。李石柱"哇"的一声哭了说："牛儿他妈，你怎个儿就……"他拉起小铁牛就往外跑。他的浑身像泼了一盆冰凉水，从头凉到脚心上，激到了他的心口窝。他的嘴唇抽动着，两手颤抖着，眨着两只红丝丝的眼睛，哭着从后院小跑着，小铁牛哭着紧跟着。

刁萎新说："李石柱你要找倒霉？大东家得大喜，三姨太生贵子，你要冲了他的红运，他要你的命！"

李石柱和小铁牛穿进小窄夹道，急促促地跑跐着。李石柱的两腿软得哆嗦着，在窄道里跪下好几次，一次一次被刁萎新和那个家丁扶架起来，跟跟跄跄跨进了磨坊。李石柱走到春妹身边就跪下了，他噙着泪嚎着扶着春妹说："牛儿他妈，你咋个儿啦！你醒醒？我是牛儿他爹，我来啦！"他恍惚地看见春妹不睁眼，也不动弹，更不开口说话。他急着就用手摸摸她的脸，拨了拨她的眼皮皮，还是睁不开。

小铁牛挤在春妹靠墙的身边，哭着急得对李石柱说："爹！俺妈刚才嘴角边流出黑血来啦！现在还溢着。"

李石柱这才瞅出春妹嘴角边渗着黑血，他刚才抹着春妹脸时，手上蹭上了血。他急忙摸了摸春妹的额门楼，凉冰冰的了；他歪着脑袋侧着脸，右耳贴在她的心口窝，他的耳里嗡嗡响，什么也听不见。他懊悔地两手一拍自己的大腿板，然后伏在了春妹的身上，痛哭涟涟地说："牛儿他妈，你不能走呀——牛儿他妈，你不能死呀——"泣不成声了。

小铁牛痛哭着，止不住地流着泪，也伏在了春妹的身上，他的头紧挨着李石柱的头，无比悲痛地哭号着唤春妹说："爹！我要妈妈！爹！我要妈妈！"

刁萎新在一旁骂着说："李石柱，你还敢给我哭！你再哭冲了大东家的大喜，你要败大兴！赶快把尸首抱家走！"

李石柱没法子，遂将春妹抱起来，小铁牛也在一旁扶托着，刚一出磨坊门，借着壁灯、门灯的亮光一看，春妹的脸憋得铁紫发青，嘴角边渗着黑血，浑身肿得不像人样儿。他心一痛，腿一软，抖动着两腿走不动，跪在地上了。那家丁拉扯着他又抱起来，走到二门口"扑通"一下又跪下，走不动了。

刁管账的嗷骂声，李石柱的恸哭声，小铁牛的呼唤声，立时又惊动了王进财。

王进财拄着文明棍，带着两个家丁走出二门来，训斥着李石柱：

"大年三十，除夕加大喜，喜上加喜！你个讨吃鬼的臊媳妇死在我磨坊里，真给我败大兴！不过坏中有好，她死得好！阴间多一个，阳间增一个，也算她补了大喜！"他在地上点着文明棍，盯着刁萎新说："刁管账，你马上派人把这骚货的尸首，送回他窑里锁起来；把李石柱和这小兔崽子，给我关进后院小南房，越快越好！"

刁萎新和两个家丁，先将李石柱、李铁牛，锁进了后院小南房。再出来将春妹的尸首送进了李石柱住的西窑里，死死锁上了门。

陈妈悄悄地跑着去告诉了李冬梅，谁也没有发觉。

四十四

王进财在院里观赏灯火，得了大喜，还愿念佛。他知道王进宝给古淑芳带回来些礼物，就给他留着空儿，让他和她说话也方便些。

王进宝当王进财进了东套间窑里后，他坐在八仙桌旁太师椅子上；喝着闷好了的酽茶，缓缓气。然后解开军衣领口，从衣兜里掏出一个金黄色的锃明瓦亮的洋烟卷盒，用手指头"咔嚓"一掐，弹开了盒盖，从香烟盒里抽出一支香烟来，又把烟盒"咯嘣"一掐，关上烟盒。他左手拿着铜烟盒，右手掐着一支，在烟盒上"噔噔噔"来回蹾了蹾，递在嘴唇边含着。

又从衣兜里掏出个洋打火机来，在扳机上"咔嚓"一掐，打着了火，吸着烟。把打火机关上，又装进衣兜里。他跷着腿坐在太师椅子上吸着烟，既是吐着那烟云也发嘎，他先吐了几个烟圈圈儿，那烟圈圈儿滚着走了。他看见西套间窑门帘上缀着的红绸子，就吐起棍棍儿来。接着他圈棍交替着吐，吐了圈儿，就吐着大圈圈儿，跟着吐棍棍儿，并将棍儿穿进圈圈儿里飞。他发着嘎，自讨嘎趣耍。

王进财从东套间窑里走出来，侍候古淑芳坐月子的老娘婆从西套间窑里挪出来。王进财问她说：

"三姨太有甚事嘛？我那小宝贝可好？"

"三姨太挺好的，快迷着了，小宝贝肉蛋蛋的可亲啦！"

王进财听得说，怕三姨太睡着了，进宝回来还没看她，就忙对王进宝说："进宝弟，你还不去看看三姨太？"他听王进宝说去，就走出窑来。老娘婆回头问王进宝："二东家，也向你道喜！你还有啥吩咐？"她听王进宝说，有事再唤你，也就走了。

王进宝快手快脚地打开他提回来的那个红皮箱，取出一个红匣子和一盒红喜字纸盖面的点心，两手拎着走进了古淑芳住室。他见古淑芳在炕上迷迷糊糊地躺着，似睡非睡，还有微弱的"嗯嗯"声，就把提着的东西轻轻地放到靠古淑芳的炕边。王进宝探着身子瞅了瞅，想和她说话，又怕惊动了她；想转身出来，又没和她见个礼。正在犹豫间，古淑芳微微睁眼睛。她一见是王进宝感激地仰了仰身子，又好像受了什么委屈似的，轻轻地唤了声："二叔！"眼就有点儿湿润了。王进宝见她睁开眼，说了话，探着身子亲昵地安慰她说："三姨妈，我回来看你来了，你和孩子都挺好的？！"

古淑芳一听到这亲昵的探望声，又听见王进宝问起了孩子，霎时觉得既亲热又暖心。她用手掀了掀那红绣子被面，露出了那白生生的大腿，用手指了指那还渗着产后血黑血糊糊的白棉被子，然后又很快合上被子，两眼扑簌扑簌就流出泪来。王进宝看到如此这般情景，立刻就想到，四月初八送她回娘家私通的事，他的眼眶也有些湿润了。他随手掏出他身上那粉丝手绢来，亲手给她揩着泪，说："三姨妈，让你受苦了！你给咱王门添了一个宝贝疙瘩，这不光是'福禄呈祥'了，还有'吉庆有余'呢？"两句话说得古淑芳止住了眼泪，脸上霎时浮出了笑容，睁着两只会说话的小眼睛，对着两只圆愣愣的大眼睛，说："还不是你！"她用手指点了下王进宝的脑门儿，王进宝只是眯着她，眷恋地笑了。

王进宝见古淑芳喜欢起来，也知道她喜的内心所在，忙打开那个红匣子，取出一筒蜜橘罐头来，用开罐头刀插进铁盖边，"咯吱吱，咯吱吱"切开半边圈儿，将半圈盖子掀起来，又从红匣子里取出个亮晶晶不锈钢的勺匙来，用勺挖出两片橘瓣，亲自喂到古淑芳的嘴里。

古淑芳觉着甜滋滋的，又香又滑溜，也没来得及嚼，不溜溜不溜溜就给咽下去了。

王进宝站起来，又从红匣子里拿出来"糖水蜜桃""糖蜜桂圆""蜜汁荔枝"几个贴着果品商标的罐头，让古淑芳看了看，又放进了匣子里。又拎起那盒点心来，也让她瞧了一眼。他见古淑芳笑得甚是喜人，就从匣子里掐出一块橘瓣形的橘子糖来，递进了古淑芳的嘴里。古淑芳嘴里含着糖，她的两手紧拉着王进宝的胳膊手，直接接触到王进宝那两颗大大的黄金牙，按捺不住地吐出了"宝哥哥"三个字来。

王家大院隆起的大笼笼火，已燃烧得微光闪闪了。那震耳欲聋的鞭炮声，也早已消失了。村落里偶尔响着的鞭炮声，也是稀稀落落的了。王进财领着王呈海和刁菱新，还有个来帮忙的人，在中院西厢房里玩麻将。院子里也显得静了。

王进宝和古淑芳两人虽然没说几句话，说话声也特别细微。但由于窑洞里过于清静，他两人说的私房话，被笼子里的小八哥听得十分真切。尤其是古淑芳说出了她以前对着小八哥说过的"宝哥哥"，那小八哥学舌学得非常伶俐，它在鸟笼子里，欢快地跳跃着，得意地连连地也学叫起"宝哥哥"。

由于窑洞里特别静的缘故，小八哥的叫声，既伶俐，又洪亮，悦耳动听，古淑芳惊喜地怕别人听到这极甜蜜的学舌声，就用右手的手势忽煽那小八哥。嘴里还续续叨叨地说："鬼东西，鬼东西！"那小八哥听了，又学叫起"鬼东西，鬼东西"来。

王进宝听着小八哥的两次学叫声，挺高兴。但也觉得有些吃惊，如果这学舌声让人听见也不雅。随轻轻地摇了摇小八哥的笼子，眯着两只眼看着古淑芳，微微摆了摆手，说："淑芳，这叫'天作之合，鸟语花香'。"古淑芳笑眯眯地看着他。王进宝又从红皮箱里取出一叠无色和多色的丝绸绣子衣料来，给古淑芳看了看，也放在了点心盒子的旁边。顺手给古淑芳盖挞盖挞被子，说了声"三姨妈，你好好养着"，就出来了。

江瑞兰在东套间窑里"嗯"了一声。王进宝从红皮箱子取出给她和呈海的礼物，也是些她和呈海爱穿的、吃的、用的好东西。不同的是，他知道江瑞兰身子不好，给她带来些配有鹿茸、人参之类的大补药，让她养身子。还有给呈海带的玩的东西。他给江瑞兰送去后，她刚醒。一见东西，也很高兴，他两人说了几句除夕的吉利话，也就出来了。

王进宝从东套间窑里出来，转回身来点了支香烟，叼在嘴里吸着，他的双手叉在腰间，八叉着两条腿，倒背着手儿，洋洋得意地望着东窑墙上挂着的玻璃镜框里，镶嵌着的他那张日本士官学校毕业的证书，回忆着当年在东洋军官学校留学的情景。那时日本军国主义的士官学校，设在富士山附近。他在去留学的头一年冬天，期末考试的一天凌晨，突然遇到了飓风袭击的鬼天气。那学校为培养武士道精神，偶然间来了个紧急集合。"嘟嘟嘟"哨子一吹紧急集合。王进宝进学校一年来，还没迟到过一次。这一次，他稍有疏忽，迟到了三十秒，当日本教官整队报数的工夫，他才跑着插进了队列。他插得有点乱，报完后又重报一次。那日本教官又气又怒，立时将王进宝喊出队列。狠狠甩起右手来，朝着王进宝的脸腮，左右开弓连连抽嘴巴。抽得王进宝脸上火辣辣得生疼，两眼直冒火星。他痛不可忍，本想不受这份洋罪退学回家。但蒋介石在日本士官学校挨嘴巴的身影，恍惚在他的眼前：日军教官每抽他一个嘴巴，他就硬着头皮挺着胸膛往前紧跨一步。这样，被日教官抽得高了兴，他从此再没迟到过，日教官再没抽过他，毕业时给他鉴定了个优等生。他毕业回到山西太原晋军司令部，委派他工作时，想到他家在太原开设晋阳货栈，对财经有联系，便越级委任他为中尉军需官。而且留在太原府警备司令部军需处任职。他想到了这里，耸了耸肩膀，挺了挺胸膛，显出了一种军阀军队军官的自豪感。

王进财在院里闲逛了一会儿，他见王进宝在正窑里站着，便回到正窑里，陪着胞弟坐一坐，说一会儿话，他和王进宝说：

"进宝弟，她们，你都看了看？"

"大哥，我都看了。大年下回来了，都得看一看，问一问才好！三姨太给咱王门添了个大喜，是祖有应德呵！生得个大胖小子，肉蛋蛋的可亲啦！

还是大哥有福气呀！"

"宝弟，你也有福气。咱弟媳还年轻，说不定一年半载能添个；如果真的不添，四少爷大几岁了，让他跟着你！"

"行呀，大哥！如果三姨妈愿意的话，我愿意。"王进财见王进宝坐在太师椅子上喝茶，他也坐在了太师椅子上喝起来，王进宝喝着他那碗茶觉得太浓，随问王进财说：

"大哥，我这碗茶谁焖的？沏得太酽了：喝了几碗了，还这样酽。太酽了喝了也不太好！"

"宝弟，那是我给你亲自焖上的。我觉得你走累了，喝上碗酽茶精神精神。"

"年三十熬通宵，倒也该精神精神。不过平时喝，就不要喝这么浓酽了。茶叶，数中国最有名，是种好饮料。喝了能利小便，去火。人劳累了喝上碗茶，能使人兴奋不疲倦，还能助消化。对人的身体有好处。可是要是喝得太浓了，刺激性过大，对人的身体也不太好。像俺大嫂，她的身子那么弱，就不易喝浓茶！"

"那倒也是，我有时也喝得不适当。"王进财想了想，说："宝弟，我经常喝你给我捎回来的好茶叶，可不知道哪些地方出好茶叶？"

"我给你捎回来的茶叶，都是从北平、天津让人给带回来的，他们把南方的原茶加了工，喝着挺香的。"王进宝喝了两口茶，又跷了跷腿，噼着京腔话："盛产好茶的地方，都在南方，像西湖龙井、洞庭君山、福建武夷、云南普洱、黄山云雾、太湖碧螺春……好茶的品种多啦，我也说不上来了。"

王进财听得高了兴，想起了问起好色酒来。他嗜吸大烟、水烟，爱喝茶，又嗜喝色酒，就问王进宝，说：

"宝弟，你说这好色酒，有哪几种最好？"

王进财吸着洋烟卷，吹了一口烟云说：

"咱山西的杏花村竹叶青、辽宁的通化、山东的烟台，还有别的地方，出产的葡萄酒都是好色酒。这些名酒，不光在国内有名望，在国外也很出名。"他又吐一口烟云说："不过，我老想给你淘换的两种好色酒，就是淘换不来。"

王进财听了馋涎欲滴地问王进宝，说：

"有哪两种？"

"就是北平名酒厂出产的桂花陈酒和莲花白酒这两种，很有名。桂花陈酒，一打开瓶盖，就有一股桂花清香飘溢出来，沁人心脾。把那黄色酒液满上一盅，往嘴里一抿，立刻就觉得酸甜甘美，满口浓香，回味无穷。不过，这种酒很少，以前叫仙酒，专供皇帝王爷喝的。上层人都见不到。制这种酒用的鲜桂花，是苏杭一带的金桂花，每年一到桂花盛开的八月，酒厂就派人收购含苞待放的鲜桂花，经过精心提炼、调配、过滤，才能酿成桂花陈酒。这种酒在世界上很出名，法国、日本、德国、荷兰、比利时等八九个国家的皇帝、贵族都爱喝这种酒。还有就是那莲花白酒，虽无浓色，可也是色酒。"

"这是为什么呢？"王进财忙插了一句。

王进宝接着说："这种酒，酒液芳香，回味深长，具有特别的滋味。它是用黄芪、当归、砂仁、五加皮等二十多种珍贵药材，经过蒸炼，再配入陈年纯正的优质高粱酒酿成的。酒度，比白干酒的度数少十五度，酒性柔和，甘甜可口。喝了这种酒能滋补肾、和胃健脾、舒筋活血、避瘴气什么的，是一种名贵的滋补酒。"

王进财听得入了神，没等他说完又问道：

"既然是高粱做的酒，那为什么又叫莲花白酒呢？"

王进宝说："据说，在乾隆年间就做这种酒了。到清末年间，万寿山前的海淀村有个白莲池。每年夏天，皇帝都携宫女、太监到白莲池纳凉消暑，在那宴请皇帝贵戚、亲朋好友，欣赏白莲花，同饮这种酒。因为白莲花的花、莲、藕都是白色，甚是珍贵，这酒又是种名贵的滋补药酒，就被命名为'莲花白'酒了"。

王进财越听越口涎，越涎越兴浓，很想这种酒，就忙问王进宝说：

"宝弟，那你见过这种酒吗？阎督军都喝过吗？"

"这两种酒，我都是和人家喝的蹭酒品尝过。味道真是好，阎督军都喝过这两种名色酒。"王进宝得意地瞥了王进财一眼，说："阎督军喝的、吃的尽是些大滋、大补、大养的东西，他既会喝又会吃，什么好喝的好吃的，他都能喝得上吃得上。"

"那阎督军有几个老婆？"王进财贪酒贪色地问。

"明的清不数，暗的数不清。那明的来来往往弄不清谁是他老婆，那暗的就不用提啦！"

四十五

江瑞兰和古淑芳打赌输了，生了孩子应了愿，烦懑地觉得有些愧恧。刚才看了王进宝送她的可心礼物，才消了消烦，有了精神。她觉得，她是正房大太太，在除夕之夜也该出来招呼招呼说几句话。随从东套间窑里走出来。她估计天快五更了，也该吃除夕佳餐。她又见王进财兄弟俩闲站着，就说："宝弟，自今年四月初八，你送小三家回娘家，九个月了也没再回来。今日年三十，也没什么客人，你和进财老哥俩好好喝一喝，亲热地叙谈叙谈。我肚子里有点不舒服，就不陪你老哥俩了。小三家坐月子也不能来陪。"

王进宝很谅解地说："自家人没什么。只要你心情好些，比什么都强！就让呈海和我们一块吃喝热闹热闹吧！"

江瑞兰忙说："那行！那行！"随把王呈海唤了来。她就又回东套间窑里去了。

刁萎新在除夕之夜显得更殷勤，忙前忙后地张罗着。江瑞兰发话前，他就把酒铛摆到了桌子上，温上好色酒。围着八仙桌，摆了四把太师椅。每个座位前，都摆上了一个圆酒盅，一双象牙筷。他请王进财、王进宝、王呈海坐定后，说了句客气话又去提菜去。

王进宝说："也来喝几盅除夕酒，刁管账！一年啦也挺费心的。"刁萎新客气地说："谢谢二东家！我去招呼一下菜、饭，一会儿就来！"

不一会儿，刁萎新拎着红漆提盒提进菜来，先上了两冷、两热四个菜，接着又提了三趟，碟、盘、碗共十六个菜。他们喝着聊着。

王进财又吸着一支香烟，他对王进宝说："宝弟，我老听着这战事还是有些吃紧，日本军队去年又占了热河省。如果他要再往进打，你说蒋介石打不打？"

王进宝流露出一股晋军官的习气，说："蒋介石不一定打。他早期住过日本士官学校，经常给日军国有来往，日军占领东三省，他给东北军下了一道死密令：'攘外必先安内。'一心要消灭共产党。东北几十万军队一枪不放，就撤进关内来了。现在也听不到抵抗的命令。我看他还是不抵抗，他不会让国民党的军队打。"

王进财吸了口烟又问他说："如果那日本军队真打进山西来，那阎锡山打不？"

王进宝吹了口烟云说："从阎锡山这个土皇帝来说，他不愿把山西丢出手。不过，蒋介石国民党的几百万军队都不打，他就把晋军全拉出来打也顶不住，这老家伙老奸巨猾，他也是早期日本士官学校毕业。他不断和日本军阀有联系，还请日本军官给他出军训教案，现在明着不说，实际里做往西后撤的准备，我看他也不一定打。"

王进财喝了一口茶，有些伤感地说："我就真怕日军打进来，咱也不懂日本话，不好应酬。"

王进宝神气地站起来，指了指窑墙上挂着的那面镜框说："这是我的两张招牌，让它给我一样，正面挂着晋阳货栈的总经理，背面挂着少校军需官的委任状，再里边嵌着日本士官学校的毕业证书。如果日本军队真要打进来，把这证书往前一换就行。日军不来，我就是货栈总经理，日军来了，我就是士官学校毕业生，哪一面都行。"

刁萎新听得也入神，插着问了一句：

"那要是阎锡山军队往后撤，二东家你走不走？"

王进宝耸了耸肩膀说："现在还没有定下来，这回回来也是和大哥先商议商议。"

王进财有些不舍地说："我意你最好不要走。一来，晋阳货栈不能轻易丢下；二来，有你在也能照管一下家！"

王进宝机灵着两只大眼珠子转了转，说："大哥，你放心。倒是走好，还是留下好？到时候我会掂量的。"

王进财连连说："那好，那好！这我心里就有个数儿了。"

四十六

王进财一家人，饮着好名茶，喝着名色酒，抽着好香烟，燃着墙门灯，隆着大隆隆火，热气腾腾欢天喜地地欢度除夕之夜。然而，在这围墙之外的大后院里，却是另外一层天，另外一层地，另一个冰冷的、可怕的、黑暗的世界。在这黑咕隆咚的世界里，没有茶香，没有酒味，没有烟云，没有墙门灯，没有隆隆火，更没有欢天喜地的笑脸和笑声，王家有的这里一概没有；王家没有的，这里却甚多。在这黑洞洞的小南房里有的是：

> 北风飕飕似针尖，
> 刺骨凛冽袭身寒，
> 风大紧戳爷俩心，
> 一针一针戳心尖。

李石柱被两个家丁强拉硬拽，像强盗绑架人一样，连推带搡将他和小铁牛推进了大后院的小南房。刁萎新拿一把大铁锁，"咔嚓"一声锁上门。

天阴得像口大黑铁锅，扣在了大后院。李石柱和小铁牛关进牢笼似的小南房里万分悲伤，浑身憋气。他和铁牛什么也看不见，两人拉搡那门硌转搡了半天，拉不开也搡不开。李石柱气哭着蹲下腰拔门转，拔不动也拔不出。门闩下的石乌臼很深，门闩轴用铁皮裹着，轴与石乌臼塞得很紧，怎么也拔不动，房子四面都是墙，门右侧只有一个很小的嵌铁栏杆的小窗口。原来这就是王进财家一个僻静的家牢，有人要关时，就是牢；没人关时，就存放喂牲口的精饲料。李石柱瞎摸着，摸到了小窗前，他和铁牛攥着凉凛凛的铁栏杆，推了推，来回搡了搡，着实结实，推不动也搡不开。李石柱这几天，白天黑夜喂牲口，来这房子里取过料，却没有留意这房子修得这样结实，是干什么用的，这时他才觉得，这是个关人的黑牢笼。

李石柱气哭得狠狠拍了下自己的大腿说：

"可怜的牛儿呀！咱出不去也跑不了呀！妈临死的工夫，我也没见她一面呀！你那可怜的妈呀——"

李铁牛泣哭着说："今儿俺妈身上憋得挺难受，我就想告诉你，俺妈硬是不让，让我老守着她，到黑间我憋得不行出来尿尿，悄悄从小狭道里去找过你，驴圈、马坊、这南房都找了，你不在，我就跑到大门口，想出去找俺姑姑，大门闩死了出不去，才又回磨坊守着俺妈妈呀——我想俺妈妈呀——"小铁牛也泣得哭不成声了。

李石柱浑身战栗，两手哆嗦着往身前搂了搂小铁牛，哭泣着说：

"你妈临死的工夫，她说什么来？她问我来没有？"

"爹！俺妈问你来！她一听我说找不见你，大门关着不能找姑姑，她就气急了。她急着对我说：'我姓吴，你有个大舅，也有这样半只银镯子。'

她头一扭，手一撒，我连喊她几遍，她就再不吱声了呀！"

李石柱哆嗦着手，从铁牛手里摸着那半只银镯子说："那你妈她姓吴，她还有个哥哥，一直没有说！"他觉得镯子上黏黏糊糊的，就问铁牛："是不是你妈她吐血啦？"

小铁牛和爹爹抖着两只手，攥着那带血的半只银镯子。铁牛嚎着说："俺妈妈对我说了那两句话，嘴边就溢出黑血来啦！一直流在她胸前的镯子上，镯子、手上都有血！"

李石柱和小铁牛在黑黑的小南房里，在哭号声中，说着悲伤不已的心疼话，随着飒飒的厉风，耳闻房外好似有人走动声。他俩就把哭声和泣声压低了些。李石柱说："牛儿，前几个月我去看她，她还是好好地推着磨杆磨面，肚子臌得那么大，脸上发紫又发青。"李石柱有些发急地问，"牛儿，你说：你妈倒是怎病的？你妈倒是咋死的呀？快给爹爹说一说，爹气得心就要快蹦出来了呀！"

小铁牛气得两手一拔甩，冷不防把半只银镯子，拔甩到地上了。他急得嚎着蹲下用手摸拉着地，找着那镯子，说："爹！不能说呀！不能说。俺妈不让说！俺妈不让对你说，也不让我告俺姑。她告我谁都不让说呀！""呜——呜——"哭得更厉害了。

李石柱听铁牛的号哭声，隐藏着一种不可告人的冤恨。急着说："牛儿，你妈人都死啦！还有啥不能说？还有啥话不能对爹说？快给爹说说，爹就是死了心里也明白！"

小铁牛再也憋不住了，他怀着无比的冤恨泪涟涟地贴在李石柱的身边说："就是今年四月初八，他家一家人去赶宝盒山庙会，就王进财这老狗一人在家，在歇晌的工夫，把俺妈叫到他西套间窑，压在他身底下，像饿狼一样又抓又咬，把俺妈给乱折腾了。过了几个月她的肚越来越大……"铁牛哽咽着。再也说不下去了呀！

李石柱搂着小铁牛说："原来刁菱新老调着我干远活，住在羊房黑夜喂牲口，不让我见她面。"他又紧搂了搂小铁牛，气狠狠地说，"牛儿要记住，你妈是咋死的！是被王进财糟蹋死的。王进财这条吃人的狼，又遭害了一条人命呀！可惜个贤惠的妈妈，让这条狼给糟践死了呀——"

"噔噔噔"，突然间，院外有人来急促促地敲了敲门。李石柱和小铁牛顿时很吃惊，马上抑住那哭号声就站起来。只听那敲门的走到小窗户前，对着无窗纸的窗空，语声很低地对他说：

"石柱大哥，我听你爷儿哭得实在伤心，大年三十遭了这祸，我听着难受得于心不忍。我不给他家干这伤天害理的差事了。我给你俩留个空，你俩能跑就跑，能走就走！我的班还有一个来时辰。"

"那你要救俺俩，你得把门锁开开？"李石柱对他说了一句。

只听那人走到门前，"咣当咣当"拉了拉铁锁，拉不开。又听着使劲拧也不动。回过身来对李石柱说："石柱哥，你俩自己想办法吧！我使劲拧不开。要走，还有一个来时辰。我走了！"说罢，只听北墙上"扑通"一声就再听不见了。

李石柱到后院喂牲口没几天，听不出他是谁，也顾不着问他叫什么。停了一会又听不见什么别的动静。就想那家丁也许不是铁到底的人，真走了。要不是，他不会说那些怜人话。随放大胆，他和铁牛俩攥住一根铁栏杆摇，但摇晃了半天，只松动了松动，折不弯，取不出，拿不下，用手摸了摸，才想起竖栏杆的上下两端，还有横栏杆焊结着，弄不开了。他俩寻思着，从小窗户里出不去，又去脱摘门，柱转的石乌臼，但摘了左门扇又摘了右门扇，还是摘不脱卸不开，但他父子俩还是不死心地拨弄着……

"高粱长得高，奴家长得低，一把手拉在奴家高粱地呀——"另一个换班的家丁，嘴里"嗯嗯"着浪荡下流小调走来了。他忽闪着手电筒的亮光，朝小南房的空窗框上一照，瞅不见李石柱和小铁牛的身影。一时有些惊奇，他走到房跟前照了照，还是没瞅见。他打起手电来照了照门，门上的大铁锁还锁着。他晃着手电筒就唤上一班看守李石柱的家丁，他连连唤了几声"焦六孩"却不见人答应。他亮着手电往左边地上晃了晃，只见一支老套筒①撂在地上。他拎起那支老套筒来骂咧咧地说："他妈的，都跑啦！快告刁管账去。"他说着走了。

李石柱和小铁牛蹲在门底下卸门转，没被来换班的家丁看见。但李石柱借着手电的光亮，瞅见那半只银镯子甩到了墙旮旯。他急忙过去把它捡起来，揣进了衣兜里。因有家丁来，他俩也就不卸门转了，两人还去小窗后的墙根蹲着。

刁管账在醉睡中被叫来，那个家丁给他照着亮，他"唰啦"开了门上

_____

① 旧式步枪。

那把大铁锁。推开门进去一看，李石柱和小铁牛还蹲在那里抽泣。把铁锁递给那家丁说："这不是他俩！锁着他还能飞了？大后半夜了，大惊小怪的！焦六孩在这就不想好好干，他跑了就算逑了，谁还稀罕他！你把门锁好，不要让他俩跑了。"

那家丁拿着铁锁就要锁门，李石柱站起来攥着他胳膊，伤心地哭泣着恳求他说："你老抬抬手，让我和孩子回家再看他妈一眼，看了就回来。我抱孩子他妈出磨坊的工夫，试着她的心还跳着哩呀！求你行行好，救一条命！"李石柱拉着铁牛急着就往外走。

那家丁"咳咳"一搡他，说："人死了还能活回来！不死也早冻死了。巡警兵打他爹，公事公办。我只管看人，别的管不着。"他出来拉上门，"咔嚓"一下又把那把大铁锁锁上，亮着手电筒还照了照。走着说："没有大东家的话，谁敢放你走！我也不愿受这冷洋罪。"

李石柱瞅着那家丁忽闪着手电走了。他噙着两眼泪，紧紧地搂着铁牛说："牛儿，咱穷人死不绝！河南这门亲也断不绝！咱熬够这一年，我带着你找你老娘、大舅去！我要死了找不着，俺牛儿也要找到他们。"

小铁牛坚定地说："爹，说什么也要找俺老娘俺大舅去！"

第十二章
苦与难

受不完的苦，

流不干的泪，

爹爹你说呀，

啥时燕能归？

——铁牛语

四十七

正月初三，按当地传统习惯，是亲戚朋友拜年最盛的一天。王进财得了大喜高了兴，他和王进宝很早就起来了，准备迎接客人。

吃了早饭后不大一会儿，后山凹村的侯七又来拜年了。他刚进大门，宝盒山村的张世禄、卧虎山村的路开明、劈山沟村的田金福，也都跟着来了。刁管账把客人领进正窑里，侯七一见王进财、王进宝兄弟俩都在，腋子窝夹着拐棍，两手微合拱手作揖说："大东家，二东家，恭喜！恭喜！见面发财，多福多寿！"

王进财、王进宝也还着揖说："见面发财，抬头见喜！"

他们刚寒暄过，张世禄、路开明、田金福也都相继走进来，都说着吉利话，给王进财兄弟俩拜了年。

王进财见他们四位主客都来了，随让着他们在太师椅子上坐下。王进宝给他们打开一盒带金纸的哈德门香烟，让他们吸，刁管账每人给他们沏了一碗扣碗茶，请他们喝。

侯七爷笑眯眯地和王进财说："听说大东家得了大喜啦，但不知是弄璋之喜，还是千金小姐呀！"

王进财笑得嘴也合不上，看着侯七说："是弄璋之喜，托祖上的福啊！"

张世禄他们几个人都说："还是大东家有福气，年近半百得贵子呀！"

王进财连连说："不敢！不敢！"随着他就站起来，说了句客气话，忙给客人安排酒菜去了。

路开明看看窑里，小八哥不见了，问道："二东家，你从太原府带回来的那只小八哥，怎么不见了？放到别处了？"

王进宝站起来说："路大哥，在西套间窑，我给你们提来再玩玩。"

路开明、侯七他们几个见王进宝将八哥笼子拎了出来，就都走过来围着鸟笼子逗耍。

路开明看着八哥说："小八哥你好！"小八哥扇了扇翅膀，同样回送了一句。

侯七爷高了兴，他看着小八哥说："二东家你好！"小八哥伶俐地说："二东家你好！"唤得王进宝还耸了耸肩膀。侯七又说："呈海上哪儿去了？"小八哥像找人似的叫了叫。

王进宝说："七大哥，你们坐着先聊聊，我把八哥给三姨妈送到窑里去。"他拎着笼子进了西套间窑。

侯七他们几个在正窑里走动着，窑里生着洋炉子。暖烘烘挺暖和。侯七特爱欣赏花，他走到正窑门里的玻璃窗前，看见窗台上摆着一盆粉红色的洋绣球，长得甚是好看。那花盆里用竹条扎着个花篮式的藤架，洋绣球绕着藤架开了好些花，像花篮似的真好看。侯七说："这盆绣球长得真好！"张世禄看着洋绣球两旁的两盆水仙花，叶子长得绿，花儿开得盛。他背着手闻着香味说："七哥，你闻闻，这两盆水仙花真香！"侯七闻了闻说："是香！是香！"

田金福见王进宝从西套间窑里出来了，就说："二东家，我们在这品你这好花呢！"王进宝说："鄙人是行伍出身，只会玩花，不会品花。你们有兴趣就多品品，我去找找呈海儿。"田金福说："你有事你忙着！"王进宝说："我走了，你们随便些！"

王进宝出去后，他们又复坐在太师椅子上，喝着茶品着花。路开明看着侯七说："侯七大哥，咱有几年没有品花了，请你再说说'二十四番花信风'好吗？"

张世禄和田金福附和着说："请七爷说说，我也愿意听！"

侯七将了将他的灰白胡须，用手摸了摸红疙瘩小帽说："我年纪大了，记不详细了；我要说不上来，路老弟就接着。"他的脸上显出了对花有研究的神态，"应花期而得风，简称花信。程大昌的《渲繁露》记着二十四番花信风，三月花开时，风名花信风。从小寒起到谷雨止共八气，一百二十日，每五日为一侯，计二十四侯，每侯应一种花信。如小寒：一侯开梅花，二侯山茶花，三侯水仙花；大寒：一侯瑞香花，二侯开兰花，三侯开山矾花；立春：一侯迎春花，二侯樱桃花，三侯望春花；雨水：一侯开菜花，二侯开杏花，三侯开李花；惊蛰：一侯开桃花，二侯开棠梨花，三侯开蔷薇花；春分：一侯开海棠花，二侯开梨花，三侯开木兰花；清明：一侯开桐花，二侯开麦花，三侯开柳花；谷雨：一侯开牡丹花，二侯开酴醾花，三侯开楝花。"他喘了口气，"记不全了，记不全了。够不够二十四番呀！"

路开明他们几个数着，记着，说："全！够了。正好二十四番。"

张世禄夸赞说："七老爷的脑筋真好！这大年纪了还记得这么清楚。"路开明给侯七端了端他喝的那碗扣碗茶，让他喝了几口，说："七老爷，你的脑子好，那梁元章的花信风还能说全嘛？"

侯七用左手往胳膊上提了提袖子，想了想说："试试看。"他停了一会儿，说："还另有一则二十四番花信风，我记得是梁元章的《纂要》上说的。"他顿开念古书的语调，说，"一月两番风信，阴阳寒暖，各随其时。但先期一日，有风雨微寒者即是。其花则：鹅花、兰花、蓼花、李花、场花、桤花、桐花、金樱、黄苏、楝花、荷花、槟榔、蔓罗、麦花、木槿、桂花、桃花、枇杷、梅花、水仙、山茶、瑞香，各名具存。"说到最后还晃着手摇了摇脑袋，说，"不过我以为程大昌的《渲繁露》花信风，记着好记，说着也顺口。"

张世禄说："咱这宝盒山开的山丹花，绿叶红花，红黑透黄，确是好看。为什么就没有上了花信风呢？"侯七说："我也看过好些山花，花好看，开的时间长，就是不在花信风上。"

王进财亲自拎着两瓶好酒，后边跟着刁管账和一个厨子端着两大漆盘酒菜上来了。他们进到窑里，当王进财请他们吃饭，他们想走的工夫，刁管账招呼着就把菜、筷子、酒盅都摆上了，他们也不好意思走，就坐下喝起来。他们喝着、吃着，说了一会儿收租、放债的话，酒已过数巡。侯七觉得席间趣话不多，少逊热闹。他知道他们几个人也爱对句诗，就借着王进财的大喜为引子，说："大东家大喜，应了福禄呈祥四个字，我看咱们还是来对句诗吧！从'福禄呈祥'起，落在'寿比南山'上。每人说一句，每句诗的两头，都联上边起落八个字的两个字。我们四个人各对一句，以表向大东家、二东家、三姨妈祝福，你们看好不好？"

王进宝憨憨地说："好！好！我也高兴地听听。"

王进财乐滋滋地说："你们来就是大喜，今日大太太身子不适，三姨太坐月子，不能来陪各位，要对几句诗是喜上加喜呀！"

侯七听了高了兴，他仰了仰头，提了提精神说："我说头一句：'福如东海南山寿'，"路开明说："我说第二句：'绿水碧波霞无比'，"田金福说："我来第三句，'呈上一幅赛江南'，"张世禄想了想说："最后就轮我说了，我说第四句，'祥吉如意山外山'。"侯七听了高兴地说："好！对得好。首字尾字竖起来念，就是：'福禄呈祥，寿比南山'，大东家、二东家，你看如何？"

王进财、王进宝听了，连连说："太好了！太好了！"张着大嘴笑起来，大家都"哈哈哈"大笑了。欢宴之后，便各自走了。

王进宝就要走，又去西套间窑看看古淑芳。王进财从正窑里出来，叫人给他准备车马。刁管账走到他跟前说："大东家，李石柱和小兔崽子在小南房，冻得又哭又叫。今日是初三，看什么时候放了？"王进财一乜眼，说："拜年的道喜的走了，祝福的也走了，再哭也冲不了我的大喜了。放了他，让他回去哭他那讨吃鬼媳妇去吧！"

四十八

李石柱和小铁牛奔出了王进财家的大门，像疯了一样，瞪着两只火辣辣的可怕的眼睛，"哈哧哈哧"喘着气，浑身抖动着，拼命地往家跑。他拉着小铁牛急跑着，跑几步又走几步，走几步又跑几步。由于两腿发飘，不时地跌倒。他跪倒了又走起来，跑起来又绊倒，一个趔趄一把泪，心急火燎才跑回家。李石柱跑到西窑门口，"咣啷咣啷"紧推门，推了半天推不开。急得就用拳头砸，用脚踹。

小铁牛哭着急得一看，家门上那把门头连框锁，虽已经开了，但还挂在门环上。他急得拍着李石柱的后背说：“爹！快把门头锁摘下来，不摘下来进不去呀！”

李石柱一抬头，这才想起那把锁来。他把那把门锁摘下来，顺便一扔，“咣当”一声推开两扇门，猫着腰哆嗦着两手去找春妹。他小心翼翼地蹭着脚往前挪，忽拉着两手往炕上摸。他老想，在磨坊里抱出春妹来时，觉得她的心还跳着，身子还动了动，是不是抱回来还活着？是不是停放了三天三夜给冻过去？快找到她摸摸她的心口窝，到底死没有死？可是，摸到炕沿边时，一摸摸到口棺材，他的心刷一下寒了，浑身打了个冷战。他想从棺材里摸春妹，上下摸了摸，棺材合得严严实实的，什么也摸不着。他弄不清这是咋回事？窑洞里黑黑的什么也看不见，他悲愤、惊恐、疼泣在这无底深渊。

就在这时，舟大叔、于贵柱闻声急忙赶来了。舟大叔攥着李石柱的胳膊，对他说：“石柱，我和你姐夫商议，怕畜类遭害了她，我俩已经把她放入棺材了。”

李石柱着急地说：“舟大叔，那让我最后再看她一面，我总觉得她没有死。”

于贵柱也攥着他的胳膊手，耳语对他说：“石柱，春妹已被他们糟蹋得不成人样儿了，棺材也钉死了，不用看了……”

李石柱悲痛地点了点头，忍痛没奈何。要是换个别人这么说，他说什么也不应，说什么也不信，他非得看一眼不可，可是舟大叔和姐夫于贵柱都说了，尤其是于贵柱说了，他是很相信姐夫的……

西窑里九个月不住人，显得特别阴森。这里好像是另一个世间。李石柱悔之莫及地急哭着说：“牛儿他妈，你咋个儿就死了呀！”小铁牛也跟着哭泣着说：“俺妈没有死呀？”爷儿俩扒在春妹的棺材上，泣不成声。

“石柱，你总算回来了！”舟大婶和铁蛋也赶着跑了来看他。

李石柱噙着泪说：“舟大婶，牛儿他妈被王进财给糟践死啦，扔在这窑里冻了三天三黑夜呀，冻也冻死了呀！”

舟大婶挪到他跟前说：“铁牛，快把小麻油灯点着，照照亮。”

铁牛说：“油都耗干了，点不着了。”

舟大婶忙叫铁蛋从她家里取来一盏麻油灯，燃着，窑里就显得亮多了。她见李石柱父子俩哭得死去活来，忙对儿子说："铁蛋，你快去叫牛儿他姑姑来！"她见李石柱猛一拍大腿，蹲在地上起不来，小铁牛趴在春妹的棺材上嗷嗷哭，就赶紧往起拉他俩。她扶着李石柱泣着说："一个浓眉大眼、勤勤快快、贤贤惠惠的好媳妇，进了王进财家九个月，就给折腾得冤屈死了呀！"

李石柱抖动着双手，颤动着两腿往起站着说："去年四月初八被恶霸王进财给糟蹋了呀！一直瞒着人，她个正经媳妇，咋有脸说，一直憋到死呀——"

"妈——我要妈妈呀——我离不开妈妈呀——"小铁牛呜呜地哭号着……

正月初三下午，时而还响着稀稀拉拉的爆竹声，偶尔还听到铿铿锵锵的锣鼓声。

时近黄昏，铅灰色的厚云，像天要塌下来似的，沉重地压到了低空。老天也真有点不景气，偏偏在这人灾横祸临头的时刻，又刮起了大风，扬起了大雪。转瞬间，北风呼啸，尘雪滚滚，把太行山脚下的王家峪村，刮得天昏地暗了。

在李石柱家院的尽西头，一只猫头鹰在那棵枯干了的椿树上嘶叫；一只老鸹在石柱家院低空中"呱呵，呱呵"叫着飞过，给人一种异常凄凉的感觉。

四十九

李冬梅借着麻油灯，看了看春妹的棺材，伏在棺材身上大嚎起来。她想起了过去的春妹，像疯了一样，猛站起来披头散发地往外跑，拼命地喊着说："我要找王进财要人！俺春妹好好的到他家里，刚过九个月，就给糟蹋死了，我拼了命也要让王进财抵命！你们不要拉我了呀，我的好春妹呀——"

"我实在听不下去了！"如福爷爷站在李石柱身边，他强了强精神说，"乡亲们，我说几句，听着入耳的就算；听着不入耳的就算我没说。人死了是活不过来了，丧事迟早总得理。王进财不是不让哭叫怕冲了他的大喜，咱们就要冲一冲，他破五求吉利，咱破五埋死人，抬着棺材过王家大

太行人家

162

门口，哭哭啼啼走一场！冲冲他王家的大喜！到时候我在头里领着过，有啥事情包在我身上。王进财不让过，由我给他讲。我就豁出这条老命不要，也要领着牛儿扶着灵，通过王家大门口！你们谁愿意来就来，不愿来的自便！"

"好，好！我愿意来，如福爷爷的话有分量。"

"咱就借着埋死人，冲冲他王家的大喜！解解咱穷人的恨！"

舟大叔听如福爹爹说了埋的日期，又听乡亲们七嘴八舌地愿意支撑，就往前站了站，想给乡亲们说说帮难处的话。

李石柱见他正要说话，忙对乡亲们说："舟大叔不用说了，就让乡亲们看着牛儿他妈妈来咱村的人品、处世行事，到时候看着办，这才合春妹的心！"

"人家春妹是个好闺女、好媳妇，人品好，人缘好。咱不帮，对不起她，也对不起她妈妈！"

"人家春妹是个外省人，这样把人家糟践死，不好好埋，不光对不起她家里人，也对不起咱山西隔河隔山的老相邻——河南人！"

正月初五前晌，王进财家大门口"噼里啪啦"过初五。李石柱拉着小铁牛，打着孝幡带着白孝箍，和如福爷爷拉着他，在棺材两旁和棺材后头，破五没甚事，乡亲们来了很多人。当快走到王家大门口时，刁菱新急着跑来阻拦说："李石柱你疯了！王家欢天喜地过初五，你抬着死人冲大喜！你不能从王家门口过，赶快给我绕回去！"李石柱盯着他说："我没疯，我不从大门过，能从二门走？"

抬棺材的人和送葬的人挤着往前走，刁菱新马上把王进财喊出来。王进财一看，在他家大门口抬着棺材，很多人哭哭啼啼来送葬，立时火冒三丈："李石柱！你给我抬回去！大年下过初五，你敢冲大喜往门口过！"

乡亲们围着李石柱、小铁牛和如福爷爷。如福爷爷没等李石柱答话，就冲着王进财说：

"王进财，你走不走别人家的大门口？你能从别人家的大门口走，我们就能抬着死人从你家门口过！走，抬着走！走道不犯法！"如福爷爷一甩头，和李石柱拉着小铁牛朝前走了。抬棺材的人和送葬的人也跟了过去。王进财气得扭着脖子往家走。大门口还"噼噼啪啪"放鞭炮，好像给春妹送葬似的。

送葬回来，屁股还没坐稳，刁管账拎着一盏小灯笼带着两个家丁就来了，他走到窑门口就喊："李石柱在吗？你出来下！"

李石柱知道叫他回去，走出来说："走吧，这就回去。"

"那小的呢？"

"让他多待几天。"

刁萎新说："不行！给我把那小兔崽子找出来！"

两个家丁从李冬梅的怀里硬拉，小铁牛哭叫着不肯来。李冬梅央求着说："刁管账，铁牛小，干不了什么活，让俺铁锁顶他几个月。"

刁萎新生气地说："少说废话，给我拉着走！"

说话间，两个家丁把铁牛架了出来。铁牛哭喊着姑姑，两个家丁连推带搡，不一会儿，就把石柱父子俩拉扯进了王家大门。李冬梅还在大门外连喊着："给我铁牛……"

刁萎新领着李石柱到后院去了。王呈海正在院里甩鞭子玩，他见铁牛进了院冷不防抽了他一鞭子。小铁牛痛得忍受不了，急着哭喊了声"妈——"

王呈海又骂道："你妈，早死了。死到阴间里也归俺王家管，那阎王爷也姓王！"

王进财听到王呈海说不吉利话，就怪小铁牛喊他妈引出来的。他气恨恨地从王呈海手里夺过那根鞭子，"嗖——嗖——"地抽得小铁牛在地上直打滚。

王进财扔掉鞭子说："他妈的，不能让你白吃饭。扁金牛，从明天起叫他给我放羊去！"

放羊老汉扁金牛忙答："是，大东家。"

金牛老汉领着小铁牛出去放了几次羊，王进财不让老跟着，就叫他单独去放，山羊、绵羊整五十。他赶着羊群到后山崖去放牧，不巧，一只小羊在半山峭石上下不来，小铁牛爬上去接下了它，自己摔得鼻青脸肿，小羊摔断了一条腿。他抱着那羊回来被王进财知道了，攥起藤掸把来劈头磕脑猛抽："你摔坏了我的羊羔，我打断你的狗腿！"抽得小铁牛口吐白沫，不得动弹了。

金牛老汉闻声赶来后，抱起伤羊羔来一揉揣，只听"咯叽"一声响，小羊羔的腿接好了。他没好气地说："你这小羊羔老要赖，这四条腿不是好好的。"王进财斜了他一眼，走回正窑。金牛老汉拉起小铁牛来，向羊圈走去。

解冻后，地气上升了，大地回春了。阳春三月雨，春雨贵如油。从来没像今年的春三月这么景气，接连下了两天两夜箩面雨，给刚苏醒而干渴的土地灌得饱饱的。那土坂上筛下的雨水，也随着土往下渗。李石柱家土坂尽西头，那个坍塌不堪的破土窑洞，也被这雨水浸注在立土的立缝里，裂缝松动了，那破土窑洞像煤窑里掌子面塌陷似的，"唿隆嘎啦"大塌了。邻居们听到塌方声，就出来看。有的人在李石柱家门口看见就喊起来："李石柱家的破土窑塌了！李石柱家的破土窑塌了！"

王呈海手里拿着根红穗穗枪在大门口耍，他听到这喊声就去看了看，回去告诉了他爹王进财。王进财走到院里看了看和泥的烧土不多了，随让刁管账、侯兴西叫上李石柱、李铁牛父子俩一同去看。

王进财戴着金框眼镜，右手拄着文明棍左手撩着袍襟，摇摇晃晃在前边走着。刁管账、侯兴西在他身后跟着。王呈海手里忽掂着那根红穗穗枪，吊儿郎当嘴里还嗯着"共产党来了一齐都糟糕"的反共谣歌。李石柱父子俩愁眉苦脸地在后头跟着走，他想：王进财来，又要咋遭害了？

当王进财走到李石柱家大门口时，侯兴西歪愣扎砍"咣当"一脚踹开大门，让王进财、刁菱新、王呈海走进去，李石柱、李铁牛和来的几个乡邻也跟了进去。王进财走到塌窑前，看着塌下来的金黄色一大土圪达一大块的土说："这场春雨下得好！给我那几顷冬麦解了渴，又下塌了这土破窑，雨下得是好！正好我院的烧土也不多了。"

李石柱听得出也看得出来了。他想回王家取筐篮，也想着让铁牛躲着走开。正想着，王进财盯了一眼李石柱和李铁牛，说："光睁着四只大眼干什么？摆着活就看不出活来！你俩快给我往家里扛！"刁管账和侯兴西还帮着腔说："还愣瞪什么？还不快扛！"

李石柱、李铁牛只得扛。

李石柱和小铁牛背驮完了那些大块土，瘫在磨坊里的杂草堆上，再也起不来了。他俩"嗯嗯呀呀"疼了一夜，又一夜。

他的脸瘦多了，也显得长多了，他那额上已经刻上了道道很深的皱纹。两鬓角长长的络腮胡和他那楂楂的胡子，还有他那饱经风霜苍老而又憔悴的脸，显得老面多了。他虽然才二十七岁，但看上去却像近五十的人那样老了。夜里，他怎么也睡不着，浑身上下疼得实在难受。铁牛也没睡着，他问李石柱："爹，你怎么睡不着？"李石柱说："我嫌这日子过得太慢了，苦日子真难熬呀！"机灵的小铁牛马上想到了他们定工日，他瞅着李石柱说："爹，咱们是去年三月来的，眼下又是春三月，快到期了吧？"李石柱掐着指头算了算说："看，把我累糊涂了，谁说不是呢。"

第二天夜里，李石柱找到李冬梅和于贵柱一起到如福爷爷家商议了商议，次日晚间，他们一块儿就去王进财家，找王进财算工钱。

王进财拿着白铜水烟袋抽水烟，他满不在乎地说："你们不来，我也想叫你们去。石柱他们的工到一年了，也该结一结，我已经让刁管账算过了，让他来给你们说一说。"

刁管账被王进财唤来，他拿着一本老式的旧账簿，翻过几面看了看，轻蔑地瞥了一眼李石柱和李冬梅，说："你们三人的工，已经算过了。去年三月十七日来时约定，你做满一年工，除吃、住外，付工钱银圆五元；春妹和小铁牛，只吃、住，没工钱。都按满工算，应净付你五元，可有两笔账算下来却倒欠：一笔是，由晋如康转来的五元药债银，除去年还了三元，还欠二元；另一笔是，春妹从去年五月后身怀私孕。干活甚减。从去年七月后只吃不干，不光不能给记工，她和铁牛两人还倒欠饭钱。每人每月按一元算，计十二元。加转欠款二元，共计十四元。扣除李石柱的全年工钱五元，五九一十四，净欠大东家现洋九元，看你多年给大东家做工，转欠二元未计利息，按最低利计年利，至少也二十四元，这就免算了。想是你们预备了现成的银圆，计付现洋九元，结清了春妹、铁牛欠东家的倒欠银，让他俩回家。"他向王进财哈了下腰说："大东家，就这些。"

王进财"咕噜噜，咕噜噜"抽了几口水烟说："李石柱听见了吗？你手头方便吧？要带着现洋就把它结了吧！嗯——"

如福爷爷、李冬梅、于贵柱一时踌躇了。他们原来估计到，王进财要扣李石柱葬埋春妹误的三天工，却没想到他如此敲诈地要扣春妹和小铁牛的饭钱，马上也没有说什么。

小铁牛经常和春妹在一块，他知道妈妈每天干活累得死去活来，就是身子那样累赘的时候，每天也要拼死拼活地给他家磨三斗玉茭或三斗高粱面。他噘着嘴说："俺妈临去的前几天，我还和俺妈推磨磨面来，哪一天也没闲着。"

王进财摇摇头说："那只是磨磨零头，按整工磨还差得老远呢？"

李石柱盯了刁莠新一眼，说："刁管账，这人活着算扣饭钱，那人死了还要扣饭钱？"

刁管账一眨巴眼说："这——"他蒙了一刹那，灵机一动说："刚才我不是给你说吗？转欠二元的利息就没有算；要不把春妹死了的那几个月饭钱剔出去，连转欠银利息一块算，我觉得这样好算账。"

王进财好像发慈悲似的说："念你给我家多年做工，春妹死了的那三个月的饭钱也免了，转欠二元的利息也不算，你净付六块现大洋算了！这可够意思了吧！"

李石柱一听，这又是讹诈人的骗人账，要给王进财这号人说话，说了没用，不如不说。也就没再说什么。

李冬梅觉得也不用再和他多费口舌，就说："大东家，这么着，你说欠你的，就算欠你的；欠下的账我们还。让俺石柱弟和俺牛儿先回家。今年干长干短咱再说。"于贵柱也说："石柱欠下的账，包在我身上，我一准还你！让他们先回家。"

王进财洋洋得意地说："一码说一码，算了一码清一码。连汤带水的那不行！有现洋就走人；没钱，还清再说！"

如福爷爷听了，知道王进财这种铁了心的人，不是欺，就是诈。说多少好话也没用。就说："进财，我的为人你也知道，我跑不了也是不了。石柱这笔账记在我的身上，限我年底还清，让石柱和铁牛回家。"

王进财瞥了他一眼说："到年底还清？那咱到年底见吧！"

如福爷爷被气得冷了他一眼，跺了下脚就走了。李冬梅、于贵柱和李石柱、小铁牛出来，在磨坊里说了一会儿话，也就先回家走了。

深夜，李石柱和小铁牛爷儿俩坐在磨坊的垛草堆上，透过露天窗口，望着一弯镰形月，烦闷地思念着。铁牛望着月牙儿，又想起了心爱的家燕，仰脸问李石柱："爹，咱又走不了啦？这受不完的苦，流不干的泪，爹爹你说呀，啥时候燕能归？"

第十三章

连双岁

财主害死条条命，
不如踩死毛毛虫，
财主小少病死了，
吹吹打打去送殡。

——众语

五十

王进财在正窑里，倒背着手儿和江瑞兰观赏那窑窗台爬蔓的洋绣球花。那洋绣球被充足的阳光照射，长满藤架上粉红色的花朵儿，更显得颜色娇艳。他俩又闻了闻洋绣球两旁的两簇水仙花，散发着诱人的清香，遂之猫着腰还贪婪地吸了吸。又一个除夕快到了。

江瑞兰坐在太师椅子上，有兴地对王进财说："进财，这窑里阳光足，炉子热，花儿香，坐下待一会儿。"

王进财喜眉笑眼地吸了两锅牛毛细丝水烟说："瑞兰，是香！今年的绣球和水仙花，比哪年都开得香，香得我的水烟也有了另外种香味儿。"他高兴地站起来朝西套间窑喊了声："三姨妈，快把我的小宝贝给我抱出来让我亲亲！"

古淑芳听了，眉开眼笑地就把她那快一周岁的私房婴儿抱出来了，她欢气地递给王进财说："快让你老爹亲个儿！"

王进财抱着这肉蛋蛋的大胖小子，高兴得不得了，和他逗耍着，嘴不停地亲胖小子的脸蛋儿，说淑芳："你不亲亲？"

古淑芳紧挨着王进财也亲了起来，她两人一递一口地亲，把江瑞兰给挤到边儿上去了。

江瑞兰自古淑芳生了这四少爷，从没到她窑里去看过，也没和这小肉蛋逗耍过，也不愿亲他。而古淑芳和王进财这么一亲，她倒有点儿嘴馋起来了。可是，想亲又亲不上。就撇着嘴，白了白眼，斜了斜他俩，没吱声。

王进财和古淑芳亲胖小子亲得过了分，快要把他亲哭了，王进财又赶快逗他笑。他两手掐着胖小子，掐到江瑞兰面前，上下游拽着说："我的宝贝，快叫大爹爹！"

江瑞兰本来就有些霉气，她见王进财那样开心，心里更觉得烦。她瞄了王进财几眼说："几十岁的人，没见过个孩子似的，他还不到一个生，他会说话？他会放屁！"她又瞥了王进财一眼，暗暗咬了咬牙回自己窑里去了。她独自想，自古淑芳生了这个小肉蛋，王进财再没到她窑里宿过夜。不光对她冷落多了，家里的大事也不和她商量了。思来想去还是这个小肉蛋做的怪。他虽然不会说话，可是，古淑芳利用这不会说话的小肉蛋，勾紧了王进财。

王进财见江瑞兰冷落他，对古淑芳更有点儿亲昵。他和古淑芳溺爱胖小子眼气她。王进财抱起胖小子来，就乱亲。

古淑芳见王进财亲得高了兴，便乘机而入说："进财，你光亲你这宝贝疙瘩，眼看就快到你这四少爷的生日了，赶上除夕，又赶上过大年，到大年三十就是一周岁，欢腾一夜到大年初一就是两岁了。你还不给你这宝贝儿子筹划筹划过生日，度除夕，迎新年。"

王进财眉飞色舞地说："一夜连双岁，五更分二年嘛！这喜事都挤在一块儿了，咱要大闹一闹，排场排场。欢天喜地除旧岁，高高兴兴迎新年。给咱四少爷过生日，你把刁管账唤来，我给他吩咐一下，这一过了腊八就到年下了。"

古淑芳抱着胖小子，在正窑里唤来了刁管账，还特意让他拿来笔、墨、纸、砚记了记。

五十一

王进财和古淑芳抱着四少爷说着话，帮着看孩子的陈妈在一旁侍候着。江瑞兰觉得大年三十度除夕，她是正房大太太，不出来说句话也不好，便出来和王进财、古淑芳搭讪着。古淑芳缠着王进财，出去给四少爷做了四套周岁衣、周岁帽、周岁鞋，不光是套数应着双儿，连那衣、帽、鞋上的花儿，也应着双儿。前些日子，她去捡点过几次，因有的绣花没有应双儿，就要她们巧手绣成双。她急着要去取，还得意地噘着嘴对在四少爷的脸蛋儿上，"叭叭叭叭"亲了几口，当江瑞兰伸手想抱想亲时，她十分轻蔑地瞥了江瑞兰一眼，把四少爷递给了陈妈说："给你，他大娘！这窑里太热，看热得我的宝贝出了满头汗，把炉子压一压，让他睡会儿，夜里好高兴！"她一扭腰，一撅屁股，手拉了下风门的弹簧，"哐当"一下就出去了。

王进财扭了下肩膀，顾不得和江瑞兰搭话，也跟着古淑芳的屁股走了。

陈妈抱着四少爷左右为难，她见江瑞兰受气难忍的样子，面子上挂不住，一时下不来台，就抱着四小爷递给她说："大奶奶，四少看着你笑呢？你玩玩小肉蛋吧！"

江瑞兰用手推了推陈妈，瞥了一眼四少爷。这才看清他的面目长相，一周岁了一点儿也不像王进财；睁着两只傻大眼，肉蛋蛋骨墩墩的。好像和王进宝一个模子里刻出来似的。她暗自咬着牙心恨而又关切地说："夜里还要大热闹，让孩子好好睡吧！"她看着陈妈抱着四少爷走进西套间窑。她心里难受地走回了东套间窑，忍不住地暗暗掉下泪来。

她从小生在富豪门庭家里，在娘家娇生惯养，从没受过什么屈。带着陪送家产到王家来，名正言顺地是正房夫人大太太也没人敢小瞧她。多少年来，就连王进财也很顺从她。可自从古淑芳生了这私通的小肉蛋，她不光不觉得脸红，反而像涂了一层釉彩，美起来了。古淑芳，过去老称她大太太，不了就称呈海他妈，可越来越听不到这种称呼了。她从古淑芳的行为举动上看，古淑芳生了这么个小肉蛋，好像她自己觉得也胖了，身价也高了，说话气也粗了。过去唤她小三家，她乖乖地答应。可现在唤她小三家，她就不理。只有称三姨妈，她才应声。过去王进财经常到她窑里去，可现在却很少再去了。她想着想着，暗自擦去了眼泪。看到了这些变化，她不由得吃惊起来。古淑芳的这小肉蛋，不要看是私下货，可就这么个小肉蛋，就使王进财、古淑芳有了这么大的变化，甚至连王进宝对她也跟从前不一样了。现在小肉蛋还只笑笑，不会说话，要是长大了，会说话了，会学舌了，那王进财对她又怎么样？那古淑芳又要长多高？他们将要有多大的变化？她不禁觉得一片寒心，甚是可怕。她想到这里，咬了咬牙，瞅着玻璃窗前陈妈已经走去，就以眼明手快的手法，捷步轻盈地走进西套间窑。她见小肉蛋已沉睡着，刚才热得把身子盖着的花丝棉被，已经掀去。他的头朝窑地脚朝窗户，佯躺在炕中间，露着那小红兜兜儿，睡得真香。她觉得老娘婆压了炉火，窑里的温度骤然下降，就让他一凉凉到底吧！不要让他连双岁哟，他要连了双岁再长大，我的窝囊气可没法受了。这时，她便装着看他的样子，把小红兜兜儿掀起来，掖在了肚上边，露出了那白蛋蛋的小圆肚儿。然后，她将自己的食指头嘬在嘴里蘸湿，在窗纸上捅开一个核桃大的洞，洞直冲着小肉蛋的肚脐眼，寒风"嗖嗖嗖"直朝脐眼里钻。

没多时，就把小圆肚儿，吹得凉冰冰硬邦邦的了。那小肉蛋憋得直扑腾胳膊又蹬腿，正要哭叫时，江瑞兰捏住了他的嘴，没扑腾几下，他的小胳膊、小腿就没劲儿了。脸憋得紫青，嘴也喊不出声来了。江瑞兰看看四少爷的小命难保，奸笑了笑，差点儿笑出声来，便半掩着风门出去了。

江瑞兰走到院里，到厨房里转悠了转悠，找到王呈海。在正窑前摆着的还愿供前看了看，咳嗽着就回东套间窑里去了。

王进财提着个大包袱和古淑芳回来，他俩先在正窑里落落寒气。王进财将包袱撂在八仙桌子上，朝着东套间窑唤江瑞兰说：

"瑞兰，你出来下！看看咱祥海儿做的这四套衣裳，体面不体面？合适不合适？"

"嗳！进财，我和呈海就来！让咱呈海儿也看看。"

江瑞兰拉着王呈海出来后，"吭吭喀喀"咳嗽着。王呈海撒开江瑞兰的手，扑到王进财的身前说："爹爹，俺大妈领着我在院里转了转，门灯、壁灯都是双的，灯上贴的孩儿、花花也都是双的，可好看啦！"江瑞兰也说："我领着他看了看，刚才进窑来，等你祥海弟长大了，你和他一块儿看双灯，也是双儿！"

王进财听了，高兴地连连说："还是瑞兰见识广，说出来大家都高兴。不管谁生的都是王门之后嘛！大家都应该欢喜欢喜！"

江瑞兰说："谁说不是呢？那快给祥海儿看看衣裳！"

古淑芳在一旁已经解开了包袱，她的思绪完全集中在了这四套衣裳上，挑针丝、看绣花几乎挑花了眼，急着要把这四套衣裳看顺眼，定下来。所以，她没有怎么注意她们三个人说话，也忘了去先看下王祥海。她用鸡毛掸子掸八仙桌子面，又轻轻吹了吹，翻着一套一套的新衣、帽、鞋给江瑞兰看。她知道江瑞兰是大户人家，经得多，见得广，能看出来讲究不讲究，排场不排场。

几个人边看边聊，这时，看孩子的老娘婆，蹑手蹑脚地走到古淑芳跟前说："孩子有点儿睡得懵，三姨妈，你去看看个？"古淑芳说："还有一套，这就完。我就去！"

古淑芳又把第四套衣裳递给了江瑞兰，江瑞兰看也说好。她也帮着古淑芳把四套新衣、帽、鞋叠好。古淑芳潦草地结了个结儿，眉开眼笑地向西套间窑里走去。

王进财跟着古淑芳出去取衣裳回来，刚才又品了半天衣料颜色讲究，觉得有些累，就坐在太师椅子上抽水烟。

江瑞兰觉得身上似乎受了凉，她拉着王呈海回东套间窑里歇着去了。

五十二

王进财足足吸了几锅水烟，身上缓上了劲儿。他想，给四少爷做的这套周岁衣，甚是好。从帽子、上衣、下裤到鞋，不光应了连双岁的双儿，连我王进财的王字也应了。我王进财的王，和历代帝王的王是一个字儿。帝王被推翻了，早改成民国了。可现在的蒋介石是蒋总裁，也是总独裁，和帝王差不多，也是王。阎锡山独霸着山西一方，做督军，实际上是土皇帝，也是盘踞一方的王。连火车道轨也是修的窄轨，外边的火车都进不来。我王进财在王家峪，说一不二也是王。这王字绣得好，这王字应得好。他觉得这王字很威风，王字有无限大。他想着想着高了兴，便哼哼起山西梆子，《玉堂春》里沈燕林的一段唱词，他唱道："沈燕林在厅堂把话来讲，叫一声大奶奶细听端详，此一去到外边前去结账，皆因为有一事我难把心放，都只为你年轻美貌美貌年轻另选才郎，怕只怕我要把这个当（他用右手表示个王八）！"

"进财，进财！快不要唱了，海儿不好了，你快来一下！"古淑芳急着喊他。

王进财听得说，一时惊愕了。他快步走进西套间窑里。一看，王祥海直愣愣地半睁巴着。他用手摸了摸头，凉冰冰的。他的脸轻轻地贴在祥海儿的脸上，听了听他的呼吸声，好像还喘着极细微的气息，他惊慌地喊叫起来：

"瑞兰，你快来！你快来呀！"

"什么事？进财！"江瑞兰疾走进了西套间窑里。一看，王进财、古淑芳、老娘婆都惊恐失色地围着炕上躺着的王祥海，忙问，"进财，海儿咋啦？"

古淑芳急着对她说："海儿他妈，海儿眼也不转了，手脚都凉了，小肚儿凉得'嘭嘭'硬。你快看，这是咋啦呀！"

江瑞兰看着老娘婆问："他大娘，有多大工夫啦？"老娘婆说："我来看他的工夫还好好的，工夫不大。"江瑞兰又问古淑芳："三姨妈，动了没有？"古淑芳急着说："我进来看见他不吱声也不动弹了，就抱起来哄了哄他，抹揣了抹揣。"江瑞兰着急而又关切地说："不知是什么病，最好不要动！"

王进财有些慌了手脚，说："弄不好，是海儿受风了，病了吧！？"

江瑞兰又轻轻咳了几声，说："咋格儿窑里这么冷？怕是受凉了，病得还不轻呢？"她寻思了一霎，说："他大娘，你先给他少倒一点红糖水来，喂喂他，看他喝不喝？"

老娘婆端来了半小碗红糖水，递给古淑芳。她捏着银勺子舀了小半勺，但海儿嘴闭得紧紧的张不开，糖水从嘴唇边流出来了。她见祥海儿的嘴唇还有白沫子，就用手绢揩了揩。她又灌了几次，一点也没喂进去，吓得她两手发颤了。

王进财想着原因说："先头窑火太红旺，海儿出了一头汗，我怕热着了，就让压了压火。谁知这一压火，窑里又这么凉？这下受风还不轻呢！"

古淑芳着急得就要哭，两眼已滚着泪珠，恳求地看着江瑞兰说："大太太，你看海儿病得这样重，倒是咋格儿想办法救呀？"

江瑞兰摸了摸他凉冰冰的小白肚儿说："进财，祥海儿的身上快没热气了，赶快找太医来吧，事不宜迟，越快越好！"

古淑芳两手紧攥着江瑞兰的胳膊，低声泣着说："大太太，他大妈，你说这宝儿可怎么治呀！"

江瑞兰说："淑芳，不敢先哭叫！赶快请太医来看！"

王进财说："赶快请太医，马上就去！"他和江瑞兰急步走出窑门来。江瑞兰把刁管账唤了来。王进财对刁管账说了后，刁管账坐着一顶蓝轿，跟着一顶空轿就走了。

约莫过了三个时辰，刁管账把后山凹村的陆太医请来了。

王进财忙攥住他的手说："陆太医麻烦你了，我的四少爷得急病，请你快来看看！"陆太医说："没什么，我略去去寒气就去。"随在洋火炉上烤了烤，揉搓了揉搓手，便走到炕前给王祥海诊脉。他摸了摸祥海儿的头发、额门，拔着眼皮看了看眼睛，又揣了揣手，捏揣了捏揣脚。接着摸脉，他十分精心地摸着，摸了左手，又摸右手，摸了右手，又复摸左手。他眨了眨眼，摸不着一点儿脉搏的跳动。从他的神色上看，显得异常疑难的样子。随解开了王祥海的衣领扣子，摸摸心口窝，没一点儿热气，他微微摇了摇头，便叫着王进财走出来。

王进财急切地问道："陆太医，你看祥海儿的病怎么样？"

陆太医摇了摇头说："大东家，你祥海儿浑身没脉了，心口窝凉冰冰的一丝儿热气也没有，恐怕不行了！不过，这病得的有点儿怪，就是受风着凉也不会这样儿快！可现在不好办了。"

王进财瞠目结舌，他恳求地对陆太医说："请你老死马当活马治，尽最大力量挽救一下我的海儿吧！"

陆太医说："也好！试试看，看来指望不大了。"他走到王祥海跟前，狠狠掐了一下他的人中，祥海儿没吱一声，他又狠狠地用力掐了一下，一点神色也没有；最后他使劲地狠狠掐了一下，还是一动不动。只见祥海儿的上嘴唇，已被掐出黑血来。陆太医无可奈何地说："我也没有办法了，就是华佗再世，也无能为力了。"

古淑芳一听，一下扑在王祥海身上，失声大哭起来。老娘婆也啼哭地紧守着她。

王进财、江瑞兰跟着陆太医走出来。王进财噙着两眼泪说："陆太医，就在今日后晌还好好的，不大一工夫就病死了？这倒是得的啥怪病？"

陆太医说："大热遇了大寒，寒克了火，寒火结滞，气血不通，心肌梗死了。"

古淑芳大哭大叫，哭得死去活来："我的祥海儿呀，你咋来来就断了气啦呀——大东家就喜欢你这个宝贝疙瘩四少爷呀——"

王进财、江瑞兰急忙进去拉古淑芳。古淑芳见他两人来拉，哭得更恸了。她像疯了似的，使劲地搡开王进财和江瑞兰，"咣啷"拉开风门，扑到院墙上去撞，王进财和江瑞兰紧跟着她，强拉硬拽着。

古淑芳在墙上没撞了，就挣扎在地上乱打滚，连连喊叫着说："我要上吊寻死呀——我要我的四少爷呀——"

王进宝提着大皮箱进来了。他一见古淑芳披头散发在地上乱打滚，马上把皮箱丢在一旁就去拉她，说："三姨妈，进宝弟回来啦！你这是咋啦？"古淑芳气得说不上话来，说："那宝疙瘩断气啦呀——二叔，我要死，我要死呀！"

夜幕垂临了。王家的围苑里死一般的沉静。除了那时起时伏的哭号声，和凄凉的说话声，再听不到那欢乐的笑声和鞭炮声了。这是王进财家几十年以来没有过的冷冷清清的除夕之夜……

五十三

扁金牛在看羊房里点着一盏小麻油灯，在土炕上摆了一个木墩子，三个小酒盅儿，三双高粱秆儿筷，一盘菜，三个馍馍。他高兴地从房里出来，瞅瞅后院没人。快步走进了小南房，伸开两只胳膊，欢喜若狂地将李石柱、小铁牛父子俩搂在他中间，用他那爬满了长长的斑白胡须的脸，蹭着李石柱长满了络腮胡子的脸和小铁牛那黑瘦的脸，激动地流着两眼热泪说："石柱、铁牛爷儿俩，王进财准备了大半个月，除旧迎新连双岁，为四少爷祝周岁应双儿，'嘿嘿'这回可应了个单儿，我心里真高兴，心里真痛快！"他撒开手，又把小铁牛的脸蛋搂过来，亲着小铁牛的脸说，"让爷爷好好亲三下，俺就是不应双儿！"

李石柱紧攥着他那长满了老茧的手说："金牛大爷，怎么今黑夜这么高兴？那王家里院又哭又叫，倒是出了什么事了，闹腾得那么凶！"

金牛老汉高兴地说："嘿！真痛快，四少爷那龟孙着凉嗝屁啦！"

李石柱忙问："受风着凉了，病了？"

"病了，倒轻了。没多大工夫就死逑的了！"

"金牛大爷，那四少爷真的死了？"

"牛儿，那陆太医给诊治了半天，也没有救过来。不死还活了，那小辣椒寻死又上吊？是死了，真的死了！"

小铁牛也高兴得不得了。他连连说："死了好，死了好！死了真痛快！"他一跳就爬在了金牛大爷的身上，连连说："爷爷再亲个单儿！"他的脸蹭了三下金牛大爷的脸。

金牛大爷搂抱着小铁牛，对李石柱说："石柱侄子，走！到羊房里去坐会儿。"他走进看羊房里，把小铁牛放在土炕上，让李石柱也坐在土炕上，抓起酒瓶来说："这是厨子暗着给我送来的，咱们爷儿仨喝几盅，应他个单儿，痛快痛快！"

李石柱很诚恳地对金牛大叔说：

"金牛大叔，王家败了兴，咱心里有说不出来的高兴！可这酒我和牛儿是不能喝，王进财告刁管账让我和牛儿挪在小南房，实际上是关在家牢里。怕到时候他们败兴，拿咱穷人煞恶气。"

"那不喝也行。可这吃没有啥说吧，你和牛儿把这盘菜、三个馍馍吃了，也应个单儿，欢喜欢喜！"

李石柱觉得什么不吃也不好，又想到这么大的高兴事，院外的人还不清楚。就说："金牛大叔，这么着吧！让牛儿吃个馍，应个单儿，就是大喜欢了。他长了这八九岁，也没吃过白东西。你拿上这瓶酒和这盘菜，好好啦呱啦呱，熬个年夜。欢喜一黑夜就是一年，欢喜到大年初一就是年。咱不光应单，咱还要应双。咱应双和他家应的双儿不一样！"

金牛大爷听了很贴心，说："好！好！就这格儿应吧！"他拿着一个馍馍掰了个夹缝儿，用筷子往缝里夹了几筷子过油肉，递给小铁牛，对李石柱说："让俺这苦牛儿吃了吧！高兴，高兴！"他又拿一个馍来塞到李石柱的手里说："你也高兴高兴，咱们既应单儿又应双儿！"

扁金牛老汉高兴地把那瓶酒、那盘菜、那个馍，放进了个柳条篮子里，用羊肚手巾在篮子上盖了盖，走出看羊房门。小铁牛也跟了出来。李石柱在出来时，把手中的那个馍悄悄地给金牛大爷放在了门后水瓮盖子上。他对金牛大爷低声说："把这高兴事也告诉俺姐姐、俺姐夫、舟大叔他们，让他们欢欢喜喜熬熬夜，高高兴兴过个年三十。我和牛儿也熬到天亮，给你照料好羊圈的羊。"

"石柱，那我走了！你和牛儿好好在吧！"这个看羊老汉是王进财家的老长工，他究竟姓什么，他也不曾说，人也不曾问。他从外乡十几岁上来给王进财家放羊，放了四十多年，头发、胡须都斑白了，连个媳妇也没有娶，连个家也没处去，孤苦伶仃的快大半辈子了。可乡亲们对这个孤苦的老头儿，都很关照。有时给他缝褛褛缝破衣裳，补扎补扎破被子，不拘谁家，拿去都给他做。他淳朴憨厚为人好，谁家小孩子上山砍柴，下坡打骨碌，脱臼了胳膊、摔伤了腿，他给抻把抻把，捏搓捏搓揉一揉，不几日就好了。这样，乡亲们也很感激他。乡亲们对他很亲热，他和乡亲们处得也很近乎。

李石柱、小铁牛爷儿俩，在阴沉黯淡无光的夜幕中，瞅着金牛大爷模糊的身影渐渐离去，将大后院的旁门关上闩好，又走回小南房。小铁牛手里拿着那个洋面馍馍，一直舍不得吃。他谦让李石柱吃，李石柱不吃让他吃。互相推让了几次，还是没有吃。在这沉静的大年三十的夜里，往往容易使人想起许多往事。李石柱爷儿俩又想起了那两位惨死的亲人。李石柱搂着小铁牛说：

"牛儿，要是你叔叔能熬到这工夫，听到这大的高兴事，心底里一喜欢，把他心窝里憋着的那口出不来的气，透出来，说不定他那疯病还能好了呢？"

"我就喜欢俺叔叔，我老想俺叔叔！"

"要是你妈能熬到这工夫，她要听到这大高兴事，说不定她高兴得要流泪呢？去年三十黑夜，要是不生那狼崽子，不讲冲他的什么大喜，咱把你妈妈抱回家，说不定还能缓上气来呢？"

"我老后悔没有把俺妈抱回家，硬给冻了三天三黑夜。"

李石柱又想了想说："牛儿，你妈断气的工夫，就说了那两句话，再没说别的？"

小铁牛想着说："爹，再没说别的。我记得很清楚。"

"牛儿，咋个儿我怎么老想不明白？你妈她家姓吴，她有个哥哥，你有个大舅舅，怎么她一直不对咱说呢？到临咽气的工夫才告诉你！"

"爹，俺妈不愿说的事，总是不愿说……"他也说不上来呢！

李石柱说："牛儿，你也老想着点儿，记着点儿。过了年到春三月，咱又给王进财干了一年了。到一年头说啥也要给他算清这笔讹人债，咱带着半只银镯子，去找你老娘，去找你舅舅，只要找到他们就清楚了！"

小铁牛噘了噘嘴说："咱要找见俺老娘、俺舅舅，咱就好好问问他们，俺妈妈咋个儿不早说。"她借着灰暗的夜色看着雪白的馍馍说："咱要找见俺老娘、俺舅舅，有了好吃的，就先给俺老娘吃，先给俺舅舅吃！"

李石柱疼爱地摸了摸小铁牛的头说："牛儿，听爹爹话，快把那个馍吃了吧！要是让那些狼崽子看见，又要倒腾是非！"

小铁牛把馍递在李石柱嘴跟前，说："爹，那你吃！"

李石柱假装吃了一口，"哈唔"了一下，攥着小铁牛的手，把馍递到小铁牛的嘴唇边，小铁牛才把那个馍吃了。

扁金牛拎着柳条篮从旁门走去后，绕到李石柱家土垃边，从土坡坡下走上来。刚走到西井台，舟铁蛋在门口耍哩！金牛大爷让他去叫铁锁，一块儿到如福爷爷家里来。他拎着篮子进了如福爷爷家，把篮子放在了炕沿边。他见如福爷爷烦懑地沉思着，就说："如福老哥，怎么不舒服了？"

如福爷爷皱了皱眉头说："我心里头憋得慌，一到这年三十，我就想起德来大叔、玉柱侄儿、石柱媳妇春妹来，好好的人被王进财活活地给糟践死，心里就难过。"

"你难过谁不难过？如福爷爷，今儿个大年三十，我让你高兴高兴！"

"穷人过年如守'鬼门关'，有啥事能使咱高兴的？"

金牛大爷说："我一说出来保准你高兴，那王进财的四少爷着凉嗝屁啦！"

如福爷爷说："受风了，病了？"

"死述的了！王进财为他做生日连双岁，忙活了好几个月，吃的、穿的、挂的、贴的都应双儿，年三十大后响没多大工夫就死述的了，怪怪地应了单儿，这你还不高兴？"

"太高兴了，太高兴了！我就想着，他王进财就没有倒霉的时候？死得好，应了单儿好！他要应了双儿，咱穷人就活不成了。"他忙招呼着金牛大爷，说，"金牛老弟，快坐下，快坐下！"他想了想，又问，"这大年三十也不让石柱爷儿俩回家看看？"

"王进财告刁管账，让他俩白天黑夜铡草、拌料、喂牲口，挪在小南房，两个人也应着双儿蹲家牢。"他停了停说，"那王家哭哭啼啼如狼嚎，一家人都乱了套了。那家丁自个儿足吃足喝。有个厨子给我送了一瓶酒、一盘过油肉、三个洋面馍馍。我在看羊房把酒盅、筷子都摆好了，把石柱爷儿俩叫来喝几盅应应单儿，他说不便喝，免得王家拿他俩煞恶气。我给了他俩一人一个馍。石柱让我来和你老哥应单儿，高兴地'啦呱，啦呱'。"他说着把酒、菜摆在了桌子上。

如福爷爷眉开眼笑地说："要不是有这么大高兴事，我是不喝酒的。可这王家倒了霉咱心里高兴，得痛痛快快喝两盅！我叫我儿媳再端来个胡萝卜丝和白萝卜丁，凑上三个菜也是单儿，咱就把酒温一温，咱就说着喝！"

"如福爷爷，金牛大爷，俺俩黑夜里找你来看看，要个儿！"铁锁说。

如福爷爷说："来的好！不来我还想找你们呢！"他从抽屉里拿出三个鞭炮来，立排在小炕桌边说："这三个炮是个单儿，你俩和牛儿三个小孩子，一个人一个又是个单，放出去一声响也是个单儿。可今年的一声响和往年的一声响大不一样，要大高兴、大痛快！"

舟铁蛋拍着手说："是高兴，是痛快！爷爷。"于铁锁有点儿没太听明白，问如福爷爷说："咱今年为啥是大高兴、大痛快？爷爷！"

如福爷爷亲昵地搂着他俩的脖子窝，用他那长满了胡须的脸，蹭着他俩的脸蛋儿说："王进财家的四少爷着凉嗝屁了！'嘿嘿'着凉嗝屁了！"

"爷爷，他凉着了，病了？"铁锁又问。

如福爷爷高兴地搂着他俩往起抱了抱，可没有抱起来。他咧着大嘴笑着，两手一拍大腿，说："哈哈！他死逑的了！小命玩完了！"

于铁锁和舟铁蛋欢喜若狂，他俩都攥着两只拳头，上下举动着，蹦出窑门喊着喊着："嗨，嗨！嗝屁着凉了！死逑的了！小命玩完了！"

"铁锁，铁蛋，不要跑了？快来拿上！"如福爷爷从小桌边拿来那三个炮，给了铁锁、铁蛋一人一个，说："你两人一人一个，这个留给牛儿。"

金牛大爷欢喜地出来对他俩说："铁锁，铁蛋，回家告诉你爹来一下！"

"爷爷，这就回家叫去了！"铁锁和铁蛋欢喜地蹦蹦跳跳地走了。

不一会儿，舟大叔和李冬梅来了。舟大叔进得窑就说："如福爷爷、金牛大爷，你俩都在，听小铁蛋回去说，那王进财的四少爷是着凉嗝屁死逑了！我听了心里像开了把茶壶，嘎啦啦地真痛快！"

"不死了他还再活着？下一辈再见吧！"如福爷爷说。

李冬梅说："可没有听说他四少爷病，说死就真死了！"

"不真死他还假死了？请后山凹的陆太医来给摆治了半天，连声哭叫都没捏巴出来，最后给抹揞出个屁来，就着凉嗝屁死逑的了。气得小辣椒在当院里又哭又叫又打滚，他不死了还能活着回来？"他看看小桌上已摆上了筷子和酒盅，添上来两盘菜，又问她说："贵柱怎么没有来？又出去上哪儿去了？"

李冬梅说："上宝盒山村还没有回来。"

"我们今夜要乐和乐和应应单儿，痛快痛快！你来喝一盅？"

"俺不会。"李冬梅寻思着问他说："俺石柱和俺牛儿怎格儿！年三十也不让出来回趟家？"

金牛大爷说："没事了，王家让他俩白天黑夜喂牲口，就是受些累。我也照管着他们呢！"

李冬梅说："金牛大爷，那就好！有事你就叫俺一声！"她看着如福爷爷说，"如福爷爷，没甚事我走了！"

如福爷爷说："这大高兴的事，今黑夜好好熬个夜。你给几家乡亲们说说，砍上些松树枝都笼笼大笼笼火，好多年不笼了。他王家大笼火哭死人，咱笼大笼笼火除旧岁，把恶气、邪气熏一熏。"

"行！我走了。我就告诉他们，一到快天亮，咱都笼起火来。"李冬梅和舟大叔三个人凑了个单儿，痛痛快快喝了几盅，啦呱了老半天，一个个脸上都显出了从来没有的高兴。正说话间，于贵柱领着李振山进来了。他们看见李振山突如其来地站在他们面前，感到十分惊奇。谁都忙着坐起来要下炕。如福爷爷兴冲冲地下了炕，一下扑到李振山身上，紧紧搂抱着他说："振山好侄子，你可回来啦！"说着激动得两眼流出了热泪。他拉着李振山说，"来，快坐下！这几年你可把爷爷想坏了。"

李振山高兴地说："这不回来看你们来了！"

"这回还走不走了？秋菊他们回来了没有？"如福爷爷忙问。

李振山看着他们说："如福爷爷，秋菊、莹莹都回来了，这回回来就不走了。"

如福爷爷说："不走也好。守家在地里扑闹着，也能活下去。"接着，他把这几年村里发生的事情，李振山把从晋南工厂回来的一些事互相都说了说，又说了说王进财的四少爷"着凉嗝屁了"的高兴事，说得大家都忍不住地笑起来……

舟大叔说："这一阵子我在外边老听说，去年阳历十二月，西安发生了事变，东北军思念家乡想打回老家去，西北军愿抗日也不愿打共产党，蒋介石不抗日硬让他们剿灭共产党，张学良和杨虎城合起来把蒋介石扣起来了。张学良请共产党去了一位要人调解，迫使蒋介石接受了共产党和东北军、西北军共同提出的八项抗日主张，答应共同抗战。不知这事是真是假？"

李振山刚回村，村里的情况还不了解，他说："无风不起浪，像这么大的事情不会是谣传。我在晋南也听说了，去年（1936）12月12日西安突发了事变，捉住了蒋介石，经过共产党要人的调解，蒋介石答应抗日的条件，才把他放了。"

如福爷爷问："那老蒋（介石）真的抗日不抗日？那阎锡山打不打日本兵？"

李振山说："蒋介石、阎锡山抗不抗日，还得到时候看。可是共产党、八路军是要坚决抗日救中国的！"

金牛大爷寻思着说："我到外边去放羊，也听有人说过，共产党、八路军是要抗战打日本兵的，可我对谁也没有说过。"

李振山说："金牛大爷，给咱们几个人说说出不了事。可要让王进财家里人知道了，就要坏事。"金牛大爷说："我不会让他们知道。"

如福爷爷说："天不早了，金牛大爷你该回去看看了！多照看照看石柱和铁牛。"李振山也说："你该回去了，也一定能活下去！"金牛大爷说："我知道了，我走了。"于贵柱因陪着李振山他们从宝盒山回到家，也就回自己家去了。

近五更时分，如福爷爷、舟大叔偕同李振山，一搭挞到他家里去看看。在步入南川沟的道上，望望村四周的家户们，都笼起了大笼笼火，那火红的火舌吐着青烟腾腾直冒，熏着那王家峪底空的恶气、邪气、臭气，唯独王进财家的圈苑里，灯光灰暗无火；而如福爷爷、李振山和李冬梅他们都谈论着佳话，连了双岁，直至天明。

五十四

古淑芳闹腾了一夜，弄得一家人鸡犬不宁，也熬了个通宵，连了"双岁"。

王进财、江瑞兰困乏地筋疲力尽支持不住了。回到东套间窑守着死睡的王呈海和衣而睡了。家人们也都睡了觉。只有古淑芳在西套间窑抽抽泣泣，哭声不止。

王进宝身着晋军中校军官的军衣，扎着武装带，戴着白手套，穿着黑皮鞋。他坐在正窑里的太师椅子上，吸了支香烟稍缓了缓气，解开了领口卸去武装带，走进古淑芳的窑里。

古淑芳见王进宝进来了。她披头散发，两手拍打着炕上的红毛毯子，磕头如捣蒜地说："我的四少爷呀——我不活了呀——我要死了呀——我的宝呀——我的宝呀——"

王进宝听着这痛心的哭声，不由得也抽泣着，他猫着腰去扶古淑芳。古淑芳两只手抓阄着他又闹又哭。王进宝两手忙掐在她腋子窝，扶着她。她哭得更厉害，她的两手像是推，又像是拉，她的泪脸儿紧紧贴在王进宝的泪脸上，低声耳语说："宝哥哥，你那宝贝疙瘩丢了！"小八哥又学着唤了两声。他俩哭闹了一阵子，才渐渐平静下来。

大年初一，赶上了个几年不遇的好天气。小晌午，侯七坐着轿，张世禄、路开明、田金福骑着骡子，在王进财家大门口下来。路开明抬头一看，门框上贴着一条死了人的白符。便止步片刻，问侯七他们说："你们看，进财大哥家出了什么事了？"侯七他们都摇了摇头说："不知道。"随叫开门走进去。刁管账忙把他们让进正窑里。

王进宝一招呼侯七他们，王进财也从东套间窑里走出来，招呼他们。王进财抹着泪说："几位老哥、老弟，王门年三十遇到不幸了——"说着，他流出两行泪来。

侯七说："我来才知道四少爷归天了。可惜在人世上刚刚一个生。这是我给他带的一顶品红色灯芯绒风帽。"说着递给了王进财，路开明顺手掏出个玩具来说："这是我给他带来的吹得响的小公鸡。"田金福掏出来个拨浪鼓，张世禄掏出个不倒翁，也都送给了王进财。王进宝也都拿着看了看，说："这顶风帽做寿衣用也好！"

王进财拿着个小拨浪鼓说："俺祥海喜欢这些玩意儿，把它放进寿材里做陪葬品也好，让祥海儿带着这些玩意离开人世，不要他妈的哭丧着个脸去见阎王爷！"

侯七他们四个人听了，不禁心里好笑，但又不敢笑出声来。侯七说："四少爷既已去世，是丧事，可是王家大户，丧事也得当喜事办，不要冷清清的老啼哭。"

"我要死了，我那宝贝疙瘩丢了呀——我要死，和俺海儿一块埋——"古淑芳又哭叫起来。

王进宝装出一副军人姿态，他两手掐了掐腰说："我给咱海儿带回来一套周岁衣，趁大哥们都在，把俺嫂嫂叫出来，让三姨妈也来，看看做寿衣合适不合适。"

王进财叫出江瑞兰来，江瑞兰又把古淑芳搀扶出来，都围在八仙桌子两旁。

王进宝打开皮箱，先拿出一顶品红缎子皮帽，以貂绒皮镶边，帽额上绣缀着老虎头，摆在了桌子上，接着拿出条红毛绒围巾来，展在风帽下，又拿出一身丝绵衣裤，顺放在围毛巾上，又接着拿出双狮子头绣花鞋来，做得很精致。王进宝很大方的"丁零零"拎着一个银链子吊着的银锁来，摆在了棉衣上。

侯七拿起银锁来，翻着掉着看了看，两面全有一个双喜子，在喜字中间凸出宝字来，鼓鼓的很突出。他赞口不绝地说："啊呀！这套衣服、这个银锁，真是上等装饰。我还没有见过这么好的好东西。做寿衣太好了！"张世禄等人说："真好！真好！"

江瑞兰对哭着的古淑芳说："三姨妈，你看，你喜欢双儿，这套衣装都应着双，我也没见过这好的好衣裳。上衣两个兜兜应双儿，两只狮子头鞋是双儿，银锁上两个喜字是双喜字，喜字当中两个宝字也是双儿，这你还不如意？是咋殡葬，你也说一下？"

古淑芳又大哭了几声说："做口松木槨柏木板的好棺材，用纸做个童男童女陪葬他。银、金元宝各五十对，八个和尚、八个道士念四天四夜经，葬的那天开八八席，也都应个双儿……"

侯七说："三姨妈也是个明白人，人死就活不回来了。不要老哭了，丧事按喜事办。"他见家里遇丧不快，不宜多待，说："大东家、二东家，那你们忙着吧，我们走了。"

王进宝说："你们不多待，我也不久留。不过我有几句话，再给你们说一说。"王进财、江瑞兰、古淑芳见王进宝要和他们说事，便拿着那身好衣裳到东套间窑里去了。

侯七他们四个人都围着王进宝坐在八仙桌子旁，都注意地听他谈新闻消息。王进宝说："去年阳历十二月，老蒋带着国民党宪兵十三团，亲自在西安督战东北军、西北军剿共。可东北军想打回老家去，西北军也不愿打内战，张学良、杨虎城一计谋，就把蒋介石抓起来了。"路开明忙问："那怎么办了？"王进宝说："他们抓起来，杀也不敢杀，放也不敢放，挺棘手。张学良就派飞机到延安，把共产党的一位副主席请了去，在火烧眉毛的夹缝中解决了西安事变。他迫使老蒋答应了共产党和东北军、西北军提出的抗日条件，才把老蒋放回了重庆。"侯七忙说："真玄乎！那老蒋答应了什么条件啦？"王进宝说："详细地说不太清楚，大概是国共合作，共同抗日，建立各阶层、各团体的统一战线……"路开明问道："哪咱山西怎么办呢？"王进宝说："咱山西形式上也得那么办；不过我看，蒋介石、阎锡山也未必真心愿意抗战打日本。"张世禄说："咱在这山沟里好像关进了闷葫芦，啥也听不到。"侯七问道："二东家，你作何打算？"王进宝说："我先看看风向，再作定夺。"他猫着腰，睁着两只呆愣愣的眼睛说，"在报纸上没有说，日本军队老在山海关一带演习操练，看来战事吃紧呀！这话就不要对外说了。"侯七说："好，进宝老弟，那我们就走了。你和大东家忙着料理丧事吧！"

王进财死了四少爷，又遇在大年初一，丧事按喜事办，又忙活起来了。古淑芳提出来的条件，王进财都答应了，照办了。和尚、道士从初一到初四，念了四天四夜经。做了好寿材，带上了好宝锁，把张世禄他们送的拨浪鼓、小公鸡、不倒翁，也都殓入寿材里。十六台的棺罩金顶金绣红引轿，在大门口侍候着。轿前正面两边绑扎着一个童男、一个童女。还有放鞭炮的人，手里挑着长穗穗的鞭炮，拿着燃着了的纸捻儿，站在引轿前听候。引轿后边还停着三顶蓝轿，是给王进财、古淑芳、王进宝预备的送殡轿。八个和尚、八个道士在院子里，敲着手鼓，拍合着大镲大钹，吹着笙箫笛管。开道的甩着木槌子敲着大铜锣，正要起灵的工夫，那侯兴西手里举着一根孝棒挑着孝幡，找不到了打幡人。古淑芳一看无人给四少爷打孝幡，趴在灵柩上大哭大闹不起灵。

王进财一时又慌了手脚，叫刁管账不在跟前。看见了扁金牛说："没人给四少爷打孝幡，这成何体统？牛老汉，你把兔崽子小铁牛叫来，让他给打孝幡！"

扁金牛蹩蹩走到大后院，见了李石柱和小铁牛急着说："石柱，又糟了！王进财要叫铁牛给四少爷狼崽子打孝幡，你看怎么办？"

李石柱说："死了也不给他打！"

"那要硬抓他来让他打怎么办？"

"马上躲一躲！"李石柱耳语告小铁牛，先跑到他姑姑家躲躲，他叫他再回来。小铁牛从大后院旁门跑了。

扁金牛走到前后院对王进财说："小铁牛找不着，不知上哪儿去了？"古淑芳又嗷叫起来。王进财瞪着一对狼眼，盯着扁金牛吼道："小的跑了，老的顶！赶快把李石柱给我找来，给四少爷打孝幡！"

李石柱他走不了也不能跑了，他跟着扁金牛走到了前后院。王进财让侯兴西把孝幡递给了他。扁金牛心里觉得，王进财如此缺德侮辱人，实于心不忍。便搀扶着李石柱走出大门，两人和着在引轿前约着灵，在前头走着。那敲铜锣的和放鞭炮的，在他俩的前前后后敲着、放着、走着；引轿后和尚、道士吹奏着，王进财、古淑芳、王进宝坐着三顶蓝轿依次跟着，刁管账、侯兴西和几个家丁蹶跶蹶跶跟在后头。再后头就没有几个乡亲送葬了。尽管吹吹打打挺热闹，却显得零零落落的挺孤独。

第十四章

寒夜情深

乘东风送来了指路灯，
漆黑的夜里方向明！

——振山语

五十五

李冬梅拉着小铁牛横穿过小岭坡，绕过王进财家的大后院，趴上他家院西头的小土坡，穿进圪岭沟，从一条蜈蚣小径上折下去，就到了李振山家。

姜秋菊和莹莹在北窑里正拾掇家。姜秋菊一见李冬梅来了，忙招呼她说：

"姐姐，牛儿，快坐下。"她拿着笤帚给她俩扫了扫炕沿边。

"振山家，莹莹，你俩也坐下歇一会儿吧！回来了就不着急了。"她把莹莹拉在自己的身边，摩挲了摩挲她的头发和独根辫子说："看，几年不见，莹莹也长高了，就是瘦了点儿。"

"几年不住人了，窑里土腾腾得挺霉塌。我和莹莹拾掇拾掇。"姜秋菊也坐在炕沿边，放下笤帚把小铁牛拉到自己的身边，抚摸着他那长长的头发说，"几年不见铁牛也长高了，就是黑瘦黑瘦的。"

李冬梅微笑着说："你们年下回来这日子选得好，那王家死了狼崽子哭大年，乡亲们高了兴笼大笼火。多少年了这个村就没有笼过大笼笼火，这一笼家家户户都见了焰火了，发了光了，冒了烟了，乡亲们说说笑笑高兴地从年三十一直熬到天亮！你们也赶上笼火了没有？"

姜秋菊笑着说："赶上了，是黑夜和贵柱姐夫赶回来了，他还帮着挑着行李送到家。黑夜里，隔壁小孩子们给送来好些松树枝，俺也赶上笼了笼大笼笼火。那火烧得可旺了，那烟冒得可浓了。那王家一败兴，咱穷人们都高兴。"她搂着小铁牛，又想到了铁牛他妈，说："那俺家走的时候，春妹还好好的嘛！她还让石柱弟给莹莹送来一双绣花鞋。人精干，手也巧，又年轻，太可惜了！一想起她来就难过。"她说着两眼湿润了。

李冬梅锁着眉梢沉思片刻，说："那王进财编着法子遭害咱，把俺德来大叔暗害死，把玉柱气疯冻死，把春妹也给糟践死了。"接着她把王进财逼着李石柱、春妹和小铁牛到王家的苦难说了说。

李冬梅和姜秋菊两人说得很痛心，又伤感地不时掉着泪。小铁牛和小莹莹只是抹着泪听大人们讲述，也不便插嘴。李冬梅正要想走的工夫，李振山回来了。李冬梅对李振山说：

"王进财家败了兴，让咱牛儿给他四少爷打孝幡，煞恶气欺侮咱。石柱弟不让，让铁牛跑出来了，先在你这儿躲几天，听听风声再说。"

"行！把牛儿给我留下，我一定看好他，保准出不了岔。我正想找俺牛儿唠一唠呢？"

李冬梅看着姜秋菊说："没甚事，我走了！"

姜秋菊拉着她的手说："我去送送你！"

夜深了，窗外的朔风还在飒飒作响。姜秋菊盘着腿坐在炕上，搂着莹莹同丈夫李振山和小铁牛说了一会儿话，见莹莹有点儿发困，她就拉着莹莹到小西房歇着去了。北窑里只剩下李振山和小铁牛攀谈着。李振山多少也有点儿倦，但当他听到小铁牛谈到他记忆犹新的苦难时，越听越精神。他睁着两只深深同情的目光，打量着这个苦水里泡大的侄子。

小炕桌子上，那盏小麻油灯的灯火苗，被窗纸空吹进来的寒风，吹得摇摇晃晃，若明若暗。小铁牛倾吐着最深刻、最痛苦、最难以忘怀的不幸遭遇，想起了他那最心疼的失去了的亲人。他大爷、他叔叔、他妈妈！他说着，止不住地两眼簌簌流下泪来。那泪水像两条小河，从眼角边顺着鼻梁凹，一直流到嘴角旁，一串一串亮晶晶的泪珠儿，掉在了他那破烂的衣襟上，情不自禁地抽泣起来。

李振山听着听着，听得两眼也湿润了，气得额上暴起了青筋，两支眉毛直打架。他将身子挪到了小铁牛的身边，左手攥着他的右手，右手摸摸着他那长长的头发，说："铁牛，你受的苦难，我回来也听说过些，可今黑夜听你这么一说，更详细更清楚了。"他揪下自个儿肩上搭着的那条手巾，给铁牛擦着泪水说："你叔叔是咋死的，我听说了。就是你妈妈到底是咋死的，我还不清楚，趁今夜里有闲空，你给大叔细说说？"

　　小铁牛一听振山叔让他诉说他妈妈的死，霎时更激起了他那无比的悲痛。他失声哭号着，一头扑到李振山的怀里，泣不成声地说："叔叔，一提起我那冤死的妈妈，俺心里就疼得慌，我想妈妈呀——叔叔……"他咽咽呜呜地几乎说不上话来了！

　　"铁牛，不要哭！给叔叔好好说说，光哭不顶事，要记住这冤仇，总有一天咱要报！"李振山气恨恨地同情地鼓励着他说。

　　李铁牛拿李振山的手巾擦了擦眼泪，睁开两只血丝麻麻凝结着冤仇的眼睛，看看李振山。他的思绪飞到了他六岁时跟着爹、妈到王进财家受折磨、受苦难的时候，忆起了他妈妈到王进财家还不到一个月的工夫，就被王进财糟蹋了的惨景。他说："叔叔，我给你说！"他想念，他怨恨，他悲恸，他一句一句地倾吐着无比的仇和恨，"我跟着俺爹、妈给王进财家当长工。去后，俺爹成天给他家地边去垒坝。俺妈白天黑地没个闲，给正房太太熬药，送饭，端屎，端尿，给他家和泥，打炭，做长工饭，夜里还得推磨磨五斗粮食的面。我年岁小长得矮，只能帮着妈妈干点零碎小活。好多重活脏活都得我妈一人干。我妈实在支撑不住了，就瘫坐在磨坊的墙犄角，搂着我小眯一会儿。累得我妈没心思梳头，也顾不得洗脸，黑脸马虎地像个披头散发的泥菩萨……"

　　李振山听着，两眼射着气愤难忍的光芒，疼爱地瞅着小铁牛问道："铁牛，那你妈究竟是因为什么死了的？和村里人捣扯总是说不清，你着实给叔叔说说，不怕！"

　　小铁牛又揩了揩泪，说："叔叔，这丑事从来不愿对人说，今黑夜俺说给叔叔。"

　　接着，他就把王进财糟蹋死他妈妈的惨景说了说。

　　李振山听得，气愤地瞪圆了眼珠子，说："王进财，你不是人！你是畜生！你是条吃人的白眼狼！"

小铁牛噙着两腮泪珠儿说："从那以后，俺妈的眼里没神了，有时发愣，有时发呆，她的脸色越来越不好看，肚子越来越大，临死的工夫肚子里像衬了口茅锅，浑身肿得不像人样儿，是硬憋死的呀——叔叔！"他"呜—呜—"地又号哭不止了。

李振山把小铁牛搂到怀里，说："铁牛，要记住这些冤仇，迟早咱要和王进财算账，报仇雪恨！"

小铁牛紧紧地攥着李振山的胳膊，气恨恨地说："叔叔，要是真能报这仇，才能解恨呀！要不，咋格儿也出不了这口冤枉气。"他紧紧地又抱住了李振山。

"咪唔——咪唔——"在窑窗外，像是有只猫跑过去了。

小铁牛听到猫叫声，又想起了他德来大爷被残害的事，他仰着头对李振山说："振山叔，那王家不光尽是些狼，还有猫呢！那侯兴西在一点红家猜拳喝醉了酒说，李德来还想到太原府告俺姐夫呢！我和俺姐夫半夜学猫叫，就把他诓到窑顶上给栽死了。谁要再告俺姐夫，就小心点儿猫叫唤！嘿嘿，他的小命就完了！"

"牛儿，你啥时候知道的？听谁说的？"

"就是俺刚到了王家那年，他们过五月端午，我在王家听侯兴西亲口说的。"

李振山亲昵地搂了搂小铁牛，他痛苦伤感地说："牛儿，你德来大爷咋个儿上了窑顶上，一直是个谜，听你这一说，给我解开了结在心里的疙瘩，这会我清楚了。"他看看窗纸，天色微明了，就和铁牛合枕了个枕头，合盖了条旧棉被，眯了一会儿。

次日，早饭后，于贵柱和舟大叔来看李振山，也顺便看看小铁牛。他俩进窑后也都坐在了炕沿边上。舟大叔看着地上矬着两个麻袋，问李振山说：

"振山，这两麻袋是啥宝贝东西！鼓鼓囊囊的。"

"舟大叔，还是俺们走的时候窑顶上晒的那六七十斤蚕茧，刘老汉不知道我托给你卖，怕丢了悄悄收起来，存到他家地窖里也没坏。他办了好事，也使人后悔，要是当时能把这茧卖了给玉柱弟治病，说不定还好了呢？"

于贵柱说："那也不一定，那工夫他的身体已经不行了。"他看着蚕茧又想起了李德来大叔，"振山，我老懵懂，你说那时候俺大叔黑灯瞎火的到窑顶上干什么去了呢？被他们给暗害死了！"

李振山搂着小铁牛看了看，对他俩说："这一直是个谜，昨黑夜铁牛对我说了才解开，是那侯兴西和王进财半夜学猫叫把他诓上去的。他王家谋害人没有想不出来的毒招儿，简直坏透了。看来他作恶多端，就怕到太原省府告他状。"

舟大叔像发现了什么似的，看着李振山说："振山，他们能学猫叫栽死德来大叔，咱们能不能把'猫'诓到窑顶上，揍他个死解解恨！"

李振山说："他学猫叫遭害茧，咱打他一顿，他白挨！可是，把他在窑顶上打死就有说法了。"

于贵柱说："咱不打死他，打得他爬着回去也解解恨。他最怕到省府衙门去告他，咱们装着又要去省府告，再把茧晒上，请他来，先揍他一顿！"

舟大叔说："王进财死了小狼崽子，那股恶气正没地方煞，咱一说告他状，他气急败坏总要又来谋害人，咱们揍狗日的一顿，杀杀他的威风再说。"

"我看行！"李振山掐指数了数，说："咱这是冷三暖四，缓着缓着就暖和了。明儿个也是个好天气，这几日侯兴西老在'一点红'家晃，明黑夜诱一诱，看能不能诱得来。"

这一天，是晴朗朗的好天气。于贵柱、舟大叔帮着李振山，把那两麻袋蚕茧晒在窑顶上，又辉映着那亮晶晶的光芒。

侯兴西在"一点红"家门口，看见了李振山家窑顶上又晒上了茧，想起了他和王进财害死李德来的事来。李振山一回来他就有点儿慌神，看见蚕茧又急得在门口打转转，怕李振山为爹报仇，处处注意李振山的行踪。

夜里的天色朦胧，阴云密布，漆黑黑的，于贵柱陪着李振山走到通往流杯池和南川沟的叉道口，于贵柱说："振山，天黑路不好走，我再送你一截路呢！"振山说："不用了，我一会儿就到了。"他叮咛着于贵柱说："姐夫，明早咱一准到阳城去，卖了蚕茧上火车，到太原省府衙门告王进财，决不含糊！"于贵柱说："一言为定，我家走了！"侯兴西暗暗跟了李振山一截路，看着他进了家门口，就去告诉了王进财和古淑芳。

王进财拔起腿来就要走，古淑芳说："这旷野旷郊的容易被人看见，换上身遮身衣。"随给他俩换了身古铜色的衣裳。还是顺着去害李德来大叔的那条道，蹿到了窑顶上。侯兴西伸了伸脖子学起猫叫来，王进财藏在荆条蓬旁。在他俩诓骗人的当儿，于贵柱、舟大叔、李振山将要动手，突然在王进财的身后，出现了三个小黑影，手里像是拿着短木棒，朝王进财的头上、背上、腿上乱打乱踢了一气。打得王进财疼得捂着脑袋，在地上直打滚，"妈妈，姥姥"地直叫唤。"兴西弟，你不要打了，打错了，我是王进财！"

那三个黑影说："我没打错，我打的就是你王进财！"还"喵唔，喵唔"地叫着抓着他的脸。

侯兴西正要去抓黑影，被李振山一脚踢出三尺远。于贵柱、舟大叔揪着他拳打又脚踢，疼得他在地上直打滚。"嗯嗯呀呀"直叫娘。

王进财一听，并不是侯兴西打他，就连滚带爬地往后撤，侯兴西也往后爬着滚，那三个黑影"咪唔，咪唔"叫着，追着，打着，踢着。王进财偷眼一看，三个小黑影头上是三个白猫脑袋，忙狡诈地问："你是什么鬼？"

那三个小黑影学着猫声调说："我是神，我不是鬼！我是猫神爷！""咪唔，咪唔"又叫了几声。

王进财和侯兴西站起来跟头骨碌地跑着说："猫神爷，我不敢了！……"

三个小黑影追着他俩，"咪唔，咪唔"地叫着，吓得他俩屁滚尿流地跑回家。

三个小黑影返回来。撤去猫面具，原来是于铁锁、李铁牛和舟铁蛋三个小孩装的。他们跑到李振山、于贵柱、舟大叔跟前说："振山大叔，我们装'猫神爷'，痛打了一顿王进财，揍得真痛快！"李振山问："这法子是谁想出来的？揍得他怕'猫神爷'了，揍得好！"于铁锁说："铁牛告诉俺俩，你们黑夜要揍'猫'叫，俺们三个人想出这法子来，也想揍揍这半夜里怪叫的'猫'！"说得振山他们都笑了。

五十六

李振山和小铁牛回到北窑里，姜秋菊给他俩铺好被筒，摆好枕头。她把小麻油灯放在墙阁阁里，笑着对李振山说："莹莹他爹，你和铁牛快睡吧！不要把孩子熬坏了。"李振山说："莹莹她妈，我这就睡。你也好好歇一觉。今黑夜干揍了一顿王进财和侯兴西，揍出个'猫神爷'来，揍得够意思。"两个人会意地笑了笑。

姜秋菊因为听到揍了王进财和侯兴西，觉得天不早了，也就没再多说话，去睡了。李振山让小铁牛脱了衣裳钻进被窝里，看着他说："咱叔侄俩钻一被窝里睡，睡着暖和。"小铁牛眨巴着眼笑了笑，微微合上了眼皮。

夜静静的。李振山靠墙坐着又待了一会儿。前几年，他和老婆孩子逃离王家峪后，把秋菊和莹莹安在她娘家的亲戚家，他到晋南临汾汾阳铁工厂落了脚。1936年二三月间，红军渡河东征期间，他暗暗参加了共产党。西安事变后，党组织为了广泛发动抗日民族统一战线，决定让他回乡就地开展工作。他回来后，一面等待接上组织关系，听候党的指示，一面借着过年的机会，多了解一些各方面的情况。他思索到这里，便脱了衣裳和小铁牛钻进一个被窝里睡觉。

李振山搂着小铁牛，说："铁牛，快睡吧！"铁牛说："叔叔，你也快睡吧！"小铁牛感到和从前钻进叔叔李玉柱被窝里睡觉那样温暖。虽然他俩都互相劝着睡，可谁也没有合上眼。都滴溜溜地睁着两只乌光闪亮的眼睛，想着事儿……

躺着而没有睡着的李振山，他的脑海里掀起了层层波澜，起伏不平久久不能平静下来。他想，他出门在外才四五年，王家峪这个大地主老财王进财就害死逼死了五条人命，霸了五六百亩土地，讹诈了两家的桑树林，诬赖了几十棵上百棵成材树。他依仗着阳城县衙门里有人，他弟弟王进宝在阎锡山军队里当官，一手攥着印把子，一手握着枪杆子，仗势欺人，横行霸道。

李铁牛的脊背，紧贴在李振山的胸脯前。李振山的大手捂着他的小胸襟，使他感到多少年来没有感到的那种亲热，心里有说不出来的激动。他的心窝里热乎乎的，头脑里异常兴奋。他想，振山叔叔被工厂裁掉回来，没吃、没喝，家里还是穷得叮当响，吃糠咽菜过苦日子，可是他不愁眉苦脸，面色上老是带着笑，他想来想去，总觉得振山叔叔说话做事都和别人不大一样。但为啥不一样？他也猜不透。不过在他的心目中，李振山确是个好叔叔！

"嘭嘭嘭，嘭嘭嘭！"一阵急切的敲门声，打破了夜里的沉静。

"谁呀？"姜秋菊在小西房忙问了一句。

"李振山在家吗？快开下门！"

"你撂等等，我这就去！"

李振山听见有人叫门，又听见姜秋菊问了话，忙穿上衣裳答了一句，往外走。姜秋菊住在紧挨大门的那间小西房，为了李振山来人有事听着门，从不脱衣睡觉。她听有人叫门，便走到大门前，寻思着问他说："你是谁呀？深更半夜的有啥事？！"

那敲门人认真地放低了话声答道："我是送信的，是从后山凹过来的，我有紧急要紧事！"

姜秋菊仔细听着答话人的声音，觉得很陌生，一时有点儿惊奇。她猜不出是谁，便等李振山出来后，她闪在旁轻轻开了门，让那人进来后，又急忙关了门。

冷三暖四，刚暖和了四天，冷天又来了。院子里"呼——呼——"地又刮起了阵阵寒风，时而还飘洒着星星点点的雪花。可是，那人一进门像带进来一股热气，把冷风冲散了。李振山几大步忙赶到那人身前，握住他的手，像久别重逢的贴心人那样，说："我当是谁呢？原来是你呀！小柳同志——"说话时"同志"二字的声调放得特别低。

来的这人是区委交通员柳来迅，二十三岁。当时，因党组织活动没公开，在新区秘密进行工作，没敢呼出他的名字来。李振山拉着柳来迅往窑里走着说："真想你呀！老想你，老想你呀，一直想不来！今黑夜大半夜是哪股风把你给刮来了！"

柳来迅一进窑门笑着说："嗨！老李同志，是一股强劲的'东风'把我给吹来了！"

姜秋菊已经点着了墙阁阁里那盏小麻油灯，闪着莹莹的亮光。柳来迅手疾眼快地把内腰带解下来，从腰里抽出裹着的一封鸡毛信，兴冲冲地递给了李振山，说："这是区里的特级鸡毛信，今黑夜务必送到本人手里！"

"嘻！乘东风送来的及时雨，一定比甘露还甜！"李振山如获至宝，喜滋滋地立时拆开了鸡毛信看。只见他瞪圆了那双发困的眼睛，一字一句地默默地看着那封信，信上写着：

李振山同志：

　为了迅速传达贯彻党中央、毛主席关于建立抗日民族统一战线的决策，决定于二月二十三日，在神池村召开党的活动分子紧急会议，请你和杨玉山同志一并前来参加。

切勿延误！

此致

布礼！

中共太行神池区委

一九三七年×月×日

李振山看着信，两支浓眉忽闪着，两眼炯炯有神。像"神仙一把抓"那样，把他那一身的疲倦给抓跑了，霎时没了一点倦意。他手拿着信连连看了两遍。看完后，重新把信装进信封里，揣在衣兜里，欢欣若狂地说："我正在大黑天见不到亮儿呢！你给我送来了指路的照明灯。太好了！太好了！"他拉着柳来迅同志的手说："小柳同志，你先坐一下歇一歇，我让秋菊给你做点吃的，吃喝上点暖和暖和。"

柳来迅刚坐下又急忙站起来，说："振山同志，我不饥。我还有两个地方得赶着去送。天不早了，一刻也不能耽误！"李振山拉着他说："这么大冷的天，说什么也得吃上点再走！"柳来迅拉着他往外走着说："振山同志，我确实不饿，这又不是到别人家里。我还得抓紧赶路，真的，一点儿也不能耽搁！"说着，就大步迈出了窑门。姜秋菊从西房里追出来说："做吃点快嘛！一会儿就好。大半夜这大冷天，刮着风又飘着雪，说啥也得多少吃点饭！"柳来迅打趣地说："以后有的是机会来吃你家饭，你就攒着好吃的吧！"

李振山听了很高兴，这才自谦地说："小柳同志，看！我光顾说话了，也忘了给你介绍一下，"他指着身旁的姜秋菊说，"这是孩子她妈，叫姜秋菊。"柳来迅一眨眼说："好大嫂，以后少麻烦不了你！"姜秋菊笑着说："不麻烦，以后只管来！"她说着，亲自给他开了门。李振山陪柳来迅走出大门，说："来迅，大半夜路不好走，我送送你！"

正说话间，大门外又走过一个人来。柳来迅指着那人说："我有个伴，你就放心吧！"李振山心里过意不去地说，"你咋个儿不早说呢，把人家冻在外头，不到窑里暖和暖和。"柳来迅惬意地说："你忘了，这是执行任务需要，也是纪律嘛！"说罢，他俩和李振山、姜秋菊招招手，疾步而去。

李振山满身精气神，他把那封鸡毛信从衣兜掏出来，装进贴心衣兜。从炕上取过蓝布腰带，勒在装那信的衣裳兜外，紧紧地缠扎紧了布腰带。又从门旮旯里抽出根白蜡杆来，攥在手里。他探头瞅了瞅李铁牛，"吱呼吱呼"地打着鼾声睡得正香。对姜秋菊说："莹莹她妈，我有紧要的事，出去五六天。你照管着铁牛好好在家里，啥时他姑姑来叫，啥时回去。我这就走了。"姜秋菊忙说："大半夜了，这么冷的天，那我赶快给你做点吃的吃上点再走！"李振山心急火燎地说："来不及了，我得马上走！"姜秋菊会意着也就不再耽搁他。她从火垸梁上，拿来两个烤得焦黄的糠面饼子说："不吃，那你带上这两个糠饼子，路上饿了也好啃上点！"李振山说："这倒行！"他急忙又把腰带松开，姜秋菊把饼子给他掖在腰后的腰带中间，李振山重新勒紧扎好，走出大门，姜秋菊目送着他在风雪中走去。

姜秋菊闩上大门回到窑里，她端起油灯正要走，李铁牛眨着两只乌光闪亮的眼睛问她说："婶婶，这么晚了，俺叔叔一个人上哪儿去啦？"姜秋菊给他掖着被子说："你叔叔有要紧事，奔卧虎山村去了。"

"铁牛，他一人走惯了，不怕！"她将被头给他塞了塞，说，"铁牛，你叔叔走了，你一个人盖着暖和，今黑夜好好睡个觉，明儿个早晨晚些起。"

李铁牛听着姜秋菊回到小西房闩了门，坐起来看着她吹熄了灯。他悄悄地急忙穿上了衣裳，借着雪天窗纸的映亮，用他那条布带带扎紧了腰。用小绳绳又把磨开了的鞋底儿，绑扎了绑扎。他拿着李振山给他擦泪的那条羊肚手巾，箍在脖子窝，也摸了根打狼的木棍棍，轻轻地没带一点儿响声，迈出了窑门，倒闩上门。他屏住气息开了大门出去，然后把门里的了吊倒挂上。踏着李振山留下的雪脚印，顺着去卧虎山村的道，追踪而去。

风，仍然舞着雪，雪，沥沥拉拉地下着。李振山走过的路，留下了一彳一丁八字形的脚印。李铁牛冒着风，头顶着飘落的雪花，踹着李振山的雪脚印，走几步，跑几步，跑几步，又走几步。在大风雪中，他一口气走出了南川河，路过滩江沟，偏过王家庄，爬上了去卧虎山村的大青石圪梁，一蹴就蹴出七八里路。他一眼看见李振山在石坡下疾走着，不由得心里喜欢，护送振山叔的兴头儿就更大了，步子迈得更急更欢了。不料，从青石圪梁上往下趔趄时，哪知雪水滑得很，他一脚没踩稳，一滑溜，身子一趔趄，滑了个跟头骨碌儿，一滚滚到了李振山身后的脚跟底。

"谁？"

"我，叔叔！"

李振山一惊愣，喊了一声，紧握了握手中的白蜡杆，急转回身来。一看是滚了满身雪泥的小铁牛，立刻把他拉了起来。给他摩挲着头上的雪花，身上的泥水，说："铁牛！你来做甚来了？"李铁牛掴打着身上的雪泥说："叔叔，这么劣的天，你一人自个儿出来走路，俺铁牛睡不着，俺在后头送你一段路，要是遇见强人恶狼的，也给叔叔帮根棍子！"李振山听后，喜怒交加地说："你真疼叔叔！这么大冷天，浑身穿得这么薄，上下没挂块棉丝丝，就不怕冻坏了！"李铁牛喘着粗气说："一点儿也不冷！我还觉得热得慌呢！我送你到卧虎山！"此时的李振山又疼又爱又急，他忙打断了他的思路，急催着他说："铁牛，你赶快给我回去！"

李铁牛犟着劲儿说："不送叔叔到村里，心里不踏实，我不回去！"

李振山急得有些不耐烦，又难为情地说："就怕出岔子耽误事，你来了，噫！这回要误事了。"

李铁牛一听，因为自己就要耽误振山叔的紧急事情，也就不再送他了。可，还放心不下，说："叔叔，我再瞭你一截路，就回去。"

李振山不放心地说："铁牛，听叔叔的话，你快给我往家走！"

李铁牛看着喘着热气的李振山，说：

"天快亮了，风雪也小了，我这就回去了！"

"你不回去，我的心里也不踏实，我把你送回南川河，再去卧虎山！"

李铁牛拗不过李振山，他怕因为自己耽误了振山叔叔的急事，只得扫兴地往回返。李振山在身后跟着他。李铁牛噘着嘴不高兴地不再说什么，步子走得也快了些。李振山也心切地马上把他送回去。当返到快进南川河的土疙瘩梁上时，李振山打住脚，望着他的背影，说："铁牛，回家再不要出来了啊！"

李铁牛猛一回头，这才想起给李振山送来的那条毛巾，他"嗖"一下将那毛巾从脖子上取下来，热气腾腾地又跑到李振山身前，把毛巾递给他，自谦地说："你忘了带毛巾了，我给你送来差点儿忘了，叔叔，你带着方便！"

李振山接过那条毛巾来，觉得比别的毛巾要有分量。他将李铁牛搂在胸前，抚摸着他那挂满了雪花瓣和冰水珠儿的头，抹了抹他的脖子窝，笑着说："铁牛，你真是个好孩子。天快亮了，你快回咱家呀！给你婶婶说，不要惦记我！"

李铁牛往家跑着，时而扭回头来说："叔叔，我记住了。你快走吧！忙你的急事要紧。"

李振山望了他一会儿，重新返回原道奔卧虎山，虽然多走了几里路，可他的精神更足了，步子迈得更大了，走得更快了。

五十七

李振山急步向卧虎山村走去。风小了，雪停了。凛冽的寒风吹在他的脸上，像针尖扎一样的疼痛。他手套绳圈儿吊起白蜡杆，托起两手揉搓了揉搓被寒风刺痛了的脸颊，不觉得进了村。举目眺望，村子里冷静静的，瞅不见一个人影儿。他顺道走到杨玉山家的大门口，用手掸了掸打风尘仆仆的身上，轻而有力地"咣！咣！咣！"敲了敲门。

"谁呀？"

"是我！"

杨玉山的儿媳荆喜妮，听敲门人说话的声音很熟，"咣啷"一下就开了门。她一见是李振山来了，喜在眉梢，笑在心头，说："听着怪熟的，我当是谁呢？是振山叔呀，快进来！快进来！"说着，她陪着李振山走到杨玉山住的窑门口，急促促地向窑里轻呼，"爹！快起来开门，是俺振山叔来啦！"

"我这就开门。"杨玉山一听是李振山来了，说着话忙蹬上棉裤、披上棉袄，"当啷"一声开了门，把李振山让进了窑里。杨玉山是杨直理的爹，和杨直理长得一模一样。不过，他比儿子的个儿略低些，额上有微微几道皱纹。他虽已五十三岁了，但并不显得那么面老。他从小在王家峪镇子上一家铁匠铺学过打铁，阎、冯倒蒋时他逃避抓丁，跑到了山西晋东南槐树铺，给一家铁铺打马掌。1936年三四月间，他听说红军东渡黄河，打到了山西的同蒲路，暗暗参加了共产党。之后，党组织为了迎接抗日高潮，派他回当地开展抗日救亡工作，他心中燃起了抗日的火焰。不过，从他那皱眉蹙额的神情上看，显得有些疲倦不快的神色。而他自己还是竭力强笑着说："振山，你迟不来，早不来，这大冷的末夜天，是哪股风把你给吹来了？"

"哪股风？从革命的延安来的，是呼啦啦的东风啊，玉山！"

李振山笑着，将手中的白蜡杆依在一旁，喜欢地"哈哈"大笑起来，两手狠狠地拍在杨玉山的肩膀上，说："玉山，我给你拿出来你快看，有紧急特别的好消息！"他说着，在杨玉山的肩上狠狠地捣了一拳，利利索索地解开腰带，从内衣兜里掏出那封鸡毛信，递给他说："玉山，我看你还有点锁眉皱脸的，你看一看这紧急通知，精气神就来了。同志老哥，赶快准备去参加会吧！"

杨玉山两眼视着李振山，他抽出那封信来仔仔细细地看完，果然精神就来了。只见他高高兴兴地连连说："振山同志，太好啦！太好啦！心里一直盼呀，盼呀，今天算是盼到了呵！"他笑着，喜出望外地喊来荆喜妮，说："直理家，不拘什么快给我俩热热乎乎做上点，有紧急事吃了就走！"李振山迟疑一霎说："这大冷的天，得多少吃一点儿，吃喝上点儿，咱好赶路！"李振山把鸡毛信重新装进内衣兜，扎着腰带说："那就吃上点，越快越好！"荆喜妮听得说，应承着欢喜地出去了。

窑里的麻油灯铮铮亮。李振山看着窗台上放着那盏马蹄灯，又想起被王进财气瘫痪的杨直理。他闪着体贴关切的目光，凝视着杨玉山说："玉山，我有几年没来看直理侄子了，他的瘫症见好了吗？"杨玉山理着棉衣说："近来吃药，揣摸好多了，就是伤气伤得太厉害，眼下出来活动还离不开拐子。"李振山会意地点点头，说："今个儿虽然时间很紧凑，我还是想亲自再看看他。"杨玉山客气地说："这回给直理家留个话就行了，以后来了再看他。我知道，你就是不来看，心里也是老惦记着他的！"李振山微笑着说："那也好！"

说话间，荆喜妮给他俩做了一小铁锅米汤里抿蝌蚪的杂和饭，当地俗称"鱼钻沙"，饭里还放了点萝卜丝丝、干芫荽，一掀盖子冒着香喷喷的热气。他两人"呼噜呼噜"各吃喝了一大碗，吃得肚子热乎乎的挺得受。吃罢饭，李振山和荆喜妮问了几句杨直理的瘫病，嘱咐了几句话。杨玉山扎紧腰带，把三个玉茭面饼子装进褡裢里，拿起根白腊杆来挑在肩上，和李振山一搭挞上了路。

天色微明。他俩出了村抄近道走，踏上径直去神池村的路。路，乍一看，白茫茫的一片片；细一瞧，一川川，一弯弯，一圪梁，一崖崖，漫山遍野都是雪。到处都是雪亮亮的银色世界。昨夜下的雪虽不很大，可也有三指来厚。冷冻冻的天气，把地上密密麻麻的雪花瓣挤得严严实实的。他俩"咯吱吱、咯吱吱"踩上去，像厚厚的鹅毛毯一样儿发软，似乎觉得还有点弹性呢？两人都穿着一双脸铲铲鞋，上坡下坡走山路，既跟脚又灵便，走在那三指多厚的雪毯毯上，倒也不吃力。雪路上，除了时而有狼足狐迹断断续续的一溜溜足迹外，还没有看见有人走过的脚印儿。

李振山走在前，杨玉山跟在后。他两人爬上一道青石坡坡，又翻过一道圪梁梁，穿进一道河川走廊。李振山东瞅瞅，西望望，看路上还没有人行车马路过，觉得川里很僻静，就扭回头来对杨玉山思谋着说："玉山，咱俩有些日子没在一块儿凑村里的情况了。我想咱俩边走边凑凑，把情况捋一捋，去参加这次重要的会议，要是让咱们汇报，咱也能说上个一、二、三来。不然，到时候东一榔头、西一棒槌的没个层次头绪，咋个儿行呢？"杨玉山紧跟上来，挨在李振山的左肩膀，和他肩靠肩并排地走着。说："我也正要想和你念叨念叨呢？你看咱咋格儿凑好？反正你对王家峪、后山凹的底数比我清，我对卧虎山、劈山沟的情况了解得多一点，你说咱碰啥就碰啥！"

李振山先谈起了王家峪、后山凹等四个大村的基本情况，他眨了眨眼说："像石柱弟、扁金牛他们常年给地主老财扛长工，被他们压榨、糟蹋当牛做马的受苦人，这几个村少不了也有百分之一二十；还有像于贵柱、舟大叔他们经常给地主老财扛短工的贫苦农民，至少也有百分之六七十，两项合起来就有百分之八九十，这是咱们依靠的基本群众啊！他们恨地主老财，也恨日本帝国主义，谁都不愿当亡国奴！"

杨玉山接着说："卧虎山、劈山沟等三个大村的基本情况，和王家峪、后山凹的情况差不多，他们听说侵占了东北的日本军队也是向着靠着地主老财的，他们不进来，贫苦农民受苦受罪，他们侵占进来，贫苦百姓更受苦受罪！所以，他们不愿当亡国奴，反对日本帝国主义侵略中国！"

"玉山，你说得对！这工人农民就是抗日的主要力量，要抗战就得要靠这些基本群众啊！"李振山高兴地说，"咱俩这么一凑搭，心里明亮多了。基本群众咱们凑得差不多了，咱们再碰碰地主老财的状况。王家峪、后山凹等四个大村的大地主，我回村细细摸了摸，最大的一家也是最坏的一家地主老财是王进财家。他家靠雇工、放高利贷、欺诈恶霸等手段，把几个村的肥田地差不多都叫他敲诈了。现有土地就有八顷田，占这几个村土地的百分之七八十。家里骡马成群，羊牛满圈。喂牲口的、赶驴赶车的、放羊放牛的、下地干活的长工，就有几十口子。他家在县城里有买卖、当铺，在太原府还开着货栈。他弟弟王进宝在货栈里是老板，在阎锡山军队里又当军需官。他父亲通过行贿。从前做过清朝的公祖，还在过旗，他家是独霸一方的大地主老财。王进财又是七村一镇的大乡长。阎锡山倒蒋的年头，他靠欺上瞒下捐款、纳税、抓丁、拉夫发横财，捞了一大笔钱财。从他手就逼害死了十几条人命！"他稍思片刻，"王进财对日本侵占东北，没有什么害怕、反对的言谈话语。反而，趁人心惶惶更刻薄穷苦人。他是气死人不偿命、杀死人不犯法的'鬼见愁'！村里不少人都受过他的害，我看他这一家是够份儿的了！"

"振山，听说从前侯七家比他家的门户大，侯七他爹在清朝也当过比县知府还大的官爵，家门口也竖过两根旗杆。他爹死后旗杆也倒了，现在光剩下两柱石蹲子了。"杨玉山打问似的说。

"是啊！"李振山说，"从前是王进财巴结侯七家，王进财家往侯七家里去，可现在侯七已经七十多岁了，逢年过节还得到王进财家来。家业也差了。侯七家现有土地二顷四，也是靠放账、雇工、出租土地剥削穷苦农民。可自他的管家婆'鬼难斗'死了后，留下个二不愣瞪的儿子和瞪愣不二的媳妇管家，近些年来，是个咬文嚼字，喜爱养花品花的人，现下只是养心修身自找乐趣以度晚年了。但也看气候、辨风向，阎、冯倒蒋时，他捐过粮食、现大洋。日本侵占东北，又害怕日军打进来，他的态度比王进财的态度明显。"

杨玉山接着说："卧虎山村的路开明，也是本村的大地主，家里有地二顷六，雇着五六个长工，忙时雇短工多。有骡有马有大车，也是放债、雇工、租地剥削人。可近几年来，死了一儿一女，倒上歹运后，光景忽塌下来了。这个人在河北束鹿开过染坊，'九·一八'以后就回村了，他待人处事脑子活，我看比王进财明智些。"

李振山捉摸着说："看来，谈抗日，路开明、侯七看情况要比王进财好些，要是做好争取工作，说不定还能为抗日出点力呢？"李振山想了想又问："那劈山沟的田金福家的情况怎么样？"杨玉山说："田金福也是本村的一户大地主，有土地二顷三四，还有两片桑树林，是霸来的。他和路开明靠得紧，有事拿不定主意就和路开明商量。"李振山说："往后咱们还得做路开明的工作。”

两人说着话，已经偏过了宝盒山。杨玉山见前面有棵老槐树，旁边有一避雨阁，吁了一口气说：“振山，咱们光顾聊，也没觉得走，一下就走了二十多里地，眼看就快到神池了。咱到避雨阁稍微息一憩，再走一会就到了。”李振山笑笑说：“我看你也该抽锅子烟了，咱喘喘气。”两人进了避雨阁。

五十八

天色隐隐约约的，似亮未亮，耀眼的雪地上，辉映着银白色的寒光。李铁牛迎着冷飕飕的西北风，由东南向西北方向，往李振山家返。风刮在他的脸上，刺得他的小脸蛋生疼生疼的。从他那不在意的神情上看，他似乎不觉得痛似的。他大步流星地走着，在他的耳边仍然回荡着李振山的叮咛声：

“铁牛，听大叔的话，快好好回家，可不要让你婶着急啊！”

这亲切的叮嘱声，在他的耳边响着，响着；越响他走得越快，他走得越快，似乎这话音越鸣响。他觉得没费多大工夫，就返到了南川河。他穿着双破旧的补丁鞋，踏着雪，来回走了几十里路。鞋已经踏湿了，不跟脚了。他不时地低头瞅瞅脚上那双湿淋淋的鞋。当他走到河神庙的工夫，一时没抬头，与着急寻他的姜秋菊碰了个满怀。姜秋菊一趔趄，惊疑地忙问：“哎哟，你是谁？”

李铁牛猛抬头，一见是姜秋菊，“嘿嘿嘿”笑着说：“是婶呀！我是铁牛，我回来了。”

姜秋菊恼了恼脸，微微撇着嘴说：“铁牛，你回来了。可让婶婶找你哟！你上哪儿去啦？可把婶婶急煞了！要是出了岔子，我可交代不了你叔叔！”

李铁牛腼腆地带着孩子气，不好意思地说：“我送俺叔叔去了，半道上要是碰见强盗来了，狼什么的，我多一根棍棍也能棒它几棒棒！”姜秋菊有些疼爱又有点责备的口气，说：“人小，小心眼倒真不少！你送你叔叔去，咋不给婶婶说一声。”李铁牛摩挲着姜秋菊的衣襟，两眼炯炯地望着她说：“婶婶，我怕你不让我去呢！”

姜秋菊左手攥着他的右胳膊，右手抹拉着他那头发上水湿淋淋的冰碴碴，又把小铁牛往自己的怀里贴了贴，抚摸着他的后脑勺，说：“铁牛真是个好孩子，咋个儿就那么疼你叔叔？这大黑压压的风雪天，你就不害怕？"铁牛睁着两只黑眸子，爽朗地回答说："俺叔叔是和别人不一样的好叔叔，这路我放羊时常走，也常遇到过这种鬼天气。以前恨王进财我不怕，夜里黑夜心里有俺叔叔胆更大！我不怕，婶婶！"姜秋菊拉着他的手，笑着，像妈妈拉着儿子那样疼爱地往家走去！'天虽然快扑明了，说亮没有亮，说黑又不黑，路上还没个行人。姜秋菊心里只是着急寻铁牛，她把铁牛找回来，也没出什么事儿。心里才坦然了些。可在回家的路上，又想起了李振山，也不知他到卧虎山了没有？也不知铁牛见他了没有？于是，就低声地问他说："铁牛，你去送你叔叔，你见着你叔叔来呢？"铁牛望着姜秋菊说："我在快到卧虎山村的青石坡底下见着我叔叔了，我在坡坡上一脚踩滑了，骨碌到了坡底下，俺叔叔才把我拉起来！"姜秋菊忙又问："那你叔叔说啥来？你回来他放心？"铁牛又不好意思起来，寻思了半霎，有些孩子气地笑着说："我叔叔不放心，把我送上青石坡来，又往回送了我一截路。他告我说：'你快给我回家，不要让你婶婶着急，也不要惦记我！'"他又想了片刻，"婶婶你放心，俺叔叔心眼好，总能顺路到卧虎山，他走得快，天快亮了，一会儿就能走到！他拄着打狼棍，路上出不了事。"铁牛的几句话，说得姜秋菊"扑哧"一声乐了。她眯着眼笑说："小铁牛，你就会惹你婶婶喜欢！这回回家老老实实给我在家，哪儿也不能去！"铁牛笑眯眯地说："我听婶婶的话！"

　　姜秋菊和李铁牛高兴地说着话儿快走到家门口时，从西头迎面跑来了姜莹莹，这个朴朴实实七岁的女孩子，一见妈妈找到李铁牛，也挺喜欢。刚才她听妈妈着急地找不到小铁牛，怕出了什么事，也很着急。妈妈出门到村东头找铁牛的工夫，她也放大胆跑到村西头去瞭了瞭。走了不长一段路，四下瞭了半天找不见，就赶紧返回来，去找妈妈。可巧，就在这时，既看见了妈妈，又看见妈妈找到了铁牛，心里好不高兴。她气喘吁吁地跑到妈妈身前，欢喜地说："妈妈，你找到铁牛啦！我也着了半天急。"她转过身来，双手攥住铁牛的胳膊说："铁牛哥，你可回来啦！可把俺妈急坏啦！"李铁牛听了如此亲切尊敬的称呼，一阵茫然，好像是在发愣，他似乎不相信自己的耳朵，听到了这种从来没有听过的尊称，激动得一时说不出话来。他想给王进财家放羊当小长工，不是叫他讨吃鬼孩子，就是唤他臭放羊的，要不就是叫他兔崽子、狗崽子，总听不到声当人看待的称呼。今几个他听到这本来是很平常的唤声，却觉得很不平常，似乎到了另外一个世界。他也不知道该怎么好，倒像有点发呆了。

"铁牛哥，你咋格儿啦？这大冷天冻着了没有，快回窑暖和暖和！"李莹莹徐徐松开手，看不出是咋回事，随又问了问，期待着铁牛的答话。

"好莹莹，你真好！好婶婶，你真好！你们和俺大叔一样，有和别人不一样的好！"铁牛看着莹莹，望着姜秋菊，热气腾腾地一句句说着，浑身觉得热乎乎的。

姜秋菊听了心里很高兴，一手拉着莹莹，一手拉着铁牛，喜欢地走进家门。走了没几步，她对莹莹说："莹莹，你到小西房把炕拾掇拾掇，扫扫地，完了洗洗脸。"莹莹"哎"了一声走了。姜秋菊对李振山的事，在党不公开的秘密情况下活动，是十分小心谨慎的。夜里柳来迅送信来，后来他看到小铁牛还睁着眼，他又去追着送李振山，怕稍有不慎出事情，就把莹莹支走，回窑摸摸铁牛知道了什么。她拿起扫帚来，猫腰扫着地，使小铁牛在感觉不到的瞬间，摸个底儿，说：

"铁牛，夜里你听见什么来没有？"

"嗯——没有？"小铁牛接过他手里的笤帚扫着地。

"给婶婶还不说实话，听见就是听见了，没听见就是没听见，还'嗯嗯哧哧'的？"

"婶婶，我也不清楚，我听到'延安刮来的东风'，送来了鸡毛信！"他想了想又说，"俺叔叔大喜欢，总是大喜事，不是小高兴！婶婶，你知道那延安在什么地方？"

"牛儿，我也真的不知道！"

李铁牛扭头看看姜秋菊，又寻思着问她说："婶婶，是不是在太行山那边？"

姜秋菊扫着炕，看了看他说："铁牛，不会那么近，咱在流杯池垴垴上瞭见那一眼望不到边的山，那就是太行山！"姜秋菊看见铁牛思索着，不知他又想什么。又知他听到了"延安刮来的东风"和送来了鸡毛信，这就是极重要的秘密，可不能走漏一点风声，让别人知道。遂认真地看着铁牛说："铁牛，就这事对外人一句也不能说！记住了没有？"铁牛会意地看着姜秋菊说："婶婶，我记住了。除了俺振山叔，我谁也不和他们说！"姜秋菊满意地笑了。

<h2 style="text-align:center">五十九</h2>

李铁牛正在窑地上洗脸，姜秋菊在炕沿边拿着个木梳拢头，李冬梅急促促地进来了。她一见小铁牛正喜欢地洗脸，才放松了精神说：

"振山家，哟——又吓了我一跳！"

"啥事情又急着你了？吓了你一跳！"

李冬梅揉搓着手坐在炕沿边上说："听说又找不到牛儿了，我的心就嘣嘣直跳，这不是在窑里好好的，咋格儿有人说又找不到你了！"

姜秋菊拢着头说："他姑姑，你的牛儿交给了我，还能有差错！他出去解了个手就回来了，还能丢了他！"

"我也是这么想，放在你家里我放心！"接着，李冬梅把王进财闹猫神爷的怪事说了说。

"半夜学猫叫，惹着了'猫神爷'，太吓人了！太吓人了！差一点没把眼睛给捣瞎。"王进财和侯兴西被李铁牛、于铁锁、舟铁蛋三个小孩子假装"猫神爷"打闹着追回去以后，连滚带爬地跑到了正窑里，脸上被打挠得青一疙瘩紫一块的，还被抓了好多血道道，神魂颠倒地浑身直哆嗦，进得窑里就喊江瑞兰、古淑芳。

江瑞兰端着盏煤油灯，古淑芳也端了一盏来，两个人从东西套间窑里出来，忙让他俩快坐在太师椅子上。江瑞兰一看王进财脸上血肉模糊的，穿着的马褂、长袍也撕了口子，惊恐地问道："进财，你上哪儿去来？撞上猫神爷啦？把你抓挠成这样儿！那猫要逗恼了，它能把人的眼抓瞎；你要惹着猫神爷，它能把你抓死！"古淑芳不敢直说实话，她说："她俩听见猫打架，出去看了看，谁知道给撞上猫神爷了！"

江瑞兰给王进财揪了揪衣襟，说："那猫神爷长得是蓝眼珠、黄眼球，越是黑夜他看人看得越清楚，幸亏没有把你的眼抓瞎。大几十岁的人了，猫咬架走个食，你也看那些东西！也是你应得的报应。"

古淑芳拉了拉蹲着的侯兴西，他被李振山一飞脚踢坏了腰，两手捏着痛得起不来，"嗯嗯呀呀"地直叫唤。他问江瑞兰说："海儿他妈，撞已就撞上了，你看怎么办呀？"

江瑞兰不高兴地说："我也不知道该怎么办，反正你得罪了猫神爷，说不定他还来糟害你！"

王进财后怕地说："淑芳，你快把刁管账叫来，让他赶快在西厢房，设个猫神爷的神牌位，摆上张供桌，放上个铜香炉，再把从祖先供桌上撤下来的供，给摆上些。我和兴西弟一人给猫神爷烧上三炷香，磕上三个响头，先赎赎罪。看看饶咱不饶咱，以后再说。"

江瑞兰说："也好！那咱一块也给猫神爷磕个头。"

古淑芳把刁管账叫来后，吩咐他马上去办。不一会儿，在西厢房设上了猫神爷的牌位，摆上了供品。江瑞兰和古淑芳搀扶着王进财，刁管账拉着直不起腰来的侯兴西，走到西厢房，在两尊高座蜡烛前，一个人烧了三炷香，磕了三个响头。王进财连连求饶地说："猫神爷，我再不敢惹你了，我再不敢得罪你了！我给你烧香，我给你磕头，我给你上供，让猫神爷开开恩饶了我吧！"

江瑞兰、古淑芳、刁管账也都跟着磕了三个头。完后，他们忏悔着、胆怯着，各回到了自己的窑里。

无形中，在王进财、侯兴西以及江瑞兰、古淑芳的心目中，"猫神爷"成了他们可怕的胆战心惊的偶像……

李冬梅说着说着，不由地大笑起来。她给小铁牛擦着脸，似乎还觉得笑得肚子痛。姜秋菊见李铁牛高兴地要说什么，她没等他开口，说："王进财死了少爷败了兴，恶气没有出在别人身上，倒让'猫神爷'又给他煞了顿恶气！煞得好，煞得好！"李冬梅说："可不是呢，王进财死人败了兴，又撞上了'猫神爷'这股倒灶的恶气正没地方煞呢？要是让俺牛儿回他家，那不是去找着让他煞恶气！说什么也不让俺牛儿回他家！"她又不放心地看了看姜秋菊，说："振山家，说真格的，眼下说什么也不能让俺牛儿回他家！"

姜秋菊说："他姑姑，你放心。啥时候你不来领，我一准不让铁牛回他家！"

李冬梅来后看见莹莹了，没有看见李振山，随问道："振山家，莹莹她爹上哪去了，又不在家？"

姜秋菊说："他有点事出去几天，完后就回来。"

李冬梅说："你们刚回来，王家又出了事，就你娘儿俩住着太单薄，我给牛儿他姑夫说说，让他黑夜来照料几夜，不然我不放心！"

姜秋菊会意地说："看他姑夫的空儿吧，有空能来就来，没空有我们三个人也不要紧，不怕！"

李冬梅不假思索地说："他姑夫这几天在家，能来能来！"说着走了。

姜秋菊送走李冬梅回来，有意地问铁牛说："铁牛，你姑姑来说了一会儿话，你听出来了没有？"

李铁牛想了想说："婶婶，俺和铁锁哥、铁蛋装猫神爷的事，俺姑夫也没对俺姑姑说。要不你瞅了我一眼，我差点儿说'俺姑姑家也有个'猫神爷'呢？"铁牛"嘿嘿嘿嘿"地笑了。

姜秋菊说："还'嘿嘿'呢？往后，不能说的事，一定不能说！咱们和王进财不是他死，就是咱活，可不是闹着玩儿的！你们装猫神爷，要是王进财知道了，不把你打死，也剥你一层皮。千万记住了，一定不能让他知道。"

李铁牛喜欢地说："婶婶，我记下了，俺懂了，俺一定不说。"

在你们的身上，寄托着

中国和人类的希望。

——鲁迅、茅盾 ①

六十

李振山和杨玉山说着村里的情况，抄近道走，从岔道口拐了个山弯弯，攀上了一条又陡又斜的崎岖小径。他俩猫着腰一步一步向上爬。又谈论起李石柱和春妹家的苦楚。李振山说："石柱弟和春妹这家人，不论是从山西、河南来说，都是够苦的了。春妹河南老家被土匪抢了后，她和她爹、妈、哥哥，四口人逃到山西壶关县魏家庄，她爹被地主家恶狗咬伤腿，在大庙里活活疼死冻死了。剩下三口人，她妈领着她逃到咱王家峪，也被王进财活活糟践死了。一家四口人剩下了两口，流落他乡也不知道在什么地方，我看也是很怜悯的。"杨玉山说："我过去一直听说，她和她爹、妈三口人，没听说过她还有个哥哥，她家究竟在河南什么地方？"李振山说："临咽气的工夫她才说出来，她姓吴，还有个哥哥，也有半只银镯子。她老家住在河南林县吴家寨，就和咱山西连着太行山，山南面就是

---

① 1935 年红军北上抗日胜利到达陕北，鲁迅和茅盾联名给党中央、毛主席和朱总司令的贺电。

她家，山北面就是山西，说起来和咱山西是老相邻呢！"杨玉山又问："那她为啥一直没有说她的姓和她哥哥呢？这里头有什么不愿意让人知道的事！"李振山说："也许，她不说姓什么，这事不好猜；不说她哥哥，说不定她哥逃出去参加了什么红军游击队呢？反正这一家被害得人亡家破妻离子散够惨的！"杨玉山说："河南这一家够惨的，咱山西石柱弟这一家也够苦的。原来李石柱、李玉柱兄弟俩两口人，石柱和春妹成亲后生了小铁牛，一家也是四口人。被地主老财王进财霸树，逼疯冻死李玉柱，又糟蹋死了春妹，剩下了一大一小，背上压着还不清的阎王债，也是够苦的。"李振山说："不管是河南的苦人也好，山西的穷人也罢，不推翻压在穷苦百姓头上的三座大山，穷人是没法活的！"杨玉山说："只有推翻压在中国人民头上的三座大山，才有穷苦百姓的出头之日！"

他俩说着话，攀上了一道坎坷不平的山峡峡。李振山将手中的白蜡杆，依在身边一棵粗粗的圆蓬蓬的松树旁，朝眼前的村子瞭了一眼，右手狠狠拍在杨玉山的肩膀上，兴奋地说："玉山，咱俩走得还不慢啊！天刚亮就到了。"杨玉山高兴地朝他的膀子上擂了一拳，说："按通知要求，今日个后响才报到，这回可不用着急了。"

"同志，事不宜迟，赶早不赶晚嘛！"

"同志，这不提前赶来了！这大冷的天，人还没起来，咱稍息一憩！"

"稍喘喘，就稍喘喘。"李振山顺手拣起一块圆扁扁的小石头，朝着山间一块大青石噜凌凌扔过去，两石相撞，那小石被击飞去，发出砰砰的响声，在山谷中"噜凌凌"地荡漾。杨玉山将白蜡杆上搭着的褡裢，靠在松树根底下，从腰间抽出烟袋荷包来，装了一袋烟。只见他乐滋滋地夹着眼和笑眯眯的李振山，眺望眼前的神池村。

相传在很早很早以前，这个村四周围的山壁接连得严严实实。不透风，不泄水，像是个天然的大石盆，故而得名神池。池中荡满碧液，有齐人脖子高，一年四季不涨不落。每逢阴历七月七日子夜，荷叶浮满水面，莲花开放满池，无数的喜鹊在荷叶上铺上两条大板石，天上的牛郎、织女一东一西，蹬云驾雾向池中飘来。各自沐浴后，踏着石板相会一次。有一年，牛郎、织女会面后刚刚离去，一声惊雷霹得天昏地暗，将池中的两端劈开了两个口子。一刹那，池中碧液奔腾而尽。顿时繁星满天，银河徐徐降落池中，变成了一条潺潺的川流不息的池中河。传说中，说是有一位银须白发的长者看见的，但在哪朝哪代哪年哪月目击的，谁也说不清。可这故事一代传一代，年复又一年传说至今。

他俩望着神池村，确实使人神往的。神池村像个圆盆形的天然大池盆。池四周起伏的环包着的峰峦，像是雕刻着的石盆的盆梆梆。春夏秋之际的峰峦上，长着苍苍的松，翠翠的柏，笔直的杨，倒栽的柳，龙爪似的槐、桦、榆、杏、桃、杜梨、海棠、核桃树，应有尽有。还有高高大大的柿子树和栗子树，满山遍野的异草奇葩，百鸟争鸣，群蝶飞舞，点缀在这周围的峰峦上，盛似彩笔绘画、精雕细刻的盆梆上绝妙的工艺美术品，甚是精致。村落座北朝南的一道土垅前，一座座的窑洞，是一家家的院落。在院落中间斜对面，有一座古老式的大戏台，蹲立在那里。昨夜下了三指厚的雪，这俊秀的峰峦，漫山的树林，戏台顶上、院落窑顶的土垅上，都披挂上了一层白生生的鹅绒绒，真是银装素裹，分外妖娆，活像个大大的耀眼夺目的银花池盆。盆中间，潺潺地流着一条清澈透明的河水，从不结冰；由西北向东南流着，盛似一条银河镶嵌在池中。河的两边是一马平川的平地，种着一垅一垅的麦苗被雪覆盖着，但仍能看出它那一行凹一行凸的土脊背、麦脊脊。

他俩看得出了神。李振山凝视着神池村的天然美景，说道："玉山，神池真是个好地方，过去你啥时候来过这儿？"

"我小时候跟我爹来过一回！"杨玉山想了想，手攥着小烟袋指指说："神池是七月七日的庙会节。那一次我十五岁上跟爹来，也是一扑明就早早赶来了。来的还有别村的一些人。我和我爹刚站在这地方，突然下了一阵云间雨，我看见有几只梅花鹿从山涧里钻出来，找落雨大的地方让雨淋，只瞅着他们把浑身淋得湿漉漉的，活蹦乱跳地跑趿着像闹似的。"他看看李振山，"我正在看得出神，突然听背后'砰砰叭叭'响了几枪，就把鹿给轰跑了。我和我爹回头一看，不是别人，是王进财跟他爹坐着两顶蓝轿，王进财坐在轿里撩起帘端着枪打鹿呢，站着的人都冷眼看那歪愣扎砍的家伙，有的人还低声地唾骂着。"

李振山感叹地说："是啊！鹿是一种名贵动物，全身都是宝呀！就是搁不住那些霸道孬种遭害！"

杨玉山兴致勃勃地说："虽说我就来过一次，可回想起来记得还很清楚。我爹对我说：梅花鹿不怕冷就怕热，喜欢雨又喜欢雪，清早或晚间，天气凉爽，它们就成群结队地溜达，出来撒欢嬉耍；太阳高升，天气一暖，它就回窝里去睡觉，一遇下雨天，就让雨水淋湿全身，乱折腾着玩耍，要是在冬天飞舞起雪来，他们就成群地翘着头望天。"他笑着用肩膀靠了靠李振山，说，"振山，梅花鹿全身都是宝，雄鹿鹿角没有骨化的时候锯下来，一整治就是鹿茸大补药，说能疗治虚弱、外伤、妇科、眼科好多种病。鹿血能做药酒，鹿胎就做鹿胎膏，鹿骨能熬鹿骨胶，鹿内脏能做全鹿大补丸。鹿鞭、鹿尾、鹿筋也是名贵药材。鹿肉也是大补的，和山珍海味差不多。鹿皮还能做鹿皮鞋，皮柔细，挺结实。"

李振山听得也兴浓，说："听说还有毛冠鹿、马鹿和水鹿，也很名贵！"

杨玉山稍停了停说："这我就不清楚了。"他瞅瞅李振山说，"振山，你说那梅花鹿这山上还有没有？按鹿性来说，下雪天它是喜欢出来的，可今儿却看不见？"

李振山沉思片刻，流露出惋惜的神情说："在这兵荒马乱的年头，土匪、汉奸，阎锡山的军队，浪荡公子，到处乱打猎，还不遭害了？要有，也怕跑到深山密林里去了。"

杨玉山会意地赞同着。

李振山拄了拄手中的白蜡杆，说："咱们山西这个地方，有的人嫌穷嫌不好，不愿在，总想往外跑；我也出门在外走趿过，我倒很爱这个地方。俗话说：靠山吃山，靠水吃水！关东有三大宝，鹿茸、貂皮、乌拉草。咱这地方山多，煤多，矿石多，遍地也都是宝呀！在山腰腰、土坡坡、地底下，一圪挖就是煤；在山里头一圪掏，就是炼铁、炼钢的磩；还有松核桃形的玻璃磩呀，硫黄磩啦，多得很！我想，总有一天这江山能回到劳动人民的手里，这坑坑洼洼的山坡坡能栽果木树，五颜六色的烂漫山花能养蜂。还有灵芝草、人参、党参什么的多种名贵药材。这山区要归了人民当家做主，也能把荒山秃岭整治成摇钱树、聚宝盆呵！到那时候没有一个不富！"他得意地瞅了瞅杨玉山说："玉山，你说是吗？！"

杨玉山叹了一口气，说："是啊，振山！咱就盼着将来能有那一天！可眼下吃糠咽菜也吃不饱呀？谁家每年不挖野菜吃！"

李振山和杨玉山举目眺望，远远望太行山，又看看宝盒山。李振山说："玉山，咱们要看远一点，就有信心了。"他停了一霎说，"说起吃野菜来，也是山里的宝！这山坡坡，沟坎坎，土塄塄，地沿沿，每年一到春暖花开的时节，长出来的野菜就是咱穷人的命根子！咱们吃过的荠荠菜、榆叶、麻绳菜（也叫马齿苋）、黄花菜、嫩柳芽，还有地耳、野蒜、野韭菜，估摸有一百多种。俗话说：'苣苣菜，连根菜，杨桃叶是好菜。"这些野菜人吃了，不肿脸，不受病，挺好吃。这野菜平常能搭配着充饥，要是遭了荒年，就能救咱穷人的命呀！再说，有的树花、树叶也能吃，榆树的榆钱钱，柳树的嫩柳芽，凉拌着吃搅在面里吃都行。那开得满树蔓枝的白滴溜溜的杨槐花，春风一吹，远远就能闻到香气味儿，清香扑鼻。捋下来，用凉水涮净，搅上糠面、玉茭面一蒸，喷上点蒜末末，再倒上点醋，一吃就更香了。我在十岁上那年，赶上大荒年，人们把野菜、树花都吃光了，就吃树叶子。有一次我吃了杨槐树叶子，吃得脸肿了，浑身也肿了。后来豁着命尝试，才知道杨槐树叶子不能吃，榆树叶子能吃，榆树皮还能做榆皮面，有的树叶子吃了，就要脸肿肚子疼了。"

杨玉山一阵喜欢，说："玉山，你说这些与打日本有啥关系？这吃野菜也是为了打日寇抗战？！"

李振山幽默地打趣说："为了抗日，咱就得准备吃苦。咱有这吃野菜的体验，如果日本侵略军真的打过来，咱们就钻山沟打游击，就是三天、五天没食吃，咱就学红军吃野菜、吃草根、啃树皮，也要和狗日的干！也要坚持活下去，誓死不当亡国奴！"

六十一

李振山手中提拉着白蜡杆，杨玉山手攥白蜡杆肩挑着褡裢，倾斜着身子往坡下走。走了没几步，忽听得从山谷中回荡着像似女青年声调的《松花江上》。这声悲壮交加，委婉动听：

> 我的家在东北松花江上，
> 那里有森林、煤矿，
> 还有那满山遍野的大豆、高粱。
> 我的家在东北松花江上，那里有我的同胞，
> 还有那衰老的爹娘。

李振山和杨玉山听到这里，不由得心揪起来，站住了脚。那歌声像是

流亡妇女叙述着自己悲惨的遭遇，她继续诉说道：

九·一八，九·一八，

从那个悲惨的时候，

脱离了我的家乡，

抛弃那无尽的宝藏。

流浪！流浪！

整日价在关内，流浪！

哪年，哪月，

才能够回到我那可爱的故乡？

哪年，哪月，

才能够收回我那无尽的宝藏？

爹娘啊，爹娘啊！

什么时候才能欢聚在一堂？

他俩听这无比悲愤的歌声后，义愤填膺，摩拳擦掌。猛扭回头去看，只见一个二十二三岁的女红军唱罢歌向他俩走来。她，中等身材，头戴灰军帽，身穿灰军装，腿上还打着绑腿带，脚穿一双黑布鞋。细一瞅，红圆圆的脸膛，略微有点尖下巴颏，稍弯的眉毛，大大的眼睛，身材均称，显得精明强干，很是英俊。她没等李振山、杨玉山开口，就用很流利的湖北口音招呼道："老乡，你俩是上哪子去的哟？"

李振山听女红军问他俩，忙说："同志，我俩是来神池参加会议的。"

女红军闪动着她那双会说话的眼睛问："你两个带着通知吗？"

李振山又忙说："带着哩！带着哩！"他急忙从上衣内兜里，掏出通知来递给了她。

女红军看完了通知，还给李振山说："要的！要的！你俩是王家峪来的，我就是来接你们的，咱一起进村子去吧！"

李振山说了声"好吧！"就和杨玉山跟着那位女红军往坡下走。

他们三个人说着话走着。杨玉山看了看女红军说："按通知今儿个后响才报到，今早我俩来早了？"女红军说："不太早！不太早！有的同志一接到通知嘛，就高兴得睡不着了哟！昨天有的同志就赶来了！"李振山高兴地说:"还有比咱来得早的啊!"杨玉山惬意地说:"我俩还怕来得早,大雪天人起不来呢?"女红军微微笑了笑,看了他俩一眼,说:"要开这么重要的会议,谁不高兴哟!我们也是早早就起来了的哟!"他们下了坡,进了神池村。

那女红军把李振山、杨玉山领到村中一家院子里,有一位四十来岁的大婶子也出来迎接招呼他们。那女红军把李振山、杨玉山领进正窑的一间套间窑里,对他俩说:"我来自我介绍一下,我姓王。三横一竖的王,叫丽云,美丽的丽,云彩的云。你们来参加会,有啥子事就和我说。你们就住在这里,在大婶子家吃饭。有时我和柳来迅也来吃。吃一顿,记一顿。会议完了我和大婶子算。"她停了停,从上衣兜里掏出个小笔记本子来,抽出一支黑杆钢笔,登记上了他俩的姓名什么的说:"你俩还有啥子事吗?需要我办的就只管说,也不要客气嘛!"

李振山和杨玉山只是高兴地听王丽云说话,不知怎的倒有点拘束了。直到王丽云把洗脸水端来了。才过意不去似的说:"王同志,你忙去吧!这,我们会自己来!"王丽云对他俩说:"你俩就在这里,不要外出远走!要是听见哨响,就是集合开会;要是听见鸣急锣子声,就是紧急情况,赶快出去!没啥子事,我走了。"李振山和杨玉山笑着说:"没事了,没事了!"

王丽云走出窑门,对在窑里站着的大婶说:"大婶子,刚才来的那两位同志,就住在你家里,也在你家吃饭。开罢会,我来和你算。"那大婶说:"两个人吃几天,没甚要紧的。你放心,我招呼他们!"

李振山走出大门一看,村子里炊烟缭绕,人声沸腾。他看见村道上人来人往,熙熙攘攘,络绎不绝。天气虽然生冷生冷的,可村子里却是一派热气腾腾的景象,像是另外一个世界。有的男女红军和老老少少的乡亲们,握着笤帚和铁锹在村道上扫雪、清路;有的担着梢罐给老乡们挑水,你来我往。有的还帮着闺女、媳妇推碾子、碾米、碾面。像是要赶庙会、唱大戏那样热闹。在村道上,公鸡、母鸡"喔喔、喔喔"地跑着,有的老黄牛在拴扣牛旁"哞—哞—"地叫着,三五成群的山羊、绵羊"咩—咩—"地跑着。他瞭瞭戏台旁一架井台上,有个红军正搅着辘轳打水。他"哪"了一声,转身返回院内,走进窑里,在佯躺想事儿的杨玉山大腿上捆了一下说:"嗨!玉山,快起来,红军都在扫雪、清路、挑水,咱还能干坐着！"杨玉山扑愣起来说："那咱们也赶快去！"

他俩从窑里出来，找梢罐找不着。大婶说："从前叫红军，听说以后要叫八路军了。都让他们给"摸"走了。大婶藏也藏不住！许是又挑水去了。"他俩想找扫帚扫院子，看看院子已经扫得干干净净的了。正在踟蹰间，看着柳来迅忽悠忽悠地挑着一担水拗进院来了。李振山上去要接他担子，柳来迅走着说："没几步就到了！"他挑进大婶子的厨房里，撤去担杖，提起梢罐来"咕咚咕咚"倒得水瓮里满溢溢的了。柳来迅将水担杖和梢罐放回原处，和李振山、杨玉山走进套间窑。李振山对杨玉山说："他就是给咱送紧急通知的柳来迅同志，是区里的交通员！"柳来迅耸了耸肩膀说："玉山同志，往后咱们少打不了交道！"杨玉山笑眯眯地说："那敢情好！"

李振山攥着柳来迅的手，坐在炕沿边上，看着他那汗津津的脸说："柳来迅同志，你昨天在大风雪夜里送了一夜信，今儿个大清早起来又给老乡家挑水去，精神真足啊！"柳来迅笑笑说："一听要开这么重要的会议，大家都高兴得睡不着睡啊！"他看看李振山、杨玉山说："那你们还不是连夜赶来的！"李振山寻思着问柳来迅说："刚才接我俩的那位女红军，她说叫王丽云，听口音像南方人，人看起来挺精干，说起话来挺清脆，办起事来挺麻利，不知她是啥地方人，做啥工作的？"柳来迅眨了一眼说："她是湖南利川人，离四川很近，说话还带四川口音呢！她是个中学生，也是桐柏山区游击队的，跟着北上抗日的红军参加了红军的。现在区里做宣传工作，人挺聪明，挺能干！举止大方，心胸开朗。"李振山说："今日清早一接触，就给人你说的那种感觉。"杨玉山说："我觉得也是那样！"

六十二

早饭后，李振山和杨玉山在套间窑里念叨着准备参加会议的事，谈论着村里的各种情况，两人攀谈得很热烈。李振山喜出望外地像想起了一件什么重要的大事，恍然大悟地对杨玉山说："玉山，咱们光说些具体事，老念叨的一件大事就没提出来，这回说什么咱也得主动地提出来！"

杨玉山一愣问道："什么大事，振山！是不是在村里建立党组织？！"

"对，对！咱们这一次就是要请求上级党组织，给王家峪村派党的干部来，很快把党组织建立起来，咱也好开展工作呀！"

"我举双手同意！咱这回一定要好好提一提，最低限度也得把党小组建立起来！最好能把党支部建立起来，咱也有个领导的核心了。全村就咱们两个党员，可两人又不经常在一起，可把人憋闷死了。"

李振山听了杨玉山心切的要求，攥着拳头赞同地说："咱们俩算是想到一块儿了！我也是这么想。咱无论如何也得要求上级党把这个问题给解决了。"他想了想又说，"人无头不能走，鸟无头不能飞。没有党的组织，咱好像瞎子走路，咋格儿看清方向呀！一定要求赶快建立！"

正在他俩欢快地说话间，听着柳来迅像是和别人说着话走进院里来了。当李振山和杨玉山正想出窑的工夫，柳来迅和王丽云陪着两个穿着红军军装的人进来了。柳来迅主动地指了指李振山说："他就是李振山，是王家峪村的共产党员。去年从晋南回来转党的关系的就是他。"柳来迅又指了指杨玉山说："他叫杨玉山，是卧虎山村的共产党员，是去年从晋东南槐树铺转回来的。"走在头里先进来的那个年纪稍大一点的红军说："呵！听说过，在名单上见过面啊！"那个跟着进来的年岁轻一些的红军说："原来就是他们两个人呀，我也在名单上见过面的！"

李振山、杨玉山听着给他介绍他俩的名字时，不由得一下子拘束起来了。他俩第一次当面接触到红军干部，从心里有说不出来的高兴。

王丽云看着李振山和杨玉山都很拘谨。于是，她开朗地看着李振山和杨玉山说："来！我来给你俩介绍一下。"她指了指年岁稍大一点的红军说："这是区里的老洛同志！"她又指了指年岁较轻一点的红军说："他是区里的老吴同志！"李振山和杨玉山听了，他俩的脸上霎时浮出了喜悦的笑容。老洛同志闪着亮亮的黑眸开了腔，他乐呵呵地看着李振山、杨玉山说："一个振山，一个玉山，可是山西的宝哎！"几句话说得他们几个人"扑哧"一声都笑了。李振山、杨玉山"哧哧"地笑着强忍着，没有敢大笑出来。

老吴同志摸拉了摸拉他背着的三八盒子枪，说："你们两个还挺拘谨的呢！这也不是丑媳妇见了挑眼婆，那么不自然！"他这么一说，逗得李振山、杨玉山憋不住地大笑起了。老吴同志笑着说，"大家认识了，以后就熟悉了。都坐下，都坐下！"说着，他和老洛同志坐在了炕沿边上。柳来迅和王丽云同志坐在了老吴和老洛同志的两旁。李振山和杨玉山就近坐在了两个草墩子上。杨玉山刚蹲坐下又站起来。他看着柳来迅问他说："我去大婶家火上坐把茶壶，让老洛、老吴同志喝碗水。"柳来迅正想说什么，老洛同志没等他说，就说："今天主要是先接接头，认识认识。以后老吴同志、小柳、小王同志，还要和你们一起学习、讨论嘛！一接触就熟悉了，我们不喝水了。"李振山高兴地说："那太好了，那太好了！"老洛同志说："就是好啊！今天晚上就开党的积极分子会议，传达党中央、毛主席关于建立抗日民族统一战线的决策！这是个伟大的号召啊！在这历史转折的关头，都应好好学习啊！"老吴同志补充说："还要传达有关重要的文件，也要好好学习讨论！"他看着李振山和杨玉山说："你俩先研究研究村里的情况，听了传达以后，就学习讨论。我看你们也着急了！"李振山和杨玉山望着老洛和老吴同志只是憨笑着，笑得眼睛快眯成一条缝儿了。

老洛同志和老吴同志又简要地询问了一下村里的情况。柳来迅和王丽云都很注意听，并不时地还在小本子上记一记。略谈了一会儿，老洛同志和老吴同志有别的事情，说了句话就走了。柳来迅和王丽云也跟着出了窑门。李振山和杨玉山送他们出了大门，闪着恋恋不舍的目光，追踪着他们离去的身影。

六十三

晚上，掌灯时分。杨玉山正要点灯，忽听得街门外一阵"嘟嘟嘟"的哨子声，划破了初夜的寂静。李振山忙说："玉山，总是集合开会了，咱快出去看看？"杨玉山说："不用点灯了，走吧！"他俩刚出窑门，柳来迅带着一股风跑来说："快走！快到村西头小学校里去，马上就开会！"李振山说："我俩一听吹哨就出来要去了，你还又来叫我们跑一趟。"李振山和杨玉山"哎"了一声说："咱就走！"

柳来迅领着李振山和杨玉山急步赶到了小学校一间大教室门口，正在熙熙攘攘往教室里进人。门口有个会议服务人员，用目光打量着每一个进教室的人。柳来迅和服务人员打了个招呼，便和他俩走进了会场。

会场极为俭朴，没有摆设凳子。可能是为了多坐些人的缘由，地上摆着一行行木棒棒当凳子用。还有的地方摆了些小板凳和草墩子之类的座儿。前面已经坐了五六排人，来的人就按顺序入座。谁也不乱挑乱挪座儿，赶上什么座就坐什么座。他们三个人坐在了五六排人后边一根木棒上。望望主席台上，布置得整洁而严肃，醒目而端庄。迎面墙中上方挂着伟大革命导师马克思、恩格斯、列宁、斯大林和毛泽东同志的浅色画像。两边挂着与之相称的两面斧头镰刀的红色党旗。画像和旗帜的前面，摆着一张长条形的黑漆桌子，桌子的后面和两斜侧各摆着一条长凳子。在主席台前上方吊挂着一盏亮晶晶的汽灯，显得既亮堂又雅致。

李振山和杨玉山目不转睛地望着老洛同志坐在了长条桌子中间，老吴同志坐在了他的左手，还有个不认识的穿着一身黑制服的干部，坐在了他的右手。在两旁还坐着几位红军和地方干部。柳来迅站起来扫视了一眼会场里已经到齐坐好了的人，跨出来坐到了主席台底下的右侧。会场里很少有人说话，霎时间都静了下来。只见老吴同志从衣兜里掏出一个本子来，又从上衣兜里取下一支钢笔，放在桌子上。往台下看了看，很精神地耸了耸肩膀说：

"同志们！现在咱们开会，这是一次党的重要的积极分子会议。会议的中心议题是，传达贯彻党中央和毛泽东同志关于建立抗日民族统一战线的重大决策！"会场上响起了一阵热烈的掌声。他说，"会议不发文件，大家能记尽量记一记，跟不上记的就记重点，记不了重点的就用心听，大家要领会好精神，回去好贯彻，会议中间不休息，想吸烟的同志尽量少吸烟，实在憋不住了，可以少抽几口。"他幽默地说，"大家自觉一点，不要开成烟火晚会了嘛！"他这句打趣而又明确要求的话，说得会场上的人忍不住"嗤嗤"地笑了。有抽烟的人，便磕去了烟锅子里的烟灰。老吴同志笑着，扭头看看老洛同志，说，"现在请区委负责人洛涌江同志传达。"会场上响起了一阵热烈的掌声。

洛涌江同志，早已把传达的文件放在了面前，他睁着炯炯的目光看了看会场上的人，说："今天，大家情绪都很高，精力也很集中。我想咱们这次会议一定能开好！刚才老吴同志提出的要求，大家一定要自觉遵守。现在我就进行传达。"他聚精会神地看着眼前的文件，说，"第一个文件，先传达一下，党中央在1936年8月1日发表了的号召统一战线的宣言。"

李振山时而抬头看看主席台，时而用半截铅笔在小本子上写几个字。他扭头看看杨玉山，也用一截小铅笔在本子上记。两人互相靠了靠膀子，微微笑了笑。大家都专心地听着，有的用心地记着。

洛涌江同志在桌子上，又翻开一份文件。说："第二个文件，传达党中央政治局在1936年12月25日通过的《关于目前政治形势与党的任务的决议》和毛泽东同志在12月27日党的活动分子会议上所作的《论反对日本帝国主义的策略》的报告。这三个文件特别重要，它回答了党和国家迫切需要解决的重大问题。"随之，他一句一句地宣读了上述两个文件。他为了使大家更深入地领会文件精神实质，把基本精神弄清楚，他又翻开另一个笔记本子，一面看看文件，一面看看笔记本，又提纲挈领地讲了讲关于建立抗日民族统一战线的中心问题。他说，"红军进行了震惊中外的二万五千里长征，北上抗日，到达陕北，这个意义是很伟大的。根据文件精神，今后党的任务就是把红军的活动和全国的工人、农民、学生、小资产阶级、民族资产阶级的一切活动汇合起来，成为一个统一的民族革命战线。在党的政治局会议上，批判了党内那种认为中国民族资产阶级不可能和中国工人、农民联合抗日的错误观点，又批判了党内过去长时期存在的狭隘的关门主义和对于革命的急性病，并提出了人民共和国的口号……接着，他传达了其他有关重要文件。

讲到这里，洛涌江同志提高了点嗓门，以强调的语气，提请到会的同志们注意。说："党的'宣言''决议'和毛泽东同志的'报告'，不但规定了党的政策，而且总结了两次国内革命战争时期的根本经验，规定了党在民主革命时期的根本路线。这是我们必须认真学习讨论清楚的。不但在道理上弄懂，而且要在思想上搞通，这样才能贯彻好。"他用手一起理了理文件、本子说："主要的文件都传达完了。今天就传达到这里吧！"这时会场上响起了雷鸣般的掌声。他看了看老吴同志说，"吴志华同志，你还有什么讲的，再讲一讲。"

吴志华同志询问了洛涌江左右两侧坐着的同志几句话，他又简单地讲了几句话。他亮开铜音般的嗓门，坚强有力地说："同志们！刚才洛涌江同志已经把党中央和毛泽东同志关于建立抗日民族统一战线的决策传达完了。下去以后，大家先消化消化，考虑考虑。明天一天分组讨论。在讨论中，要联系个人和地区实际，从思想上、理论上要转到建立抗日民族统一战线上来。"他稍停了停鼓足精神说，"为了挽救民族危亡，为了全国人民的根本利益，我们共产党人要站在抗战的最前线，为实现党中央和毛泽东同志的伟大号召，努力奋斗！"

这时，全场响起了暴风雨般的掌声，经久不息……

六十四

吴志华、柳来迅、王丽云和李振山、杨玉山，还有后山凹村的党员胡春生，编为一个组。一起参加了讨论，大家你一言，我一语，发言很热烈。李振山笑逐颜开，看看吴志华同志说："老吴同志，听了老洛同志传达党中央的《宣言》《决议》和毛泽东同志的《报告》，越听心胸越开阔，心里豁亮了。如何反对日本帝国主义侵略咱中国，清楚得多了，也明白得多了，劲儿也鼓起来了，信心也足了！"杨玉山坐在一个草墩子上，足足抽了几口旱烟说："老吴同志，我也说两句。听了老洛同志的传达报告，心里开窍了。原来只是发愁苦闷，战局一紧张，真不知道怎么办才好？这回路子清楚了，办法也有了。"王丽云心花怒放，她以那圆润润的嗓音说："我跟着红军北上抗日，怎么样抗法心里是不清楚的哟！到了延安，学习了这些重要文件，眼睛才看得远了，心里才想得多了哟！只要把全国人民都发动起来，就能把日本侵略军打败！就能把日本帝国主义赶出中国去！"柳来迅也是个活泼机灵的人，他听王丽云发言时，句句话儿顿挫有力，遂学着她的腔调说："听了传达的重要文件、报告，眼睛看得远了哟！心里更亮了哟！只要把全国人民都动员起来，就能把日本帝国主义赶出中国去哟！"他后头这一句话的口音特别重，又会意地看看王丽云，说，"丽云同志，你说对不对哟？！"王丽云是个大方开朗的女红军，她接着柳来迅的话音，烘托着高嗓门说："对得哟！对得哟！"说得大家充满着喜悦和胜利的信心，心胸开朗地都笑了。

吴志华听着大家发言，生动活泼，有啥说啥，毫不拘束，很是高兴。他觉得讨论的时间不短了，说："大家讨论得很好，稍憩一会儿，解解手活动活动，回来再接着。"

活动间，李振山和杨玉山听说老吴和老洛同志，都参加过红军渡河东征，就特别想听一听红军渡河东征的情况。李振山对吴志华同志说："老吴同志，请你给我们讲一讲红军渡河东征的情况吧！那时我在晋南听说，红军东征可把统治山西多年的老军阀、土皇帝阎锡山打草鸡了！多少年来才让山西的老百姓出了口气啊！我们特别想听听红军东征的故事哩？！"杨玉山等李振山的话音一落，就紧挨着吴志华同志说："老吴同志，你给我们讲一讲红军东征吧！我们实在想听得不行！"

吴志华同志看了看李振山、杨玉山和围靠着他的人，喜滋滋地说："我是跟鄂豫皖的一支北上的红军到了陕北的，我参加的战斗不太多。要讲还是请老洛同志讲吧！他是从红二十八军来的，在红军东征时他参加过很多战斗。东征回师陕北后，他调到了中央警卫营工作，他见中央、总部首长的机会多，了解的情况也多，要讲就请他讲吧！"李振山说："那敢情好！"杨玉山说："那就请老吴同志和老洛同志说说吧！"吴志华同志说："可以！可以！"

这时，别的组的一些同志，也来要求他和老洛同志给讲红军东征的战斗故事！在同志们的强烈要求下，当天下午三点钟，仍在传达中央文件的教室里，给同志们讲述红军渡河东征的一些情况。大家以为还是由吴志华同志主持会议，由洛涌江同志给大家讲。可是，当会场静下来的时候，洛涌江同志主动地主持了会议。他说："红军东征时，我在新编的红二十八军工作。红二十八军是由陕北红军整编起来的一支部队。当时，战斗力不太强，武器装备也差。虽然从罗峪口西北顺利渡过黄河后，在罗峪、兴县、康宁镇打过几次仗；可是在三交镇战斗中就失利了。刘志丹军长就是在那次战斗中不幸牺牲了。"他沉思片刻，说，"红军东征一军团和十五军团打的仗多，打得也很顽强！吴志华同志那时在十五军团工作，他了解的情况多，现在就请吴志华同志给大家讲一讲！"

吴志华同志看来既很谦虚，又有些腼腆。他看了看洛涌江同志说："这——老洛同志大家请你讲呢？我了解的情况不太全面，也不太多。恐怕讲不好呵！？"

"尽你知道的给大家讲一讲，能讲多少算多少。这也不是作什么正式报告嘛！"

"那好！老洛同志让我给大家讲，就讲一讲；讲错了的，请老洛同志、请大家批评！"

吴志华同志在讲述红军渡河东征的一些情况时，虽讲得有些片片断断，但讲得有声有色。一个个战斗的场面，浮现在了同志们的眼帘：

> 密云遮星光，万山乱纵横，
> 黄河上渡过了抗日英雄们。
> 摩拳擦掌杀气豪，
> 我们是铁的红军。
> 猛虎扑羊群，奋勇向前进，
> 打得那敌人连跑又带滚，

猛打猛冲又猛追，

抗日打先锋……

  为了推动全国的抗日救亡运动，在毛泽东同意的亲自率领下，红军在山西黄河对岸进行了有名的渡河东征。那时，渡河东征的抗日先遣支队，由彭德怀同志任司令员（毛泽东同志兼政治委员），于1936年2月中旬，开始横渡黄河。

  国民党反动派对领导抗日救亡的中国共产党极端仇视。多年统治山西的老军阀、土皇帝阎锡山和日本军阀勾结起来，沿着黄河东岸二十多个县，构筑高碉暗堡，妄想把抗日的中国工农红军堵挡在黄河以西，竭力阻止红军开赴抗日前线。战士们纷纷议论说："阎老西太不自量了。蒋介石上百万的'中央军'尚且不能在天险的乌江、金沙江、大渡河挡住红军的去路，难道你阎锡山能顶得住吗？""我看他顶不住，阎锡山根本就顶不住！"

  二月的天气，西北高原上依然冰雪未化。东征红军极其隐蔽地来到黄河西岸一线，进行紧张而秘密的渡河准备。不一时，一支支红军突击队整装待发。我参加了渡河突击队。我们望着白雪皑皑的河岸，望着滔滔的黄河水，恨不得立时插翅飞过河去。

  强渡的命令下达了，渡河开始了。一只只突击队的小船，从通向黄河的小川里，静悄悄地划向黄河。各个突击队在连指挥员的率领下，开始了敌前强渡。夜漆黑，没有月亮，也看不见星光。只能听见河水的咆哮声、冰块与木船"咯嘭、咯嘭"的撞击声。突然，河对岸发出一阵猛力的枪声，划破了黑夜的寂静。敌人发觉了，船上的突击队员们加快了划速，并互相鼓舞着，"加油！加油！登上岸去就是胜利！"

  一只只木船的速度加快了，突击队冒着"噼噼啪啪"的弹雨边打边渡，越过忽起忽伏的惊涛骇浪，不管敌人的火力多猛，突击队英勇顽强，一往直前。一个个突击队员没有一点畏缩的神情，负了重伤的咬紧牙关坚持；受了轻伤的，继续坚持战斗……

  翌日清晨，火红的太阳升起来了，各路突击队都上了岸。阎锡山吹嘘的"固若金汤"的河防，被撕裂开道大口子。红军的千军万马，源源不断地渡向河东。这时，黄河岸上到处响起了渡河胜利的歌声。

在先头突击队继续攻击下，溃退的防河军，只得被迫往后撤。

毛泽东主席和周恩来副主席及任弼时同志，乘一艘较大的木划船，从河的西岸向东岸渡来。在船的前身，并站着三匹红、黄颜色的骏马，昂头竖耳，望着对岸，听着枪炮声，不叫不跳。马鬃被风吹得徐徐飘动，威风凛凛。看他们的立姿，瞅他们的眼神表情，一看就能看出这是三匹久经战火考验的战马。

船底下的黄河，像一匹脱缰的烈马，奔腾无羁，气势汹涌，忽上忽下。船浮在这脱缰的烈马上，时而腾空而起，嗖嗖游上；时而顺浪推下，破浪前进。这乘着革命领袖的船，挽救中华民族危亡的船，这领导全中国抗战的船，乘风破浪，滚滚向前！向前！

就在这浪涛滚滚的船上，那几个划船的船公，自如地划着桨。一双双脚稳稳地踩着船板，弯着腰忽前忽后地划着；桨拨水势，水顺桨流，循势渐进，奔腾向前，不多时，就划到了河中心。毛主席抬起右手来，看着周副主席，瞭望着对岸说：

"恩来同志，先头部队打得蛮不错嘛！阎锡山吹嘘的所谓'铜墙铁壁'，不多时就被我军突击队打垮了！还是什么'固若金汤'的防线呢！"

周副主席双手举起望远镜来，瞭望了对岸，收回望远镜，对毛主席说：

"主席，突击部队都已登岸追击了！阎锡山的防河军根本不是什么'铜墙铁壁'，也不是什么'固若金汤'的防线，被我们突击队一打就垮了！"他的脸上浮现着胜利的笑容。说，"这一下，阎锡山该着溜子了！"

毛主席微笑着，看着周副主席说："着点溜子好！让阎锡山清醒清醒嘛！咱们打开门户好北上抗日！"

周副主席会意地点点头。任弼时同志微笑着，望着毛主席和周副主席，又转向对岸望去。

船已经驶到对岸了。船后蹲着的两个警卫员立即站起来，整整衣襟，理理帽子，将顺了挎着的短枪，准备上岸。登上岸不多时的突击队，一看见毛主席、周副主席和任弼时同志乘着的木船快靠岸了，情不自禁地喊了起来：

"毛主席来了！"

"周副主席来了！"

"中央首长来了！"

又有部分刚上岸的部队，看到毛主席和周副主席及任弼时同志乘着的木船靠岸时，高兴地就呼喊起来。有的扛着枪挽了挽袖子，猫着腰伸手接船。突击队也忙来接。

警卫员将军马一匹一匹地牵下船去，攥着马缰绳，回身望船公。

毛主席、周副主席和任弼时同志，转回身来，还有红军战士，都喜滋滋地闪着感激的目光，望着那几位船公，频频招手致意！

周副主席不时地向船公招招左手，说："老大爷！谢谢你们！"

那几位船公无比激动地望着毛主席、周副主席、任弼时同志和红军战士们，招着手说："盼望你们打胜仗！你们总能打胜仗！"

红军突破了阎军的堡垒封锁线，次日拂晓，占领了三交镇，全歼敌人一个营。接着乘胜前进，占领了留誉镇等敌人固守的阵地。河东老百姓纷纷传说："你们听说了吗？红军飞过黄河来了！真是神兵天降啊！"

阎锡山押不住阵脚了，他的防河军像一群丧家之狗，拼命向后逃跑。我军奋勇追击。2月25日在关上村截住了逃敌独立二旅旅部、第四团的全部和一个炮兵连。

关上村在一条大川里。头一天刚下过雪，敌人被堵在这里，变成了瓮中之鳖、笼中之鸟，爬不出，飞不起。红一师由西北向东南，红二师由南向北，把敌人包围起来了。天一黑，便发起了攻击。红二师阵地在东南角的山洼里，打得特别激烈。阎锡山的军队拼命放枪，并以猛烈的炮火掩护，多次企图突围。我红一、二师两面夹攻围击。这是红军过河后遇到的头一次大仗，战士们劲头十足，又善于夜战近战。因此，卡住"布袋"以后，就用手榴弹狠揍敌人。打到半夜光景，就把这股敌人全部歼灭了。

阎锡山的独二旅，号称"满天飞"。过去哪里吃紧，就飞到哪里去救急。这一回却没能飞出红军的手心。同志说："嘿！我们把'满天飞'打成满地滚了。直到第二天拂晓还满山遍野地提俘虏呢！"

三月初，根据党中央和毛主席的决定，我军在兑久峪一仗毙伤俘敌一部后，撤出战斗。一军团与十五军团分头南下北上，使敌人首尾难顾，以利我军广泛发动群众开展工作。

红十五军团继续北上，曾一度占领了距太原几十里地的晋祠。阎锡山一看打到了他的老窝，调主力十多个团，尾随追赶。我军便拖着敌人，从晋中一直拖到晋西北。路经岚县、兴县等地，并在白文镇与刘志丹军长率领的红二十八军会师。达到调动敌人的目的后，又回师南下。

红一军团乘虚突破敌之汾河堡垒线，沿同蒲路东侧南下，围困霍县、赵城、洪洞、临汾、浮山，并攻克了襄陵和侯马镇……

这时，我军大力展开了"扩红"运动，在汾河平原上掀起了参加红军的高潮……

胜利的东征结束了。我军在七十五天的战斗中，歼敌万余人，大大壮大了自己。阎锡山在山西的统治被打乱了，红军在山西广大农村播下了革命的种子，抗日的烽火在阎锡山的脚下燃烧起来了……

东征的红军，因受到蒋介石大兵的阻拦，没能继续东进。四月底回师西渡。到达岔口附近部队休整时，五月十四日方面军总部在打拉池召开了团以上干部大会，庆祝东征的胜利。

会议是在大庙里一间大空房子开的。凳子很少，不少同志坐的是一些石块和木头棒。在雷鸣般的掌声中，毛主席作了关于形势任务的报告，他从"一·二九"北平学生运动，讲到红军东征的意义。毛主席说："国民党反动派不许我们东征抗日，要阻止我们在黄河以西，这个企图破产了。阎锡山吹嘘的'铜墙铁壁'的山西，被我们打进来了！我们打了胜仗，唤起了人民，扩大了红军，筹备了财物。同时，也暴露了一些缺点。"批评了本位主义、不顾全大局的思想倾向。讲到今后的任务，毛主席说，"为了推动全国抗日高潮，我们要建立广泛的民族革命统一战线，在全国范围内迅速掀起抗日救亡运动，全民抗战。就能把日本帝国主义赶出中国去！"

周副主席在雷鸣般的掌声中，也作了报告。他对争取东北军一致抗日的问题，统一战线政策的问题，向与会同志作了明确的指示，最后他强调说："只要我们做好争取东北军、西北军一致抗日的工作，只要我们贯彻党的统一战线政策，抗日民族统一战线是能够组织起来的！只要全国人民团结一致，共同对敌，日本帝国主义是能够打败的！……"

大家听了吴志华同志的讲述后，虽不很详细，但很激动人心！

六十五

西安捉蒋翻危局，
内战吟成抗日诗。

楼屋依然人半逝。

小窗风雪立多时。

——叶剑英诗①

在同志们的热烈要求下，那天晚上，洛涌江同志给到会同志们讲述了和平解决震惊中外的"西安事变"的一些情况。

1936 年春天，东风劲吹，春意幽人。党中央和毛主席发出关于建立抗日民族统一战线的伟大号召，像东风一样，吹进了山西，刮进了洛川，飘到了全国。在洛川的一次秘密会议时，党中央派李克农同志为代表与张学良将军就双方联合抗日的问题，交换了各自的看法和意见。就在这次会面中，张学良将军要求同毛主席或周副主席会面。

同年四月九日，张学良偕随从参谋孙铭九乘坐一架国民党飞机飞抵西安，在西安约定的一个秘密地点——天主教堂等候陕北"红军"的代表团。

傍晚，有五位身穿黑布制服的红军领导人，风尘仆仆向天主教堂健步走来。周副主席走在最前面。他仪表堂堂，目光炯炯，脸上还留着黑胡须，显得格外威武英姿。他和张学良将军的随从参谋孙铭九握手后，说了声"辛苦了！"就由孙邀进屋里与张学良见面。

会议开始后，周恩来同志和张学良谈到了当前国家的前途。周恩来同志闪动着他那双炯炯有神的目光，启发地问张学良："张学良将军，在此民族危亡、国难当头的情况下，你看中国的前途如何？"张学良恳切地说："中国的前途有两条，一是走共产党的路，一是走国民党的路。我过去总以为法西斯独裁可以救中国，因此，曾提出拥蒋的口号。现在看来，不对了。"他停了一下，疑问道，"如果中国内战不停，何时才能把日寇赶出中国呢？"

周恩来同志浓眉闪耀，爽朗而坦率地对他说："你要是真正抗日的话，就一定要实行民主，走人民群众的路线。搞独裁，搞法西斯，不要民主，也不要人民大众，看不到人民群众抗日的深厚力量，就不可能树立真正的抗日信心。"他微微晃动了下左臂说，"只有实行民主，才能调动起千百万

---

① 叶剑英同志于 1979 年 4 月 12 日雪后，与明涛、尔重同志访八路军驻重庆办事处志感。

人民群众抗日的力量，也才能够取得抗日的最后胜利！"

张学良听了周恩来同志的话，连连点头说："是的！是的！"事后他常常感慨地对东北军的高级将领说："周副主席虚怀若谷，处处以民族利益为重，共产党有这样一位大智、大勇、大谋、大略的伟大人物，确实了不起。"张学良极为兴奋地向周恩来同志建议，请党中央派一名重要代表，长驻东北军，以便及时商议、研究随时出现的重要问题。

在周恩来同志的启发感召下，张学良心里豁然开朗。也可说在他戎马生涯中揭开了新的一页。经过这次秘密会议，看清了东北军发展的前途，对争取抗战胜利充满了信心。那天夜里，他和张学良一直谈到拂晓才结束。他同张告别时，我见他的精神十分饱满，看不出有一点倦意。

自从西安秘密会议以后，经党中央决定，派叶剑英同志作为红军代表团长，于1936年夏天，奉命去西安负责做东北军的工作。他坚定不移地贯彻我党的抗日民族统一战线政策，循循善诱地促使东北军和西北军的领导人张学良、杨虎城将军接受我党的主张……

张学良在东北军内部积极开展促蒋抗日活动，并与西北军杨虎城将军一起在西安城南王曲镇成立军官训练团，提高东北军和西北军高、中级军官的抗日觉悟，在东北军内部成立"学兵队"和"抗日同志会"，参加的成员大多是抗日积极分子和进步青年军官，为抗日做思想和组织准备。张学良自己抓紧一切机会，劝说蒋介石改变亲日反共的政策。然而，蒋介石不但丝毫听不进去，反而大搞阴谋诡计，逼张反共。于是，张学良、杨虎城两位将军于1936年12月12日，终于把蒋介石抓起来了。这就是当时震惊中外的"西安事变"。

蒋介石被抓以后，张学良让孙铭九立刻通知东北军政治处处长应德田，把当时在东北军的党代表刘鼎田同志找来，共同起草电报，向我党中央报告捉蒋的情况，请党中央马上派代表团来西安共商抗日救国大计，并特别邀请周副主席当代表团团长。

深夜，在毛泽东同志、周恩来同志和朱德同志三位亲密战友的窑洞里，仍然闪着亮晶晶的灯光。

我看见周副主席窑洞里的灯光异常明亮，夜这么深了，为什么灯光这么发亮？我站在院里向闪闪亮的窗纸望去。在窑洞里，像是有两个人影在晃动，在打着手势，在交谈什么？我心里想，党中央又有什么大事了！要不，周副主席这么晚了，还未入睡？我急忙向窑洞里跑了进去，看需要我有啥做的事？

周副主席正兴致勃勃地同邓颖超同志谈论着蒋介石被抓的好消息！周副主席在地上踱来踱去，他见我进去了，突然站住脚，右手叉在腰间，闪动着左手兴冲冲地问我说。

"小洛！蒋介石被抓起来了，你说该杀不该杀！"

"蒋介石反共反人民，打内战，不抗日，当然该杀！"

我不假思索地脱口而出，仰望着周副主席，心里觉得周副主席可能满意自己的回答。但没想到，周副主席略微思索了一下，双手又叉起腰来，有些疑问的口气说：

"要是不杀呢？"

"不会？！这……这我可没有想过。"

周副主席听我的答话，毫无不杀的考虑，又见我一时畏难地答不上来的样子，就放松了神情，看了看邓颖超同志，对我开导地说：

"杀了好！还是不杀好？要从全民族的利益考虑！"他微微低了低头，似乎忍受着内心的疼痛，又仰起头来说："从蒋介石搞独裁、搞法西斯的罪恶来说，确实该杀！但是，大敌当前，民族危亡。亲日派何应钦、汪精卫蠢蠢欲动，如果把蒋介石杀了，势必引起新的内战，这就对发动全民抗战不利。我想从全民族的利益出发，只要蒋介石接受我党'停止内战，共同抗日'的主张，还是不杀的好！"周副主席打量着我，"小洛同志，你说呢？"

"哦——？"我迟疑了一霎，说，"中央说要杀，我们举手同意！中央要说不杀，我，我们也赞成！"

邓颖超同志看我回答不圆满、不恳切，又耐心地对我说："什么事情从全局的利益考虑，就能想得通，想明白。不过'杀'与'不杀'，中央还要讨论。你们也应从两方面想一想，看得就全面了。"

我笑了笑，向周副主席和邓颖超同志行了个军礼，便欢喜地走出了窑洞。

深夜，在毛泽东同志的主持下，党中央政治局召开了紧急会议，精辟地分析了国际国内形势，研讨了解决"西安事变"的方针、政策，统一思想认识，作了明确的决定。党中央、毛主席答应了张学良的请求，委派周恩来、叶剑英及秦邦宪等同志，作为代表团去西安谈判。经几天各方的准备，于十二月十六日，他们从保安飞抵西安。

当时，蒋介石被抓以后的形势是极为紧张复杂的。南京政府以何应钦为首的亲日派，乘机打着营救蒋介石的幌子，企图派兵讨伐张、杨，轰炸西安，欲置蒋于死地然后取而代之，社会上的各界人士出于激愤，也纷纷要求杀掉蒋介石。另外，东北军、西北军内部也有一些人投靠南京政府。面临着这样一个错综复杂的局势，如何处置蒋介石才有利于国家和民族利益？张、杨并没有明确的方针和认识，许多重大问题都等待着周副主席率代表团到来后研究解决。

在解决"西安事变"的日日夜夜，周副主席废寝忘食、呕心沥血。他一到西安的当天晚上，就听张学良介绍情况。

张学良对周恩来同志说："蒋介石要逼迫我们东北军和西北军配合他的中央军继续围剿红军，我们怎么劝说都不顶用，反而扬言要调我们到福建去。在忍无可忍的情况下，我们只好实行'兵谏'，把蒋介石抓了。"他介绍情况后，并表明了他的观点，"抓蒋是为逼蒋抗日，只要蒋介石接受我们提出的条件，愿意抗日，我们就放了他。"

周恩来同志听了张学良的介绍，对张、杨这一行动作了充分的肯定。他对张学良说："西安事变，要求停止内战，一致抗日，确实符合共产党和全国人民的要求。'事变'是为了抗日救国而发生的，它将以西北的抗日统一战线去推动全国的抗日统一战线的形成。为了不使国内产生新的内战，我们同意你的主张，只要蒋介石接受抗战，我们完全同意放蒋回南京。"

张学良将军听了周副主席对国内外形势的精辟分析，异常兴奋，感到有了共产党和红军强有力的支持，天不会塌下来，心中的一块石头落了地。

虽然如此，但和平解决"西安事变"的阻力还相当大。当时，东北军和西北军中的一些高、中级军官想不通。他们认为，放了蒋介石，犹如放虎归山，后患无穷。为消除这些人的顾虑，周恩来同志苦口婆心地向他们分析当时的国内和国际形势，并指出逼蒋抗日的可能性。他说："全国人民一致抗日的怒潮不断高张，就是在国民党内部，爱国力量也会逐渐形成，这就有了迫使蒋介石接受抗日的可能。"周副主席还以卓越的见解，说明了争取蒋介石抗日的必要性。他说："蒋介石在南京方面还很有影响，若杀了蒋，在南京的何应钦、汪精卫就会公开投降日寇。争取了蒋介石，有利于抗日。在当前的形势下，蒋介石不抗日就无路可走，我们应当争取蒋介石接受抗战，和平解决'西安事变'，坚决反对新的内战，而'事变'发展的另一条路，就是杀了蒋介石，引起新的内战，这会使中国走上更坏的道路。"

周副主席高瞻远瞩的讲话，使得这些军官心悦诚服，佩服共产党的宽宏大量和远见卓识。当时东北军"抗日同志会"的书记应德田，带着一系列疑问，去讨教周副主席。他回去后对东北军的军官说："听了周先生的指教，我心中的疑虑顿时解除了。"

我经常看到周副主席房里的灯光彻夜不灭。我知道，这是周副主席在为和平解决"西安事变"而操劳。他每天几乎很少休息，眼睛熬红了，喉咙嘶哑了，还经常到群众中宣传演说，接待来人。他每到一处，会场内外热情洋溢，听众挤得水泄不通。他那扣人心弦、气势磅礴的讲话，句句说到了人们的心槛里。听众的掌声和欢呼声，震耳欲聋，此起彼伏。我亲眼看到，有些爱国听众看到周副主席那布满血丝的眼睛，知道周副主席为拯救中华民族夜以继日地操劳，都感动得流下了热泪……

周恩来同志的一言一行，影响了东北军、西北军的全体官兵。那些不同意释放蒋介石的军官们被说服了。他们说："要说对蒋介石的仇恨，莫过于共产党人；可是现在，周先生为了顾全大局，为了民族利益，不仅自己不记前仇，不念旧恶，还谆谆教诲大家从大局出发，为团结抗日做出贡献。"在周恩来同志的谆谆教诲下，那些军官放弃了原来的主张，同意周恩来同志代表中共中央提出逼蒋抗日、释放蒋介石、和平解决"西安事变"的主张。这样极为错综复杂的局面被周副主席顺利地解决了。张学良和杨虎城将军钦佩不已，常常赞叹说："共产党人光明磊落，胸怀宽广，我们真是望尘莫及啊！"

经过周副主席的耐心开导，东北军和西北军内部的思想比较统一了。于是，共产党、东北军、西北军"三位一体"，开始同蒋介石国民党方面举行谈判。在谈判中，周恩来同志坚持原则，义正词严，说得蒋介石的全权代表宋子文、宋美龄无言可对，只得表示接受"三位一体"提出的八项主张，同意和平解决"西安事变"。十二月二十四日，周恩来同志会见了蒋介石。在周恩来同志义正词严的推动下，蒋介石不得不表示接受"停止内战，一致抗日"的主张。

复杂的问题解决了，新的情况又出现了。和平解决"西安事变"的第二天，张学良未同周恩来同志商量，突然决定亲自护送蒋介石回南京。当卫兵向卫队长孙铭九报告张学良已坐车到机场的消息时，孙铭九急忙赶到周副主席的住处，向周副主席报告了这个情况。周副主席一听，顿时惊异地问道：

"几时走的？"

"有十多分钟了。"

周恩来同志略带着责备的口气问："你为什么不早点来报告！"孙铭九说："我也是刚得到卫士的报告。"这时周恩来同志焦急地问他："现在有没有车？"孙回答说："有车。"于是，周恩来同志立即和孙铭九驱车赶往机场，想追回张学良。可是到达机场时，飞机已经起飞了。

周副主席在"西安事变"的日日夜夜，日夜辛劳，及时地果断地处理了许多错综复杂的棘手问题，顺利地和平解决了"西安事变"，率中共中央代表团胜利回到了延安。

第十六章

天快亮了

天快亮了，天快亮了。

太阳快出来了，

老百姓快见到光明了，

中国快有救了！

——民谚

六十六

　　神池村召开的党的积极分子会议，今天晚上结束了。李振山和杨玉山一夜兴奋得没睡实。天一亮，他俩大清早就起来了，轻轻开了门，走出门外看了看，雪停了，风也住了。这瑞雪后的山村，显得十分清秀。李振山回到院里，轻手轻脚地拿起来水担杖去担水。杨玉山握着把扫帚，到街门口去扫街道。不一会儿，李振山给房东大婶家厨房的水缸里挑得满满的，又挑回一担余水，放在厨房门口。杨玉山把街道、院里也都打扫得干干净净的，两人无声地微微对笑着。

　　早晨，太阳出来了！给大地万物披上了道道霞光。这霞光撒在神池村，神池村的山山水水更为青翠，苍松翠柏更加挺拔。房东大婶起来后，到厨房捅火时，看见水缸里的水满满溢溢的，门口还放着一担水，又看见院子里打扫得干干净净的，便说："你俩起得这格儿早，是你俩担的水、扫的院子吧！你们白天黑夜老开会，多歇一会儿吧！"

李振山咧着嘴笑着说："大婶，我们不累，我们学八路军哩！"

杨玉山笑得嘴合不上说："大婶，八路军给俺们做好样子，俺们就跟着八路军学着干咧！"

大婶笑着问他俩："那你俩也要当八路军？"

李振山、杨玉山异口同声地说："俺还不够格儿呢，俺是来迎接八路军到俺村里去！"二人都腼腆地笑了。

吴志华带领柳来迅、王丽云和李振山、杨玉山等同志，恋恋不舍地辞别了乡亲们离开神池村，疾步爬到了神池村的圪梁上。他们在那棵松树下凝视片刻，回头望望这山明水秀的山村，心头更加留恋。吴志华俯瞰着神池村的全貌说："神池真是个好地方，山好，水好，人心好！有高山峻岭，有深山幽谷，如果日本鬼子打过来，这地方很适合打游击，大有迂回之地！"

柳来迅看看吴志华，望着神池村说："这神池村，有山有水，有树有沟，爬山头，钻沟沟，打起仗来给日本鬼子捉迷藏、兜圈子，也够狗日们喝一壶的！"

"柳来迅同志，打日本鬼子也不是那么容易的哟！"王丽云同志还是以她那流利的湖北腔口音说："你我都是跟着红军北上参军过来的，虽然参军后也参加过几次战斗，打过几次仗，可是最艰难环境的斗争，最艰苦的战斗，我们还没经见过哟！不像吴志华同志那样，在豫南桐柏区参加了红军游击队，在鄂豫皖边地区坚持游击战争，在那样艰苦的环境下，打了好几年游击战，老吴同志打游击可有经验哩！"

"丽云同志，不能那么说，我参加了游击队是跟着打过几年游击，"吴志华同志看看王丽云同志谦虚地说，"可那是和国民党军队打仗，他们的武器好，吃的、穿的也好，可是他们不能吃苦，怕苦，怕累，又怕死，现在要和日本帝国主义的军队打仗，就不太一样了。据说，日本鬼子的武士道精神可凶了，一个个脖子上都拴着个小铜佛，又凶恶又不怕死；咱们要打他，也得亲自见识见识，才能摸着他的脾性。"

李振山和杨玉山听得说，才知道吴志华同志是从豫南桐柏山区游击队红军过来的党的干部，又听他说话稍有点儿口音，像是南方人又不太像南方口音，总想打问打问。前几天，因只是忙于参加会议，和他又不太熟悉，也不好意思问他。听了他刚才的说话和他略带着点儿的口音，猜他很有可能是河南人。

六十七

下午，李振山回到家里，姜秋菊、莹莹、李冬梅、小铁牛正在北窑里，他趁机就把发动群众迎八路军工作队的事，给他们说了说。先把风吹出去。姜秋菊可以把这消息传到南川沟，李冬梅可以把这喜讯传到村子里、镇子上，小铁牛可以把新鲜事告诉给小孩子们，这样传出去基本上人人都知道了。李冬梅和李铁牛欢喜地走了以后，李振山听门外打谷场上，有人乱糟糟地说话，就走到大门口去看。一瞭门西边的打谷场上，围了不少乡亲们，"叽叽喳喳"地议论着。一个个流露出惊恐、张皇的神色。他们见李振山走来了，就忙招呼道：

"振山，你回来啦！时局这么紧，这几天你还上哪格儿呢？"

"我有点事，到外村去了一趟，就赶回来了。"李振山说着，站在乡亲们跟前，打量着每一个人的表情。

"振山，我在路上看见前面疾走着一个人像是你，紧赶慢赶没追上！"他稍停了一霎又说，"你到后山凹村没有？"

李振山扭头一看，是如福爷爷，看他那兴冲冲说话的神色，真不像七十多岁的老人，从来没有像今儿个有这么大的精气神。说："如福爷爷，我是走抄道回来的，没有进后山凹村。那你到后山凹村去了？"

"我到后山凹村去了。去得早，不如去得巧，去就赶上村里欢迎八路军了！"

"什么？什么？如福爷爷，你再好好说说！"围着的乡亲们没等他说完，就七嘴八舌地问他。

"听说就是去年渡过黄河打过来的红军，现在叫八路军啦！"如福爷爷机灵着两只眼睛，还不时地捋了捋胡子。

"如福爷爷，你亲眼看见啦？有多少人？"乡亲们又问他。

如福爷爷左手揪了揪左肩上的褡裢，认真地对他们说："你们说，我活了这么大岁数，多咱糊弄过你们？我不亲眼看见，咋知道八路军到后山凹了呢？"

"信得住！信得住！如福爷爷从来没有说过假。"乡亲们说。

李振山看着如福爷爷微笑着，心想，这正是宣传八路军抗日的好机会！便说："如福爷爷，八路军进村有人欢迎吗？是咋个儿的情形？给乡亲们说说。"

如福爷爷说："后山凹村的男女老少，小学生，小孩子，娃娃们，都挤到村口欢迎啦！村里的人还敲锣打鼓，有些小学生还喊口号，可热闹啦！"他耸了耸肩膀蛮有精神地说："那八路军，头带灰军帽，身穿灰军装，腿上打着裹腿带，有的扛着大枪，有的斜挎着盒子枪，唱着抗日救亡歌进的村。真像个打日本的样子！不像国民党军队那样，见了日本军队就往后跑，一枪不放往后溜了。"说这话时，他还有些鄙视的神态。

乡亲们听他这么一说，那惊恐不安的神色立时就消失了。有的竟"叽叽咯咯"忍不住地笑起来，有的说："如福爷爷，八路军进到村里尽做些啥？"

如福爷爷说："八路军进了村可好啦！他们一放下背包、枪，有的拿起扫帚来就扫院、扫街；有的担起梢罐来，就给老乡家里去挑水，还有的帮着推碾子，说话亲热和气，和自家人一样！"

说话间，不知谁插了一句，"过去有人说：共产党、红军长的是红眼睛，红胡子，锯齿獠牙，他们是那种人吗？"

如福爷爷不高兴地说："那纯粹是造谣言！那尽是些胡说八道糟践人的话。我见了觉得和自己的儿子、闺女差不多，又喜人，又使人爱。我活了七十三岁，经过好几个朝代，清朝的清军我见过，军阀的军队我也见过，国民党、阎锡山的军队咱更见过，谁也没有人家这军队看着这么顺眼、这么好！"

围着的人听得直出神，喜滋滋地望着他，不知谁好奇地问了他一句："如福爷爷，咋个儿八路军里头当兵的还有像闺女的？"

如福爷爷说："有！有！我亲眼看见是有一个女八路军，像是南方人，说话倒不太侉，穿得和男八路军一个样儿，还给老乡担水呀！我的眼不花，这绝对错不了。"他兴致浓浓地扫视了下围着的乡亲们，说："我耳不聋，眼不花，看得清清楚楚的，你们还信不过你爷爷！？"

说得大家伙笑着说：

"如福爷爷，信得过！信得住！"

"咱明天也到后山凹去看一看！"

"我看天快亮了，这黑洞洞的王家峪也要快见光亮了呀！"

六十八

夜深人静，鸦雀无声。天空，镰刀似的月儿闪闪亮，数不清的星星亮晶晶。李振山站在院里，抬头一看，北斗星从窑顶的土垴上蹦出来。他想到了党交给的发动群众抗日的重任，对个别的重要骨干还没有做，就给姜秋菊说了一声，在北斗星的闪烁下，走到于贵柱家，让于贵柱把李石柱叫了来，又把共产党领导的八路军，欢迎八路军进村的重要意义，给他俩详细地谈了谈。回到家里来，已经是半夜了。他见窑炕上西头睡着的莹莹甜睡着，不时地发出了轻微地有节奏的鼾声。他用手抚摸了抚摸她那黑油油的发辫，微微地缓了缓气。

姜秋菊给他端来一碗芥菜疙瘩辣片糊糊，碗口上放着双筷子，疼爱地递给他说："从神池回来，脚也没停一停，又跑了这一天。快热热乎喝上点，暖和暖和。莹莹非要等你回来才睡，等着困得直打盹，我让她先睡了。"

李振山"呼噜，呼噜"喝着糊糊说："不累！不累！心里一高兴，这算啥累？再累也不累了！"他又瞅了瞅莹莹说："莹莹困了就让她早睡。不要干耗着，你看她睡得多香！"

"唉！还睡得香呢？孩子从小生下来和咱一样，没有赶上个好日子过。不是地主老财欺压的苦年头，就是兵荒马乱的坏年月，咱穷人没法活；地主老财欺压穷人欺压得喘不过气来，眼看着日本鬼子又要打过来，穷人更没法活了。"姜秋菊流露出忧愁的神色。

"咱们小时候是没赶上一天好日子过，可莹莹她们说不定能赶上呢？"他闪着亮晶晶的目光，说，"不要看眼下的局势乱，地主老财作恶，日本鬼子要打过来，国民党军队又不抵抗，可是，共产党、八路军来了，领着咱穷百姓打日本鬼子，我看咱有靠头也有指望了，中国有救了！"

"听说那日本兵挺野蛮，杀人、放火、拆门板，咱能打过它？"姜秋菊寻思着说。

"我想能打过！共产党、八路军和咱穷人是一条心，现在要团结全国人民打日本，我琢磨着咱只要齐了心，是能够打败他！"

姜秋菊见他有点儿困，又觉得天快大半夜了。说："天不早了，你该歇着了。"

李振山紧皱了皱眉头说："还有一件事，脑子里老翻腾，还不想睡呢！"

"啥事情又憋闷住了，眼看着日本鬼子就要打过来了，还顾得着想那么多，啥事情也得跟着形势走！"

姜秋菊的一句话提醒了李振山，"莹他妈，你说什么？你给咱再好好说说！"李振山兴致勃勃地看着姜秋菊。

姜秋菊听振山这么一问，凝视着李振山犹豫了一霎。她想自己是不是说话说的不合适了，引起了丈夫的不快？可是，看他的神色好像愿意听她说的话，她就心直口快地又重复了刚才那几句话，说："啥事情也得跟着形势走，不能想得那么多，转得那么慢！"

"对！对！对！秋菊你说得很对。你看我事情一多，脑子里转事情转得不灵快了。"他以非常信任的目光，看着姜秋菊说，"别的人差不多都联系上了，叔叔、大爹、闺女、媳妇们，通过她姑夫于贵柱、她姑姑李冬梅，还有舟大叔、舟大婶他们一串通，和如福爷爷从后山凹村回来，现身说法给大家伙一说，乡亲们信服得多了，情绪也高了。小孩子们通过铁牛、铁锁、铁蛋一连串，也动起来了。王进财家的长工们，通过石柱做工作，他的心里像乐开了花，他蛮有把握地能做好长工们的工作。我发愁的就是这小学校还没有插进去，我想和晋如康先生说一说，可我觉得不行！一来，他是王进财的叔侄子，给他说了，他很可能和王进财嘀咕出坏，吹冷风，泼凉水；二来，他在学堂给阎锡山做过敌伪宣传，骂过共产党。所以，不能轻易地给他说。我想给霍建邦老师说说，可是在年轻时，我俩翻过脸，我又常不在家，一直不说话，不过，这倒是小事情，我早想和他说开话。他又是个耿直的人，在王进财霸李石柱家的树时，因为他说了句公道话，被王进财给轰出了学校，现在待在家里也是够不顺心的。不知他愿意不愿意做学生们的工作？"

"这倒是不好琢磨的。"姜秋菊想了想说："不过听村里孩子们说，学生们对霍老师的看法还是不错的，他很正直，也不巴结财主踩穷人。又听人说，他也听说八路军要来，想找人聊聊，就是没人找他。我看你还是亲自找找他，行不行试试看！？"

"行！试就去试哒试哒。"李振山像是有了信心，站起来就走。

"天这么晚了，这会儿还去？"姜秋菊疼爱地望着他。

"夜里去更好说!"李振山蛮有精神地走出家门。

李振山急步到了练将坡①霍建邦的家门口,"咣咣咣"地敲了几下门,霍建邦就出来开了门。他见是李振山,喜出望外地握住他的手说:"是振山弟呀!想不到你来了。真是个稀罕人。快进窑里坐!快进窑里坐!"

"咱走!我早想来看看你,一直也没来!"

李振山进到窑里,霍建邦把小炕桌上的报纸往一边挪了挪,让李振山坐下。他说:"我也正想找你去呢?过去的事情就过去了,那时年轻人还没丢掉孩子气呢!也是我一时的任性,还能老绷着脸不说话?"

"霍老师,过去的事,你不说我还想不起来呢?小时候吵架翻脸不是常有的事?谁还记着它!你不说,我早就忘了,没啥,过去的事就不提了。"李振山诚恳地对他说。

霍建邦看着报纸说:"从国民党的《中央日报》也能看出来,日本侵略军在山海关一带蠢蠢欲动,如果宛平县顶不住,卢沟桥一失守,保定、石家庄就更不行了,那离咱们这里就不远了,这可怎么办呢?又听说共产党领导的八路军,已经到了后山凹,还说要到咱们村里来,也不知这消息靠实不靠实?"

他的话音还没落地,李振山热气腾腾对他说:"你是个当老师的开明人,今黑夜我就是来和你念叨这事情,看情况国民党军队不抵抗也挡不住,日本鬼子很快就要打过来,听如福爷爷从后山凹回来说,他亲眼看见了八路军在那个村宣传抗日,发动老百姓,说是过五六天就要进咱们村,我看是确实的、可靠的。那咱们还不好好欢迎欢迎他们?"

"我看大敌当前,咱顾不得那么多了。"他紧皱眉头寻思了一霎,说,"我看,国民党军队紧着往后撤、往后跑,是指不上了。八路军既然来领导咱们抗日,那咱们就应该欢迎人家!我想组织学生们欢迎,可我是被学校撵出来的人,不过,我还想和晋如康先生说说,看他的态度如何?如果他愿意更好,如他不赞成,也就算了。那我也要联络些学生欢迎欢迎!我想走跟着共产党、八路军抗战这条路!"

李振山听他这么一说,心里有了底。看起来他还是开明的、正直的。知道了他对欢迎八路军进村,已经有了明确的态度。通过他和晋如康说

---

① 相传汉高祖刘邦的大将韩信领兵路过此地,在此练过兵,点过将。故曰:练将坡。

说，也有好处。一是能把风吹进王进财的耳朵里，看王进财怎么表演；二是看看晋如康抗日不抗日。就鼓励他说："你的想法很好，亲自做一做更好。可是，过几天人家就要来，要做还得赶紧做！"

"振山，我心里也是很着急。明天我就找他去！"霍建邦把李振山送出大门来，说，"你出门在外好几年，又当过工人，经得多，见得广，往后有什么事，你只管说。"

"那还有啥说的，往后有空就到家里来坐，我先走了。"

霍建邦轻轻地摆了摆手，望着李振山的背影，凝视良久。

李振山路过王家峪东井台，又到如福爷爷家去看了看，如福爷爷、李石柱、于贵柱、舟大叔都在，他们几个人聊到大半夜都不肯睡觉。他们一见他进去，都给他打招呼，李石柱喜欢地攥着他的两手，拉他到炕沿边上坐下。他们又说了一阵如何欢迎八路军的话。李石柱对李振山说："我给长工们都说了，他们高兴得了不得，就是身不由己又该咋办？"振山说："为看清王进财的真面目，你们还和往常一样。假装不知道，看他怎么处？王进财要真不让你们出来欢迎八路军，你们就以磨洋工的法儿，心里高兴欢迎八路军！"他这几句风趣的话，说得他们几个人都笑了。

第十七章
太阳出来了

> 东方红，太阳升，
>
> 中国出了个毛泽东；
>
> 他为人民谋幸福，呼儿咳哟，
>
> 他是人民大救星。
>
> 毛主席，爱人民，
>
> 他是我们的带路人，
>
> 为了建设新中国，呼儿咳哟，
>
> 领导我们向前进。
>
> 共产党，像太阳，
>
> 照到哪里哪里亮；
>
> 哪里有了共产党，呼儿咳哟，
>
> 哪里人民得解放。
>
> ——陕北民歌

那天清晨，太阳像个大红火球，徐徐从东方升起，映赤了东海，照红了山庄，炽灼着王家峪村落，红光闪闪，金光灿烂，显得格外绚丽。

在南川沟坡坡上的道北面，李冬梅挎着一篮子大红枣儿，姜秋菊挎着一篮子红枣和核桃，莹莹挤在了她俩的中间。舟大婶手里拎着个装着大红枣和大核桃的竹篮子，走到李冬梅、姜秋菊跟前，欢喜地和她俩说着话儿。

在南川沟坡坡上的道南面，也来了一些人。如福爷爷手里端着个大笸箩，里面盛了满满的小红枣儿。他和儿媳、孙子走在了人们的前头，笑眯眯地瞧着对面的人。于贵柱挑来了两梢罐开水，梢罐上盖着两个圆木盖子，从隙缝中冒着腾腾的热气。

在这南北两面，还有些后生、闺女、媳妇和小孩子们，有的挎着篮子，有的抱着娃娃，有的空着手儿，各站了一大溜。

霍建邦领着一些小学生，手里举着红、粉、绿色的小三角旗，站在了道北边。他站在队前不时地说几句话，维持着学生队伍的秩序。

就在这充满了欢乐喜迎亲人的当儿，于铁锁、李铁牛和舟铁蛋三个小孩子，睁着那滴溜溜的眼睛，活蹦乱跳地跑到了王家祠堂门口。他们举目一瞥，王家祠堂的门还关着，街镇上又没有什么人，他们交换了下眼神。于铁锁托住舟铁蛋的肩膀，爬在吊着那口大铁钟的那棵老槐树下，让李铁牛趴着树踩在他的双肩上，把打钟绳子松下来，"扑通"跳到地上。于铁锁看街上没人，猛拉了几下钟；李铁牛睁着两只黑眸眸，紧接着使劲儿拉了几下；舟铁蛋快手快脚地也拉了几下。穿进了一条小胡同。刹那间，就无影无踪了。

在南川沟坡坡两边站着欢迎八路军的人们，听到那王家祠堂突如其来"当当，当啷！当！当！当！"杂乱的钟声响，不由得一阵惊愕。有的人七嘴八舌地说："今儿个欢迎八路军工作队的喜日子，王家祠堂又敲那败兴的丧钟干什么呀？！"

于贵柱耸耸肩膀往前了站，抖了抖动劲儿环顾一下大家说："今儿个再敲就不灵了，咱是欢迎八路军工作队，不尿他那一壶哟！"

一句话说得来的人，"叽叽嘎嘎"就笑起来。男人们乐得也说了句出气的话；女人们忍不住地只是笑。李冬梅和姜秋菊笑得还捂了捂嘴。于贵柱看大家那从来没有的扬眉吐气的神情，特别是看到自己的媳妇李冬梅和李振山的媳妇姜秋菊，忍不住笑得捂着嘴瞧着，才觉察到自己说话粗了点儿，也觉得有点儿不好意思，竟腼腆起来。少许，他和如福爷爷他们眺望着东南方向来的人，有的人毫不理睬这杂乱无章的钟声，继续走来，有的人还是惊恐不测地返回原道，奔王家祠堂而去。

王进财一听到他家祠堂杂乱的钟声响，这响声似乎倒揪了一下他的心。他露出惊恐不安的神色，急得在正窑地上直打转儿，忙推开门喊来了刁萎新问道："刁管账，没有我的话，祠堂的钟为什么敲响了？敲钟如抽筋，到底是怎么回事？"

刁萎新不知所措，诧异地说："大东家，我也不知道！东家祠堂的钟，是压七村震八方的'富天雷'，兴家业定鬼神的'轰天响'，没有东家你的旨意，谁敢差人去敲，谁敢随便乱动？"

"这就怪了？"王进财也惊奇起来，他盯着刁萎新说，"你赶快去看看，到底是怎么回事，回来快告诉我；今天听说八路军工作队要进村，敲这钟真给我败兴！你快去看看是怎么弄响的？查问清楚，就快来告我！"

"大东家，我这就去看！"刁萎新急忙走出王家大门来。他朝村里一瞭，一时愣住了。从东井台、西井台到南川沟路上走动着的人，男女老少，熙熙攘攘，络绎不绝。有的老大爷胳膊上挎着篮子，有的老大娘、大婶端着竹编筐箩或拎着柳条箩筐，有的年轻人挺着胸脯，走着，有些小学生和小孩子手里打着小旗旗，走着，当他们一听到这揪心的钟声，霎时一阵惊乱，一些人乱嗡嗡地像一窝蜂似的，喊着，说着，向王家祠堂蜂拥而去。

王家庄的王小旦喊着说："今儿个欢迎八路军工作队是喜事情，王家祠堂咋个儿又要敲那丧钟？这又要逼谁家的人命呀！"

杨家沟的杨大叔寻问着说："王进财家的害人钟又敲响啦，这又要遭害谁家呀？这又要欺凌谁呀？"

舟大叔也随着拥去的人去察看鸣钟的事。他对走着的人说："这钟一敲，就震得人们心揪得慌，这村里又要出什么害人的事呀！"

刁萎新跟着紊乱的人群拥挤着下了小岭坡，他再不像从前那样狐假虎威地横冲直撞。只见他慌里慌张地从人群的屁股后头，见缝就钻地往前边紧走。费了好大的劲儿，才挤到了人群的前头，赶到了王家祠堂的门前，他咻呼咻呼喘着气一看，王家祠堂大门看祠堂老汉刚开门，也不见钟底下槐树跟前有敲钟的人，他正要问看祠堂老汉，看祠堂老汉却问他说："刁管账，是你敲的钟？"刁管账扭扭头看看来的人，正想说什么。

拥挤来的人围拢上来，他们看见看祠堂老汉和刁萎新，也不知是谁敲的钟，自然以为是王进财家敲的。又看见刁萎新在王家祠堂"支支吾吾"的。就在这时，在人群中不知谁猛喊了一声：

"刁萎新，今儿个是欢迎八路军进村的日子，你们敲钟又要讹诈什么呀？"

"你快说，你们要敲这丧钟干什么？"

"村里人要去欢迎八路军，你们敲钟又把人揪回来，你们是不是有意要和八路军做对？！"

这几个人的质问，问得刁萎新闭口无言，一时对答不上来，他走不得在不得，赖呆呆地迟疑了一霎说："哦，我不敢对抗八路军！"

"你不敢对抗八路军，那你敲钟要干什么？你说！"

刁萎新支支吾吾地说："我真不知道敲钟是咋回事，大东家让我来看谁敲的钟？"

舟大叔挑着两铁桶开水说："这又不知道他们要捣什么鬼了，咱不管他敲不敲，如今八路军来了要抗战，咱不听他那一套！"他一扭身子换了下肩，说，"乡亲们，走！咱们快欢迎八路军去！"

南川沟的张老大爷在舟大叔的跟前，也随声附和着说："你真是有眼不识泰山，在这种时候你们还敲钟乱折腾，咱们张果老骑驴往后走着瞧吧？还不知谁要败大兴哩！"

于铁锁、李铁牛和舟铁蛋，还有几个小孩子，不知什么时候站在围着的群众身后边，他们手里举着小旗旗，高兴地踮起脚尖来蹦跳着说：

"八路军快进村了！"

"快欢迎八路军去了！"

"快走唠！快走唠！"

他们几个人喊着，"嘿嘿嘿"地从人群后头活蹦乱跳地跑着走了。

围着的人群见于铁锁、李铁牛他们喊着跑着走了，舟大叔挑着水桶和卧虎山村的杨玉山领着的群众代表，其中有路开明拿着一个红对纸糊的大信封，往南川沟紧走。赶到祠堂来的人，也就调转回头生着气尾随在后，跟着他们朝南川沟去！

于贵柱也来看个究竟，他刚走到小岭坡时，于铁锁、李铁牛、舟铁蛋和几个小孩子，相跟着走着又说又笑。于贵柱问他们说：

"马上要欢迎八路军进村了，王进财家还敲败兴丧钟干什么？"

"这……这……"

"不要这什么的那什么的了！你们三个小孩子留点儿心，瞧着他王家有没有来欢迎八路军？"

于铁锁说："爹，我们一定瞅着他们点儿！"

李铁牛说："姑夫，我们一定瞧着他们，看狗日的来不来？"

舟铁蛋说："贵柱大叔，我们的眼尖看得清，咱们看看他们到底来不来？"

他们三个人领着些小孩子，说罢，喜眉笑眼地跑跶着走了。

舟大叔和杨玉山后边跟着好多人走上小岭坡，于贵柱看看来了很多人，就走在杨玉山旁边和他们搭讪着说：

"原来咱们准备欢迎八路军的人，估计没有这么多，今儿个来的人可真不少！"

"这一阵乱钟响，把全村人都给敲出来了，凡是能走动的人差不多都来了！"

"除了王进财家，男的女的老的少的都来了，有的年岁大的行动不方便，也让她们的孙儿孙女搀着来了。"

他们说着话，后头簇拥着乡亲们，路过东井台，涌向南川沟。大家那揪心的神情早已消散，仍然露出非常热烈的心情。于贵柱猜测着问舟大叔说："今儿个这一阵乱钟到底谁敲的？丧钟乱了调儿倒把人都给敲出来了！"

"看样儿，说不定不是王进财家敲的？可是，就这样儿一敲打，不知道把他敲出来敲不出来？"

"咱们看着他，撅什么尾巴放什么屁？"

"也就是！"

杨玉山、于贵柱、舟大叔和跟着的人群走到南川沟，站在了路两旁，不时地望望村西头山坡上，欢快地期待着八路军工作队的到来。

六十九

红太阳升起来了，射出了万道霞光，耀眼夺目。一支雄壮威武、朝气蓬勃的八路军工作队，迎着红太阳，身沐朝霞，肩上扛着枪，身后背着背包，雄赳赳、气昂昂地唱着《八路军进行曲》走来了。看！这支队伍举着红旗，歌声高昂，步伐铿锵地走来了。听这歌声：

向前！向前！向前！

我们的队伍向太阳，

脚踏着祖国的大地，背负着民族的希望，

我们是一支不可战胜的力量。

我们是善战的健儿，

我们是民族的武装，

从不畏惧，决不屈服，坚决抵抗，

直到把日寇逐出国境，

自由的旗帜高高飘扬。

听，风在呼啸军号响！

听，抗战歌声多嘹亮！

同志们整齐步伐奔赴解放的疆场，

同志们整齐步伐奔赴敌人的后方。

向前！向前！

我们的队伍向太阳，

向华北的原野，

向塞外的山岗！……

李振山陪着吴志华、柳来迅、王丽云在队后微露着笑容走着。他们跟着队伍走下了山坡坡，走进了欢迎的人群当中。李振山和吴志华他们走着，不时地给他们介绍着有关的乡亲们。当他们走到姜秋菊、李冬梅跟前时，李振山正想要介绍，话还没有出口，一扭脸，看见了如福爷爷。他端着一笸箩小红枣儿，双手托在了吴志华他们的面前，乐呵呵地望着他们，李振山忙对如福爷爷说：

"如福爷爷，这是八路军工作队的吴志华同志，他是柳来迅同志，她是王丽云同志！"

吴志华他们闪着尊敬而亲切的目光，喜滋滋地看着这位上了年纪的长者，都攥了攥他的胳膊说："老大爷你好！老大爷你好！"

如福爷爷笑得两眼眯成了缝儿，说："欢迎你们来，欢迎你们来！俺在后山凹村早看见你们了，心里早盼着你们进俺村啊！"他把端着的笸箩往起托了托，说，"请你们尝尝俺这太行山老山村的小红枣儿，又甜又酸，甜得醉人心，酸得流酸水啊！"

"谢谢你老大爷！谢谢你老大爷！"

李振山又对吴志华他们说："他是俺们村的土太医，经常给穷孩子们瞧病治病，又热心，又勤快，分文不取，随叫随到，是位好老大爷啊！"

"振山侄子夸口了。不敢当，不敢当！其实也治不了啥大病。"

吴志华攥了攥他的胳膊就要往前走。如福爷爷托着笸箩喜迎着他们说："光谢不行啊！已经谢了还没吃红枣呢？这是咱太行人家的老规矩，见了红酸枣儿，不吃不能进庄啊！"

如福爷爷说得吴志华没了法子，他用手轻轻掐了个甜酸枣儿，送进嘴里亲口尝了尝，乐滋滋地说："是好枣儿，又甜又酸！"

"振山，动动手呀！让他们尝尝呀！"

李振山听得如福爷爷说，抓起一把一把甜酸枣儿，递给了吴志华、柳来迅和王丽云他们，他们不接，就给他们硬塞进衣兜里。

吴志华他们扭头走到了前面，杨玉山领着卧虎山的群众代表来欢迎他们。杨玉山亲热地和吴志华他们说着话，握了握手。卧虎山的地主老财路开明，双手托着个红对纸大信封，忙递给吴志华同志说：

"欢迎八路军光临！欢迎八路军光临！"

"这信是……"

杨玉山对吴志华同志说："他是卧虎山村的路开明先生，他家里比较富，愿为抗日出力。"

"好！路开明先生你好！"

"你们好！欢迎你们来！这是我的一点儿心意，请收下。"

吴志华忙打开信封取出信瓤来看，只见红竖格信纸上写着：

八路军工作队为响应共产党号召，抗日救国，敬献

光洋三百元，小米三十石，以表寸心，请收下。

卧虎山村路开明谨上

一九三七年×月×日

吴志华看完信，忙将信瓤装进信封里，握住路开明的手说："路开明先生，欢迎你为抗日出力。我代表太行神池区委，欢迎你参加抗日救亡工作！"

路开明高兴地说："同舟共济，抗战救国！路某愿为国为民，效犬马之劳！"

"往后有事，多请路先生协助！"

吴志华他们扭过头来，又打量着路北面的乡亲们。李振山正要给他们介绍，一见是姜秋菊、莹莹和李冬梅她们站在那里，不好意思开口。柳来迅近前走了几步，看着姜秋菊插上来说："我认识她，我来给你们介绍介绍，她就是振山同志的媳——"媳妇的妇字没有叫出来，又改口说，"哦！是振山同志的爱人！"

李振山讪笑着说："什么爱不爱呢？乡村打坷垃的庄稼人，不叫媳妇，就叫孩子他妈！"他的几句话，说得吴志华、王丽云和围着的人哈哈大笑了。姜秋菊的脸上浮出一层从来没有的微微的红润。莹莹也有点儿不好意思地红了脸，咬着嘴唇瞅着爹爹李振山。

吴志华他们笑着往前走，李振山忙对吴志华同志说："这是我的女儿莹莹！"吴志华摸了摸莹莹的头说："光亮的名字，好莹莹！"

紧挨着莹莹站着的就是李冬梅，李振山看了看李冬梅忙说："老吴同志，她就是于贵柱的……，噢！是于贵柱的'爱人'！"

李冬梅忙说："什么爱人不爱人呢？一家人都是受苦人，庄稼汉，打坷垃的两口子！"说得围着的人也都笑了。

吴志华同志说："好！淳淳朴朴的好称呼！"

李冬梅忙抓起一把把红枣儿来，给吴志华他们，吴志华他们都推着说："谢谢乡亲们！"当李冬梅抓着把红枣给王丽云递的时候，王丽云也推着。李冬梅见王丽云紧攥住她的左手，又亲热又开通地称她嫂子，她就手疾眼快地把那红枣装进了王丽云的军衣兜里，紧握住了她的胳膊。

欢迎的人群围得严严实实，李振山又把舟大婶给介绍了一下，他觉得这样多的人也介绍不过来了，就前呼后拥地往前走。于贵柱手里端着一碗清米汤，被挤到了李振山的身边，忙对他说："振山，还有我呢？还未给老吴同志说我的名字呢？"他说着话就被簇拥到吴志华同志跟前，没等李振山来得及给他介绍，他端着那碗清米汤双手递给了吴志华同志说，"八路军老吴同志，请你喝碗清米汤，又解渴，又暖肚。"

吴志华同志忙接过碗来，"咕咚、咕咚"喝了几大口，足有少半碗。把碗递给于贵柱说："黄棱棱的热米汤，喝了肚里真热乎！谢谢你，老乡！"

"不用客气，不用谢！"

李振山被人群拥挤着，他边走边对吴志华同志说："他就是于贵柱，是李冬梅的丈夫，就是刚才站在莹莹旁边的那位憨厚开通的大婶子！"

吴志华同志乐呵呵地说："都是打坷垃的好庄稼人，一对热心肠的好夫妻！"

他们说着走着，不觉得走到了一些小学生站着的地方，霍建邦和小学生举着五颜六色的小旗旗，较整齐地站在那里，霍建邦见他们走过来了，他举着小旗旗带头领着又呼起口号来：

"欢迎八路军工作队！""打倒日本帝国主义！""把日本帝国主义赶出中国去！""誓死不当亡国奴！"

吴志华近前握了握霍建邦的手，说了几句话。李振山对吴志华同志说了说他的名字，柳来迅和王丽云跟着走过来，王丽云同志也振臂高呼口号，大家跟着都喊了起来。

"打倒日本帝国主义！""把日本帝国主义赶出中国去！""广泛地建立抗日民族革命统一战线！"

于铁锁、李铁牛和舟铁蛋，还有一群小孩子，他们手里摇着小旗旗。当他们听到霍建邦领着小学生呼口号时，于铁锁也领着呼了上述呼过的几句口号。

李振山指着于铁锁对吴志华同志说："他就是于贵柱的大孩子，铁锁！"吴志华同志会意地点了点头。

这时，李铁牛欢喜若狂，他也举着小红旗，振臂呼起口号来。围着的人兴冲冲地也都喊起来：

"欢迎八路军开进王家峪！"

"打倒日本帝国主义！"

"誓死不当亡国奴！"

这口号声顿挫有力，清脆嘹亮，震耳欲聋。

李振山指着李铁牛，高兴地正要给吴志华同志介绍。吴志华同志看着这个衣衫褴褛又黑又瘦的苦孩子，忙走过去紧紧地握住了他的手，说：

"小同志，几岁了？你叫什么名字？"

"小同志"这个光荣的称呼，李铁牛长了这么大，还是第一次听到。他从来也没有听到过这样的称呼，更不了解这称呼中包含着平等、尊敬、革命和光荣的含义。但是，他见吴志华同志如此亲热地攥着他的手问他，心里顿时觉得热乎乎的，好像见了妈妈、叔叔那样的天真欢欣，激动地望着吴志华同志说：

"我是个没妈的苦孩子，今年九岁了。我叫李铁牛！"铁牛睁着两只湿漉漉的眼睛望着他。

"好名字！听说你是个苦水里泡大的苦孩子，可也是个硬孩子，铁牛这名儿叫得好！初生的牛犊不怕虎，铁牛有股子牛劲儿。好，好！"吴志华充满了激情地说。

吴志华和李振山他们刚走到东井台，忽然，"咚咯隆咚隆呛，咚咯隆咚呛"响起了一阵猛烈的锣鼓声。李振山一看，舟大叔和几个爱热闹的后生，正起劲地敲锣打鼓呢！吴志华他们越往前走，舟大叔擂鼓擂得越有节奏越响，那拍大钹、大镲、小镲和敲锣合得更巧更灵敏。有节奏动听地锣鼓声，时如春泉潺潺，湍湍涓涓；忽似微风秋波，层层荡漾，时如秧歌调，忽似狮子滚乡球；武松打虎、社货调；来回变换，铿铿锵锵，甚是动听。李振山给吴志华同志指了指舟大叔，吴志华他们会意地点了点头。舟大叔目送着他们走去。

七十

李振山偕同吴志华、柳来迅、王丽云在队前的锣鼓鸣声中，走到了王家峪的村镇上。这是一条小的乡村式的集镇街道，每月逢五就进行一次集市贸易。街道两旁有几家洋货铺子、杂货铺子、饭馆、药铺。在这些铺子的间隙中间，有炸油糕、烙莜面饼子的现做现卖的小饭摊子。街道的两端有车马大店，还有一二家钉马掌的小铁匠炉。铺子门口立着四根柱子，是给驴、骡、马钉掌子时用的，他们走到街镇中心的老槐树后面，是个高大的红漆大门楼。仔细一瞅，在那雕刻有凸形的"文魁"二字，悬在上端，在那方匾下，有一块长方形的黑漆横匾，匾上刻着"王家祠堂"四个大字。李振山指着王家祠堂的匾额对吴志华他们说："老吴同志，这是王进财家的祠堂，是他爷爷在清朝中过'举人'时住过的一处院子，他爹在世时就说定把这处院子改为祠堂，才另修建了一处深宅。王进财是七村一镇的大乡长，乡公所就在不远的前边街当中。"

吴志华同志不时地点点头，有意地看了看祠堂的匾额说："乡公所有人来没有？"

李振山东瞅瞅，西望望，没有瞅见乡公所的一个人影儿。说："老吴同志，没有看见人来！"

"我们来你们给他们透过风没有？"

"我们宣传的时候，通过霍建邦老师告诉了学校的先生晋如康，让他转告王进财。"

"他和王进财是什么关系？"

"他是王进财的叔侄子。"

吴志华同志说："走！到乡公所去看看！"

走到乡公所门口，吴志华同志问李振山说：

"这院子原来是干什么用的？"

"这院子原是一家酱园，前几年倒闭了。王进财让村里人摊着钱买过来后，作了乡公所，实际上也成了他的家产了。"

吴志华同志点了点头，和李振山他们站在大门口凝视片刻，来的一队八路军持着枪走在大门口止了步。

舟大叔见乡公所没人出来，几个人就更使劲儿地擂鼓敲锣拍大镲，锣鼓擂敲了老半天，还是看不见有人出来。吴志华同志皱了皱眉头摆了摆手，示意不要再敲了，锣鼓声暂时停了下来。

他们走进乡公所，抬头一瞥，是个坐北朝南的四合院。他们走进二门，进了三间大北屋乡公所的办公室。李振山见乡公所秘书冯者宗刚站起来，就对吴志华同志介绍说："这是乡公所的秘书冯者宗。"他对冯者宗说，"这是八路军工作队的吴志华同志，他带领一队八路军工作队到咱村开展抗日工作来了。"

冯者宗低头哈腰地对吴志华同志说："欢迎！欢迎！吴先生请坐。"

吴志华严肃而认真地说："不坐了，你们乡长在吗？我想见见你们乡长！"

"我们乡长没有在乡公所，他经常不来这儿，除非有什么大事，他才来一趟。他在他家里。"他停了一霎说："要不我去叫他来？"

"不用了，我们亲自去一趟。"

冯者宗在前面领着路，吴志华和李振山走到了王进财家的大门口。柳来迅和王丽云见吴志华和两个八路军干部说话，便和冯者宗走进了王进财家的大门，进而走进了中院。

李铁牛手里举着小红旗，高兴地跑跳着回到了王进财家的院子里。他急不可待地要把欢迎八路军工作队的欢喜事告诉爹爹李石柱。他几个箭步就穿进前院，进了中院，正好碰见了王进财。

王进财怒气冲冲地在院子里来回转圈圈。他一见李铁牛手里举着小红旗，活蹦乱跳欢天喜地地跑进来，打心里瞅着烦。他不管三七二十一，抬起脚来，朝李铁牛的下巴颏猛踢了一脚，将李铁牛踢得仰面朝天，倒在地上。王进财盯着他还不解气，左手抓住李铁牛的破衣襟，右手又把他揪起来，猛然举起右手来，朝他的脸上，使劲地捆了两个耳光，抽得李铁牛的脸红丝丝的，嘴角边流出了鲜血。小红旗丢在了一旁。王进财气恨恨地骂着说："欢迎八路军来，我让你欢迎八路军！你一个穷崽子也欢腾起来了！我不砸烂你的狗头，打断你的狗腿！"他左手揪着李铁牛的破衣服，骂着又举起拳头来，气恨恨地又要打下去。

"住手！你为什么打人？！他欢迎八路军有什么罪？！"这声音惊心动魄，震天动地。王丽云透过花砖影壁的砖空空，看见有个大人拳打脚踢一个小孩子，像是李铁牛。她忙进了院里，急忙伸手去挡住了王进财的胳膊，猛地向后一拨拉，拔得王进财往后趔趄了几趔趄，有点儿丧魂失魄了。

王丽云一看，李铁牛被打得嘴角边流着鲜血，只见他忍着痛，泪珠儿在眼眶里转，却没有流出来。伸着右手还在摸那杆被打掉在地上的小红旗。她横眉冷对王进财，睁着逼人的目光盯着他，非常气愤地说道："真是无法无天！你给我捡起来的，你给我捡起来！"

王进财一见挡架住他的是个女八路军，霎时愣瞪着两只耗子眼，往后倒退了几步。他本来不想往起捡那被他打掉的小红旗，但在王丽云那逼人的目光下，只得弯下腰去捡起来，递给了王丽云。

王丽云随将小红旗递给了李铁牛，急忙把李铁牛拉起来。用她的洁白的小手绢，给李铁牛擦着嘴角边流着的鲜血，仇与痛，爱与憎，在这里表达得最明显不过了。

柳来迅仔细一瞅，旁边还跪着个看样子像五十多岁的络腮胡子的老汉，刚才正给王进财磕头作揖求饶说："大东家，你抬抬手吧！你要踢要打，就朝我踢朝我打吧！不要打我那可怜的孩子呀！你行行好吧，大东家！"

他疼爱地急忙把他拉扶起来，还亲切地给他身上掸打了掸打脏土，并气狠狠地盯着王进财说："他们是人，他们不是奴隶！"

刁管账鬼头鬼脑地从后院出来露了露头，看见事情不妙，就夹着尾巴溜了。

吴志华和李振山走进来了，吴志华直盯盯地看着王进财，严声厉色地问道："他俩是你家什么人？他们犯了什么法？"

王进财喃喃地说："他爷儿俩都是我家的长工，老的老小的小不中用了咧！没——"

正在王进财吞吞吐吐说不上话来的时候，冯者宗赶紧走到他身边说："大乡长，这是共产党太行神池区委派来的八路军工作队吴先生，到咱们村里来开辟抗日工作的！"

王进财立时变了神色，他装出了一副假惺惺好客的笑脸，说："噢！吴先生，吴先生！窑里请，请窑里坐！"忙陪着吴志华他们走进正窑里。

吴志华、柳来迅、王丽云和李振山相继走进窑里后，王进财请他们坐在了椅子上。吴志华睁着两只眩眩的目光，扫视了一下窑里的陈设。偶然间，一眼瞟见了对面墙上挂着一块长方形的镜框里，看去像是镶着张证书什么的。他看得不太清楚，对王进财说：

"王乡长，当前国难当头，日军在山海关频繁演习，卢沟桥吃紧，北平、天津慌乱。中国人民与日本帝国主义的矛盾，已经上升为中华民族的主要矛盾。大敌当前，中国共产党在民族危亡的紧要关头，为了拯救全民族，和平解决了西安事变，迫使国民党蒋介石接受了共产党、东北军和西北军三方提出的八项抗日主张。共产党和阎锡山也建立了统战关系。太行地区为发展这一抗日民族统一战线，我们八路军工作队前来贵村发展统一战线，开辟抗日工作，请王乡长多加协助！"

"大敌当前，那是自然。我王某欢迎你们来呀！"王进财看了看李振山说，"振山老弟，八路军工作队来，你也不早打个招呼，我也好迎接他们去呀？"

"我也是顺路跟来的。村里人早就知道了，你一个大乡长还不知道？恐怕早有耳闻吧！"李振山瞟了一眼王进财，说，"不过，八路军工作队来是来了，住的地方还没有安排。八路军工作队来了负责人，还有一个连的八路军。你看驻在什么地方？"

冯者宗看着王进财说:"王乡长,看怎么安排住的地方呀?"

这时,王进财已让家人沏上茶,他手里拿着已打开的哈德门香烟,有些为难地说:"住的地方,咱这村是紧一些。看看村里还有什么闲房没有?"

冯者宗为难地说:"村里没什么闲窑,小学校早已停课了,看是不是住在小学校里?可现在天气还很冷,小学校的条件是差一些!"

吴志华同志毫不在意地说:"冷倒不要紧,只要有地方住就行,如果小学校不方便,我们就驻在大庙里或驻在老乡院都可以。"他对王进财说:"不过,关于抗日的事,请王乡长多加考虑,希望你认清当前的形势。现在共产党的政策,是发动、团结与组织全中国全民族一切革命力量,去反对当前的主要敌人——日本帝国主义,不论什么人,什么党派,什么武装军队,什么阶层,只要反对日本帝国主义,都应该联合起来,开展民族革命战争,驱逐日本帝国主义出中国!为了抗击日本帝国主义,并争取抗日战争的胜利,全中国人民要有力的出力,有钱的出钱,有枪的出枪,凡是一个爱国的中国人,都应参加到抗日的统一战线中来,这就是共产党主张建立的最广泛地抗日民族统一战线。我们知道你在村里的情况,希望你要多加斟酌!"

王进财应付着说:"那是自然!那是自然!古语说,'识时务者为俊杰',我愿为抗日效劳。"他想了想,"不过,过去我在村里对乡亲们,也有过不规则的事。可对振山他爹的事,直到现在我还是不清楚的。"

李振山严肃而磊落地看着王进财,打动他说:"大敌当前,为了国家,为了民族,我们不和你算老账。第一次国共合作破裂,蒋介石屠杀了成千上万的共产党人和革命志士;但是,现在从全民族的利益出发,只要他接受抗日,共产党还是欢迎的。过去,你在村里欺压百姓的事,是谁都知道的,但是,只要你走抗日的路,我们也是欢迎的!"

七十一

黄昏时分,李石柱疾步走到村东头小学校。接着,于贵柱、李冬梅、舟大叔、如福爷爷、舟大婶也来了。跟着又来了一些人。

李振山和吴志华他们正在教室的一头说话。

只见八路军把教室里的桌子、板凳归置起来;将一张张长条桌子面对面地对合起来，放了一长溜，理得整整齐齐。那长条凳子，凳子摞凳子地靠在了教室的尽西头。战士们用学校闲着的砖头，就地砌了两道炕沿边，里边铺上了一层黄黄的麦秸。那灰色的长方形背包，打着井字绳儿，像一个模子里磕出来似的，间距均匀地排在了靠墙的两边。大家看着，觉得新鲜出奇。可是注意力还是怎么样使八路军住在家里的炕上。他们看着八路军就要在冰冷的地上睡觉，被子又那么单薄，都有些不忍心，都心痛地嚷嚷起来了：

"这地上不能睡人，就是铺上麦秸也不能睡，睡了要把身子糟蹋坏的！"

"不用说，教室没有火，就是有火，这冰冷的地也不能睡人呀！"

"到俺们家里住去吧！俺家窑里能住六七个人！"

于贵柱、李冬梅、李石柱、如福爷爷和来的乡亲们，被挤到了李振山和吴志华他们身边，都请八路军到自己家里去住，争了老半天，吴志华同志还是给大家解释说着不肯去。

李石柱伸着那双结满了老茧粗粗拉拉干瘪的手，左手攥住吴志华同志的右手，右手攥住李振山的左手，恳切而激动地望着他俩说："振山哥，不管怎么说，咱不能让八路军睡在冰冻的地上！俺和铁牛把两处土窑的炕都烧热了，只要不嫌俺家土、俺家脏，就住在俺家，挤一挤能住六七口！"他说着说着眼圈儿有些湿润了，闪着那亲切的目光，望着吴志华同志，"这是俺穷人家的一片心意呵！"他两眼的泪珠儿"啪嗒啪嗒"地掉落在吴志华同志的手背上。

李铁牛也赶来了，他依在李石柱的身边，仰望着吴志华和王丽云同志说："八路军大叔，炕，我和俺爹一块儿都烧热了；大姨姨八路军，窑炕、窑地都拿笤帚扫干净了；炕是土的，可这地下也不脏，就到俺家去住吧！"

他爷儿俩的几句话，说得吴志华、王丽云他们都很感动。吴志华忙攥住李石柱的两只手，王丽云忙把李铁牛拉在自己的身前，疼爱地抚摩他的头发。

吴志华同志十分亲热地望着李石柱说："乡亲们真好！不过，咱八路军不兴叫'长官'。"他看看李石柱的脸上，深嵌着饱经风霜的皱纹，长满了络腮胡子，说："李老大叔，我们一定到你家去住！"

他的话引起了围着乡亲们的一阵趣笑，有的人"嗝嗝嗝"忍不住地被笑得咳嗽起来。一双双逗趣的目光，都喜滋滋地打量着吴志华同志。吴志华不知所措，他看看李石柱、李铁牛，又看看大家，似乎有点儿不好意思起来。但又觉察不到自己说错了什么话，还是做错了什么事，引起了大家的憨笑。

李振山忍住笑，对吴志华同志说："老吴同志，这就是李石柱，他是个赤贫雇工，是村里最苦的一家。他今年刚三十，你比他小不了几岁。他就是几年不刮胡子不剃头，受苦受累受熬煎，显得太老面了。你就称他小哥算了，不要称他大叔了！"说得大家又笑了。

"好！不知者，不怪罪！石柱大哥，我们一会儿就到你家去住！"吴志华轻轻松开了他的手，看看来的乡亲们都期待地笑着，说，"我们碰一碰，乡亲们这么热情，我们就到乡亲们家里去住！"

吴志华同志和李振山、王丽云研究着。柳来迅和八路军的连长、指导员进来了，也都走过去商量。

围着的乡亲们看吴志华他们正在研究分房子，又争先恐后地说起来：

"振山！你给俺说一说，给俺家派几个人，能住下！"

过了一霎，吴志华同志走过来，对围着的人说："好吧！我们碰了一下，咱们工作队有部分同志就住在乡亲们家里，学校也住几个人。把透风的窗户糊一糊，也不太冷。"随着把住乡亲们家里的人分配了一下。

乡亲们领着八路军欢欢喜喜地走出了小学校。吴志华、柳来迅和李石柱、李铁牛出来，住李石柱家。王丽云是个女同志跟着李冬梅，还有几个战士跟着于贵柱，住于贵柱家。张连长和杨指导员，还有文书、通讯员，跟着舟大叔、舟大婶，住舟大叔家，有几个战士跟着如福爷爷，到如福爷爷家里去住。姜秋菊也领着几个战士回了南川沟。还有的乡亲各领着五六个战士分头走了。霍建邦也领了几名战士，约到他家去住。

李石柱和小铁牛陪着吴志华、柳来迅和两个挎盒子枪的战士，一起向他家走去。当走到王进财家大门口时，李石柱叫小铁牛回王家听听有甚事，没事了叫他到李冬梅家去看王丽云。小铁牛偏进了王家大门。李石柱陪着吴志华他们走进他的西窑里。李石柱伸手摸了摸炕，对吴志华他们说："老吴同志，炕都烧热了，就是一没铺的，二没盖的。干草是新铺上的，一点儿也不脏！"

"蛮好！蛮好！这比打游击的时候强多啦！"吴志华伸手摸了摸炕热乎乎的说。他一眼瞅见靠墙根摞着两块明几几的长炭，他把上边一块小一块的轻轻地搬下来，用手来回地摸着。

柳来迅也用手摸着说："这是啥物件？看长方方的，棱有棱，角有角，净明瓦亮！哪有这么好的炭？"

李石柱意味深长地说："这是两个炭枕头，说起来可有年头了。这块大的，是我老爹的爹爹的爷爷传给他的，他死了后传给了我，这块小的，是我老爹的爹爹传给他的。倒是祖先上谁开始枕的这炭枕头就说不清了。我爹爹枕那块小的，我爷去世后，我爹枕我爷那块大的，我枕我爹那块小的，我爹去世后，我枕我爹那块大的，玉柱弟枕那块小的，玉柱弟死了后，又把那块小的传给了小铁牛，他挺喜欢枕那炭枕头。"他见吴志华、柳来迅兴致地问他，又亲切地叙述着，"这炭枕头，一代一代往下传，一代接着一代地枕着，天长日久积年累月，经常枕经常磨，越枕越磨越光滑。我枕了几十年，枕平了些，磨光了一些。小铁牛枕了几年，也磨了磨平，蹭了蹭光。这炭枕头，干净倒是挺干净。没有臭虫，存不住虮子，藏不住跳蚤，就是有点儿硌脖子！"

吴志华听李石柱说着，越听越兴浓。他像发现了宝贝似的说："小柳同志，莫要小看这两块炭，这可是两件宝呵！中间凹凹的，六面光光的，比磨出来的还要细致，光溜溜的，没有一点儿小疙瘩；平抹抹的，没有一点儿小沙眼。净亮亮的像镜子一般，这两个炭枕头，由两块凹凸不平疙疙瘩瘩的炭，枕到这种程度真不易啊？这可真有年头了，说不定由几辈人用脖颈、用头发、用脸颊硬磨出来的呀！"他看了看柳来迅，紧紧握着李石柱的手说："石柱兄弟，咱们是一根藤上结得两个苦瓜，一个样儿的苦呀！我的脖颈也不怕硌，也是枕石头块块枕硬坷垃长大的呀！这块大的我枕了。这枕头，枕着它头脑清醒不糊涂，脖颈硬不低头！好枕头，宝枕头！"

柳来迅用心听着，句句话都打动着他的心头，像是给他上着最生动、最实际的苦难家史课。他摸着那块小炭枕头说："老吴同志，这块小的我枕了！我在家枕过砖头、木棒棒，可没有枕过这么久的炭枕头；我枕枕，也让我的头脑清楚不发闷，枕硬脖颈面对日寇不低头！"

"那好！那好！咱俩就住这，就枕这两块宝枕头。"

七十二

李石柱回到王进财家，天已经黑了。他回到磨坊里瞅了瞅，小铁牛不在，铁牛到哪里去了呢？呵，到他姑姑家去了。

李铁牛到了李冬梅家一看，可红火了。来住的八路军，一撂下背包就忙起来。有的挑着梢罐挑水，有的打扫院子、街门口，从来没有看见过军队给老百姓做好事的奇特情景。

姑姑家把北窑腾出来让八路军住，自家住在一处小土窑。他走进小土窑，见李冬梅抱着妞妞和王丽云、铁锁坐在小炕上说话。他和妞妞、铁锁一样，全神贯注地打量着这位女八路军，在他们的小小心灵里想呀，想呀，好奇地从来没有看见过女兵，更没有看见过女八路军呀！王丽云看着喜人的妞妞，伸手去抱她。小妞妞羞得笑了笑，低下头，一头紧紧扎在了李冬梅的怀里。

李冬梅拨弄了拨弄小妞妞的头发，亲了下她的小脸蛋儿，妞妞不好意思地红了脸。李冬梅说："妞妞，不怕。她和咱们人一样，就是穿上了军装，背上了盒子枪，不打人，不骂人，可喜欢小孩儿了，去，让王姨姨抱个儿。"李冬梅哄着她，把她递给了王丽云。

王丽云接过妞妞亲了亲，说："大嫂子，妞妞长得浓眉大眼的多亲！"她把妞妞递还给了李冬梅，"大嫂子，你有几个孩子？"

李冬梅接过妞妞来说："就这两个，也是紧巴巴地拉扯着。大人吃糠咽菜还填不满肚皮，孩子们跟着受熬煎。"她指了指身边的铁锁和铁牛，"这是我的大孩子铁锁，今年十一岁。那是我的侄儿叫铁牛，比铁锁小两岁，是个在苦水里头泡大的苦孩子呀！他爹李石柱是我的亲弟弟，给王进财家扛长工，他跟着他爹给王家扛小长工。七岁上给他家当了放羊娃。一年到头没明没黑地给王家干活，累个累死，打个打死，也吃不上口人吃的饭。"她说着伤心地"唉"了一声，"有几回被王进财打死了，才又救过来呀！"她的两眼湿淋淋的，"这一回要不是你们来，挡架住王进财的毒手，又得打他个死呀！"她说着说着，两眼的泪珠儿簌簌地落了下来。

王丽云听着，两眼也湿润了。她紧紧拉住铁牛的手，拉在了自己的身边，看见右袖筒上被王进财打他时撕开了一道长口子，说："他姑姑，多好个孩子，被折磨成了这样子！我听了心里就痛得慌。"说着，又往身跟前拉了拉他。

于铁锁听了王丽云同情他们的话，心里头憋着的话也敢说出来了。他对王丽云说："王姨姨，那王进财是俺村一家地主大老财，他成天家遭害穷人，他心恨、手毒可坏啦！"

李铁牛见王丽云很用心听他们说话，随看了看姑姑，又仰脸看着王丽云说："王姨姨，那王进财是俺村的大恶鬼、大坏蛋！你们从他家一出来，他回家里说了些谋算你们的坏话！"

李冬梅说："牛儿，他们尽说啥话来，你好好给王姨姨说说，不要怕！"

"我不怕，姑姑！"李铁牛认真地说，"那王进财回到窑里生着气就说八路军你想在这村里住下，我让你住不成。我让你们睡在冰冻的地上，冻也得把你们冻走！想得倒不错，还想睡热炕！"铁牛看了看王丽云继续说，"听他那大太太江瑞兰出来说：'进财，怎么八路军也找到咱家门上来了？这兵荒马乱的一听到他们来，心里就慌得不行'！"铁牛停了一霎，"过了一会儿，他的三姨太古淑芳也从套窑里出来了，说：'进财，谁让你当那大乡长来！那八路军就是共产党呀，要共产共妻呀！进财，这可怎么活呀？'说着就啼呼了。王进财说'共产共妻，也不共你这个小妖精！用不着那么怕，怕什么'！"

王丽云寻思着又问铁牛说："铁牛，他们还说什么来呀？还有没有别人的人哟？不要慌，好好想想，慢慢说。"

铁牛用心想了想，说："我第二次回他家扫院的工夫，又听见他们说来。正在王进财和大、小老婆说话的工夫，他家的管账先生刁萎新跑进去了。他对王进财说：'大东家，不好了，刚才我到小学校看了看，八路军在地上盘了地铺，可没有住在小学校，让那些穷鬼们都叫到他们家里住去了呀！就是怕有些事情他们捅给八路军，对咱家可是不利呀！'正在他们说话的工夫，乡公所的冯秘书和小学校的晋如康去了。听晋如康说：'大叔，不好了，八路军都到穷鬼们家住去了，小学校只留下几个士兵住，这可怎么办？'王进财说：'要沉住气，不要慌。穷鬼们都是些穷光蛋，没有什么好招待。我王某有的是好酒、好肉。刁管账，你赶快给厨子安排一下，晚上请八路军头目人！'他扭头对冯秘书说，'冯者宗，你在乡公所要会支应，要粮食就是劣小米和捂玉菱面，别的粮食一概不能给！如康侄子，你就在小学校听他们的动静，看有什么动向就随时来告诉我。'说罢，冯者宗和晋如康就走了。"

王丽云听着，沉思了一会儿，问铁牛说：

"铁牛。王进财到哪里去来没有？"

"没有！他把他们打发出来，连窑门也没出。"

"大嫂子"，王丽云机灵着两只眼睛，看着李冬梅和铁牛说："对王进财我们是掌握一些情况的。可是，铁牛刚才说的这些事，是新情况，很要紧，对我们很有用处。现在正在搞统战，王进财究竟抗不抗日，是真抗日，还是假抗日，还要看他的行动。"她睁着信任的目光，看着铁牛，"铁牛，你在他家当小长工，很方便，往后听到什么事就来告诉我，或者告诉老吴和小柳同志都行！"

李冬梅对铁牛嘱咐着说："牛儿，现在是八路军领着咱们打日本，王姨姨就住在咱家里，有啥事就来告诉个儿！"

于铁锁也说："铁牛，你腿脚灵，蹦跶上几步就来了，王姨姨要有事，我就告诉你！"

铁牛会意地看看李冬梅说："姑姑，我知道了！我往后留点儿心，听到啥事情，就来给王姨姨说。"他又看了看王丽云，"王姨姨，没什么事我回王进财家看看去了。"

王丽云忙拉住铁牛的胳膊说："铁牛，稍停停，再走！"她从灰色挎包里，取出个小巧玲珑的针线包儿，捏着根针线就给铁牛缝缀那被王进财撕裂的衣袖口子。

李冬梅一看，觉得过意不去，她马上把小妞妞撂在一边，争着要给铁牛缝，说："王姨姨，我来给他缝吧！看光顾说话了，也忘了给他缝缀了。"

王丽云边缝边说："他姑姑，这就完，我缝和你缝一样，我手快。"她飞针走线缝起来，一会儿，就把个撕开的长口子缝上了。

七十三

晚间，王进财站在窑里，对刁管账说着请八路军的话。陈妈给他沏茶倒水。

小铁牛正在拾掇院子，他留心听着，因话音很低，什么也没听见。他见王呈海进窑了，就离远了点儿。又见刁菱新从窑里出来，回到厢房里。他一扭身，像只刚长硬了点翅膀的雏燕，"扑棱棱"就飞出了王进财家大门。他想去给王丽云说一声，离得远又怕来不及。便跑到自己家，对吴志华同志急着说："吴大叔，王进财把刁菱新叫到正窑里，说了一会儿话，我机灵着两只耳朵使劲听，什么也没听见。好话不背人，背人没好话。不

太行人家
258

知又使啥鬼招儿了。"

吴志华同志看了看铁牛说:"好!有事你就来说一声。"

小铁牛返回王进财家后,陈妈赶到了李冬梅家。她有事要对李冬梅说,一见女八路军王丽云正在家,神情就有些紧张,经李冬梅解释后,她才将王进财请八路军吃请的事说了说,很快就走了。

刁萎新带着满脸虚笑,走进了李石柱家破烂不堪的院子里。他再不像从前到李石柱家霸树逼命时那样狐假虎威了。他一见吴志华、柳来迅和王丽云从东小窑里走出来,便走过去,眉笑眼不笑、皮笑肉不笑地看着吴志华他们说:"吴长官,大东家今晚请你们去坐坐,你们住的地方也没安置好,他总是放心不下,让我来请你们到府上走走。"

吴志华瞥了一眼刁萎新,王进财想请他们吃请的事,王丽云已经告诉了他。但刁萎新现在来是否还有别的事,他还摸不清。同时,他们有事情等李振山来研究。便说:"刁管账,我们八路军官兵平等,不许称长官,以后你就称我们名字好了。"

"是,是!"刁萎新低头哈腰地说。

"你回去转告大东家,今日晚上我们有事情,改日再去拜访!"

"这——"刁萎新想叫吴长官,又没敢叫出来。愣瞪了一霎,才说,"吴先生,大东家正在府上等着,你们今天刚到村,说什么也得去走走!不然我回去没法交差!"

吴志华见刁管账再三央求,当时也不便说什么。又见李振山也来了,就用眼神和柳来迅、王丽云商量了一霎,说:"好吧!去就去一趟。"吴志华和李振山在前边走着,柳来迅、王丽云和两个警卫员跟着,走到了王进财家大门口。刁萎新给看着路,穿过前庭、中院,走进了王进财住的正窑里。

正窑里,异常别致亮堂,在八仙桌子中间,已经燃着了亮亮的高罩煤油灯。王进财正坐在太师椅子上抽水烟。他见刁管账陪着吴志华他们进来了,忙站起来让他们坐下,并请他们喝茶、吸烟。

王进财自谦地对吴志华他们说:"八路军工作队来,乡公所事先也不知道。这穷山恶水的村子少窑缺房,让大家也没个好地方住,我王某于心不忍呀!"

吴志华说:"窑房再挤,要是挤百八十口子人,也是能挤下的。乡亲们见八路军睡凉地真不忍心，自动地都给挤出些窑炕来，让工作队住了些人。他们可不是那种嘴甜心狠的人！"

"我住的窑房宽敞，我也腾三间西厢房。"王进财无足轻重地看着李振山，又瞅了瞅吴志华，说，"是不是请吴先生就住在这里，这里吃住还方便些？"他这句话是有点儿让的意思，又有点儿试探的口气。

柳来迅、王丽云和李振山睁着炯炯的目光，扫了一眼吴志华。吴志华瞪目一瞥王进财，爽朗地说："那好！那好！那就多谢王乡长好意了。"

王进财听得说，不由得一阵慌神。他并没有想到，吴志华会如此干脆地回答他。就尽量镇定着自己的神情。他看吴志华说话很痛快，又很客气。就给刁管账递了个眼色。刁管账出去一会儿回来了。他领着个厨子拎上一饭盒酒、菜来。厨子掀去饭盒盖子，快手快脚地往桌子上上酒摆菜。说话间，就摆了一桌子。那一盘盘菜还散发着菜香味儿。刁管账拎着一紫铜酒壶酒，温在三足的酒铛上。王进财便客气地说："今天你们来够辛苦的了，咱们一块喝几盅，顺便吃顿便饭，给你们解解乏"，

吴志华爽朗地说："我们刚才都吃过饭了，吃不下去了。"

"吃过了，咱们也得喝几盅，吃上点。俗话说：'官家不嫌送礼之人嘛！'"

"这就说得远了，我们共产党、八路军从来不讲究这个！"

王进财看看吴志华他们不想喝酒，也不想吃饭。就对李振山说："振山老侄子，你是咱本乡本土的人，说什么也得和吴先生他们碰几盅儿。"他顺手放下水烟袋，"我过去在村里为人不好，得罪了乡亲们。就是振山家我也是得罪了的呀！"这时，刁管账已经给每人面前满上了一盅酒，并摆上了一双筷子。王进财端起个花边酒盅来，看着李振山说，"振山老侄子，你先端起来，他们也就端起来了。俗话说：'一酒解千仇'，来！吴先生，还有这两位，咱一块干一盅！"

这时，吴志华同志已站了起来，李振山、柳来迅、王丽云也都跟着站起来。李振山的两眼射着那严肃而开阔的目光，直陵陵地看着王进财说："王乡长，你不是不知道，我从来就没闻过酒味儿。"他会意地看了看吴志华，又对着王进财说，"你还记得得罪过乡亲们就好。不过，一个有良心的中国人，大敌当前，只要共同抗日，不甘当亡国奴，可以不咎既往。"他又看了看吴志华，"你王进财在村里作恶多端，干了多少伤天害理的事，你是清楚的。但是，眼下为了全民抗战，只要你真心为抗日出力，我想共

产党、八路军还是谅解的！"

吴志华同志仍然留意地瞅着对面墙上挂着的那个镜框，框里嵌着的东西好像换了个样儿，似乎有"晋阳货栈""经理"几个字。他会意地看了看李振山，郑重其事地对王进财说："李振山说得对！他已说了我们工作队的意思。当前，国难当头，需要全民族人民共同抗击日本侵略者，只要是个真正的中国人，我想就应当看清这条路！"

王进财被李振山、吴志华说得面红耳赤，他松下手去把手里的酒盅撂到桌子上，说："吴先生，还有那两位，你们真的不喝？"

吴志华、柳来迅说："我们都不会喝酒。"王丽云淡淡地冷了王进财一眼，说："国难当头，人民遭殃，心里不好受，喝不下去这东西哟！"说着，他们跟吴志华同志从桌子旁走出来。

王进财梗了梗脖子，摇晃着捣蒜锤似的脑袋说："我王某也看到了这个时局，大敌当前，我赞成共产党、八路军的主张，一致抗战，决不再干危害百姓的事，不信，我愿给你们发誓！"

吴志华同志轻蔑地扫了一眼王进财，说："我们共产党、八路军，讲的是实际，不讲虚套套。发誓有什么用？说了不做，还不是白搭！"

李振山严声厉色地看着王进财说："吴志华同志说了，用不着发誓，是真心诚意，还是假心假意，那就要看你的实际行动了！"

第十八章

共产党

共产党好比指路灯，
漆黑的黑夜方向明。
老百姓心中有了它，
心明眼亮赤胆忠心。

——民谚

七十四

王进财和刁萎新送走吴志华他们，回到正窑里来。古淑芳正等着王进财吃晚饭。古淑芳催促着王进财说："进财，快来呀！菜饭快凉了，你请八路军吃饭，人家也不赏脸，愣瞪了老半天，可把人饿坏了。拿着猪头寻不着庙门啦？他们不喝也不吃，咱们好好喝，好好吃。"她又斜了王进财一眼，说，"我看那些土八路，也不会享这个福！"

"刁萎新，不要走了。来！一块儿喝几盅。"王进财见刁萎新要走，摆了摆手，把他叫回来。等刁萎新坐下，都端起酒盅来喝了一盅，说："我掂算着他们不会喝，也不会吃。不过，这也是走一走形式，如果他们真的喝了吃了，哪怕是嘴唇在酒盅上抿一抿，可就高兴煞我了！"

古淑芳对王进财说："你爱财如命，舍命不舍财的，让人家喝了吃了你倒高兴了？"

王进财说："是呵！他们要是真的喝了吃了，我就高兴。你想，只要他们和咱一块儿动动筷子，沾沾嘴，就大不一样了。让那些穷鬼们知道了，他们还拿八路军当贴心人？"他向古淑芳使了个鬼脸，说，"你当我是真请他们呢？他们要是真的都吃了喝了，我还有些舍不得呢？"

几句话说得古淑芳"嘿嘿嘿"地笑了起来。她又喝了一口酒，吃了几口菜。不耐烦地说："进财，那八路军都是共产党？共产党可怕人啦！我一听就从心眼里腻烦得慌！"

刁萎新起身走出来，轻轻半推开门，探出头来鬼头鬼脑地四下瞅了瞅，没有看见什么人。回到他坐的椅子说："这一回留下八路军住在院里，说话可得小心点儿！"

"这都是大东家请人家的过，不请人家，不留人家，人家也不会在咱院里住。"古淑芳不高兴地白瞄了王进财一眼，又给他斟满了一盅酒。

"那八路军也不会那么傻，真的住到咱院来。要来住也是个门面，支应支应。"他喝着酒瞅了瞅古淑芳，说，"那共产党可不是简单的人物，八路军不一定都是共产党，我看那共产党可都是八路军！"

古淑芳又想起了李振山，前几年在谋算李振山家的桑树林，在窑顶上暗害死李振山他爹李德来时，她给王进财火上添油地出过主意。她想着，心里犯起疑惑来，说："那李振山被工厂开除回来，成天家干活家里还吃不上饭，他怎么领着八路军来了呢？莫非他也想当八路军？"

王进财看着古淑芳说："我看不一定！去年他在晋南临汾一家铁厂当工人，红军从黄河上过来的时候，听说他看见过红军。他知道他们，不害怕，也敢和他们在一块儿。"他停了停说，"那帮穷鬼们就是看上八路军啦！"

几个月之后，刁萎新又一次陪着王进财他们吃晚饭。刁萎新看了看王进财和古淑芳说："二东家不是已经来信说，卢沟桥已经失守，北平、天津吃紧，眼看着日本军就要打过来。穷鬼们没吃没喝，他们要靠近共产党、八路军，我看他们能靠出什么好来？"

王进财喝了一口酒说："这倒是该想一想，以往是国民党阎锡山的天下，当乡长管着七村一镇，说了话占地盘，抽粮扣款都方便。往后能不能那样随便，地能不能还那样出租，买卖还能不能那样干，还得两说着。这乡长也恐怕不好应酬了。"

正说话间，县邮政局的邮差给王进财送来一封挂号信。邮差走了后，王进财拿着信在煤油灯下，从头至尾地看着。他连连看了两遍说："正挂扯着这事呢！进宝弟的信就到了。"

古淑芳忙问："他宝叔的信上怎么写的？进财你快说说呀！"

王进财又看了看信说："进宝弟来信说，眼下太原也很吃紧，阎锡山已经撤离太原，国民党阎锡山的军队正陆续往后辙，进宝弟已被准许不跟着阎锡山的军队走了，暂时辞去了军界职务。留在晋阳货栈当经理。他的家眷已经安置在了太原县，暂避一时。估计日本军进来，大乡长的差事不好支应，让我最好明着推给别人干，暗地里还掌着实权。"他看了看古淑芳、刁蒌新说："你们看，怎么样？"

"二东家，谋有谋略，退有退路。妙哉！妙哉！"刁蒌新赞叹着说。

"他宝叔心眼就是多，我也是这么想。共产党、八路军在村里，又要来日本兵，不好支应。我看明面上你就不要挂那个乡长的名儿了。"古淑芳又乜了王进财一眼，说："信上还说什么来？"

"信上还说，共产党的红军已正式改编成八路军、新四军了。"

"共产党有八路军、新四军，那国民党有几路军、几个新几军？"古淑芳问。

王进财轻描淡写地说："八路军、新四军是个番号名称，实际上就两个军。那国民党军队的路可就多了，军也就数不清了。"

古淑芳咬了一下嘴唇说："我想那国民党的军队就是多嘛！进财，信上还说什么来？"

"我正要给你说呀！"王进财看着古淑芳说："信上还说，'大太太身安！三太太安好！最后还问了呈海儿好！'别的就没有了。"

古淑芳听了，觉得王进宝问她和大太太的话儿不太一样。就咬文嚼字地问王进财说："进财，这身安和安好，哪个问得好？有什么不一样？"

王进财乜了古淑芳一眼，显示出一副文人姿态，洋洋得意地说："淑芳，进宝弟问你和大太太都一样，都是一片好心问你们，这问大太太的身安，就是说她身体不好，安心静养嘛！这问你的安好吗，就是说你安分守己的那个安好嘛！"

几句话逗得古淑芳"嘿嘿""嗝嗝"一阵妖里妖气地怪笑，她忍不住地攥起她那小拳头来，朝着王进财的背上，欢喜地砸了几拳头。砸得王进财好像挺舒服的。"嗝嗝、咳咳"地咳嗽起来了呢！

"又有什么高兴事了？听你们笑得连气都喘不上来了！啥高兴事也得让我欢喜欢喜呀？"江瑞兰拉着王呈海的手，在正窑门口听见他们的笑声走进来。

古淑芳一见江瑞兰进来了，欠起身来去招呼江瑞兰。刁萎新也忙站起来照应着。江瑞兰顺便坐在了靠王进财左手的椅子上。古淑芳见刁萎新走了，就坐在了刁萎新刚才坐的椅子上，王呈海坐在了王进财的对面。

王进财看了看江瑞兰和王呈海，斜瞅了古淑芳一眼，吁住气说："瑞兰，是进宝弟来信了，他问你们好来。"

江瑞兰撇了撇嘴，斜瞟了古淑芳一眼，问王进财说："进财，那信上说时局的事情来没有？咱村都住上八路军工作队啦，他提那共产党、八路军的事儿来没有？"

"提来！提来！来信就是说的那些事。"王进财把信的大意给她说了说，想了想又补充道，"刚才我说信的工夫丢了一句，信上说：'国共合作，联合抗日。'共产党的红军改编成八路军、新四军了。不过这也是权宜之计，共产党、八路军他们要打日本兵，就让他们打去嘛！"

江瑞兰寻思着说："怨不得八路军工作队来咱村了呢？那共产党的军队才编了八路军、新四军两个军；阎、冯倒蒋那工夫，听说那军队多啦！那阎督军有多少军，那蒋介石国民党有多少军？我看比他们那两个军多得多！不要看八路军来村里折腾得挺欢，我看成不了什么大气候！"

王进财喜眉弄眼地说："对，对！还是瑞兰说出来的话有灼见了。"说得古淑芳也暗暗笑了。王进财这才又顾得上喝酒吃菜。他把起花边酒盅来，让着江瑞兰说，"瑞兰，这一品香的酒甜滋滋的挺有味儿，你和呈海也喝几盅儿。"

江瑞兰欠起身来说："进财，我和海儿早用过了，啥也不喝不吃了。你和小三家快吃喝吧！"说罢，她拉着王呈海回东套间窑里去了。

七十五

李石柱和小铁牛，在清扫院子拾掇煤炭的时候，王进财他们在正窑里吃喝。他俩看见邮差来送信，江瑞兰拉着王呈海进了窑，隐隐约约地听到他们在窑里又说又笑，只听到王进财说，王进宝来了信，又说共产党、八路军的事儿，但究竟说的是啥意思，也听不清楚。

爷儿俩干完了活，李石柱端着一砂锅糠面糊糊，铁牛跟着他回到了磨坊里。天已经大黑了。铁牛摸了根曲灯，点着了磨盘上放着的那盏小麻油灯。灯捻儿烧得焦结了，他用曲灯把拔了拔，和爹爹喝完了那砂锅稀淋淋的糠面糊糊，李石柱扑哧一口吹灭了灯。

　　李石柱和小铁牛坐在墙犄角的一堆草铺上。透过穿孔的窗纸，瞭望着天空上挂着黄澄澄的明月，犹如一把金镰刀，发出那亮晶晶的光芒，射进磨坊里一根光柱。在漆黑的磨坊里，给了他爷儿俩一束光亮。李石柱看着眼前金光似的光柱小声问小铁牛说：

　　"牛儿，从前一听说共产党、八路军要来了，咱还有点儿害怕得慌呢！现在共产党、八路军真的来了，咱亲眼也看见了。你说那八路军是不是共产党？那共产党是不是八路军？是不是一回事？"

　　"爹，那共产党是不是八路军，那八路军是不是共产党？你分不明白，我也不清楚。可是听吴叔叔他们说话时，老是说：'共产党、八路军'什么什么的，它俩紧挨着。"

　　"牛儿，我琢磨着，那共产党和八路军，好像那星星围着月亮似的，老围在一块儿呢！"他搂了搂小铁牛说，"那八路军是好！"

　　"爹，那共产党咱没亲眼看见个，那八路军咱可亲眼看见了。八路军里有男的，也有女的。那吴大叔他们都是男八路军，那王姨姨就是女八路军。那八路军对穷孩子当人待，敢替穷人说话，敢顶挡王进财！他们刚来的工夫，要不是王姨姨喊住王进财，挡架住王进财的毒手，我又得被他打个死，八路军就是好！"他边说边蛄蛹着身子，往李石柱身前紧紧地挨了挨。

　　李石柱伸着胳膊，紧紧地搂了搂小铁牛，心里琢磨着说："那八路军咱是看见啦，是好人。那王姨姨和咱一不沾亲，二不带故，进院瞭见王进财搽你，就把王进财拨弄到一边儿去了，八路军真好！就在那工夫，我激出了一身汗来。"

　　小铁牛攥着李石柱的胳膊说："爹，王姨姨不光拦挡住王进财不让他打我；我到姑家去看她，她还给我缝王进财打我撕裂的一条袖口子呢！"他伸起胳膊来，递到李石柱的手上，让他摸着缝好的衣袖。

　　李石柱摸顺着王丽云给铁牛缝好的口子的衣袖，心里觉得热乎乎的，说："八路军是好，八路军疼咱穷人，看见咱穷人家炕上那两个炭枕头，不光不嫌黑，不嫌脏，还说好呢！和'遭殃军'完全不一样，完全是两样儿。"

小铁牛仰着脸，借着银色的月光，看着李石柱说："爹，你和我枕的那两个炭枕头，也让吴大叔他们看了，让人家枕那枕头不要硌了脖子呀！"他后悔地轻轻地"唉"了一声，"不该让人家看呀，光顾烧热炕了，也忘了藏起来了！"

李石柱憨憨地笑着说："牛儿，咱是庄稼打坷垃的实在人，以实为实，实实在在，有啥说啥，是啥就是啥。咱穷炕上空荡荡的，连块破席片都没有的，只有祖上传下来的那两块炭枕头，咱也舍不得扔了呀！可人家八路军老吴大叔一看，还刨根问底的说了老半天，说咱那两个炭头是'宝'枕头哩！他小时候也枕过石块、土坷垃，他喜欢地要枕那炭枕头呢！不怕硌脖子，还说，枕着这炭枕头，头脑清楚不糊涂，枕着它脖梗子硬，日本鬼子打进来不低头！"他寻思一霎，"八路军就是好！可我心里还是弄不清八路军是不是共产党，共产党是不是八路军呀？"

小铁牛侧耳听到院里有轻微的动静，便悄悄地趴在北窗户棂上，瞅了瞅，是两只猫追逐着跑走了，就又回蹲在李石柱的身边。他用力地睁巴了睁巴眼睛，忽地在他脑海里闪出一个念头儿来。低声对李石柱说："爹，我看那八路军好，共产党也一定好，要是不好，那八路军就不和共产党联在一块儿了。"他仰头看了看李石柱，"爹，你说是不是呀？"

李石柱攥着铁牛的手，站到北窗户跟前，透过无纸的窗格儿，仰脸看见七星北斗从王进财家土垅上蹦出来，高兴地说："牛儿，你说的是那意思，我心里想也是那意思，就是老说不出来。我看着北斗星心里亮了一下，那共产党在前头，八路军紧挨在后头，共产党就是领路的，和北斗星一样，看着它就有了方向呵！"

小铁牛高兴地紧搂了搂李石柱，欢喜地说："爹，那北斗星可亮啦！就是那格儿意思。"

李石柱说得高了兴，他伸了伸胳膊扭过身来，两手托在磨盘上，猫下腰说："牛儿，你快攥紧拳头，快给爹使劲地捶捶脊梁骨，让我的筋骨舒展舒展。来！快给爹捶捶，快给爹捶个儿！"

小铁牛见李石柱高兴地让他给捶脊背，霎时想起了他小时候，攥紧两只小拳头给爹捶背背玩，心里好不喜欢。他紧紧地攥着两只拳头，从李石柱的肩胛骨顺着脊梁骨，两只拳头像两把小锤锤，"吭嚓，吭嚓"地上下来回锤了好几遍，气喘吁吁地止了手。

李石柱用劲儿挺着胳膊说："牛儿，快使点儿劲捶，对准罗锅腰上捶。捶捶筋脉兴许就活动开了呢？捶得越使劲儿越好受，快捶！快捶！"

小铁牛使劲地攥紧了拳头，"吭嚓，吭嚓"地在他的脊梁骨上、罗锅腰背上，狠狠地捶捣了一阵子，硌得小铁牛的手有点儿痛，胳膊也有点儿酸，累得身上热乎乎的、头上汗津津的说："爹，咱歇会儿吧！捶得我还挺累的，没劲儿了，捶不动了。"

李石柱伸了伸胳膊，八叉了八叉腰，又蹲坐在草堆上，高兴地微笑着说："歇息吧，牛儿！咱歇息。"

小铁牛给爹爹捶完了脊背才想起来，这好多年了，咋格儿，今黑夜这么喜欢？就问爹爹："爹，好些年了，你也没这格儿高兴过；好些年了，你也没让我给你捶过背？为啥今黑夜这格儿晚了，让我给你捶起背来了呢？！"

"牛儿，那王姨姨挡架住王进财胳膊的工夫，你心里觉得咋来来？你身上觉得咋来来？"

"爹，那王姨姨一喊'住手'的工夫，惊得我浑身震了一下，她把王进财的胳膊抓架住的时候，我的心窝窝里热乎乎的；眼眶眶里一酸，簌簌落下泪珠儿来了！"

李石柱把小铁牛搂在怀里，让他的背紧贴着他的胸脯，两只胳膊交叉着抱着他，说："就是那王姨姨一声喊，我浑身打了个愣嘣嘣，出了一身热汗，就是那王姨姨挡架住王进财胳膊的工夫，我的脊梁骨、胳膊拐、大腿板、小腿肚子，浑身上下'咯咯吱吱'响了一气，舒展了一下，像是筋脉走动了，觉得浑身一阵酸痛。我伸了伸胳膊腿，觉得舒展了好些儿。那吴大叔一说贴心话儿，又舒展了些。你又给我捶了捶，觉得好受多了。"李石柱倒背回右手去，用手背蹭磨了蹭磨自己的脊梁骨，左手攥着铁牛的右手说："牛儿，你起来，用手给我揣摸揣摸，看那脊背上弓着的罗锅儿下去了些儿没有？"

小铁牛喜欢地站起来，把手伸在李石柱的脊背上，上下来回给他揉搓了揉搓，然后给他掖了掖破布衫后襟。又回到李石柱怀里，眨巴着他那恢复了几分光泽的眼说："爹，我摸揣着好像下去了点儿！你试着下去了？"

"我觉着下去了些儿！"李石柱微露出他那多年来没有露的笑容，说："牛儿，你那身子骨舒展了舒展没有？"

"爹，我觉着也舒展了些，身子骨觉着不那格儿曲蜩了。"

七十六

初秋的山村是秀丽的。在金色的阳光照耀下，越显得灿烂明媚，秀气喜人。

清晨，李石柱的心还在盘算着共产党和八路军的事儿，总是神往地放不下心来。吴志华同志多次找他谈话，王丽云同志找他叙家常，使他自己觉得，他们这些人是从另外一个世界上来的。听他们的言谈话语，看他们的行为举动，觉得处处与他经见过的无数人都不一样。他对他们不光产生了敬爱仰慕之心，更使他心里缠绵的是，八路军里头是不是都是共产党？这共产党到底是什么样的人？又是怎么一回事情？他总想知道个明白。他和牛儿喝了点糠面搅豆叶菜糊糊，对铁牛说：

"牛儿，我要到宝盒山沟煤窑上给东家赶牲口驮炭去，你去姑姑家问问你姑夫，他去宝盒山沟煤窑担煤不？他要去他就去，他要有事就办他的事。你随便问问他，回来就告我一声。"

"嗳！爹我去了，问一声回来就告诉你！"

铁牛像只小燕子，扑棱飞出磨坊，像上弦的箭似的，穿进了姑姑家。于贵柱挽好筲篮绳，将一副筲篮穿在了扁担两头，刚挑在肩上。铁牛望着问他说："姑夫，俺爹要到宝盒山煤窑给王进财家驮炭去。让我问问你去不去担煤？"

"牛儿，我这不是筲篮都上肩了？我正要到宝盒山煤窑担煤去，告诉你爹让他头里先走着，我随后就跟去。"

"姑夫，我去告我爹了。"

"牛儿，你去吧！"

于贵柱望着铁牛的背影笑了笑。他看见小铁牛自从八路军来以后，他的眼睛又有神色了，有时候竟能露出他那小时候天真活泼的笑容，他的心里暗自很高兴。他挑着一副能担七八十斤煤炭的大筲篮，匆匆向宝盒山沟走去。穿进圪岭沟走了三四里路，步上了去宝盒山沟的河川道。抬头一看，李石柱手里攥着根短鞭杆，"得儿嗒，得儿嗒"吆喝着两匹驮着荆条拢垛的骡子走着，便喊着他说："石柱，走得慢点儿，忙甚哩！一天给他家晃悠上二三趟，我看就不劣了！"

李石柱扭回头忙说："姐夫，可不是！累死累活也吃不上口人饭，你就驮得再多，走得再快，也累不出好来！"他说着不再吆喝牲口了，那两匹骡子听他俩搭着话儿，蹶跶蹶跶的蹄子也放慢了。

于贵柱走上来，看看李石柱的脸庞，虽然还是长长的头发，满脸络腮胡子；可是，他那额上深嵌的皱纹，似乎浅了点儿。他俩遇到一起，再不像从前那样沉默寡言了，而且说起话来，也有了几分精气神，他对李石柱说：

"石柱弟，那王同志在咱家住了五六个月，黑夜经常出去串门。一有空就和你姐姐、我聊家常，把咱们家的底细问了个底朝天，王进财家的根底为人，乡亲们东家西家，对各家各户可摸得透呢，你说他们都摸得这么清楚，不知做啥呢？"

"姐夫，那咱倒说不上来！那老吴同志和我聊咱家的事，是打破砂锅问到底，问我和铁牛的苦处，盘问祖孙三代，问得可细致啦！人家很体贴咱穷人的苦，痛怜咱们穷人的难，和他们说起话来，越说越投心思，越聊越想聊呵！可就是闹不清共产党和八路军是咋个儿的事？"

"他们一说起来，就说共产党、八路军什么的。"于贵柱往前走着，看了看李石柱，说，"她说共产党主张抗战打日本鬼子，共产党是为穷人办事谋福利，让咱们穷人以后要过好日子！和那以前小学校说人家共产党的赖话，完全不一样。把人家共产党说得又凶恶又没人性；我琢磨着人家总比那'刮民党'好，他们才给人家胡说八道造谣言哩！"

"姐夫，你说得在理！我心里琢磨着也是这格儿的理。比方说：'咱说王进财遭害穷人是条恶狼，王进财骂咱们穷人是饿鬼。'那王进财糟践了咱穷人多少条命，比狼还恶呀！咱再不像人样儿也是人不是鬼呀！"李石柱看看于贵柱，"姐夫，你说是不是这格儿理呀？"

"石柱弟，是那格儿的理。越说越有点门儿了。"于贵柱寻思着说。

"就是这格儿的理！"李石柱看看于贵柱说。

七十七

李石柱赶着两匹骡子驮了两趟炭，于贵柱插空担了一担煤，回家又干了点别的活。当李石柱赶着牲口驮第三趟炭时，又和于贵柱碰在了一起。他俩走出河川道，在圪梁坡上望望宝盒山，那太阳露着金色的笑脸，一闪一闪地抹下山去。那扁圆形的宝盒山头上，像宝石一样，发射出璀璨的光芒。那金光灿灿的晚霞，耀眼夺目，甚是好看。他俩正要往前走，被在圪梁上的李振山给喊住了：

"贵柱，石柱弟，你俩驮担了几趟了，还不歇一歇？"

于贵柱、李石柱一看是李振山坐在了圪梁上松树旁。于贵柱忙说："振山呵，你也担煤来了，歇就歇一歇。石柱也驮够三趟了，天还早着呢，咱和振山说会儿话。"

李振山背靠松树坐在一块石板上，于贵柱和李石柱一右一左，紧挨在李振山的身边，席地而坐，三个人高兴地说着话。那璀璨绚丽的晚霞，辉映在他们三个人身上，犹如披上了一身霞光，一个个露着喜悦的笑容。于贵柱"咳叮"打了声嚏喷，对李振山说：

"振山，我和石柱念叨了好几回，就是弄不清这共产党和八路军是咋个儿回事？那共产党是不是都是八路军，那八路军是不是都是共产党呢？"

"依我看，共产党不一定都是八路军，那八路军也不一定都是共产党！"

"那倒是咋个儿呢？谁领着谁呢？"李石柱问了一句。

李振山说："共产党是领导八路军的，八路军是在共产党领导下的军队。这就是说八路军由共产党领导，当八路军的不一定都是共产党。"

于贵柱"噢"了一声，说："怨不得老是说共产党、八路军呢？共产党老在前头呢！共产党是领头的呀！"

李石柱机灵着两眼问李振山说：

"振山哥，听你这么一说，我心底里明白了些，我看八路军老吴兴许是共产党吧？他说话做事和别人不一样，又干脆又利索，又稳重又细心，说话和咱们穷人可投心了。振山哥，你说是不是？"

"我看也是。听他说，他老家也是河南省林县吴家寨村人，家里有他爹、妈和他妹妹，也是在军阀混战那年，村里被强盗抢了逃出来的。一家四口人逃荒要饭，爹爹被冻饿死，在一起要不出饭来没法活，他和妈妈、妹妹分开了。有一年冬天他被红军留在桐柏山区的一支游击队救了，参加了红军游击队。后来，跟着北上的红军，又归编成了红军。我看他总是共产党。"

于贵柱说:"咱石柱家春妹也是吴家寨村人,出来的时候也是一家四口人,也是姓吴呀?"

不过,他说吴家寨姓吴的挺多,全村有一多半人家都姓吴。"李振山想了想说。

李石柱忙说:"也没说他妹妹叫什么名字?牛儿他妈临咽气的工夫,光说他有个哥哥,也没说叫啥名字。说不定她一直没有说她有个哥哥,也许是她估计参加了什么游击队不愿说呢?"李石柱喜着眼看着李振山说,"振山哥,你对空和他说起话来,问问他多大岁数了?他妹妹叫啥名字?看是不是春妹他哥?他和我几次聊天,我瞅着他那俊眉重眼有点儿像春妹的眉眼呢?"

于贵柱也忙说:"听你俩刚才这么一说,咱春妹和老吴同志,村子和村子对上了,人口也对上了,他爹死了也对上了,就是看他妹妹叫什么名字,能不能对得上?最要紧的是看他有没有那半只银镯子?"

李振山说:"他多大岁数,他妹叫啥名字?以后说起话来,可以问一问,不过,那有没有半只银镯子不大好问。人家老吴同志是八路军工作队的负责人,主要是发动抗战打日本兵,眼下形势又这么紧,现在还不好问。"

李石柱赞叹着说:"老吴同志参加过游击队,又参加过红军,人真好!我想他准是共产党,共产党就是好!"

于贵柱感叹着说:"人家老吴人实在是好,我看准是共产党!可咱这庄稼打坷垃的人,参加不了共产党?"

李振山看了看于贵柱和李石柱,说:"话不能那么说。共产党人做什么的都有。有当八路军的,有当工人的,有农村的受苦人,还有当老师的。一句话,工农兵学商,从乡村到城里头,凡有人群的地方。都有共产党。都有共产党领着千千万万的群众,开展抗日救亡运动。"

李石柱听了好不惊奇,说:"呵呵!振山哥,照你这么一说,哪里都有共产党!那你说咱村里有没有共产党?"

李振山一时觉得有点儿不好答复他,沉思片刻说:"这就要看你的眼力了,你要看它有就有,你要看它无就无;因为现在共产党是秘密组织,一般都不容易看出来。"

于贵柱和李石柱听得高了兴，他俩又往李振山身边靠了靠。于贵柱笑着看着李振山说："你给俺俩这么一开导，心里清楚多了，哪里都有共产党，我想咱村也有。"他又看了看李振山说，"振山，你在工厂当过工人，又有好手艺。八路军工作队来村后，你又和八路军老吴那格儿熟，"他伸出右手来，将大拇指和食指撇成八字形，半攥着手儿，在李振山的眼前晃着，笑眯眯地问，"振山，你是不是这个？"

李振山摆摆手说："不是，不是！我一不穿八路军的军装，二不在八路军的队伍上，我哪是八路军呢？"

李石柱喜出望外地看着李振山，喜滋滋地猜着说："振山哥，不是说你是八路军，俺俩猜摸着你是不是共产党呀？！"

李振山听李石柱这么一问，脸上浮出了一层红润，兴致浓浓地双手抱起两条小腿来，就地打着脚，自言自语地说："咱还差得远哟，咱还不够格儿哟！"说着忍不住地笑了起来。

于贵柱听得说，李振山还不够格儿，就有些扫兴地说："那你是工人，你的脑筋又那格儿好，你还不够格儿呢？那别人就不敢想了。"

"话不能那么说！"李振山左右瞅了瞅他俩说："共产党现在是秘密组织不公开，不过我听说，想要参加共产党，就是自个儿请求，还得有人介绍，经过审查批准，就能参加了。"

李石柱心里想，振山哥很可能是共产党了，不过他就是不愿明说，就问他说：

"振山哥你再说说，那到底什么样的人，才能参加共产党呢？"

"就是一心一意一辈子为全中国人民谋福利，在现阶段就是要响应共产党的号召，打倒日本帝国主义，挽救民族危亡！不怕苦，不怕死，誓死不当亡国奴！把日本帝国主义赶出中国去，还要建设新中国呢！"

李石柱有信心地说："要是这样的人能参加共产党，我愿意做这样的人！"

于贵柱又有点儿疑虑地说："那抗日的条件咱是能做到，就是不知道向谁个儿要求，向谁个儿说呢？"

李振山指点着说："我看，想要参加，就找八路军老吴和王同志、柳同志就行！"

李石柱睁着信任的目光，问："那他们几个都是共产党？"

"那就不必细说了。"李振山又认真地看了看他俩,说,"今儿个咱三人说的这些话,也是秘密,对别人就不要再说了。眼下要抗战,村里人的情况也很复杂。日本侵略军要打过来,村里各阶层的人要起变化,不要乱传乱说出了事!"

李石柱诚恳地说:"就俺和姐夫俩知道,对谁也不说!"

于贵柱说:"振山,你知道的事情多,往后多给我俩开导着点!"

李振山说:"那当然,以后有事我就给你们俩说。"

说罢,他们三个人,李石柱赶着牲口,李振山和于贵柱担着煤炭,往家走了。

七十八

深夜。夜深人静,鸦雀无声。吴志华开完支委会回来,虽然夜已经很深了,可还蛮精神的。他从王进财家中院的西厢房出来,刚走出二道门。扭头望了望海蓝色的天空,繁星点点,北斗星亮晶晶。他正要往磨坊里走的当儿,机灵着两只眼睛的李铁牛,来到了他的面前。他没等吴志华问他什么,闪着疼爱的目光问吴志华同志说:

"吴大叔,你们忙了大半夜了,又没睡呵?!"

"战局这样紧,睡不着呀!"他用手摩挲了摩挲李铁牛的头发说,"你爹眯着了吗?"

"我爹向来没睡过啥觉。他眯了一会儿了,让我出来给你们听着点门儿,看有啥事情?"他仰头看看吴志华,"吴大叔,你有事吗?"

"你告他,我到你家去了,让他随后来一下。"

"吴大叔,我告他马上就去格儿!"

吴志华同志走了。李铁牛回到磨坊,凑在李石柱身边,紧贴在他的耳边说:"爹,吴大叔从西厢房出来,他说,让你这会儿就回去一趟!"

李石柱扑棱一下站起来,像是有什么喜事似的,对铁牛说:"你还给咱听着点门,转悠着给吴大叔看着点西厢房,我去找吴大叔!"

李铁牛轻轻地给李石柱开了大门,他望着李石柱走后,又轻轻掩上大门,在院里放着哨。

李石柱走进自家的西窑里,吴志华刚刚坐在炕沿边上。他借着银色的月光,还能看清李石柱的面孔。见他进来了,忙说:"石柱哥,快坐下!这会儿还有点空儿，咱俩再聊聊。"

"我看见黑夜你们那格儿忙，我也睬不着，我就愿意和你们说说心里话，越说心里越痛快！"

"痛快，咱俩就多聊聊！心里有啥说啥，说错了也没关系。从我们来了以后，你有什么想法，有什么看法，随便说一说。"吴志华脱了鞋，靠墙坐在了炕上。

李石柱也脱了鞋，盘着腿儿坐在了他的对面，右手挠了挠长长的头发说："老吴同志，说心里话，在你们没来以前，我的心口窝憋得快喘不上气来了，心里头也没啥想头盼头了，啥时候被王进财家给累死、饿死、冻死、打死，苦熬了这么一辈子，也就完了。可自从你们来了以后。这些念头慢慢少了，倒想活下去了，觉得有盼头。看看你们对俺受苦人这么亲近，我总觉得有了个依靠，有了熬头了。"

"石柱哥，那你说说，你怎么觉得有了盼头、熬头了，又怎么想着要活下去了呢？"

"老吴同志，我活了这么大年岁，还没有看见过像你们这样好的人。听如福爷爷说，他活了七十多岁也没有看见过。有你们这样好的人，有共产党、八路军，敢替穷人说话，敢给穷人办事，那俺们往后还怕被王进财家冻死、饿死、累死、打死？我看他们不敢再那样糟蹋俺们了吧？！"

"对啊！石柱哥。你说共产党、八路军是怎么回事呢？"

"老吴同志，我看共产党不都是八路军，八路军也不全都是共产党，共产党是领导八路军的，共产党是领导打日本帝国主义的！共产党是俺们穷人的贴心人哪！"

吴志华寻思了一霎说："那你看，我们八路军工作队里头，谁是共产党呢？"

李石柱想了想说："我看出来心里知道，也不敢随便说。共产党现在还是秘密组织，不能随便乱说。"

"是应该这样。石柱哥，那你从心里说，共产党好呀？国民党好？"

"那还用说，当然是共产党好啊！共产党最疼穷人，替穷人说话，为穷人办事；从不糟践穷人，不坑害穷人。俺从心眼里说，共产党好！那国民党简直是'刮民党'，他们尽向着地主老财，抓丁、派夫、逼粮、要款，地主老财不出不拿，硬逼着穷人出、穷人拿。还有这捐那税的可多啦，眼看着屙屎、尿尿也快上税了，他们把穷人骨头里的油也快榨干了，俺说那国民党不好。"

"石柱，那你说说，共产党领导的八路军好呀。国民党的军队好？他们有什么不一样？"

李石柱说："那当然是共产党带领的八路军好！我亲眼看见过不少国民党的军队来过王家峪，也亲眼看见这次八路军工作队住在王家峪，我一比较，共产党、八路军比国民党军队好。"

吴志华听李石柱说共产党和国民党、八路军和国民党军队的根本区别，虽然说话不多，可是说得又通俗，又实在，黑白分明，很是贴切，他满意地望了望李石柱。

李石柱和吴志华说着话，公鸡已叫四遍鸣儿了。

吴志华看时候不早了，就说："石柱哥，今黑夜不用走了，咱俩就在这儿躺一会儿吧！"

李石柱说："不用了，我去换小铁牛来，让他来和你做个伴儿睡！"

吴志华说："那更好！那更好！"

七十九

又一个深夜。繁星闪烁烁，北斗亮灿灿。亮晶晶的月亮，高挂在西半天。在群星中微露着笑脸，更显得明月星空璀璨碧翠。

吴志华和警卫员小王在星空下，走进李石柱家的西窑里。

小王走进窑里，点燃了一盏麻油灯。吴志华对小王说："小王，你在门口放着点哨儿，等李振山、李石柱、于贵柱他们来了，让他们进来。"

吴志华同志从他的红色皮挎包里，取出素色的革命导师马克思、列宁的画像，在半圆形的正窑墙中上方，比了比贴的位置。李振山进来了，他喜滋滋地看着吴志华双手举着无产阶级的领袖像，说："志华同志，李石柱、于贵柱我都通知到了，他俩都没睡，一会儿就来！"

"好！咱将领袖像贴在墙上端，等他俩来了，你领着他俩宣誓吧！"

李振山露着喜跃的笑容，看着吴志华说："志华同志，这是在王家峪第一批发展党的组织，还是由你领着宣誓好！我还没有领过宣誓呢？我看一看，学一学，知道咋个儿领了，下一次再领！"

"那也好，这一次我领着。宣誓尽量简练些，不能搞得太复杂，内容太多了也记不住。"

吴志华同志说着、思索着。看来他是在想着宣誓的誓词，还是想着什么别的事。在窑地上，踱来踱去走了几步。

李振山也拔了拔灯捻儿，那灯光照得窑洞里金光闪闪，亮亮堂堂。他把地上一个黑旧的小凳子和两个草墩子，往旁边挪了挪，腾出空地来。

李石柱喜眉笑眼地来了，从他的神色上看，流露着无比激动和十分喜悦的心情，他进窑里就说："老吴同志，振山哥，我来了！"

吴志华同志伸出右手，紧紧地握住了他的右手。然后，两手紧紧攥着他的两根胳膊，像久别重逢的亲人那样，看不够地端详了好一阵子。激动地说："石柱同志，把腰板挺起来！你参加了共产党，往后就再不是没娘的孩儿了。有了共产党、毛主席的领导，就有指路的明灯了。你就是个共产党人了啊！再不要在黑灯瞎火里瞎熬日子厌世等死了！"说着，紧紧攥了攥他的臂膀。

李石柱湿润着两眼望着吴志华同志，又看看李振山，很是激动。这个不寻常的称呼，由"穷鬼"到"同志"的变化，是他做梦也没有想到的。现在成了"同志"了，在他的心中，像燃起了一盏明灯，心里豁然亮堂了。他从绝望中获得了新的生命，他要像真正的一个人活下去，在他的眼眶里滚动着亮晶晶的泪珠，睁着无比信赖的目光，看着吴志华和李振山同志说："老吴同志，振山哥，我李石柱要活下去，要像人一样活下去，再不想熬死了。我要一心跟着共产党、毛主席走，干一辈子革命！党叫我干啥，我就干啥！"

"石柱是个好同志，党欢迎你啊！"

正在吴志华、李振山和李石柱说话的时候，于贵柱也来了。他走进窑里一看，吴志华、李振山正在和李石柱热情地说话，心里很是高兴。他也激动地看着吴志华同志和李振山说："老吴同志，振山，我也来了！"

"来了好！党欢迎你来呀！"吴志华同志握了握于贵柱的手说："咱们都是一根藤上拴着的几个苦瓜啊！"他瞅了瞅李振山说："振山，咱们进行吧！今黑夜咱们举行入党宣誓！"

静静的窑洞里，显得很明亮。吴志华同志站在了左前方，靠右手后一点是李振山。李振山的左右两旁站着李石柱和于贵柱。在吴志华同志的带领下，进行着庄严的入党宣誓仪式。

李铁牛在磨坊里怎么也睡不着。他等李石柱等了一会儿，也没回来，便悄悄地从王家大门出去，来到了自家大门口。

"铁牛，夜这么深了，你来有什么事吗？"在大门口放哨的小王看见铁牛来了，忙问了他一句。

小铁牛望着小王说："俺来看看俺爹！"

"他们在窑洞里有事，一会儿就回去。"

"那你咋个儿站在门口不进窑里呢？"

"我给他们在门口瞭人放哨呢！"

"这事情不能让别人知道？"

小王轻轻点了点头。

小铁牛见小王点头，便灵机一动说："小王同志，你一人在门口放哨，那土垅上要是有人偷听呢？我替你到土垅上陈一瞭，等一会儿就和俺爹回去！"

小王会意地点点头说："要轻一点儿，要是有人来，就告我一声。"

"我放羊，经常爬山上树的，到土垅上一定不带一点儿响声。"

小铁牛从他家那破烂不堪的尽西头，由垅沿沿的一条蜈蚣小径上去，不声不响地爬上了土垅。他上去时，瞭见窑洞里亮着灯。又听见有好几个人，整齐地喊着什么，心里一阵好奇。就从土垅上抓着树枝枝，由舟大叔家窑顶上的左侧，轻轻地摸下土垅来。猫着腰，悄悄地圪蹴在亮着灯的窑门口，机灵起两只耳朵，静听着窑里的喊话声，他听到：

"我自愿加入中国共产党，坚决执行党的决议，服从党的组织，严守党的纪律，一心一意为党工作，永不叛党！"

他听出这是吴大叔他们的喊话声。吴大叔喊一句，他爹和别人跟着同样喊一句。他听得特别有意思，不由得也攥起了他那黑瘦瘦的小拳头，斜靠着门旁的土墙，微微举起手来，心里跟着也喊起来。

当他听到，现在我们的党还不公开，非经党组织的允许，不得向任何人暴露自己的身份时，他立时有些慌神。他心里知道，不该他知道的事，他悄悄地听到了，不由得觉得很后怕。他又轻轻地摸着土垅抓着树枝往上攀。土垅墙陡，他又慌，手滑脱了，"唰啦啦"溜下一溜土来。正在这时，有只野猫蹿过来，他用脚一踢，野猫蹦蹦到了窑门口。

李振山听到"唰啦啦"土溜的响声，忙迈出门槛问："谁？"他细瞭了瞅，回到窑里说，"是只猫跑走了。"

他们宣誓后，热烈地谈论着，怎样实现党中央、毛主席关于全民抗战的号召，怎样发挥一个共产党员的作用，怎样去迎接和完成党交给的艰巨而光荣的任务……

小铁牛趴在土埂，又从蜈蚣小径上悄悄地走下来。他机灵着两只眼睛，走到小王跟前说："小王同志，我到土埂上瞭了瞭，一个人也没有。我困得不行，我走了。"

小王同志说："你走吧！你爹一会儿也就回去了。"

"嗳！我走了。"小铁牛回到磨坊草堆上躺着，兴奋得一点儿也不发困。但，当他听到李石柱将走进磨坊的脚步声时，便使劲儿地眨巴眨巴两眼紧闭上，假睡着。竟"呼噜噜、呼噜噜"地打起鼾声来。

李石柱无比沸腾的心潮，久久不能平静。他走进磨坊借着银色的月光，蹲坐在小铁牛的身边，用手抚摩着他的头发，觉得他的胳膊又有点儿酸痛，身上的筋骨又痒痛起来。他在入党宣誓振臂时，在心潮激浪汹涌澎湃的一刹那，他用力一攥拳头，一举手臂的筋骨关节竟然"咯咯吱吱"响了一阵。那驼着背的弓形脊梁骨，又往平里大大伸展了伸展，回到磨坊才觉得酸痛起来。他用力站起来，双手又托住磨盘，八叉着两腿，使劲地伸着腰，然后，又背回左臂，攥拳捶脊梁骨。

小铁牛暗暗睁着眼，看着李石柱的每一个动作，暗自笑着，不由得假装醒了似的说："嗯，爹你回来了？"

"爹回来了！牛儿你醒了？快起来！快起来再攥紧拳头，给爹捶捶压弯了的脊梁骨！"

"噔嘣、噔嘣！噔嘣、噔嘣！"小铁牛攥紧两只黑瘦瘦的小拳头，使劲地猛捶了一阵。他那干瘦的手背骨，砸在弯突的脊梁骨上，砸得手痛了，说："爹，我捶得没劲儿了！"

"咯喘喘！捶得我也出汗了。你越使劲儿捶，我倒不觉痛了，好像有点儿酸痒了，越使劲儿捶越舒展，我觉得驼弯了的背，伸着了些儿呢？牛儿，你用手摸摸，看比以前低了没有？"

小铁牛借着月光，把李石柱的后衣襟掀起来，睁着两只黑眸眸，伸平手掌往李石柱的脊背上，瞅着摩挲了摩挲。他的左手攥着他的右臂，他的脸仰在李石柱笑呵呵的脸颊旁说："爹！你那驭背，是平了些儿，真的平多了！"他喜滋滋地望着爹爹，"只要你不嫌痛，我就使劲儿地再给你捶，说不定还能捶平了呢。"

"牛儿，你就使劲儿的给爹捶吧！越使劲儿越舒展，你就使劲儿的捶吧！爹心里有了主心骨儿了！"

铁牛又使劲儿地给他擂了好一阵，擂得铁牛的拳头酸痛了，手也有些肿了。李石柱的脊背上、两只胳膊和两条腿，出了一身汗，爷儿两个才半躺在草堆上。

李石柱伸着两条腿，背靠墙坐在草堆上。他左手搂着小铁牛，右手捋着胡子，笑得合不上嘴儿。

小铁牛仰脸看着李石柱乐呵呵的模样儿，问他说："爹，你今黑夜里咋个儿那么高兴？莫非有啥喜欢事儿？"

"背伸直了些，心里有了主心骨。从心眼里觉得痛快、高兴！"

"那你原先就没有主心骨？"

"背都压弯了，人快要爬不起来了，哪还有主心骨？"

"爹！你摸摸我的背弯了没有？我有没有主心骨？"

"牛儿，你的身子骨饿得太瘦了，长个儿就长不起来，哪还有主心骨！"

小铁牛又挨了挨爹爹的身子。他见爹爹不说他的心事，又听公鸡啼了五遍鸣儿，说："爹，天快明了。那咱稍眯一会儿吧！"

李石柱还是兴奋得睡不着，他捋着胡子说："牛儿，爹要是把这胡子剃了去，还显得这么老吗？"

小铁牛也用手捋着他的胡子说："爹，要是剃了胡子，把连鬓胡刮干净，总年轻十岁！"他见爹眯着眼笑着不说什么，马上又补充了一句，"能年轻二十岁！"

李石柱笑得咧着嘴儿，说："牛儿，咱这也是悄悄话，谁也不告诉他们。"他高兴地把小铁牛搂得更紧了。

第十九章

急 驰

起来！不愿做奴隶的人们！

把我们的血肉，

筑成我们新的长城！

中华民族到了最危险的时候，

每个人被迫着发出最后的吼声。

起来！起来！起来！

我们万众一心，

冒着敌人的炮火前进！

冒着敌人的炮火前进！前进！前进！进！

——田汉《义勇军进行曲》①

八十

"七七"卢沟桥事变后，北平陷落，保定吃紧，石家庄一片慌乱。这危急民族危亡的消息，很快传到了晋东南，传到了阳城，传到了王家峪村。

地主老财王进财，急着打发管账先生刁娄新，亲自到各村佃户们家逼租要债。民族的灾难，地主的盘剥，逼得穷苦百姓叫苦连天，日子更难

---

① 中华人民共和国的宪法，定为国歌。

熬，生路更渺茫。

子夜，李石柱和小铁牛磨蹭着，慢悠悠地赶着两匹骡子，驮着四庄①麦子从滩江沟村走出来，不忍心给王进财家驮运这逼命粮。但当李石柱隐隐约约地听见干河川那边，有杂乱的人唤马叫声时，便把自己肩上搭背着的七八十斤麦子口袋，搭在了前骡子的拢垛中间。又把小铁牛肩背着的三四十斤麦子口袋，搭在了后骡子的拢垛上，稍快地走起来。

在暗淡的月光下，李石柱赶着牲口，握着短鞭杆抽打了几下后骡子的屁股，那两匹骡子脖颈上系着的两个大铜铃，"叮呤当啷"地紧响起来，那八只蹄子蹾跶蹾跶地走得挺快，不一会儿，便走出了滩江沟村。

他俩赶着牲口从滩江沟村西口出来，向西往练将坡村走，中间是条小河滩道。道两旁长着稀稀落落的几棵杨柳树，显得很空旷。李铁牛扭头往离他二里地的干河川一瞅，心里惊讶地"哎呀"了一声！那干河川黑压压乌沉沉地一阵遭乱。他用眼仔细地瞅了瞅，像是一大群人和牲口乱跑着，那十分零乱的骡马蹄子声和偶尔的喘叫声，那乱作一团的人语嘈杂声和那小姐、太太们的尖叫声，在干河川道上，乱七八糟地响着，乱走乱跑着，乱鞭打催促着。还有那时而出现的看不清的灯光，像鬼火似的一闪一闪，忽隐忽现。铁牛急忙对李石柱说：

"爹！你听那干河川过啥哩？好像有人又有牲口，乱混混的一片，可乱了，可多了！"

"牛儿，不好了，准是国民党和阎锡山的军队撤退下来了！你听，又是马，又是骡，还有训人骂人的喊叫。我听，不像是老百姓！"

小铁牛听着瞅着，李石柱又听了听，瞭了瞭。他从前些时在阳城看见过几批撤退的国民党军队来判断，像是国民党和阎锡山撤下来的军队。他和铁牛快走进练将坡村时，听得这嘈杂声越近。李石柱随把两匹骡子脖颈上系着的铜铃圈，从头上抹下来，递给铁牛说："牛儿，你先挎上它！手攥住那铃铛儿，不要让它'丁零当啷'再响了。咱赶快走进练将坡再说。"

铁牛忙说："爹，那咱快些走吧！可不要让他们看见咱，可不要让他们截住咱！"

"不要说话了，牛儿，快走！"李石柱攥着短鞭杆，又抽打了几下后

---

① 一口袋为一庄。一庄盛十小斗。一小斗十斤。一庄约一百斤。

骡子的屁股蛋，那两匹骡子蹶跶蹶跶地就小跑着，他爷儿俩踢踢蹋蹋紧走着，不多时，走进了练将坡村。

他俩赶着牲口进了村子瞅了瞅，那家家户户的街门紧闭着。一只只家犬奔到门口，奔向村口，朝着那乌烟瘴气的嘈杂声，吠吠地狂叫着，使人不寒而栗。有一种阴森可怕的气氛，笼罩着这个零零落落的山村。

李石柱赶着骡子走着，还是用心瞅着村道两旁的家户门，想找一户开着的大门院，把牲口赶进去暂避一时。可是走得快到村西头了，也没有一家开着的大门。在这乱糟糟的黑夜叫门，又怕惊动人家出事，便赶着牲口走到了村西头。李石柱抬头往前瞭了瞭，看见村西头有一家坐北朝南的院落，大门前有一道圆圈门围墙。他忙攥住铁牛的手，说："牛儿，咱到那围墙里先躲一躲，那里有空地方。"

"哎！"铁牛紧跟着爹爹，把两匹骡子赶进了那围墙里。

李石柱先把铁牛斜挎在肩上的两具骡套铃铛，轻轻地从铁牛脖头上取下来。那套上的铜铃"丁零"响了一声，他用手紧紧地攥住了铃，先放在了墙犄角。接着，又不声不响地取下那一套，靠到前一套上。他把骡垛上搭着的那两半口袋麦子取下来，撂在地上。随后把两匹骡子赶进围墙里。

围墙前是一片密密的树林。林间长着密密的荆条杂草，老高老高。在这荆条杂草前不远的地方，就是由干河川通往流杯池山梁上的一条大山路。李石柱拉着铁牛猫着腰，钻进了密密的树林里，圪蹴在一大蓬荆棘杂草中，透过那枝间细微的小孔孔，瞅着眼前过路的人马。

李石柱和小铁牛都不说话，谁也不吱一声。在银灰色的月光下，从他俩眼前过路的人马，瞅得很清楚。他俩窥见，过路的人群骡马果然是国民党和阎锡山的军队。有扎武装带骑着马的军官，在前头走着，后头跟着抬着人轿的，像是骑不了牲口的家眷，坐在轿里。时而还听到小姐、太太之类的人，尖着嗓子尖叫的说话声。有的国民党军队，赶着牲口驮着箱子、搭包什么的东西。有的提着马灯吆喝着，有的攥着枪杆倒扛着，有的歪戴着帽子敞着衣襟，有的枪上还挑着包袱、毛毯之类的东西。有的嘴里还不干不净骂骂咧咧地骂着。一个个抢着紧往前赶路，看不清什么队形，也分不出什么层次，一疙瘩一伙儿地紧走着，紧赶着路，还不时地喊叫着：

"王昭龄——快走噢——我们走上来了！"

这些撤退下来的国民党和阎锡山的军队，一直过了约莫有大半夜。在过路的人马稀疏时，还听流杯池堎堎上，有人吊高了嗓门喊叫着。喊的人只是喊，却听不见有人回音。过路的杂乱人马，只是一个劲儿地往西南溜。

李石柱和小铁牛在荆条条草里，整整蹲了大半夜。等这些国民党、阎锡山的军队撤得走完了，没有人声马叫了，他俩才重新回到那家围墙里。李石柱把骡套铃给两匹骡子又套上，他和铁牛还背把上那两半口袋麦子，赶挞上牲口，向村里走去。

李石柱刚走到村道口，迎头碰见了吴志华同志，忙说：

"老吴同志，国民党、阎锡山的军队退了大半夜，都从流杯池堎堎上撤走了！"

"看来，战局变得更严重了，这都是蒋该死（介石）下的不抵抗命令，中国人民要遭难了！"

说话间，有一个八路军骑兵通讯员，背上斜挎着一支小马枪，急驰而来。他骑着匹枣红马跑到吴志华同志面前，飞速下得马来，把一封特级鸡毛信递给了他，才补行个军礼说："老吴同志，这是送给你的特急件！"吴志华同志刚接住信，他又向吴志华打了个军礼，便策马而去！

吴志华急速打开信紧看，随着他急促的眼神，两支浓眉骤然紧皱起来。信上写道：

志华同志：

　　接上级党的紧急指示，华北抗战告急！党领导的八路军，已离开延安开赴抗日前线，很快就再次横渡黄河，进入山西境内。请你务必抓紧党和群众的组织工作，以便迎接抗日高潮！并将这一高潮推向山西，推向华北，推向全中国！

　　另，为了赴并参加紧急重要会议，请你于×月××日早七点前，在阳城火车站等我，适时一并前往。勿误！

　　此致

　　敬礼！

涌江

一九三七年×月×日

八十一

在革命圣地延安的宝塔山下，有几位八路军的军政指挥员，眺望着日出的东方。

火红的太阳像个大红火球，一忽闪一忽闪地徐徐从东升上来。射出了那耀眼夺目的红光，给大地万物披上了一抹红色的光芒。映得山川红彤彤的，到处充满了生机。

"七七"卢沟桥事变后，日本帝国主义的铁蹄得寸进尺，进而踏进了山西，侵入到华北。在蒋介石"攘外必先安内"的密令下，国民党军队不战而逃，向西南溃退。日本侵略军的炮火，猛烈地向山西境内攻击。

就在这战火纷飞、民族危亡生死已到最后关头的关键时刻，八月间，中国共产党和毛主席领导下的八路军，一队队从延安的宝塔山下，迎着朝阳，披着红光，威武雄壮，雄赳赳，气昂昂，唱着《义勇军进行曲》，告别了宝塔山，向前行进着。

欢送的乡亲们，老大爷、老大娘、闺女、媳妇、小伙子、学生、娃娃们，从村街里跟下来。有的胳膊下挎着一篮红枣，有的拎着一篮熟鸡蛋，还有的挑着一担一担开水、绿豆汤。他们跟着走着欢送着，有的抓着大把大把的红枣、熟鸡蛋跑着，喜滋滋地给战士们手里递、兜里装，有的端着一碗一碗的开水、绿豆汤，递给战士们喝，恋恋不舍地欢送亲人八路军上前线！

一队队骑着骠马的八路军骑兵队伍，在行进队伍的右侧，策马急驰！那有节奏的跑得飞快的"咯噔——咯噔——"的马蹄声，卷起了一溜溜的青烟，像一条黄龙似的，忽高忽低，时上时下，滚动飞舞，奔腾而去！

在这急驰队伍的左侧，周恩来副主席和朱德总司令，各骑着一匹战马驰来，后边还有高级军政将领刘伯承、邓小平及徐向前等同志，跃马奔驰而来。

周副主席身着八路军军衣，骑在马上显得十分精干。在他那重重的浓眉下，闪着一双清澈透明的大眼睛，更显得威武英俊。他和朱德总司令行至宝塔山下的左前方，略勒了勒马缰绳，那两匹马熟悉地慢下步来。只见他俩闪着炯炯有神的目光，扭头仰望了望那座耸立的宝塔，又扭回头来，微露着喜欲而严肃的神情，目扫着急驰的队伍，急鞭策马，奔腾而去。

周副主席和朱德总司令骑在战马上，向东望望初升起来的红太阳，和红光辉映着璀璨绚丽的东方，脸上泛起了一层喜悦的红润。他们目逾着那多娇的山山水水和那丛山峻岭上挺拔青翠的松柏，他们骑着的马奔驰得更快了，他们的神情更加激昂了。

开赴抗日前线的八路军，眺望远处，群山环抱，蓝天辉映。原野上，到处是一片嫩绿的庄稼，正在节节成长。随着他们急驰的两眼余光，一幕一幕地掠过这祖国的大好河山，仿佛在迎送他们，去抗日，去战斗，去保卫这伟大而神圣的国土！

抗日的健儿们，争分夺秒，不分昼夜，经过几日的急行军，赶到了黄河边。他们仰首肃目，庄严激昂地望着这奔腾不息的黄河。一个个心潮起伏，思绪倾泻。

黄河啊！伟大的黄河！你不屈不挠，汹涌澎湃，几千年来，你从发源地经祖国的腹地心脏，像巨人的动脉管一样，奔腾不息，源源流淌！你是伟大中华民族的发祥地，你是取之不尽的无尽宝藏！

黄河啊！勇敢的黄河！你激流滚滚，一层巨浪卷着一层巨浪，你无情地滚滚向前，勇猛地势不可挡！你是中华民族性格的象征。

日本侵略军的炮火在呼啸，抗日战争的战火在纷飞！我们要用黄河的伟大精神，去保卫黄河！我们要用黄河的不屈性格，去保卫黄河！我们要用热爱母亲的心，去为伟大的民族、伟大的祖国，流血牺牲，誓死保卫伟大可爱的祖国——我们的母亲！

八路军战士们来到这黄河边的一刹那，黄河两岸张皇失措的老百姓，听说八路军要开赴抗日前线，去抗战，去打日本侵略军，一簇簇蜂拥而来。和当年红军渡河东征时那样，群情更加激昂。这消息，一传十，十传百，很快传到了周围的村镇。乡亲们来了，一只二只、三只五只，只只木船争先恐后地摆过来，摆到了黄河的渡口。撑船的艄公，有银丝白发的老大爷，有年轻憨厚的后生，还有年轻的媳妇们！一位银发斑白留着长长银灰色胡须的老大爷，撑着一只木船渡过来，充满了激情地招呼说："八路军同志，快上船啊！渡过河去打日本鬼子去！"

一位八路军指挥员急忙挽起袖子，跳上船去，握着他的划子说："老大爷，你这大年纪了，我来划，我有力气！"

那位老大爷撑着桨划子，伸着手臂扶着一个个八路军跳上船去，说："同志，我熟悉河道水性，我划得快，一会儿就划过去了！"说着，船已划到了河中心。在他的船后，一只二只，三只五只，相继渡河，像一支支利箭，"嗖嗖"射向对岸。周副主席和朱总司令乘着木船，也接着靠了岸。

在这激动人心的渡河场面，黄河两岸的乡亲们，有的挎着枣篮子，有的拎着鸡蛋篮筐，有的提着菜瓜篮子，有的端着一碗一碗的开水，老大娘、老大爷、闺女、媳妇、后生，端着这些东西送到八路军面前，让他们吃，让他们喝。有的止不住地流着热泪，无比激动。周副主席和朱总司令向他们说着感谢的话⋯⋯

开赴抗日前线的八路军指战员，在黄河两岸群众的协助下，再一次东渡黄河。一只只木船上，载着一队队抗日健儿，乘风破浪，紧急渡河。一只只木船过去了，一队队健儿急步下了船，马上整理队伍，人不歇脚、马不停蹄地开始了急行军。他们沿着当年红军东征的足迹，开赴山西，奔赴华北，奔向抗日最前线，紧走，紧走！急驰，急驰！

八十二

周恩来等同志乘坐一辆军用小汽车，穿进城门，驶向太原市。

当时，日本侵略军已踏进晋北，雁北有十三个县已经失守。阎锡山早已撤出太原。就在这战火纷飞的时刻，周恩来副主席率领部分高级军政干部，出其不意地进入老军阀、土皇帝阎锡山盘踞多年的老巢山西省会太原市，这是国民党阎锡山做梦也想不到的。

洛涌江和吴志华在太原东车站，下了窄轨小火车，向市内急步走去。

那时，太原市兵荒马乱，一片嘈杂。

国民党和阎锡山的军队紊乱不堪地后撤着、溃退着。撤得乱纷纷，溃不成军。骑着马匹的军官，策马急走。后边跟着的家眷，有的骑着牲口，有的坐着轿，尾随在后。还有大兵给挑着的和牲口给驮着的皮箱、行李、包裹紧跟着，匆匆赶路，走得甚快。

待撤的国民党军队，有的歪戴帽子敞着衣襟，有的倒背着枪，有的倒扛着枪。他们一群一伙地在街上乱晃。有的手拿着烙饼、果子吃，有的嘴里啃嚼着烧鸡肉，有的嘴里叼着洋烟卷。他们见了衣衫褴褛、瘦骨伶仃的老人和小孩乞讨者，瞪着两只白猫眼睛，唾骂道："佬子没有吃的给你，滚开！滚开！"那老人的手拄着讨吃棍一瘸一拐地和那黑瘦瘦的小乞丐只好无奈地离去。

有些男女老少的老百姓，肩上挑着被褥衣物、锅碗瓢勺，扶老携幼，向城外逃去。有的妇道人家怀里抱着吃奶的小娃娃，"哇呀，哇呀"地哭号着，那妇人急走着，不时地用手轻轻地"噢—噢—"拍着小娃娃，哄挞着。

有一个在肩上挑着一担笸箩，一头装着行李，一头坐着一个三四岁的小女孩，跟着一位老大爷和一位老大娘，还有位抱着小孩的妇女，忽悠着扁担出着满头大汗急步走着，累得气喘吁吁，却也不肯歇一歇。

一个头戴礼帽、身穿白挂黑裤的人，手里拿着一把扇子忽扇着。走在旁边吆喝着喊道："喂！闪开！闪开！你们瞎了眼了，看不见大东家的轿子要过去！"

走着的人急忙往路边闪了闪，一看是三顶别致的蓝轿，每顶轿有两个轿夫斜着肩膀，"咯吱，咯吱"地抬着往前走。只见那轿夫汗流满面，汗水湿透了衣衫。

那三顶蓝轿过去，又挤着乱混混逃难的人群，吵吵嚷嚷往过走。在人群中，有一个男人身上背着一个双目失明的老妈妈，"吭哧吭哧"地往前走。忽然听到后边有人尖着嗓子骂着，向他们喊："穷骨头，快给王老板躲开！快躲开！"

只见一个歪戴礼帽、身穿丝衫绸裤的狗腿子，在前边喊着开着道，后边是两辆黄包车。前头的一辆洋车，撑着车篷子。车里座躺着一个头戴酱色礼帽、耳戴褐色眼镜、身穿丝绸长袍挂的富豪男人，看样子好像是王进宝，在车里摇晃着。在他的后边一辆洋车里座躺着一位烫着长头发、柳叶眉、瓜子脸、穿着紧身浅蓝色旗袍的年轻女人，在这辆人力车后头，还跟着一辆人力车。车上拉着大红皮箱和细软包裹之类的物件。

一条条大街上，簇拥着乱嗡嗡的人群。有的挎着包袱，有的拎着篮子，携儿带女往乡下逃散着。街道旁的买卖铺子，有的业已停业关了门。有的杂货铺和小吃铺，还勉强地应付着门面，显示出恐惧和惊慌的收摊神色。

"快跑哟！大兵抢东西了！"不知谁在人群中喊着跑出来，有的人听到这刺耳的喊声，各自往自己要走的方向紧走着。也有愿看事的人拥了过去，想看个究竟。

"老总！你行行好吧！可怜我带着两个没爹的孩子，全家就这几件衣裳东西呀！"只见一个三十来岁的妇女，左手里搂着一个二三岁的小女孩，旁边有个五六岁的小男孩，惊恐地哭泣着揪着她的衣襟，她趴着伸着右手，揪着那逃兵夺去的包袱。

"什么是你的？这是佬子的包袱！你再喊叫，佬子毙了你！"那逃兵骂着，竟松开了右手，将倒背着的枪攥在手里，摆出一副动武打人的架势。

"你为什么要打人？有王法没有啦？"不知谁在围着的人群中喊叫着，为这个可怜的妇女抱不平。他这一说，有勇气讲理的人，一下子就挤到那逃兵的身边，紧紧围住了他。

有个年纪大的人劝着那逃兵说："一个没男人的妇道人家，带着两个孩子怪可怜的，把包袱还给她吧，也没啥值钱的东西！"

那逃兵瞪了瞪眼不松手，还紧紧抓着包袱。

有个四十多岁的男人央求着对逃兵说："老总，国难当头，日本兵要打进来，穷百姓就够遭殃的了！全当这点东西是你送给她了，你就抬抬手还给她吧！"

"还给她，便宜她了，不行！"逃兵说。

就在这纠缠不下的功夫，有三四个穿中山服的青年人走过来，看样子是山西军政训练班的人。他们不客气地盯着那逃兵，厉声说道："你是哪一部分的？不到前方打日本兵，在后方抢老百姓！"有一个人又说："你叫什么名字？你是哪个军队的？走！咱们找个地方去说理！"

那个逃兵一看，围着的人也没有替他说话的。又瞧瞧也没有同情他的逃兵，为他帮腔，才撒开抓着包袱的手。他伸下左手要去抓他脚底下踩着的一只银镯子时，那妇道人家伸着手摸着镯子说："老总，俺家就这一件值钱的东西呀！你可怜可怜俺们娘儿三个吧！"

那军政训练班的人一看更有气，他们气愤地斥道："这简直是强盗！找说理的地方去！"

那逃兵一看不妙，狠狠地往斜里揪了揪帽檐，骂骂咧咧地说："他妈的！算我倒霉！"他倒扛着枪，白猫了几个穿中山服的一眼，摇摇晃晃地走了。

围着的人，有的把那妇女扶起来，将包袱和银镯子递给她，说："大嫂子，这兵荒马乱的年头，这地方不能待，你赶快走吧！"那妇女抱着小女孩，挎上包袱，拉着小男孩，说："你行好！你们都是好人！"感激着离去了。

那几个军政训练班的青年人，冷着双双眼睛，盯着离去的那个逃兵，气愤地骂道："尽是些糟蹋老百姓粮食的白眼狼！拿着枪不打日本兵，还遭害老百姓，简直不像话！"

八十三

洛涌江和吴志华走进首义门，拐到柳巷、上肖巷，朝着国民师范大礼堂的方向走着。

他们在街道上走着，仍然看见来来往往向市外逃散的人群，簇拥着、急走着。太原市的街道大多是丁字街，很不畅通。逃难的人，你来我往，磕磕碰碰，吵吵嚷嚷，紊乱不堪。他俩走过一条大街，又绕过一条大巷，距离国民党师范学校门口不很远的地方时，在他俩的对面或身后左右，有穿中山服的年轻人，有穿长袍的中年、青年人，也有年纪大一些的人，有留着短发穿着制服的女青年，也有穿着老式服装梳着独根辫子的女年轻人。他们有的手挽着手儿，有的三五两个并排着，匆匆地向国民师范学校大门走去。从他们的神色面孔上看去，像是参加什么紧急的大会，恐怕耽误了时刻似的。

洛涌江和吴志华，看着两边朝国民师范学校门簇拥着的人群，人越来越多，越来越挤，他俩不由得感到诧异，不知所措。只是互相以猜测的目光，对视了片刻。也不便说什么话，便随着人流向校大门走去。

原来，我八路军从延安开赴抗日前线，再次东渡黄河进入山西后，党的卓越领导人周恩来率领八路军高级军政干部徐向前、萧克、彭雪枫等同志，出其不意地进入了太原市。当时，共产党与阎锡山虽有统战关系，但是，在太原召集群众大会，由共产党的领导人公开出面讲话，还是不大可能的。然而，为了在这山西即将失守陷落、华北危急的紧要关头，发动组织人民群众起来抗战。于是，经党组织决定，由当时党派在阎锡山那里做统战工作的薄一波同志出面，组织山西军政训练班和国民运动训练团的约四千名学员，在国民师范大礼堂开会，请周恩来同志作政治报告。

国民师范大礼堂只能容纳一千五百人，在太原来说就算不小的礼堂了。而学员有四千人，礼堂显然就容纳不下了。再加上共产党领导人要作政治报告的奇特消息一传开，听到消息的成百上千的群众也来了。当洛涌江和吴志华拥进国民师范大门的时候，只见人山人海，把学校的院子里拥挤得水泄不通。人靠着人，人挨着人，一张张激动的面孔，一双双期待的眼睛，都仰望着大礼堂。

那天上午，洛涌江和吴志华同志从人群中挤过去，找到了党的有关负责人，走进了大礼堂。大礼堂的中间走道和两侧，也都站满了人。他俩坐在了礼堂前边右侧，第三排偏中间的位置上。他俩仰望着主席台上，心情无比激动，期待着周恩来同志的到来。他俩也低声地说了几句话。扭回头看看礼堂坐着站着的人，只是喊喊喳喳地说着，一直静不下来。他俩又朝院里瞭了瞭，院里挤着的人群熙熙攘攘的喧哗声，此起彼伏，比赶大会、看大戏还要热闹。他俩暗自捏着一把汗，这样多的人，这么个秩序，心里不由得担心着能否开好这次大会，如何能听好这次难得的极重要的政治报告。

不大一会儿，周恩来同志来了，徐向前等同志也来了。只见在主席台上，周恩来同志在暴风雨般的掌声中，走上了讲台。当时，周恩来同志才三十几岁，风华正茂，威武英俊，光明磊落，仪表堂堂。他那严肃端庄而又充满了活力的身躯，轻轻地抬着左臂，在他那浓黑的剑眉下，闪动着炯炯有神的目光，很庄重地往讲台前一站，台下听报告的人不约而同地鼓着掌站了起来，响起了雷鸣般的掌声。周恩来同志以他那双富有智慧光芒的眼睛，望望大家。他的两手轻轻浮起来，往下轻轻地按了按，示意请听众坐下时，大家肃然起敬地才轻轻地坐下。就在这一瞬间，洛涌江和吴志华同志只听着背后有人低声地细语着：

"他就是周恩来同志，他是中央军委副主席，和毛泽东同志一起，领导中央红军胜利地到达了陕北！"

"他就是周恩来！他作为中共中央代表团团长，亲自到达西安，和平解决了震惊中外的西安事变，迫使蒋介石接受了共产党提出的抗日主张，促进了抗日民族统一战线的形成！"

"他叫周恩来！我见过他。他当年是黄埔军校的政治部主任，北伐时他还兼任北伐第一军的政委。他是个才华横溢、精明强干的领导者，我看国民党里找不到这样的人！……"

洛涌江和吴志华只是注视着讲台上的周恩来同志，听到身后有人议论，也不便扭回头去看，只是侧耳听了听。就这一眨眼，周恩来同志他那种特殊的魅力，一种难以形容的感染力和一种巨大的吸引力，使每一个听众无不敬佩地崇敬他，一千五六百多人的礼堂里，霎时肃静无声，异常寂静。就连院子里的人群也静悄悄的，再没有人说话了。

周恩来同志讲了建立抗日民族统一战线的重要性，讲了中国人民的抗日战争如何才能取得胜利，讲了目前战争开始阶段，在敌强我弱的情况下，失掉一城一地是不可避免的道理；又讲了我们的抗日战争能否取胜，决定我们能不能持久，能不能坚持抗战到底！只要能坚持下去，就能使敌我力量的对比发生转化，到头来，必然是敌弱我强，直到我们反攻，就能取得抗日战争的最后胜利！他的讲话，清晰婉转，字字珠玑；既有语言的生动性，又有民族风格的战斗性。他那种无比惊人的记忆力，讲得有神有色，层次分明，丁是丁，卯是卯，一环扣一环，环环扣得很紧。他的讲话，句句打动着听众的心弦！即使你倍感疲乏困倦打盹的时候，一听到这生动、活泼朗朗的讲话声，也会立时振奋起来，他足足讲了有三个钟头，大家听得入耳动心。

周恩来同志最后号召大家说：

抗战的同志们！爱国的同胞们！抗日的朋友们！

希望你们站在抗日的最前线，脱下长衫，换上短衣，走上前线，去工作，去战斗，去打击敌人！

礼堂内外又响起了暴风雨般的掌声，经久不息。

这时，只见他满意地微微笑了笑，向大家轻轻地招了招手。他最后铿锵有力地说：

"中华民族是一个伟大的民族，中国人民是一个伟大、坚强、勤劳、勇敢的人民！永远不会向敌人所屈服！"

这时，台下竟呼起震耳欲聋的口号声：

坚决抗战到底！誓死不当亡国奴！

团结一致，共同对敌，打倒日本帝国主义！

坚决把日本侵略军赶出中国去！

周恩来同志稍停了一霎，他的眉宇间微微松动了松动，他那深邃的目光，晶光闪烁。提纲挈领地最后说：

我相信，中国人民只要能够接受共产党和毛泽东同志提出的抗日立张，建立和发展抗日民族统一战线，全国上下，团结一致；反对投降，共同对敌，抗战到底，一定能够打败日本侵略者，就一定能够获得抗日战争的最后胜利！

八十四

翌日清晨，朝霞烧红了黎明。

洛涌江和吴志华同志迎着红霞，大步流星地赶到太原东火车站，即搭乘东去的窄轨小火车，急速往回赶路。

他俩跟着上火车的人，走进车厢。看见行李架上摆满了箱子、布袋、包裹之类的东西。座位上已经挤满了人，他俩就站在两排对椅子的空当间，扫视着车厢里的一切。车厢里坐着站着的男女老少，看样子是逃回阳城方向去的。一个个打问着战事，流露着惊恐不安的神色。不过，比起上次乘坐西去的火车来，显然松快多了。洛涌江同志对吴志华同志说：

"看来东边是吃紧了！咱们来的时候，车厢里连人带东西，挤了个四面不透风，都是从东往西逃。现在车里这些人，恐怕是往西没有投奔处，才又逃回来的。"

"听说话口音，好像都是阳城附近的人。看来他们还能回到乡下去。如果日寇要打到娘子关一带，恐怕连火车也走不了了。"

洛涌江眼望着飞过的原野，说："也就是！"他想了想，"很快把这些人组织起来，就好抗战了！"

"我回到王家峪，抓紧把各种组织建立起来，很快开展工作！"吴志华很有信心。

"战事很紧张，应尽量抓紧做，做得越快越好！"洛涌江点点头。

"呜——呜——"正在洛涌江和吴志华说话的工夫，不觉到了阳城车站。火车刚停下，来车站接人的人，一窝蜂似的拥到了车厢旁。有的人走着看着车厢的牌号，有的人踮起脚尖瞅着车厢里要接的人。有的人瞅见了接的人时，便从窗口处往外递行李。惊恐急迫的呼叫声，找人寻人的吆喝声，笼罩着车站。洛涌江同志和吴志华同志下了车，两人站在一旁又说了几句话，洛涌江和吴志华握了握手，自个儿赶路回神池去了。吴志华瞭着他的背影，也步出了火车站。

吴志华刚走出车站口，从车厢里下来的抗日宣传队，已经整好了队伍。男女爱国青年，手里举着各色小三角旗，呼着"打倒日本帝国主义"的口号，走上阳城大街。他疾步从这队伍的旁边走过去。围着的一群人，挡住了他的去路。他探过头近前一看，是一个学校的学生们，在演活报剧。那剧正演在了一个片段：有三个日本鬼子端着三八大盖枪，枪上插着刺刀，身着日军黄军装，野蛮地枪杀手里提着包裹、篮子的男女老少的老百姓；有几个国民党的军队，掉转枪口在老百姓的后边跑。正在这生死关头，忽然响起了"哒哒哒"的机枪声，只见一个年轻威武的八路军指挥员，右手握着二把盒子枪，带领着五六个端着大枪的八路军，向日寇冲杀过来。只见那日寇趴在地上，端枪对峙。就在这当儿，八路军指挥员猛喊一声："老乡们！快走，快撤！"那些老百姓急急忙忙才撤走。

吴志华同志急着要赶回村里去，便从围着的人群后边，侧着身子挤过去。拐了个弯，向东南没走多远，又有些人围得水泄不通。仰头一看，大家围着座古老的戏台，看文艺团体演出《林则徐禁烟》的独幕话剧。只见林则徐头戴一顶尖顶红纱帽，帽顶上插着雉鸡领，身穿黄马褂、黑长袍，脚穿长靴。在广东与邓廷桢同查禁外国输入中国的鸦片烟。他气愤地站在那里，听巡士们向他报告查烟的情形。当巡士向他报告完时，林则徐进一步问道："一共查到多少？"巡士回话道："两万多箱。"林则徐当即义愤地下令："在虎门海滩当众销毁！"

在台下的人群里，不知谁喊了一声："该烧！烧得好！快把中国人毒死了！"随着这叫好声，又响起了一阵掌声。演完这个短剧，站着的人才松动起来。吴志华同志走得也有点儿热了，他从挎包上解下条毛巾来，擦了擦汗。当他扭着身子把毛巾往挎包上系时，胳膊拐蹭了身旁一个人的后背。吴志华正要表示歉意时，一张熟悉的面孔闪现在他的眼前。那人对吴志华同志说：

"哈！是老吴同志呀！我着急地正想找你呀？可巧碰上了。听说八路军又横渡黄河开过来了，要奔赴抗日前线！我听了真高兴，抗战有希望了，中国有救了！"

"我当是谁呢？原来是霍建邦老师。你这是上哪里去呀？"

"我哪里也不去。我看到这些学生、团体宣传抗日的场面，心里太激动了！就买了些色纸，准备等你们回来咱们也要宣传抗日呀！"

吴志华同志高兴地说："那太好了！我回村里去，咱就赶快发动群众，宣传抗日，把群众组织起来抗战！"他看了看霍建邦说："我正急着回去呢！就是人挤得走不动。现在松一点儿了，咱一块儿回去吧！"

霍建邦说："好！咱们一起走吧！"

他们俩说着话儿往前走，那宣传抗日的演唱队、活报剧、讲演队，一个接一个。他俩听着、看着，跟着人群走。看看这沸腾的抗日气氛，听听这激动人心的抗日呼声，像大河奔流一样，一浪高过一浪，浪浪推向新的高潮。霍建邦非常激愤地对吴志华同志说：

"只要响应共产党发动抗日民族统一战线的号召，把全中国四亿五千万人民都发动起来，日本侵略军再凶也不怕了。"他又看看吴志华同志说，"老吴同志，你说对吗？"

"对！很对！"吴志华同志看看他，和他往前走着说，"前几天，国民党军队往后一跑，阳城惊恐万状，凄凉冷落。现在把群众一发动起来，马上就热火朝天了。看起来，只要把工农兵学商各阶层、各团体，不分男女老少，都组织起来，和八路军一起抗战，力量就强大了，一定能把日本帝国主义打败！"

他俩说着话又往前走，有一长大队中学生在街上游行。前头是穿白衬衣、蓝裤子的鼓号队，一个乐队的指挥手持指挥旗，忽上忽下地指挥着。打大鼓的"咚，咚"地擂着大鼓，吹小号的"嘀嘀嗒嗒"地吹着小号，拍小镲子的"唰啦啦，唰啦啦"地拍着小镲儿，打小鼓的"噔棱棱，噔棱棱"地打着小鼓，朝气活泼地行进着。后边游行的学生，在旁边一个领队学生的带领下，时而呼着抗日的口号，时而唱着抗日救亡之歌。他俩看在眼里，喜在眉梢，这队学生过后，又过来一队和这学生年岁差不多的童子军。他们一个个头戴白圆形帽，身上穿着一身土黄色的短衣，手里持着童子军的短木棒。他们一个个精神抖擞，机动敏捷，像将奔赴抗日前线似的，喊着"一、二、三、四"的口令，走着整齐的步伐，一会儿呼口号，一会儿唱抗日歌曲，一会儿捧上肩，像是一支整装待发的少年军。霍建邦看到这里，急不可待地说："老吴同志，咱们村怎么搞呀？要是能和这场面一样，把村里的人都发动起来，就好了！"

"咱们村也准备了，群众组织很快就建立起来，就是那小学校还是晋如康死把着，插不进去。你又被他们挤出来，回不去。我和振山他们研究了，准备请你担任政治夜校副校长兼教师，不知你同意不？"

霍建邦喜出望外地说："我？"他从来没有听说过政治夜校，不光请他当老师，还请他担任副校长，他高兴又自歉，"老吴同志，这么重的担子，我能挑得起吗，你看我能行吗？"

吴志华同志闪着信任的目光，看着他说："咱办这政治夜校，担子是不轻的。可不是单调儿学文化，主要是把那些穷苦孩子们组织起来，宣传抗日学政治，也识字学文化。情况允许的话，那些年轻的后生、闺女、媳妇们，愿意参加的也可以参加。就是那些老年人愿听的也可以来。"

"小学校的学生来不来，停课好几个月，也不上课了？"

"愿意来的都欢迎！学生越多越好。咱们办起来就要占领学校这个阵地！"

两个人说着话儿，走得挺快还不觉累，急促促地赶回王家峪。

大家团结一条心，

起来同打鬼子兵。

头可断，

血可流。

誓死不当亡国奴！

——党的号召

八十五

黄昏时分，吴志华和霍建邦赶到了王家峪村西口。霍建邦又和他说起办政治夜校的事，说："老吴同志，咱组织政治夜校，是等开了大会动员再组织？还是先摸摸底儿，心里有个数！"

"形势这样紧，你就抓紧办！回到村里，你就先下'毛毛雨'，把办政治夜校的'风'吹出去。知道的人越多越好，有哪些人要求参加？有哪些人表示关心，还有什么人泼冷水，不就大体上心里有数了！"

"对！对！这样做，我的心里就有个小九九了。"

"眼下抗战甚急，你要大胆工作。只要把发动群众、组织群众起来抗战的这个中心放在心上，什么事情都能办好！"

霍建邦听着吴志华同志对他如此信任，心里很高兴。他用手挪了挪肩挎着的背兜儿，看着吴志华同志说："老吴同志，我回村就抓紧办，弄出个头绪来，就向你汇报！"

"有啥事你给振山说说，和他碰碰。他还能给你出个点子！"霍建邦听了，"嗳"了一声就走了。

吴志华同志从岔道口正要往家走，忽听有个熟悉的声音，向他喊来："老吴同志，略等等，有人来了，要找你！"

"谁呀？"吴志华同志扭回头一看，舟大叔肩上背着褡裢，手里提着个帆布箱，和一个女青年走来了。她头后扎着根粗粗的大头辫子，辫梢上还结着红艳艳的红头绳儿。她身上穿着蓝衫，下身穿着条黑裤，脚上穿着双时兴的布鞋，微露着喜悦的笑容，很是喜人。舟大叔陪着她走到吴志华同志跟前，兴冲冲地向他介绍说："老吴同志，她是镇街上黄大娘的侄女黄莲芬，她刚从太原军政训练班赶回来，在阳城车站下了火车，走在大街上碰见就一块儿回来了。她顾不得回家，就来找你了。"

黄莲芬身上挎着个布兜儿，右手拎着个包袱。她把包袱倒在左手，急忙从衣兜里掏出一封信来，喜滋滋地递给吴志华说："老吴同志，这是我的介绍信。现在太原正在疏散，我是回来参加抗日工作的！"

吴志华同志忙接过信来，望着这位年轻姑娘，热情地和她握着手说："太好了！太好了！黄莲芬同志，欢迎你参加抗日工作。现在咱们村正在发动抗战，很需要骨干，你就来了。"他拿出信来看了看，说，"黄莲芬同志，你来的太好了！你先和舟大叔把行李放到家，歇一歇。随后，我们就找你！"

"嗳！那我俩先把行李放到我姑姑家，我走了。"

吴志华同志径直从干河滩走过去，从李石柱家土垅的背后，爬上那沿垅边的蜈蚣小径走下来，回到李石柱家窑洞里。

王丽云和柳来迅正在碰情况，他俩一见吴志华同志回来了，欢喜得不得了。王丽云攥着他的左臂，柳来迅攥着右臂，高兴地蹦跳着说：

"老吴同志你可回来了！快说说，有什么重要精神哟？"

"太原的情况怎么样？咱们怎么搞呀？"

"我马上就说，正好你俩都在这里，咱们边说边研究一下！"

王丽云和柳来迅这才松开手。王丽云从吴志华的肩下取下挎包来，放在了地上放着的那张黑旧的小桌子上，吴志华靠桌坐在了草墩子上。柳来迅给吴志华倒了一缸子白开水，放在了他跟前。他和王丽云也都坐在小板凳上。

吴志华微微喘了喘气，"咕咚咕咚"喝了几口水，无比激动地说：

"这次在国民师范大礼堂开的大会太成功了，把五千多名学员和各界群众都发动起来了，把整个太原市都轰动起来了！周副主席在大礼堂作了三个多小时的政治动员报告，礼堂里、院子里都挤满了人，一听周副主席作报告，没有一个人说话，听完了报告就到大街上游行去了，把个惊恐万状的太原市，霎时就变得热气腾腾的了。"接着，他从衣兜里掏出笔记本子来翻着，把周副主席重要的"政治报告"和北方局的重要指示，一一向他俩作了传达。同时，把在阳城看到各界群众宣传抗日的热烈场面，也都向她俩说了说。片刻，他把刚才黄莲芬给他的介绍信，给他俩看了看。

王丽云和柳来迅听得说，心潮奔放，笑逐颜开，他俩欢喜地抢着说：

"太好了！太好了！这一下子就把山西的抗日局面打开了！"

"八路军开赴抗日前线，周副主席一动员，就能把抗日的高潮推向华北，推向全国各地去！"

吴志华听他俩说了些激动人心的话，说："听黄莲芬同志回来说现在太原正在疏散，看来局势更紧迫了。为了认真贯彻周副主席的报告精神和北方局的重要指示，咱们先把赶紧做的几件事碰一碰，然后分头赶快去做，你俩看怎么样？"

"老吴同志，你先把你的想法说一说，咱们碰起来，不是就更快一些哟！"王丽云急切说。

"是哟！老吴同志，你先说说，我俩好补充讨论哟！"柳来迅学着王丽云的音调说。

吴志华忽闪着浓眉想了想，他十分简要而明确地说："我想咱们必须抓紧办好这几件事：今明两天，在王家峪、后山凹和卧虎山马上把党支部建立起来。人无头不能走，鸟无头不能飞。只要把党的组织建立起来，才能把群众组织起来，加强对群众组织的领导，也才能够推动和发展抗日民族统一战线！这是第一件，需要咱们认真做好的。第二件，把抗联的各种群众组织也建立起来，主要是把农救会、青救会、妇救会和少年先锋队，还有政治夜校，都组织起来。把每一个群众都组织在党的周围，就能有组织有领导地开展抗日救亡运动。第三件，党支部把干部、骨干配备好，最迟不能超过后天，以三个大村的党支部为中心，召开群众大会，把党中央、毛主席关于建立抗日民族统一战线的决策和周副主席的政治报告广泛宣传，把任务、方针、政策交给群众，把群众真正发动起来、组织起来，抗战的任务再艰难，工作再复杂，也就好办多了。我的初步意见和想法就是这些，你俩多动动脑子，看怎样把工作做得更好，咱认真讨论讨论。"他看了看他俩说："这该你俩说了吧！"

王丽云急不可待地说："该说就得说哟！老吴同志说的这三件事，很紧急，很重要！咱们已经做了准备，又发展了党的组织，我同意老吴同志的意见。抓紧时间办。三个党支部的人员组成按原计划不变。不过又新来了一个党员，就加强在王家峪党支部。她是本地人，对开展工作有利。"

柳来迅很敏捷地说："我同意老吴同志的意见，先集中办好这三件重要的事！也同意丽云同志的补充意见，黄莲芬就留在王家峪党支部。不过她的工作，最好让她配合丽云同志抓好青救会、妇救会、少先队和政治夜校的工作，这工作既重要，工作量也大，这样抓起来有利。"

王丽云拿着钢笔在右耳上蹭了蹭头发说："王进财是统战对象，还是斗争对象，眼下还看不透，他弟弟王进宝又回来了一趟，让李石柱和铁牛爷儿俩留意观察了，回头让他俩向你详细说一说。"

柳来迅听见院里警卫员小王和人说话，出去瞧了瞧。见是李铁牛跑来找吴志华同志，让他在院里稍等等，又回到了窑里。

"来迅，院里谁来了？"

"小铁牛找你，看样子兴许有急事，我让他略等等。"

吴志华同志站起来说："我同意你俩的意见，咱就这么办！"他看着柳来迅说："来迅，你马上就去卧虎山。让小王和你一块去。一定把转移疏散的路线、地点看好，一旦鬼子兵打来，不要让乡亲们受损失。"他又看看王丽云说："丽云，你马上把咱研究定的事，写个信，派小张马上送到后山凹，送去就回来，你和黄莲芬谈谈情况，研究一下工作。我看看小铁牛有甚事，就去找李振山去，夜里就在他家开支委会。

柳来迅叫着小王走了。王丽云理了她的事也走了。吴志华把小铁牛叫到窑里来谈情况，吴志华同志听着，分析着……

八十六

王进宝是在前天回来的。那天早晨，吴志华同志走后，王丽云和柳来迅分头到后山凹和卧虎山村工作去了。李振山在村里忙着筹建群众组织的工作，也很忙。

李铁牛赶着羊群，于铁锁背着一大捆柴火，从王家峪通往阳城的马路旁走来。舟铁蛋背着一大捆柴草也来了。他气喘吁吁地对铁锁和铁牛说："铁锁哥、铁牛，从马路西头跑来一辆三套大马车，一匹大骡驾辕，两匹大骡拉套，车上还有车罩罩，车下是四个大胶皮轱辘儿，跑得可快啦！"

于铁锁和李铁牛扭回头去，往西瞭了瞭，那大马车就到跟前了。李铁牛机灵着两只眼说："说不定是王进宝回来了呢？他以前回来就坐过这种大马车！"铁锁说："咱到高粱地田埂上歇一会，瞭瞭看他在小槐树跟前歇不歇？"说着，铁牛赶着羊群，铁锁和铁蛋背着柴火，就进了路边的高粱地。

不一会，那辆胶皮轱辘大马车嗖辘辘一下，就跑到小槐树跟前了。只见车把式猛勒马缰绳，刹住车，嘴里吆喝着："吁——得得得"，那三匹牲口就打蹄停下来。那车把式攥着缰绳稳着，从车棚子后头，跳下来个年轻后生。接着又跳下一个头戴白凉帽、脸戴褐色眼镜、身穿黑丝绸长衫、手里拿着一把扇子商人打扮的人，接着又跳下三个壮年人。看起来不像庄稼人，可挺有劲儿。

那个商人打扮的人，走到小槐树底下，掏出一块雪白手绢来，摘下眼镜擦了擦脸上的汗，马上又戴上了眼镜。从裤兜里掏出一个明晃晃的洋烟盒，"咔嚓"一声打开烟盒，抽出五支香烟来，给了下车的人一人一支，自己的嘴里叼了一支。有一人急忙给他划着洋火，给他点着了纸烟。

李铁牛、于铁锁、舟铁蛋透过高粱秆的隙缝，一瞅就认出是王进宝来。只见他右手忽扇着扇子，左手掐着烟，在路边溜达着，嘴里吐出袅袅青烟说："今年这庄稼长得真不错，看这成色，就是再不下雨，也能靠出粮食来！只要不被日本人遭害了，秋下又是个好收成。"

一个壮年人吸着烟奉承着说："二东家，这样好的庄稼，都是谁家的地呢？我想是东家的吧！"

王进宝得意地说："这方园七村一镇的好地，差不多都是我王家的！这些好田地，从我爷爷手到我父亲手，从我父亲手到我大哥手，可不是费了一点心血啊！"

另一个壮年人挤眉弄眼地说："这都是王家祖上的德性，门庭的风水好呀！就凭这些好庄稼，就能享福气受富贵呀！"

王进宝叹息着说："不过眼前战局吃紧，眼看着日本军就要打过来，共产党、八路军开到山西硬要打日本兵，这兵荒马乱一折腾，庄稼上长的粮食，是谁的还不一定呢？"

那个壮年人又说："庄稼熟了就收。听说日本人打进北京城，对有钱的大户人家还保护呢？也是向着有钱的高门大户呀！"

"好！咱们进村吧！"王进宝手托着那个壮年人的肩膀上了车，那几个人也跟着上去，赶车的"咯勾"甩了一下鞭子，那大马车进入岔道口。向王家峪村奔去。

于铁锁他们三个小孩子见大马车走后，一个个流露出惊恐不安的神色。铁锁说："看着车上沉甸甸的，不知道是拉的啥东西？"铁牛说："我把羊群赶回圈，赶快去看看！"铁蛋说："我也和你们一块去瞭瞭。"说罢，各自回去了。

李铁牛把羊群赶进圈，把羊交给了金牛大爷出来，急促促地向王进财家大门口跑去。见那辆大马车停在了王进财家大门口。那三匹牲口低头在筐箩里吃着草料，王家的红漆大门紧闭着。李石柱站在大门口迟疑着。铁牛见此情景忙问李石柱说：

"爹，王进宝回来了，你咋个儿出来了？"

"他们回来有事情，嫌咱碍事不方便，让咱爷儿俩回家歇一歇。"

小铁牛不解地问："那咱还回去不回去了？"

李石柱没奈何地说："大门都关上了，回不去了。"

李铁牛心事重重，还是不肯离去。李石柱抚摩着他那长长的头发，说："牛儿，走！咱回家再说！"他不高兴地跟着爹爹回了家。

他俩进院里看了看，老吴他们都不在家。便在院里站了一会儿。李铁牛问李石柱说："爹，那王进宝回来，大马车上拉的是些啥东西？怎么那格儿快就抬进去了，你瞧见了没有？"

"我在磨坊里瞅见了，一个大箱子，两根短杠四人抬，一共抬进去四个。看那箱子很重，压得那四个壮年人'呼哧呼哧'直喘气。抬完了大箱子，又抬进去一个大红皮箱，也是很沉的。王进宝和一个人抬着的行李皮箱，也是'咯吱咯吱'的挺重。"他想了想，"看起来人家早谋划好了，车到了门口就卸车，不一会儿就把箱子抬进去了。牛儿，你在院里给吴大叔瞭着门，我到你振山叔家去一趟，一会就来！"

李石柱走后，于铁锁和舟铁蛋就跑来了。三个小孩商量了一下，铁锁和铁牛到王进财家土垅上去瞭看，铁蛋在大门口瞭看着大车和牲口的动向。

铁锁、铁牛和铁蛋一直瞭到天黑了，除了厨房里炒菜做饭声外，听不见也看不见有什么别的动静，就又回到李石柱家院里，不知该咋好？

李石柱给李振山说了以后，李振山让他们尽量观察动静，最好弄清是什么东西。李石柱回到自家院里，看三个小孩挺着急，劲头挺大。就对他们说："你们要去瞭看也行，可只有你们瞧见他们，不许让他们瞅见你们！"他们三个小孩都说："行！"

夜，阴云密布，不见星光。铁蛋还是留在大门口去观察。铁锁和铁牛蹲钻在王进财家靠西头的土垅上，密密的草蓬遮着身影，很是隐蔽。他俩拔开草蓬的小孔孔，目不转睛地瞅着院里。

夜半时分，铁锁和铁牛看见刁萎新领着四个壮年人睡觉去了，一时觉得很奇怪。他俩侧着耳朵听了听，只见王进宝和王进财说话，但听不清说什么。王进财走进江瑞兰住的东套间窑，不一会儿灯灭了。过了一会儿，西套间窑里的灯亮了，忽忽闪闪。只瞅见王进宝和古淑芳说话。说什么也听不清，不一会儿，亮灯也灭了。

铁锁和铁牛不由得一阵扫兴。他两人爬起来，走到了土垅上。李石柱走到他俩跟前低声说："你俩瞭的时候不短了，你俩和小铁蛋回家睡觉去，我瞭看着就行了。说不定他们在黑夜才倒腾箱子呢？"于铁锁说："我俩不瞌睡，我俩还接着瞭看吧。"小铁牛说："爹，你回家歇着去吧！我俩眼睛好，就是瞭到天亮，也要看他们咋倒腾呢！"李石柱叮咛着说："那也好！可不能出事。"他俩点了点头，又回到了原来的草蓬蓬里。

李石柱没有下土垅，走到垅头的垅边沿，也爬在了草蓬底下瞭看着。"嘎嘎嘎"鸡叫两遍了。他瞅见古淑芳的套间窑里亮了灯。隐隐约约听见古淑芳说："宝哥哥，你再躺一会儿吧！嗯——"王进宝说："淑芳，天不早了，你好好睡吧！我得赶快安排他们藏箱子。"说罢，古淑芳窑里的灯就灭了。只见王进宝打着手电筒从窑里走出来，从东厢房把四个跟车人叫出来。借着手电筒的光亮，看见那四个人抬着大筐篮，有的扛着铁锹、镐头，还拿着瓦刀、抹子，到正窑里去了。

于铁锁和李铁牛也隐约听到和看到了这些情况，劲头更大了。李铁牛撇着两只脚脖子，紧勾在两根树根上，机灵着两只眼睛细耳听着。于铁锁也往前爬了爬，紧瞅着院里的一切。

不一会儿，他们都看见那跟车人，从正窑里抬出一大筐篮、一大筐篮土来，一直抬到了末半夜。天快五更了，那几个跟车人才抬把着那些家具，从正窑里走出来，把家具送进了东厢房。王进宝让刁娄新和车把式，还有跟车人去套马车。他送一个跟车人从院里出来说："小四，今黑夜的事，和谁都不能说。你回卧虎山住两天，就回队上去。以后有你的好处，日本人打进来也好办。"那小四说："二东家，你放心吧！我不说，我走了。"

王进宝见小四走去。门口又套起了马车，就回到正窑里，悄声叫起王进财来说："大哥，趁天还未亮，我得赶紧走了。也不要惊动她们了。"随走下窑门前的砖台阶。王进财还要往出送他。王进宝推着他说："大哥，你回窑睡大觉吧！这就没事了。我坐着大车好走。让刁管账关上大门就行了。"王进宝走出大门，上了马车。车把式赶起牲口来，朝原路而去。

八十七

吴志华同志听李铁牛说完王进宝回来的这些情况，已经到后半夜了。他边听边分析，边判断："一、王进宝选择我们都不在村里的时候突然回村，说明他对我们的行动很清楚，村里一定有他的耳目；二、运回来的箱子很重，不是布匹、绸缎之类的东西。而这箱子里的重东西，可能有两种：皮箱子里可能是金银财宝之类的东西，大木箱子里很可能是武器；三、这些箱子藏得比较隐蔽，让跟车人来给藏的，王进财家里人也不一定都知道，箱子可能藏在了暗窖里或地窖里。"他盘算到这里，觉得天气也不早了，就让小铁牛把李振山、李石柱、于贵柱找来。这时，王丽云和黄莲芬也来了，小铁牛走后，吴志华亲自主持召开了第二次支委会。吴志华同志根据王家峪村增添了党员的情况，经上级党委同意，他不再兼任王家峪村党支部书记。由王丽云、李振山、黄莲芬、李石柱、于贵柱五同志组成党支部。经吴志华同志提议，由李振山同志担任党支部书记。而李振山同志一再要求王丽云同志担任，经吴志华说明意图后，他也就同意了。接着，李振山组织召开了支委会，分了工：李振山、王丽云、李石柱负责组织、保卫；黄莲芬负责青年、妇女；于贵柱负责农会、宣传。分工后，又把当前党的宣传教育、建立群众组织、召开群众大会几件主要工作，经过讨论，作了决定。随后，吴志华同志让李石柱把王进宝突然回家的情况说了说，让大家作为一个问题，深入调查了解。关于建立武委会和民兵组织的工作，由李石柱和于贵柱进一步做准备。

　　太阳一出满天红。红彤彤的一轮红日，把东山头照得红似火，把东半天映得红似海。在这旭日初升时，王进财家院二门槛上坐着的李铁牛，忽听得流杯池庙上大钟楼的古刹钟声，"当啷——当啷——"地响了起来。李铁牛有生以来从没听到过这响彻四方的钟声。一听就猜到是惊动全村的大事。他揉巴了揉巴模糊的眼，轻手轻脚地到西厢房门口瞅了瞅，吴大叔和小王正"哧呼哧呼"地睡着。他机灵着两只眼想了想，轻轻拔开了大门，跑到舟铁蛋家，把铁蛋叫出来，说："铁蛋，吴大叔和小王在西房里睡呢，总是一夜没眨眼了，让他俩眯一会儿吧！你在这儿放着点哨，我去流杯池瞭陈就来！"铁蛋说："行！你去吧。"他站在二门旁，瞭着西厢房。

　　李铁牛像一匹没带龙头的小马驹，一硌跳、一硌蹦地蹿上了流杯池的古刹钟楼上。一看，是舟大叔拉着那粗长长的打钟绳，使劲地拉着绳敲着钟。李铁牛见舟大叔的脸憋得绯红，也两手攥住那粗绳，用力地和他拉着粗绳打起钟来，说："舟大叔，你大早起来打钟干什么呀？"舟大叔说："召集全村人，在戏台底下开大会！"小铁牛不高兴地说："这打钟召人开大会的事儿，让我们小孩子干就得了。咋个儿不叫我们来打钟？"舟大叔说："我知道你们这几夜放哨没甚睡觉，让你们多眯一会儿。"

　　"那往后再有事，得叫我们打钟了！"

　　"往后再打钟，一准叫你们！"

　　李铁牛和舟大叔拉绳打了一阵钟，便顺着流杯池的石台阶走下来。远远望那练将坡、滩江沟、村镇上、东井台、西井台、杨家沟村的男男女女，老老少少，都向流杯池走来。他和舟大叔说了一声，便大步流星地跑回王进财的二门前。他递耳对铁蛋说了几句话，铁蛋笑眯眯地就走了。李铁牛多少有点发急，王进财能不能让他去开大会，还得两说着。他去看了看西厢房，吴大叔和小王还睡着。又到磨坊里瞅了瞅，爹爹李石柱还是眯着。他一时猜不着是什么情由。

　　过了一会儿，刁萎新半穿着衣裳走出来，把李铁牛从磨坊叫出来，问他说："李铁牛，这多少年来流杯池就没敲过钟了，今天一大早，打这钟干什么？"李铁牛装着困倦睁不开眼的样儿，攥着拳头伸了伸胳膊，揉了揉眼说："刁管账，哪格儿又敲钟了？咋格儿我也没听见呢？"刁管账和着衣扣往二门里走着说："一天光知道糊吃梦睡的，你什么也不知道！你给吴先生好好听着门，有人来你就给开门去！"李铁牛装着不高兴的样儿说："听就听着。"

刁管账刚走进二门，突然被舟大叔和来的几个人喊住了，说："刁管账，王乡长起来了吗？今儿个前晌在流杯池召开群众大会，动员抗日，让你们都去参加！"刁管账说："这事我主不了，我得回禀大东家！"舟大叔急迫地说："那你赶快去告诉他！"刁管账往后院走着，舟大叔他们也跟了进去。刁管账走进正窑里，王进财睡在古淑芳的套间窑里，还没起。随把刁管账唤了进去，说了几句别人听不见的话，又走出来。这时，听得古淑芳"嗯嗯呀呀"酸里叭叽喊着说："进财——你病倒了呀，可怎么办呀？我浑身难受的肚子痛呀？我的妈呀，这可叫我怎么活呀——"

"舟大叔，你听见了吧！大东家病倒了，三姨太肚子痛，大太太又病倒炕上，呈海又脑袋痛，我又离不开。这，这，这去不了呀？"刁管账撇着两手，装出副为难的样子。

舟大叔不客气地说："抗日是全村各户所有人的事，他又是大乡长。就该去！你们有病的去不了，没病的也得去！最少也得派代表参加。"说罢，生着气走了。

刁管账在院子里，八叉着两腿有点儿发呆，迟疑着。

吴志华和小王衣帽整齐地从西厢房里出来，看了一眼刁菱新，又摸了摸小铁牛的头。虽没说话，但能看出他是理直气壮地走出去了。

就在这时，于铁锁和舟铁蛋，还有几个同年岁的小孩子，跑进院里来喊着说："铁牛，流杯池要开群众大会，走！咱们一块参加去！"李铁牛喃喃地说："我是人家的小长工，还得问刁管账，让不让去呢？！"刁菱新看着于铁锁、舟铁蛋他们，结结巴巴地说："这——这——那就让他也去吧。"他说着，想了想，"让他顶个代表去吧！不过，要告诉他爹，让他爹在磨坊里听着嗬！"

于铁锁、李铁牛、舟铁蛋和几个要好的小孩子，手里攥着彩色小三角旗，奔出大门，路过东井台，向流杯池跑去。

铁牛说："王进财一家要死狗，一会儿他就病倒了，一会儿古淑芳肚子痛。我看他们是，裤兜里掖蒜头纯粹是装蛋！"

铁锁说："我看他们是装蒜！他压根儿就不想抗战打日本！"

铁蛋冷然也冒出一句来，说："说不定他还反对咱抗战打日本鬼子呢？"

条条小道通大路，去参加大会的人熙熙攘攘，簇簇拥拥，从南川沟、练将坡，从流杯池东西两侧的山坡上，从流杯池后的圪梁上，从沟沟坎坎、坷坷川川四面八方，向流杯池的大戏台底下汇集拢来。铁锁、铁牛他们几个小孩子，站在古式大戏台对面嘉山庙前的空地上，望望主席台。台前吊挂着用黄纸写着黑字的"王家峪村抗日群众动员大会"的巨幅标语。台前摆着一张桌子，旁边有两条凳子。会场布置得严肃而大方，整洁而壮观。吴志华、王丽云、李振山、舟大叔、于贵柱、黄莲芬等同志，坐在了两旁长凳子上。

铁锁和铁牛从嘉山庙空地上走下来，从人群中挤过去，坐在了戏台东侧一根柱子旁，看见戏台底下站满了人。在大墙靠后的地方，有的人怕看不见，还踩在了凳子上。在嘉山庙的台阶上、墙沿沿、两侧的坡道上，只要是能看到戏台的地方，都挤满了人。有些人和小学生们，举着各色小旗旗，在人群中忽闪忽闪，耀眼夺目。在群众的中间站着一队八路军。真是人山人海，从来没有看见过有这么多人的会场。

大会由王丽云同志主持，她简要地讲了几句话后，就请吴志华同志讲话，吴志华同志在一片掌声中，走向讲桌。他放开那亮堂堂的嗓门，说：

"乡亲们！父老兄弟姐妹们！现在战局很严重，'七七'卢沟桥事变后，日本侵略军已侵占了咱们山西雁北十三个县，眼看着就要打到阳城来！在这抗战已到生死关头的时刻，这是每一个乡亲们，每一个中国人，不得不想的大事呀！那日本侵略军所到之处，烧、杀、抢、掠，无所不为！咱们等着被他们宰杀吗？不！决不！咱们要等着被他们糟蹋吗？不！决不！"

这时，台下的人七嘴八舌地喊着：

"我们决不当亡国奴！"

"我们不能等着挨刀宰！"

吴志华同志继续气愤地说："国民党、阎锡山的军队跑的跑了，滚的滚了。只有共产党、毛主席领导的八路军开到了抗日前线，打日本鬼子来了！"台下响起了热烈的掌声和口号声。他接着说："咱们要不当亡国奴，只有一条路，那就是坚决响应共产党、毛主席的号召，有钱的出钱，有粮的出粮，有人的出人，有枪的出枪，跟着共产党、八路军，团结起来打日本鬼子！只要他接受共产党的主张，一心抗日，我们就和他团结起来，共同打日寇！因为日本帝国主义要灭亡我们的国家，我们决不能亡了国！"

吴志华同志用通俗易懂的老百姓话，深入浅出地讲了建立抗日民族统一战线的重要性，讲了抗战的方针、政策，怎样才能把日本帝国主义打败的办法和前途。他在前些年从河南逃出来，逃荒要饭在晋东南流落了好几个县，讲起话来有近似晋东南口音。讲得既生动又具体，句句打动着乡亲们的心弦！他最后说：

"咱们中国人的骨头是硬的！中国人不是好欺侮的！咱们决不当亡国奴！咱们的国家不会亡！只要咱们上至大爷大娘，下至孩子娃娃，都组织起来，把农民抗日救国会、青年抗日救国会、妇女抗日救国会、少年抗日先锋队，都组织起来，一心打日寇，咱们就有活路，咱们就有出路，咱们就能战胜日本帝国主义！俗话说：'人心齐，泰山移。'大家团结一条心，起来同打鬼子兵！咱们在太行山脚下，到处是山，到处是沟，大有迂回之地，是打仗打游击的好地方。咱们有共产党、八路军，咱们把人民群众组织起来，跟着八路军一块跟日本鬼子干，不怕艰苦，不怕流血牺牲，就一定能够把日本帝国主义打败！"

"打倒日本帝国主义！"

"我们决不当亡国奴！"

"只有共产党，才能救中国！"

吴志华刚刚讲完，台下的人就喊了起来。

吴志华同志讲完了话，王丽云以她那伶俐的湖北腔，说："老吴同志的讲话，讲得很清楚，很重要！讲完了话，咱们现在就把大家组织起来！"台下的人熙熙攘攘，一阵喧哗声："我参加啥组织呀？俺这老婆婆已经五十多岁了？""俺怀里抱着个小娃娃，俺算妇女？算青年？"……王丽云同志说："大家静一静，听我说。壮年以上的男同志参加农救会，散会以后留在这里；结了婚有娃娃的妇女，参加妇救会，散会以后到小岭坡；十八岁以上的青年男女，参加青救会，散会以后到小学校；剩下的就是小学生、小孩子，参加抗日少先队，散会以后到小学校操场上。"她看看大家都静下来注意听，说完以后领着群众呼了几句口号：

"坚决打倒日本帝国主义！"

"头可断，血可流，誓死不当亡国奴！"

"团结起来，共同对敌；将抗日战争进行到底！"

"只有共产党，才能救中国！"

这时，台上台下一片口号声。这呼喊声，震得嘉山庙顶摇脖颈，震得大地微微动！这雄壮洪亮的口号声，此起彼伏在山谷中激荡。

八十八

群众大会散了。各人按王丽云同志的宣布，奔向指定的地点。农民抗日救国会、青年抗日救国会、妇女抗日救国会、少年抗日先锋队，既是抗日，又能救国。每一个人都能参加到一个组织里去，都非常高兴。

霍建邦领着一些小学生，排着队挥动着各色小旗旗，唱着《义勇军进行曲》，走下石台阶。由于他们排着队，唱着歌子，行人给他们主动地让着路。

李振山、于贵柱和舟大叔，按照王丽云同志的要求，他们都是应该参加农救会的人。他们就在戏台底下，招呼着来参加农救会的人。

那队八路军，在连指挥员的带领下，雄赳赳、气昂昂地扛着枪，唱着《救亡进行曲》，走下嘉山庙的石台阶，步入南川沟的道上。迈着整齐而急促促地步伐走着，不时地喊着口令："一、二、三、四，一、二、三、四！"来来往往的乡亲们，都睁着希望的目光，露着喜悦的笑脸，扭着头亲切地看看他们，就高兴地找自己应该参加的群众组织去了。

霍建邦带着的那些小学生，走出流杯池时，人多挤得队形有点散，他停下来又整了整队。他带领着学生队有间距地跟在了八路军的队伍后，喊着："一、二、三、四！"唱着抗日救亡之歌，也很整齐地急促促地走去。

于铁锁、李铁牛和舟铁蛋三个孩子，他们一听到王丽云宣布，只要在年岁都可以参加少年抗日救国先锋队，也能抗日，也要救国！高兴得小心窝里乐开了花，喜欢得小嘴儿也合不上。他们一些小孩子，虽然对这抗日的少年先锋组织，还不太了解。但是，一想到他们这些被地主老财看不起，又上不起学的穷孩子，也能抗日，也能救中国，心里异常激动，觉得很兴奋又很硬气。他们三个人趾高气扬地挤到李振山、于贵柱他们跟前，于铁锁踮起脚尖来，朝着于贵柱喊着说："爹，俺们要参加抗日少先队去了啊！"于贵柱忙答了一句，说："去吧！就到小学校的操场上。"

有好些人围着李振山，向他问这问那？他顾不得和铁锁他们说更多的话，瞭了瞭铁锁说："你们去吧，去了帮霍老师招呼招呼小孩子们！"

于铁锁、李铁牛和舟铁蛋能起脚尖儿来，望着李振山异口同声地说："振山大叔，我们就去了啊！"于铁锁走在前，李铁牛和舟铁蛋相跟在后，他们从戏台底下走下来，在人群中鱼贯而行。他们三个人身子灵活，手脚灵便，像一条鱼似的，见空就钻，有缝就过。"嗖嗖嗖"不一会儿，就跑下了嘉山庙的最后一道石牌楼。

牌楼旁，就是王家峪的天然奇景流杯池。那石龙嘴涓涓地流着银白色的泉水，哗哗作响，从石头上溅起一串一串的水珠儿，犹如银珠儿乱飞。舟铁蛋扭过脸看了看，见有些小孩子，嘴对着冒出来的龙泉水唱，洗手脸。就对铁锁、铁牛说："铁锁哥，铁牛，咱们要参加少年先锋队了，脸黑乎乎的还不抹一把？"铁牛说："铁锁哥，咱抹一把吧！把手、脸洗干净了，好参加少年抗日先锋队！"铁锁走着说："那咱们快一点儿，洗巴洗巴就走！"

他们三个小孩子跑到龙泉头跟前，嘴对着龙泉碧液，缓缓地喝了几口水。又撩起龙泉水来，洗了洗手，抹了几把脸，用衣襟擦着就跑走了。李铁牛跑到南川河的道上，看见前边走着的小学生们，又神气又带劲儿地跟在八路军后头走着，还唱着抗日救亡歌，便对铁锁和铁蛋说："铁锁哥，铁蛋，咱们和小孩子们也快跟上，咱们也要学会唱抗日救亡歌呀！"铁锁说："咱们要学会！"铁蛋说："咱们快跟上！"

李铁牛、于铁锁他们三个小孩子跟在小学生的队尾时，还有些小孩子也跟在了他们的后头，都自动地横竖排成行，合着小学生的步伐，走着有力的步子。

霍建邦看见他们跟在队后头，走得挺用力又带劲，高兴地笑了笑。他从排头到排尾照料着，吹着哨子"一、二、一"，走到东井台领头唱起了《义勇军进行曲》，把队整齐地带到了操场上。

操场上，除带来的学生和小孩们的队伍外，又零零散散地来了些小学生和小孩子，也都来要求参加抗日救国少先队。霍建邦把建立抗日救国少先队组织的目的、意义说了后，说愿意参加的站在了一个地方，他核对了一下名单，编了班。他按着名单把铁锁、铁蛋的名儿都点了，却没有叫李铁牛的名儿。

李铁牛在一旁冷着，急得简直快要哭了。霍老师为啥没点他的名儿，是漏掉了，还是咋闹的，他怎么也琢磨不出来。于铁锁和舟铁蛋因没叫铁牛，也觉得很奇怪，也替铁牛有点儿着急。他俩便走到霍建邦的跟前，于铁锁问他说："霍老师，为啥没叫俺铁牛的名儿？为啥没编他？是漏了，还是咋的？"

霍建邦说："铁锁，漏是没有漏，就是还不能编他！"

舟铁蛋听了，还是不明白。他见霍建邦说话也不爽快，就不高兴地噘着小嘴说："霍老师，要是还不能编他，那也不要编我和铁锁了，反正俺们三个人一准在一块儿，要编就编上，要不编就都不要编。"说着，他拉着铁锁就站到了铁牛跟前。

霍建邦想给他们三个人解释，又不便说明情况。想说明，又不能点破。不由得一时为难起来。

就在这时，王丽云、黄莲芬和李冬梅兴步走来了。王丽云兴致勃勃地看着霍建邦说："建邦老师，你们这少年抗日救国先锋队可不先锋了，都落在了我们青救会、妇救会后头了，咱们的青救会已经编完了哟！大家选了黄莲芬同志任青救会的主任；咱们的妇救会也编完了哟！大家选了李冬梅当妇救会的副主任。你们少年抗日先锋队，更应该提前编好哟！"

霍建邦说："我这就赶快编起来！就是铁牛的工作，我事先没有做好，铁锁和铁蛋也想不通。"

王丽云一听就明白了。对怎样编铁牛，她和霍建邦研究过。就是事先没有给他说清楚。随推了推于铁锁和舟铁蛋说："好孩子嘛！听王姨姨的话哟。你俩先编进去！编完后，我再告诉你俩。"她拉着小铁牛便到了李冬梅家。

李铁牛看着王丽云，自己没被编上就快要哭了。王丽云攥着他的手说："铁牛，不编你比编你还重要的哩！我们都研究过了，你铁锁哥是少年先锋队的队长，你是先锋队的副队长！就是眼下不能把你明着编进去，你还和往常一样，在王进财家当小长工呀！给咱们当个耳目打听情况呀！懂吗？"

"懂！你这一说，我就明白了。"李铁牛激动地笑着说："王姨姨，这我的心里就踏实了！我就怕霍老师忘了我呢？"李冬梅摸着他的头说："忘不了，牛儿！你王姨姨忘不了，谁都忘不了。"黄莲芬也对他说："这事你知道就行了，谁也不要对他们说。你假装着人家没有让你参加少先队就得了！"

"这一说，我更懂了，心里更明白了。"李铁牛仰脸看着王丽云她们三个人，说："王姨姨，姑姑，黄姨姨，我还赶着羊放哨去了！我走了！"

第二十一章
鬼子打来了

机枪扫，

大炮轰。

残暴的鬼子来进攻！

——民歌

八十九

1937 年 11 月。

一天上午，骄阳红似火，大地一片枯黄。地里的大秋作物差不多即将收割完，剩下些荞麦、小黍之类的晚秋作物，也快动镰收割了。就在这时，李铁牛听到了闷里闷气的炮声。

"日本鬼子打到阳城了！"

"鬼子兵打来了！"

李铁牛听到这突如其来的呼喊声，心里一阵焦急。他紧拧眉毛睁大眼睛，向喊声的方向举目猛瞥。只见有约莫十来个老百姓，有的手里拎着包裹，有的肩上搭背着褡裢，还有的妇女怀里抱着小孩，喊叫着由马路的西北方向，向东南方向跑来。当他们跑到离他不太远的地方时，李铁牛左手拢起个筒筒似的，对在嘴唇上，放开嗓门高喊着问道：

"大叔！大婶——日本鬼子打到啥地方了？"

逃难的那几个人，惊恐地不敢站住脚，边走边喊："今儿个早晨，日本兵打到阳城了，黄压压的到处都是！"

"大叔，大婶，那你们往哪儿跑呀？"

"先逃到乡下躲一躲再说！"那人扭回头来又说："快告诉乡亲们先躲躲吧！"说着跑走了。

李铁牛见那几个人跑着偏下了北山沟，他跃起身来，几个箭步跑到跌倒杆①跟前，扔下手中的放羊鞭，双手搂着摇晃了摇晃，那跌倒杆顶上拴着的杂色布条条，来回摆了几摆。他两手抱着跌倒杆，往前猛一推，往后猛一掀，没几下就把跌倒杆"吭噔"一下推倒了。他随手捡起鞭杆来，猛甩了几下，轰赶着羊群向村里急走。

"当！当！当！"在那流杯池庙上的古刹钟楼上，立时响起了转移的钟声。

"当嘟、当嘟"是开会，"当！当！当！"是转移。在钟楼上值班的于铁锁，瞅见报信的跌倒杆一倾倒，马上就使劲儿地拉起了转移的钟声。

李铁牛在惊心动魄的钟声中，急赶着羊群刚跑下小槐树旁的岔道坡，只见八路军张连长带着两个排的战士，全副武装，持着上了刺刀的步枪，向马路边跑来。张连长看见李铁牛就喊着问道：

"铁牛！日本鬼子到什么地方了？"

"张连长！听十几个逃难的乡亲们说，日本兵一清早就打到阳城了！看样儿他们是从阳城跑出来的！"

张连长几大步跨到李铁牛跟前，对他叮咛着说："你马上回村告诉老吴同志，我带着两个排在村口掩护，让留村的那个排掩护群众赶快转移！"

李铁牛忙说："我立刻就去告诉吴大叔！"他飞快地轰着羊群进了村，把羊赶进圈，给金牛大爷了一声。从自家窑后的土埂爬上来，从蜈蚣小径上直蹦跳到院里来，正好碰见吴志华他们从窑里出来。

吴志华同志，右肩左斜挎着三把盒子枪，左肩右斜挎着背兜，整装待发。他没等喘着粗气的李铁牛开口，就急忙问他说：

"铁牛，鬼子兵到什么地方了？"

"吴大叔，我听从阳城逃出来的乡亲们说，今日个一清早，日本鬼子就打到阳城了！那鬼子兵来得可多啦！"

---

① 立在高坡上。通报村里敌人来了的信号。

“看情况很可能要打到王家峪来!!”

“张连长让我告诉你，他带着两个排在村口掩护，让村里的那一个排赶快掩护群众转移！吴大叔。”

吴志华看着站在他身边的柳来迅和王丽云，果断地说：“按支部决定的转移路线转移，让杨指导员带着那个排负责掩护，很快往宝盒山沟撤！”他看看王丽云说，“你和杨指导员带上一个班，带着妇救会和少先队的人，赶快进南川沟，从那里走离宝盒山近一些，路也好走一些；可是，要尽力照顾好上年纪的老大爷、老大娘和带娃娃、孩子的媳妇们！”他看了看柳来迅说：“来迅，你带着青救会的人，走龟石沟那条沟，路绕一点，让大家一定要注意隐蔽，也配上一个班掩护。”他停了一霎又说：“你去再告诉一下李振山，让他带着农救会的人，很快钻杨家沟，绕进沟里走，不要爬圪梁暴露目标。也由一个班掩护。这三路撤到宝盒山山底下，看情况再钻煤窑。凡是能转移的不能丢掉一个人，连驾山庙的和尚也带走，千万不能让乡亲们受损失！”

王丽云紧了紧身上背挎着的盒子枪和背篼，对吴志华说：“老吴同志，还有啥子事？”

“没有了！”

“没有，我们就快走吧！”

柳来迅扭了下身正要走，马上又回过头来问吴志华说：“老吴同志，你呢？”

“我看看部队去也撤，让小王跟着我。”

“老吴同志，我们先走了！宝盒山下见。”

王丽云带着警卫员小张和柳来迅急促促地走了。

在院当中，还剩下吴志华、小王，还有小铁牛，三个人听着阳城方向传来“咚—咚—”的炮声，有些近了。吴志华左手攥着小铁牛的右胳膊，右手抚摩着他的头发说：“铁牛，我们和乡亲们要转移到宝盒山沟去，看情况王进财不想跟乡亲们一块儿走。你和你爹……”

“吴大叔，我和俺爹走不走？”

“孩子，要沉住气！你去告你爹一声，看王进财他们走不走？走，就一块和他们走，不走，就问刁萎新？让走就走，不让走就留下。亲眼看看日本鬼子是咋个儿凶相，怕不怕呀？”

小铁牛皱着眉头，呶了呶嘴，他的两手紧搂着吴志华半拉身子，一头扑在了他的怀里，睁着润泽泽的两只眼睛，说不出话来。

"牛儿，害怕吗？"吴志华同志疼爱地拍了拍他那穿着破衣衫的脊背。

小铁牛仰起脸来，湿润着两只眼，望着吴志华同志，紧紧地攥着他的胳膊说："吴大叔，我和俺爹舍不得离开你！"

吴志华同志从背篓里掏出半块玉茭面饼子来，递在铁牛的手里说："铁牛，这也是革命的需要呀！这也是做革命工作呀！懂吗？孩子！"

小铁牛似懂非懂，但他听到"革命"两字，心里豁然亮了一下。他立刻想到了他爹李石柱，在几个月前暗暗参加了共产党。可在王进财家，还和从前一个样儿，不吭不哈。该赶着牲口驮东西，就去驮东西，让扛着锄头下地，就扛着锄头下地。王进财、刁娄新从没怀疑他和八路军有什么事儿。想想爹爹，看看自己。便徐徐地松开搂着吴志华同志的双手，说："吴大叔，我心里有点儿懂了……"

警卫员小王紧紧地搂住了他，他的脸紧贴着小铁牛的脸，两手拍着他的脊背说：

"铁牛，心里想着共产党、八路军就不害怕了！你看看日本鬼子是啥凶相？咱以后好想法子揍狗日的！"

"小王同志，行！我看了等你们回来就告诉你！"

吴志华疼爱地把小铁牛拦在了身前，说："两个'小鬼'还很亲热的，转移回来再见！"就在他拍他肩膀的一瞬间，小铁牛将手中那半块玉茭面饼子，轻轻地装进了吴志华的背篓里。吴志华和小王都没有察觉。

九十

吴志华同志带着小王，飞快地赶到了岔道口的小槐树底下。他平时，在做群众工作的时候，显得镇静，沉着老练。遇到什么紧急的大事，从不毛手毛脚，慌里慌张。总是一件一件地稳稳重重地处理。今天一听到有战斗情况，他那动作之敏捷，手脚之麻利，是人们想象不到的。表现了一种久经战斗考验锻炼的老八路的战斗作风。

他和小王猫着腰，弓着腿，爬上坡，挨在了张连长的身边，抬头瞭看着马路的西北方向。一看，日本侵略军真的打过来了。头一次见到了日本鬼子兵。

在一大队日本兵的前头，有个日本兵的三八大盖枪上，顺插着一面膏药旗。后边跟着一群枪上刺刀的日本兵。"叽里哇啦"地喊叫着，凶恶地追逐着一群逃难的老百姓。有的人手里提着包袱，有的人肩上搭着被褥，还有的抱着娃娃、拉着小孩，拼命地喊叫着，连走带跑地向北山沟踮着。

日本鬼子的轻、重机枪，向逃难的老百姓猛烈地扫射着，步枪、手榴弹向老百姓放着投着。跑着的老百姓，有的在密集的弹雨中，跑下沟去逃了生，有的就被野蛮的机枪、步枪、手榴弹，打死打伤，悲惨地喊叫着倒在血泊里……

吴志华同志看着这极端残忍的场景，两眼冒着无比仇恨的火焰，他捣着手挽了挽袖子，往顺里蹴了蹴帽檐，看了张连长一眼说：

"准备射击！狙击敌人，快救乡亲们！"

张连长立即下达了射击的口令，匍匐在土塄坡上的八路军，一阵猛烈的步枪、手榴弹射向敌群。

那群疯狂地追逐逃难群众的鬼子兵，听到这冷不防的步枪、机枪、手榴弹声，一时惊慌失措。

这群鬼子兵乱了阵脚，从后头来了一个骑着大洋马握着洋刀的日军指挥官，立刻下了马。他举着刀指着吴志华他们射击的方向："杀给给——杀给给——"地喊叫着。那群追逐老百姓的鬼子兵，立时各自找了隐蔽的地形地物，架起了轻重机枪，向吴志华他们的方向猛烈射击。手榴弹、掷弹筒、迫击炮顿时猛发，炮弹"嗖嗖"地飞来、飞来。

吴志华同志和张连长将身子往低处趴了趴，对八路军战士们说："注意隐蔽，等一下瞄准再射击！"这时，敌人的机枪、步枪子弹暴雨般地扫过来。有些子弹"嗖嗖嗖"地射在石塄上，"啪啦，啪啦"地乱溅横飞。接着有些飞弹"咚咚"地落在了他们的背后。在敌人密集枪弹和猛烈炮弹的攻击下，小槐树四周，浓烟弥漫，黄尘四起。霎时间，把小槐树这块高地轰炸得昏昏沉沉，天昏地暗，什么也看不见了。

掩护村里群众转移走后的一个八路军战士张喜秀，他是随红军长征后期过来的一个青年战士。号称："一楼中"。他猫着腰跑到张连长跟前说："连长，村里的乡亲们都转移走了，除了有几个七老八十的老大爷、老大娘病在炕上走不了以外，能走的都走了。就是王进财一家，一个也没有走，还不让李石柱、李铁牛跟着走。杨指导员让我把情况给你说说，让你将转移情况向老吴同志报告！"

张连长看着吴志华同志说："老吴同志，情况你都听了，你看咱们怎么办呢？"

"咱们也撤，要陆续撤！"

张连长命令一排撤了下去。他看看吴志华同志、警卫员小王、战士张喜秀，都握着枪瞅着斜前方。这时，黄尘已徐徐飘散。敌人听不见我方再打枪了，也收起了射击阵势。那个端着插膏药旗枪的日本鬼子，又在前头走起来。

吴志华盯着那个端膏药旗枪的日本鬼子，猛拍了下张喜秀的脊背说："一楼中，打掉膏药旗！"

张喜秀马上就地形成跪姿，端起步枪来，"叭——"一枪，一颗子弹像长着眼睛似的，一弹中旗靶，穿进了膏药旗的膏药中，立时戳了个窟窿。

那个端膏药旗枪的日本鬼子，不觉得被子弹打穿了个窟窿，猛然一愣，莫明其妙地歪着脑袋看着旗窟窿，隐隐约约地听他说了声："哎呀？"

这时，吴志华同志就手端起三把盒子枪来，瞄准那端膏药旗枪的日本鬼子，对着他的胸膛，"砰叭"两枪，就把那鬼子兵打得歪旗丢枪，斜倒在地上。

小王在一旁高兴地"嘿嘿"笑着说："我叫你'杀给给！我叫你'杀给给'！"

那个骑大红洋马的日军指挥官，一见打掉了他那开道的膏药旗，打死那日本兵，马上勒着马靠右侧的山坡隐蔽，重新抽出指挥刀来，仍指着打冷枪的小槐树方向，龇牙咧嘴地连喊："杀给给——杀给给——"指挥那群日本兵重新伏在隐蔽地，架起机枪、支架起炮来，向吴志华他们掩护的地段，又猛烈地疯狂地射击起来。

张连长指挥着待撤的那个排的战士，朝着敌人的隐蔽地段，有目标地打了几枪，扔了几颗手榴弹。问吴志华同志说：

"老吴同志，咱们是不是撤吧！"

"撤！很快撤！"

吴志华同志猫着腰，听着敌人从头顶上空"嗖嗖"射来的子弹声和"咚咚"的炮弹声，微微一笑说："咱们撤！让鬼子兵给咱们放鞭炮送行吧！"说着，便撤进了村子里。

吴志华同志和张连长带着那个排的战士们，从村西头李石柱家土垅后低洼地穿过去，走进村镇的街道上检查着。他领着小王和几个战士到乡公所院里看了看，乡公所的秘书冯者宗没有走。他见吴志华他们进来了，忙客气地说："吴先生，你们还没有走？"

"这就走！你走不走？"

冯者宗对吴志华同志的问话，感到很突然，只见他"吭吭哧哧"一时答不上话来。愣怔了一会儿才支支吾吾地说："这——，我心乱得不知该怎么好？"

吴志华同志看他难为情的样子说："留下个人也好！一方面照料着村里，另一方面看看日本鬼子的企图？等我们回来，咱们再说！"他带着那几个战士从乡公所走出来。

冯者宗低头哈腰地送他们出乡公所大门口，连连说："吴先生，等你们回来，我一定给你们说。"

吴志华同志再没有搭理他。从乡公所走出来，又从镇西头走到了镇东头，检查着看了看，街上再没有没走的人了。便从镇街东头一条小胡同里穿出去，过了干河滩，爬上了小岭坡，拐别于贵柱家看了看，敞着家大门，才又返出来。绕过东井台，穿进了南川沟。张连长带领着那个排的战士，检查完村里也跟了上来。

一路上，零零落落的小布袋粮食和一个一个小包袱之类的丢失物件，战士们随手把这些东西捡起来，背把上或提拿上，到转移地还给失主。当他们穿出南川沟，又走出一条深山沟，已经有七八里路时，少停了片刻。吴志华带领着他们较隐蔽地爬上了一道大山圪梁。在树林和荆棘蓬里，扭回头来远望村子时，他们居高临下，俯瞰全村即景，除了王进财家的囷苑还能看出眉目来，一座座小院落像石土圈圈，一处处窑洞像土窝窝，一间间房屋像鸡笼，那些鬼子兵像一只只黄鼠狼似的，在满村满街道上乱窜。只见王进财家大门口，挤满了不少鬼子兵。

九十一

一群日本兵来到了王进财家大门口。王进财家的红漆大门半开着。一个手握指挥刀的矮个子日军官，对门口的鬼子兵叨唠了几句，有几个鬼子兵端着枪喊叫着，穿着钉子翻毛皮鞋，进了王进财家的院子里。

那几个日本兵端着枪，枪上插着明晃晃的刺刀，用脚踢开了王进财囤苑的门，走进中院，踢开东西厢房的门，放了几枪没搜查出人来，穿过影壁叫喊着到了后院。李石柱和李铁牛爷儿俩，正在院子里给王进财家往鸡窝里关鸡。李铁牛一手提着一只肥肥的母鸡，捉住鸡刚站起来，撞进来的日本兵端着上刺刀的枪，向他逼来，气势汹汹地看样子要挑他似的。当他们看见李铁牛抓着两只母鸡时，立时就放松了神情，有的竟咧嘴一笑。有一个日本兵看他俩一老一小，穿着破破烂烂赤手空拳，便走过去把李铁牛手里提着的两只母鸡夺过去，递给另一个日本兵。浑身上下揣抹了揣抹搜了搜，空空如也。瞪着眼问李铁牛说："小孩，你的什么人？"

小铁牛不慌不忙地说："我的小长工！"

那个日本兵又指着李石柱说："他是你的什么人？"

小铁牛又不慌不忙地说："他是我爹爹！"

"还有什么人？"

"刁管账，大东家！"

那个日本兵生气地指着李铁牛说："叫他们快快地出来！"

李石柱痴呆呆地看了看日本兵，对李铁牛说："叫刁管账！"

李铁牛往院里喊着说："刁管账！日本兵来了，叫你快出来！"

刁萎新听到叫他，才从后院惊恐万状地走出来。他哆嗦着两只胳膊，忽颤着两条腿，走到那个日本兵面前，作揖如扇扇，磕头如捣蒜地说："欢迎皇军！欢迎皇军！"

那日本兵怒气冲冲地给了他两捆掌，他刚站起来，又用枪托戳了他个仰面朝天。叮唠地骂着说："八格牙鲁！你为什么不出来？"

刁萎新用手打着自己的嘴巴说："我该死！我有罪！"

那日本兵端着刺刀枪，在刁萎新的身前划了一下，厉声斥道："统统地出来！"

刁萎新明白他的示意，随让李石柱父子跟着他走出了大门。

这时，在马路上喊"杀给给"的留人丹胡子的那个日军指挥官，骑着大红马走到王进财家大门口。他在槐树前下了马，拿起望远镜来，朝着南川沟去宝盒山的方向望了望，命令刚才先到的那个矮个子指挥官，"叽叽嘎嘎"说了几句。只见矮子个指挥官向他行了个军刀礼，带着日本兵向南川沟走去了。

那个留人丹胡子的日军指挥官，将明晃晃的指挥刀拔出来，对站在大门口的刁萎新、李石柱、李铁牛。一个一个进行搜查。他先搜查刁萎新，刁萎新浑身打哆嗦。那日军官把刁萎新浑身上下摸了个遍，从袍兜里摸出三块光洋来，攥在了左手里。接着让他伸出手来，拨弄着他的手指头看了看，又把他的袍领嘶啦一下撕开，看了看右肩膀，又看了看左肩，随后扳着他的下巴颏，让他张开嘴，看了看嘴里，才让他站在了一旁。

那日军官接着搜查李铁牛。李铁牛伸出两只黑爪爪手来，正过来翻过去，让那日军官看了看，接着解开那零散的扣子，敞开衣襟让他看膀子。那日军官看了看，也看了看他的嘴。问刁萎新说："他是你的什么人？"

"是大东家的小长工！"

那日军官不解地又问道："哪呢？什么小长工？"

刁萎新忙说："苦力的干活！"

那日军官一听是苦力，用手在脸前扇了扇，像是嫌他脏臭似的，说："苦力的干活！"他又要去搜查李石柱，刚才搜查过李石柱的那个日本兵向他报告说："他的苦力苦力的！"那日军官一摆手，便让李石柱站在了一旁。但他看着他们三个人有些怀疑起来，随又问刁萎新说："还有什么人？"

刁萎新鞠着躬说："还有大东家、大太太、三姨太和佣人陈妈。"

"统统地出来！"那日军官露出一副怒气冲冲的凶煞相说："不出来的，死啦死啦的有。"

刁萎新马上就往大门里走，那日军官指了指两个日本兵说："吆西，快快地出来！"不一时，那两个日本兵跟着刁萎新，把王进财、古淑芳、江瑞兰、王呈海，还有陈妈，都叫了出来。

王进财衣帽整齐地走出来，给那日军官作着揖说："欢迎皇军驾到！欢迎皇军驾到！"

那日军官生气地说："你的良心大大地坏啦！皇军来了为什么不出来？"

王进财无言对答，便摘下了红顶珠子小帽，又给那日军官鞠了几躬。那日军官一挥手，让他们站在了一旁。

那日军官用搜查刁萎新同样的方法，搜查了王进财。王进财两手两腿抖动着。接着搜查到了江瑞兰和陈妈。那日军官见她俩面色苍白，浑身干瘦，便往后退了退。嘴里唠叨着说："憂开！"刁萎新听出了他的意思，忙说："她俩有病！"那日军官远距离搜查了搜查，让她俩站过去。接着搜查王呈海。王呈海被吓得颤抖着两腿立不住，就跑到了王进财的身后。那日军官气狠狠地把他拉回来，朝着他的脸左右开弓，"叭—叭"搧了他几个耳光，抽得王呈海那白白的脸蛋，马上红丝丝的。想哭又不敢哭，想叫又不敢叫，乖乖地让那日军官搜查。

李铁牛在一旁看着，心里觉得很痛快，他想笑又不敢笑出来。李石柱有意靠了靠他，让他留点儿神。

那日军官最后搜查到古淑芳。古淑芳刚出来时怕得有点儿跌跌撞撞，站不住脚。她下窑前台阶时崴了脚，小脚脖子有点儿痛。但她看见那日军官随便打王呈海，就强打精神站在那里，让那日军官搜查。日军官见她长得年轻些，面色好看些，便往她近前走了几步，浑身上下摸了摸。又让她把两只手伸出，那日军官一只手一只手地摸了摸。后让她解开衣领扣子，搜查她的肩膀。无意中，那日军官突然发现，她上身穿着粉色抹胸兜肚，外穿蓝绸衣，黑丝绸裤，脚上穿一双很俏的小绣花鞋，忙问刁萎新说：

"她的什么人？"

"她是大东家的三姨太！"

那日军官摇了摇头不解地说："什么三姨太！"

刁萎新慢慢地站出来，解释似的对那日军官指着江瑞兰说："她是大东家的大太太，"又指了指古淑芳说："她是大东家的三姨太。"他唯恐那日军官听不明白，便用右手圈着大拇指和食指，伸出后三个指头来。指了指王进财说，"她是他的三太太！"

那日军官这才弄明白，把手中的指挥刀"咔嚓"一下子入了鞘，伸出食指和中指来又问道："那个呢？"刁萎新忙说："早已病死了。"

"村里花姑娘的有？"

"都跑了！"

那日军官看来有些松动了一下神情，说："要西！"他一摆手，叫两个日本兵扶着古淑芳，一瘸一拐地走进大门，进了正窑拐进西套间窑里……那两个日本兵在门口站着岗。

约莫过了半个时辰，那日军官叫一个日本兵把王进财他们都叫了进去。王进财进到正窑里，这才恍然大悟，想起了右墙上挂着进宝弟在日本士官学校毕业的证书来，他指着早已挂好了的那嵌着证书的镜框，对那日军官说："太君，请看这个的？"

那日军官仔细端详了一番，喜出望外地一阵狂笑，说："要劳西！"他对王进财伸出大拇指来说："你的这个！"

王进财忙说："这是我弟王进宝的，他在太原晋阳货栈当老板！"

那日军官摇了摇头，又表示听不懂。

刁萋新马上给那日军官打了个手势，表示是王进财的弟弟。日军官听懂后，才坐在了太师椅子上。又对王进财说："你的什么干活？"

王进财说："我的大东家！"

那日军官说："要劳西！你的大大的好！盟军的朋友！""哈哈哈"地大笑起来。他随即从上衣兜里掏出个小本子来，让刁萋新把王进财、王进宝的姓名、地址，写在了上面。那日军官装起小本子来，拍着王进财的肩膀说，"朋友的明白？"

王进财喜眉笑眼地点着脑袋说："明白！明白！"

那日军官听到村里"叽叽咯咯"的鸡飞声，忙问王进财说："你的'喔喔喔'的有？"

王进财愣呆着"嗬"了一声，没有听出来。

刁萋新忙对王进财说："大东家，他想要鸡！"

王进财求之不得，觉得很赏脸，急着对刁萋新、李铁牛说："你们还在这愣什么，还不快把鸡窝里的鸡都给我抓来，送给太君！"

刁萋新比李铁牛跑得快，他把关在鸡窝里的一窝鸡，连公带母足有十几只，让李铁牛给捆扎了捆扎，他亲自提到正窑里来，那些鸡"叽叽咯咯"挣扎着乱叫着。

那日军官一看见这十几只又肥又大的鸡，不由得一阵狂喜，他把捆着的鸡交给旁边的两个日本兵，伸着戴手套的手拍了拍刁萋新说："你的大大的好！"说罢，走出大门，骑上大红马，向村公所方向走去。

王进财、刁萋新、江瑞兰、王呈海一直把日军官送出大门口，看着那日军官走后，心里才坦然地回到正窑里。江瑞兰拉着王呈海回到东套间窑里。刁萋新到厨房给王进财看午饭。王进财走到西窑套间窑里，去看古淑芳时，只见她躺在炕上，像受了多大委屈似的，哭得像泪人儿一般，呜呜咽咽地嗯着说："人家前几天刚走了月水，就……我要死了……"她再也说不出来了。

李石柱和李铁牛在院子里听王进财说："淑芳，不怕，我不嫌！"他又哄着她说："人家来没遭害咱家，这就是万福！咱人在，家在，家产在，就比什么都强！"

九十二

那个矮个子日军官骑着马，指挥着约三百余名日本兵，向南川沟开进去。当他们走出沟离宝盒山前圪梁不很远的地方时，发现了有的转移的群众刚下了宝盒山，他们就快步去追。被吴志华他们撤到圪梁上的那个排，进行了拦截一下的阻击。双方一交火，又"噼噼啪啪"地响起了枪声。

王丽云、柳来迅带领分三路往宝盒山转移的群众，到达了宝盒山下。一个个跑得满头大汗，气喘吁吁。王丽云和柳来迅他们便组织大家在宝盒山煤窑口的煤场上，稍许喘息。有的坐在土棱棱上，有的坐在煤堆上，也有的坐在大块炭上。

看窑王老汉见逃难的几百口子，男女老少，孩孩娃娃，在煤场上坐了一大堆。有的老年人喘得直咳嗽，有的娃娃、孩子渴得直哭，有的媳妇掏出奶头来哄着嚎着的婴儿。他便从看窑房里的大火上，提出一把熏开的大铁茶壶来，撂到围着的人的煤场当中，接着又从房里抱出一摞笨碗来。把碗一个个摆在地上，提起茶壶来往碗里倒开水。

"老大爷，我来！你先歇一会儿。"

"你们跑累了，我不累！"

王丽云跑得头上也出了一头汗，她刚才抱着一个哭号的小娃娃，用毛巾给她擦了擦脸上的汗和泪，左右摇着哄了哄她。她看见看窑老汉又提茶壶，又往碗里倒开水，有些过意不去。就把抱着的娃娃，还给了那媳妇。手疾眼快地把毛巾搭在了自己的肩上，几大步走过去，接过王老汉手中的大铁壶，给地上的碗一碗一碗倒满水，凉着，并招呼着大家说：

"乡亲们，大家跑得热了，快来先喝上口开水，解解渴！"她看看煤场上坐着的老年人和小孩子们说，"咱们先给老年人和小孩子们喝上口！"

围坐着的人听得说，年轻的后生和闺女、媳妇自动走过来，各端了一碗水，送给老年人和小孩们喝。有的小娃娃喝着觉得烫嘴，她们就嘴对着碗边吹着凉，吹一口，喝一口。

李振山、于贵柱他俩也都端着一碗一碗的开水，送到老大爷、老大娘跟前，给他们喝。黄莲芬和李冬梅也各自端着一碗水，送给老人和小娃娃们喝。

王丽云端着一碗水，送到刚才哭着的那娃娃跟前，一口一口喂那娃娃喝开水。那小娃娃说也乖，兴许是又热、又累、又渴了，她"咕咚咕咚"地喝了十几口，不一会儿就睡着了。那媳妇便将那娃娃横躺在怀里，哄着她睡觉。

有个老大娘有点儿头晕了，黄莲芬端着一碗水送给她喝，她昏昏沉沉地躺在媳妇的身上，勉强地喝了几口，就又躺倒了。黄莲芬站起来，看着王丽云说：

"丽云同志，赵大娘头晕得坐不起来，是不是病了？"

话音未落，王丽云和李冬梅就跑了过来。王丽云伸手摸了摸赵大娘的脑门儿说："大娘发烧了，头烧得厉害！贵柱大嫂你试试！"

李冬梅摸了摸，觉得也很烫手，说："大娘着凉了，可不要闹病呀！"舟大婶听得说，忙走过来，两手掐在赵大娘的两夹角，上下捏搓了捏搓，又用两个大拇指在脑门上拔了拔。八路军卫生员小杜给了她几片感冒药，端着开水给她吃了药，又喝了多半碗白开水。不一会，脸上浸出汗珠儿来。赵大娘睁巴着眼说："头轻快多了，这就好了。"

如福爷爷在斜对面的煤堆旁，给一个崴了脚的老大爷揉着脚，看他使着劲儿给揉搓着捏了一会儿，扶着他站起来走了走，又能走路了。

"嘎嘎，嘎嘎"的机枪声和"咚咚"的炮声又响起来了。大家听到这离得不远的枪炮声，都惊恐地站了起来，显示了不安的神色。

李振山、王丽云和黄莲芬站在煤堆上，瞭了瞭响枪炮声的方向，说了几句话。各自又去组织带来的群众队伍，王丽云站在场中间说："把来的人都看一看，把离开解手的人都叫回来，把自己带的东西都拿起来！"

柳来迅手里握着二把盒子枪，从煤窑顶上的山道上跑下来。他跑到王丽云、黄莲芬、李振山跟前说："有几百名鬼子兵追来了，老吴同志正带着那两个排在圪梁上阻击。乡亲们跑得累了，再转山沟恐怕走不动，也危险。让组织乡亲们先钻煤窑，走进拐角安全坑道先躲一躲，让窑上的人也进去，场上不要留人！"他又看看王丽云说："丽云同志，那你组织乡亲们进坑道吧！我到前边去看一看！"

王丽云忙说:"来迅同志,你告诉老吴同志,我们这就进坑道!"她看着柳来迅跑走后,和李振山、黄莲芬、于贵柱商量后,让看窑的王老汉领路,由黄莲芬于贵柱和李冬梅带着那些老大爷、老大娘、闺女、媳妇,抱着娃娃拉着孩子,和少先队有次序地先进了煤窑。接着由李振山带着妇救会、青救会的一些群众,也跟着进了煤矿窑。李振山走在群众的后尾,他想和王丽云留在煤场上,但在她的催促下,才跟着群众走了进去。

留在场上的王丽云和小张,手里握着盒子枪,趴上了煤窑旁的道山坡上,去瞭望吴志华他们阻击日本鬼子的情况。鬼子扫射出的子弹"嗖——嗖——"地从头上飞过。听到这头上的飞弹声,就判断出敌人离这里不远了。

吴志华同志和张连长、杨指导员、柳来迅,以及阻击的那两排都撤下来,迅速撤进煤窑里。

王丽云、小张和柳来迅边打边撤,最后撤进煤窑洞口。王丽云瞅见洞口旁地上丢着一根带直角弯头的拐杖,一抹腰顺手捡了起来,和小张侧着墙往里走。柳来迅过去当过侦察员,跑过交通,动作灵敏,机动灵活。他手握着二把盒子枪,其背贴着煤窑洞的右墙,一步一步地往里退。这时,日本兵的子弹"嗖——嗖——嗖——"地打来。在洞口"吧嗒,吧嗒"地像冰雹似的砸了一阵。

柳来迅见王丽云刚才捡了一根拐杖,低声对她说:

"丽云,把拐杖给我!"

"来迅,给你!"

柳来迅左手接过那根弯头拐杖,紧贴着墙站在洞口,瞅着敌人乱打来的子弹,听着敌人的动静,只听得日本鬼子"叽里哇啦"地喊叫着,不敢走下坡来。柳来迅把手中的盒子枪递给了王丽云,从弹兜里拔出一枚手榴弹来,拧去盖子,小拇指套进了拉火线环,将手榴弹攥在手里。

日本鬼子忙打了一阵枪,听不见煤窑洞里有任何回声,也听不见人的说话声,觉得有些奇怪。"叽里哇啦"地乱叫一阵,有些鬼子端着枪从窑顶旁坡道上走下来,闪在洞口的一侧,直瞭煤窑洞。在煤矿窑顶边上的一个日本鬼子,他右手握着一支王八盒子枪,爬在煤矿窑顶的右上方,探着脑袋,好奇地瞅这神秘的洞口。

就在这时,柳来迅手疾眼快,神速地将手榴弹倒在左手,右手攥着拐杖,徐徐地将拐杖弯头伸向窑顶的荆棘杂草间,将拐杖弯头伸到了那爬着的日鬼子的脖根后，右手将手榴弹投向右侧敌群，两手往窑洞口猛一搂拐杖，冷不防将那日本鬼子钩了下来，仰面朝天地拗进了洞口，在手榴弹爆炸的轰鸣中，柳来迅夺出了日本鬼子的手中枪，一手拉着他拖进了洞口，忙说："小张，丽云，快！快把狗日的拖进去！"

王丽云、小张手疾眼快，立时就把那日鬼子拖进了拐角坑道。

这时，煤窑顶上的鬼子一阵慌乱，嗷嗷乱叫。有不少鬼子端着枪从煤窑旁走下来，想打枪又怕打死了他们那个鬼子，想进煤窑黑洞洞又不敢进，只是在煤窑洞口的两侧"哇里哇啦"地乱叫着……

九十三

那个日本鬼子，被王丽云和小张像拖死狗一样，拉进了坑道的拐角处。借着直坑道的微微亮光，还能看出那鬼子的模样儿来。只见他犬头犬脑地仰躺着，两眼痴愕着，头脑有些发闷。看来，是被倒栽到地上猛震了下脑子，一时失神了。王丽云叫小张去报告吴志华同志。柳来迅和王丽云站在一旁盯着那日鬼子。当看到那日本鬼子眨巴着眼翻动手臂想起来时，柳来迅伸出右脚踏住他的右臂，说："你给我待着吧！你还想起来？！"

在拐角坑道里，看见柳来迅、王丽云和小张拖进一个日本鬼子来，又气又恨。他们冷着眼对着那日鬼子说：

"砸死他！砸死那狗日的！"

"砸死他！砸死那狗强盗！"

"砸死他！砸死那没人性的畜生！"

舟大叔双手举着一块乌光闪亮的大炭挤过来，有两个后生也各举着一块煤石跟着挤过来，站在仰躺着的日本鬼子面前，眼看着就要被这怒气冲天举着煤石大炭的几个人砸下去！

"停一停，先不要砸！"

吴志华同志听了小张的报告，便急促促地走过来。听到要砸死鬼子的喊声，忙制止着说了一句。张连长、杨指导员和李振山等人，也都跟着走了过来。小王给吴志华同志打照着手电筒，仔细地察看了一下他的全身。小王用手揪了一下那鬼子的肩膀。这时，那日本鬼子已经苏醒过来，托着两只手想起来而没有起来。柳来迅把手中的那支手枪递给吴志华同志说："老吴同志，这是缴来的！"

"我听说过这种枪，叫'王八盒子'，日军的新产品，可能是日军低级指挥官带的一种比较好的短枪。"吴志华同志接过枪来，唰啦退出了弹来，看了看枪说道。

柳来迅憨笑着说："狗日的在煤矿窑顶上探着头，还想往洞里打枪呢！"

吴志华同志鼓励着柳来迅同志说："今天头一次转移，就得了个新家伙，抓了个大头蒜！来迅同志，胜利不小呵！"

柳来迅高兴地耸了耸肩膀，说："这不是我一个人抓的，是丽云同志捡了根弯头拐杖，我猛一搂把他搂下来了，丽云和小张把他拖拉进来的。"

吴志华同志说："好，大家的胜利！"他看了看张连长说，"张连长，来两个战士把他架进去！"

张连长跟着两个战士架把着那日本鬼子，走进了靠里边一些的拐角坑道，两个战士拽着他的胳膊，靠到墙边坐下来。只见他恼怒地皱着眉头，暗暗地用右手不知在摸什么。

这时，小王找来一盏油别子，将油别子的铁尖把插进了墙上的小窟窿里，照着亮。瞅着那日鬼子。

吴志华看了看那日鬼子，对小王说："你摸摸他身上有没有小刀子、匕首什么的凶器？小心他自杀，他们那武士道精神很凶。其实，都是些无谓的牺牲品。"

在吴志华说话的时候，看那日本鬼子的样儿，什么也听不懂。当小王摸他的衣兜、裤兜时，只见那日本鬼子愣愣地瞪着眼珠子，露出一副穷凶极恶的凶相，右手拔出一把明晃晃的小宝剑来。猛然向自己的心口刺去。小王立时拽住了他的手腕，将小宝剑拔了出来，递给吴志华同志看。吴志华看着那把雪亮的短剑说："今天是弄巧了，不然，他就是宁愿自杀，也不让你活捉他！"

围着的人听吴志华同志这么一说，觉得他对日本侵略军的了解很多。特别是对日军的武士道精神，有了初步的看法。进而想到和日军打仗，不是一件轻而易举的事。在战略上可以藐视它，但在战术上必须认真对待它。这时，吴志华看了看围着的人说："张连长，你暂留一下，留下两个战士监护他，其余的人，还回到原来的地段！"

吴志华同志见其他的人走了后，看看眼前只剩下了王丽云、张连长、小王，还有监护那日本鬼子的两个战士。他对王丽云说："你给洛涌江同志写封信，把今天日军进攻的情况说一下，再把活捉的这家伙写一笔。"他对张连长说，"你问一问乡亲们，谁有多余的衣裳、裤子、鞋，给他找一找换上；把他的黄军装、军帽、皮帽、小宝剑，都捆绑在一块，还有他的那支短枪，都带上。看情况今夜里就得由丽云同志带两名战士，把他很快转移出去，交给区党委老洛同志！"不多时，李振山、黄莲芬给找来了衣裳、裤子、鞋，给那日本鬼子换上后，他坐在那里，和中国人一模一样。若是个陌生人来看，还猜他是嫌疑分子呢！

"老吴同志，煤窑洞口有情况，柳来迅同志请你去一下！"

"老吴同志，情况不好！我爬到安全坑道口上瞭了瞭，前头有个骑大洋马的日军指挥官手里握着明晃晃的指挥刀，带领着一大群鬼子兵来了！"有个战士向他报告说。

"那鬼子瞅见你没有？"

"有乱草蓬蓬挡着，谁也没瞧见！"

吴志华同志嘱咐着说："那安全通风口，千万不能暴露！"他瞅了瞅张连长和向他报告的两个战士说："走！去看看！"

"走！"张连长跟着老吴他们出去了。

吴志华和张连长走到拐角处，侧耳听了听。在煤场上一阵嘈杂，暴跳如雷的野蛮声，嗷嗷乱叫，随着听到像上级指挥官叮下级指挥官"叽叽叽叽"的嘴巴声。接着又听见摆弄步枪和机枪声，吴志华同志对张连长说："看情况很严重！"他对小王说，"你去把柳来迅叫进来！窑洞口不留人。"

柳来迅侧着墙进来，又把听到的敌人动静说了说。吴志华同志问他们说："你们看怎么办好？"

张连长说："几百口老百姓在煤窑里，一天没吃饭，突围不一定行！再说，鬼子兵那么多，也突不出去。"

柳来迅说："我瞅见天快擦黑了，只要咱们能坚持到天黑，就有办法！"

吴志华同志从上衣兜里掏出火车头怀表来，"咔嚓"一打开，借着直坑道透进来的微亮，瞅了瞅，时针已指向下午五点过一刻。这当儿，他已吸收了张连长和柳来迅的意见，又想出了对付日本鬼子的办法。他手里握着三把盒子枪，当机立断地说："张连长，准备战斗！叫三排组织好群众不要乱，就是鬼子打进来也不准往外跑。大人、小孩不要乱喊乱叫，越肃静越好！你和杨指导员带着二排守在东岔道口，我和来迅带着一排守在西岔口，把机枪都架过来，多集中手榴弹！鬼子只要冲进来，就往死里揍，死里打！跑进去的由三排收拾他！"

不一会儿，在日军指挥官拼命地嗷叫着指挥下，在煤场上的日军架着机枪猛扫了一阵，一颗颗手榴弹在洞口爆炸，简直要把煤窑洞炸塌似的。接着冲进来六个日本兵，放了一阵枪，扔了几枚手榴弹。听听洞里毫无动静，便端着刺刀枪照着手电光，往里搜索。就这时，东西两厢的岔道口，机枪、手榴弹一阵猛烈地射击，打得鬼子丢盔扔枪，有的倒下了，有的后缩了。那个打手电的鬼子兵，拿着手电闪着，贴着墙，还在向外喊话。小王举起枪来。"砰"的一声，把手电筒打掉地上，鬼子也应声倒下了。

在煤场上的鬼子兵，看进去的日本兵又失利，又是一阵乱叫。他们想用火烧，又没有汽油，想用水灌，煤场上又没水井，随即派了几个鬼子兵，顺着坑道的两侧，悄悄地进洞里拉扯尸首和收拾枪支。就在这时，东、西坑道口又一阵猛烈的射击，进去的鬼子，有的拉着尸体、枪支出去了，有的又被打死躺在坑道里。

天色已经昏暗下来，煤窑洞漆黑黑的。鬼子兵没奈何。只听像一个日军指挥官的声音："八格哑噜，八路军的狡猾狡猾的有！开路！"说罢，"叽里咕噜"才撤走。

九十四

鬼子兵撤走后，夜幕垂临了。一弯椭圆月晃在西半天，发出那淡淡的银色的光芒。点点繁星，闪闪烁烁，都为逃难的人们，打照着一点儿亮光。吴志华和柳来迅、王丽云、张连长、杨指导员等同志，研究分析敌情后，让张连长带着一排战士们，去鬼子兵撤走的方向放出警戒，观察敌人的动向，由杨指导员带领二排战士，在煤窑洞口清理现场。并派出一个侦察小组伸向距王家峪较近的村庄，侦察敌情。剩下三排的部分战士，在坑道里组织群众待命。

各自行动后，吴志华和柳来迅、王丽云及小王、小张走出煤窑洞口，摸到煤窑顶上去观察敌人。过了不一会儿，杨指导员向吴志华同志报告清查结果说：

"老吴同志，煤窑洞口的现场已清查完毕，战果是：'打死鬼子七名，全是死的，没有活的。缴获三八大盖枪五支，子弹三百二十七发；手榴弹十三枚。其他个人的东西没有动，尸体都在坑口内。你看怎么处理？"

"所缴获的枪支由二排负责带上。你们再把敌人的军衔、证件清理出来，有关敌人的小本子，只纸片张，也把它清查下来，提供上级军事机关研究。尸体全部抬到煤矿窑顶上不要遭害。"

吴志华同志刚说到这里，派出去的侦察小组回来向他报告说："附近的村子没有敌人。鬼子已撤到了王家峪，但没有再撤走。"他听到这里，神色马上紧张起来。针对这一情况，立时果断地强调了三点："一，今天敌人是初次和我们交战，人生地不熟，不懂我们的战法，天又快黑了，才吃了这么大的亏。所以，敌人一定不会甘休。说不定今黑夜或明早晨反扑回来，和我们恶战。因此，我们不能在这里多停留，咱得马上撤走！二，抓紧这一空隙时间，很快做好再转移的准备工作。三、王丽云同志带着小张和四名战士，先将被俘的那个日军官连人带物，转移到后山凹，再转移到神池村。把今天的战果，同时向区党委汇报。"他稍停动了一雯，"分头进行吧，越快越好！"

杨指导员听了吴志华同志的要求后，很快把煤窑洞口的现场清理完毕。王丽云和几名战士押着那被俘的日本军官，走出了煤窑洞口。要是不知情的人看他，像是押送着一个汉奸狗特务似的。走到煤场路口时，王丽云对吴志华同志说："老吴同志，信我都带好了。看还有啥子事？"吴志华同志说："丽云同志，一路上要多加小心，不要出事。争取在明天上午赶到神池，在神池等我派人去和你联系。你路过后山凹村时，告诉赵春生看能不能给转移的群众准备点稀饭吃？能，就快送来。不能，就不要搞了。"

"那我们走了？"

"你们快去吧！"

吴志华同志看着王丽云她们走后，柳来迅带着躲在煤窑里的乡亲们，陆续地走出来。三三两两又坐在煤场上。夜，静静的。走出来的人，也是静悄悄的。除了偶尔听到妇女怀里的娃娃的轻轻哭声和老年人的咳嗽声外，场上还是一片寂静。

李振山和黄莲芬扶着年纪大的乡亲们走出来。舟大叔提着那把铁茶壶。如福爷爷和王老汉各抱着几个碗走出来，把碗摆在煤场上又去烧开水。李冬梅和舟大婶招呼着老大娘和带着娃娃、孩子的媳妇也出了窑洞口。大家显得很有组织，一点儿也不紊乱。他们在煤窑里待了六七个小时，虽觉得有些憋闷，但坑道里有通风口，也还没出什么事。只是有的小孩饿得直哭。

吴志华同志朝着李冬梅和姜秋菊各哄着哭号着的一娃娃走去。于铁锁和舟铁蛋在一旁也帮着哄着。李冬梅对吴志华同志说："老吴同志，小娃娃们渴饿了一天了，怕是饿得慌了呢？"吴志华同志攥了攥那小娃娃的手，看着李冬梅说："我对丽云同志说了，看后山凹能不能给做点喝的吃的，能给做点就好了。"他无意中在背篓里一摸，顺手摸出半块玉茭面饼子来，好奇而喜出望外地说："铁牛，我塞到你手里去了，你啥时候又给我装回来了呢？铁牛啊，铁牛！你真是个好铁牛！"他把那半块玉茭面饼子又掰成了两半，给了李冬梅和姜秋菊各一小半，让她俩哄那哭着的小娃娃。那小娃娃有玉茭面饼子在嘴里一咯嚼，霎时就不嚎了。

于铁锁和舟铁蛋看着吴志华同志说："吴大叔，那半块玉茭面饼是铁牛给你倒装回来的？"

"铁牛是个有心的孩子，他和他爹虽没有来，可他俩的心是和咱们贴在一块的！"

"吴大叔，你说俺大舅和铁牛现在怎么样呢？"铁锁担心着问。

"吴大叔，你说俺铁牛会不会出什么事？"铁蛋也担心地问。

吴志华满有信心地说："他俩的心和咱们的心紧紧连在一起，我想他们出不了什么事！"

李冬梅和姜秋菊用那一小块玉茭面饼子哄得小娃娃不哭了，随把娃子交给她妈妈。她俩和于贵柱、李振山、如福爷爷他们撤出村里后，一直惦记着李石柱和李铁牛，躲在煤窑里还叨念过好几次，刚才听吴志华同志说起铁牛来，心里更觉得不安。她俩也不放心地问吴志华同志。

姜秋菊说："老吴同志，日本鬼子那格儿凶，咱铁牛和他爹留在村里，也不知道怎么样了呢？乡亲们都很担心他爷儿俩。"

李冬梅说："老吴同志，谁说不是呢？把石柱、铁牛留在王进财家，日本鬼子又没撤走，俺老是放心不下？你说要不要紧？"

吴志华同志同情地看着她俩说："振山家，贵柱家，咱石柱不是从前的石柱了，铁牛也不是从前的铁牛了，他俩都长了个一般人没有的心眼。我想他俩是会对付鬼子的！不会出什么事，出不了什么事！"

"他俩出不了事就好！"

"可千万不要出什么事，俺实在想俺那兄弟和侄子！"

"明天咱们就派人回村子，了解情况取得联系，到时候日本鬼子来村里的情况，就都知道了！"

李冬梅看着吴志华同志说："那敢情好！"

吴志华同志和小王走到了煤场的南边看了看。霍建邦组织少先队坐在煤堆上，听黄莲芬给大家讲如何抗日的道理，他们都机灵着两只眼睛听，很少有人说话。黄莲芬见吴志华同志走过来了，想要和他说什么。吴志华摆了摆手，让他继续讲下去。他个别对霍建邦说了几句话。

"上坡留神点脚底下，不要碰着梢罐撒了！"后山凹村共产党员赵春生肩挑着一担小米粥，说着话急促促地走上来了。一个侦察小组的战士忙跑过去对吴志华同志说：

"老吴同志，后山凹村的乡亲们挑着米粥和杂和饭给咱们送上来了，这可是解渴又解饿的饭！"

"你在哪里看见的，在哪里？"吴志华忙扭回头来问他说。

这时，赵春生挑着米粥走到了他的跟前，忙说："老吴同志，就在这里！我们送来了五担稀的，还有些干粮。让乡亲们先吃喝上点垫补垫补。"

"春生同志，太好了！这真是雪里送炭呀！"吴志华同志扶着担杖，赵春生将担子撂下，两人紧紧握着手说，"你们在路上见到王丽云同志来没有？"

"老吴同志，碰见了，她把情况说了说，我给她跟去个向导，她急着走了。路上没出事。"

吴志华听了很高兴。他急忙对围着他的柳来迅、黄莲芬、李振山、于贵柱他们说："赵春生同志带着人给咱们送来五担稀的，还有些干的，真解决问题。我意先让老大爷、老大娘、奶孩子的妇女和少先队孩子们，分上两担，其余三担分给农救会、妇救会、青救会的人，还有几个和尚互相谨让着点，大家匀着先吃喝上点，咱转移到后山凹再说。"乡亲们吃了点饭，也有了点精神，就向后山凹村转移。舟大叔对这一带的道路熟悉，在前边领着路。他们在银色的月光和点点繁星的闪耀下，一长溜的群众队伍行进在山坳里，犹如一条腾云驾雾长长的乌龙，忽隐忽现。

第二十二章
望太行

敌后撑持不世功，

金刚百炼一英雄。

时人未识将军面。

朴素浑如田家翁。

————续范亭

九十五

吴志华带领着王家峪村撤出的乡亲们，当夜转移到了后山凹村。部队稍憩后，即派出侦察分队和狙击分队，摸敌情、作掩护，让乡亲们分散到各家各户抓紧时间休息。次日凌晨，天刚蒙蒙亮。派出去侦察分队的战士来报告，日本鬼子已反扑到宝盒山，进行报复。吴志华随命令两个排，带领王家峪村和后山凹村的群众，向深山坳里的煤窑洞进行再转移。吴志华将侦察分队收回来，和狙击分队一起，在小松山上观察敌情。只见宝盒山煤窑顶上，燃起熊熊的光火，冒着腥人的黑烟，那是敌人将被打死鬼子的尸体火葬呢！然后，响起了一阵猛烈的枪炮声，看见像是敌人对着煤窑洞口，进行射击报复，打了好一阵子才停下来。

这时，一队队八路军突击队，在轻重机枪掩护下，分三路发起猛烈攻击，枪炮声响成一片。顿时，战火纷飞，硝烟弥漫，朝着来宝盒山的报复之敌，正面攻两面夹击，打得鬼子兵丢盔卸甲，狼狈溃逃。吴志华一看就知道，这是朱总司令指挥的大部队，已经赶到了。

区委书记洛涌江带着警卫员及几个地方干部，为迎接总部首长及大部队，也来到了小松山上。吴志华见他们来了忙和他们握了握手。洛涌江兴冲冲地对他说："党中央、毛主席派朱德总司令，率领八路军总部和刘伯承、邓小平领导的一二九师，已由晋北南下，转战到太行山区，它像一把锋利的钢刀，直插敌人的心脏，创建晋东南抗日根据地。薄一波同志要求我们，一切工作都配合总部和大部队的行动，听从总部和一二九师的指挥。他领导的决死队，也作为一二九师的一部分，统一行动。这样，晋东南的抗日局面，就能很快打开了。"

吴志华高兴地说："太好了，好极了！他们一来，打鬼子创建根据地，就大有希望了。我早就盼着总部和大部队来呢，来了咱们总能打胜仗！我们一定做好群众工作，紧密配合大部队的行动，狠狠打击日寇！"

"老吴同志，"一个侦察分队的战士向他报告说，"在咱们大部队的夹攻下，日本鬼子已经向阳城方向狼狈逃跑了。总部首长要到太行山上勘察地形，让我们组织转移的群众，可以陆续回村。"

吴志华对他说："你去通知柳来迅，让他组织好群众往回转移。"

那个战士刚走后，王丽云和小张也来了。她见洛涌江同志提前来了，就把押送敌俘的情况简单说了几句。也随着他们的视线仰望太行山。

清晨，太行山披上了绚丽多彩的朝霞。有几个八路军迎着彩霞，攀上了太行山。他们一看，走在最前头的就是大家爱戴的朱德总司令，他带着刘伯承、邓小平、左权同志和参谋人员，在长满了红果树和柿子树的坡坡岭岭上，急步攀登着。那令人心醉的太行山是美的，坡岭上到处长满了挺拔苗壮枝繁叶茂的红果树。当地人俗称"山里红"。那一片片、一棵棵红果树上，挂满了一嘟噜、一嘟噜红玛瑙般的果儿，在绿叶的衬托下，犹如山川里盛开的映山红，红艳艳的红似火。在那坡岭间、山道旁，还长着一大株、一大株的柿子树，那果实累累黄澄澄熟透了的柿子，像一个一个的小灯笼，挂满了枝头。远远望去，也是一片火红。这一坡一坡的"映山红"和一岭一坡的"小灯笼"，把太行山点缀得格外秀丽，壮美娇艳！

朱总司令他们在"映山红"和"小灯笼"里向太行山上攀登着。太行山，从战略要地上讲，是我国著名的大山脉。"群峰壁立太行头，天险黄河一望收。"巍巍的太行山，气势磅礴，雄伟壮观。这千山万壑、铜墙铁壁的太行山，像一道顶天立地的天然屏障，耸立在山西、河北之间，它与汇集百川、滔滔东流的黄河互为表里。自古以来认为这个地区"外河而内山，是个可以依托的天险"。其形势的险要，正如陈毅同志诗中所描写的："山西在怀抱，河北置左肩。山东收眼底，河南示鼻端。长城大漠作后殿，提携捧负依陕甘。"是天然的游击战场，也是建立抗日根据地的好地方。

　　1937 年 11 月间，太原失陷。几十万国民党、阎锡山军队弃地溃散，以共产党为主体的游击战争进入主要地位。朱总司令根据党中央、毛主席创建华北敌后各个抗日根据地的指示，率领八路军总部一二九师，从晋北南下，来到太行山区，坐镇这个地区，指挥华北地区各抗日根据地的战斗，他和刘、邓首长指挥着部队将进犯的日寇打退后，连脚步也没顾得歇一歇，便攀上太行山勘察地形。他那不知疲倦的精神和他那坚忍不拔的毅力，迈着有力的步子，精神抖擞，不多时就攀上了太行山的一个主峰——劲松峰。

　　劲松峰，苍松翠柏，郁郁葱葱。天然浩气，名传千古。在劲松峰上，有棵笔直、高大的不老松，巍然屹立在山巅。它不怕风雨骤，不畏冰雪寒，何惧烈日晒，飞沙走石腰不弯。它年复一年，常青不谢。点缀在这雄伟磅礴的太行山上，更加生机勃勃，多娇壮丽。啊！太行山，是祖国的山，人民的山，战斗的山，英雄的山！

　　洛涌江、吴志华、王丽云等同志，看见总司令走上来了，心里乐开了花，一个个眉喜于色，急促促地迎着总司令跑去。

　　总司令看着洛涌江、吴志华他们说："我已经听说了，你们工作队打前站，在地方党委的领导下，发动群众、组织群众的工作搞得蛮不错嘛！你们初次和鬼子交锋就活捉了个日军小队长，还打死几名鬼子兵，缴获了枪支、弹药，成绩不小啊！"

　　洛涌江说："王家峪这一带的工作，主要是吴志华他们做的。我们和决死队占了这个地盘，工作很有起色，建立了党和群众的组织，抗日的局面初步打开了。"

　　总司令高兴地说："大家都有成绩，这是大家的胜利！工作做得都挺好嘛。"他看了看洛涌江急于工作的神色，便止步片刻对他说："总部和一二九师来这里，主要是在太行山这个要地，组织、发动、武装群众，发展抗日民族统一战线，做好友军的工作，狠狠打击日寇，创建晋东南抗日根据地。这个地区很艰苦，你在区里工作一定要注意，部队的生活一定要与群众同甘苦、共患难。无论干部、战士决不允许搞任何一点特殊！我们只有成了人民爱戴的军队，才能立于不败之地！"

王丽云带着小张先回村做工作去了，吴志华跟着总司令从南川沟的圪梁上走下来。柳来迅领着转移的群众也在后头跟过来，总司令和吴志华他们看见南川沟河滩上，有被我军打死鬼子的尸首，横七竖八地乱躺着。偶尔有我军伤得不太重的伤员，坚持走动着。当走到李振山家大门口时，便挺起胸膛、直起腿来刚刚强强走起来。总司令看见他膝盖上挂了花，裤腿上浸着很多鲜血，几大步跨到他的眼前，忙喊着说："同志，少等等！"他唤着疾步走过去，亲自扶着这个受伤的战士走到一块青石板上，又轻轻地扶着他坐下，说："让我看一看。"然后自己蹲下来，挽起那战士的裤子来仔细查看伤势，从他那一动不动地凝视着伤口的眼睛里，朱总司令是多么疼爱战士啊！那战士连声说："首长，我这点伤不算啥，不要紧的！"总司令心疼地说："伤势不太重也不轻啊，现在天气凉如不及时包扎治疗，很可能引起伤口发炎，马虎不得呀！"他说着，从警卫员的背篓里取出中药来，放在嘴里嚼烂给战士的伤口敷上，又用绷带给他裹缠好。他那样亲切、那样感人，是包含着多么深厚的无产阶级感情啊！这个战士在战场上负了伤没掉过泪，这时却止不住地热泪盈眶了。他紧握着总司令的手说："为我这一点伤操心，真是我们的贴心人啊！"总司令说："革命队伍里都是阶级兄弟，应该互相关心嘛！"

那个伤员可能是流血过多，头昏得身子倾斜了。总司令紧扶着他，吴志华和警卫员忙去背他。姜秋菊和李冬梅几大步跑过来扶住了他。姜秋菊睁着恳切的目光问总司令说：

"老八路军同志，让他先到俺家里歇一会行吗？"

"行，行！那太好了！"

九十六

朱总司令带着警卫员小李，来到了村西头李石柱家大门口。看房子的小贾正出来接总司令。可是他走到门口并没有马上进院子。他顺着土垅瞧了瞧土垅边家户门。看着李石柱家门前被王进财锯了树的墩子，大门旁边立着的废碌碡，卵石裹着泥土的破院墙和破烂不堪的大门，沉思片刻，才缓步进去。

吴志华和小贾拾掇了拾掇窑里，忙着和部队联系转移伤员的事去了。小贾陪着总司令走进了李石柱住的西窑里。用手摸了摸炕上摞着的那两个炭枕头，说："这可是宝东西！"小贾和小李也伸手摸了摸。

时正小晌午，是个大晴天。开开窑门窑里并不显得太黑。总司令打量着窑里，见西土墙上的缝里，拿两个钉子钉在木橛橛子上。用两个蛤蟆嘴书夹子夹着一张军事地图，吊挂在了上边。他到东小窑向作战参谋询问了派出的侦察、警戒部队后，便带着警卫员小李又到村里去了。

他和小李从镇街上返回来。一路上，看到八路军战士给镇街上、村子里、家户们，扫街道、扫院子、担水，扶老携幼地帮着老乡往家里走。可是，乡亲们转移回来的情绪很低落，有的坐在街门口，有的蹲在道边边，都流露出了惊恐、不安的神色，也无意回到家里去。但是，他充分地判断，敌人吃了苦头，不会马上来。乡亲们需要抓紧时间做饭吃、休息。怎样说服开导乡亲们呢？

总司令望见小学校的操场上围了不少人，便向那里走去。近前一看，乡亲们正围着看给军马称谷草。如福爷爷忙着看着一杆大秤，于贵柱和舟大叔给抬着谷草。总司令看过一秤，秤砣撅得冒高冒高就过去了。八路军粮秣员忙把着秤说："老大爷，秤太高了。不行，不行！秤平两头乐！"如福爷爷憨笑着说："这点谷草也不是啥值钱的东西，高就高点儿吧！就算送给你们牲口吃，也不算啥？"

总司令微微笑着，对如福爷爷说："乡亲们的一片热心，我们是很感动的。可是，咱们八路军有《三大纪律，八项注意》，买卖要公平，不能侵占群众的利益。这几百斤的秤，一高就没准了。虽是些谷草，也应该多少是多少，才好！"如福爷爷才过得平了些。当他过完这一秤时，于贵柱和舟大叔要把这秤谷草和称过的谷草倒在一堆儿，总司令忙说："把这秤先摞在这一边，那过得不平的秤再重过过。这样过秤就平了，好了。"粮秣管理员说："咱再重过过。"直到他看着把那堆谷草平平的过完后，才说："这就秤平两头乐了。"

围着的人不知谁说了一句："老八路，你说那鬼子兵，今儿个黑夜打来打不来？"总司令说："我料他今天黑夜不会来，明天也不一定来。就是他来了，有咱们八路军保护你们，决不让乡亲们受损失！"他看看大家都愿意听他说话，随坚定有力地说："乡亲们，日本强盗侵略咱们中国，梦想把咱们国家一口吞掉，他是白日做梦，咱们的国家不会亡！咱们全国军民，只要在共产党、毛主席的领导下，团结一致，坚持抗战，一定能打败日本侵略者，一定能取得抗日战争的最后胜利！"

总司令为解除乡亲们的恐惧心理，对留在场上的一些人，又深入浅出地给他们讲持久战的道理。并且用通俗易懂的语言，批驳了"亡国论"和"速胜论"右的和左的两种错误倾向，使大家树立持久抗战胜利的信心。随后又和他们聊了聊家常。在闲谈中，得知如福爷爷是村里的土太医、"名棋手"，还特意到他家里看了看，和他交了"棋友"。

九十七

夜深了。总司令回到窑里，用两手抹了抹黝黑黑的脸颊，振了振精神。小李又给他点燃起那盏小麻油灯。他叫小李去叫吴志华和李振山来汇报王家峪的社情。自己伏在桌子上看《论持久战》。

没多大一会儿，吴志华和李振山就来了。吴志华先让李振山谈了谈，他自己作了些补充。并把刚建立起来的抗日人民自卫队的组织情况，也向总司令汇报了。说："经党支部研究决定，抗日自卫队的队长由李石柱担任，但他在王进财家仍顶着名当长工，不便公开出来工作，由副队长主持全队的工作。"接着，又把王进财在抗日中的表现，详细谈了谈。同时，将李石柱和李铁牛这苦爷儿俩的全部遭遇也都说了说。

吴志华把李石柱领来后，介绍给总司令他就忙着走了，总司令和李石柱谈了很长时间。李石柱不光谈了自家的苦难，还把王进财追随日寇的可疑点，都说了说。末了，他还把多年打听不到的亲人——春妹的妈妈和哥哥那半只银镯子的事，也都给他说了说。总司令听了，很疼爱地看着他说："你那老妈妈到什么地方去了？可是不好琢磨的，不过可以慢慢打听。可你那大舅子哟，是从太行山区往南跑的，会不会参加了桐柏山区的红军游击队呢？这个，我可以在八路军里头，给你寻问寻问。"李石柱高兴地说："那敢情好！那敢情好！"

李石柱走后，总司令又让他把儿子李铁牛叫了来。他和铁牛也聊了很长时间，一直聊到雄鸡啼叫五遍。总司令听小铁牛哭泣着说苦难，当他说道：王进财霸树欺人，暗害死他德来大爷，逼死他叔叔李玉柱，气瘫了杨直理，特别是被王进财糟践死了他那可爱年轻的妈妈，死了后连他妈妈的亲人也打听不到时，便伤感地止不住地簌簌落了下来。总司令疼爱地攥着他的手，抚摸着他的头发，说："铁牛是个好孩子，也是个很苦的孩子。听你说的这些苦难，我心里也很难过。"他沉思了一会儿，"你年岁不大，可是个很懂事的孩子啊！你想找亲人，光流泪是找不到的！你好好说，你妈妈是哪里人？姓什么，叫什么名字？你那亲人又叫什么？我也能给你寻问寻问！"

李铁牛抹了一把泪说："老八路好爷爷，我妈妈的老家在河南林县吴家寨，她临死的工夫对我说：'牛儿，妈姓吴，你有个大舅，也有半只银镯子——'名儿也没说出就咽气了。"

总司令拿起毛巾来，给小铁牛擦了擦两眼泪花，像妈妈蹲在儿子的面前对铁牛说："小铁牛，你那大舅没有名字也不要紧嘛！有姓、有老家的地点，又有半只银镯子，就能寻问，就能打听。"

"老爷爷，那你打听到了，就告诉俺爹爹！"

"那一定，只要打听到了，就告诉你们。"总司令停了停又鼓励他说："王进财锯了你家一棵老槐树，来年春天八路军给你家门口栽五棵好槐树，给穷苦人家的门前、垅后都栽上树，让那些树长得又高又粗又大，绿树成荫，林荫满村！"

小铁牛机灵着两眼又想到了王进财霸树，忙问："好老爷爷，那王进财还敢不敢再霸树、锯树了？"

总司令肯定地说："我量他是不敢了！"

"那太好了，那太好了！好老爷爷，我走了！"小铁牛欢喜地跑着走了。

九十八

清晨，旭日东升，朝辉满天，辉映得王家峪这个太行山村，格外绚丽。远远望去，霞光万道。崇山峻岭，烟雾缭绕。雄姿万古，壮丽千秋。在那峰影绰绰的劲松岭上，传来了王丽云那清脆圆润的歌声。听！《在太行山上》：

　　　　红日照遍了东方，
　　　　自由之神在纵情歌唱。

看吧！

千山万壑，铜墙铁壁，

抗日的烽火燃烧在太行山上，

气焰千万丈。

听吧！

母亲叫儿打东洋，

妻子送郎上战场。

我们在太行山上，

我们在太行山上，

山高林又密，

兵强马又壮。

敌人从哪里进攻，

我们就叫它在哪里灭亡！

敌人从哪里进攻，

我们就叫它在哪里灭亡！

在这山谷里的歌声荡漾中，如福爷爷、李石柱、于贵柱、舟大叔来找总司令。总司令正在院里锻炼身体。一见他们来了，忙振作精神，很客气地招呼说："如福爷爷，您老起得早！石柱，你们起得也早！"

如福爷爷没说客套话，他恳切地说："老八路军同志，我知道你累了一白天，又忙了一夜没睡觉。你在这里住着不方便，我和八路军老吴商量了。俺这几间窑、房腾出来了，你要是看得起俺、信得过俺，就请你住到俺家去。别的我就不多说了！"他求之不得地望着他回答。

毫无思想准备的总司令听了，心里很感激，但又不便马上说什么。一向富有求实精神的朱德同志，他想了部队挤了老乡一些房、窑，乡亲们就够挤的了，不能再让乡亲们腾房了。说："我这里住得就蛮好嘛！不能让老乡们再挤了，谢谢乡亲的好意！"

李石柱忙说："老八路同志，如福爷爷家是个几辈子的贫老农，土太医。我们相处得和一家人一样，您住在他家里就是住在我家里，有什么事儿更方便些。他是个很耿直、憨厚的好老汉，不能拨他的面子，说啥您也得搬过去住！"说得总司令不好再说什么。

总司令寻思了一霎说："那么，咱一块儿去看看。"说着，就和如福爷爷走进他的院里。如福爷爷三番五次让他住北窑，他说啥也不肯。推辞不了时，说好还让如福爷住北窑，有时可以在他窑里开会。朱总和总部的有关人员，住在窑前的厢房里。这样，总部就设在了这里。

　　在朱总司令提出的"坚持华北抗战，八路军与华北人民共存亡"的战斗口号下，总部和部队，一直进到平汉路、正太路沿线，广泛发动群众，普遍开展游击战争，打击继续南犯的日寇；一面抽调大批干部和一些连队，组织了许多工作团和游击支队。总部直接派出民运工作队和地方党组织相结合，分散到太行区广大农村，宣传、组织、武装群众，壮大党和群众的组织，这时，神池区成立了神池游击队，王家峪组织起了抗日人民自卫队，就连七十多岁的如福爷爷，也坚决要求参加了自卫队。就在这时，李冬梅、姜秋菊、舟大叔和如福爷爷第二批入了党。从王家峪到卧虎山、劈山沟、后山凹等几个大村，一批又一批的工农子弟参加了八路军，到处出现了"母亲叫儿打东洋，妻子送郎上战场"的动人事迹。到处呈现出"村村是军营，人人都是兵，抗日根据地，一片练武声"的抗战挥戈的景象。

　　1938 年 4 月 4 日，敌人出动重兵三万余人，从四周交通线上分九路向我晋东南根据地分进合击。妄图在辽县、榆社、襄垣、武乡等地区消灭我八路军主力，吃掉我总部首脑机关，一举摧毁我日益成长中的太行山抗日根据地，把刚刚扛起枪杆的革命人民埋葬在血泊中。

　　朱总司令面对分进合击的九路强敌，运用游击战术："分兵以发动群众，集中以应付敌人。""敌进我退，敌驻我扰，敌疲我打，敌退我追。"在充分发动群众的同时，抓住有利战机，集中兵力消灭进攻之敌。在他的亲自部署和刘伯承、邓小平等同志的直接指挥下，八路军、决死队与地方武装和广大人民相配合，与日寇周旋在太行山上。在这战火纷飞的日日夜夜，朱总率总部机关转战太行山的山地里。左权参谋长带领警卫团去同敌人作战。朱总司令运筹帷幄，指挥若定，他和任弼时同志日夜分析敌情，研究反围攻的作战方案。警卫员小贾给他俩端来小米饭，他俩也顾不得吃，窗外飞机呜呜响，炮火震得窑顶上沙沙落土。警卫员和战士们为首长们的安全担着心。可是，朱总司令和任弼时主任沉着镇静，喜形于色，充满了胜利的信心。当作战参谋向他报告说："首长，从南线长治窜来的敌主力一〇八师团，从武乡到榆社、又从榆社到武乡，只和八路军隔一架山梁，还找不到八路军哩！"总司令哈哈大笑说："按照游击战的战术打嘛！游击，游击，不能游而不击呀！游住了敌人就要狠狠击它一家伙！"

敌机在头上盘旋着，却找不到八路军的影子。一二九师、决死队和广大地方武装，出其不意，攻其无备。机动灵活地跳出了敌人的合击圈，并牵住了敌人的鼻子，矫若游龙一般；巧妙迂回，与敌穿插，声东击西。于四月十六日在武乡县的长乐至冯家庄十五华里的漳河滩上，抓住疲惫南返之敌主力一〇八师团，以极其勇猛的动作，将三千强敌分截为数段，压入狭窄险要的漳河谷里，激战一整天，歼敌二千二百余人，缴获大部分枪支、弹药和全部辎重。其余各路敌人，见主力惨遭追击，连克长治、沁县等十八座县城，将敌人赶出晋东南，彻底粉碎了日寇对太行山抗日根据地的"九路围攻"，使我抗日军民群情大振，胜利信心倍增。

粉碎敌人"九路围攻"后，朱总司令又根据党中央、毛主席抓住大好时机，以太行山为支点，迅速分兵，由山地向平原发展的指示，仍留一部兵力继续在晋东南和冀西发展游击战争，建设和巩固根据地，而以一二九师为主力和各兄弟部队飞兵下太行，东出冀鲁豫，开创山东敌后抗日根据地，策应我苏皖新四军，为晋冀鲁豫边区创建和敌后根据地的发展壮大，跃马挥师，英勇奋战。

九十九

1940年春天，清明节。春光明媚，山村一片翠绿。朱总扛着镢头、吴志华扛着把铁锹，带领着八路军和王家峪的群众，有的扛着镢头、铁锹，有的扛着槐树苗，有的担着梢罐，去南川沟的寨坳里栽树。到了寨坳里，朱总挽起袖子来，拗起镢头破土刨坑，警卫员小李用锹往出取土。朱总刨了几个坑，刨得身上热出了汗，便脱下旧军装，摘了军帽，撂在地上，又接着刨坑。小李要用镢头刨他不肯，李振山要替他刨他不让。他用使不完的气力刨了一个又一个。如福爷爷提着一把铁茶壶走过来，给他倒了一碗白开水，晾在了一边，说："老朱同志。你的年纪也不小了，歇一会儿吧！让年轻后生刨吧，不要累着你了！"

朱总笑了笑打趣地说："'名棋手'，不累，不累！"接着又刨起来，他刨了几镢头，看了看如福爷爷说，"如福爷爷，咱栽完了树，再'杀'一盘？"

如福爷爷憨笑着说："我很愿意和你'杀'，就是你拔出的子太厉害，我一走就乱阵脚了，顶也顶不住！"

"您太夸口了，您下的棋蛮好哎，向您老学习哟！"

如福爷爷乐着也去挖坑去了。舟大叔问他说："一号首长和你说啥来？"如福爷爷高兴而神秘地说："他说，栽完了树和我再'杀'一盘。老朱的棋走得很高明，连我算上全村找不出一个对手来，他下棋很认真，有时这边刚'杀'开，那边就攻过来了。'杀'得我顾了马顾不了车啊！我看老朱下棋有个大本事，他能五个卒都推过河，车、马、炮看准了，冷不防吃你一口，又赶紧回来护着他的卒子。"舟大叔说："我看过他'杀'过几盘，和老八路下棋可不是闹着玩呢！那叫'作战下棋'！"

朱总他们在南川沟的寨坳里和群众栽完槐树后，又在李铁牛家大门口，在王进财锯了树的树墩子两旁，挖了两个坑，栽了两株又粗又直的小槐树，又在他家土垅后栽了三株槐树。从土垅后走上来，回到李铁牛家大门口。看了看两株槐的间距，正分立在大门前左右两侧，还很适中。

李石柱和李铁牛知道朱总领着八路军和群众到南川沟山坳里去栽树，急着早想出来一块儿去栽。可是王进财家老拿着活压着他俩，一直出不来，这会儿有个空儿，李石柱就让李铁牛出来看一看。李铁牛刚一出门，就碰见了于铁锁和舟铁蛋跑着来找他。铁锁说："铁牛，老八路军好爷爷，给咱家门口栽了两棵小槐树，树苗苗可好啦，又粗又直！"铁牛说："那咱快去看看个，我早想出来就是出不来。"他们三个小孩子跑到朱总的身边，看了看栽好的小槐树，欢喜地看着他说："老八路好爷爷，您真好！"铁牛一扑扑到朱总身前，一股热流传遍全身，激动地流着两眼热泪说："老八路好爷爷，您去年说给俺家栽树今年真的栽上了，您真是俺的好爷爷！"铁锁看着朱总问："好爷爷，那王进财还敢不敢霸这树、锯这树了？"朱总说："我量他不敢了！"铁蛋也看着朱总问："好爷爷，啥时候能让铁牛和他爹不给王进财家当长工了呢？"朱总说："咱们先打日本鬼子，不会太久了。"他们三个小孩子天真地说："那咱们就早些把日本鬼子打败！"朱总说："那好，咱们就使劲地揍鬼子！"

于铁锁拉着朱总的胳膊说："老八路好爷爷，走，和如福爷爷再'杀'一盘盘！"

朱总高兴地拉着他和李铁牛说："走，咱再和他'杀'一盘！"

如福爷爷和朱总"杀"了几盘，有输有赢，心情很舒畅，朱总就带着小李走了。围着观棋的舟大叔、于贵柱、李铁牛、于铁锁他们，都看到他的棋艺很高，棋风很好，也挺喜欢。舟大叔说："如福爷爷，我看今天老八路可能是工作忙，有意让了你几盘？"如福爷爷说："谁说不是呢！我看他总是有急事，草草下了几盘儿。"他又想了想，"我看老朱同志，不光是老八路，很可能是长征过来的老红军吧？他指挥打仗像将军，上山看地形像统帅，疼爱伤员像母亲，爱护老百姓像亲人，干起活来像老农，一点架子也没有，你们说他到底是什么官呀？"

于贵柱寻思着说："我看他总是老红军，走过二万五千里长征的老革命吧！"

他们几个人议论了半天也没猜出来，于铁锁和李铁牛问如福爷爷说："如福爷爷，你说毛主席在哪里？"

"听说在延安！"

"如福爷爷，朱总司令呢？"

"听说在华北！"

舟铁蛋惋惜地说："啥时候能见到他们就好了！"

大家说："谁不想着呢？"便各自往家走了。

夜幕垂临了。朱总让警卫员小李又把李铁牛叫来，和他吃了一顿饭。饭后，又好好聊了一阵子，夜初时分，镇街上黄莲芬她妈妈得了急病，康克清同志带着总部的军医去抢救了。朱总让小铁牛睡在了他的被窝里，像慈母哄孩儿睡似的，在被子上拍了他几下，不一会儿，他就酣睡地打起鼾声来。

朱总看了一会儿文件。他坐在小铁牛睡觉的炕沿边上，想和衣躺一会儿，往地上一瞅，小铁牛穿的那双补丁裰补丁的鞋，又张开蛤蟆嘴儿了。他伸下右手拿起来，摆在手掌上，端详了一会儿。放下去，又拿起另一只来看了看，也破得不能穿了，随将那双鞋都放在了地上。从背篓里取出锥子和针线来，把小麻油灯挪在椅子上，他坐着个小板凳，给小铁牛缝裰起鞋来。

小铁牛被朱总睡觉时轻轻蹭醒了，他没有马上和朱总说话。他知朱总经常彻夜不眠，就想让他多睡一会儿，没有惊动他。他把被子上搭着的那条毯子给轻轻盖好，又把他盖的被子搭在军毯上，便不声不响地下了炕，一穿鞋，觉得好穿多了，脚指头也露不到鞋外了，不由得觉得很奇怪，这是谁给补的呢？针脚又补得这么好？他也看了看朱总钉得很厚的那双爬山鞋，鞋头、鞋帮也破了，便轻轻出了门把门掩上，走到大门口问放哨的小李说：

"老八路军好爷爷，他睡觉的屋里黑夜有人来过没有？"

"今黑夜，一个人也没有来。"

"那我这双破忽塌鞋，是谁给我补好的呢？"

"就是你那老八路好爷爷，他补鞋补得可好了。他给我补过好几次鞋呢！他补得鞋针脚匀，挺受穿，不硌脚，行起军来不打泡，穿着可舒服了。"

小铁牛的鞋穿在脚上，热在心头，心里很高兴，又觉得挺稀罕。几大步就跑到了他姑姑家。李冬梅在灯下正忙着给八路军做军鞋。铁牛抑制不住无比兴奋的心情，忙脱下一只鞋来递给李冬梅说："姑姑，你猜这鞋是谁给我补的？"

李冬梅猜着说："看这针脚像是舟大婶，要不就是你振山婶？"

"都不是，姑姑。不是咱村的人，怕是你猜不着？"铁牛挠着自己的头说。

"那是谁呢？这可就不好猜了！"李冬梅钻着锥子，忙着绱军鞋。

小铁牛机灵着两只眼睛看着李冬梅说："就是那和如福爷爷下棋的老八路好爷爷，警卫员小李说，他补鞋补得可好啦，还给他补过好几次呢！"他停了一霎说："可我看他穿的那双爬山鞋，鞋头、鞋帮、后跟儿也破了，他没补自己的，可给我补了呢？"

李冬梅忙递给他那只鞋，惊奇地"呵"了一声，说："那你快把他那双爬山鞋拿来，姑姑快给他补一补！"

李铁牛说："行！我这就去拿。"一扭身的工夫，小铁牛就把朱总那双鞋拿来，递给了李冬梅。李冬梅看着这双补了又补的鞋，很不寻常。想给他好好补一补，又怕自己补不好。就和铁牛拿着那双鞋到了舟大婶家，两人一块儿补起来。

"嘟嘟嘟"，晨练的集合哨子吹了。一支支部队都在驻地附近锻炼身体，呼吸着这浓郁的新鲜空气。小铁牛拿着补好的鞋，李冬梅和舟大婶跟着，一块儿给朱总送了回去。进屋一看，朱总穿着舟大叔的一双鞋在地上找他那爬山鞋呢！铁牛憨笑着忙把鞋递给朱总说："老八路好爷爷，我悄悄拿着您的鞋，让俺姑姑和舟大婶给您补了补，您快换上吧！"李冬梅和舟大婶风趣地说："咱们换了吧，老八路？"朱总笑着说："俺舍不得！谢谢，谢谢！"

李冬梅和舟大婶在屋里没细瞅出来就回家走了。小铁牛看得清，他瞅见朱总的被子不见了，马褡子也装起来了。不由得心里犯嘀咕。他跑到门口忙问警卫员小贾："老八路好爷爷，怎么把马褡子扎起来了呢？"

"铁牛，总司令要走了！"

"小贾叔叔，谁是总司令？"

"就是给你补鞋的老八路好爷爷呀！"

"呵——"，小铁牛惊异地憨憨地张了张大嘴，跑回王进财家马上告诉了李石柱。李石柱抽空出来，他和小铁牛分头忙去告诉了李冬梅、于贵柱、如福爷爷、舟大叔、舟大婶。他们一听，老八路好爷爷，原来就是朱总司令，又惊又喜，都舍不得端了一笸箩红甜酸枣儿，李冬梅挎了一篮熟鸡蛋，舟大婶拎着一篮子核桃，姜秋菊提着一篮子大红枣和一小布袋金珠黄小米。还有李石柱、李铁牛、于贵柱、舟大叔和于铁锁、舟铁蛋，都来到了朱总司令住的院子里。总司令指示，为保证这次行动的秘密，没有对外宣传，也没有组织群众欢迎。尽管如此，他们还是熙熙攘攘地来了，都不让总司令走。总司令出来给大家解释也不行。一个个不乐意地噘着个嘴，快能挂住个秤砣了。李冬梅对总司令说："您说啥也不能走，反正俺不让您走！"说着，他们都把朱总围了起来。

朱总司令亲切和蔼地对他们说："我走是党中央、毛主席让回去的，回去有重要的任务，以后我还会再来的。若是来不了，我还能给你们通信嘛，咱们八路军还在嘛！"

他们听了，挽留总司令的劲儿就稍缓了些。这时，吴志华、李振山也来了，他俩又给大家做了些解释说明，他们才不强留了。不过他们送来的东西，一定要让总司令收下，总司令婉言谢绝着说啥也不留。

如福爷爷端起笸箩说："咱太行山的甜酸枣儿，吃在嘴里，甜在心窝。你不收下是不能出庄的，这是咱太行人家的老规矩！"

朱总司令没了法子，捏起个甜酸枣儿来尝了尝，笑着说："好枣儿，好枣儿！又酸又甜的。"

姜秋菊和李冬梅说："不行！您不收下我们就不让您走！"

经过吴志华同志和大家劝说，给朱总司令警卫员小李的背篓里塞了那小布袋金珠黄小米和几大把核桃、枣儿，还有几个熟鸡蛋，他们才勉强地高了兴。

朱总司令欢喜地对他们说："乡亲们太好了，让我把太行人家的心意带回延安去，带给党中央、毛主席、周副主席和中央其他领导同志们，请他们尝尝甜酸枣儿，喝喝金珠黄的好小米粥！"

大家争着说："那敢情好！您回去替俺们一定向党中央、毛主席他们问好！"

"那一定能办到！"朱总司令认真地对吴志华、李振山说："你们一定要加强党和人民武装的建设，打击消灭日寇，保卫人民利益；对真正投靠日寇的汉奸、卖国贼，决不留情！"他都和他们握了握手，说了句离别的话。也紧紧地握着李石柱的手说："石柱同志，你不是王进财家的奴隶了，你是党的人了！要挺起腰板来做一个真正的人！"李石柱亲切地看着总司令说："我身在王进财家，可我的心时刻向着党，永远跟党走！"他又疼爱地攥着小铁牛的手，抚摸他的头说："铁牛是个好孩子，有股子小牛犊的虎实劲儿，要长壮实了胳膊腿可比大老牛还要厉害哟！"小铁牛激动得两眼滚动着颗颗泪珠儿，紧紧地搂抱住朱总说："好爷爷，我真舍不得让您走！"

从此，朱总司令在太行山极为感人的层出不穷的故事，到处传颂，传颂……

一〇〇

秋天的一个早晨，五光十色绚丽的朝霞，辉映着那气壮山河的太行山村，显得格外娇艳壮丽。吴志华同志昨夜接到紧急通知，连夜到神池开会去了。柳来迅和八路军工作队出村去执行一项特殊的任务。村里留下王丽云和李振山主持工作。他俩召集党员和骨干研究，如何反击敌人的扫荡抢粮，保卫大秋收。

早饭后，李石柱对小铁牛说："牛儿，吴大叔和工作队不在村，咱们更要留点心。你赶着羊去放哨，一有情况就快报信！"小铁牛说："爹，我这就走了！"

李铁牛赶着羊群，直奔小槐树那里去。一路上，他路过谷子地，那沉甸甸的谷穗儿像狼尾巴似的摇摇晃晃；他路过玉茭地，那玉茭穗子像老头儿脸似的，咧着嘴耷拉着红胡须笑着；他路过黍子地，那黍子长得像大公鸡尾巴，上下忽闪着。他把羊群赶到了村西马路边，登高一望，那齐刷刷的紫红色的高粱，像一块块大红毯漂浮着。那婉转动听的蛐蛐声，给这繁茂的深秋，欢奏着庆丰收的乐章。小铁牛"呃勾——呃勾"地甩着鞭哨儿轰赶着羊群，走到了小槐树旁。突然，晋如康跟着一顶蓝轿走到他面前，问他说：

"小铁牛，你要到哪里去放羊？"

"我走不远，就在这圪垯放一放！"

只听轿里的人说："今天羊不出圈，要盘点查胎，让他把羊快赶回去！"晋如康听了对他说："大东家被日本宪兵队抓去，差一点没要了命，用红火箸把脊梁都烫焦了，这才放出来，你快把羊赶回圈！"

李铁牛一听很惊奇，他把羊群赶回来，很快把这事告诉了李石柱，他俩在院里干活，留心观察着王进财，只见晋如康搀着王进财，爬爬着腰"嗯嗯呀呀"走进西窑里。刁荄新和陈妈也跟了进去，刁荄新还让陈妈推上了正窑门。

三姨太古淑芳睡觉刚起来，她吃惊地忙喊着问："进财，进财！你这是咋啦？"

小铁牛在窗外想听听王进财回来说什么，只听王进财说了句"你叫唤什么，你懂个屁！"他把话音压得很低很低，就再也听不见了。可陈妈都听见了："日本人看得起咱，才让我当了神池特区的区长。他们马上就来村里收割庄稼，事成之后又是白花花的银子！"他停了停，"刁管账，快给我拿烟袋来，烧个泡，我足足抽几口，日本兵马上就来！"

李石柱在院里见李铁牛着急为难的样儿，知道又有急事情，他摆摆手叫了叫铁牛，便从里院走到后院，一问他，除开头那两句话，再也没听到什么，正在他俩着急时，陈妈惊慌失措地低语告诉了李石柱，李石柱听到这特别紧急的情况，忙叫铁牛去放跌倒杆给村里报信，再把情况赶快告诉王丽云、李振山，他在王进财家盯着。

李铁牛从王进财家后院的后门跑出去，刚一出村口，一大群日本鬼子和保安队押着很多民夫赶着大车，从村西的马路边压下来了，那个骑人洋马留人丹胡子的日军官龟田，在"五·一"大扫荡后，被调到阳城当了日军大队长。旁边跟着个翻译官也骑着马。王进宝骑着一匹大红马，当了阳城保安大队长。沿村边都站满了鬼子兵和保安队。李铁牛一看，这时再去推跌倒杆，已来不及也不可能，便钻进庄稼地里，去找李振山。

李石柱在院里看见，刁萎新陪着王进宝领着龟田大队长、翻译官，走进他家的正窑里。王进财点头哈腰地迎接着说："欢迎太君，龟田大队长光临！"龟田坐在太师椅子上说："老朋友，你的情报大大的好，缴献粮食功劳大大的有！"他命令那个矮个子日军官，指挥日本兵、保安队包围村子、路口，叫民夫到地里抢秋，把村里的老百姓押到嘉山庙坡前训话。那矮个子日军官"合以"了一声，就走了。王进财忙叫刁萎新到嘉山庙上去拉钟，不多时，村里又响起了嘉山庙钟楼的钟声。

李铁牛跑到南川沟找不到李振山，就急忙从南川沟返回来，穿过庄稼地，绕到了他姑姑家。李冬梅和王丽云在窑里正研究对付鬼子的事。李铁牛把情况说了后，王丽云明确地告他："你快到练将坡告诉你姑夫，让他带着抗日自卫队，赶快转移出敌人的包围圈，不能和敌人硬拼；并告诉乡亲们不要听嘉山庙的诈钟声，能不去就不要去听鬼子训话。"小铁牛从垅后头钻进庄稼地，他到练将坡告诉于贵柱后，又回到王进财家后院里。

王进财衣帽整齐地跟着龟田大队长和王进宝、翻译官走出大门，日本兵和保安队押着不少乡亲们，从东井台往南川沟里走。有的人惊恐失色。有的小孩、娃娃还低声啼呼着。

李铁牛急忙跑进王进财家院里，找到了李石柱，和他爹琢磨怎么对付鬼子，李石柱对他说："看牲口老汉已给王进财备好了一匹马，看来他要溜。你叫上铁锁和铁蛋想法拖住他，不能让他跑掉！"说完，他又递耳对他说了几句悄悄话。小铁牛就去找铁锁、铁蛋去了。

龟田指手画脚地指了指王进财，说："王老先生，你的大大的好朋友的，你是阳城特别区的区长，他们统统地听你的说话！"他摆了下手，让翻译官给他翻了话。

乡亲们被嘉山庙的诈钟声诓了来，鬼子兵和保安队围着村子把着路口，逃也逃不掉，站在了嘉山庙前的南川沟河滩上，暗暗切齿痛恨着王进财。以前只知道他几次转移都没有走，接待过日军官，听刚才一说，才知他死心蹋地投靠日寇，和他弟弟一起当了汉奸。

王进宝气势汹汹地讲了几句话。他歪愣着脑袋说："皇军占领了中国，实行大东亚共荣圈。谁给皇军效劳，谁就有好处！"他吊高了那粗沙的嗓门说："八路军长不了，减了我的租又减了我的息，今后都得给我交回来！"

王进财挺了挺他那长长的脖子，恶狠狠地说："你们这些穷鬼，成天家跟着八路军瞎胡闹。减我的租，减我的息，还教训我！你们跟八路军有什么好？"

龟田来王家峪曾吃过两次亏，这次来既是抢粮，也是次报复性的行动。他一听王进财提到八路军，马上火冒三丈，瞪着眼睛问王进财："谁是八路军，统统地出来！"

王进财瞪着两只三角眼，狡猾地对龟田献眉弄眼地说："李振山你出来，你经常跟八路军瞎胡闹，我看你像共产党，你是八路军！"

李振山要出来，乡亲们拉扯着他一拥挤，就把他挤在人群里了。

龟田蛮狠狠地说："李振山，快快地出来！不出来的统统地死拉死拉的有！"他杀气腾腾地拔出雪亮的指挥刀，让鬼子兵朝着群众端起枪来，"刷啦，唰啦"推上了子弹，眼看着就要开枪射击。

李振山为不让群众遭难受害，从群众中硬挤出来，急忙喊道："住手！不要开枪。我是八路军，我是共产党！与乡亲们无关！"

龟田握着指挥马，凶狠狠地朝着李振山走来，揪住他的衣领狠狠地操了操说："你的土八路的，良心坏了坏了的有！"说着，举着指挥刀要劈他似的。

"住手！我是八路军，我是共产党！"王丽云正要从人群中挣脱出来，李石柱忙遮掩住了她。他一点儿也不慌张，还是那个老长工的奤拉样，不紧不慢地站了出来。

龟田甩开李振山，瞪着两只眼珠子问他："你的说话，谁是八路军？谁是共产党？"

李石柱睁着两只仇恨的眼睛瞪着王进财，从容不迫地说："我是八路军，我是共产党！"

龟田知道他是王进财家的苦力，一时有些惊奇："那呢？你的什么的说话！"

王进财急火了，他一面气势汹汹地盯着李石柱，一面对龟田献眉弄眼说："太君，他的不是八路军，他不是共产党。"他冲着李石柱"呸"了一口，斥道："你个臭苦力穷光蛋，你也配！真给我败兴丢人！"

龟田听得烦躁了，他生气地说："什么的干活？你们的心统统地坏了坏了的有，统统的死啦死啦！"他举着指挥刀将李石柱搡开，恶凶凶地指挥着，就要向群众开枪。

王丽云瞅着群众的性命危在眼前，她身着便服，直挺挺地喊着又站了出来。

王进财正要给龟田又说什么。

李冬梅抱着小妞妞，跑过去几步硬往回拉王丽云，急着说："她姨姨，你疯啦！你不能胡说，你不是八路军，也不是共产党！"

龟田睁着两只狡猾的眼睛，盯着李冬梅问："老太婆，你说，谁是八路军，谁是共产党？"李冬梅说："我是八路军，我是共产党！"李冬梅临危不惧的表现，弄得龟田弄不清谁是真八路了。他气急了，左手抓住小妞妞，右手用指挥刀背拨开李冬梅的胳膊，把小妞妞扔出三尺远。穷凶极恶地说："八嘎牙路，统统的心坏啦，统统地死啦死啦！"

李振山、如福爷爷、王丽云和站着的乡亲们，紧紧联在一起，涌向小妞妞，李冬梅抱着被摔破了脸流着鲜血的小妞妞，拼命地哭号着，河滩上一片混乱，眼看鬼子就要开枪了……

"嗒嗒，嗒嗒嗒"的机枪声，"轰——轰——"的手榴弹爆炸声，响成一片，吴志华带着八路军工作队，从嘉山庙、南川沟赶回来了。自卫队也在东南方向开了枪。鬼子兵和保安队嗷嗷地乱叫着，向小岭坡跑了。龟田一看，鬼子兵和保安队乱撤下来，暴跳如雷，急握着指挥刀和王进宝在南川沟路口上狙击。王进财见势不妙跑到家门口骑上马，手握着王八盒子枪，打起马来就跑。当他跑到东井台往北一道巷里时，李铁牛、于铁锁、舟铁蛋在房顶上，把已经点燃了的装着鞭炮的煤油筒，扔到巷里。那几个煤油筒在巷里"噼里啪啦"响起来，又折斛斗又冒烟，挡住了王进财马的去路。王进财骑的那马一受惊，两只前蹄向上"嗷——嗷——"腾了几腾，便将王进财摔下马来。李铁牛忙从房顶上抱住一根柱子溜下来，假意儿扶着他，紧拽住他的两手腕，拽得王进财痛得龇牙又咧嘴。

王进宝骑着马从村西头朝小槐树方向跑了。龟田骑着马跑进巷里来。王进财爬着追着龟田喊："太君行行好吧，带着我走吧！"龟田气恼着掏出他那封叫他们抢秋的情报来，朝他的面前一掷说："八嘎牙路，你的情报的不准，良心大大的坏啦坏啦的！"策马跑了。

敌人逃跑后，把玉茭、高粱穗子扔得地边上、道上、马路上到处都是。有的把装好的麻袋、口袋也扔了，赶着空大车跑了。

吴志华、张连长派战士把王进财看押起来，并派出警戒部队监视敌人。有些八路军、自卫队就和乡亲们一起，把敌人丢下的玉茭、高粱、谷子穗，不论大人小孩，男女一齐动手，有的担、有的扛、有的背、有的抱，紧着往操场上拾掇，呈现出一派护秋夺粮的景象。

一〇一

当天下午，吴志华让王丽云作了紧急报告，把王进财投敌当汉奸及处理意见请示了区党委。经区委和区联合政府批准，立即对王进财进行镇压，并清查其不法财产及可疑物资。当天夜里，组织自卫队在王进财家的正窑里，打开了暗窖，破开地窖，抬出六箱七九新步枪和两箱子弹。接着，找到了地窖子。打开后，取出来五十担小米和七十担小麦。还有两铁箱银圆，一铜匣金银首饰和玛瑙、翡翠之类的值钱东西。经区委批准，枪支、弹药武装自卫队，粮食分给贫苦农民，其金银财宝全部上缴。对汉奸王进财，召开宣判斗争大会，就地枪决。

翌日上午，在嘉山庙戏台上召开了宣判斗争大会。李振山叫李铁牛、于铁锁和舟铁蛋到嘉山庙的钟楼上，"当啷——当啷——"地拉响了集合钟。全村人一听到这钟声响，男女老少熙熙攘攘都向嘉山庙涌去。卧虎山、后山凹和劈山沟几个邻村与王进财有仇有恨的家户，也都派出代表赶来参加大会。不一时，把戏台围了个严严实实。戏台底下的场上、东西两侧、嘉山庙前和走道的石台阶上，满地满坡都是人，八路军和自卫队放着警戒，维持秩序。

王丽云同志主持大会，她宣布大会开始后，区人民法院负责人宣布了对汉奸、恶霸王进财判处死刑、立即执行的判决书。有一名八路军战士和一名自卫队员，将王进财五花大绑押在了台上右侧角。这时，群情激愤，拍手称快。他们情不自禁地连连高呼"打倒汉奸、恶霸王进财"的口号，接着控诉他的罪行。一个个无比悲愤，争着倾吐苦情。

李石柱正要控诉，从台下搀上来一位双目失明的老大娘。她痛哭流涕地走不动，也说不上话来。她伸出哆嗦着的手想狠狠抽几下王进财，可她伸出手就喘不上气来了。她缓上气来无比气愤地说："王进财，你这条披着人皮的狼，你害得我一家好苦呀——你，你霸了俺家的地、占了俺家的园，你逼得孩子他爹跳了井呀——共产党、八路军你们得给我做主呀——逼得俺那十五岁的孩子跑出去，至今也不知道死活呀——"她气急地说不上话来了。李石柱和李振山忙把她搀扶在了一边。

就在这苦悲有余愤恨不足的情势下，春妹突然出现在戏台上，群众一阵哗然，顿时鸦雀无声。一双双锐敏而充满了激情的眼睛，马上集中到春妹身上。她由两名八路军医护人员扶着走上主席台，医护人员给吴志华同志交代后，她刚刚强强地站在了控诉桌前，想不到，她仍和李石柱成亲时做新媳妇那样俊美，不同的是，她已剪掉了头上的盘朵，留着时兴的解放头。身穿一套不很合体的女八路军旧军装。她甩了一下头发，右手指着王进财有苦有仇、有悲有愤地说："王进财你睁开眼看看我是谁？"王进财略微扬了扬头，没有看出来。春妹横眉冷眼冲着他说："我就是你害不死的春妹，我还活着！"王进财眨巴了下耗子眼，一看果然是他奸污后想糟践死的春妹，活活地站在他的面前，两眼寒光射着他，他"呵——"了一声，立时就吓瘫了。

"我们要为春妹报仇，打倒残害妇女的王进财！"

春妹的突然出现，春妹那有力地控诉，鼓舞着群众的激情，句句打动着群众的心；给这庄严的会场，增添了无比的气氛，给控诉的群众充实了莫大的力量。她的出现，一扫余悸，从而唤起了斗争胜利的信心。一个个振臂高呼口号，一个个争着要控诉。

春妹两眼闪着逼人的光芒，无比气愤地盯着王进财说："五月端午，你在窑顶上偷看我，我就看出你没有安好心，你从土垅溜下来，怎么就没有把你摔死；你拿人不当人，拿树不当树，俺们家祖宗三代传下来那棵老槐树，你想霸就霸，你想锯就锯；就为霸这棵树，你摔死了俺德来大叔，激瘫了杨直理，活活把俺玉柱弟逼疯死；这你还不死心，你逼得俺家人亡家破，一家三口人给你当长工，老的当老长工，女的当女长工，小的当小长工，给你家当奴隶，这你还不死心，硬折磨我死，我没断气，你就派家丁把我锁在冰冻的土窑里，想把我冻死！王进财你真歹毒，你不是人，你是一条吃人的狼！"

春妹控诉到这里，一时气急地说不上话来。李石柱手拿着带血的荷包，急忙过去搀扶住了她。他一眼瞅见在戏台旁听呆了的铁牛说："牛儿，快搀搀你妈来！"牛儿搀着他那陌生的妈妈，眼泪汪汪了。

姜秋菊手里拿着王进财掉在院里的那只千层底圆口鞋，蹶达蹶达跑到台上，狠狠地拿鞋抽了王进财两耳光，说："你这条吃人的豺狼，我要你还我的好公爹！"她也去扶春妹。

李石柱见到了春妹真的活着回来了，他的心海激浪翻滚，他急忙把那半只带血的银镯子揣在怀里，举着带血的金鱼小荷包，噙着泪说："我那可怜的玉柱弟才二十二岁，活活就被王进财糟践死了！我要你抵命！"他气恨恨地瞪着那牛犊似的眼睛，瞪着王进财，"就是把你千刀万剐，也报不完王家峪穷苦人的仇！"他气得也说不上话来了。

李铁牛哭号着，指点着王进财说："你是大坏蛋，害人精，我砸死你！"他说着还捏了捏拳头。

春妹喘上气来说："王进财，你这无法无天的大恶霸、大汉奸，你糟践了多少妇女，害死了多少人命，霸占了多少家产，卖了多少国，都要给你算清这笔血债！"

"打倒恶霸王进财，坚决枪毙汉奸王进财！"

台下的群众，群情激昂，卧虎山村的杨直理也赶来参加控诉斗争大会。他拄着一根拐杖气恨恨地走上了台，一看到春妹刚刚强强站在那里，心里一阵喜欢，长出了口窝心气。突然，他的精神振奋，心胸开朗，看看吴志华他们，望了望台下的群众，心胸一愉快终于吐出了那口久憋在心窝里的不平冤枉气，立时扔掉拐杖，走到王进财的面前，拗起他那粗大的手来，狠狠掴了王进财两个耳光。掴得王进财仰了两骨碌。他理直气壮地说："王进财，你也有今天！你这个恶霸狗汉奸，你坑害了多少人家，糟践了多少人命！就是把你千刀万剐也解不了穷人的千仇万恨！没有共产党、八路军，咱不会有今天！"

李石柱没等杨直理说完，他两眼冒着复仇的火焰，无比气愤地说："国民党、阎锡山的天下，你糟蹋老百姓；日本兵打进来，你又死心蹋地当了汉奸，叫日本兵来糟蹋老百姓。你不是人，你是中国人的败类！"

"打倒恶霸、汉奸王进财！坚决镇压卖国贼！"台下又是一片震耳欲聋的呼喊声。

杨直理的话还没有说完，杨家沟村的杨大叔、王家庄村的王小旦，还有其他人，都要为冤屈死的亲人申冤报仇；于贵柱、李冬梅、舟大叔、舟大婶和如福爷爷，也要争着上台揭发王进财的罪行。王丽云考虑到时间关系，经和他们商议，就请如福爷爷一个人上台说两句。

如福爷爷走上台闪动着激动的泪花，也没有多说，接着他们的话茬说："我就说两句，没有共产党、八路军，就没有咱穷人的活路！咱们要感谢共产党！感谢八路军！"

"感谢共产党！感谢八路军！"台下又是一片震天动地的呼喊声。

王呈海哭叫着搀着江瑞兰，刁菱新灰溜溜地搀着古淑芳，怪声怪气叫着跑到戏台下，跪着磕头作揖说："八路军呀，你们行行好呀，千万不能枪毙俺那大东家呀，这可叫俺们怎么活呀——"

吴志华同志看了看李石柱拿着的那带血的荷包和姜秋菊拿着的那只千层底圆口鞋，非常气愤地站到台前来讲话。他说："什么大东家，王进财是七村一镇欺压人民的大恶霸、大地主，他恶贯满盈，罪恶滔天！日本军打进来，他又死心塌地投靠了日寇，当了汉奸，出卖人民。他是老百姓的死对头，他是民族的败类！我们要坚决镇压，一定要枪毙他！"

王丽云见古淑芳、江瑞兰和王呈海哭号着，怪叫着，作揖、磕头又打滚，耍无赖，便马上叫自卫队把他们押走了。

吴志华同志继续说："我们要发展抗日民族统一战线，对于地主老财，只要他响应共产党号召，真心抗日，我们就争取他、团结他！卧虎山村的地主路开明真心抗日，自动献出现大洋和好小米，我们请他参加了联合乡政府。但是，对王进财这样的恶霸、汉奸，必须坚决镇压，决不留情！他弟弟王进宝投降日寇，当了阳城的保安大队长，他是不会甘休的。"他接着讲了今后的任务，说："敌人正在进行残酷的大扫荡，我们更要团结起来，去迎接新的战斗！发展人民武装，广泛开展游击战争，巩固、发展抗日根据地，保卫太行山，保卫晋冀鲁豫，保卫全中国，誓将日本帝国主义赶出中国去！"

一〇二

主人回来了，燕子也回来了。春妹走进窑里看了看，那燕子搭上旧窝，还筑起了两个新窝。"呢喃、呢喃"地飞出飞进，好像和春妹是老相识似的，一点儿也不忌讳。春妹高兴地看了看，又往敞些推了推两扇门。小铁牛跑进来，一扑扑到了她的怀里，情不自禁地喊着："妈妈——"李石柱跑着进来，流着两眼热泪紧攥着她的胳膊说："牛儿他妈，你总算活回来了，咱爷儿仨总算活过来了。这回咱可要找他大舅和老人家去了！"

三个人亲得不行，春妹滚着两眼泪珠，抚摩着小铁牛的头，亲热地看着李石柱说："咱们总算盼到这一天了！"

他们三个人激动了好一阵子，春妹走出窑来看了看院里，又走到大门前看了看新栽的两棵小槐树，兴冲冲地去找李冬梅了。

李石柱在西窑里，双手托着炕沿边，让小铁牛攥起拳头来，给他捶脊背。小铁牛高兴地滚着两眼泪珠，使劲地给他捶了一阵子，问李石柱："爹，你觉得浑身舒展了没有？"李石柱说："牛儿，八路军枪毙王进财的当儿，我的浑身全舒展了，'咯吱吱'地响了一阵，这会我的脊背不罗锅了，腰板挺起来了！你再摸摸看平了没有？"小铁牛摸了摸很高兴地说："爹，罗锅腰全平了，背一点儿也不驼了。"李石柱紧紧地搂着他亲了亲，说："牛儿，伸展开了快长个儿，长得有劲儿了好打日本鬼子！"

吴志华同志回到窑里，见他俩如此兴奋，很是高兴。紧紧攥了攥他俩的胳膊，李石柱的精神面目大为振作，他看着吴志华同志说："老吴同志，这一回一块石头总算落地了。俺爷儿俩再不给王进财家卖命了！你叫我干啥就干啥，一切听从党指派！"吴志华说："还是按党支部的决定办。你把自卫队的工作担起来，学会打游击的本领！咱们一定要把日本鬼子打倒！"李石柱说："俺一定学会打游击，坚决把日本鬼子打出中国去！"

小铁牛跟着李石柱往外走，但走得很慢很慢，舍不得离开吴志华同志。此时，李石柱已经走出了大门。

"铁牛，你等等！"吴志华同志走到院子里，两手拽着小铁牛的两根胳膊，端详了老半天。他俩都互相看着对方的眼睛，都觉得好像和春妹的脸形相似，眼睛很像。可是，因为春妹的名字不对，也不敢相认。吴志华轻轻地松开手说："不对，不对！"小铁牛莫明其妙地问："吴大叔，枪毙了王进财，枪毙得很对呀！咋个儿不对？"吴志华说："铁牛，我不是说的他。你让你爹快把那半只银镯子要来，我看看！"小铁牛听说要那半只银镯子，那就是认亲人的信物，连话也没说就跑着去拿了。

小铁牛把那半只银镯子取来递给了吴志华。吴志华欢喜地拿着走进西窑里，他把自己那半只银镯子也拿出来，在灿烂的阳光辉映下，两半只银镯子凑在一起对了对，严丝合缝，一点儿也不差。那茬口上的两半拉小梅花，一对起来，就对成整朵儿梅花儿。确是原来兄妹俩分离时那只银镯子。吴志华喜出望外，欢喜地一手攥着银镯子，一手搂着小铁牛说："对了，对上了，这回可对上了，对起来就是囫囵的那只银镯子。"吴志华高兴了一阵子沉思一霎又惋惜起来："什么都对，可就是名字还对不上呀？"

"名字咋个对不上？"

"你妈妈叫吴春妹，我的妹妹叫吴冬梅，两个字都对不上。"

小铁牛着急地说："啥都对上了，咋个儿名字就对不上了呢？"

吴志华把那两半只银镯子装在兜里说："咱去找如福爷爷看看，看他怎么说？"

李石柱、李冬梅、春妹正和如福爷爷念叨着这半只银镯子的事。邮递员给李石柱送来一封信。李石柱不识字交给如福爷爷看。他看了两遍说："朱总司令指挥那么多的队伍打日本兵，这点事情也放在他心上，真是人民的老寿星啊！"他从部队、河南老家都打听了，吴志华老家没有回去人，他的妹妹很像李石柱的媳妇，是不是改了名字，你们再好好查问查问。问吴志华有没有什么相认的体己东西。还问咱们全村乡亲们好呢！

吴志华和小铁牛来了。吴志华把两半只银镯子对起来，递给如福爷爷他们看。他们看了都说："都是那半只，对起来就是原来瓣开的那一只嘛！"舟大叔不管不顾地说："空口无凭，以体己为证。老家、人口、年岁都对，镯子对上了就找到了亲人。名字差一点儿没有啥！"如福爷爷恍然大悟地说："老吴同志，一点儿也没错了。"他把朱总来的信让吴志华看了看，说："连总司令也替咱们想到了，兴许是改了名儿了。"他看着吴志华同志说："老吴同志认了吧，是一门苦亲，也是一门好亲啊！"

春妹细心地听着，用心地看着，暗自盘算着。她来时听说，王家峪村来了个八路军老吴是河南林县吴家寨村人，就留了几分心。当她走到台上一看，真有点儿像，但因当时只忙于集中精力控诉斗争王进财，也来不及想许多。可是回村来，看他的长相，听他的口音，观察他的言谈话语、行为举动，越发觉得像她的哥哥。尤其是，老吴把那半只银镯子严丝合缝地对在一起，自己的原名本来叫冬梅，那就确认无疑了。她在顺心时想念着他，她在苦难时惦记着他，多少年来她是多么盼望能找到她那亲人哥哥呀！今天在苦难中终于找到了，她的心里有说不出来的喜悦和欢欣，可是一时又想不出从什么地方开口。人年岁大了，很多事情忘了，而孩提时候经历的事儿，几乎是刻在心上了。她想到了妈妈给他起的小名，小时不分你我玩的时候，她老唤他的乳名儿。这时她激动得两眼泪花，望着吴志华说："小狗哥，我可找到你啦！"说着，两眼簌簌淌下泪来。

吴志华也以同样的思绪和心情，把自己带到了那难忘的童年，他那眼眶里滚动着激动的泪珠，浑身传遍了热流说："丑闺女，好妹妹，我也总算找到你了！"说着，他的两眼滚着泪花，将春妹搂到怀里，连连拍打着她的脊背，亲昵得怕别人夺走似的。

窑洞里站着的人，李石柱、李冬梅、于贵柱、如福爷爷、舟大婶、舟大叔他们，都为他们在苦难中寻到了自己的亲人，瞅着这激动人心的场面，无不流泪。李石柱揩着热泪，推了下小铁牛说："牛儿，亲人都找到了，还不赶快找你大舅去！"

小铁牛闪着两眼泪花，一扑扑到吴志华的怀里说："大舅舅，我可找到你啦！俺爹和俺妈说，俺三人要一块到河南找你去呀！"

吴志华激动地搂着他说："我的好外甥，我的好牛儿！"

小铁牛眨巴着闪着泪花的眼，仰起头来亲昵地看吴志华说："俺妈妈长得人眉眼顺的，咋个叫丑闺女？"

吴志华说："这是你老娘给她起的乳名儿。老人家说，名儿起得越丑，闺女长得越俊。"

小铁牛揩了揩闪着泪花的眼睛，凑到春妹身前亲昵地问她说："妈妈，俺大舅长得挺精悍，咋个唤小狗儿？"

春妹攥着他的手说："这是你老娘给他起的小名儿。老人家说儿不嫌母丑，狗不嫌家穷。起了那名儿，长大了能孝敬老人，也忘不了家。"

小铁牛若有所思地说："俺老娘起的名儿真好。妈妈、大舅，俺和俺爹经常念叨老人家，老是想找老人家，那倒是找见了没有？"

春妹难为情地说："牛儿，还没有。"

吴志华很有信心地说："牛儿，将来一定能找到。"

小铁牛憨笑着也充满了希望，说："要是找到了老人家，咱家就团圆了。到时候也让俺老娘给俺起个狗啦、丑啦的好小名儿。"他那天真纯朴的几句话，把满窑里的人说得都哄堂大笑了。

吴志华问春妹说："冬梅，你怎么就改了名儿呢？"

春妹看着李冬梅说："妈领我给石柱成亲的工夫，咱姐姐的名儿也叫冬梅，妈说，名儿重了不好，就给我改名叫春妹了。"

吴志华点点头说："噢——原来是这样。"

大家又把注意力转移到了春妹身上。如福爷爷对死了并且埋了的春妹，突然活灵活现地回来，弄不清是怎么回事，一直是个解不开的谜。说到了这热乎劲儿的时候，他实在憋不住了问春妹说：

"春妹，说真格儿的，那工夫说你死了，把你埋了，你咋个儿能起死回生呢？"

"是舟大婶，还有舟大叔、俺姐夫，还有红军游击队，把我救了，她们都是我的救命恩人！"

春妹说着说着激动得两眼泪汪汪的了。

李冬梅对这事也不太清楚，忙问舟大婶："那到底是咋救过来的，连我也不告一声。"

舟大叔没容舟大婶张口，接过来说："那年三十夜里，我和你大婶没有睡，听到石柱家'丁零咣当'响，我俩就急忙去看，走到西窑门口一看，门锁着，有人在窑里嗯嗯呀呀地哭叫，我俩就赶快把门扇卸开，点着灯进去一看是正喘息的春妹，你大婶摸揣了摸揣她的身子，心里就明白了。"舟大叔说到这里打了个吭儿，不好意思再往下说了。

春妹是个很聪明的人，她见此情景忙说："舟大婶，我解个手去，马上回来。"有意给舟大叔闪了个说话的空儿。

舟大叔接着说："你舟大婶让我马上把春妹抱回到了家里，找来接生的家什，她让我在大门口瞭着人，她很快就把那怪胎接生下来了。春妹的身上轻快多了，因她身子骨虚弱一时又昏过去。你大婶给她熬了一大碗烂烂糊糊的鸡蛋汤，汤里还熬了块陈党参，又拿来两个馍，我俩看着她都喝了，吃了，就让她睡了。"

舟大婶接过来说："这事不能再愣瞪了，就叫你舟大叔把贵柱姐夫马上叫来，赶快商议。贵柱姐夫来了说，'反正王进财一心要害死她，就不如死里寻条活命。听春妹说，壶关县魏家庄有家好人家，帮着他们埋过她爹，咱们就横下一条心，让她逃到那里再说。'我就给春妹穿了身棉衣裳，她贵柱姐夫和她舟大叔，把她装进条麻袋里当东西抬着，连夜抬出村，把她送到了那家好人家，收留了她。第二天，她贵柱姐夫和她舟大叔回来，悄悄把那死胎当成春妹装了棺材，替春妹当死人埋了。这事就俺三人知道，再没对别人说。后来，春妹咋个儿又去了八路军里，就不清楚了。"

这时，春妹回来了，她说："魏家庄那家好人家，有位耿大娘有五个儿子，就是没闺女，待我好得不行。我在她家住了一个多月，打听到桐柏山里有红军游击队，我去找他们就被他们救了。"

如福爷爷流着泪说："真不易啊，真是死里逃生呀！春妹、老吴同志，你俩那半只银镯子，对出两朵梅花儿来，好比风雪中的两朵蜡梅，越寒越鲜艳啊！"

一〇三

如福爷爷、于贵柱、李冬梅、李石柱、春妹、舟大叔、舟大婶，还有李铁牛，他们说了很多满怀激情的话。吴志华他们站起来就要走，如福爷爷忙拉着他们说："今天是个大喜的日子，谁都不能走，虽没好吃喝，糠面窝窝就咸菜，杂面条汤，也是吉祥饭。"

李冬梅说："俺家也预备了，请他大舅他们一块儿去呢？"

"都坐下，都坐下！还是太行人家的老规矩，不吃不出门！"

大家也就只好坐下了。

他们热乎乎吃罢饭，又说起那说不完的话来。

李石柱两眼滚动着激动的泪花，伸出他那手臂将吴志华搂抱在一起说："想念的亲人，我总算找到你啦！大哥，我对不起你呀，我没照管好你那伶俐、贤惠、勤快的妹妹……"他说着，泪又流下来了。

吴志华紧紧地搂着他说："石柱好兄弟，谁也不怪。就怪恶霸汉奸王进财，都怪吃人的社会，弄得咱们两家人亡家破、死里逃生呀！"他的脸和李石柱络腮胡子的脸贴了老半天，才微微松开手，喜滋滋地逗趣说："石柱，我还叫你老大哥不？"

李石柱欢喜地看着他说："不！你不要叫我大哥了，我应该叫你亲大哥！"

吴志华把小铁牛抱起来，把他的脸紧贴在自己的脸上，亲昵地说："好铁牛，你真是我的小外甥！"他激动得两眼也滚出了泪花。

如福爷爷、李冬梅、于贵柱、舟大婶他们，也都流下了热泪。

他们又激动了好一阵子，都有说不出来的高兴。吴志华对警卫员小王说："你快把咱那剃头刀子拿来，我给咱石柱弟开开光！"春妹喜欢地说："来我给咱端盆水来，好好给他洗一洗，把他那黑胡拉渣的连鬓胡子也都刮了，快让他轻快轻快！"春妹端来盆热洗脸水给李石柱洗着头，如福爷爷忙递给她一疙瘩猪胰子，洗了一盆黑泥汤。

吴志华挽起袖子来像个剃头的把式，“噌噌噌”没多大工夫，就给他剃光了头，刮干净脸，看去，好像年轻了二十岁。接着又给小铁牛剃了头，也显得很精神。舟大叔逗趣地说：“老吴同志，你还叫他大叔吗？”吴志华同志说：“不了，不了！他叫我大哥了。”

正在这时，吴志华同志接到了上级的指示，带领工作队回大部队，去执行新的任务，小铁牛一听说大舅舅要走，马上就哭了。他搂住吴志华说：“大舅舅，俺不让你走。俺刚找到你，你就要走，说啥你也不能走！”吴志华说：“我走了还会回来看你呀，这是上级的命令！”

李铁牛噘着个嘴说：“王进财死了，王进宝还活着，我要跟着你去打日本鬼子、汉奸去，外甥跟着舅舅走，俺要去当小八路！”

“孩子，我的好外甥，你太小了啊！”

“八路军里头有小八路。我要参加八路军！”

吴志华抚摸着他的头，看着李石柱、春妹说：“石柱、春妹，你俩看怎么办？我带着他走你俩舍得不？”

李石柱激动地说：“外甥跟着舅舅走，舍的，舍的！”春妹脸上立时浮出信任的笑容。

“吴大叔，我也要参加八路军！我也要参加八路军！”于铁锁和舟铁蛋在一旁看见铁牛参加了八路军，他俩急得也要求参加。铁锁和铁蛋也搂住了吴志华。铁锁说：“反正我们三个人在一块儿。”铁蛋说：“反正我们三个人在一搭挞！”李冬梅忙说：“他大舅，你就把他们一块儿带走吧，让他们出去摔打摔打好！”舟大叔说：“老吴同志，你可不能偏心眼哟！咱这山前山后的两家亲，可都是你的小外甥哟！”如福爷爷说：“老吴同志，就那么格儿吧！咱八路军是个好队伍，太行人家信得过你，信得过八路军！”

王丽云同志跑进来说：“要的哟，要的！”

吴志华同志高兴地说：“带走就带走。说心里话，我挺喜欢他们三个孩子！我把你们这三个铁疙瘩带到八路军炼钢炉里，都炼成钢蛋蛋，砸倒了日本帝国主义，好建设新中国！”接着，他们三个小孩都穿上了三套小号军装。

早晨，骄阳红似火，朝霞万道光。欢送八路军工作队的乡亲们，熙熙攘攘地涌进了南川沟，自动地分站在两旁，如福爷爷、李冬梅、姜秋菊、舟大婶和乡亲们，有的挎着核桃、枣的篮子，有的提着山里红的柳条筐，有的拎着一篮熟鸡蛋，有的端着甜酸枣儿的笸箩，走进了南川沟。

王家峪和几个村子还自动组织了些社火，一清早都敲打着锣鼓来了。从干河滩一直排到了南川沟。舟大叔和几个后生在前头擂着大鼓、拍着大铙、大镲，敲着锣开道，后边是劈山沟扮着的穆桂英挂帅出征的花哑鼓，接着是王家庄的李存孝打老虎，又接着是卧虎山村的社火，后边跟着是后山凹村的牛郎织女跑旱船，后头是黄莲芬和青救会女青年扭着的秧歌。热热闹闹，如同赶庙会一般。

八路军工作队唱着抗战歌曲，精神抖擞地在前边走着，于铁锁、李铁牛和舟铁蛋三个小八路尾随在后，甩着有力的胳膊，迈着矫健的步子，挺神气，李石柱、春妹、于贵柱和李振山陪着吴志华、王丽云、柳来迅兴冲冲地紧走着。当他们走到嘉山庙石台阶前的坡道旁，于贵柱招呼着八路军和他们几个人停下来，都看了看流传很久的民间文艺节目，便走进了南川沟。吴志华他们走到快出村口的时候，和如福爷爷、李冬梅、姜秋菊他们都握了握手，说了几句话。当送他们走到小槐树的圪梁上时，吴志华紧紧地握着李石柱和春妹的手笑着说："石柱弟、冬梅，把你那半只银镯子让我带走吧！"李石柱讪笑着说："大哥，俺舍不得。"春妹憨笑着说："等啥时候找到咱那老妈妈了，再给你。"

"那也好！那咱各自都打听着点儿，咱那想念的老妈妈！"吴志华同志又紧紧地握着李振山的手说："振山同志，要进一步把党支部的工作搞好，把广大群众紧紧地团结在党支部的周围，就没有克服不了的困难，就能取得抗日胜利！"

李振山激动地说："我代表王家峪的乡亲们，感谢你们！盼望你们多打胜仗！欢迎你们回村来！不要忘了太行山，不要忘了劲松岭！"

吴志华同志忙对李振山他们说："只要留得青山在，就不愁没柴烧，只要我们国家亡不了，就不愁没有好日子过。我们永远忘不了太行人，永远忘不了太行山，更忘不了劲松岭！"

这时，在圪梁上的军民，一个个闪着无比激动的目光，仰望着眼前的太行山。那巍巍高大的太行山，在灿烂阳光的照耀下，更显得气势磅礴，雄伟绚丽。那高峻挺拔的劲松峰，更显得多娇壮丽，格外清秀，直擎天际。

后　记

　　1950年10月，我跟随一位将军由驻天津晋察冀军区二十兵团后勤部调到北京中央公安部队后勤部工作。由于工作相对稳定，便能在节假日参加一些青少年的活动。当看到生活在新中国的青少年活泼、可爱、欢乐的动人情景，时时就想起了我那苦难的童年，不仅没有做人的生活权利，而且过着无衣无食牛马不如的非人生活。使新中国的青少年对过去生活在旧社会的青少年有个深刻的了解，是我写这部长篇小说的根本出发点。因为，只有深刻地了解过去，才能很好地感受现在。中国共产党是全国人民的大救星，在共产党和毛主席的领导下，经过赴汤蹈火、艰苦卓绝的战斗，无数革命先烈抛头颅、洒热血流血牺牲，终于打败了日本帝国主义和国民党反动派，建立了中华人民共和国。真是胜利来之不易，应当非常珍惜。

　　更为重要的是，生在红旗下、长在新中国的青少年，从一生下来，就长在了蜜罐罐里。他们不仅能吃得饱、穿得暖，而且吃得香甜、穿得漂亮、住得舒服，对什么是苦根本不懂得，什么野菜能够充饥救命，更无从知晓。所以，对他们来说，更需要了解过去。只有了解过去的苦，方知今日的甜。这应该成为青少年品德教育的必修课，是非常重要的。通过说苦、识苦、知苦，才能忆苦颂今，忆苦而后方知甜。长见识、立大志，将过去的苦难转化为当今刻苦用功的"苦"。在科教兴国的今天，学习文化知识需要刻苦，钻研科学技术需要刻苦，继承和创新都需要艰苦的创造精神。青年是祖国的未来，少年是共产主义可靠的接班人，青少年任重而道远。为了祖国更加美好的明天，将自己宝贵的生命和黄金似的青春年华，无私无畏地贡献给可爱的祖国，将我们可爱伟大的祖国建设得更美好更强大，国强民富繁荣昌盛，像东方一颗璀璨的明珠，永放光芒！

2004 年 10 月 6 日